当代少数民族文学批评的
"西方话语"与"本土经验"研究

Western Discourse and Local Experience in
Contemporary Minority Literary Criticism of China

李长中　著

人民出版社

国家社科基金后期资助项目
出版说明

后期资助项目是国家社科基金项目主要类别之一，旨在鼓励广大人文社会科学工作者潜心治学，扎实研究，多出优秀成果，进一步发挥国家社科基金在繁荣发展哲学社会科学中的示范引导作用。后期资助项目主要资助已基本完成且尚未出版的人文社会科学基础研究的优秀学术成果，以资助学术专著为主，也资助少量学术价值较高的资料汇编和学术含量较高的工具书。为扩大后期资助项目的学术影响，促进成果转化，全国哲学社会科学规划办公室按照"统一设计、统一标识、统一版式、形成系列"的总体要求，组织出版国家社科基金后期资助项目成果。

全国哲学社会科学规划办公室

2014 年 7 月

目　　录

导语 当代少数民族文学的地方性知识与其批评的难度

少数民族文学在概念和知识生产谱系内是一种现代性知识生产形态，而非一个自为的历史给定性概念；少数民族文学批评话语在中华人民共和国成立后的发明与实践，也是一种与多民族国家共同体想象，与中华民族共有精神家园构建等问题相关的新型知识生产。

一

当前，对文学批评的批评或诟病已成为一种新的话语表述着人们对批评现状的不满，以及对文学批评很长时期内都处于一种波澜不惊状态的反制，其大体表现为两种形态：(1)文学批评缺乏一种青春的、激情的、热烈的对社会问题介入和言说的道义与责任意识，缺乏一种以透视已知、追求真知、探索未知为核心叙事话语的启蒙情怀。如果说，20世纪80年代的文学批评因参与或承载着意识形态话语功能而"赢得生前身后名"，以及社会各话语场域的承认、尊重和认同，也因批评者之间、批评者与批评对象之间、批评话语与社会现实之间的契合而成为当前学界记忆中的"辉煌与梦想"。至20世纪90年代，综合国力提升与国外社会思潮双重形塑着一种民族主义意识形态话语开始在本土再次复兴，由"失语""缺席""对话"等问题所激发出的话语重建激情彰显出批评在场的必要与合法性，批评成为介入社会公共性问题表述的基本形式之一。随着社会主义市场经济与后现代思潮的叠加，总体性话语的解体、社会共识的瓦解等，一些批评者失去了理想目标的支撑，失去了介入社会公共性问题言说的意愿，失去了吃苦耐劳、清贫自守的品性。文学批评也就顺势失去了言说的激情与批评的活力，不仅缺少了观点鲜明的辩论或争鸣；还缺少了追踪文学热点的动力或勇气，缺少了对本土现实问题阐释的自觉或冲动，缺少了求新求变的生机与活力，缺少了以学术问题介入社会问题的担当。在当代文学大发展、大繁荣且渐趋走向世界的当下，文学批评却显得有些"未老先衰"。然而，经过20多年对"西方话语"大规模的科学鉴别或情绪化模仿以及对本土话语资源再转换再改造后，本应适时生成一种较为充裕且契合本土复杂性命意的文学问题、社会问题、经济问题或文化问题等言说的话语体系，从而能够担负起重塑民族灵魂、针砭时代流弊、建构中华文化共有精神家园之重任的文学批评,却日趋逃离对本土及文学实践的触摸并在上述问题面前漠然视之。这自然引发创作界、研究界的不满。(2)一直遭受着西方话语"影响的焦虑"的文学批评,尽管也不时探讨本土批评话语的创新或建构问题,特别是各种打着创新、重构、建设、重铸或建构旗号的宏大叙事渐盛,诸多曾经被学界高度认同的本土理论建构策略或现代性规划方案如"古代文论的现代转换""中西对话""西方文论的本土转换"等,多为昙花一现,沦为明日黄花,却很难在实践层面"开花结果";曾经乐观、自信且激情四射却略显稚嫩的话语创新论争到新世纪后并没有生产多少真正能够与西方话语对话、真正能够充分表述本土经验的中国特色的批评话语,也没有从根本上改变本土批评者对西方话语的套用或硬性搬用问题,被一再批判的"西方化"或"他者化"问题却仍徘徊、萦绕在本土批评场域。或者说,本土文学实践经验的丰富却没能生成本土理论,本土文学批评的轮番操演却没能展现本土立场,本土批评的现代性转型却没能体现本土特色。尽管这种情况与批评者的当下生存境遇如消费文化影响、市场经济行为干预、大众文化生态等制约有关,根源上却是没能找到契合本土的新的理论话语或批评范式以应对渐趋丰富复杂的本土文学、社会及当代人的现实问题所致。《人民日报》《光明日报》等主流报刊对文学批评的持续关注,作为较具学术引导作用与话语构建功能的学术期刊如《文学批评》《文艺争鸣》《当代作家批评》等不时以"专题"形式集约性刊发文学批评的批评之文,都反映了当代文学批评有需要进一步改正之处;其他如民间声音等也以其自身方式表述着对文学批评公信力日渐弱化的担忧。批评问题意识的淡化、批评资源的他者化、批评价值的暧昧与批评目标的游移等,成为文学批评存在的主要问题。

当代少数民族文学批评何以尚未建构出充分表述本土文学创作实践的理论话语或言说系统,在上述逻辑框架内便不难理解了。一系列在当前本土批评实践中通用的概念、术语、命题与言说范式等都离不开"西方话语"或者是在这一他者启示下的言说,难以充分与确切地阐释本土少数民族文学叙事经验;难以深入开掘其美学遗产的历史脉络与生产现场;难以科学而理性地评估少数民族文学批评的既有得失;难以对少数民族文学批评的未来走向及建构策略作出合乎话语生成规律的谋划与预测。因此,当代少数民族文学批评在批评对象的选择与言说能力,批评话语资源的鉴别与阐释能力,抑或本土批评的理论创新与建构能力层面等,自然容易遭遇信任危机。"方法还是旧的印象主义式的描写和只凭趣味的独断评价",或者是"印象主义的欣赏、历史学的解释和现实主义的比较"等,韦勒克所批评的历史主义表现在"认为没有理由对于文学作出分析和批评,回避一切美学问题而无所作为的态度和极端的怀疑论"①。其一,少数民族文学批评学科是在相对贫瘠的基础上确立与建构的,从改革开放伊始便与主流文学批评一道走向相同或相近的建构之路——向西方话语学习,西方话语作为某种"元话语"或"元叙事"对本土批评者的知识素养、批评思维、价值取向等产生深刻影响,"西方化"或"他者化"问题日益凸显——此为对少数民族文学批评之批评的常见语码与主导性叙事规约。近年来,"西方话语"作为与"本土话语"的对立性叙述范式成为某些人的基本认识论。在他们看来,由于"西方话语"泛滥使我们失去对本土作品的触摸,失去对本土问题的发现,失去创造本土话语体系的契机。甚至有学者认为,没有"西方话语",本土传统批评话语及其"感悟性"与"性灵式"的理论形态就不会在当代中国"中断",就不会导致目前话语言说中的"失语症"……当前,无论"族外人"抑或"族内人"批评者几乎都是以一种提纯或过滤方式将本土民族文学批评所有弊端的生成看作是"西方化"惹的祸。"族外人"批评者在以"西方化"作为概括少数民族文学批评病源的同时,却对多民族国家内部固有的知识秩序形塑对少数民族文学批评权力影响的问题缺乏必要的反思;"族内人"批评者跌入的却是一种自我"他者化"的内部窠臼,针对"西方化"的批评所引发的并非本土学界自我提问能力的提升,亦非自我问题的主体性发现,而是在未及对自我问题审视情况下便展开对他者话语的情绪化抵制并以之为制约本土问题发现和解决的"祸根"。上述问题又与渐趋兴盛的文化保守主义叠加,"西方话语"异化为压制本土话语的"罪恶之源",批判或解构"西方话语"成为一种先验性的正确,一种肆意夸大少数民族文学批评"西方化"风险的批评倾向成为批评主潮。其二,本土批评者在普遍关注少数民族文学批评的"西方化"问题并予以质疑的同时,却缺乏对少数民族文学批评"本土化"问题的尊重以及对本土经验的客观评价与科学总结。甚至有学者认为,"文学批评尚且存疑,何来少数民族文学批评"等。佤族诗人聂勒在一次民族文学研究高层论坛上直接指出,当前的理论界没有对少数民族文学发展起到真正的推动作用,在一些问题面前是缺席的。② 哈尼族作家存文学认为,当前的批评界相对于文学创作是相对滞后的;仫佬族作家鬼子一再反对批评者对其作品的批评,认为所有对他的批评都是道听

① [美]雷内·韦勒克:《批评的概念》,张今言译,中国美术学院出版社1999年版,第326—327、247页。
② 此为聂勒在云南民族大学"民族文学繁荣发展与文化多样性"高层论坛上的发言,2015年10月31日。

途说、人云亦云、不着边际;阿来曾对当下批评现状回应说,"有不少人在对我的文学进行批评的时候,观念显得陈旧,所以我有时候觉得,今天国内的文学批评,很多都没有跟上创作者的脚步"①。阿来对此解释说:"批评在大多数情况下都特别高屋建瓴,特别居高临下,当很多批评一开始站在一种令人无法质疑的思想的、道德的制高点上,就使批评置于'现实'之外,变得无法质疑,变成了一种单向的活动。但对于文学本体来说,并不具有什么建设性的意义。批评与写作,其实需要一种'共谋'的关系。即理论与实践彼此间的深入与往返。批评不能指望自己是在指引批评对象。批评不能以消除批评对象的对话欲望作为胜利的标志——雄辩是容易的,煽动性的雄辩是更容易的。当批评具有一种先天的优越感,被批评的对象只能觉得那些批评与自己越来越不相关。"②张承志对学界至今关于《心灵史》的批评并不满意,"现有的批评有些是情绪性的表现,有些是西方观念的翻版,这让我非常为难,因为只有有了驳难式的批评,我才会进行非常认真的讨论,这个机会我二十年来没有获得"③。在这里,所谓"严肃批评"的缺席、"驳难式的促进提高批评"的匮乏、"西方观念的翻版"、"情绪化批评"等等皆是对当前少数民族文学批评诸多病象的列举,凸显出批评对少数民族生活的陌生,对少数民族文学的隔膜。同时,批评本土意识的缺席导致批评话语的他者化,批评问题意识的淡漠导致批评说的套路化,批评主体意识的隐匿导致批评姿态的独语化。由此以来,少数民族文学批评的"本土化"及其本土经验生成问题便在上述批评主潮中遭遇着集体无意识性的失语。

在西方话语与本土批评实践事实上已处于全方位缠绕与交织的状态下,我们不宜情绪化地厚中薄西或以西贬中。一个日渐强大而自信、开放与迅速发展的大国有足够的定力和能力"化西为中"或"中西互通"。只是,我们必须审视的问题是:"西方话语"在本土实践中存在的症结或局限,究竟是"西方话语"自身的问题(当然我们不否认"西方话语"有其自身问题),抑或我们在征用"西方话语"时出现了问题?查勘西方话语"旅行"到本土是拓展了批评的深广度,深化了本土问题意识,还是扭曲、遮掩了本土的"真问题"以迁就于西方话语言说逻辑?很显然,我们应该对上述问题予以较为理性而充分语境化的清理与解读。尽管学界也意识到,要建构独立于他者的本土批评话语体系,必须充分挖掘与阐释极具地方性知识特征的少

---

① 阿来:《写作是我介入世界的一个途径》,《华西都市报》2015 年 8 月 5 日。
② 阿来:《局限下的写作》,《当代文坛》2007 年第 3 期。
③ 张承志:《〈心灵史〉串联了我的一生》,见 http://www.chinawriter.com.cn,2012 年 11 月 9 日。

数民族文学对理论的再生意义,以及对既有批评话语及批评范式的挑战,并依据少数民族文学创作实践的嬗变而不断拓展批评论域、创新批评话题、更新批评思维,甚至以反哺方式指导或纠正少数民族文学创作,结果却总不尽如人意。其难题在于:若将 20 世纪 80 年代少数民族文学学科建立作为少数民族文学批评在学术史意义上的肇端,"西方化"与"本土化"成为近半个世纪以来观察少数民族文学批评的两个关键词。"西方话语"对少数民族文学批评带来哪些或正面或负面的影响? 发生"西方化"的症结是什么? 在"西方化"过程中又发生了怎样的"本土化",形成了哪些"本土经验"? 这些"本土经验"如何形成,还存在着什么样的问题,其症结是什么? 在中国经验随着国家综合国力提升而渐趋成为世界性话语之时,少数民族文学批评的"本土经验"是否及如何参与中国经验形构,能否彰显出中国经验多民族文学批评的丰富与深度,又是否及如何参与中华民族多元一体建构? ……上述问题的研究不仅有助于推动少数民族文学及其批评的健康良性发展,对于彰显当代中国话语建构或中国经验形塑的空间丰富性及其表述的多层次性,推动中华文化走出去及中国文化软实力建设等,在全球化及多元文化背景下皆有示范性或标本性意义。但是,在西方与本土缠绕互融的全球化语境下,厘清西方话语与本土经验的生产逻辑却绝非易事:一系列的内部概念、图景及知识生产机制交错混杂,缠绕纠结。"西方话语"与"本土经验"这两个象征性文本研究是涉及"西方话语"本土实践,抑或涉及本土经验生成与症结等问题皆异常复杂与艰深,且面临繁杂多变的社会文化生态,这就需要将少数民族文学批评置入少数民族文学生活与多民族国家叙事关系的特定"历史语义场"内予以展开,才能从发生学意义上探视本土批评范式转型的现代理路,审视本土学界接受"西方话语"的基本心态、价值诉求及言说"西方话语"的主要策略等,进而辨析西方话语在本土场域内的流变逻辑,以及在这种流变中"西方话语"出场的合法性或非法性问题,清理少数民族文学批评发生、发展及话语嬗变的历时性与共时性逻辑,为本土民族文学批评勾勒出相对完整的知识图景,强化对少数民族文学创作的引领作用。所以,本书各章节研究的展开有必要回到笔者一再倡导的"返回双重现场"的批评理念。

"返回双重现场"之一是"返回少数民族文学批评现场",返回具体而鲜活的中国少数民族文学批评现场。批评有其特有的知识谱系,有特定的历史语义场,有特定的批评范式和批评方法论。任何批评都不可能突兀生成,也不可能在闭目塞听的情况下展开精准化的内部批评,没有对批评的历史、现状与未来走向的清晰把握,没有对批评病象、症结与问题对策的理性认知,没有对批评展开的文化生态、批评对象的生成场域、批评者言说的特定语境等的精准把控,没有对批评话语生成及其"旅行"规律的熟知,没有对批评活动与特定民族、阶层关系等公共性问题的了解,没有对批评行为与诗学正义、与道义伦理、与人类命运共同体关系的省察,就难以获得批评"接地性"的落实和批评质量的提升,更难以推进批评话语与时俱进的创新与发展。换句话说,批评者只有在熟知批评现状基础上才可能对民族文学批评具备整体性、宏观性的把握与解析能力,才可能以此锤炼自身透彻而精准的个案分析素养,明确多元一体框架内少数民族文学批评性质、功能及价值取向,把握少数民族文学批评的问题、症结及其话语流衍的内在逻辑。如此,才不至于跌入非此即彼的逻辑——或者以"西方话语"为圭臬,将所有的本土创作实践都纳入"西方话语"的阐释逻辑并以之为解决本土问题的基本方法论,将"西方话语"作为本土创作实践与理论建设的"太上皇"而对之盲目崇拜,"言必称他者";或者以本土话语为准绳,将所有的"西方话语"都以所谓的"他者"不能解决本土问题为由而抛弃之、批判之,甚而至于,将言说本土话语或"西方话语"作为判断言说者爱国与否的根本表征。少数民族文学场域之所以始终存在着一种偏激性的批评倾向,其根源就在于对少数民族文学批评现场的陌生和隔膜。"返回双重现场"之二是,要"返回少数民族文学生活现场"。批评是针对批评对象的批评,没有对批评对象的把握,就很难彰显批评的有效性与接地性,就无法应对作为地方性、个体化创作带给批评的挑战。当前,少数民族文学批评之所以一再被批评者认为批评缺乏活力、缺乏针对性、缺乏对创作的引领功能,根本上是缺乏对批评对象的把握与透彻了解,一味游走在既有理论话语的套用、模仿或空想式的话语之中而不自知,难以将批评对象置于具体而鲜活的少数民族群体的日常生活当中,难以将批评置于动态性与流变性的民族文化生态之中,仅仅以所谓的"经济社会现代化=进步/经济社会非现代化=落后"的二元论思维作为判断少数民族文学价值的基本尺度,这就难以真正触及少数民族文学发生的现实语境、文化生态以及书写者复杂的创作心态、情感体验与生活认知。即使是强调"文学性"研究的形式主义者也认为文学是"折射客观的现实世界,与现实生活有着这样那样的联系"[1],极力反对"外部研究"的新批评并不否认文学"深深地植根于自身的历史结构和特定的文化传统之中"[2]。晚近以来,族群边界与他者空间的冲突,民族身份与多元文化的撕

---

[1]　马新国主编:《西方文论史》(第三版),高等教育出版社 2008 年版,第 389 页。
[2]　马新国主编:《西方文论史》(第三版),高等教育出版社 2008 年版,第 441 页。

扰,传统文化与现代文明的碰撞等问题的凸显使少数民族群体面临着无法充分表述的焦虑。在这种情况下,少数民族作家观照生活的角度、理解世界的深度、审美判断的尺度、问题揭示的维度等呈现出极大的地方性特征,其文学创作形态日渐复杂丰富、艺术手法日渐多元新异、文学观念日渐包容开放、叙事伦理日渐杂乱纷扰,在向批评提出了挑战的同时,更增加了批评的难度。由此而言,批评者不仅要辨析少数民族文学与汉族文学在叙事资源、审美意识与其地方性叙事特征等层面的差异性和非规约性问题,而且要深入少数民族文学创作和生活现场,精准把握少数民族作家在传统与现代、本土与全球、自我与他者交错混杂过程中的情感体验、生活经验与审美表述诉求。没有文学实践的支撑,就不能回到复杂而活跃的创作现场,很容易抽空批评的特定意涵而流于空洞化和宽泛化的符号化能指,也难以客观公正地评估少数民族文学某些略显极端却潜隐着值得读者"同情之理解"的叙事景观,成为对象缺席的漂浮性言说——少数民族文学批评一再被认为存在"脱离文学实践""缺乏公信力""不及物""不接地"等问题,根源也许就在于此。也就是说,脱离文学生活和实践的批评,内植于主观成见的批评,漂浮在理论自身循环的批评,都难以建构起与时俱进的批评话语以及话语体系。

也就是说,"返回双重现场"理念的提出,源于少数民族文学文本现象的复杂与深度。

二

与书写传统相对成熟发达的汉族文学不同,我国少数民族文学书写传统受制于其特定的文化生态、生产及生活方式、地理空间、语言习俗等主客观条件相对薄弱,且普遍缺乏现代性意义上的书面文学资源(尽管有些民族的书面文学较为发达,如:藏族、蒙古族、彝族等,但他们的书面文学多为宗教性文本或历史性文本)。博大精深的口语文化作为少数民族的"百科全书",涵括了他们整个民族的文化传统,并作为一种"隐性文本"形塑着少数民族作家的文学观念、审美意识、文体选取与诗学论等,这几乎是不证自明的事实。如,瑶族的《盘瓠》、纳西族的《创世纪》、侗族的《侗族祖先哪里来》、苗族的《苗族古歌》、拉祜族的《牡帕密帕》、阿昌族的《遮帕麻与遮咪麻》、佤族的《西冈里》等一直是上述民族文学的叙事资源;柯尔克孜族的《玛纳斯》是柯尔克孜人的精神家园和灵魂返乡之处;藏族的《格萨尔王传》是藏族群体认同和文化寻根的源头;蒙古族的《江格尔》、壮族的《莫一大王》等对各自民族作家的审美意识、叙事艺术及伦理表述等产生深远影响;赫哲族的特仑固(历史传说、神话)、说胡力(故事)等口头传说,锡伯族民间流传着如《阿布凯恩都力与大地》等口头史诗或故事,彝族的《阿诗玛》、傣族的《召树屯》、傈僳族的《生产调》、白族的《鸿雁带书》、苗族的《仰阿莎》、布依族的《月亮歌》、土家族的《锦鸡》、维吾尔族的《艾里甫和赛乃姆》、哈萨克族的《萨里哈与萨曼》等叙事长诗,都以一种集体无意识或原型方式作用于他们的书面文学创作。当前,尽管较多少数民族作家接受汉语教育或现代高等教育,他们的文学观念、审美意识、叙事技艺或语言艺术等已具备现代或后现代文学特质,在文学主题设置、题材选取、价值立场等方面表现出对人类公共性问题如生态环境问题、城乡冲突问题、文化传承创新问题、科技与人文互动共存问题、信仰世界与世俗生活等问题的关注,但民间口头传统中丰富的想象力资源、道德伦理资源与审美文化资源等仍作为一种变异性基因对其书面文学创作产生潜移默化却根深蒂固的影响。例如,少数民族文学文本中常有"对话体"叙事景观,如裕固族作家铁穆尔文本中"调查者/访谈者/记录者与族群老人"间的对话,鄂温克族作家乌热尔图文本中"老人/父母与儿童"间的对话,达斡尔族作家萨娜文本中"神灵/世界与人"以及自我间的对话,藏族作家阿来文本中的"外来者与族群成员"间的对话,甚至出现叙述者与读者间的对话等,无不体现民间口头传统的遗存。沃尔特·翁认为,书面文学的对话体现象是口语文化塑造的结果,因为,"在口语文化里,词语受语音的约束,这就决定了人们的表达方式,而且决定了人们的思维方式……","一个参与会话的人是必不可少的条件,人很难一口气自言自语说几个小时。在口语文化里,长时间的思考和与他人的交流是紧紧联系在一起的"①。在对话交流中实现知识的表述、历史的重述、传统的再现、文化的展演、身份的塑造、愿望的倾诉,如阿来所说,"那些流传于乡野与百姓口头的故事包含了更多的藏民族本身的思维习惯与审美特征。这些人物故事与史诗型传说中包含了更多对世界朴素而深刻的看法"②,"是民间传说那种在现实世界与幻想世界之间自由穿越的方式,给了我启发,给了我自由,给了我无限的表达空间"③。另外,作为少数民族书面文学创作源头的民间口语文化能够给作家以丰富而地方性的创作素材:神话传奇的转述、英雄祖先的记忆、迁徙历程的缅怀、宗教传统的传唱、民间思维的承继等,构拟着少数民族文学创作主题与叙事技艺的框架。阿来认为,"我作为一个藏族人更多是从藏族民间口耳传承的神话、部族传说、家族传

---

① [美]沃尔特·翁:《口语文化与书面文化》,何道宽译,北京大学出版社 2008 年版,第25 页。

② 阿来:《穿行于异质文化之间》,《中国文化报》2001 年 5 月 10 日。

③ 阿来:《文学表达的民间资源》,《民族文学研究》2001 年第 3 期。

说、故事和寓言中吸收营养。这些东西中有非常强的民间立场和民间色彩。……通过这些故事与传说,我学会了怎么把握时间,呈现空间,学会了怎样面对命运与激情。然后,用汉语……却能娴熟运用的文字表达出来。……"①彝族诗人吉狄马加、阿库乌雾,哈萨克族作家叶尔克西·胡尔曼别克、哈依霞,维吾尔族作家铁依甫江、阿斯库木,锡伯族作家郭基南,满族作家傅查新昌,白族作家那家伦、张长等;即使是一些少数民族"70 后"和"80 后"作家也以不同方式表达了对民间文学的敬畏与依恋。如,新疆地区少数民族青年诗人"大都善于广泛地汲取民间口头传统中的题材和形象,融汇了各支系歌谣、神话、传说、故事、谚语、格言等口头文学的语言艺术成果,有的也借鉴了本民族古典诗歌的神韵与口诵传统的风采,达到较高的艺术水准"②。哈萨克族诗人古来夏·也拉合买提、阿依达娜·夏依苏力坦,维吾尔族诗人博子蓝,柯尔克孜族诗人祖拉·别先纳勒等人的诗歌都具有典型的民间表征,所以说,"由于生产力发展速度缓慢,民间文学得到充分发育,因此迟滞了作家文学的生长,但其对作家文学的影响却是根深蒂固的"③。

其次,由于诸多原因层累,少数民族用汉语写作渐成少数民族文学创作主潮,并形构了典型的跨语际实践或语言形态的"第三空间"。"语言,因其固有的物质性,成为政治和理论领域里统率各种互不相干成分的共同标准。因此,历史理解的全部活动都依赖于由语言决定的指涉模式。"在我国,汉语作为公共性语言渐趋在各民族地区普及。当前,各民族作家也"在主流汉语文学传统的影响下,自觉选择了汉语作为自己文学创作的语言"。④ 由于这种非母语写作是扎根于各民族作家的母语文化生态系统与知识传承及生产谱系之上的,他们的母语言说系统、价值表述、思维模式等会以各种方式对汉语予以改造而形成"语言混血"现象。即使有些民族没有自己的文字,他们的母语思维也会以一种隐而不彰的方式影响到汉语的既定句法和句式,甚至创造出新的词汇形式或解域汉语的各种构成要素如语音、语义、词汇、句法等,如巴赫金所说,"不同民族的语言闭目塞听、不相往来的共存阶段宣告结束了。各种语言于是相互映照,要知道一种语言只有在另一种语言的映照下才能看清自己……所有这些因素都行动起来,进入了积极地

---

① 吴怀尧:《阿来:文学即宗教》,《延安文学》2009 年第 3 期。
② 赛娜·伊尔斯拜克:《新疆少数民族青年诗人诗歌剪影》,《民族文学》2015 年第 10 期。
③ 关纪新、朝戈金:《多重选择的世界——当代少数民族作家文学的理论描述》,中央民族大学出版社 1995 年版,第 11 页。
④ 罗庆春、王菊:《"第二母语"的诗性创造》,《小说评论》2008 年第 3 期。

相互作用和相互映照的过程。话语、语言开始给人以另一种感觉,它们客观上已不再是过去的自己。在不同语言这样外在地和内在地相互映照的条件下,每一特定的语言即使它的语言成素(语音、词汇、形态等)绝对不变,也好像是又一次降生;对于使用这一语言的创作者意识来说,它变为了另一种质的东西"①。在这种情况下,少数民族汉语文学形成怎样独特的语言现象? 塑造了怎样的文学形态,双语间的撕扯与暧昧在哪些层面影响了他们的价值表述,影响的程度有多大? 在"另一种语言的映照下"怎样变成了"另一种质的东西"。凡此问题,"直到今天,恐怕还没有人真正从文学的角度来看看这些所谓少数民族文学作品,除了为汉语言文学提供了一些新的题材样本之外,还增加了什么新鲜的东西"②。

再次,当前,少数民族文学的民族性或民族特色书写渐趋淡化,以"民族性"及相关话语为关键词的少数民族文学批评面临失语或阐释无效的风险。晚近以来,空间杂糅的常态性、族际交往的持续性、边界生产的模糊性、身份意识的多元性等因素,使得少数民族作家在处理民族性与现代性、本土化与全球化、历时性与共时性等关系时,表现得更为开放而理性、多元而丰富。他们在不放弃民族性表述的同时能够以一种更为现代性的书写姿态面对全球化背景下的他者问题,或者说,他们的文学书写在民族性、民族身份或民族文化等表述方面表现得更为淡化。尽管他们没有放弃对全球化背景下民族身份的思考,没有停止对少数民族文学的民族性特征叙事愿景,却能够以一种更为坦然、积极而包容的姿态思考传统与现代、科学与人文、信仰与世俗等诸多矛盾或冲突在本民族内部的展开,以及在展开过程中民族身份建构与民族性维系等问题的多元性、包容性与建构性。他们的主体意识已不同于以张扬族群认同,致力于民族文化身份建构为目标的"民族话语代言人";更不同于20世纪50—70年代以国家话语为规约,自觉地将自己的创作服务于国家话语为旨归的代言人。而是在充分融入个体认同及民族认同基础上更深入地思考多民族国家共同体的认同与建构问题。尽管这一历史主体也会遭遇多元文化冲击的困惑、文化心理调适的艰难、身份归属的迷惘等问题,他们却能够将这种情感焦虑投射到中华多民族共存空间内加以理性审视,能够以一种开放的、对话性姿态将族群身份置入全球化框架之内予以考量,"坚守传统,不是非得在一棵树上吊死。有选择地融汇先进的

---

① [俄]巴赫金:《巴赫金全集》(第三卷),白春仁等译,河北教育出版社2009年版,第506页。

② 阿来:《看见》,湖南文艺出版社2011年版,第205页。

科技文明,在自我怀疑中完成超越,而不是两种文明在撞击中同归于尽"①。
这种开放而包容的写作立场使得少数民族文学将族群身份、历史记忆等问
题置入厚重而深邃的历史和现实,并将之与整个现代性社会语境相勾连,以
此重建一种情感与现实、族群与他者、传统与现代交混性的关联方式,彰显
出一种诗性正义与人文关怀。笔者将这一叙事特征命名为"去族别化叙
事"或"跨族别化叙事"②。阿来的《空山》(包括《随风飘散》《天火》《达瑟
与达戈》《荒芜》《轻雷》《空山》等三部六卷)不再是建构族群意识或想象藏
族共同体的书写行为,不再是仅仅通过藏文化的民族志书写以标示与他者
区别的族群身份的书写行为,而是通过"机村"这一特定地域空间的历史叙
事来触摸或构建当代中国的"村落史",为读者提供一种现代性语境下如何
处理人与自然、人与他人、政治与文化、现代文明与宗教信仰等关系的独特
视角,为当代中国的现代性进程提供源自少数民族的在地化经验或教训。
如阿来所说,他的著作"要表现的是一部中国当代的村落史。写藏族村庄,
它不是单一民族的,也不是牧歌式的、传奇的,而是表现更广大的场景"③。
白玛娜珍的《拉萨红尘》《复活的度母》,格央的《让爱慢慢永恒》《梦在天空
流浪》,尼玛潘多的《紫青稞》,次仁罗布的《放生羊》《阿米日嘎》《界》等,都
不再局限于对特定族群文化象征物的民族志展示,而是将他们的现代性焦
虑融入当下中国社会、历史、文化等剧烈转型的整体格局加以观照,从中触
摸少数民族群体与其他民族群体现代性体验的通约性或普遍性。如尼玛潘
多所说,"我只是想讲一个故事,一个普通藏族人家的故事,一个和其他地
方一样面临生活、生存问题的故事。我想做的就是剥去西藏的神秘与玄奥
的外衣,以普通藏族人的真实生活展现跨越民族界限的、人类共通的真实情
感"④。王志国以隐喻方式将诗命名为《宽容》,为"去族别化叙事"作了经
典概括,"要允许道路/在拐弯处/带给你不一样的风景/要允许陌生人/一
次又一次敲开你的柴门/向你打听/春天的消息……"⑤于是,少数民族作家
在叙事主题层面不再执着于自我民族身份的守望与建构,在场景设置层面
不再致力于自我民族生存空间的单边叙事景观再现,在情感取向层面不再

---

① 嘎玛丹增:《加达村:最后的从前》,《民族文学》2015 年第 5 期。
② 关于"去族别化叙事"或"跨族别化叙事"的命名,见李长中、刘巧荣:《后民族主义时期的
藏族文学:新的历史主体与其叙事转型》,《阿来研究》2016 年第 1 期。
③ 唐俭:《表现中国当代村落史——阿来谈新作〈空山〉》,《人民日报(海外版)》2005 年 5 月
31 日。
④ 尼玛潘多:《紫青稞》,作家出版社 2010 年版,第 198 页。
⑤ 王志国:《慢慢地等一封信来(组诗)》,《民族文学》2014 年第 6 期。

专注于自我民族群体在现代性语境下的焦虑、彷徨与无奈情绪的悲剧性书写,而是以一种包容、理性与达观的姿态重新发现与阐释现代性语境下自我民族与其他民族互动共处的可能或路径,以一种多元而开放的心态探讨全球化背景下传统与现代在族群内部展开的多元性与复杂性。如果将藏族作家扎西达娃改革开放以来的作品如《没有星光的夜》《去拉萨的路上》《风马之耀》等,与21世纪以达真、列美平措、尹向东等为代表的"康巴作家群"作品予以比较,则可深化对上述问题的清晰认知。在扎西达娃早期的作品中,无一例外地皆是致力于"复仇"故事重复性叙事的文本,并表征出对暴力的某种青睐。到了21世纪,"康巴作家群"中的尹向东、达真、格绒追美、洼西、洛桑卓玛、雍措等作家作品的叙事主题却基本清除了"复仇"或"暴力"的重构性书写,而是致力于"和解"命题的审美表述,如,洼西的《雪崩》表面上看是一个寻仇与寻根的故事:不知其父亲究竟是谁的顿巴在说唱艺人养父桑珠的培养下成长为威震一方的头人,尽管其成长的力量和欲望都来自顿巴的寻仇和寻根。但是,在神灵或亲情的启示和感召下,他却最终在和解与和合中完成自我救赎。在这里,"雪崩"无疑是族际间猜疑冰释后"和解"的象征性叙事。其他如泽仁达娃的《雪山的话语》、魏彦烈的《仰望昆仑》、贺志高的《行走高原》、王朝书的《康巴在哪里》、秋加才仁的《秋加的小说》等,皆是关于"和解"命题的现代美学阐释,如康巴女诗人拥搭拉姆所写,"瞥见草上挂着水珠/这份潮/不知是草赋予空气的/还是空气给予草地的/借言觉者圣言/一切和合而成"①……表征着少数民族文学渐趋走出民族主义叙事而生成一种公共性品质。在主流话语对文学整合功能日渐退却,价值多元化、碎片化叙事盛行的当下,少数民族文学美学共同体及其审美共识的达成,以及对各民族共有价值塑造,对各民族"和解"命题构拟,对多元文化语境下人类命运共同体建构等,彰显出某种再造宏大叙事的努力。如藏族作家列美平措所说,藏族传统若不和现代相适总归要被现代淘汰,现代的价值却被我们有意无意间遮蔽了,"肯定有新的生命的诞生/迷惘不仅在黄昏/我们总是容易忽视/初升的太阳放射光芒的时刻"②。当然,"去族别化叙事"文本却非消弭民族性的在场,而是以民族性与现代性、本土化与全球化、族群身份与多元身份杂糅融合方式隐匿在文本深处,隐而不彰。……批评者若对此固守先前以民族文化阐释为准则,以民族性发现为尺度,以民间景观敞开为抓手,以民间习俗解读为规约的批评模式,困惑于

---

① 刘火:《康巴文学的奇异风采》,《文艺报》2014年6月6日。
② 列美平措:《心灵的忧郁》,四川民族出版社1991年版,第25页。

"看不出民族性特征了,还是少数民族文学吗?""少数民族文学不写少数民族文化还是少数民族文学吗?""以少数民族作家身份为标准判断是否为少数民族文学,可能吗?""没有少数民族的少数民族文学,能否称为少数民族文学?""少数民族文学:概念合法性何在?"等问题,很容易会出现批评失效问题。

三

民间文学与作家文学间的互动机制是什么、内在规律有哪些、民族文学在历时性视域内发展嬗变的内外因素是什么等问题,都向文学批评提出了严峻挑战。当代少数民族文学与民族原始神话思维的关系,使得少数民族文学的意义表述方式、叙事(抒情)方式、审美建构方式等迥异于汉族文学;当代少数民族文学非母语写作与母语思维之间错综复杂的关系,又使得少数民族文学的修辞手法、言说方式、语言技巧等呈现出典型的地方性及民族性特征,如此差异性的文本形态使得少数民族文学批评难度陡然增大。其"难度"在于:少数民族文学在传统与现代、本土与多元、开放与坚守等多重矛盾交织中形塑着文本现象的复杂性与地方性知识特征,意味着不能在西方普适性批评话语知识谱系内加以讨论,也不能套用一般意义上的汉族文学批评话语。如刘俐俐所说,"(少数民族文学理论建设问题)是基于对于普适性文学理论的挑战。解放后我国以探讨普遍性文学规律为目标的文学理论,无法解释和说明民族文学地方性、差异性、多样性、复杂性。文学理论与民族文学的历史与现状及其特点出现如此不适应,建设任务自然地提到了日程"①。如何阐释或论证少数民族文学在传统文化与现代文明交相混杂,民族意识与公民意识彼此交织,族群认同与多元化认同相互缠绕,族群边界与他者空间共时流动等情况下的叙事症候,以什么方法论或话语范式去阐释、阐释的价值论目标与伦理原则是什么,如何判断阐释的有效性,以何判断等问题,都为少数民族文学批评增加了难度、标示了深度、划定了努力的向度。至今,学界关于"少数民族文学"的学科定位、批评范式、理论建构等基本问题仍存有焦虑,即使是一些常用常见的概念或命题也处于既不能明确其内涵也难以清晰界定其外延的状态,如少数民族文学概念问题、少数民族文学的源流问题、民族性问题、民族意识问题等,一再彰显本土少数民族文学批评经验生产和建构的艰难。少数民族文学批评未受充分重视与

①　刘俐俐:《"美人之美"为宗旨的民族文学理论与方法的几个论域》,《文艺理论研究》2010年第1期。

批评者本土问题意识缺席或话语创新意识匮乏等系列深层次问题尚未取得突破性进展。当代少数民族文学批评在积极吸收、借鉴西方话语基础上形成了哪些"本土经验",这些"本土经验"能否成为或在何种程度上成为中国经验表达,能否参与多民族国家美学话语谱系生产,能否参与中国故事讲述或在讲述中面临什么样的本土问题,其症结是什么,如何将少数民族文学置于当代中国以及当代中国文学场域展开整体性与比较性批评,以什么范式批评,批评的性质、功能、意义是什么,"西方化"与"本土化"如何在本土实践中交汇、交融与对话的,本土化少数民族文学批评理论建构的资源与策略有哪些等问题,如何"在文学批评中,中国的要务是寻找介于传统的生活方式、思维以及新的工作与生活方式之间的表达形式,并将其反映在文学理论的构建上"①等问题,亟须少数民族文学批评研究者给予及时而富有深度的回应。

就此意义而论,"当代少数民族文学批评的'西方话语'与'本土经验'研究"中的几个关键词,是需要在此加以辨析的。"当代"并不是简单的时间表述,从本书所要表述的意义上讲,"当代"其实是指少数民族文学批评真正在学术史和学科史意义上展开且潜隐着一种持续性的、尚没有被充分历史化的不确定性时期,"当代"即是本书研究对象对时间的划界与规约,也意味着研究者是以"当代"的立场与眼光,站在前人研究基础上以当下的学术自觉去观照与评判少数民族文学批评进程中存在的缺失或问题、弊端或不足,这也许对当代少数民族文学批评话语建构能够提供较为充分的问题域以及更具现实针对性的逻辑基点。经验与教训并存,挑战与问题齐现,所有的经验与问题都在一次次批评实践中孕育、发酵与建构而成。所以说,"当代"在本书中是指改革开放至今且具未来延展性的时段;少数民族文学批评的"本土经验"也顺势是指改革开放以来我国少数民族文学批评在处理全球话语与本土实践、"西方话语"与地方性问题过程中生成的、带有本土批评特色的批评经验,如批评话语的更新、批评范式的转型、批评思维的变革以及批评模式的迁移等;更值得注意的是,对少数民族文学批评"本土经验"的观照视野又必须将之置于中国经验的整体框架之内。因为,少数民族文学批评的"本土经验"其实积极参与了中国经验的形构与创造,是中国经验在少数民族文学批评场域内的在地化或民族化表征。甚至可以说,少数民族文学批评的"本土经验"亦是中国话语或中国经验的重要组成部

① [奥]西格丽德·威格尔:《文学、文学批评及文本可读性的历史指数》,薛原译,《文艺研究》2016年第8期。

分,表述着中国经验言说空间内话语资源的复杂性与美学遗产的多空间性;也正是在"本土经验"的生成或建构过程中,少数民族文学批评言说"西方话语"的症结及问题才得以凸显,甚至"西方话语"与"本土经验"事实上已处于全方位缠绕与交织状态,构成一种如影相随、合二为一的结构性存在。故此,本书只能择"西方话语"与"本土经验"中影响深远且颇具节点意味的象征性的个案文本,以探究"西方话语"对本土批评及创作的文化生产逻辑,诠释"本土经验"如何化解或再创造"西方话语"的本土实践,这种探讨要置入少数民族文学生活与国家叙事的关系中。也就是说,对"西方话语"在本土实践中的扩张问题予以评估,我们需要的不是一味地批判与指责和一味地抵制或拒斥,而是需要一种负责任与建设性的批评姿态,需要一种客观、理性的审视态度。在这一过程中,我们需要处理的问题是:少数民族文学批评在几十年历时性发展、演变及其批评实践中,为什么出现"西方化"现象,又有着怎样的"西方化",生成什么样的"本土经验",这些"本土经验"又彰显出什么样的问题意识、批评范式与言说方式等;同时,在"本土经验"形塑过程中又存在哪些制约着本土批评实践深化与深入的因素?上述问题更是需要给予充分的发现与阐释。如此,才能以期重新审视本土批评话语实践的内在理路及其表述特征,并为重塑本土少数民族文学批评的理论话语展开新的理论想象。由此而论,对当代少数民族文学批评的"本土经验"问题予以理论上的归纳与总结,对少数民族文学批评在吸收、借用及言说"西方话语"过程中存在的难题及症结予以深入剖析与阐释:其一,拓展少数民族文学批评研究新视野。少数民族文学批评"西方话语"与"本土经验"研究,涉及如何对待他者、本土话语能否及如何建设问题。本书拟有针对性地对上述问题加以科学分析和有说服力的阐释,需要本土意识与全球视野的多元对话,需要跨学科与跨文化知识的多方配合,其结论才能真正对本土批评的健康、良性发展有所裨益;同时,上述问题研究也是探索立足于少数民族文学批评元问题、深化少数民族文学批评现实性和实效性的有效方式;在拓展少数民族文学批评深广度,深化少数民族文学批评的理论思考、丰富少数民族文学批评理论框架的同时,强化对少数民族文学批评规律的引领。其二,推动少数民族文学健康良性发展。当前,少数民族文学创作领域出现了一些新情况、新问题,如何在充分肯定和鼓励其多元化发展的同时突出社会主义核心价值观在少数民族文学创作思想中的辐射源地位,如何构建多民族国家共同的文化基础以扩大民族话语与国家公共性话语交集,则是其中尤为值得思考的问题。本成果研究有助于促进少数民族作家树立健康、积极的文学观念和文化立场,探究少数民族文学现代转型的特点与规律,推动其参与全球多元文化的交往、交流与交融等。其三,强化新时代新型、和谐多民族文化关系建设。少数民族文学批评是"行动的美学",要有益于少数民族文化发展、多民族国家文化记忆塑造与多民族共享价值体系建设,应当站在一个民族国家现代化发展的立场,站在建设当代人的合乎人性的物质和精神生活方式,以及现代性生活观念的立场来作出价值判断。① 就此意义而论,本成果是对学术研究介入现实问题的积极探索,对新时代中华民族优秀传统文化的传承与创新,对建构一种真正统摄少数民族文学批评的民族观、国家观、历史观及价值观,对促进全球化多元文化背景下新型、和谐多民族文化关系建设等,具有重要价值。

---

① 参见费孝通著,方李莉编:《全球化与文化自觉——费孝通晚年文选》,外语教学与研究出版社 2013 年版,第 56 页。

第一章 当代少数民族文学批评的
文化生态与其问题框架

在福柯看来,任何话语的生成与流布都处于特定的场域,场域是交织着各种"微观权力"的意义之网,对话语的考察则要以知识谱系学方式进行①。也就是说,任何批评话语的生产、播撒、实践以及批评范式的生成都是在特定时空体内展开,特定时空体决定了批评实践的话语选取与问题域,决定了批评者的批评思维、言说方式与价值取向等。当代少数民族文学批评实践中一系列核心概念如少数民族文学、民族性、文化身份、民族主义、主体认同等只有置于特定的社会文化语境及其衍生的问题域,才能从起源学意义上窥视本土批评发生、发展与其嬗变的内在规律及话语生产逻辑,考察批评话语出场的合法性与非法性问题,查勘西方话语"理论旅行"到本土,是敞亮了本土批评的难度与深度,深化了本土批评的问题意识,还是扭曲、遮掩了本土的"真问题"以迁就于西方话语的言说逻辑;本土批评的话语狂欢是批评者立足于本土实践的一种学术使命感与主体自觉意识所为,还是出于一种脱离语境与本土实践的主观臆想抑或话语权力争夺意识? 对上述问题全面而深入地审视才能不断挺进本土批评中那些意义未曾言明的世界,在历史纵深处与意义生发处探究本土话语生成的可能路径与潜在资源问题。所以说,批评必须返回少数民族文学创作与其批评现场。

通常而言,现代性意义上的少数民族文学批评及其理论建设在 20 世纪80 年代才真正在学术史及学科史意义上得以展开,即便如此,少数民族文学批评研究也只是"将民族文学和民族民间文学视为整体为基本研究趋势"②。或者说,该时期少数民族文学批评关注的重心仍然是少数民族民间说唱文学而非其作家文学,所凭借的理论资源及批评范式很大程度上也是民间文学批评理论在作家文学实践层面的重复性操演,少数民族文学批评成果自然多是以少数民族民间文学批评为基本形态。迟至今日,学界将少数民族民间文学作为少数民族文学总称,仍将少数民族民间文学批评作为

---

① 参见刘北成编著:《福柯思想肖像》,北京师范大学出版社 1995 年版,第 219 页。
② 刘俐俐:《我国民族文学理论与方法的历史、现状与前瞻》,见"新中国文论 60 年国际学术研讨会暨中国中外文艺理论学会第六届年会"发言。

少数民族文学批评的代替性表述,少数民族作家文学研究力量相对薄弱、研究成果相对较少、研究范式相对守旧等,仍是难以解决的症结。改革开放以来,少数民族文学批评与主流学界一道加入新一轮"西学东渐"历程,经过主流学界"中转站"蜂拥而至的大规模"西方话语"因先天性水土不服或"理论旅行"后的误读、误用问题,使得少数民族文学批评界开始意识到拥有自身话语或言说范式的重要性与紧迫性,在某种程度上为20世纪90年代少数民族文学批评话语建构准备了期待视域。此后,由于中国社会急遽转型与大众文化的迅速播撒,甚或包括对西方文明、话语的再度失望及其对本土话语宰制性影响的焦虑与恐慌,主体性、中华性、本土主义等话语成为民族主义话语在中国复兴的经典表述。自曹顺庆在其名篇《21世纪中国文化发展战略与重建中国文论话语》①中首提"失语症"以来,"失语症"成为民族主义在文化和文学研究场域内的象征性滥觞。以后设性视角来看,问题的关键不在于"失语症"是否触及本土话语的根本性症结,不在于"失语症"达到什么样的学术深度或拥有什么样的学术洞见,而在于"失语症"及相关问题探讨契合了当时本土学界对"西方化"的集体性焦虑与对"化西方"愿景的迫切,"根本不能说明我们未尝'失语'的时候讲的是怎样的一种'纯正'中国话,而且对于'失语'的现象学描述也不同于对是否应当'失语'的价值论论证"②,或者说,"失语症"真正触及了本土话语言说焦虑与危机以及由此生成的对西方话语的抗争意识。"我们自己的问题""以自己的方式解决"等张扬民族主义话语与"失语症"构成了内在勾连的话语谱系。或者说,本土场域中的民族主义意识形态话语复兴是本土学者在"西方话语"结构性压力所生成的表述危机面前发现"本土"与本土身份的一种应激性策略,并隐喻化地以塑造本土文化身份、展现本土话语立场、彰显本土话语特色的方式呈现,"他们利用'本土'这一新归属来确立自己作为'民族文化'和民族文化利益的'代言人'"③。也就是说,民族主义话语在本土语境复兴只是本土知识分子出于再造传统与身份维系的需求,亦可纳入"西方—本土""刺激—反应"的表述逻辑,能否对本土现实问题予以理性审视与冷静观察反而退居于问题的背面。在民族主义话语渐趋复兴过程中,少数民族作家"逐步摆脱与当代文坛亦步亦趋的态势,开始善于从本民族的情感和视角出发处理艺术对象,表达自己本民族所珍爱的情感。他们的文学创

---

① 曹顺庆:《21世纪中国文化发展战略与重建中国文论话语》,《东方丛刊》1995年第3辑。

② 陶东风:《主体性、自主性与启蒙现代性——20世纪80年代中国文艺学主流话语的反思》,见《社会理论视野中的文学与文化》,暨南大学出版社2002年版,第162页。

③ 徐贲:《走向后现代与后殖民》,中国社会科学出版社1996年版,第199页。

造日益显示出了民族本身的规律"①。身份认同、文化流散、他者等问题成
为他们创作的共有主题。少数民族作家的民族话语代言人意识日渐将寄寓
着强烈民族认同的族群寓言书写作为规约性叙事伦理，甚至将民族文化身
份认同看作是固定的、非历史的、与其他认同很难共存共享共有的单一性认
同。在他们看来，一个民族的文化只能由本民族作家才能真实反映。一个
民族的文学只有本民族作家创造才能称得上是本民族的文学，任何他者都
不能越俎代庖。因为，任何作家都带着本民族特有的文化模式、生活经验与
情感结构，他们不可能以真正的同情之理解、以贴近感知经验去深描别的民
族文化。所以，一个民族的文化和文学是不能由其他民族作家完全再现的，
一个民族的缺点或不足也只能由本民族作家来判断。对文化传统的守护、
对民族身份的维系、对民族历史的赋魅、对他者的拒绝质疑等现象则表现出
强烈的民族文化本位意识。鄂温克族作家乌热尔图强调的"不可剥夺的自
我阐释权"即是上述创作理念的经典显影，"任何一个民族的文学作品……
在涉及一个民族的整体形象，表达一个民族内在的声音时，这一权利是不应
被压制和剥夺的"②。尽管这种强烈却略显空洞的自我族群意识表述不时
遭遇理性声音质疑，"是否每个民族的文化之正声，只能由自己拥有，只能
由自我发出？是否存在与族性必然相关的截然二分的正义与非正义之声？
强势之声与弱势之音只是相对的划分，是互为条件互相渗透的，还是绝对
的、不可逆转的？"③然而，这种理性而内省的声音却未得到重视，一些少数
民族文学甚至将所有他者都看作是对自我身份的伤害，"你不要伤害我，请
允许我存在，尽管我的灵魂与风暴贴得很近，请你允许我走向阳光地带，尽
管你已把深深的伤害涂遍我的躯体内外，请你允许我的灵魂在风雨中闪
光"④。苗族作家向本贵的《花垭人家》将远赴城市打工者无一例外地隐喻
为"中毒"者，留在本乡本土者却是事业有成、爱情美满、生活幸福者⑤；仡佬
族作家王华的《雪豆》（即《桥溪庄》）将作为少数民族地区"桥溪庄"的现代
化发展史隐喻为生态环境的破坏史⑥……多元文化冲击的猛烈、文化传统
流失风险的急迫、生存家园消散的加剧、跨族成员流动的频繁、现代性及其
衍生的科技资本与经济崇拜等对族群空间冲击日趋严重，少数民族作家的

① 刘俐俐：《后殖民主义语境中的当代民族文学问题思考》，《南开大学学报》2000 年第 1 期。
② 乌热尔图：《不可剥夺的自我阐释权》，《读书》1997 年第 2 期。
③ 姚新勇：《未必纯粹自我的自我阐释权》，《读书》1997 年第 10 期。
④ 傅查新昌：《我就这么活着》，中国文联出版社 1999 年版，第 60 页。
⑤ 参见向本贵：《花垭人家》，《民族文学》2017 年第 10 期。
⑥ 参见王华：《雪豆》，《当代》2005 年第 1 期。

文学叙事也难以将自我族群命运内化为现代性语境下人类共同价值的守护,难以建构起各民族群体共享与充分理解的公共性语境。尽管,当代少数民族文学创作渐趋呈现跨族别化叙事或去族别化叙事倾向,就整体情况而论,对民族身份的维系与建构,对民族文化优越感与自豪感的张扬与渲染,对民族历史和传统的心向往之等,却是民族主义话语在少数民族文学中的经典表征。

我国少数民族群体普遍具有宗教信仰传统,宗教在某种程度上甚至成为他们文化传统和心理结构的结构性成分,成为一种原型意义上的民族精神形式、民族生活方式与社会伦理观念等,形塑着他们特定的伦理道德、价值表述、情感诉求与审美品性等。另外,宗教文化更影响到族群成员的生产和生活方式,以及文化惯习、价值观念与生存技能等。一旦宗教问题与贫困问题、文化问题等交织激荡,有可能对民族地区的安全、稳定和发展等造成消极影响。近年来,边境边地边疆民族地区的宗教意识出现一些问题,在这种情况下,一些宗教意识较为强烈的少数民族群体往往将民族身份认同问题等同于宗教认同,将民族身份看作是宗教身份,以宗教认同取代对多民族国家的认同,"掩盖或模糊信众个人拥有的公民身份和公民权利(或淡化和排斥公民的其他社会身份)"①。若加上宗教问题与语言问题的双重叠加,一些宗教问题更容易成为制造不同民族边界的资源,成为不同民族划界的尺度或准绳,以宗教有无作为族际交往与否的参照。文学是文化的审美反映,文化是社会秩序的构拟与生活意义的表述。当宗教文化作为一种结构性因素内植于少数民族之时,民间宗教的价值取向、思维方式或叙事倾向等必然形塑着少数民族作家的伦理诉求、形式建构与美学表述等。从表面上看,少数民族文学的宗教文化书写有着文化寻根之意。不过,因现代性语境下少数民族群体的身份问题、文化传承问题、传统维系问题、族群共同体建构问题凸显,其宗教文化叙事不仅是一种题材或主题表述的需要,更是与身份建构、族群认同、家园重构等相关的寓言化表征。少数民族文学宗教叙事的底线在哪里,面临什么样的表述危机,判断少数民族文学宗教叙事合法性的伦理和价值取向的尺度是什么,对少数民族文学批评提出哪些挑战,又如何应对等,是批评必须面对的难题。

在对语言的重视、对总体性的抵制、对共识性的瓦解、对现代主义等的质疑中,后学话语思潮已成为一种波及哲学、社会学、心理学、文学艺术等几乎所有意识形态领域的社会思潮,甚至成为人们的一种新的生活和行为方

---

① 王晓丽:《宗教扩大化与民众生活的相关性》,《青海民族研究》2014 年第 4 期。

式及思维范式等,反映在批评理论形态方面就表现为"解构","从对文学作品的解构,到对传统的二元对立的整体理性文化的解构"①。20 世纪 90 年代整个社会、政治、文化及经济等结构性的急遽转型却使本土学者很快接受了后现代主义思潮并受其影响。"不要思想要畅想,不要深度要速度,不要共识要见识"等成为一些本土学者表述事物的口头禅。这种思潮对本土文学创作的影响在于:解构价值、虚无历史、拆解总体、以"后"为上等错误思潮一度影响了本土文学的创作。尽管各少数民族群体大多处于山高林密、沟壑纵横、大漠戈壁等交通通信相对闭塞、文化交流尚不够通畅的地区,对西方话语接受自然存在着时间的滞后性与空间的延异性,但当后学话语思潮作为一种结构性因素内置入中国学术思潮及其话语表述逻辑,甚至成为一种共识性的价值论表述时,也无可避免地对他们产生了深层次的冲击和影响。一些少数民族作家以"创新""探索""颠覆""打破""解构"等为名,试验各种花样翻新、名目繁多的"后现代"创作:在价值取向层面衷情于个体的、私密性的个体欲望或享乐性情感书写;不再执着于文学审美或艺术价值的发现与升华,而是沉溺于表面的、生活化的、"深度削平"后的民族性日常景观与俗常事项的再现与描述;不再执着于文学超越精神或人类公共性命题的审视或反思,而是以"族群代言人"身份将叙事纳入单一族群价值论或伦理指向的叙述逻辑。在创作方法层面不再致力于人文关怀的、普遍伦理的、以贴近时代与现实生活为主旨的创作方法,而是偏好非理性的、感官化或景观化叙事逻辑。在语言层面不再追求美学的、艺术价值上的提炼与创造,而是迷恋于本能化的原生态语言试验,并以所谓的"民间还原"为之赋魅,却对后学话语思潮在本土语境如何运用、在什么前提下运用、运用的限度与程度如何等问题缺乏深度探究。在很多情况下,对理论的食而不化和追新逐异使得一些批评者有意或无意间遗忘了对后学话语思潮的语境化考察和对理论旅行有效性的理性审视,并以他者语境中的有关后学概念或术语想当然地套用于本土文学实践,结果造成"橘生淮南则为橘,生于淮北则为枳"的批评怪象。由此而言,如何借助后学话语思潮所开启的平等协商、开放包容、尊重地方的价值立场,以拓展与深化对少数民族文学发展演进规律的认知与价值重塑,如何摒弃传统思维而以平等协商姿态触及少数民族文学的叙述机理、主题深度与艺术生产机制,如何以历史还原和知识考古的方式在少数民族文学文本深处发现叙述真相,如何重塑多民族文化、文学多元共生格局等,都需要少数民族文学批评研究予以回应与审视。

---

① 马新国主编:《西方文论史》(第三版),高等教育出版社 2008 年版,第 470 页。

当西方话语与本土实践事实上已构成彼此不在场的在场者之时,"西方化"与"本土化"构拟了少数民族文学批评场域中最为凸显的话语表征与叙事生态,成为考察和观照少数民族文学批评的两个关键词,并为少数民族文学批评及其研究规约了最为基本的问题域。随着全球化及多元文化的纵深播撒,少数民族文学批评的文化生态日趋复杂。作为对少数民族文学批评产生结构性影响的民族主义话语复兴、宗教主义思潮升温及后学话语思潮泛起等问题,对少数民族文学创作与批评带来哪些或积极或消极影响、形成哪些经典性的叙事症候,少数民族文学创作与批评如何回应上述影响,形成哪些本土化的回应方式,理想的回应方式应该是什么等问题,都需要在本章加以展现或解决——尽管是个案性的。

第一节　民族主义话语复兴中的少数民族文学批评

尽管作为舶来词的"民族主义"具有人言言殊的特性,但在其最终归属层面被归结为"文化民族主义",却是学界相当一致的看法。所以,民族主义被认为是"探索维护和弘扬共同体民族文化道路的民族主义"①。"民族主义"概念内涵和外延之所以具有如此规定性,根源在于:任何意义上的民族主义最终都要借助于特定空间内特定族群的文化象征物和符号体系等得以维系与强化,只有依靠族群共享而非他者所有的文化象征物及符号体系才能在族群共同体内部激起民族认同的强烈愿景。故此,民族主义话语在西方社会其实是启蒙运动的产物,是启蒙者试图通过对民族共同体内部文化象征物及符号体系的挖掘、建构与阐释,以唤醒作为现代民族国家建构基础的族群成员的民族意识,并满足族群成员所需要的心身自由保障的话语,如狄德罗等对法国"市民剧"的重视、维柯对"新科学"的探索、赫尔德对德国民歌民谣的考察等,都是通过对族群民间话语与群体生活的关联性考察,以召唤族群共同体民族意识和社会公共历史文化记忆。赫尔德认为,对民族文学独创性的考察其实是为了强化民族成员对自身社会历史环境、性格特征、心理情感等方面的文化认同,"赫尔德并不问询追求权力,也不企图声称他自己的阶级、民族或文化的优越性。他希望创造一个社会,在其中每一个成员都能完全自由地生活和自我表现,成为有所作为的人……很显然赫尔德本人并没有(后来表现得更充分的、侵略性的民族主义和沙文主义等)这些侵略性的感情。尽管是他创造了民族主义这个新词,但他对于一

① *Encyclopedia of Nationalism*, Vol.2, Acaademic Press, 2001, p.107.

个理想社会的描述更接近于梭洛（H.D.Thoreau）、蒲鲁东和克鲁泡特金的无政府主义以及歌德和洪堡等自由主义者赞成的文化建构"①。安德森的"想象的共同体"，厄内斯特·盖尔勒的"民族和民族主义"，安东尼·史密斯、汉斯·科恩等对"民族主义"的理解与阐释皆是在上述意义上展开的。菲利克斯·格罗斯认为，民族主义"得于'启蒙哲学'的'作为民族利己主义，民族国家崇拜以及种族主义意识形态的民族主义'，其中，'自由'是作为所谓统一而永恒的自然法则的体现"②。所以，"民族主义"在西方语境中是国族主义基础上个人自由的政治思潮，埃里·凯杜里对此解释说，"我们切记，民族主义对个人提出的全部要求源于对他的自由的关心，该理论认为，真正的自由是意志自由的一种独特状态，这种状态一旦达到，便确保个人的永久实现和他的幸福"③。

从发生学上说，民族主义话语在近代以来中国场域内的流布与深入，其实是近代中华民族反帝反封建的必然衍生物，这就使民族主义话语在中国一开始就具有一种政治关怀意识与中华之崛起的世俗化伦理。对外族入侵的抗争、对殖民话语的抵制、对主体建构的期待、对未来的想象、对自我表述的自觉等因素，使得民族主义话语在本土所衍生的其他意义大于其文化意义。在这种情况下，少数民族群体开始关注自我民族的生存权、发展权与话语权问题，少数民族作家也一再以自觉的民族话语代言人主体身份从事民族文化窥探或身份建构的叙事实践。不过，在统一的多民族国家话语逻辑中，作为多民族国家叙述谱系内的民族主义话语的价值论诉求，并非是清除其他认同在场的文化中心主义或文化保守主义话语的直陈性表述，而是在民族文化身份建构的同时能够在个体身份、民族身份与国族身份间维系必要的平衡或张力。

一

作为民族主义话语兴起的典型表征，少数民族文学自当代渐趋走出单一国家话语再叙述逻辑，开始通过对本民族文化的差异性书写以确认和巩固本民族文化身份，在彰显少数民族作家被动性回应社会文化生态变迁的同时也表述着他们对族群内部遭遇诸多现代性难题的主动性和主体性思考。格桑多杰宣称，"故乡的牛粪火比异乡的炉灶更暖，/巴塘的苹果比异

①　Sir I. Berlin, *Vico and Herder*, New York: Vintage Books, 1976, p.181.
②　[美]菲利克斯·格罗斯：《公民与国家——民族、部族和族属身份》，王建娥、魏强译，新华出版社2003年版，第79页。
③　[英]埃里·凯杜里：《民族主义》，张明明译，中央编译出版社2002年版，第79页。

国的奇花更香——"①……边地边疆空间内的雪域高原、大漠戈壁、深山密林、江河沟壑、地理场景、风俗仪式、族群起源、民俗事项、生活场景、历史传说等极具地域性与民族性特征的空间景观,成为少数民族文学塑造与张扬民族身份的隐喻性叙事修辞;同时,又因与少数民族作家的文化和身份意识相勾连而使之具有建构族群认同的集体文化记忆功能,原生空间内的地理与文化景观是作为民族文化价值观的象征性符号体系,便被少数民族作家糅合进他们的现代性叙事框架,并以之来维持、修正和重构族群共同体边界,以在族群成员内心深处召唤出强烈的共同经历感、历史归属感与文化认同感的,如克雷斯韦尔所说,"建构记忆的主要方式之一,就是透过地方的生产、博物馆、特定的建筑和纪念物等将整个城市或整个地区指定成为了'历史遗迹'。这些都是将记忆置入地方的例子。地方的客观实在性也意味着记忆不是仅仅决定于心理的反复过程,而是通过将记忆刻画在地理景观之中来形成公共记忆"②。再者,由于前现代社会形塑的生活和生存密码与意义建构逻辑,无法为现时少数民族作家提供应对现代性的日常经验与情感表述机制,在世界的空间想象突然扩大与现代性体验日趋丰富复杂的当下,少数民族群体因其文化的流散性、传统的易逝性、生态的脆弱性等在剧烈转型的现代性进程中面临着更为严峻的考验。他们难以返乡重拾原有的生活经验、情感体验与生命意义,难以在传统中获得曾经拥有的归宿感、依恋感与认同感,也难以在现代性场域中找到他们记忆和想象中的那个古典的、温情的、优雅的、岁月静好的家园——无论心理的还是地理空间的。"想到鄂温克人没有猎枪,没有放驯鹿的地方,我就想哭,做梦都在哭","一个民族失去了自己的文化,就等于失去了一切,失去了一切就面临消亡"③。由此以来,少数民族群体在现代性语境中的所有困惑、迷惘与焦虑在其创作中便很自然地转化为某种强烈的文化本位意识,并时常以"自我/他者"间的二元论叙事方式予以审美表述。裕固族作家铁穆尔一再通过对民族传统的浪漫化和乌托邦想象作为质疑与对抗现代性的精神背靠,"回忆着大草原腹地的人们那近乎完美的礼仪,美奂美仑的歌舞和大海般深厚的诗文……如今,我看见当年那个古老语词弥漫的鄂金尼部落的的确确已经面

---

① 格桑多杰:《这边是你的家乡——致旅印藏胞》,载张承志等编:《中国新文艺大系(1976—1982)少数民族文学集》,中国文联出版公司1985年版,第722页。
② [英]蒂姆·克雷斯韦尔:《地方:记忆、想象与认同》,王志弘、徐苔玲译,(台湾)群学出版有限公司2006年版,第138页。
③ 顾桃:《敖鲁古雅·维佳讲述》,见 http://blog.sina.com.cn/u/1288.583947,2008年7月20日。

目全非,不仅仅是会说自己语言的人已经寥若晨星,我是这个非凡族群和部落改头换面或曰'转型'时期的见证者,目睹着他们的背影消失在地平线"①。在这里,叙述者在"如今/过去"的修辞性叙事框架内将"回忆"中的草原看作是"近乎完美""美奂美仑","如今"却是"面目全非""寥若晨星""消失"等,表述着对传统易逝的感伤与对当下生活际遇的哀戚;达斡尔族作家昳岚《霍日里河啊,霍日里山》的叙述者在见证"移民搬迁""传统民居被拆除"导致"房梁被钩起的那一刻"时,感到"心也被钩起来了,一阵阵疼","扒下了苦房草,就像揪掉了我的头发。推倒了墙坯,我的肌肉也跟着一块块堆下来了。等到那些粗实的椽子檩子落架的时候,我的骨缝骨节也像脱了节似的,散架了","房子没了。村子没了。我们生活的痕迹,一切,全没有了。就像我早年失去的姑娘离我而去时的那样伤心"②。在这里,叙述者一再将"民居"生命化、伦理化与情感化,其实是以一种拟人化方式将深入骨髓的生命体验与民族传统相勾连,彰显现代性语境下少数民族群体对传统及文化根脉消逝的痛惜。而且,文中所谓"早年失去的姑娘"在通常的理解中不就是"孩子"意象的隐喻吗?所以,叙述者在以民族志方式展示达斡尔人的传统民居建造工序时一再强调"编柳笆可不是一般的活计,是我们民族特有的技艺","再说铺草,搭木架木板,板上还雕有花纹,这可是只有我们民族建筑才有的样式呢"。"西窗,就是我们民族惟有的窗户了"③等。以"我们"的"民族特色""民族特有的技艺""民族才有的""民族惟有"等标示出自我与他者区别并在此中强化着一种文化民族主义意义上的族群身份意识,作为现代性话语的"他者"在本质上就成了不被信任者或民族传统的破坏者——尽管这些"他者"在他们文本叙事中并非是"敌意"的同义反复——却很难作为某种共享叙事伦理或社会规则建构资源而被少数民族叙述者认同,"我们"这一集体身份明确的在场确是"拒绝"他者的隐喻化表述。……如亚当斯说,"我们"身份的确立是"我族意识"或"族内意识"形成的标志。集体和群体感产生于日常生活或者周期性接触他者的过程中,是共同的利益感、经济需要和友谊的联结以及心理上对群体的依附。在他们的生活中只有复数第一人称的"我们"而缺乏单数第一人称的"我"④。尽管上述文本的价值叙事拆解和否定了此前阶段同质化中国的表

---

① 铁穆尔:《逃亡者狂想曲》,《民族文学》2016年第6期。
② 昳岚:《霍日里河啊,霍日里山》,《骏马》2006年第5期。
③ 昳岚:《霍日里河啊,霍日里山》,《骏马》2006年第5期。
④ R. N. Adams, "Ethnocentrism and Ingroup Consciousness", *American Anthropologist*, Vol. 3, No. 4, pp.598-600.

述逻辑,以表述民族彰显少数民族文学异质性问题,却不期然将之纳入与主流话语的对立性叙述逻辑。张承志 20 世纪 80 年代的作品如《北方的河》《老桥》等可被纳入"文明与愚昧的冲突"的共名写作框架。在经过民族性问题大讨论与寻根思潮洗礼后,他意识到少数民族只有占有"民族文化的根"才能"回到自身"。由此,他便开始走进"回民的黄土高原"并在西海固"异端的美"中完成了真正"回到自身"的"蜕变",因"蜕变"获得"喜悦地感受"①;藏族诗歌也"表现出日益强烈的民族文化本体意识"。文化多元论、散居族裔理论、身份认同等后学话语思潮兴起,助推了少数民族文学对地方性知识的建构与修辞化描述。

自当代"文化寻根/寻根文学"思潮及相关话语展开以来,一些汉族作家出于文化寻根或美学话语创新焦虑纷纷走进边地边境边疆民族区域。少数民族文化特有的陌生化、神性化及原生态等地方性知识满足了汉族作家对他者的美学期待与浪漫化想象。他们相信并渴望这种原生态文化传统能够成为解决他们现代化焦虑和突破传统审美思维的精神资源,或者成为他们创作成功的市场化资本。他们关于少数民族景观、习俗、礼仪、宗教等的表述等也就可能跌入"发现理论"的叙事圈套。"发现理论"是以"我发现的我就有权力对它进行改造命名或整合"为叙事逻辑,赋予发现者以强烈的文化意识形态,甚至为了表述需要而"不得不以牺牲表述对象的正确性为代价,通过裁剪事实完成筛选证据来支持其观点"②。在这一过程中,"无论他者是比我们更好或更差,与我们相似或相异,总不会是中性的,与他者的比较总是有自我的投射"③。所谓的"异"只是表述者以与其所代表的身份所赋予的文化立场及价值观原则对比而来的结果,正如"洁净与危险"一样,被标示的"差异"需要从总体分类的文化关系中寻找其意义来源④。以马原为例,马原之所以去西藏,是因为与其同龄的其他作家大多声名鹊起,而他从事 10 年的小说创作却没有发表出一篇作品,"如果不谦虚地说,我的小说创作跟中国同时代其他好的小说家,应该是在同一个水准上,但却一

---

① 张承志:《回民的黄土高原——张承志回族题材小说选》,青海人民出版社 1993 年版,第 289 页。

② Allen Carlson,"A Flawed Perspective: The Limitations Inherent within the Study of Chinese Nationalism",*Nations and Nationalism*,Vol.15,No.1,Januanry,2009,p.25.

③ [美]威廉·亚当斯:《人类学的哲学之根》,黄剑波、李文建译,广西师范大学出版社 2006 年版,第 7 页。

④ Mary Douglas,*Purity and Danger:An Analysis of Concepts of Pollution and Taboo*,London:Routledge,1966,p.5.

直都不能发出,我知道一定有些什么特别的东西在起作用"①。于是,他走向了作为形容词的"西藏"并最终获得成功。其他如范稳、红柯、迟子建等也多是在此意义上发现并走进边地。以少数民族文化作为某种拯救功能的价值预设使得他们往往将其理想化为人类生存的"乌托邦""最后净土""文化活化石""原生态世界"等。这样,他们对边境边地边疆文化的审美转化就蕴藏着某种权力抑制与被抑制的问题,汉文化与少数民族文化要么被表述为"文明/愚昧""富庶/贫瘠""现代/传统""创新/保守"的冲突,要么被想象为"丑陋/优美""世俗/神圣""堕落/救赎"的对立。少数民族文化于是成为主流话语言说者以权力话语想象性编码而创造出的与其完全不同的"他者",加之中华多民族文化内部的多样性和多源性构成,少数民族文化的复杂性与丰富性特征便被主流话语化约论解读为某种固定而单维度的话语象征物,或者被"看作主流或中心文化的自我形象的投射"②。全球化进程加速更加剧了"少数民族"作为一种形容词被他者误读风险,以至于被误读的形容词意义上的"少数民族"却被看作了名词性的"少数民族"。例如,作为名词的"西藏"③却一直被他者"盲人摸象"式的消费而成为空洞化符号,跌入尤瑞所论的"游客的目光"④的叙述逻辑。藏族作家阿来之所以重述《格萨尔王》就是想通过对藏族历史、时代、政治、文化等巨变中藏族文化的遭际与人性嬗变的审美书写,以打破人们对西藏的神秘化想象,还原一个真实的西藏,为人们提供"一部让你读懂西藏人眼神的小说"⑤。在阿来看来,藏族题材的选择是为人们提供一种观照"中国问题"的视角,他的写作"就是想打破所谓西藏的神秘感,让人们从更平实的生活和更严肃的历史入手来了解藏族人,而不是过于依赖如今流行的那些过于符号化的内容"⑥。他的《大地的阶梯》是以脚步和内心的尺度去丈量西藏,还原西藏,再现一个真实的、客观的西藏;他的散文集命名为《看见》;他的"自然文学三部曲"(《蘑菇圈》《三只虫草》《河上柏影》)等,都是在上述知识谱系内还原真实的西藏。巧合的是,他的《河上柏影》的主人公王泽周在学校读书时

---

① 许敏:《马原:西藏把我点燃》,见 http://news.sina.com.cn/c/2006-05-08/10349799212.shtml.

② 贺桂梅:《"新启蒙"知识档案:80 年代中国文化研究》,北京大学出版社 2010 年版,第193 页。

③ 关于藏族作家对"名词西藏"建构的具体论述,请参阅李长中:《〈河上柏影〉与阿来的景观政治学》,《阿来研究》2017 年第 1 期。

④ [英]约翰·尤瑞:《游客凝视》,杨慧等译,广西师范大学出版社 2009 年版,第2—3 页。

⑤ 卜昌伟:《阿来重述格萨尔王:框架不变》,《京华时报》2009 年 2 月 8 日。

⑥ 金涛:《阿来:让你读懂西藏人的眼神》,《中国艺术报》2009 年 9 月 23 日。

一直崇尚科学知识,爱好人类学著作,硕博士读的又是人类学专业。作者是以此隐喻化方式要求叙述者须持一种“客观”视角而处于“感知主体”位置,便于能够以“贴近感知经验”将本族群文化“深描”为“被感知的客观”,还原真实的他者。在布莱迪看来,人类学家通常需要深入某个群体,深入一个居住在特定地域的特定群体,跟他们谈话,观察他们,接受他们的观察,依赖他们,忽略他们已知的事物,成为当地人眼中的问题,等等。① 其他如益希单增、尼玛潘多、白玛娜珍、央珍、次仁罗布等也以不同方式强调要还原“真实的西藏”;尼玛潘多在《紫青稞》中借人物之口说:“……我希望能还原一个充满烟火气息的西藏。”②“我生活的高原,可能是现代社会中不多的神话与现代交织的地方,太多的人把眼光投向这里的神性、野性和独特性,而从一个土生土长的人的视角,这些神性、野性和独特性,大不过人类共有的情怀和梦想。”③回族作家高深、土家族作家蔡测海、苗族作家向本贵、鄂温克族作家乌热尔图等也一再强调,一个民族的文学只有本民族作家创造并由本民族作家和研究者阐释,才可能避免被他者误读和误判,是他者“不能完整再现”,“替代不了的”……文化冲突愈是严峻,他者误读愈是剧烈,少数民族文学便愈是致力于民族主义书写,并影响到批评的话语选择。

二

“民族性”问题是文化民族主义在少数民族文学中的经典显影。从根本上说,“民族性”蕴含着极大的阐释张力且具有与其适用语境的依附性。就本土而言,尽管“民族性”及相关问题操演在明言层面使得少数民族文学从同质化中国表述走向族群身份主体的自觉建构和塑造,但上述话题中可能潜隐着的若干负面问题在尚未及充分展开时,却突然遭遇全球化文化同质化的迅猛冲击与急遽的社会转型。当少数民族群体在传统文化模式中形塑的心理结构及意义应答方式等不足以表述由市场化、工业化及城市化带来的现代性体验时,作为本民族文化代言人的少数民族作家就不得不返回到寄寓着传统经验与叙事伦理的日常生活再叙述之中,并将之作为达至对原有社会结构的重构或重组目的的,这似乎具有某种叙事在场的合法性。同时,随着西方文化的影响和本土文化的他者化步伐加速,作为地方性文化的各民族文化不得不以“再民族性”(renationality)和“再地方化”

---

① 参见[美]伊万·布莱迪编:《人类学诗学》,徐鲁亚等译,中国人民大学出版社2010年版。
② 尼玛潘多:《〈紫青稞〉还原一个充满生活气息的真西藏》,见 http://m.tibetcul.com/e/action/showInfo.php? classid＝143 & id＝24743。
③ 尼玛潘多:《书写如我般的平凡人物》,见 http://www.chinawriter.com.cn,2015年3月9日。

（relocalization）方式完成自身的差异化或异族文化身份生产。在这种情况下，少数民族文学在民族性表述与族群身份生产间就建立起了直线性等价交换关系，并不断演化为诸如"民族特色""民族气质""民族精神"等，系列相似性的价值论概念，并成为少数民族文学和批评的主导性话语。随着全球化及多元文化的深度播撒，"民族性"渐被赋予"身份话语""文化身份""身份认同"价值论意蕴，而批评则以这种研究理路按图索骥地在文本中探寻能够证明其"民族性"或"文化身份"的蛛丝马迹。以作为国家级学术期刊的《民族文学研究》为例，从2001—2010年十年间，以"民族性""民族意识""文化认同/民族认同"等为标题或以此为主题的论文约占该刊物该时段发文整体数量的2.7%……上述批评倾向又加剧了少数民族作家对民族性问题的重视并将之作为创作重心。民族风情礼仪、民间习俗惯例、地域性景观、神话传说、族群迁徙等作为民族性或文化身份的典型表征而成为少数民族文学的主要叙事意象，作家们甚至以民族志、民俗志、地方志等特殊文体形式再现本民族原生态的社会生活及其背后的民族文化，并以此为基础再深入分析和探讨本民族社会象征体系、社会制度和民俗风情等，结果在一定程度上放松或放弃了对文学性问题、审美建构问题、艺术风格问题、社会公共性问题、多民族共享价值体系问题等事关少数民族文学最核心问题的考虑。在他们看来，那些能够彰显民族性的象征物只能存在于传统之中，而传统没有经过现代多元文化的冲击与渗透，能够以一种原生态形式保存着民族文化密码，但当代社会中本民族文化的方方面面已被现代性冲击而难以保存原生态的民族文化了，自然不能作为民族性的象征物。对传统的心向往之与对现实的犹疑抵制，构成了少数民族文学有关民族性书写的基本书写范式。蒙古族作家黄薇的《白马之死》《黑马奔向狼山》《寻找巴根那》等通过对民族传统解体的悲剧性展示表述着"蒙古族有关的一切传统都是好的，其他民族的文化都是坏的"的价值论规约。她的《血缘》以将女主人公从她深爱着的非蒙古裔丈夫身边拉开而嫁给自己并不喜欢的蒙古族男人宝育并怀了他的孩子，以此来维系后代身体里的蒙古族血统的纯正性作为基本叙事伦理，"血缘"不正是强化民族主义话语的隐喻性意象吗？裕固族作家铁穆尔在《牧人捷尔戈拉》中叙述了主人公因妻子生产而不得不追打"青蒙狼"的故事。青蒙狼（苍狼）作为裕固族先民的图腾，是裕固民族的"救世主"和保护神，是裕固族精神的象征和化身。主人公最终在与青蒙狼搏斗过程中流血而死。"传统"是神圣的、根基性的、不可触动的，任何对"传统"的亵渎或挑战其结果都是悲剧性的——无论挑战者是族群内部成员抑或外来他者，这无疑是《牧人捷尔戈拉》叙事伦理的隐喻化叙述；维吾尔族作家阿拉提·阿斯木《一条旧地毯》中的穆合塔尔老汉是一个以补鞋为生的手艺人。穆合塔尔再穷都不愿卖掉那条祖先留下的昂贵的"旧地毯"。在穆合塔尔看来,"那是祖先留下来的东西","祖先的灵魂就在地毯上,如果把地毯卖了,祖先的灵魂就会消失,生活就不会有保障"①。在叙述者或主人公看来,传统是他们生存的根基,是他们的灵魂,是他们的民族精神。一旦传统失去,他们就会成为失去生活保障的乞讨者,成为失去灵魂的流浪者、失去家园的漂泊者。所以,当穆合塔尔去世后,他的儿子吾米提卖了这条"旧地毯",有了钱的吾米提最后却两手空空,无以为家。在这里,"旧地毯"成了鲍德里亚意义上民族精神象征物:冀望传统不死,期待他者同情,表述本族经验,召唤族群记忆,塑造身份认同,"物在象征体系里与人具有深切的关联度。人通过使用和每天上手与其建立亲密关系,物收藏着人的生活记忆,象征人的生命和存在,人对其拥有存在感"②。

　　从表面上看,全球化这一"新的世界里,文化表现出前所未有的丰富性与多样性"③。但在少数民族文学创作与批评现场,"差异"却以吊诡方式成为全球化语境中文化同一化景观的主体表征。一般而言,生存空间的偏远闭塞形成了少数民族群体的双重封闭性——经济封闭和文化信息封闭,形塑着他们极为强烈的边界意识与身份想象,并通过一系列族群象征物如习俗、仪式、传统、风景、禁忌等地方性知识的持续性重述加以巩固与深化。在这里,边界是一种身份话语,一种不同权力彼此互动交织的话语。如阿甘比所言,少数民族边界的凸显或浮现确是在遭遇他者之际,以完成自我身份及其道德秩序的重建,所以说,身份重建的前提就是要划分或制造边界。这样,一旦面临他者的冲击或干预,面临他者空间对族群边界的影响,少数民族的不适、徘徊、惶恐或焦虑等便以一种边界解体的悲剧性意象隐喻化表述出来。布朗族作家李俊玲的《故土之上》中的"故乡已成他乡"。记忆中的故乡宁静而优雅,多年后再次回到故乡,却发现到处是一片"惊心的伤疤","毫无灵动和美感",儿时的参天大树现如今"惨烈地矗立着",村里的老屋"摇摇欲坠",滋养村人的老井已成"枯井","让人恐慌",在承载着鲜活族群记忆与民族文化根脉的故乡"我"却感到"无限的惆怅飘落"……作为文明、富足、健康等象征意味的现代性话语却被作者以肉身化方式隐喻为"惨烈""伤疤""枯井""恐慌"等如此令人恐惧的景象,也以如此悖谬方式走向

---

①　阿拉提·阿斯木:《一条旧地毯》,《民族文学》1991年第1期。

②　[法]尚·布希亚:《物体系》,林志明译,上海人民出版社2001年版,第411页。

③　[美]詹明信著,张旭东编:《晚期资本主义的文化逻辑》,陈清侨、严锋等译,生活·读书·新知三联书店1997年版,第204页。

了现代性期许的反面。所以,作者感叹:"不知不觉中'文明'已大踏步侵占了我心中那个美丽的家园……与时代接轨就真的要丢失自我吗?"①……为了维系族群边界的稳定性或维护民族文化的纯洁性及"原初性",少数民族文学普遍出现一种以"'根骨观念支配下的溯源品质',追溯本民族种族起源、诉说本民族迁徙历史、再现本民族图腾崇拜、反映本民族宗教信仰的基本叙事主题或叙事现象,其文本蕴含着浓厚的历史意识和普遍性的家园皈依思潮"的"重述历史"现象②。所谓的"重述历史"不再是对民族历史的消费或娱乐化再叙述,也不是为了文学题材的陌生化或奇异化,而是作为一种文化资本参与到对民族历史的再叙述以凝聚渐趋解体的民族精神,维系所谓的原生态民族性书写行为。尽管在"诸神隐退"、"深度模式"削平、"宏大叙事"解体后的后现代社会,"重述历史"能够以一种群体性价值论表述化解和抗拒世俗性社会或消费主义文化影响,具有为民族代言、为族群立命的公共性特征,却因少数民族作家个体心理体验与生活经验皆可能被族群立场遮蔽而失去独特个体化特征,失去对诸如多元身份建构问题、中西部差距问题、城乡冲突问题的关注与思索。少数民族文学批评出于化解因民族传统及历史解体而生成的现代性焦虑而却对上述叙述现象持拥抱式认同,在创作与批评间便形成一种恶性循环:少数民族文学越是注重民族性书写,越得到批评者青睐;批评者越是赞赏,少数民族作家越是注重于民族性问题表述,甚至走向以兜售民间奇异景观为旨归的叙事惯习,"伪俗"的重复性生产又对他族读者产生极大的接受盲区。

再者,现代性同时也是一种语言的"去地方化"或"去民族化"进程。随着现代教育,特别是双语教育和高等教育等在少数民族地区的全面推进,以及资本、信息、文化和人员跨族流动的频繁剧烈,汉语作为公共性语言不断在各少数民族地区普及推进,加之其他相关问题的多重叠加,有些少数民族母语存在流失现象。据笔者在鄂伦春地区调研,一些鄂伦春人常常叹息自己民族语言的消逝,"我们的文化消失了,语言消亡了,我们都很着急却没办法","语言要保护,但年轻人不热情,老人在一个个死去,能保护啥样"

---

① 李俊玲:《故土之上》,《民族文学》2017年第2期。

② 关于"重述历史"问题,请参阅李长中的系列论文,如《"重述历史"现象论——以当代人口较少民族文学书写为例》,《民族文学研究》2011年第4期;《小民族文学:重述历史的边界与越界》,《文艺理论研究》2017年第2期;《"重述"历史与文化民族主义——当代少数民族文学重述历史的深层机理探究》,《中央民族大学学报(哲学社会科学版)》2012年第2期;等等。

等①,一则《热点关注·鄂伦春民族文化保护与传承急需加强》的新闻稿佐证了笔者的观点。该新闻稿说,1996 年全面实施禁猎以来,现代经济、文化的冲击,以狩猎文化为主要内涵的鄂伦春民族文化逐渐消亡,民族语言的濒危使许多非物质文化遗产面临消失或绝迹②;鄂温克族母语目前也只有为数不多的老人在使用;其他如裕固族、土族、保安族、赫哲族、达斡尔族等几乎都存在母语结构性流失问题:其一,作为少数民族文化传统及生活规则的制定者、传承者及代言人,少数民族群体如果不懂作为国家公共性话语的汉语就难以使本族声音介入国家公共话语的言说逻辑,也难以以"逆写主流话语"方式从事身份重建的实践与文化翻译。"说不出"的焦虑成为他们的在己性创伤,布朗族作家李俊玲曾说,"口传身教让布朗族的文化在历史的进程中逐渐消磨,不断遗失"③。乌热尔图在《玛丽娅·索》中的主人公认为,"我就是不会说汉语,有那么多的话说不出来"④。因为"无力记载下属于自己的历史""有那么多的话说不出来"等的表述焦虑,少数民族群体无法完整表述出对民族地区发展方案的自我设计和规划,或者是他们的设计和规划无法被他者"同情之理解",最终不得不沦为"沉默的他者"。其二,作为少数民族文化传统的继承者、维护者的年青一代,对母语的疏离与陌生,使得他们遗忘了母语的神奇,遗忘了开启民族文化的密码,遗忘了祖先根脉传承的路途,也遗忘了回家的路,如鄂温克族作家苏莉在《没有文字的人生》中所说,"我们听不到祖先的心跳和他们过去的叹息,我们的母语也在面临着消逝的结局,我们的前景越来越像一堆毫无名堂的杂草,没有记忆,没有历史,我们的存在在变得越来越难确认"⑤。人们是透过语言建构起关于自己民族及其想象的共同体的,一旦少数民族群体无法在剧烈变动的现实世界面前通过与他者交谈或交往的方式而实现自我身份认同效能,无法在现代性进程中通过自我表述建构起与祖先、与历史、与族群成员、与他者的共享性话语谱系,身份的困惑、记忆的退场、归属的漂移、现实的彷徨、未来的犹疑等,传统与过去在他们的现实困境与主观想象中便成了意义的再生源发地。如此以来,少数民族非母语写作问题便与文化民族主义话语有了某种程度的耦合与勾连。其三,在主流话语的表述范式内,少数民族

---

①　鄂伦春自治旗网:http://www.elc.gov.cn,2016 年 7 月 2 日。

②　《热点关注·鄂伦春民族文化保护与传承急需加强》,见 http://www.northnews.cn/
2017/0217/2396781.shtml。

③　李俊玲:《故土之上》,《民族文学》2017 年第 2 期。

④　乌热尔图:《玛丽娅·索》,《骏马》2007 年第 2 期。

⑤　苏莉:《没有文字的人生》,《骏马》2002 年第 1 期。

及其历史一定程度上存在被主流话语叙述误读的现象。在这种情况下,少数民族作家要在跨族别对话中表述自我,传递情感、交流体验、塑造主体性,要获得相应的文化资本,非母语写作或双语写作便成为一种必要的语言选择。汉语作为我国的公共性语言是几乎所有主流期刊、杂志、媒体及网络的通用语言,非母语写作在全球化语境下未必是一种最好的选择,却是一种相对有效和有益的方式。在哈尼族作家存文学看来,少数民族文学走出去的根本就在于用汉语写作……然而,有相当部分少数民族批评者认为只有母语才能真实反映民族生活,才能建构民族文化身份。在他们看来,如果说文学是维系民族性、建构民族身份的隐喻化方式,作为文学的语言问题其实就与民族主义相关,母语写作携带着民族文化基因与意义解答密码并传承、塑造与创造着自我民族文化。面对对非母语叙述现象的表述,一些批评者非但不以多民族国家话语立场对此进行有效的矫正或引导,反而习焉不察、沉默不语。尽管阿来的非母语作品《尘埃落定》广受好评并渐趋经典化,入选了“新中国 70 年 70 部长篇小说典藏”丛书。批评者栗原小荻却认为,阿来的《尘埃落定》“虚拟生存状况,消解母语精神”①。在藏族批评者德吉草看来,许多年轻藏族作家都是“文化大革命”后崛起的,他们中的大多数已经丧失了使用藏语的能力,并且在现代教育下,已经在心理上远离了自己的民族文化。她认为,只有藏语写作才能写出藏族文化特点,只有自己的母语才能完全表达自己民族的内涵,上述年轻藏族作家的汉语写作是对藏文化的损害与解构,其创作甚至不能称为是藏文学。② ……上述批评却忽视了汉语作为国家通用语言对建构多民族国家共同体的公共性属性,“现代汉语是汉民族的共同语,而汉语普通话所代表的标准现代汉语是中国国家通用语言。后者的国家性使现代汉语在中国具有了‘世界语’相似的地位和影响”③。就此意义而论,汉语作为当代中国的标准通用语言其实是一种不同民族群体建构多民族国家共同体的公共语言,如石静远所说,“对多民族国家来说,汉语对非汉族群来说只是一种‘文化媒介’,具有合纵连横的潜力,汉语就是作为整个华语世界最大的公约数来使用的,汉语本身就是一种协

---

① 栗原小荻:《我眼中的全球化与中国西部文学——兼评〈尘埃落定〉及其它》,《西南民族大学学报》2002 年第 5 期。

② 参见德吉草:《文化回归与阿来现象——阿来作品中的文化回归情愫》,《民族文学研究》2002 年第 3 期。

③ 李晓峰:《多民族母语文学跨语际传播的困境与新路》,《云南民族大学学报》2010 年第 2 期。

商的结果"。① ……上述批评对语言问题的片面性认知也就跌入了被萨义德曾批判的内部殖民窠臼。

三

就其本质而言,民族主义与启蒙主义其实是一体两面的问题,民族主义是以建构族群成员的文化象征物以唤起族群成员的"想象共同体"意识的思想资源,是对族群成员的民族意识再启蒙以建构民族主体。同时,为了预防或杜绝民族主义走向一种文化优越论或种族优越论,西方语境中的民族主义在其本质上是一种"理性主义",是一种建立在理性原则基础上的民族认同意识。如卢卡奇所说,"从维科到赫尔德同样有一条通向改造、充实和加固理性的道路,就像迪卡尔或培根所选择的道路毫无疑问也通向这个方向一样。这里存在着非常重要的区别,实际上是对立。但一般来说,这种对立是为一种以世界理性为基础的哲学而战的个别阵营内部的对立"②。然而,就本土实践来看,少数民族文学批评却以一种非反思性姿态直接将文化民族主义话语套用于本土民族文学实践,其批评套路多为:在全球化多元文化冲击背景下,少数民族群体的民族身份渐趋混杂或解体,少数民族合法性面临日益严重的冲击。作为少数民族文化代言人的少数民族作家就要将文化身份建构作为自己创作的最耀眼"商标",否则,我们为什么还需要少数民族文学? 所以,在他们的话语表述中,只要是少数民族文学就要彰显文化身份,这样的文学才更具有民族性特征,更具有与他者对话的资本。由此以来,作为"文学"性质的少数民族文学与作为"多民族共享价值表述"的少数民族文学便被民族主义问题肢解或误读了,而这种在自我和他者间持对抗性的批评姿态反过来更加剧了少数民族文学对文化民族主义的重视与张扬。尽管在多元文化缠绕纠结的当下很难存在纯粹、单一的民族文化,少数民族文学却依然想象并竭力维系着在现实中难以出现的纯美的故乡世界。即使故乡衰败、传统解体或空间难以为继,叙述者依然认为那是他们灵魂牵寄之处,是他们放飞自由之地,是他们获取幸福之源,同时又把故乡衰败、传统解体或空间崩溃等全部归结于他者的干预或侵犯,由此便对现代性或主流话语生成一种"偏见","偏见的情感和意动的维度是被族群社会学家称之为社会距离的反映。社会距离是某个群体的成员在与外群体的成员交往

---

① 参见王德威:《现当代文学新论:义理·伦理·地理》,生活·读书·新知三联书店2014年版,第152页。

② [匈]卢卡奇:《理性的毁灭:非理性主义的道路——从谢林到希特勒》,王玖兴等译,山东人民出版社1988年版,第109页。

的过程中,该群体的成员不愿意接受或承认一种既定的亲密程度的情感"①。布朗族诗人郭应国在《我的故乡丢了》一诗中明确表达了诗人在他者空间内生成的那种回不去故乡的不适及漂泊的痛苦,"故乡确实丢了/寄不出的思念,在异乡的/口袋,烂成一堆煤"②。回不到"故乡"的诗人犹如荒野上的狼,只能在凄厉的哀嚎声中"烂成一堆煤","异乡人"形象书写也就成为少数民族文学建构自我形象的基本阈值。傈僳族诗人李贵明在《呈贡诗记》中特意强化了少数民族群体在城市他者空间的"异乡人"遭遇,"无一例外,在虚构的春天轮番闪烁/哦,我们都是自己的异乡人/在黄昏,在怀旧的未来"③。作为异乡人的少数民族群体若然进入他者空间,其代价往往是自我的"消失","拉开窗帘眺望城市/高楼像竹笋一样生长/世界这么大/人是这样多/我像夏天的雨中/掺杂的一粒雪雹/一下子就消失了"④。如此一来,少数民族文学便建构出一种"乌托邦崩溃"的现实衰败图景。在巴赫金看来,"乌托邦崩溃"是田园诗转型后的民族叙事的必然结果⑤。出于"乌托邦崩溃"后的审美救赎,少数民族作家渴望建构一个纯粹的没有他者影响的原生故乡,如彝族作家比曲积布说,"在全球化席卷世界每个角落的时候,只有走进保持人类原初生态的西部游历散心,才能以缓解精神压力",他甚至希望,在这样一个比较浮躁与物质化的社会里,应该"在乡下建造一个村寨,培植原始的竹林,在劳动中获得文字的生产"⑥。比曲积布的希望在瑶族作家陈茂智的《归隐者》中便具象化为一个与现代文明隔绝且只供"自然人"居住的"香草溪"……一些批评者却对上述文化民族主义上的叙事现象赋魅,而且还要求少数民族作家回归完全没有他者的民族传统,强调回归先前未曾受到他者影响的生存空间才是少数民族文学叙事的根基,并美其名曰"文化还乡"⑦。……在佤族诗人聂勒的诗歌中,"在被现代气息吹拂的村寨里",穿黑衣的阿妈却"依然保持着水稻的姿势、依然保持着流逝的喘息"⑧。一旦走进作为他者的城市空间,诗人顿时感到一阵孤独

①　[美]马丁·N.麦格:《族群社会学》,祖力亚提·司马义译,华夏出版社2007年版,第67页。

②　郭应国:《我的故乡丢了》,《民族文学》2013年第5期。

③　李贵明:《呈贡诗记》,见http://blog.sina.com.cn/s/blog_4cef08f20101hnjb.html。

④　哥布:《母语(哈尼文、汉文对照版)》,云南民族出版社1992年版,第95页。

⑤　参见[俄]巴赫金:《小说理论》,白春仁、晓河译,河北教育出版社1998年版,第435页。

⑥　发星主编:《独立》第15辑,未刊稿。

⑦　有关陈茂智《归隐者》的批评情况,具体参阅题为《走向洁白的精神王国》的文章,见http://www.chinawriter.com.cn,2015年4月10日。

⑧　参见聂勒:《大地的背影》,载《心灵牧歌》,云南美术出版社2004年版。

的体验。① 针对上述潜隐着某种民族主义意义上的"文化还乡"诗歌,一些批评者却一味对诗人生活在城市却心系民族,漂泊在异乡却思恋故土,湮没在钢筋水泥间却梦回家园等而无原则认同②;……批评的赋魅又加剧了少数民族文学对他者的质疑、抵制和反抗性书写。

　　出于对民族性、民族身份等的认同,少数民族文学批评时常对那些在文本表面很难彰显差异性与独特性的地方性知识、也很难从文本题材或内容层面看到民族性特征③的作品一再予以责难或批判,并将此种书写斥责为"自我他者化"或"自我去民族化"等行为,甚至主张将这样的少数民族文学作品排除在少数民族文学与其研究之外。在当前去族别化叙事④美学风格日趋凸显的情况下,少数民族文学批评却因固守文化民族主义的价值论立场,非但不能对上述创作思潮的影响及其潜在风险予以周全而深度的省察,反而随着现代性在民族地区日趋快速地展开而愈加强化少数民族文学的对立性或对抗性书写,但却对后民族主义时期"去族别化叙事"文本缺乏充分有效的阐释。其实,去族别化叙事不强调民族身份与国族身份的矛盾性,而是在不放弃民族身份的同时积极介入民族国家话语身份多元性建构,"是一种基于国家认同基础上的新型的且与个体认同及民族认同相融合的集体认同,是对共处于同一个多元文化社会中的不同生活方式的独特性和完整性保持足够的敏感度"⑤。也就是说,这种少数民族认同承载着本民族文化传承者与国家话语倡导者的双重职能。基于上述开放而理性的认同姿态,多元而对话的族群意识,少数民族文学颠覆了此前阶段那种略显躁动、激进、偏执,显示出少数民族文学试图超越单一身份认同而重建现代性语境下开放性民族主体的可能与努力,显示出少数民族文学已从本土化、民族化的叙事立场和姿态转入更为开阔、更能适应现代性发展的生命试炼,如藏族作家次仁罗布所说,"作为新的历史主体,他们的创作在立足于藏文化土壤的同时要时刻感应着整个时代与社会的碰撞……人类共通的情感才是他们创

① 参见聂勒:《牧人的眼睛》,载《心灵牧歌》,云南美术出版社 2004 年版。
② 参见马绍玺:《从文化流浪到文化还乡:佤族青年诗人聂勒诗歌阅读》,《民族文学研究》2006 年第 2 期。
③ 当前,一些批评者在习惯性操持着他者话语诸如散居族裔理论、后殖民理论、文化认同理论等去观照"去族别化叙事"时,因为很难轻易地从中发现他们按照上述理论设置所看到的民族性景观或民族性特质而"罔顾左右而言他",或者对此莫衷一是,或者因其缺乏民族性特色而刁难之,彰显出当代少数民族文学批评的相对滞后或乏力。
④ 关于"去族别化叙事"的具体论述,请参阅本书"导语"部分。
⑤ 马珂:《后民族主义的认同建构及其启示——争论中的哈贝马斯国际政治理念》,上海人民出版社 2010 年版,第 53 页。

作的主题。"①他的《杀手》《放生羊》《界》《阿米日嘎》等皆被看作是对生存哲学的探讨,对人类精神的深层透视,对人与自然相处问题的象征性叙述……正是在生存哲学、普遍精神与世界性意义的自觉追求中,少数民族文学才能以自审、内省和超越性姿态重塑现代性民族精神,重构包容性身份叙事,如藏族诗人班果在《继承》中所写:"作为石头,我必须获得土/作为土,我必须由水养育/作为水,我必须依靠天空/作为天空,我必须得到四周的世界"②。阿来甚至反对"民族文学"概念的合法性,反对读者戴着"民族文学"的有色眼镜去接受作品③。尽管"超越族别叙事""叩问人性深度""寻求开放性认同"的"去族别化叙事"现象渐趋凸显,并在遭遇着"普遍性意义"表述危机的当代具有某种在场合法性,也在某种程度上避免了少数民族文学在当前社会语境下的自我放逐,但是,上述叙事形态却因其民族性问题消散而一再遭到一些批评者的责难。在这些批评者看来,少数民族文学价值就在于叙述少数民族文化,叙述少数民族独特性与陌生化的民族文化,叙述少数民族的身份归属与文化认同,在此基础上重建纯粹、同质化的少数民族文学民族性,否则,怎么能称得上是少数民族文学呢? 如何与其他民族文学相区别呢? 如果没有区别,少数民族文学概念成立的合法性基础何在呢? 出于对上述批评模式或批评惯性的依赖,"去族别化叙事"在批评者看来因其不能彰显出自身的民族性特征,无法承担民族身份塑造的重任,无法完成民族精神表达而丧失作为少数民族文学在场资格。一些批评者甚至认为,"去族别化叙事"是一种极不负责的自我放逐行为,是对自我主体塑造权力的让渡行为,是对他者献媚却最终导致自我失败的行为……上述批评行为无疑忽视了"去族别化叙事"对本族文化认同是一种建基于理性且审视意义上的"远离式"认同。这种写作犹如一棵棵枝繁叶茂的树,尽管地面之上的部分已很难分清吸收了哪些外来滋养,地面之下的部分却深深扎根于自身的文化土壤。当学者批评阿来的"去族别化写作"没能彰显出藏族文化特性,没能反映出藏民族身份叙事特征而有意淡化自己的民族身份时,阿来为此反驳说,"很多时候,少数民族文学批评都在做着同样的一种建构——在一个民族或一种地方内部建构一种并不存在的同一性,而这种同一性的建构又是为了建构这个民族与其他民族、这种文化与别种文化的差异性,最终强调的是民族与民族文化的差异性而非不同文化中

---

① 转引自陈麟安:《次仁罗布论》,见 http://blog.sina.com.cn/s/blog_4be2469e01012muo.html。

② 班果:《继承》,见 http://blog.sina.com.cn/boshailvzhou。

③ 参见阿来:《就这样日益丰盈》,解放军文艺出版社 2002 年版,第 343 页。

所包含的共通性。在大多数情况下,持民族主义意识形态话语的批评者对少数民族文学批评认知的形成与实践,其实与源自西方的后殖民文化理论的影响有关"①。

从根本上说,文化民族主义只能被作为争取族群权力与话语言说资本的一种修辞策略,只能作为消解族际间曾经的二元论思维与结构性压制的一种"批判的武器",而不能成为族群的最终价值论归属或处理内外关系的基本原则。在多民族国家构架中,在民族性话语融入他者并参与多元话语表述的全球化进程中,在民族性话语只有全面深入地参与全球化对话才能强化自身话语权的时代诉求中,民族性话语必须具有与他者对话且承担起召唤多民族国家认同重任的能力。在抗日战争时期,顾颉刚先生等出于抗战需要而提出"中华民族是一个"的观点以避免国族分裂,强化中华民族认同和凝聚力。费孝通先生等却依据人类学理论对此予以反驳,认为中国是多民族共存的。尽管费孝通先生的"多民族"观念在学术层面具有相当的创见性,但就问题讨论语境而言,顾颉刚先生并非没有意识到中华民族内部构成的多元性与复杂性,在他看来,若倡导多民族共存则可能潜隐着对多民族国家社会整合问题的消解性因素。费孝通先生晚年对曾经的那场争论多有反省。他说他当时并没有考虑到,"中华民族是一个"的提法是与当时中国所面临的侵略有关系的。② 历史是现实的镜子,现实是历史的发展。回顾当年这段公案,其实质旨在强调少数民族文学批评在运用民族主义意识形态话语时有必要将之深植于中华民族的整体性结构,将各民族交往交流交融的共有记忆表述为中华民族共同体记忆,将少数民族与中华民族关系表述为动态却又整体、多元却是一体的共同体。套用卡尔·瑞贝卡考察中国十九与二十世纪之交的民族主义时的观点来说,如果民族主义意识形态诉求不能嵌入多民族国家叙述谱系,不能嵌入全球化普遍历史逻辑中去加以观照,很可能使少数民族文学批评的民族主义话语陷入排他性和纯粹真实性的修辞幻觉中。这种修辞最终只能是少数民族对全球化趋势的一种应激且被动的反映或复制,跌入的是地方性民族主义意识形态的吊诡逻辑。③

---

① 阿来:《把握多元文化现实　参与国家共识建设》,见 http://www.chinawriter.com.cn,2014年11月28日。
② 参见费孝通:《顾颉刚先生百年祭》,《读书》1993年第11期。
③ 参见[美]卡尔·瑞贝卡:《世界大舞台:十九、二十世纪之交中国的民族主义》,高瑾等译,生活·读书·新知三联书店2008年版,第8页。

第二节　宗教主义话语升温中的少数民族文学批评

对当代少数民族文学批评的认知与价值重估,必须将之置入少数民族文学及其批评与宗教文化关系的"历史语义场"中去。首先,由于我国少数民族大多生活于自然风貌、资源禀赋、文化传统等方面极具地方性知识特性且在全球化背景下日渐彰显出其潜在意义的地方,这就造成了他们应对周遭环境变化的能力较为匮乏,克服外部挑战的主动性不足,对外在自然环境与人自身灾难缺乏充足而完备的应对机制。因此,在传统历史上他们不得不对外界超自然能力有着身体抑或心理上的依赖惯性。这种普遍性的依赖心理恰是宗教文化生成与信仰的基础,如费尔巴哈所说,"人的依赖感是宗教的基础"①,这种依赖感也是少数族群建立集体认同、重建社会秩序与意义的必要资源,如涂尔干在《宗教生活的基本形式》中所说,"宗教就是社会本质,对宗教的崇拜就是个体对集体的依赖"②。与之相应,作为超自然力量的宗教又须通过相对稳定的仪式操演与定时的传诵等而起到凝聚社会结构与实现社会稳定之目的。拉德克利夫—布朗认为,宗教仪式可以加强整个社会的信仰结构,从而有助于社会整体保持一致。③ 从目前我国少数民族的情况来看,55 个少数民族几乎都存在着宗教信仰问题且呈现出典型的多元性与全民性特征:如藏族、蒙古族、土族、裕固族、门巴族、珞巴族等信奉藏传佛教;傣族、德昂族、阿昌族等信奉上座部佛教;回族、维吾尔族、哈萨克族、东乡族、撒拉族、保安族、乌兹别克族、柯尔克孜族、塔吉克族、塔塔尔族等信仰伊斯兰教;道教则在瑶族、土家族、布依族、仫佬族和毛南族等地区有较深远影响。另外,不少民族地区的宗教信仰又与其"万物有灵"、图腾崇拜、祖先(英雄)崇拜等观念叠加,使得一些少数民族群众的个体生活与公共世界、世俗伦理与宗教信仰、情感体验与理性意识等在宗教的结构性作用中难以作出清晰而明确的界定,宗教的节日、习俗、仪式与禁忌等也与他们日常生活中的节日、习俗、仪式与禁忌等存在相关性,进而形成了少数民族特有的以宗教为基础且具有相对稳定性的文化象征物加以维系的心理结构

---

① 《费尔巴哈哲学著作选集》上卷,荣震华、李金山等译,生活·读书·新知三联书店 1959 年版,第 436 页。

② [法]爱弥尔·涂尔干:《宗教生活的基本形式》,汲喆等译,上海人民出版社 2006 年版,第 202 页。

③ 参见[英]A.R.拉德克利夫—布朗:《原始社会的结构与功能》,潘蛟等译,中央民族大学出版社 1999 年版。

与文化系统,也间接形成一种被柏劳称为"另一种宗教世界观"(alternative univecsalism)的现象。例如,藏族的文化传统多为藏传佛教的传统,藏族文化认同在很大程度上也是对藏传佛教的认同;伊斯兰教则是回族、维吾尔族、哈萨克族等民族认同的主要资源。有学者认为,回族基本上没有其他因素实现自己的民族认同,伊斯兰教本身在回族的民族认同中的作用是决定性的。① 进入当代,少数民族地区与汉族地区共时态被纳入现代性发展逻辑,这促使跨族际人员迁徙日渐频繁,全球化及多元文化跨族传播日渐深入与加速,而少数民族群体因其地理空间的相对封闭性与传统思维的相对稳定性等所形塑的"隔绝机制"非但没有阻断他们的宗教及其信仰传统,反而以一种反弹机制强化着他们对宗教传统的信赖以及对异族文化的防范与拒斥,这种"隔绝机制"反过来又强化了他们的宗教信仰意识。因为,人员流动或族际迁徙在多民族国家空间秩序中是族际间文化的碰撞或杂糅。不同族际间不可避免的文化碰撞与文明交叉使得少数民族群体因身份认同需要而使宗教在其生活中的重要性得到加强和凸现,在多民族国家社会结构与多重空间秩序内不同族群文化差异也使得宗教成为凝聚共识、强化认同以达到稳定和巩固民族文化完整性和稳定性,标示族群历史记忆与地方界限的意义之源。

　　其次,少数民族群体对宗教接受的上述机制,又使得宗教成为一种宗教文化形塑着他们的文化模式。宗教文化"是指以人们经教化而形成的对一种终极的,或多种关系复杂的神秘力量的敬畏情感为内核,以人们为达到某种程度上对神秘力量的支配或影响而采取的种种特定行为和手段为表现形式,以一定规模的认同这类情感与行为的人群为主体承载和运作着的文化子系统"②。宗教文化作为一种隐性力量形塑着少数民族群体的性格特征、民族精神、思维方式、伦理道德及审美趣味等。由此以来,他们的宗教文化与其"文化模式"之间其实构成了一种嵌入与互融状态,"个体生活历史首先是适应由他的社区代代相传下来的生活模式和标准。群体文化的习惯就是他的习惯,群体文化的信仰就是他的信仰,群体文化的不可能性亦就是他的不可能性"③。在本尼迪克特·安德森看来,文化模式在某种程度上是一

---

① 参见《中国少数民族》修订编辑委员会:《中国少数民族》(修订本),民族出版社 2009 年版,第 142—158 页。

② 贾仲益、赵建利:《略论中国少数民族宗教文化的基本特点与研究方法》,《中国民族》2004 年第 11 期。

③ [美]露丝·本尼迪克特:《文化模式》,王炜等译,社会科学文献出版社 2009 年版,第 2 页。

种集体无意识,是该群体成员在内心深处认同或尊重的相对稳定的价值规约、思维引导与行为尺度。以宗教文化为基础建构而成的文化模式对少数民族群体而言,他们在对自我文化守护与对外来文化防御间就构成了一种彼此正方向的反弹动力机制,即"排斥"与"回归"机制。一旦外来文化压力增大,他们的宗教文化便作为可以借助的力量去巩固其文化守护意识。

一

宗教主义当然不是指"宗教极端主义"。本书所谓的宗教主义是指以自我民族宗教文化为中心,对其他民族宗教文化及其相应文化传统以质疑、抵制或污名化,以达到确立自我宗教文化领导权并以之作为本民族文化重建的价值标尺,以完成民族文化身份记忆再造与确证。尽管在全球化背景下宗教个体化现象愈加凸显,"宗教从公共领域退入私人领域"①。我国学界也认为,"宗教的个体性维度与其结构功能或制度化层面相比,更具原生性和普遍性,同时也更具灵活性和超现实性"②。理论上的共识却不能确保阐释的普遍有效性。对我国少数民族而言,宗教信仰并没有在现代性文化体系面前彻底完成个体化转换,反而随着诸多问题如族群共同体想象问题、族际间贫富差距问题、族群文化多样性问题等叠加而愈具集体性与群体性,也更趋复杂性。其一,我国少数民族(特别是跨境民族)大多与国外民族有着相同或相近的宗教文化背景,容易受境外宗教文化思想影响。其二,主流话语询唤着作为后发外向型现代民族国家对大一统文化建构的主体性愿景,并在各民族地区具体实践化为一系列现代性叙事。由于现代性发展可能超越民族地区的承受和理解能力,以及现代性展开过程中造成的诸如发展差距及相随而生的环境污染问题、生产生活方式转型问题等,导致少数民族群体对现代性往往持一种质疑或抵制姿态——尽管他们也在享受发展成果——他们的这种矛盾复杂心态在深层结构层面又往往容易与宗教中的某些思想,如消极避世、虚幻意识、避利求静等契合,从而在一定程度上影响到他们对现代性发展与现代性文明的接受和价值评估。另外,现代化发展在实践操作过程中衍变出的一些社会思潮如功利主义、享乐主义、奢靡之风等,也不可避免地冲击着少数民族群体传统的道德伦理、人际关系与价值观念,从而加剧了他们对现代性的欲拒还迎的犹疑与矛盾。结果可能导致他

---

① 李荣荣:《从内在幽深处展望世界社会——读贝克〈自己的上帝〉》,《社会学研究》2011年第4期。

② 郭长刚、张凤梅:《多元视域下的宗教观念评析》,《世界宗教研究》2012年第2期。

们将国家话语倡导并推动的现代性叙事置换为汉族对少数民族的干预,将其在现代性过程中出现的诸多问题看作汉族对少数民族的影响。尽管随着户籍制度改革及城乡互动日益加速,少数民族流动人口规模渐趋扩大,流动率提高。然而,仍有一些少数民族流动人口以宗教作为划分族际交往的界限:信奉同一宗教者可抱团取暖,否则是"道不同不相为谋"者。同时,一些宗教宣扬的消极遁世、与世无争、追求来世等思想导致他们不善于在市场经济中竞争、不善于把握商机,却对那些头脑灵活、商机捕捉能力敏锐、创业能力突出的群体抱有偏见,导致其在流动过程中并未能获取他们渴望的获得感或认同感。

　　就当前情况来看,宗教并非个体化或私人性的情感或道德信仰,而是我国少数民族群体作为载体的共享伦理,并形塑了少数民族群体的民族问题与宗教问题的内在相关性。但是,如果将宗教问题等同于民族问题,将宗教文化等同于民族文化,以坚守宗教文化等同于坚守民族文化,以宗教文化的排他性与绝对性取代民族文化的复杂性与多样性,将本民族的文化传统与其他民族文化看作是没有公约数的差异性存在而拒绝与他者话语对话与交流的可能等,这不仅会阻止多民族国家共享价值体系建构,更可能危及多民族国家空间秩序的现代性想象。在宗教与世俗的乍然邂逅、本土与全球的猝然相遇、自我与他者的突兀遭际、现在与未来的剧烈冲撞背景下,少数民族作家可能或隐或显地与宗教文化结缘,并作为深层结构影响着他们的美学和价值表述。如何评估少数民族文学的宗教书写,以什么尺度或原则作为评估的合法性依据,其宗教叙事的限度在哪里等,就成了批评亟待破解的难题。

二

　　文学是对人类生存境遇与灵魂困惑的哲学化思考,是对生活本质与人性深度的形而上探究。由此而言,文学对宗教的审美书写其实是文学的应有之义。"对那些对文学感兴趣的人们,它们则可传递信息,告诉他们,宗教——不管是基督教,还是非基督教,不管是被肯定的;还是有争议的宗教都一再成为文学创作的一个永不枯竭的源泉。"①孙昌武的《文学与宗教》(宗教文化出版社 2007 年版)、陈洪的《结缘:文学与宗教》(北京师范大学出版社 2009 年版)、严家炎的《20 世纪中国文学研究丛书》(安徽教育出版

---

① ［德］汉斯·昆·伯尔:《神学与当代文艺思想》,徐菲等译,上海三联书店 1995 年版,第 55 页。

社 2000 年版)、谭桂林的《20 世纪中国文学与佛学》(安徽教育出版社 1999 年版)、王本朝的《20 世纪中国文学与基督教文化》(安徽教育出版社 2000 年版)及马丽蓉的《20 世纪中国文学与伊斯兰文化》(安徽教育出版社 2000 年版)等,都是事关文学与宗教问题研究的翘楚之作。宗教的超越性、神圣性或归属感等作为世俗生活镜像而成为文学叙事的基本主题,参与着中国文学的精神底蕴与价值观的表达与阐释。

现代性不断向纵深处的推进及社会文化的急遽转型导致人们的精神世界在不断上升的社会问题面前出现一定程度上的混乱或迷失。从宗教中汲取精神资源以矫正或补偿现代性语境中的伦理和价值观缺失就成了文学与宗教结缘的根由,"在社会变迁急剧时期,新社会失范与价值冲突,以至个人在顺从社会规范时发生困难,出现迷乱,人们自然而然地转向宗教,从中去寻找摆脱社会动荡和社会压力的出路。在非文明社会,组织结构简单,社会层次分化尚不明晰,可以通过基本价值或道德的共识来达到整合的目的"[1]。

相较而言,主流作家因其长期生存生活于相对成熟的文化土壤而普遍缺乏自觉的宗教认同意识及宗教文化濡染,他们对宗教的文学书写往往只是在特定时期与特定语境下对他者宗教的一种"借他人之酒杯,浇胸中之块垒"的借用性策略,从而使得"他们的宗教体验在作品中的呈现难免会发生某种变异"[2]。少数民族作家却大多成长在浓厚的宗教文化氛围当中并使之作为集体无意识作用于他们的艺术感知、审美思维、情感体验、价值立场与叙事经验之中,少数民族文学对宗教的审美表述呈现出中国文学宗教书写的另类经验。如回族作家敏洮舟所说,他将自己的每次写作看作是一种私密的举意,在某种程度上矫正着他的文字远离轻浮、媚俗与功利。这种信仰的根深蒂固使得他始终坚信彼岸的存在、本质的存在。他的所有文章几乎都是关于生命的追问、本质的探究、彼岸的眺望。他的所有痛苦、所有困境、所有思索也都是关于"信仰的意义"。[3] 对于如敏洮舟般的少数民族作家而言,他们在传统宗教文化中形塑和发明了相对稳定的文化象征物并以此建构了相对稳定的知识生产谱系,也生成、建构了相对明确的心理认同边界以及从容处理与他者关系的应对机制。一旦全球化及多元文化在现代性强势裹挟下以剧烈而持续性震荡方式作用于少数民族地区,文化传承链

---

① ［苏］德・莫・乌格里诺维奇:《宗教心理学》,沈翼鹏译,社会科学文献出版社 1989 年版,第 136 页。

② 张桃洲:《宗教与中国现代文学的浪漫品格》,《江海学刊》2003 年第 5 期。

③ 敏洮舟:《边缘的诉说》,见 http://www.chinawriter.com.cn,2015 年 1 月 5 日。

条断裂、空间维系纽带解体、意义表述机制失语、危机应对模式无效等问题相继出现,少数民族群体将难以在这样剧烈变动的世界安放他们焦灼的灵魂与肉体,也难以有效表述他们在故土不再状态下复杂而微妙的情感体验与生活经验,更难以通过对自我与他者的辩证性提问和解答以完成自身的主体性身份建构。少数民族作家由此便主动而自觉地通过对宗教的审美言说以呈现少数民族群体的另类现代性体验,并通过这种现代性体验言说以重新审视现代性在本民族展开的适时、适度性及其存在的诸多难题,且为这些难题的解决提供某些观念性认知论或方法论。就此意义而论,少数民族作家对宗教的文学书写已不再局限于题材选取或以题材的神秘化、奇幻化以赚取文化资本的噱头,而是少数民族作家在现代性冲击面前因文化流散、身份混杂等问题而"不得不从宗教的精神资源中建构表达焦虑的策略,以此纾缓价值主体的文化困境及其族群集体焦虑。以宗教为共享价值体系在现代性与民族性之间加以内在对照,以此建构两者对话的可能与契机"①。这一点也许是少数民族作家执着于对宗教问题审美书写的内在逻辑。所以,在当代东北鄂温克族文学、达斡尔族文学、赫哲族文学与鄂伦春族文学等的叙事规约中始终弥漫着萨满教的气息:人与自然的圆融一体、生死轮回的率性达观、仪式禁忌的庄重严肃等都表述着少数民族群体对萨满教教义的敬畏与崇拜,也标示出少数民族作家在现代性世俗文化冲击面前试图通过对萨满教的再叙事以确立民族文化身份的努力。鄂温克族作家乌热尔图的作品"其叙事策略的原始仪式化、图腾的隐喻式象征,都诠释着民族独特的历史文化内涵"②。回族作家石舒清的《清水里的刀子》《韭菜坪》等都是在宁静而绵密的叙事中融入对生命、对苦难的沉思与反省;敏洮舟的《怒江东流去》中的"父亲"在明知爱子赛里已葬身怒江后并没有仰天号啕,只是"发出低低的饮泣声","坐在怒江边的一块石头上"背影"渐渐地有了石头的颜色"③,彰显出对生死的坦然与彻悟;被誉为"新世纪的《呼兰河传》"的回族作家马金莲的《长河》,该文在苦甲天下的"西海固"这一回族聚居区春夏秋冬四季轮回内,将素福叶、母亲、穆萨爷爷等的死亡及对人生终极关怀的思考置入极致的叙述境遇,为当代中国文学死亡叙事提供了生死认知的

---

① 李长中:《文化认同、身份建构与人口较少民族书面文学的宗教重述》,《中州学刊》2013年第12期。

② 转引自师海英:《叙事模式:图腾神话与原始仪式——试论宗教意识对乌热尔图创作的影响》,《白城师范学院学报》2007年第2期。

③ 敏洮舟:《怒江东流去》,《民族文学》2014年第11期。

新角度。《长河》中的洁净和崇高正是对回族宗教文化的致敬与回眸。① ……与宗教结缘使得少数民族文学以独特的生命意识、形而上的抽象性命题与超越性精神崛起于当前的中国文学历史现场,在一定程度上化解或抵消了当代文学中的一些负面风气,也在一定程度上弥补或升华了当代文学的精神势能与价值品质,提升了中国文学的思想境界与灵魂深度。在这里,少数民族文学的宗教书写也就具有了与少数民族群体现实际遇相照应、心灵世界相关联、时代诉求相共鸣、心理体验相契合且极富少数民族特性的诗意形态,是以一种"象征形式"表述着少数民族作家对作为他者的现代性的反思与审视,以及对自我族群身份再建构的探讨。"象征形式"是"由一个主体所生产、构建或使用的,他在生产或使用这些形式时正在追求某些目标或目的以及表达自己在这样生产的形式中的'意思'或'意愿'是什么","生产象征形式的主体也是在设法为其他主体表达自己,那些主体在接受和解释象征形式时,把它看作一个主体的表述以及要了解的信息"②。少数民族文学对宗教文化的重述和再建构,其实是以象征形式完成本民族地方性知识的审美表达,以此思考本民族群体在现代化作为一种总体性实践方式与普泛性经验模式,甚至已为人类社会必须遵守的意义域与价值论规约的情况下,他们如何在不让渡自身权力和责任的同时,又避免跌入被历史与现代性双重放逐的渊薮等问题。

依然是那句老话:文学不在于写什么,而在于如何写以及写作的限度。对少数民族文学的宗教叙述来说,如何把握与划定文学与宗教关系的限度而不至于走向宗教主义叙述的偏至,才是创作者和批评者必须注意的问题。早在 20 世纪 80 年代,张承志在自称"最后一部文学著作"的《心灵史》中就以宗教/世俗的思维高举清洁旗帜并以之为自己毕生追求的至高境界。《心灵史》游荡着一种缺乏节制的宗教意识,却忽视了"信仰越来越使人相互分离而不是凝聚,因为可供选择的信仰实在太多"③。对《心灵史》表现出的某种偏激的宗教主义叙述倾向,批评者反而因其表面上具有的对世俗世界的拒绝、对欲望主义的抵制、对庸常生活的抗拒等而将之标举为人类救赎的希望,并称之为当时"文坛的最美收获"。张承志及其《心灵史》在批评者的话语表述中被赋魅为极高的文学荣誉,批评者认为其展现了"包括历

---

① 参见马金莲:《长河》,《民族文学》2013 年第 9 期。

② [英]约翰·B. 汤普森:《意识形态与现代文化》,高铦等译,译林出版社 2005 年版,第153 页。

③ [美]弗朗西斯·福山:《历史的终结及最后之人》,黄胜强、许铭原译,中国社会科学出版社 2003 年版,第 348 页。

史民族志、宗教认同与文学意境汇通下的底层史意涵",使得个体的"信仰获得了前所未有的实践意义",具有了"内部代言与外部阐释"的作用,甚至以诗意的语言将张承志赋魅为洁净意识的捍卫者,是消费主义与媚俗主义盛行中的"荒芜英雄"。① 批评者的上述话语表述其实遮蔽或压抑了张承志宗教叙述中的若干负面影响问题。近年来,随着现代性规划方案在各边疆边地边境区域的快速展开而引发诸多社会问题、民族问题、文化问题,以及与中西部地区收入差距扩大等问题叠加,少数民族文学的宗教主义书写日益复杂化,所引发的问题愈加值得批评者注意。另外,不正确的宗教应对,可能就会导致"迷信"。② 批评的宗教主义话语复兴,却在某种程度上加剧了少数民族文学对宗教叙述的激情与梦想。

三

总体而论,宗教主义话语复兴在少数民族文学批评实践中的基本表述逻辑为:以如何书写宗教或书写何种宗教作为判断少数民族文学优劣的标准,以宗教文化作为民族文化的全称判断,在"宗教文化/意义世界"与"现代性文化/功利世界"之间建构一种排他性或二元论的批评范式,进而对一切与宗教文化相抵牾的文化都作为他者予以抵制或拒绝。其一,一些批评者时常将少数民族文学的宗教书写等同于对文学民族性的强调。尽管"民族性"的确切含义至今尚待商榷,但在少数民族文学批评的表述与被表述中,"民族性"却作为能够彰显或确认少数群体身份意识或在场感的理论术语得到批评者重视,"少数民族宗教的地位和它们的文化有着极为密切的关系,少数民族有可能会被看成是社会的'外群体(Out-group)'。另外,在一个世俗信仰占主导地位的社会里,民族信仰更加引人注目,而且甚至有可能成为好奇心探索的对象"③。由此以来,一些批评者就在宗教文化与民族性之间建构出完全相互指涉的关系,并认为少数民族文学要想体现出自身的民族性特征就要致力于宗教文化问题书写,或者说,少数民族文学只要写出本民族的宗教问题才完成对民族性的回归或叙事期待。以此逻辑,少数民族文学批评话语就致力于以宗教文化的审美表述取代民族性叙事的目

---

① 张中复:《历史民族志、宗教认同与文学意境的汇通——张承志〈心灵史〉中关于"哲合忍耶门宦"历史论述的解析》,《青海民族研究》2011年第1期。

② R.S.Lazarus, "Toward Better Research on Stress and Coping", *American Psychologist*, 2000, 55 (6):pp.665-673.

③ Stephen J.Hunt, "The Religions of Ethnic Minorities in the West", in *Religion in Westen Society*, London:Palgrave Macmillan, 2002, pp.178-193.

的。例如,批评者总是将藏族文学与藏传佛教、宗教仪式、神秘魔幻等问题相关联,似乎不谈藏传佛教就无法对藏族文学展开批评。从对以扎西达娃、色波等人为代表的"魔幻现实主义"批评,到对阿来、尼玛潘多、次仁罗布、梅卓等人的批评以及对《藏地密码》的好评如潮,都体现出对藏族文学中藏传佛教的再诠释,蕴含着批评者对西藏神秘的、魔幻宗教叙事强烈的"批评期待"。甚至有人认为,西藏的作家文学几乎都"充满着边地风情、宗教意味"①,并且将藏族文学的成功归功于单纯的藏传佛教书写。在叙述者看来,宗教是神圣且无法与他者分享的意义,现实则是被玷污、被工具化的世界。……上述在宗教与世俗、精神与物质、灵魂与肉体间持二元论叙事伦理的叙事现象非但未曾引起批评者的重视,反而被一些批评者以该作品写出了宗教意识与藏族的文化身份且具有典型的藏族精神等,而被誉为是"不但有对民族文化和民族心理的深层思索,而且有对民族现实和民族未来的深入思考"②。这样,宗教、民族文化与民族性等便在一些批评者的话语表述中以格式化方式完成了对其历时性、对话性与建构性特征的拒绝,却遗忘了如下问题的思考:宗教文化在凝聚族群合力的同时也有可能导致不同教派甚至不同宗教间的对立,民族性的维系在建构族群共同体的同时也有可能导致族际间隔阂的扩大。阿来的《尘埃落定》中"我"的疑问无疑是对上述问题的回答。阿来通过新派宗教人物翁波意西之口表述了自己对宗教问题的思考,"为什么宗教没有教会我们爱,而教会我们恨?"③其二,在少数民族文学批评的宗教主义话语表述中,一些批评者时常将少数民族宗教所蕴含的价值观、道德观与名利观等作为判断少数民族地区社会、经济、文化等发展效果的准绳或标尺,进而将整个社会已或快或慢地进入作为一种总体性实践方式的现代性看作是生态污染、家园破败的罪魁祸首,将民族地区的所有冲突都归结为"宗教与现代性的冲突""神圣与世俗的冲突""信仰与生活的冲突"等并致力于再现和建构以传统宗教信仰为镜像的民族主体形象,并将其作为对现代性话语加以质疑或抵制的观念结构与情感模式。当前,一些少数民族作家出于维系民族文化传统与确证身份认同的需要往往在作品中强化宗教文化的神圣并予以浪漫化想象,导致少数民族文学有时表现出对外来他者的抵制,对现代性发展的质疑,对现代文明体系建构的拒

---

① 李明泉:《雪山草原滋养的大善大美——评藏族女作家拥塔拉姆的散文创作》,《当代文坛》2011年第5期。

② 朱斌:《情节及其叙述的魅力:当代少数民族小说张力研究》,民族出版社2014年版,第190页。

③ 阿来:《尘埃落定》,人民文学出版社1998年版,第147页。

绝:裕固族作家铁穆尔的文本时常醉情于对民族传统信仰的留恋与畅想,对传统社会中宗教仪式、禁忌、"万物有灵"观念的人类学与民族志书写,总是与本民族地区现代化发展引发的生态恶化等问题相始终,其目的就是在这种二元论叙事结构中表述重回传统的渴望与梦想,所以,他的文本总是表述着渴望回到"北方女王世界",回到传统"焦斯楞世界"①的焦灼与期盼;维吾尔族作家祖尔东·沙比尔的文本在对现实世界的某些丑恶、贪婪、功利与欲望现象执着书写的同时,总是洋溢着对传统的心向往之。他的《葡萄沟纪事》以主人公鲁苏里由一个善良、纯洁、本分的农民变成唯利是图的商人的故事,表述着叙述者对现代性语境下人们丢失传统,拥抱现代性带来的后果的控诉与抵制。最后,叙述者直接说:"是什么改变了他,是谁教坏了他?是来路不明的钱,是那些不三不四的人。"为了凸显叙述者对市场经济的抵制与排斥,叙述者还加以解释说,"那些用金钱换来的享受,威望在哪儿?明天,脱离开父亲的这份遗产到大街上去的话,谁也不会理睬他,向他行礼问候了"②。作为现代性象征物的"金钱"却成了罪恶的化身,成了毒害人们灵魂与思想的罪恶的隐喻,成了恶化人们社会关系的渊薮,"父亲"则作为传统的象征与传统宗教的象征而成为人们幸福生活的基本依靠。在"父亲"与现代性间的对立或对抗性书写中,叙述者(作者)的叙事伦理清晰可见;有些少数民族作家甚至出于对现代性的抵制与拒绝而刻意建构一个以"万物有灵"或"天人合一"为根基的"乌托邦"空间。瑶族作家陈茂智的《归隐者》即是上述问题书写的典型表征。《归隐者》③的主人公程似锦在身居都市的现代生活中心身俱疲、伤痕累累、无所适从,他在寻找这种现代性病候的解脱之道时突然闯入一个被称为原始、封闭、纯美且天人合一的瑶寨——"香草溪"。为了呈现"香草溪"这一纯粹、静美的乌托邦世界,叙述者塑造了一批彻底摆脱现代生活的"自然人"形象。这些自然人虽远离城市栖居于偏远的原始的田园却佛道双修、恬淡宁静、简朴自然、诗意盎然,充满人性的充盈与生活的甜美。他们在这个原始宗教意味浓厚的乌托邦世界里拒绝科技与理性,拒绝工业与物质,拒绝现代文明与逻辑规则,即使生病也不借助于现代医疗技术与设备,而是用最原始的灯草医治传说中的"斑茅痧"。主人公的名字"程似锦"被叙述者赋予了强烈的隐喻意味。在作者看来,只有回到未曾被现代性侵扰并存留着传统宗教文化的世外桃源——

---

① "北方女王世界"或"焦斯楞世界"等在裕固族群中是指其族源之处、文化原生处。

② 新疆维吾尔自治区党委宣传部编:《新疆新时期少数民族文学作品选(中篇小说卷)》,作家出版社 1999 年版,第 20、62 页。

③ 参见陈茂智:《归隐者》,线装书局 2012 年版。

叙述者称此为人类的乐土与梦幻家园,人类才能拥有"前程似锦"的未来,否则就会跌入罪无可赦的深渊。吊诡的是,该著却受到"广泛赞誉和好评",被认为写出了"诗意的栖居的向往""人们在现代性背景下的救赎",成为"美好人性的执着守望"等,甚至被誉为"现代版的《桃花源记》,中国版的《瓦尔登湖》"①;致力于宗教赋魅性叙事的裕固族作家铁穆尔被称为"中国西部新乡村主义者",他"以文学的方式,在某种程度上复原了游牧民族的历史和心灵的世界",其作品被认为是"现代文明的救赎",从而吹响了捍卫"游牧"的号角②……批评者却遗忘了如下问题的思考:传统是否是现代文明的救赎者,是否要对之拥抱式认同;现代文明是否只能让人"伤痕累累",少数民族文学是否要复原传统并吹响捍卫传统的"号角"? 然而,在这里,"艺术即象征性地满足了人'生活于过去'的需求……证明着'过去'的现存性,'过去'成为一种极现实的文化力量"③。

晚近以来,由于地方性知识兴起以及后殖民理论的影响,当代少数民族文学批评在面对少数民族文学的宗教主义话语书写时要背负更为沉重的压力。这种压力源于人们时常将是否认同少数民族文学的宗教书写等同于是否尊重少数族群。一些批评者面向少数民族文学的宗教书写时很难持一种公允的批评姿态。少数民族文学反而因与宗教结缘而被认为能够彰显其民族性及维系民族文化传统等而被一些批评者认同与赞赏,并因其能够描摹出少数民族群体在全球化背景下的现代性焦虑,描摹出他们在现代性焦虑面前的救赎意识而被这些批评者尊重与厚爱。毋庸置疑,当下少数民族文学及批评对宗教问题的重视在某种程度上具有在场的合理性与身份的合法性,也有着较为强烈的现实针对性与价值校正意义。只不过,作为少数民族文学问题的发现者与价值引导者的少数民族文学批评更应该强化对如下问题的审视与思考:(1)宗教文化是否与现代性文化势不两立,或者说,现代性文化是否一定是宗教文化的掘墓人? 或者说,少数民族文学的宗教叙事能否走出自我与他者间的对抗性叙事结构,能否在自我与他者间建构一种交往主体或文化间性? (2)少数民族文学对宗教问题的叙事伦理是什么,其叙事的价值论限度或底线在哪里? 就前一问题而论,任何意义上的文化都是过程的而非终结的,是发展的而非静止的,是多元的而非单一的,都要

---

① 参见陈茂智长篇小说《归隐者》研讨会综述,见 http://www.chinawriter.com.cn,2013 年 11 月 27 日。

② 参见巴战龙:《作家铁穆尔:游牧是一种思想立场和书写态度》,《甘肃日报》2014 年 6 月 17 日。

③ 赵园:《地之子》,北京大学出版社 2007 年版,第 14 页。

随时代与社会的变化而发生结构转型。没有任何一种文化能够保持永恒的、纯粹的形态与样貌,任何文化都要在参与他者文化对话与交流过程中不断提升与发展自我,全球化话语为各民族文化间性达成提供了动力机制,试图"躲进小楼成一统"的文化心态非但不能拓展族群文化的生存空间,反而将使族群文化失去鲜活有机的资源而不断枯萎或死亡。作为族群文化重要组成部分的宗教文化也面临如何自我成长的问题,面临如何使与现代性文化交往交流交融的相洽问题。换句话说,宗教文化持有者不能因其宗教文化的独特性而忽视其应有的普适性,更不能将本族群的宗教文化凌驾于他者文化之上而拒绝他者文化的在场。在安德森看来,尽管"没有任何一个民族会把自己想象为等同于全人类",但是,他同时又强调指出,任何一个民族的精神叙述都会趋向于人类的共同性,"适用于现代人物的叙述方式同样也适用于民族"。同样,"适用于民族的任何叙述话语只有在适用于普世性的人类共同体时,这样的叙述话语才符合民族叙述的需要"①。

具体到当下中国而言,作为一个汪晖意义上的"跨体系社会",中国多民族共存的现实语境与民族区域自治制度决定了少数民族宗教文化必然有一个多元文化和平共处问题,有通过各少数民族精神价值如宗教文化的挖掘、阐释以共建中华民族共有精神家园的问题。在汪晖看来,中国作为一个典型的"跨体系社会",其内部是一个充满张力、具有多样文化生态的社会系统,任何族群文化都只有参与其中并能够以其自身的地方性知识建构出整体性的各民族共有的精神价值——而不是隔绝或逃避于这一系统,才具有存在的合理性以及自身发展的可能性,避免跌入碎片化、地方化与封闭化的窠臼,这也是汪晖提出"跨体系社会"理论的缘起。② 在这个意义上说,少数民族的宗教文化应该有且必须有一个如何参与现代性文化的交往交流交融问题。尽管现代性作为一种宏大叙事在边境边地边疆区域快速推进时不可避免地会出现诸多消极后果如生态破坏、文化流失等问题,必须意识到,现代性是现代文明的同义词,是任何民族都难以规避的选择,"现代性的构架中已经充满了新的内容。更为准确地说,对接近不'确定性的渊源'的追

---

① [美]本尼迪克特·安德森:《想象的共同体——民族主义的起源与散布》,吴睿人译,上海人民出版社2003年版,第233—234页。

② "跨体系社会"理论是汪晖于2009年5月20日至23日在中央民族大学与中国文化论坛联合举办的"跨社会体系——历史与社会科学叙述中的区域、民族与文明"学术研讨会提出的概念,以取代"复合社会"概念,主要是为了强调物质文化、地理、经济、宗教、仪式、象征、法权和伦理表述的多样性共存于一个社会体之中,从而为观察一个社会的政治文化提供新的视野。

求已经减缩并集中在'瞬间'这一唯一的目标上。现在谁运动和行动得更快,谁在运动和行动上最为接近'瞬间',谁就可以统治别人。而且,正是那些不能同样迅速地运动的人,更为明显的是,正是那些更为根本不能随意地离开他们的地方的那类人,在被别人统治着"①。任何民族或地区试图走向单一封闭的宗教文化愿景,都是徒劳无益的,且可能使族群文化在跌入"本真性"虚幻中迷失自我。回族作家阿舍的《游戏》为此作了隐喻性注脚:"我"总是想象着童年生活,"异常甜美,环绕在芬芳的气息中,而我的家园,它温存又宁静,沐浴在金色的阳光下,没有争吵和咆哮声,也没有怀疑、伤害和仇恨"。叙述者在宗教文化氛围家园叙述中却以"消解叙述"方式将上述一切都归结为"是一个虚构的世界","在那个虚构的世界……十分脆弱,仿佛一张薄纸,一戳就破"②。生活的世界绝非童话的天堂,现代性的世界绝无封闭的存在,真实的大地绝非艺术的虚构。若有,也只是文学的想象,痴人的说梦,如风,一拂却无;如烟,一吹皆散;如纸,一戳即破。由此而言,尽管宗教文化书写对少数民族文学而言本无可厚非,而且,少数民族文学因宗教文化书写所彰显的神性意识与形而上特质而凸显其再造宏大叙事的努力,在意义弥散化与价值碎片化的小叙事时代无疑具有某种救赎功能。问题却在于,如果只是将宗教文化书写作为反对和抵制现代性文化或他者文化的价值论尺度,由此带来的不只是少数民族宗教文化的自我贬损问题,而且更可能导致少数民族文学落入"观念先验论"或"题材先验论"渊薮而间接损害其价值表述与审美诉求,最终损害的更是少数民族群体能否参与或参与现代性进程有效性问题,如雅斯贝斯说,"在文学创作中,作家的观念体系发挥作用。不过,观念本身显露得越多,而形态上不具体,文学创作就会越弱"③。

从根本上说,文学是"人学",它在关注个体或族群生活遭际的同时更应该注重于人类生命意识与终极关怀书写。一旦将原本超越性、神圣性与先验性的宗教文化当作世俗化、功利化与工具化的族群身份塑造与民族文化维系目的,则会导致少数民族宗教文化书写成为一种脱离生活的观念性预设,少数民族文学也将成为一种标本性的宗教教义文本而非审美性文本,缺乏对生活的感性触摸、对生命的感悟体认、对血肉魂魄的感知理解,无法触及少数民族群体在现代性语境下的焦灼与梦想、徘徊与

---

① [英]齐格蒙特·鲍曼:《流动的现代性》,欧阳景根译,上海三联书店2002年版,第188页。

② 阿舍:《奔跑的骨头》,宁夏人民出版社2012年版,第167—168页。

③ 《卡尔·雅斯贝斯文集》,朱更生译,青海人民出版社2003年版,第445页。

犹疑、困境与期望等多重矛盾交错的两难,无法在少数民族群体面临民族性与现代性、本土化与全球化、传统文化与现代文明等彼此冲突碰撞中为其探讨健康良性的发展之路。当前,全球化纵深播撒引发的生态恶化、传统解体、家园破败、城乡冲突与贫富差距拉大等问题的蔓延,导致一些少数民族作家很难以包容协商姿态致力于对宗教超越精神的追问与建构,超验维度或形而上品质的匮乏又导致少数民族文学的宗教文化书写难以将个体和族群命运拓展到人类命运共同体高度,也难以将个体心灵世界升华到普适性形而上学层面,也就无法挣脱文学与世俗文化语境的纠缠或关联。宗教文化工具化地成为少数民族文学抵御外来他者冲击的"防火墙",甚至成了少数民族文学陌生化题材,少数民族文学也因受制于此褊狭的价值论规约与排他性的二元论思维而难以超越于"社会问题文学"框架。如此说来,少数民族文学对宗教文化的审美书写其实一定程度上窄化了其审美品质与精神高度,抑制了少数民族文学意境的升华与问题发现的深度。或者说,文学仅仅是他们解读或信仰宗教的载体或工具,一些少数民族作家是力图通过宗教文化书写以宣扬或引导少数民族群体跟着宗教向前走,并将宗教作为少数民族群体向前走的最终归宿。如何为少数民族文学宗教叙事设置一个相对清晰的"边界"而不使其"越界",如何使宗教书写走向积极健康的交往对话之路以规避其偏至、狭隘的趋向,如何避免以宗教文化的奇观化书写作为博取他者认同的文化资本倾向等,是少数民族文学批评者亟待破解的难题。

就后一问题而言,作为"跨体系社会"内部构造的公共性话语,少数民族文学批评在处理少数民族的宗教文化叙述时应该且必须解决如何将宗教文化作为民族文化现代性发展的一种动因而非障碍问题,解决如何将宗教文化内化为人类自觉信仰的同时又能够推动人类更好地介入现实世界问题,解决如何将宗教文化叙述与中华多民族文化表述相洽的问题,解决如何将宗教文化纳入全球化的运行逻辑且成为人类命运共同体共有共享的公共性话语问题。任何民族的宗教文化都不能仅止于召唤自我族群认同,强化自我族群共同体记忆。从根本上说,作为多民族国家框架内的少数民族的宗教问题应该服从服务于中华文化认同,中华多民族认同,致力于中华民族精神家园建构,这是作为"跨体系社会"的多民族共同体历时性层累的结果,也是多民族共时性文化交往的必然选择。晚近学者王明珂、马戎、王铭铭等以人类学视角对中华民族概念作了全新阐述。王铭铭的"中间圈"研究被认为可能预示着中国民族学研究以"关系"替代"识别"时代的来临。以"中间圈"作为认识论,多民族共同体内部文学与文化多样性其实是在中华民族文学和文化总体性差序格局内的多样性,在国家美学的生产性话语和社会语法之中诠释着彼此共通的情感与价值、经验与想象①,没有任何民族的文学及文化能够超然于其他民族文学和文化的交流网络。另据麻国庆研究,在南岭走廊中的各个民族丰富多彩的宗教文化特色构成了"多元",但是它们又都可以统一在道教的"一体"之下,共同构成"多元一体"的南岭走廊宗教文化特色。多元一体的宗教文化形态,一方面保持了各民族的边界和认同;另一方面又因为有着共同的一体的宗教根基,各民族便有了相互理解和认同的基础,各民族的集体记忆逐渐汇聚整合成为中华民族共同记忆。② 其他如"河西走廊""陇西走廊""藏彝走廊"等都存在各民族宗教文化"多元一体"的证据。当下,民族文化交往渐趋向纵深处推进,宗教文化在不断凝聚族群共同体的同时也作为文化流通物进入全球化过程,成为各民族共有共享的文化遗产。不过,在少数者话语复兴,少数族群问题凸显的全球化背景下,宗教文化问题又有可能对多民族国家共同体记忆与多元民族认同产生或显或隐的消极性影响。在上述意义上说,少数民族文学批评的宗教话语表述必须内置于中华民族的整体性"装置",以构拟中华民族多元一体记忆。

第三节　后学话语思潮泛起中的少数民族文学批评

尽管后学话语思潮的理论脉络、价值指向、指涉学科及问题涵括等颇为复杂③,本土场域自 20 世纪 90 年代展开的国学争论、后现代问题争论、《废都》争论等却已暗含着后学思潮的演进脉络。近年来,由于全球化话语的播撒、市场经济的深入、宏大叙事的退场、语言功能的凸显等,使得后学话语思潮渐成本土场域话语言说的某种深层结构。不过,语境的错位、理论的耗损、解读的偏至、操演的片面等导致后学思潮的本土言说不得不深植于西方话语言说逻辑,在很大程度上沦为以本土实践再次验证西方话语的普适性可能。所以,本土学界如何在利用后学话语的同时不受其困,扎根本土实践创造出与西方后学话语对话的间性空间,形成本土特色的后学话语研究体系,少数民族文学批评又能提供哪些作为少数的民族性经验等问题就成为本节探讨的重点。

---

① 关于"中间圈"的相关论述,请参阅王铭铭:《中间圈:"藏彝走廊"与人类学的再构思》,社会科学文献出版社 2008 年版。

② 参见麻国庆:《记忆的多层次性与中华民族共同体认同》,《民族研究》2017 年第 6 期。

③ 参见佟立:《当代西方"后学"理论研究的源流与走向》,《天津社会科学》2016 年第 6 期。

一

　　当前,中国多民族文学共享评价体系或批评价值标准的缺失,是作为被误读的后学话语思潮作用于多民族文学批评现场的主体症候。若以民族作为"想象中国的方法",观照多民族国家内的文学生产,多民族国家文学多空间性与多民族性的多民族文学多元共生事实,标示着单一民族文学史难以承受起中国文学史之重,迫切倒逼着"一部多民族文学融合且彰显中国气象的多民族文学史何以可能"这一问题。随着诸多后学话语思潮如新自由主义、新历史主义及后殖民主义等深度播撒以及与"语言论转向"契合,人们对传统一体化、刻板化产生犹疑或反叛。尽管少数民族文学批评借助于后学话语思潮渐趋解构传统文学史叙事中的二元论结构并推动了少数民族文学主体性身份塑造,从而使少数民族文学得以从"沉默"状态中走出且能够汇入与汉族文学的合唱历程,然而,文学史叙述者却只是在少数民族文学中发现了民族与民族文化,发现了少数民族文化对全球文化同质化的消解或抗争功能。"民族特色""地域风情""神话策源地""宗教生发处"等成为观照少数民族文学的价值论视域,"神秘的宗教仪式""独特的地域文化""神山圣水的世界""民族景观的真实再现"等成为一些文学史叙述者对少数民族文学价值的僭越性替代,甚至使之作为少数者话语的经典表征而成为身份争夺的筹码。多民族国家文学史叙述也因没能建构出多民族文学共享价值评价体系而不得不在少数民族文学与汉族文学间重新建构出一种新的逆反式对比性、对立性的叙述逻辑,少数民族文学被想象为一种另类存在以满足书写主体对异域空间内他者的期待。所以,正确阐述汉族与少数民族、少数民族互相之间在文学史上的传统关系,以及他们彼此之间产生的深刻影响,至今仍是未完成的艰巨工作。① 加之与主流学界长期存在的"表述他者"的文化中心主义意识契合,更使得与民族民间口头文化、与现代文学思潮、与汉语创作、与全球化多元文化等深度关联而具有人类学、民族学、艺术学、传播学或叙事学等多重价值空间的少数民族文学,被抑制在上述叙史范式或批评话语的宰制之下。少数民族文学也在上述叙史方法论的表述逻辑中沦为无法命名的缺席的他者。少数民族文学多元复合的结构性现象被化约为单一的一元实体,少数民族文学和文化表面上在地方性知识及后殖民理论的叙述谱系中日渐敞开的同时却逐渐缺席于中国文学史叙述逻辑。

---

　　① 参见额尔敦陶克陶:《关于〈蒙古族文学史〉编写中的几个问题》,《文学批评》1961 年第4 期。

所以，"自'新时期'至'新世纪'30 年来，中国当代文学史关于少数民族文学的叙述变化……呈现出叙述分量的持续性'弱化'与'减量'叙述，在总体设想与篇章结构的安排方面，采用'不顾及'的方式即'零叙述'状态……甚至在绝大多数的文学史著述当中逐步被取消，其他则一律采用了'取消'手法，全部删除了有关当代少数民族文学的一切论述。"①一些以多元及相关话语著称的文学史如范伯群的《多元共生的中国文学的现代化历程》②等也只是将多元理解为文学文类的多元而非文学多民族性；或者将多元归结为文学的民间性或地域性，如陈思和的《中国当代文学史教程》、袁行霈的《中国文学史》等。③……面对上述文学叙史现象，有批评者却以后现代意义上价值碎片化或历史复线化为之辩护。在他们看来，作为一种现代性知识话语生产形态，文学史就是评价主体出于特定的价值诉求并与文学创作实践中价值观念变化及文学史编写观念或方法论变革合谋，是在特定文化语境下对文学实践的拒斥或接纳行为，是叙史者出于特定叙史观念、文学历史认识论与叙史价值论而对文学事实的选择性重写行为。文学史对文学作品的选择性叙述当然无可厚非，不值得大惊小怪；有学者甚至认为，文学史就是文学作品的选择史，少数民族文学未能进入文学史叙述证明其仍处于相对落后状态，仍不能与主流文学相提并论……尽管朱德发等于 21 世纪初即倡导"重构现代中国文学学科系统"，强调少数民族文学"是现代中国文学通史的总系统中不可或缺的子系统，是现代中国文学史大厦的重要构成部分"④。然而，"……在学术思想的深层而不是文字的表面关注中国各民族生存与情感的内在特征，并真正让文学的研究成为广泛沟通彼此的桥梁，让文学的知识不仅仅为单一的视角所固定，为权力的多数所独占，依然没有解决"⑤，导致中国文学史难以容纳多元共生、和而不同的多民族文学事实，难以表述多民族国家内部构造中文学复杂真相，也彰显出一些叙史者借助后学话语解构传统文学结构的同时并没有探求一种基于后学话语的对话平等协商叙史范式，未能完成多民族文学史构建的道义责任与身份合法性叙述。

其次，后学话语思潮在消解和颠覆现代性知识话语谱系内部所谓中心、标准或规范并拆解围绕在其周围的权力话语时，那些倡导尊重差异、张扬多

① 席扬：《关于中国当代文学史中"少数民族文学"的"历史叙述"问题》，《民族文学研究》2011 年第 2 期。
② 参见范伯群：《多元共生的中国文学的现代化历程》，复旦大学出版社 2009 年版。
③ 袁行霈主编：《中国文学史》第一卷，高等教育出版社 1999 年版，第 3 页。
④ 朱德发、贾振勇：《评判与建构：现代中国文学史学》，山东大学出版社 2002 年版，第 25 页。
⑤ 李怡：《少数民族知识、地方性知识与知识等级问题》，《民族文学研究》2010 年第 2 期。

元的理论话语开始成为少数民族文学批评的常用语码,多民族国家内部交往交流交融状态的各民族文学往往被建构出对抗性的叙述范式。尽管一些批评者借助后学话语洞悉或发现了传统知识结构中先前未曾察觉的权力话语,并通过倡导"族群差异""自我认同""文化多元"等以消解曾经颇为固化的权力话语,而异域想象、差序格局、少数者话语等也成为合法在场者,但对其中潜隐着的可能危及多民族国家共同体的问题却缺乏必要的理性审视,也缺乏对多民族文学共享价值评价体系建构的清晰认知。由此以来,批评难以对多民族文学共存共生共荣问题作出科学与有说服力的论证与阐释,难以在多民族文学间作出符合其实际的比较、分析与判断,难以将多民族文学深植于"讲述中国故事"的知识谱系,最终可能导致批评成为民族身份的鼓吹者、民族性话语的合谋者、民族文化差异的拥趸者、多民族国家话语的缺席者。当代少数民族文学的某些极端化叙事倾向又助推了上述批评范式的拓展与蔓延。现代生产生活方式对传统生产生活方式的强势干预、他者多元文化对族群文化的全方位影响、族群共同体内部成员在社会文化结构性剧烈转型面前谋生技能转向的挑战、文化调适的艰难与心理应对的无措,导致少数民族文学时常执着于"民族苦难"的再阐释,在价值论层面习惯以本民族传统文化及伦理道德为尺度去解释和评价其他民族传统和文化,并以一种"怀旧"或"护短"式心态对本民族传统文化不加辨析地完全认同,"我钟爱我的部落/仿佛垂老得失去华颜的老妇/只因为它是我的脐带/只因为它是我的血管/只因为它是我的脉动/容我用灰烬般的爱拥抱你/容我用怜蛾般的爱碰撞你/容我用螳螂般的爱承受你"①。诗人以悲壮的心态试图用"螳螂"般的身躯去抵制社会前进的车轮,尽管在全球化多元文化冲击下原本完整意义上的民族文化现已剩下"灰烬",诗人却仍然坚持向民族文化致以最深情的拥抱,并将之隐喻化为"我的脐带""我的血管""我的脉动"。"脐带""血管""脉动"等象征性叙事所要表述的主题是:"部落"是诗人的生命之源及生存之根,现代性话语是以一种合法性话语收编或肢解"部落文化"并使之成为"灰烬"。如此,迎接诗人的必将是价值坍塌、秩序解体、生命枯萎、传统不再的结局。上述叙事现象几成少数民族文学叙事常态。哈萨克族作家哈依霞的《黑马归去》以"山里人"和"城里人"作为二元论叙事框架,以"马"为生的"山里人"淳朴、自由、无私无欲,"城里人"则贪婪、狡诈、欲壑难填,当"城里人"以不可抗拒力量介入"山里","马"的时代被现代性浪潮裹挟着走向它的终点,"黑马"之死则是时代解体

---

① 瓦历斯·诺干:《部落之爱》,(台湾)晨星出版社1992年版,第48页。

的隐喻;少数民族文学"最后一个"(最后一名猎手、最后一个仪式、最后一种技艺等)叙事模式的重复性展演正是基于相同的伦理立场……上述叙事行为当然是多因素综合而成,"既有热爱自豪感,又有极容易产生的文化自卑心理,和由此心理反弹导致的文化炫耀、守卫立场。这样的多重态度,使得作家在创作中表现出来的民族意识和认同感是复杂、多重、暧昧的,既有坚持开掘、弘扬本民族文化传统的自觉和理性精神,也有混合着简单盲目的民族情绪的文化怀旧和守卫立场"①。一些批评者对上述叙事现象的集体认同却表征着他们"喜欢参照自己民族的特定文化、历史、宗教,而不是把它们联系于一种可以适合于其他民族的广泛性理论,来证明自己诉求的正当性"②的文化保守主义意识形态……从乌热尔图"不可剥夺的自我阐释权"到对"原生态文化"书写的执着强调,从"民族文学代言人"身份到对"受害者"形象的书写转型,一些批评者主动听命于上述叙事行为并将之作为少数民族文学价值基点,不仅误导了文学,也可能潜隐着对多民族国家和谐民族关系消解的风险。

再者,当代少数民族文学批评在后学思潮影响下往往只看到对权威话语的解构,对元叙事的怀疑,对"巨型理论"的抵制,只是片面张扬后学思潮中那种激进而偏至的所谓拆解、打碎、破坏等口号,却没有看到后学思潮蕴藏着的深度反思与批判精神及其所开启的那种为新的理论生产提供可能的契机,反而以所谓的颠覆或解构之名逃避于对理论及理论建构问题的关注,跌入朱立元曾陈述的窠臼,"我们的接受可能存在消极性。比如容易走入彻底消解本质的陷阱,容易被西方后现代非理性主义所悄然俘虏,容易诱发不尽合理的感官主义消极倾向,容易由此趋于反人道主义与人本主义等"③。也就是说,当代少数民族文学批评在以后学话语思潮观照传统少数民族文学批评知识结构中的权威话语及权力关系,即"文学场和权力场或社会场在整体上的同样规则,大部分文学策略是由多种条件决定的,很多选择都是双重行为"④时,既没有借助于后学思潮所开创的平等对话的理论思维与研究范式而深入省思多民族文学共享价值论建构问题,也没有致力于探究本土批评理论生成及相关问题。甚至对"理论的逃逸"已成为一些少

① 严英秀:《论当下少数民族文学的民族性和现代性》,《民族文学研究》2010 年第 1 期。
② [以色列]耶尔·塔米尔:《自由主义的民族主义》,陶东风译,上海译文出版社 2005 年版,第 75 页。
③ 朱立元:《从文论看后现代主义的双重面相》,《光明日报》2015 年 7 月 16 日。
④ [法]皮埃尔·布迪厄:《艺术的法则——文学场的生成和结构》,刘晖译,中央编译出版社 2001 年版,第 248 页。

数民族文学批评最为凸显的叙事症候,浮泛或浮夸之批评常见:其一,导读性批评。其具体操作流程为:先从某作品的作家身份入手,总结出该作品的民族特色、故事情节、思想内容和时代特征等,继而对其中的人物、故事、情节、环境等方面加以概括式论述,最后以"鲜明的民族特色""如画的地域风情""真实的人物故事"等作为批评逻辑。其二,概述式批评。以作家的民族身份作为评价少数民族文学的基本依据,少数民族作家所写的就是少数民族文学,少数民族文学自然要写少数民族文化、写少数民族文化身份、写少数民族群体的现代性焦虑,并以能否描写少数民族文化身份或其现代性焦虑作为判断少数民族文学价值高低、水平优劣的尺度。其三,伪赏析批评。赏析性批评本来是"对文本的情感性参与、理解和创造,满足的主要是个体的审美趣味需求,更具审美享受意味,着重实现文本的审美价值"①。少数民族文学批评场域的赏析性批评却是在未及审视其文学叙事艺术、语言特色或美学表征情况下便以诸如"感人至深""填补空白""重要收获""多年难得一见的经典之作"等作为常用语码。……尽管上述批评范式有其在场的必要性或合法性,也生成出诸多经典性批评文本,却都不是以生成本土理论为目的,很难称得上是创造性发现的批评行为,甚至有些批评者以"解构一切"的后学立场否定理论存在的必要性,把所有理论都看作"霸权话语"并将之看作是对少数的压制和对少数者话语的剥夺;还有些批评者把伊格尔顿对文化理论这一"巨型理论"的批判当作自己反对理论的挡箭牌,却忽视了伊格尔顿实质上是借批判文化理论将过多精力放置在种族、性别、政治等问题层面却忽略文学自身及理论建构问题而提出的批评。

从根本上说,批评是理性的活动,是以建构新的理论为批评的最终目的。而且,任何理论话语的建构都潜隐着建构者的价值观照与理想预设,"批评所做的是着手创造判断艺术所用的价值标准","批评家不仅创造判断和理解艺术的价值标准,而且他们在写作中还体现现时现在的那些过程和实际情况……在某种程度上,应明确表达出那些由文本的所支配的、取代或压制的声音"②。尽管作为后现代主义者的吉登斯也认为,文学批评不能套用自然科学的方法一定要建构出诸多理论概念、名词术语等,否则就会跌入对文学的科学主义或自然主义解读,理论就成了解读文学的工具,这是与文学本质背道而驰的,但是,他同时又指出,"作为知识分子,我们必须不再

---

① 童庆炳主编:《文学理论教程(第5版)》,高等教育出版社2015年版,第375页。
② [美]萨义德:《世界·文本·批评家》,载朱立元、李钧主编:《二十世纪西方文论选》下卷,高等教育出版社2002年版,第522页。

依靠是否揭示了永恒的法则来评价我们的成功,我们应该明白社会理论并不外在于我们的世界,我们必须重新致力于发展'敏感概念',以便理解多个个体在结构的指导下,生产和再生产社会结构时他们之间的互动过程"①。在吉登斯看来,问题在于,如果没有了理论我们又如何认识世界、了解人生、面对社会,如何把握社会与人之间的互动。与之相应,如果一定要为文学建构理论话语,就要遵从文学自身的独特规定性,更要尊重当前理论生产的文化语境和那些特殊的社会环境。在他看来,宏大叙事或巨型理论在后现代主义时期是不可能存在的,我们必须停止模仿自然科学去渴望从所有现象中概括出应对一切的理论体系,对文学研究而言,那只是一种理论的神话而已。在这种情况下,我们要在具体文学研究中致力于发现一些敏感概念而不是巨型理论,用以思考全球化背景下人类共有问题关注,介入公共领域问题探讨。② 由此而言,如何借助后学话语思潮恢复活力并将批评介入社会问题的反思与审视,从而发现本土话语生成路径与方法,确是身处后学话语思潮语境中的少数民族文学批评者亟须深思之处。或者说,没有触及文学本质力量的批评意识,没有介入社会公共空间的批评能力,没有解构权威之后的理论建构行为,批评将会一直处于"理论之后",然而,"我们永远不能在'理论之后',也就是说没有理论,就没有反省的人生。……它不可能只是简单地不断重复叙述老生常谈的阶级、种族和性别,尽管这些话题不可或缺。它需要冒冒险,从使人感到窒息的正统观念中脱身,探索新的话题,特别是那些它一直不愿碰触的话题"③。后学思潮并非完全是解构或摧毁,更在于解构后的建构、破坏后的重塑、颠覆后的反思,"后现代主义其实也没有放弃反思。它在反思些什么呢? 回答是,既反思着现代主义的基本景观——这是它的生成动力,更反思着由此而来的后现代主义景观本身——这则是它的自我更新之道。由此,在看似随波逐流、庸碌无奇的困局中,后现代主义随时蕴藏着突围的活力"④。"突围的活力"在于它打破了对既有权力话语的迷思、固有规则的坚守、宏大叙事的迷恋,从而能够给予散乱的小叙事以充分的尊重与理解。少数民族文学批评不能在"理论逃逸"中走向"后学"的反面。

---

① [美]乔纳森·特纳:《社会学理论的结构》(下),邱泽奇等译,华夏出版社 2001 年版,第 170 页。
② Anthony Giddens, *The Constitution of Society: Outline of the Theory of Structuration*, Berkeley: University of California Press, 1989, p.326.
③ [英]伊格尔顿:《理论之后》,商正译,商务印书馆 2009 年版,第 213—214 页。
④ 朱立元:《从文论看后现代主义的双重面相》,《光明日报》2015 年 7 月 16 日。

二

在上述意义上说,后学话语思潮给予少数民族文学批评的意义在于:首先,少数民族文学批评不能直接硬性套用各种他者理论话语——任何他者话语都是在独特的语境与针对特定对象基础上生成的,哪怕这些他者话语与本土实践存在着表面上的相似性或邻近性。如果说福柯意义上的话语是一种权力,作为理论的话语权力自有其适用的特定区间——少数民族文学批评之所以长期遭遇失语的尴尬与阐释的焦虑,在很大程度上是由他者理论与本土实践间的错位引发的。晚近以来,少数民族文学批评生发出对西方话语轮番征用的热潮,只不过是由于"理论旅行"后的变异或耗损。他者理论很难与本土实践存在着完全的契合与内在精神实质上的一致,特别是本土批评者主体建构意识的隐而不彰,导致他者话语在本土文学批评实践中总是存在着诸多难题。所以,目前学界对少数民族文学批评的批评也主要集中于"套用西方理论"这个层面上,这一层面也被看作是少数民族文学批评时常滞后于少数民族文学创作实践或令少数民族作家不满的根本原因。其实,西方话语与本土实践并非是彼此的反面或对立的双方,"是否需要西方话语"也不再是值得讨论的问题,五千年文明史的中国应该有足够的文化自信与文化定力容纳他者。问题的关键是,言说他者时究竟持何种立场,站在什么位置,欲达什么目的? 西方话语到底是建构本土话语的资源和动力,还是加速我们失语或焦虑的罪魁祸首? 上述问题的有效解决才有助于推进本土话语刷新。

作为以颠覆宏大叙事、尊重少数叙事为宗旨的后学话语思潮的启示意义还在于:批评理论的构拟要立足于本土实践,要有主动而自觉的致力于理论建构的批评意识,否则,批评终将因缺乏"属己"的言说系统或理论体系而不得不套用于他者理论,做他者话语的"搬运工"与"抄写员"。在后学话语思潮视域中,任何意义上的强势话语都并非是普世话语,少数话语亦非是落后话语,传统话语更不是低等话语的同义词,因而文化承载人数的多寡不能作为判断文化先进与否的标准。后学话语思潮的在场使得少数民族文学的地方性知识生产机制及其方式得以敞开,这种地方性知识又恰是本土理论创造的基础。因为,少数民族文学有自身独特的知识谱系与演进脉络,有自身独特的文化源流与文学递进规律,并因其与民间口头传统、民俗文化、宗教文化、地域文化等关系而形塑着不同于其他文学的审美特征、艺术特点与精神价值等,少数民族文学批评只有立足于少数民族文学的地方性知识基础才有可能建构出自身独特的理论话语。格尔茨认为,"西方中心论"与精英知识分子的错误在于:"其一是低估了所谓的'无文字社会'的艺术内动力,其二是高估了有文字记载的社会的自治性。"①由此而言,少数民族文学批评也只有回归本土实践,以对少数民族文化和文学的历史还原及知识考古,在主流叙述的间隙处发现被主流话语化约的非规约性的少数民族文学现象,考察少数民族文学与其民族文化、社会思潮与当代际遇的诸多关联,还原少数民族文学创作复杂现场及其多重叙事面向,以强烈的主体建构意识积极思考本土理论生成的路径和方式,才是其应有的姿态。后学话语思潮对总体性话语的拆解、对少数者群体的重视、对非主流叙事的青睐等,并不是出于将非主流重新中心化的宏大叙事再造的努力,更不是在自我/他者、大叙事/小叙事之间再次确立非此即彼的二元论思维方式,而是通过对传统知识生产与言说模式的质疑或反思以复活非主流活力,并通过非主流的复活重构一种变动的、发展的且能够契合其自身特质的言说话语,以警醒那种"考察两种文化碰撞,以及当其中之一带有意识形态霸权,认为自己优越于对方时会发生什么"②的权力在场,赋予非主流文化以一种正当性。正当性是一种具有普遍性的象征性价值,是在某种社会规范内被主体建构、解释和信仰并能得到他者认同的,而且,这种正当性因能得到实践验证或证明而具有合法性、适当性与可行性,或"是这样一种普遍的观念或假设,处于某种社会建构的规范、价值、信仰和解释系统之内,主体行为是可取的,合适或恰当的"③。就少数民族文化而言,判断其正当与否却必须深入到非主流文化的发生语境、表述范式、演进规律以及与其他文化交流的可能或路径,如马克思经典作家所说,"我们判断一个人不能以他对自己的看法为根据,同样,我们判断这样一个变革时代也不能以它的意识为根据;相反,这个意识必须从物质生活的矛盾中,从社会生产力和生产关系之间的现存冲突中去解释"④。后学思潮对少数民族文学批评意义也许需在此范畴内理解。

三

当前,少数民族文学批评要注意少数民族文学的两种主导性叙事倾向:其一,全球化背景为少数民族作家试图通过地方性知识书写以获取文化资

---

① [美]格尔茨:《地方性知识》,王海龙、张家瑄译,中央编译出版社2000年版,第132页。

② 姜飞:《跨文化传播的后殖民语境》,中国人民大学出版社2005年版,第85页。

③ Mark C.Suchman, "Managing Legitimacy:Strategic and Institutiongal Approaches", *The Academy of Management Review*, Vol.20, No.3(Jul.1995), p.574.

④ 马克思、恩格斯:《〈政治经济学批判〉导言》,载《马克思恩格斯选集》第2卷,人民出版社1972年版,第83页。

本提供了道义合法性依据,使得他们不惜在作品中将地方性知识如民间风俗、宗教仪式、地域风情等予以奇观化或以超越文学性许可限度而忝列于文学叙事话语,或者将那些原本落后的且必须加以文学化改造的民族民间风俗等不加选择地以所谓"原生态"方式罗列其中,甚至凭空虚构、臆想式的在作品中进行"发明的传统","文化资本是作为斗争中的一种武器或某种利害关系而受到关注或被用来投资的,而这些斗争在文化产品场(艺术场、科学场等)和社会阶级场中一直绵延不绝。行动者正是在这些斗争中施展他们的力量,获取他们的利润,而行动者的力量的大小、获取利润的多少,是与他们所掌握的客观化的资本,以及具体化的资本的多少成正比的"①。例如,一些壮族作家对壮族文化普遍"缺乏饥渴感,缺乏民族自豪感,他们虽然生于壮乡,长于壮乡,可一旦进了学校,书读得多了,有的人心却离壮乡远了,民族感情淡薄了,他们不再潜入生活的底层了"。在这种情况下,一些壮族作家不得不以一种讨巧方式创造壮族民俗、杜撰壮族历史。② 一名彝族作家曾将其成功归因于书写了道听途说来的彝族文化。他说,尽管自己被命名为"彝族作家",但他对彝族文化并没有一种血脉相连般的感受,他的作品之所以被人们认为是"彝族文学",一是因为他的身份证上的民族成分被标注为"彝族",二是他的作品表现出了他"道听途说"得来的"彝族文化"。……面对上述以"发明的传统"取代民族文化真实体验的叙事现象,有些批评者却认为,全球化背景下不可能再有固守传统的人,少数民族群体也纷纷外出谋生或者持续与他者共处而未必保有本民族原初或固有的文化传统,少数民族作家自然成为"文化混血者"而不可能再写出什么"原生态"或"真正的民族文化"了,只要他们的民族身份归属于少数民族的作家,只要写出与他者不同的文化特色,他们的文学能够被称为"××族文学"就可以了;在这些批评者看来,在国际性交流中有吸引力的是少数民族文化。我国少数民族作家多生活在边地边疆等原生态地区,他们要想创作成功就要写看似原始的东西,写本真性的东西——即使是"发明的传统"。后学话语思潮的深度播撒造成所谓的本真性或原初性只是话语构造的结果,是被抽空了实质内容的语言符号。作为批评者,不要以所谓的历史学、人类学及社会学等追究少数民族文学"本真性"书写的真伪,在"一种永无止境的固定于变化的辩证运动织入了历史时代本身的辩证法中,因此,无论是社

---

① [法]布尔迪厄:《文化资本与社会资本》,包亚明译,载朱立元、李钧主编:《二十世纪西方文论选》下卷,高等教育出版社 2002 年版,第 429 页。

② 参见梁庭望:《寻根·开拓·构建——壮族文学 30 年的反思和展望》,载《中国少数民族文学经典文库 1949—1999——理论批评卷》,云南人民出版社 1999 年版,第 76 页。

会还是个人都既不仅仅是过去的一种副本,也从来不能用手头碰巧所拥有的泥巴把自成一体的自己任意重塑"①背景下,即使没有所谓的原生态或本真性的民族文化存在,少数民族文学也要再造出原生态,这是全球化语境下少数民族文学走向世界的"敲门砖"……上述批评现象隐含着将少数民族文学奇观化或他者化处理的意识——尽管得到后学话语思潮鼓吹。其二,当前,少数民族文学现场不时出现"斥责理性和普遍性,对文化差异性持终极目的论,结果把每种文化都说成自成一体,只指涉自身,完全自足自律……好像自我和它的再现之间不会有欺诈和虚情假意的时刻"②的书写症候,以自我民族文化为价值标准去裁定甚至否定一切所谓的他者文化。对本民族文化心向往之、对民族传统的神圣化想象、对民族历史的无限崇敬、对现代化场景中民族遭遇的悲哀叹息、对外来他者文化的抗争愤懑等现象一再彰显出少数民族文学对作为地方性知识的自我民族文化的神性化或浪漫化想象。所以,少数民族文学批评如何在借助后学话语思潮尊重差异、强化身份的同时,避免将差异固定化、将身份唯一化等少数民族文学叙述倾向,是批评亟待处理的难题。在整个社会都已全方位被纳入全球化及现代性发展逻辑之中时,"非主流"如果不能介入主流将会永远"非主流",差异如果不能纳入普遍将会蜕化为排他主义的绝对差异,所以说,"不能对本民族文化过分迷恋,过分的迷恋导致诗人对他文化的拒绝,并最终成为狭隘的民族性写作"③。

就上述意义而言,如何引导身处相对不利状态的少数民族作家抛弃后撤姿态接纳多元的他者文化以与本土杂糅,从而建构全球化多元文化背景下的多元文化身份认同,如何引导少数民族文学以向前看的勇气和气魄主动对话他者以塑造多民族共享的价值体系,才是少数民族文学批评对少数民族文学应承担的道义与诗学正义责任。晚近以来,少数民族文学批评滞后于少数民族创作实践,造成其非但不能对上述创作倾向作出公正而理性的判断,引导少数民族文学以开放的心态、广阔的视野、现代性的价值理念等进行新时代书写,反而以刻舟求剑方式从事一些后设性话题的争论,其经典表征是在少数民族文学渐趋表现出开放而多元叙事立场情况下仍将之纳入固有惯性批评逻辑与言说范式。彝族诗人阿库乌雾的《突围》题目本身

---

① [印]阿赫默德:《文学后殖民性的政治》,郭军译,载朱立元、李钧主编:《二十世纪西方文论选》下卷,高等教育出版社2002年版,第538页。

② [印]阿赫默德:《文学后殖民性的政治》,郭军译,载朱立元、李钧主编:《二十世纪西方文论选》下卷,高等教育出版社2002年版,第537页。

③ 巴苏亚·博伊哲努(浦忠成):《文化诠释的吊诡》,《山海文化》2000年第2期。

即是少数民族群体及其文学已渐次走出文化保守主义立场,走向现代审美品质与价值诉求的隐喻化书写。如他在《丧失》中吟道:"巫咒发自灵魂深处的颂辞/是唯一出山的路途/带去太多发潮的荞种/却留下宇宙间/第一奇特的苦涩。"①诗人借此告诉人们,仅仅担忧民族文化遭受深度震荡是不够的。要实现新的优质精神重构,应该有必要的丧失,必须忍痛割爱。藏族诗人班果的《婚典》非但没有表现出对"世界已攻入它的内部"风险的恐慌,反而以一种极为坦然而欣喜的心情欢呼着"更多奇迹"的出现,"村庄是一个古老的果园/今天又有醒目的花朵开放/天空冉冉来临,像一条纯蓝的哈达/诵经的老人捻住一颗珠子不动/这个圆硕的日子/世界已攻入它的内部/并将创造出更多奇迹"。② 在诗人看来,现代性进程中的藏族人只有勇敢地拥抱外来文化而非相反才能创造出"更多奇迹"。在这里,诗人以自审、批判和超越性姿态彰显出重塑民族精神、重构文化内涵的开放胸襟;尽管吉狄马加也担心民族文化在外来文化碰撞与冲突中会渐趋消失,"在多种文化的碰撞和冲突中,我担心有一天我们的传统将离开我们而远去,我们固有的对价值的判断,也将会变得越来越模糊"③。面对上述境况,诗人想到的不是唯我独尊、不是画地为牢,而是竭力将民族文化传统引向全球化逻辑,试图借助全球化力量来重铸民族文化新生的辉煌,"我不在这里,因为还有另一个我/在朝着相反的方向走去"④。在诗人看来,作为彝族文化代言人,诗人应承担起为彝族文化鼓与呼的重任,但是,作为多民族国家的一个公民,诗人的"另一个我"又要超越彝族身份的自我限制,要"朝着相反的方向走","相反的方向"可以超越族群文化掣肘,推动彝族文化在发展中继承、在继承中创新、在创新中保护等等。这一矛盾却是诗人不得不面对的问题。……面对上述叙事转型的少数民族文学,批评者如果仍着力于探讨其描绘了什么样的民族风情,再现了什么样的民族传统,书写了什么民族的文化身份,塑造了什么民族身份等,就无异于缘木求鱼了。批评要介入现实,要化解文学与其生活焦虑,要成为"人"的问题的发现者和思考者。批评家的任务的达成不是靠那些神秘抽象、诘屈聱牙的理论以演绎严谨的逻辑话语,而是要在充分深入特定社会文化政治语境和现实生活中实现对诸多现实问题的透视功能。文学是具有意识形态属性的,但不是机械而直接的文学社会学的变种,而是以审美幻象的象征性话语与审美话语介入现实生活,

---

① 阿库乌雾:《阿库乌雾诗歌选》,四川民族出版社 2004 年版,第 201 页。
② 《班果的诗歌作品》,见 http://wx.tibetcul.com/zuopin/sg/200804/12643.html。
③ 《吉狄马加诗选》,四川民族出版社 1992 年版,"封底"。
④ 《吉狄马加诗选》,四川民族出版社 1992 年版,第 282 页。

具有审美的现实性。由此而论,批评不能退化为一种机械而技术性的操演,不能"成了一个技术性的概念,所以现在的美学刊物处理的是高度技术性的审美感知和审美评价的问题,这不是美学发生方式"①。

　　在上述意义上说,如何借助后学话语思潮颠覆宏大叙事曾经遮蔽的话语空间以恢复少数民族文学的活力,如何借助后学话语思潮解构"巨型理论"曾经控制的话语建构契机以促进本土批评话语生长,以公正的批评姿态、"居间"的批评思维、多元的批评话语、鲜明的批评特色、自觉的批评意识、对话的批评伦理、主动的理论建构意识等面对日益复杂且持续转型的少数民族文学文本,推动少数民族作家树立健康积极的文学观念和文化立场,以更好地讲述中国故事、塑造中国形象、传播中国声音,并在充分肯定和鼓励少数民族文学多元化发展的同时,突出社会主义核心价值观在其创作思想中的辐射源地位;推动少数民族文学积极参与全球化及多元文化的交往对话,为建构一种真正主导少数民族文学批评的民族观、历史观及价值观,以促进全球化背景下我国新型、和谐多民族文化关系建设,共筑中华多民族国家共同体想象等,才是后学话语思潮之于少数民族文学批评的现代性价值。

---

① ［英］特里·伊格尔顿、马修·博蒙特:《批评家的任务》,王杰等译,北京大学出版社2014年版,第207页。

第二章　当代少数民族文学批评的西方话语选择与其言说范式

　　晚近以来,张江先生的"强制阐释论"①引发了中国学界对西方理论的再认识、再评述热情。按照张江先生的解释,所谓的"强制阐释"是指:"背离文本话语,消解文学指征,以前在立场和模式,对文本和文学作符合论者主观意图和结论的阐释。"②张江先生对西方文论的反思与批判早在 2012年名为《当代西方文论:问题和局限》的文章中已见端倪。在该文中,张江先生以"向内转"走向、"自我中心主义"、"非理性主义"、"形式崇拜"、"反教化论"、"精英主义取向"等六个方面对西方文论存在的问题和局限进行了梳理和清理③,这就为后来"强制阐释"问题作了理论铺垫。为了更详尽地阐释他对西方文论的症候反思,他在《关于"强制阐释"的概念解说——致朱立元、王宁、周宪先生》④的文章中作了更为周全而翔实的解释。"强制阐释论"之所以能够引起学界如此大的轰动并生成新的学术增长点,无疑与本土学者一直存有的对西方文论的"影响的焦虑"有关;与 20 世纪 90 年代由曹顺庆先生提出并影响深远的"失语症"问题之间又颇有几分相似之处,只不过经过 20 多年历时性的知识累积与共时性的话语引入,诸多学者曾经倡导的"话语重建"方略与路径如"中西对话""古今对话""古代文论现代转换"等除去赢得些许"生前身后名"之外,迟至今日,具有中国风格与中国气派的学术创新或本土话语建构仍然隐而不彰。原因当然是多方面的,一些本土研究者的理论准备、相应的话语阐释基础以及理性审视本土问题能力的匮乏,对西方理论容易认同而非批判性反思与内省,找不到自己的独立话语和主体立场,理不清自己问题的症候与其生发源流,摆不正自己在

---

① 参见张江:《当代西方文论若干问题辨识——兼及中国文论重建》,《中国社会科学》2014年第 5 期;《当代文论重建路径:由"强制阐释"到"本体阐释"》,《中国社会科学报》2014年 6 月 17 日;《强制阐释论》,《文学批评》2014 年第 6 期;《当代西方文论:问题和局限》,《文艺研究》2012 年第 10 期等。有关"强制阐释论"的专栏文章,请参阅《文艺争鸣》2015年起开设的"强制阐释论"专题。

② 张江:《强制阐释论》,《文艺争鸣》2014 年第 12 期。

③ 参见张江:《当代西方文论:问题和局限》,《文艺研究》2012 年第 10 期。

④ 参见张江:《关于"强制阐释"的概念解说——致朱立元、王宁、周宪先生》,《文艺研究》2015 年第 1 期。

本土与他者间的位置,问题意识的匮乏与反思性批评的缺席等却是其中的根源。一些本土研究者在批评范式、话语规则、学术套路上唯西方马首是瞻,导致其文学批评热闹一阵马上随风而逝,剩下的只是命题、概念的嘉年华。而且,直至目前,一些学者对西方话语的接受和实践仍多是强行肢解本土问题以刻意迎合西方话语的言说逻辑,以至于在西方话语与本土实践龃龉中跌入窠臼。尽管在学术资源流动性加剧的全球性知识景观面前,西方话语及其谱系已在与本土批评实践及理论话语的传演迭代中形成"剪不断、理还乱"的交融互渗状态,很难清理出本土话语中"哪是你的/哪是我的"之别。关键是,西方话语长期的"影响焦虑"却没有从根本上推动本土问题解决或促进本土话语知识延展,也没有从根本上形成中国自身的主体立场与问题意识,这种集体性焦虑更刺激了学界对西方知识体系的再认识、再反思的激情与冲动,这就使张江先生的"强制阐释"无论在学术层面还是在情感层面都与本土学者对西方话语的复杂心态桴鼓相应了。

如果说中国文学批评尚存在着"影响的焦虑",作为多民族国家内部亚文化话语的少数民族文学批评更是难以独善其身。从发生学上看,少数民族文学批评尽管在改革开放以降得以在学科史意义上展开,只是囿于诸多方面原因如学科基础相对薄弱、研究队伍小而分散、知识话语相对陈旧老套等,少数民族文学批评一开始便与主流学界一道进入对西方话语的跟着说或照着说阶段,或者说也进入对西方话语的"强制阐释"历程。以詹姆逊的"民族寓言"为例,"民族寓言"事实上是"对于总体性的(认知)测绘的一个形式"。换句话说,作为一种"文学装置","民族寓言"是詹姆逊用来对跨国资本主义予以批判的一种形式,而非主题或内容。① 詹姆逊明确指出,"我的论点是,所有第三世界文本都必然是寓言性的,而且是在一个非常具体的意义上:它们都该被理解为我所谓的民族寓言,即便(或者应该说),尤其是当它们的形式是从占据主导的西方表征机制(例如小说)中发展出来的时候"② 。在詹姆逊看来,如果说第三世界的文学是"民族寓言",是因为它是西方文学机制催生的结果,并反而解构了西方文学,或者说,第三世界文学其实是嫁接在西方文学之上的去地域化的力量,这再也清楚不过地点明了"民族寓言"的根本含义及适用范围。但是,在近年来本土少数民族文学批

---

① 参见王钦:《杰姆逊的"民族寓言":一个辩护》,《文艺理论研究》2014 年第 4 期。

② Fredic Jameson,"Third-World Literature in the Era of Multinational Capitalism",*Social Text*,No. 15,Autumn,1986,p.69.

评实践中,"民族寓言"却成了热门的关键词,少数民族文学也一再被一些批评者不加辨析地等同于"民族寓言"并以此作为批评的常用语码。其他如后殖民主义理论、散居族裔理论、文化认同理论等都存在着忽视理论有效性与属地性原则的问题。"只要向前再多走一小步,——看来仿佛依然是向同一方向前进的一小步,——真理便会变成错误。"①我们有必要思考:西方话语对少数民族文学批评究竟是一种知识增殖、学术洞见,还是一种学术殖民、话语炫富? 是一种学术良知、学术责任,还是一种学术投机、话语权争夺? 也就是说,"如何在某种理论、学说和知识运动中找到对自身利益和目的的表达"②中发现问题真相,厘清批评者的立场观点,无疑可以敞亮少数民族文学批评中的知识权力结构,也可以对西方话语如何发现、适用或解决中国问题等提供某些启示与警醒。由此说来,我们更应该审视的问题是,西方话语在本土化过程中存在的病象或局限,究竟是西方话语自身的问题(我们不否认西方话语自身存在诸多问题。关于西方话语自身的问题以及少数民族文学批评者对西方话语的讨论甚多,在此不拟赘述),抑或我们自己在使用或套用西方话语时出现了问题? 明乎此,才能避免一些本土学者对西方话语要么无限赋魅、要么完全拒斥的二元论批评惯性。笔者想提出的问题是,长期以来,我们在讨论西方话语的问题时总是将矛头指向西方话语自身,诸如诘屈聱牙、理论晦涩、脱离语境、以偏概全,或者科学主义、非理性主义等等,不一而足,却很少思考我们在使用西方话语时自身存在的问题。例如,我们是在什么情况下使用了西方话语,对西方话语我们是否了然于胸、清楚明白、深得其精髓? 还是一知半解、囫囵吞枣、按葫芦画瓢? 抑或试图拼命套用西方话语以标示自己"勇立潮头"? 若是我们硬要将后者引出的问题归因于西方话语自身的问题,这不仅无助于对西方话语再认识,更无助于我们对本土话语的清理或再建构。詹姆逊曾讲了一个发人深思的故事:他说,有人曾对他提出的第三世界文学是"民族寓言"的观点表示过质疑并为此列举了许多例子——当然这种质疑是必要的。詹姆逊却回答说:"你提出的关于'民族寓言'的问题是你自己设想的问题,不是我书中存在的问题,我不负责将该概念真理化或普世化,我只是论述我的观点而已,若是我书中的论述足够支撑起我的观点,就已经足够了。"他的意思是,任何理论都不能囊括所有现象,它只能阐释它需要面对的现象。在这个意义上

---

① 列宁:《共产主义运动中的"左派"幼稚病》,人民出版社 1951 年版,第 113 页。
② [美]路易斯·沃思:《〈意识形态与乌托邦〉序言》,载[德]卡尔·曼海姆:《意识形态与乌托邦》,李步楼等译,商务印书馆 2000 年版,第 21 页。

说，一些批评者恰是因为缺乏对上述问题的理性审视与冷静观察，缺乏对西方话语一种主体性的批判意识与明确的本土理论建构目标，最终陷入一种集体性的失明而狂热的状态，大量的话语泡沫或理论过剩问题导致他们在短时间内因吞咽各种流行话语而产生腹胀效应。"过剩"不是说我们的理论可以满足本土实践需求，可以自给自足。理论"过剩"其实是理论闲置，是因理论与实践脱节或错位造成的理论闲置，跌入的是詹姆逊所谓"赢者终输"的吊诡。"赢者终输"是说理论超出了实践需求导致理论出现表面上的繁荣而批评实践的相对贫弱却无实质性改变的现象。一些本土学者因缺乏一种久久为功的学术品质与相对稳定的研究方向与着力点，对西方话语的引进往往发生浪漫性偏移现象，"打一枪换一个地方""三分钟热度"现象层出不穷。"失语症""本土问题""水土不服"等后设性话题成为学界探讨的主题。一些学者往往好走偏锋，一旦意识到模仿西方话语出现问题，便转过来集中火力批判西方话语的不足或缺陷，将之看作是"洪水猛兽"或"学术垃圾"——其实，在西方话语对本土批评产生着结构性影响的当下，少数民族文学批评的"本土经验"在很大程度上与西方话语本土化过程中的经验与教训相关（"教训"其实也是"经验"的另类表述）。我们不能在情感或意识形态层面上判断西方话语是否为"垃圾"，不宜情绪化地将所有问题都推给西方话语——一些本土学者往往逃避于对关涉批评根基的诸多高、深、精问题的持续性理论探讨，之所以喜欢短、平、快，批评话语表述也很"酷""花哨""魔幻"，与这种二元论思维关系甚密。

批评不是一种纯粹专业化、理论化的内部知识生产活动，而是一种与世界、与人类生存意志密切相关的价值判断活动，是一种实践性知识，也是批评者个体经验蕴积与价值观展开方式。如果批评者对本土批评症结没有一种透视性理解，没有将西方话语与本土话语及创作实践内化为一种弹性的、交错性的张力或问题结构，没有在动态的或流动的全球化情境中使本土内部生成一种自我问题的提问能力，没有打破对中/西、本土/他者等的固化认知或二元论叙述机制，对建设什么形态及如何建设本土批评话语没有一种切合实际的迁远想象与相对明晰的方法论选择，便试图以外来资源滋生、激发本土内部认知结构的话语创新，不但会限制对本土问题的深度观察，更可能造成批评力度与伦理意蕴的流失。基于此，笔者拟对本土实践中的西方话语予以系统性剖析与反思，就不只是对西方话语自身问题的剖析，而是更多涉及本土问题的反省和反思，也许后一问题更具针对性，更为迫切，也更具标本范式意义。

恩格斯曾指出，"如果不把唯物主义方法当作研究历史的指南，而把它当作现成的公式,按照它来剪裁各种历史事实,那末它就会转变为自己的对立物。"①当前,西方话语与本土批评实践已处于一种复杂又充满张力的全方位缠绕交织状态,我们很难清理或标示出何为本土、何为他者。甚至可以说,本土少数民族文学批评在近半个世纪的发展演变历程中无论话语更新、范式转型,还是方法创新、思维转换等,其实都离不开西方话语这一他者或隐或显的作用,作为他者的西方话语在本土场域的播撒也因内置入本土基因而不再是完全的他者。在当下彼此向对方开放的语境下,以二元方法论全面而深度梳理与解读本土与他者问题,是一项极为艰巨且难以得出清晰结论的问题。故此,就本课题研究而言,以对少数民族文学批评产生结构性影响且某种程度上推动整体文学批评转型的个案性的西方话语入手,为西方话语本土化进程勾勒出具有历时承接性与共时对话性的相对清晰的知识图谱,在此基础上才能描述不同时期本土批评实践引入、运用或改造西方话语的目标构想、策略选择、价值诉求与其存在问题等,这是构建中国作风、本土特色、民族特质的少数民族文学批评理论的前提,也倒逼着我们思考一种本土经验生产的方法论突围的可能或路径——尽管这种个案性的研究如韦勒克所说,"必然像周游世界或者有点像乘飞机旅行……人们只能看清地形的主要轮廓"②。笔者必须指出,就目前的情况来看,这种研究却"比任何其他时候都更加需要"。

第一节　文化多元主义理论:如何重估"文化多元"

在知识考古学谱系之内,"文化"作为人与物之间意义空间与关系秩序的整体性表述,无疑具有典型的地域性与民族性特征,"文化"的多元化和多样性特征也顺势成为人们观照和表述"文化"的最基本视域,"文化多元性"是"各群体和社会借以表现其文化的多种不同形式","不仅体现在人类文化遗产通过丰富多彩的文化表现形式来表达、弘扬和传承的多种方式,也体现在借助各种方式和技术进行的艺术创造、生产、传播、销售和消费的多种方式"③。由此而论,"文化多元性"其实是一个客观的认识论而非价值

---

① 《马克思恩格斯全集》第37卷,人民出版社1971年版,第410页。
② [美]雷内·韦勒克:《批评的概念》,张今言译,中国美术学院出版社1999年版,第344页。
③ 联合国教育、科学及文化组织:《保护和促进文化表现形式多样性公约》,巴黎,2005年10月20日,载周大鸣:《文化多元性与全球化背景下的他者认同》,《学术研究》2012年第6期。

论意义表述问题。进入现代性社会以来,随着现代性背景下大规模跨族迁徙、现代性教育展开、交通通信及传播技术的发达等,使得各个族群文化,特别是少数族群文化日趋面临着源自"他者"以及由此而遭遇的表述自我的压力,"文化多元"问题渐趋成为一种倡导差异、张扬平权的权力话语,"文化多元主义""多元文化主义""文化多元论"等蕴含着对少数族群权力的"同情之理解",蕴含着对少数群体亚文化独特性或差异性的尊重与信仰,使得文化多元主义理论迅速被本土少数民族文学批评所接纳——只不过"文化多元主义"的根本目的是促进人们从多民族国家或少数者群体的维度去评估及思考文化和社会生活多样性或差异性问题,顺势成为当前少数者群体处理自我与他者、本土与全球关系的一种意识形态化思潮。这样,原本事实性陈述的文化多元性概念于是过渡到价值论范畴的文化多元论或文化多元主义。所以,克劳福德·扬直接将文化多元论看作是"一种典型的现代现象"。他说,文化多元论的重要组成因素构成绝大多数民族国家的特性,"人们并不认为当代文化多元论是原始感情的复活",而是"自我"在与"他者"相互碰撞、竞争、交往融合过程中对族群文化身份的重新认知,人们可以有把握地认为文化多元论是"一种典型的现代现象"①。由于三者的理论核心都是文化多元而使其在中国语境下时常成为同义反复的概念而被混用。② 即使在西方语境中,多元文化主义、文化多元主义或文化多元论等概念存在彼此混用状态,再加上三者的英文表述都是"Multiculturalism",西方学者琳达·哈琴在其著作中直接将该词统一界定为"文化多元论"③;沃特森也认为,这个词语对于不同的人群意味着不同的含义④。同时,由于文化与民族的相关性,文化多元问题与对少数民族权力的争夺或建构问题亦构成互文性概念,如 C.W.沃特森所说,"多元文化主义关注少数民族……强调历史经验的多元性。多元文化主义认为一个国家的历史和传统,是多民族的不同经历相互渗透的结果"。再次,多元文化主义是一种教育理念。多元文化主义认为传统教育对非主流文化的排斥必须得到修正,学校必须

---

① [法]多加佩拉西:《文化多元论》,胡淳译,《现代外国哲学社会科学文摘》1988 年第 9 期。

② 参见王希:《多元文化主义的起源、实践与局限性》,《美国研究》2000 年第 2 期。

③ [加]琳达·哈琴:《隐秘族群》,载翟学伟等编译:《全球化与民族认同》,南京大学出版社 2009 年版,第 72 页。

④ 在西方知识谱系之内,文化多元主义（Cultural Pluralism）和多元文化主义（Multiculturalism）是含混且同属于近义词。李胜生（Peter S. Li）指出,"多元文化主义"本身就是个比较模糊的概念,它又被学界赋予了不同的解读方式,加剧了其模糊性。参见 Peter S.Li,"The Multiculturalism Debate", in *Race and Ethnic Relations in Canada*,Oxford University Press,1999,p.148。

帮助学生消除对其他文化的误解和歧视以及对文化冲突的恐惧,学会了解、尊重和欣赏其他文化。最后,多元文化主义是一种公共政策。这种政策认为所有人在社会、经济、文化和政治上机会平等。

如果从当前少数民族文学批评中寻绎一个高频率词汇的话,文化多元主义、多元文化主义或文化多元论是其中最为常见的批评语码。据笔者在中国知网以上述词语为关键词加以搜索,从 2001 年至 2018 年的 17 年时间内,共计有 12480 篇论文(包括硕、博士学位论文)①,远较其他批评话语为盛。文化多元主义或文化多元论②作为少数民族文学批评场域中的关键词,与当下中国文化生态及少数民族文学构成什么样的话语谱系,形成什么样的叙事张力,这种叙事张力对少数民族文学带来哪些书写症候,为何发生或发生了哪些变异性的批评景观、如何将文化多元论重新纳入国家美学叙述逻辑并使之成为国家美学的有效资本,构成了少数民族文学批评的难题。

一

当前,全球化与多元文化以一种合谋且悖论性方式存在。全球化在借助于强大的经济与信息资本不断冲击与蚕食各少数亚文化的同时,各少数民族文化也以一种觉醒姿态反抗、消解着全球化的压力,特别是经过人类学、后殖民理论、民族志诗学等话语的多重洗礼,地方性知识、传统的发明、文化多元性等成为学界关注的热点,全球化背景下文化同质化趋势的渐趋强化,又使得少数民族文化相较于主流文化所展示出的异域风情、原始生态、宗教信仰、生活方式等作为最能够彰显文化多元性的地方性知识,成为学界反抗文化同质化的精神背靠。同时,由于文化多元论是建立在宽容、包容各民族文化基础之上的,这种文化多元论因其在话语逻辑层面既表现出对全球化时代文化同质化的一种抗争或抵制,又与当前日渐复兴的文化保守主义话语存在着某种程度的契合,那些曾经被遮蔽在主流文化之下的、极具民族特点与地域特色的少数民族文化开始以其活力受到人们重视,"文化多元论"于是成为全球化进程中本土少数民族文学批评的关键词和常用语码。

---

① 本土批评实践对文化多元问题的关注始于 2001 年,之前很少有论文关注文化多元问题。自 2001 年后,相关论文才呈现出逐年走高的井喷之势。少数民族文学批评界对文化多元问题的这种强调既可能与国外学界的后殖民理论、身份认同理论、文化记忆等理论的相继进入有关,更可能与国内主流学界存在的文化保守主义、新儒学运动等话语兴盛有关。

② "文化多元主义""多元文化主义""文化多元论"等在本土话语表述中时常为同义性概念,本书以"文化多元论"为论述中心。

　　"文化多元论"之所以成为本土少数民族文学批评话语圭臬，是一些本土批评者对西方话语的被动接受，同时又有其主动积极迎合的成分。改革开放之后，迅猛而至的全球化及多元文化浪潮深刻影响着少数民族的民族文化传统，从根本上改变了他们先前的生产生活方式和生存空间。在这种情况下，"文化多元论"因其倡导文化平权意识，尊重少数者异质性的文化传统与其隐在价值，消弭文化精英意识与一元论权力话语结构等，顺势与少数民族文学批评构成了一种最为基本的"视域融合"。好像谁不持"文化多元论"，谁就是保守主义者、思想狭隘者；"文化多元论"者则被认为是平权主义者、思想开放者或民族平等者，"文化多元论"成了言说者政治德性与道德德性的基石。由此以来，"文化多元论"话语在中国少数民族文学批评实践中就走向了某种极端化倾向，许多批评者时常带着"文化的放大镜"孜孜以求于对少数民族文学文化价值的再发现、再阐释和再赋魅，甚至以是否书写"原生态的文化遗存""逝去的文明""不可复制的文化遗产"等作为少数民族文学成功与否的根本；加之与后殖民理论中的"权力"话语等契合，"多元"与"一体"关系问题就常被隐喻为一种权力意识的压抑/被压抑等关系，"文化多元"问题顺势作为一种对抗性或批判性力量在少数民族文学批评中具有天然的正当性，少数民族文学也在作为压抑性象征秩序的中国文学的东方主义话语表述中成为他者。在一些批评者看来，"文化多元论"就是倡导维系少数群体文化在场权力，文学中的自我民族文化越是纯粹或单一，民族身份在与他者相处中越能够得以建构与张扬，越符合"文化多元论"的要求，甚至在后续问题的探讨中，"文化多元论"成了少数群体获取他者承认、争夺经济利益增值空间或话语权力的话语标配，以至于出现如此吊诡的公式：文化多元＝文化独特＝文化唯一＝文化特权，"文化多元论"成了"文化正确"的同义词，并与保守主义等问题相关联而不断向纵深处播撒，甚至变成了一条再也不需要被理解的公理，却忘记"文化多元论"作为现代知识分子制造出来的一种策略，只是一味将不平等和不公正装入文化多元的酒瓶。①

　　从概念的生成谱系来看，"文化多元论"其实与20世纪80年代的"文化原生论"存在着表面上相异而实质上相似的批评范式。在当代启蒙文化的视野中，少数民族文化寄寓着当代中国文化"寻根"与"再造"的想象性能指。一些批评者出于建构民族性或民族身份的需要，倡导少数民族作家和

---

① 参见江玉琴：《论多元文化主义的悖论与超越：以移民流散文化为例》，《深圳大学学报（人文社会科学版）》2011年第3期。

批评者应该更多地关注本民族初始的本真的生存状态,而不是更多的注意他们已被改良或改造的所谓的新生活状态。① 这一"文化原生论"批评论调尚未尘埃落定,"文化多元论"借助全球化力量粉墨登台。"文化多元论"及其衍生出的民族性、族群认同或民族文化认同等批评话语在批评的深层逻辑上都是以"文化多元"书写看取少数民族文学的基本视域。在他们看来,既然全球化背景下少数民族的文化传统在现代性冲击下已经发生了根本性改变,已经不能充分表述少数民族群体身份的存在感或民族性了,只有书写那种未被现代性冲击或改造的少数民族文化才能彰显少数民族文学的民族性、体现民族特色、表述少数民族身份。这样,"文化多元论"与"文化原生态"之间就建构了一种事实上的等价交换关系,少数民族文学创作也开始出现一种试图以超历史或非历史书写方式来维系民族文化的多元性或差异性,并以这种文化差异性书写作为元叙事来质疑或否定文化现代性的创作倾向,形成了一种被德里克所批评的"基础论历史写作"(foundationgal historical writing)现象。② 近年来,在文化多元论的批评话语表述中,少数民族文学时常被批评者以东方学的言说逻辑看作是中国文学的他者。少数民族文学能否书写自我民族文化传统,能否表述自我民族文化身份,能否争取自我民族文化权力等,于是成为一些批评者观照其是否成功的基本尺度。例如,少数民族作家以何种语言创作其实是与其知识积淀、审美趣味、言说能力等相关的客观性存在。在文化多元论的批评视野之下,母语文学却被看作是道德良知的写作、是为自己族别的写作、是有民族自尊心的写作;汉语文学则被认为是"文化自我矮化"的写作,再如,关于叙事资源问题。尽管少数民族的民间文学传统是少数民族作家文学叙事的基本资源,是彰显少数民族文学民族性的根源性存在。一些少数民族作家由于诸多原因却不愿或不能从本民族传统文化知识谱系中汲取创作资源,反而自觉借鉴、学习和模仿其他民族文学叙事传统,导致其文学创作很难彰显所谓的"民族特色"或"民族文化"等……批评者却在"文化多元论"的批评视域下将上述文本看作是"失败的作品",是"无民族文化自信的作品"等。在这些批评者看来,少数民族文学就要写作为小传统的少数民族文化,只有写出少数民族文

---

① 参见田瑛等:《关于少数民族文学的问答——少数民族作家答本刊题卷问》,《南方文坛》1999 年第 1 期。尽管这种以"原生态文化"阐释为价值规约的批评论调一直遭到学界及少数民族文学创作者的不满或抗议,在时间的推移中借助于不同的力量以不同的方式出现。

② 参见[美]阿里夫·德里克:《后殖民气息:全球资本主义时代的第三世界批评》,陈燕谷译,载汪晖、陈燕谷主编:《文化与公共性》,生活·读书·新知三联书店 2005 年版,第449 页。

化才能体现文化多元性,体现文化多元特性的作品才是优秀的、经典的或伟大的少数民族文学,这是少数民族文学批评场域最为凸显的批评症候。

二

一旦文化多元论在少数民族文学批评中拥有出场和在场的合法性,批评者据此往往以求异的研究视野致力于对少数民族文学丰富的风俗民情、边疆边地边民独特而神秘的宗教仪式与空间景观,以及“人类最后生存净土”中尚保存完整的神话思维、民间礼仪、口头传统等的一再演绎。这样,文化多元论在批评实践中就变异为对少数民族文学民族性或民族特质的按图索骥式解读。与之相关,有的少数民族作家在20世纪90年代后期一再将中国少数民族同世界上其他少数族群比如印第安人、南太平洋的萨摩亚人做类比,竭力倡导少数民族文学是独属于少数民族作家的“自我阐释权”并只能书写天然、纯粹、绝对的民族身份愿景。这种交织着知识、话语、权力资本的“自我表述”愿景的创作理念在得到许多少数民族作家呼应时,非但没有遭到批评者的认真反思与理性审视,反而被一些学者以所谓的“民族文化代言人”“民族文化守护者”等而为之赞许、赋魅,少数民族文学此后渐趋走向独语化、简单化或绝对论的民族文化书写倾向,与此难脱干系。21世纪以来,少数民族文学的民族文化书写呈现出两种最基本的叙事模式:其一,出于对本民族日常生活在现代性裹挟下日渐断裂或脱域的震惊、恐慌或焦虑,少数民族作家时常持一种悲观绝望的叙事姿态将现代性背景下的民族文化看作是“待宰的羔羊”(普米族诗人鲁若迪基诗歌中的意象),悲剧性的故事、创伤性的意象、自我/他者的二元式书写范式使得少数民族文学最终沦为一曲曲悲歌或挽歌;其二,面对全球化日甚一日的冲击,少数民族作家往往以“回到过去”的叙事姿态将本族群传统文化作为抵制他者、反抗现代性的基本背靠,并且将之看作最值得本族群生活的“乌托邦”,人神共在的过去、纯粹宁静的历史、神圣神秘的传统等成为少数民族文学最为经典的浪漫化想象,并使之最终成为一曲曲田园牧歌。……少数民族文学由此而成了审美的修辞学抑或“寓言文学”,跌入一种“去他者化”知识建构逻辑。为了强化这一叙事伦理,一些少数民族文学作品采取如下叙事策略:首先,将与本民族文化不一致的外来文化、观念、生活方式等一概格式化为“他者”,并将“他者”处理为一系列污名化、妖魔化的标签性符号;其次,在时间维度上,将本民族文化传统想当然地保存于静态的、本质化的时空之中,以“回到过去”作为少数民族群体生活的意义之源,在“民间复活”的后现代语境下,少数民族文学的民族文化叙事在书写族群认同与恢复族群尊严的同时,却不期然表征着持一种较为偏激的退守姿态,这种姿态不是探讨差异性如何与全球通约性的共享叙事伦理的建构之中,而是刻意以差异性的民族文化叙事作为抗拒通约性的资本和意义基点。在上述观念先行的文本叙事中看不到生活的厚重与疼痛,看不到精神的丰富与深度,看不到时代的泪水与伤痕,看不到生命的力量与气势,看不到灵魂的磕碰与摩擦,看不到社会的凹凸与真相,只看到民族风情的肆意展示、民间习俗的纵情讴歌、日常景观的精致再现、原生态场景的迷恋性认同……一些批评者却操持着诸多后学思潮中的"民族性还原""民族性书写""族群记忆""重建民族传统""解构与建构"等谱系话语一再为少数民族文学亚文化书写赋魅。这里潜隐着一个不言而喻的前提:一个恒定的民族文化或亚文化传统的存在,忽视了多元一体框架内民族文化的建构性与交融性,忽视了满天星斗格局内少数民族文化与其他民族文化的交流、交融与交汇特征而形成的复数民族性现实,这种研究也就难以担当起重铸中华民族精神、重构中华民族意志、重树中华民族形象、重构中华民族核心价值观之重任,难以凸显少数民族文学研究的当代中国意义,并在后殖民理论的对抗性解读中将中西文化(文学)关系非语境化移植到汉族文化(文学)与少数民族文化(文学)关系层面,却忘记了詹明信的提醒,"过去开始评判我们,通过评判我们而评判我们赖以生存的社会构成。这时历史法庭的动力出乎意料和辩证地被颠倒过来:不是我们评判过去,而是过去(甚至包括离我们生产模式最近的过去)以其他生产模式的巨大差异来评判我们,让我们明白我们曾经不是、我们不再是、我们将不是的一切"①。

　　甚至,文化多元论的批评往往异化为一种唯文化论批评范式。这种批评范式的基本逻辑是将我国少数民族群体遭遇到的现代性问题、经济发展问题、文化传承问题、族际关系问题、民族地区的现代转型问题、多民族关系建构问题等全部让渡给文化问题,转换为一种标签化的"文化"而患上伊格尔顿批评的"政治失忆症"。"文化之外,别无他物"是此类批评范式最为彰显的批评口号。当前,一些批评者在批评实践中时常忽视少数民族文学文本反映和潜隐着的社会正义问题、贫富差距问题、生活方式转型问题等,而专注于民族文化的维系及再生产问题等,并将文化问题看作是在全球化背景下少数民族文学最为基本,甚至是唯一的问题,少数民族文学的价值就在于能否将少数民族群体的文化焦虑问题真实呈现出来。这一批评取向其实

---

① 〔美〕詹明信著,张旭东编:《晚期资本主义的文化逻辑》,陈清侨、严锋等译,生活·读书·新知三联书店1997年版,第190—191页。

忽视了少数民族群体的当下焦虑其实并不是或者并不主要是民族文化身份问题，而是发展问题、经济问题、生活条件改善问题等。据笔者于 2012 年、2013 年、2014 年连续在甘肃、青海、新疆等省、自治区的调研情况来看，大多数聚居于农村或偏远地区的少数民族群体如撒拉族、裕固族、土族、仫佬族、彝族、柯尔克孜族等，他们现阶段最为急迫也最为焦虑的问题还是如何提高家庭收入、如何改善生活条件、如何快速致富、如何接受良好教育等问题，对于本民族知识分子所倡导的"文化身份认同"或"文化多样性"问题，他们尽管有时候也表现出对此类问题的担忧或焦虑，但相较于对现代生活的期待或向往，民族文化的存续与继承、民族文化的认同与维系等问题并非是他们当下困惑的主流或记忆的主体。在笔者数次对少数族群成员的访谈与问卷调查中，一些少数民族特别是青少年群体甚至经常有如下表述："是民族身份重要，还是生活水平提高重要？""只要生活好了，不再挨饿受穷了，比什么都重要"，"我们每天都在想着如何赚钱补贴家用，供孩子上学，你还要求我们想着民族身份的问题，可能吗？"……他们平常所谈论的中心话题也是做什么营生赚钱、哪儿的打工待遇较好、孩子接受什么教育等问题，他们的焦虑在很大程度上也是由上述问题引发的。特别是年青一代的少数民族群体对本民族的文化传承或文化身份问题已表现出开放、多元的态度，"只要经济发展了，什么民族都不重要""民族只是符号，关键是生活条件好""别谈文化的问题，我们只关心如何发展"等论调时常出自访谈对象之口。也许，在全球化及多元文化持续而剧烈冲击面前，作为人口较少的少数民族群体都难免会产生一种阵痛，有调适的艰难，有对现代性发展的不信任，有身份认同的迷茫（这一问题不仅是少数民族群体，即使是汉族群体在西方话语的强势冲击下也有一种长久的不适与困惑）。但是，一旦意识到他者话语相较于自身的优势或先进，少数民族群体自有可能会在初时的不适与困惑中渐趋降低对他者的质疑或抵触情绪，甚至转而接纳之（只是一些研究者在实际研究过程中往往想当然地以为少数民族群体对现代性或现代化的态度就是怀疑或拒绝）。笔者在贵州凯里苗族居住区调研中看到，一些传统的苗族居住区尽管传统民居与现代楼房交错其间，但传统民居已基本上无人居住且大多破烂不堪，大家都住进了楼房里面。他们一致认为，住楼房干净、方便，传统的住处潮湿、不卫生。

在当前整个社会都已走向全球化与现代工业化发展进程的大背景下，任何民族都很难脱身于这一不可逆转的时代潮流。在这一历史前提下，少数民族群体对现代文明的追求与探索，对生活条件的改善与生活质量提高的愿望，应该是他们最终（即使短时段内还可能存在不适或抵制情绪）的目标愿景。从目前我国经济发展的整体状况来说,边疆民族地区的经济基础还比较薄弱。所以说,现阶段,推动少数民族地区绿色、高效和可持续发展,提高少数民族地区经济发展水平和自身的"造血"功能,是破解少数民族地区诸多问题的根本途径。如有学者所说,经过多年的社会实践,少数民族群体也逐渐认识到,"加快少数民族和民族地区经济社会发展,是各族干部群众的迫切要求,也是现阶段解决民族问题的根本途径"①。……如此说来,少数民族文学批评所念兹在兹的所谓民族文化及其文化身份问题,很可能没有照顾到族群成员的复杂性与诉求的多重性问题,他们真实的声音有可能被代言了,少数民族作家事关民族文化书写的合法性由此值得存疑。裕固族作家铁穆尔的《这些古松该如何生活》为此提供了极具标本意义的注脚。该文的叙述者"我"因对牧民生活心向往之而不断往返于牧乡,结识了牧人"车凌敦多布"和"A.杰奇"。叙述者开篇说,"整整一天,我都在整理牧人写作者车凌敦多布的笔记"。在这里,作为叙述者的"我"其实只是很自觉地承担起"牧人"笔记的整理者角色,自己并没有真正深入触摸牧民及其生活,或者说,"我"只是牧民生活的"转述者"或"抄录者"而已,真正的牧民生活反而因没有纳入"我"的表意框架而隐匿了。在这种情况下,为了真实感受和再现牧人生活,叙述者"我"不得不借助于"车凌敦多布"和"A.杰奇"的笔记。在叙述者看来,"笔记"是对真实事件和事物的记录,可以弥补自己对牧人生活的陌生。问题的吊诡却在于,即使是作为牧民生活记录者的牧民"车凌敦多布"和"A.杰奇"也并没有真正触及牧民及其生活和情感,他们的笔记也成为"不可信之物"。因为,"A.杰奇"无论到了哪里都是"一个异类";"车凌敦多布"则是一个在群山草原和城市之间徘徊的"游隼"②。"游隼"也好,"异类"也罢,其实都是关于牧人生活书写者与真实牧民生活间隔膜或漂浮状态的隐喻,叙述者、牧人生活书写者与真实牧人生活间的隔膜与漂浮,反而使得真正的牧民及其生活退居到了书写者(代言者)文学想象的背后……

　　上述问题提醒批评者:少数民族文学批评念兹在兹的文化身份问题很可能是批评者以其个体的想象性阐释取代了少数民族群体的历史与现实真相,将单一的文化问题阐释转变为对于其他重大社会关切的压抑性叙事,少数民族群体真实心声仍然是失语或缺席状态。

----

① 葛忠兴:《少数民族和民族地区经济发展的现状与思路》,《西南民族大学学报(人文社科版)》2006年第1期。

② 铁穆尔:《这些古松该如何生活》,《民族文学》2017年第2期。

　　如果说,仅仅将少数民族群体的现代性问题化约为文化问题还不足以构成唯文化论批评原罪的话,其真正的风险则在于,唯文化论批评因其坚守着少数民族文学就要写少数民族文化,少数民族文化越纯粹越能彰显文化多元价值的批评范式而将那些潜隐着鼓吹纯粹民族文化与民族身份,张扬文化民族主义的作品反而当作具有示范意味与文学史意义之作,批评的公共性就在这种偏执中隐匿了。换句话说,"文化多元论"者在以自身文化的差异与多元问题强调自我民族文化在场资格时,却对差异予以了本质化或非历史化的承认。在鲍曼看来,差异的承认往往存在两种不同的解释:"一种是将对文化多元性的承认作为一种开端,而不是事情的结束;另一种解释认为,每一种现存的差异都仅仅作为一种差异而值得永存。"①鲍曼担心的恰是后一种情况。这也是阿兰·图海纳一再的告诫。他说:"如果不进行世界的重新组合,则文化的多样性就必然会导致各种文化之间的战争。"②问题的复杂性还在于,文化多元论在其话语本质意义上属于"后现代思潮",是以后现代主义、反权威主义(如反殖民主义、反帝国主义、东方主义等)、社群主义、自由主义或后结构主义为理论资源,以颠覆主流话语或霸权话语为己任的理论思潮,"后现代主义反对元叙事和普遍主义",是一种主张消解中心、结构与边界的价值多元主义。③ 解构或差异是后现代主义追求的质的规定性。文化多元论者在强调多元与差异的同时并没有为建构一个统一、完整的共享价值观念提供必要的审视,导致其在反对普遍主义或话语霸权这一合理内核的同时却失去了对人类共同价值建构的理想与目标,最终成为保守主义、种族主义或民族主义的温床。"民族是文化的——文化是多样的——民族也是多元的——文化是神圣的——民族因此也是神圣的"就成了批评者在袭用文化多元论时的常用言说逻辑。同时,又由于文化多元论的基础为文化相对主义,相对主义又为文化保守主义奠定了基础,这就使少数民族文学批评者在倡导文化多元论时往往认为自己民族的文化是最优秀的、最合理的,却忽视了自我民族文化的现代性发展与人类性的追求,"如果并不存在超然的价值,那么自由的价值本身也不是超然的,如果自由的价值并非超然的,那么我们就没有理由非得接受将宽容和相对主义作为一种首要的善(good),如果这是一个事实,那么我们可以拒斥宽

①　Bauman, *Community*: *Seeking Safety in an Insecure World*, Cambridge: Polity Press, 2001, p.136.

②　[法]阿兰·图海纳:《我们能否共同生存?——既彼此平等又互有差异》,狄玉明、李平沤译,商务印书馆2003年版,第244页。

③　参见周少青:《多元文化主义视阈下的少数民族权利问题》,《民族研究》2012年第1期。

容;但自由主义坚持我们应当接受宽容,因此自由主义违反它自己的基本原则"①。在"文化多元论"批评话语的规约下,许多少数民族作家对文化多元论主动迎合时却往往将文化多元问题不加辨析地等同于文化资本或文化权力的争夺,对民族文化的记忆性建构也就成为由知识、话语、权力交织构成的资本互换场所,在各族际间出现了各自重视和张扬自我民族"原质文化"并执着于强调自我民族文化优越性问题。朝鲜族诗人金赫日为了反抗现代都市文化的影响而刻意要"营造一个铁器时代"。"到山里做个垦荒的农夫/爱人拉风箱/我当铁匠/把生锈的铁块烧得通红,叮当当敲起来/锻造铁犁和锄头等农具/和我的爱人一起营造一个铁器时代"②。阿来的《尘埃落定》《空山》等将现代文化进入藏族地区看作是民族文化灾难的前奏;鄂温克族作家乌热尔图的《萨满,我们的萨满》《丛林幽幽》等在"最后一个"形象的执着建构中表述着对现代性的恐慌;达斡尔族作家萨娜的《伊克沙玛》中的主人公达陶做梦都要"与人隔绝,与铺天盖地的大马路隔绝",是现代化发展"使有限的生命都濒于死亡的危险中"。③ 藏族作家央珍的《无性别的神》、梅卓的《太阳部落》,满族作家朱春雨的《血菩提》、赵玫的《我们家族的女人》,撒拉族作家韩文德的《家园撒拉尔》,鄂伦春族作家空特乐的《绿色的回忆》等,也是将民族文化作为一种结构性因素置入先前那个未曾改变的特定时空以标示出与他者文化的区别,并通过纯化或浪漫化民族文化以渲染现代性带来的价值坍塌、道德滑坡、生态恶化等消极后果,从而在民族文化的奇观化书写中获得安身立命之本和理想的精神原乡,"却未能厘清何者才是正确无误的传统文化内容"④。对民族文化传统执着眷恋、对外来现代文化忧虑恐慌的少数民族作家,一旦遇到外在文化冲击或挤压就再也找不到回家的路,"我们的耳朵早已品不出无聊的苦涩/精神在野外,找不到投靠的旅店"⑤……对"文化多元论"理解的偏差和二元式思维使一些少数民族作家在自我民族文化的描摹、解释与绘制中甚至将那些应予以批判的劣根性成分都加以神圣化,对他者文化则以与自我民族文化截然对立的书写姿态予以拒绝与排斥。这种缺乏各民族共享文化价值准则或核心价值体系而强化族群差异或单一族群意识的叙事倾向,构成一种对他者文化或现代性文化的经典性贬值机制……

---

① [英]C.W.沃特森:《多元文化主义》,叶兴艺译,吉林人民出版社 2005 年版,第 16 页。

② 金赫日:《清晨漫步组诗》,《民族文学》2011 年第 5 期。

③ 萨娜:《伊克沙玛》,《钟山》2005 年第 1 期。

④ 巴苏亚·博伊哲努(浦忠成):《文化诠释的吊诡》,《山海文化》2000 年第 2 期。

⑤ 羊子:《山魂乐章》,《羌族文学》2003 年第 1 期。

少数民族文学不能止于生存病态的展示与沉迷,不能流于叙事症候的发现与解释,不能浮于生活现象的呈现与描摹;而应在对传统的回眸远眺中汲取面向现实的精神资源,在对现实的体验和关怀中探寻走向未来的文化资本,更应在对未来的审视期盼中重塑族群健康的生命机体与精神定力。作为引领文学创作走向现代转型与全球化进程的少数民族文学批评,不应对那些沉溺于受害者身份叙述、沉醉于单一族群建构、沉迷于精神创伤揭示的叙事现象充耳不闻、视而不见,更不应对纯粹民族文化书写或张扬族群文化中心主义书写行为予以默许、放纵或赋魅。在伊格尔顿看来,"当代文化的概念已剧烈膨胀到了如此地步,我们显然共同分享了它的脆弱的、困扰的、物质的、身体的以及客观的人类生活,这种生活已被所谓文化主义(Culturalism)的蠢举毫不留情地席卷到一旁了。……"①如此说来,如何在尊重不同民族文化差异性的同时却不至于产生民族文化纯粹论叙述的风险,如何避免"喜欢参照自己民族的特定文化、历史、宗教,而不是把它们联系于一种可以适合于其他民族的广泛性理论,来证明自己诉求的正当性"②的批评病象,是少数民族文学批评必须加以检省的问题。

更为严重的问题在于,在当前国际范围内极端宗教主义与民族分裂主义风起云涌渐趋凸显的情况下,诸多错误民族观、国家观等西式"非正义"思想对中华文明与多民族国家产生严重的干扰与破坏,一些小部分少数民族文学批评却以保护民族文化多元性或差异性为名将任何他者话语加以污名化或妖魔化处理,自觉或不自觉地抵制少数民族地区的现代化进程并将之看作是少数民族地区生态环境恶化、人际关系沉沦、民族文化衰落的罪魁祸首,以维系民族身份的合法性为名将全球化及多元文化进程予以非理性排斥或质疑,并将之看作是危及民族身份稳定性特征的根源;与之相反,对那些张扬民族文化优越性或民族身份纯粹论的作品则予以褒奖,尤其是在全球化背景下,文化调适问题、身份混杂问题、传统存续问题、生产和生活方式转型问题等,使得少数民族群体对现代性有着极为复杂而矛盾的情感体验或生命感受,同时也使得少数民族文学批评在日益重视文化多元问题的同时,却潜隐着去历史化、去一体化等的可能。

"去历史化"批评的基本表征为:一些批评者以"向后撤"的批评姿态而试图将少数民族放置于未曾遭遇现代性之前的那个生存环境,试图将少数

---

① [英]特里·伊格尔顿:《文化之战》,载王宁编:《全球化与文化:西方与中国》,北京大学出版社2002年版,第31页。

② [以色列]耶尔·塔米尔:《自由主义的民族主义》,陶东风译,上海译文出版社2005年版,第75页。

民族重新撤回到先前的原初状态,并以之为少数民族群体维系民族性的"诗意栖居"的最佳空间,将少数民族群体的现代性发展史看作是少数民族堕落史或沉沦史;片面强调对该民族"原生态"文化的认同,并以这种"去历史"的民族文化观质疑该民族文化的历史发展性;或以美化自我民族历史来消解中华民族多元一体的历史;或强化少数民族自身历史的独特性与唯一性;或将少数民族历史与中华民族历史断裂,否定中华民族历史的统一性等,并在"固守文化本真的追寻"下转而把民族文化建构为"理想的精神原乡",试图将少数民族封闭保存在一个没有他者的空间内,由此导致少数民族作家致力于塑造纯粹祥和、无欲无求、天人合一的前现代或传统乌托邦世界,以纾缓他们在现代社会面临的精神苦恼、焦虑和紧张感,甚至将那些真正落后的民族文化思想视作优良的文化传统,将本民族传统中一些本该予以批判的落后性风俗赋予了神圣的光环,继而将其视为抵制现代化和回归原生态的理由。在这里,文化多元论的批评实践就被异化为一种历史虚无主义,由此,也就必然潜隐着去一体化的批评风险。一些批评者以文化多元论为圭臬,片面强调少数民族文学对于民族文化及民族习俗的奇观化书写,蓄意张扬少数民族的奇风异俗和神秘主义等,将少数民族文学能否书写自我民族与文化认同作为判断作品优劣的唯一标准,对其中存在的诸如偏颇的宗教认同、民族认同等问题,缺乏必要审视;认为少数民族文化只能由本民族作家书写,他人无权染指。一些批评者不能或不愿以民族国家建构的责任担当与诗性正义对此予以大胆而理性的批评和剖析。在受国外思潮影响而出现若干弱化或消解国家认同、中华民族认同现象的情况下,一些批评者在少数民族与他民族间刻意标示出想象性的文化区隔与民族界限,热衷于建立以少数民族为中心的族群民族主义叙述体系,将之标榜为所谓的文化多元且为之赋魅,这样,文化多元论就走向了它的反面或歧途。如何准确理解与阐释少数民族文学和文化的"多元"与"一体"问题,对少数民族文学批评而言,已不再是纯粹的学术命题。

三

批评具有特定的历史观念和道义准则,具有特定的伦理指向与社会公知,批评必须与特定族群的社会生活、现实处境、经济利益等问题相关涉,必须触及批评对象内在的生命意识、精神意蕴与价值表述,必须在知识话语与族群生活间建构一种命运共同体,必须借助一种开放性认识论及伦理原则以使之合理化。或者说,批评必须深入文学生活和叙事现场,探究批评与文学生活间构成了什么样的张力,揭露或压制了什么问题,症结是什么,等等。

所以,批评的问题不能在批评内部自行解决,重建批评的社会公共性想象才是问题的关键。

中国是一个统一的多民族国家,由 56 个民族的多种文化汇集而成的中华民族文化的共同发展与繁荣,是中华民族最为重要的社会和文化现象。从彩云之南到天山之北,从西部边疆到渤海之滨,从大兴安岭到海崖之角,从青藏高原到塞外草原……在我国 960 多万平方公里的广袤国土上,至今仍满天星斗式的分布着形态各异、种类繁多却又交错混杂的多民族文化,延续着中华民族文化共同体内各民族自己的历史文化记忆。特别是当代的中国已与全球化多元文化共处于一种结构性的意义系统与复杂网络当中,当代中国多民族群体间的交流、交汇与交融已成常态,当代中国多民族文学创作也或主动或被动地纳入这一复杂与矛盾纠缠的系统和网络之中,并一直在不断自我调适中完成和完善着对"中国经验"或"中国故事"的地方性、民族性书写。如何让汉族故事与少数民族故事齐头并唱"中国故事",如何让汉族声音与少数民族声音交相共鸣"中国好声音",理应成为国家话语生产行为的少数民族文学批评义不容辞的责任与道义。伊格尔顿在总结 17 世纪英国文学批评对于英国社会价值重塑的意义时指出,"文学批评者总是要利用文学来促成某些价值,总是要反映某些社会思想意识","……与人的意义、价值、语言、情感和经验有关的任何一种理论都必然与更深广的信念密切相关,这些信念涉及个体与社会的本质,权力问题与性的问题,以及对于过去的解释、现在的理解和未来的展望"①。少数民族文学批评也不能是一种与价值、意义、道德、伦理等无涉的技术性操演或语言游戏,批评者更不是"没有目的地的朝圣者,没有旅行指南的游牧者"②,而是要以介入中国整体社会生活系统和社会文化体系而取得自身历史定位为目的,以现代性文化意识引导少数民族文化参与多民族国家共同体建构,参与各民族共享的"文化共识"建构。所谓"文化共识"在当前的情况下是指:以"引导人们树立建设有中国特色社会主义的共同理想和信念,凝聚和振奋民族精神,激发人们奋发图强开拓进取的积极性和创造性"③为宗旨,以铸牢"中华民族多元一体"格局与重构多民族的中华民族认同为目标;"文化多元"只能是在中华文化及中华民族"一体"内的"文化多元"。

---

① ［英］特雷・伊格尔顿:《二十世纪西方文学理论》,伍晓明译,陕西师范大学出版社 1986 年版,第 244—245 页。

② Zygmunt Baurman, *Postmodern Ethics*, Oxford:Blackwell,1993,p.240.

③ 柯琳:《文化自觉导引文艺理论发展趋势》,《中央民族大学学报(哲学社会科学版)》2014 年第 1 期。

"一体"才能保障中华民族文化的合力与凝聚力,才能保障中华各民族在自我民族文化认同基础上的中华文化认同,才能重构一种族群民族主义与国家民族主义相协调的多元文化观,不至于跌入文化民族主义批评的渊薮。

在由后现代文化所衍生的两个最凸显话语症候——"解构中心"和"消费霸权"话语的宰制性影响下,批评的公共性衰退与介入公共性议题言说能力的弱化,无疑是其"消极后果"之一。少数民族文学批评在这一悖论性冲击面前因诸因素所限而更易于游走在公共性命题之外,"虽然文学是一回事,道德是另一回事,我们还是能在审美命令的深处觉察到道德命令"①。批评要如一面镜,映照出社会及文学中的良知、正义与美好,同时也要触及社会及文学中的一些负面现象;批评要如一团火,点燃社会及文学中的激情、道义与梦想,同时也要敞开社会及文学中的一些欠缺之处;批评要如一面旗,标举出社会及文学中正确性的立场、价值与愿景,同时也要剖析社会及文学中错误性的观点、思潮与主张。批评者不能做狭隘的文化民族主义者从而在自我民族文化的忘情言说中妖魔化他者,不能沉溺于对自我民族文化差异性或独特性的肆意张扬而逃避对多民族国家共享价值体系建构的努力,不能醉情于对民族性或现代性或拥抱或拒斥的二元论批评思维而忽视对少数民族文化的传统与现代、坚守与创新等问题的理性审视,而应在"'小传统'怎样才能与'大传统'构成真正有建设性的对话"②问题的思考中,拒绝在少数民族与多民族国家间人为制造出差异或区分。没有任何意义上的"自我"能够在完全封闭、孤立状态中健康成长,也没有任何意义上的"自我"是由外在影响所决定的被动实体,"自我认同不是由外在的影响所决定的被动实体。在塑造人们的自我认同的同时,不管他们行动的特定背景是如何的带有地方性,对于那些在后果和内涵上都带有全球性的社会影响,个体也会对此有增强和直接的促进作用"③。作为国家美学叙述框架内的少数民族文学批评,要引导少数民族文学的族群文化叙事和地方性叙事纳入国家叙事的逻辑规约,要重建一种罗尔斯意义上的"特殊性的普遍化",使少数民族的文化与文学放弃各种特殊形式的文化本质主义,或者不再固执于对自我族群性文化或地方性知识的过度吁求,以使其族群文化或

---

① 柳鸣九编选:《萨特研究》,中国社会科学出版社 1981 年版,第 22 页。
② 刘大先:《新世纪少数民族文学的叙事模式、情感结构与价值诉求》,《文艺研究》2016 年第 4 期。
③ [英]安东尼·吉登斯:《现代性与自我认同:现代晚期的自我与社会》,赵旭东、方文译,生活·读书·新知三联书店 1998 年版,第 2—3 页。

地方性知识同样获得全球化的普遍意义,最终达至一种"地方全球化"(Local Globalize)或"全球地方化"(Glocalize)的伦理诉求。① 换句话说,如何通过批评引导少数民族文化积极参与他者文化的交往交流交汇,引导少数民族群体主动介入现代性叙事逻辑并与之互动互补互融,如何通过批评建构一种既能充分表述少数民族群体的现代性体验又能重叠共识,既是民族的但又参与公共性问题言说,既是姓"中"的但又参与世界对话的批评话语,才是本土少数民族文学批评能否成熟的标志。近年来,学界倡导的"中华多民族文学史观"及相关问题,徐新建提出的"和而不同"问题,刘大先提出的"文学共和"问题,笔者提出的"公共性"问题等,都预示着少数民族文学批评渐趋走出"文化多元论"的迷思——至少,它们预示或敞亮了一种健康、积极的公共性批评生成的可能。

第二节　散居族裔批评理论:如何表述"族群身份"

少数民族文学概念的提出及其后续问题探讨,毋庸置疑地改变和提升了少数民族文学在中国文学结构中的位置。对少数民族文学性质,功能及其意义,民间口头文学与书面文学关系、特点、性质及功能等认知不断拓展,更是强化了少数民族文学在学科史或学术史中的意义。与此相应,如何诠释、敞开与评价少数民族文学本体属性问题成为学界的共有焦虑,少数民族文学批评进而受到学界关注。只是囿于主流文学批评话语影响,少数民族文学批评在长期操演中却没能建构出"独属于少数民族文学的批评理论或方法"——当然,这一问题在主流文学批评中依然没有得以完全解决——批评话语的依附性与批评思维的他者化成为少数民族文学批评的主导症候。晚近以来,西方少数族裔文学研究及其他相关学科研究成果纷至沓来,如文化人类学、地方性知识、民族主义、少数族群权力、传统的发明、后殖民主义等,在一定程度上拓展了少数民族文学批评深广度,更新了既有批评范式,改善了批评生态。例如,源自西方话语的文化人类学理论就深化了我们对少数民族文学生活与文本的纵深性认知,如徐新建先生所说,"立足于人类学的整体文学观,通过文学、民族学与史学、社会学等跨学科的整合,既把中国多民族文学与多民族国家的社会文化视为统一整体,也把当下的各族文学多样性与长时段的多源与多元历史并置考察。同时还要将书面的文学

① 参见[美]罗兰·罗伯森:《全球化——社会理论和全球文化》,梁光严译,上海人民出版社2000年版,第226页。

写作与口头的民间传统同步关注,也就是尽可能的把中国多民族文学纳入与之相关和匹配的'多元一体'格局内去研究"①。这一看法应该是准确的。在还不具备生成本土理论话语的情况下,借用他者并以此作为观照本土现象的视角,善莫大焉。这里面其实存有一个对西方话语如何运用,在什么前提下运用,运用的限度与程度如何的问题。不过,在很多情况下,理论的"食而不化"和"唯新是举"心态使得一些批评者有意或无意间忽视了对西方批评话语的语境化考察或理论旅行有效性的理性审视,便以西方语境中的有关概念与术语想当然地套用于中国少数民族文学,或者说,我们只是在"西方"的意义上研究、介绍和运用"西方话语",并没有将"西方话语"与本土文学实践、问题意识及主体性等糅合进本土化表述,结果是"西方话语"依然是"西方"而非"本土"的话语而成为对象不在场的单语判断。"西方话语"的非语境化转换不仅使得本应具有现实关怀品质的理论问题蜕化为"纯粹性"的学术研究——如果我们姑且将之称为学术,甚至成为一种"病态性研究"。即使强调"价值多神论"的马克斯·韦伯也一再要求理论研究者要有对合理价值的选择。② 而且,本土场域所操持的一系列概念、术语、命题或言说范式等都离不开作为他者的"西方话语"或是在他者启示下的言说,一些批评成为"拉大旗作虎皮"式的自吹自擂。本土少数民族文学蕴含着的独特的生活气息、民族精神、叙事伦理与审美趣味等在"西方话语"的轮番操演下隐匿了、失落了——以当代藏族文学批评为例,因一些藏族文学具有宗教神秘主义及诗性思维等而与西方魔幻现实主义话语存在表面相洽性,一再被一些批评者以西式魔幻现实主义理论予以阐释,这种阐释方式既消弭了"西方话语"与本土少数民族文学创作间的距离,也遮蔽了藏族文学的地域性与民族性特质。尽管学界对"西方话语"的批判现已成为少数民族文学批评的主导症候,如"制约了在少数民族文学基础上创新本土批评话语的可能及路径审视。少数民族文学批评的'知识空间'和研究方法已经厌倦了无时无刻不将后殖民主义、女性主义、文化批评、生态批评等那一套用来研究汉族文学的批评话语,生搬硬套,重新作为阐释少数民族文学的通关密码。更多情况下,少数民族文学作品似乎只是沦为验证这些理论方法正确性的少数民族案例,再次像汉族文学一样为证明这些理论的普适性而被研究者生拉硬扯,

---

① 徐新建:《中国多民族文学研究的意义和前景——国家社科基金重大项目开题报告》,《中外文化与文论》2013 年第 2 期。

② 参见[德]马克斯·韦伯:《新教伦理与资本主义精神》,于晓、陈维纲等译,生活·读书·新知三联书店 1987 年版,第 143 页。

其而被解构殆尽"①。即便是此类批评,批评者所操持着的理论资源依然是作为他者的"西方话语"。上述症候在"散居族裔批评理论"操演中表现得尤为突出和普遍。

一

　　"散居"的英文表述是"diaspora",通常被翻译为"流散""飞散""族裔散居""散居族裔"等。这一术语进入本土学界因无较为一致的译名而出现诸如"散居""族裔散居""流散""离散""飞散"等多种表述,陈永国将其译为"族裔散居",其意是指"某一种族由于外部力量的强制或自我选择分散移居到世界各地的情形"。这种散居的族裔不是"通过不惜一切代价回归某一神圣家园才能获得身份的族群",而是"由通过差异、利用差异而非不顾差异而存活的身份概念,并由混杂性来定义的"②。张冲则将其译为"散居族裔"。③ 国外学者罗宾·柯亨在其专著《全球大流散导论》一书中追溯了该词的语源并给出了它的主要特征:"'散居,这个概念意义是多样的。但是,所有的散居社团都定居在她们出生的国界之外,承认那个'故国'——一个经常被埋没在语言、宗教、习俗或民间文学中的概念——总是对她们的忠诚和情感提出某种要求。"④与西方散居群体因其跨越国界而生成的散居体验不同,本土少数民族的散居体验却多是多元文化冲击而生成的"在而不属于"体验——当然,也与少数民族群体的跨族流动相关。众所周知,在漫长的前现代社会,少数民族生存空间的相对封闭与地理位置的险阻以及生产力及经济发展水平的相对滞后等,导致他们很难出现大规模的人员流动、资本的跨族流通及信息符号的跨族际传播。由血缘、种族、根骨观念、共享祖先历史、文化象征符号等维系的社会运行机制,能够保障族群成员生活在一种费孝通先生命名的"熟人社会"里。无论是艰难而漫长的族群迁徙,与外族有限程度的物物交换或人员往来,抑或与他族群长期而频繁的资本争夺等,都很难撼动族群内部社会运行机制与其文化传承结构,因共享族群象征符号而无他者之虞。进入现代性社会,特别是全球化时代以来,人员、文化、信息和资本流动推动了少数民族跨族际大规模流动,多民族

① 王敏:《论少数民族文学人类学批评生成的外部诱因与内在基础》,《新疆大学学报(哲学、人文社会科学版)》2010年第4期。
② 罗钢、刘象愚主编:《文化研究读本》,中国社会科学出版社2000年版,第208、211页。
③ 王晓路等:《文化批评关键词研究》,北京大学出版社2007年版,第309页。
④ 张德明:《流散族群的身份建构——当代加勒比英语文学研究》,浙江大学出版社2007年版,第27页。

国家展开的现代性叙事又加速了少数民族空间开放性与文化混杂性,原本依赖于血缘、根骨观念、地域认同、共享祖先和神话等维系的社会运作机制转而依附于资本逻辑——资本逻辑的本质特征即是无边界的流动性。生存边界的再规整、文化传统的再塑造、族群关系的再重组、族群构成的再分化等,现代性意义上"散居族裔"渐趋成为多民族国家多民族群体当代最为直接、最为有效的象征性意象,"散居体验"由此成为少数民族群体对全球化最为切己性的心理感受和情感体验。所以,霍尔将之看作是"混合着认同与差异,是一块认同与差异之间的新领地"①,是"一个动态的、重组、混合和'切割并混合'的过程。简言之,一个隐含的文化族裔散居化过程"②。"散居族裔"群体则因处于不同文化相互碰撞、不同空间相互交错、不同地域相互作用的"流动状态"而有着身份的暧昧性或混杂性。身份和认同问题、家园和情感归属问题等成为他们的普遍性焦虑,并引发诸多的社会、文化等问题。在这种情况下,"散居族裔批评理论"渐趋成为本土学界新的学术增长点,并与多民族群体在现代性背景下跨族流动、人员迁徙、资源开发、文化杂糅等而生成的散居问题存在某种契合,进而与少数民族文学批评契合,成为观照少数民族群体跨族流动及其现代性体验的问题域。

二

在本书内容的具体论述或解读中,笔者始终强调,对少数民族文学批评的有效考察必须返回"双重现场"——文学与其批评现场问题。任何一种文学批评思潮或批评话语的生成与流布除依附于外部的批评生态、话语范式、言说规则、询唤机制等影响之外,最为根本或基础性因素则是要建基于某种文学性特质生成或主题变迁。唯有返回这种"双重现场",才能实现批评与批评对象双向深化的良性循环。对"散居族裔批评理论与少数民族文学批评"关系的考察,也必须回到少数民族文学与其批评现场,以思考如下问题:其一,当全球化及现代性叙事正成为当前整个社会相对稳定的合法性法则,并以一整套与之相符的象征符号及评价语码力图将所有与之差异的群体纳入这一结构性体系时,少数民族群体在这一过程中是否有能力建构一种与现代性话语相对话的知识话语,若能,是以一种传统道德和现代价值论的二元论的反现代性话语立场,抑或以现代性规划方案为基本价值论来

---

① Stuart Hall, "Ethnicity Identity and Difference", *Radial America* 23. 4(1989):20.

② David Morley and Kuan-Hsing Chen eds., *Stuart Hall: Critical Dialogues in Cultural Studies*, London and New York: Routledge, 1996, p.447.

矫正或放弃传统或使之"现代化",谁能够承担或扮演上述角色?若不能,谁又是造成这一问题的根源,批评又该在此过程中承担什么样的角色?其二,现代性话语在少数民族地区能否生产新的意义或新的叙事景观,这种新的意义若是被扭曲的意义,因何被扭曲?若是增殖性意义,又因何增殖?一旦少数民族群体对现代性话语作为某种合法性话语予以接纳,有哪些因素能够保障现代性话语带给他们的一定是他们所期待的后果,否则,他们在面对现代性话语时的叙事姿态、情感结构与价值论立场能否客观而中立,又将产生哪些值得注意的叙事症候,批评者如何面对上述叙事症候,以什么价值论或伦理诉求去面对?其三,当全球化叙事话语作为一种结构性因素内置于各少数民族地区之时,少数民族群体如何看待曾经原本就已存在的"汉族/少数民族"这一殊异性叙事,是否会重复叙述或复制这种关系。众所周知,我国作为多民族国家,汉族与少数民族间因受制于诸多因素影响而存在如文化传承与发展能力、经济及资本占有能力、外来文化接受能力等差异问题,少数民族群体有可能将全球化叙事话语等同于汉族话语而在接受过程中会呈现出极为复杂的心理活动、情感状态与价值观念。也就是说,如果少数民族群体在现代性进程中确实真切感受到"我/他"话语间的非对等状态,他们是否还能够自觉、主动而积极地接纳全球化话语叙事逻辑,他们又将做出何种应对?在这一过程中,少数民族群体能否重新建构出多民族共享话语体系以保障各方平等对话,若能,哪些因素能够帮助他们达成如此现代性目标,若不能如此所愿,批评者又如何判断之?其四,问题的吊诡是,现代性话语对整体社会结构,特别是对少数民族群体而言无疑是一种经济发展和社会进步的合法性话语,少数民族群体表面上没有理由对之采取拒绝和对抗性的叙事姿态。当前,少数民族地区因自然环境相对恶劣、现代科技文明相对滞后、文化创新性发展动力相对不足、可持续性发展机制尚不健全等诸多因素而使其贫困问题相较于中东部地区依然存在,诸多贫困现象至今尚未根除,教育、医疗、养老、公共服务、基础设施等问题相较于中东部地区依然突出。在这种情况下,发展经济、搞活生产、提高收入、改善生活等对少数民族群体而言无疑最具合法性话语。然而,现代性发展对少数民族地区而言又在某种程度上是以生态恶化、环境污染、文化解体、家园搬迁等为代价的——这是当前少数民族文学基本主题之一。生态恶化、环境污染、文化解体等对少数民族群体而言却非简单的生产要素问题,而是与他们的历史认知、文化归属或身份在场问题相关联。由此以来,少数民族群体对现代性话语接纳的消极姿态同样具有合理性……对上述诸多问题予以深度探究,"散居族裔批评理论"在少数民族文学批评中的生发、嬗变、症结或局限等等,才能有清晰认知。

一方面,作为多民族国家构架内的少数民族,尽管其概念内涵与外延至今仍存有争议,自然环境相对恶劣、地理位置相对偏远、经济基础相对薄弱、文化根基相对脆弱等却是其共有特征,由此构拟了少数民族群体在社会结构、经济模式和文化信息资源等层面的相对封闭性,并塑造着他们强烈的族群想象与空间认知,并通过一系列族群象征物如习俗仪式、文化传统、地理景观或宗教信仰等地方性知识的持续重述而加以深化。据心理学家实验数据表明,在一个社会中处于少数(minority)的群体成员会对自己的少数者身份有一种更为强烈的维系意识。或者说,民族身份对于处于少数民族群体来说有着更为重要的意义。① 作为普适性价值伦理的现代性话语在全球范围内长驱直入并与全球化契合,而迅速播撒至各少数民族地区,少数民族文化也以其独特的活力消解着现代文化的"一统天下",并以文化多元性的文明形态彰显着全球化文化的丰富与复杂。然而,若以文化、文明多元的实质来看,少数民族文化的差异性却反讽地成为全球化文化同一性景观的象征物。这是因为,文化多元的实质并非是多元文化间都能以势均力敌或彼此平衡的方式存在,而是要在不断博弈或竞争中因你强我弱而此消彼长——尽管文化多元论一再被我们赋魅。在这种情况下,少数民族传统价值观念、道德规约、风俗禁忌、日常伦理、生活生产方式等则很难维系原有的运行机制与发展动力,发生裂变或转型风险日益加剧,传统伦理秩序对群体内部成员不再具有原型意义上的规约力与凝聚力,传统空间边界想象不再能够维系原本相对清晰而稳定的身份意识,传统根骨观念与祖先记忆等不再能够化解他们在当前社会中的现代性焦虑,传统生活和谋生方式不再能够维系他们的生活惯习和心理上的主人翁地位,一种身份迷失的痛苦成为他们最为彰显的现代性体验,如科斯洛夫斯基说,现代性"无能为力去创造一种新的情境,这是和它的反历史主义、反人道主义特征相关联的。纯粹的科技文化和纯粹功能主义的艺术,不能依据天、地、人、神的四重性,将人的同根性纳入丰富的历史与居留中"②。正是在与现代性的遭遇危机中,少数民族文化的身份问题变得严峻起来。或者说,当现代性发展向全国范围内推进且各少数民族或主动或被动地纳入这一普遍性逻辑时——只不过各民族发展速度或发展程度不同而已——少数民族文化必然遭遇剧烈的转型危机,

---

① R. A. Gordon, "Issues in Multiple Regression", *American Journal of Sociology*, 1968(73), p. 592-616.

② [德]彼得·科斯洛夫斯基:《后现代文化——技术发展的社会文化后果》,毛怡红译,中央编译出版社2011年版,第149页。

"何去何从"问题就变得突出。传统的消逝、家园的解体、文化的杂糅、空间的缠绕、景观的转变、空间的变迁等,使得多民族国家内部的少数民族群体产生一种散居焦虑,这一焦虑是指还没离开故土却因文化转型、家园解体、传统消散等而感到流散的痛苦。也就是说,相对稳定而秩序化的意义和身份被现代性逻辑"雨打风吹去"之后,"流亡者"或"孤儿"体验便成为少数民族群体在社会剧烈转型中最为切己的现代性体验。由此以来,"流亡者"或"孤儿"的现代性体验在少数民族文学中便时常成为"父亲"缺席的隐喻。或者说,"父亲"缺席或"弑父"意象就是作为意义生产或秩序构拟的根源被折断的象征性叙述,导致他们不能续接传统、不能皈依家园、不能重建认同、不能诗意栖息。在这里,"父亲"无疑是拉康意义上的文化符号,是"可以确认主体身份与指称"的文化符号。对少数民族群体而言,"父亲"的缺席意味着民族历史文化之根的断裂、族群集体记忆的消失、生活意义源头的退场,更意味着少数民族在社会急遽转型背景下族群身份渐趋解体或遗忘的忧思。通过民间生活景观的再叙述以重塑族群身份,通过民族精神的再阐释以化解现代性焦虑,通过民族历史的再重述以召唤族群记忆,成为少数民族文学叙事的主体症候,"文学对于我们这个历经多灾多难的民族来说,它的重任是要在传统基础上寻找并重建民族的精神家园,塑造民族的灵魂,给所有人的生命安下根基,让人们的理想和精神有所依托"[1]。现代性和反现代性及其后果成为少数民族流散体验的根源。

　　另一方面,少数民族群体在"历史的加速"中已无法聆听源自父辈的心跳,无法循着父辈的生存逻辑继续前行,无法在历史断裂处重续先前传承脉络,传统价值观念失去维系灵魂安宁的力量,失去凝炼族群共同体想象的力量,少数民族文学不得不通过重述历史的方式发出自我群体的声音或表述无法发出声音的苦闷;同时,也为宏大叙事的现代性话语提供一种源自少数民族的规划方案。"在如今的喧嚣之中,还有谁听得到那从密林深处传出来的声音? 那些古老居民的心声,还有他们的忧伤和叹息! 难道不能停住脚步,听听大兴安岭的叹息? 难道不能从那大山的呻吟、从那大河的咆哮中,感悟一点什么吗?"[2]在乌热尔图看来,自被强行纳入现代性发展逻辑以来,鄂温克的自我阐释权一直被主流话语所遮蔽、所阉割,"声音"被他者所盗用,历史被他者所言说,文化被他者"切割采样"或"改头换面的占用"等。由此以来,少数民族作家不得不通过对族群文化和身份的重复性书写以完

①　巴战龙:《铁穆尔的写作旨趣及意义》,《阳关》2002年第4期。

②　乌热尔图:《边缘中国:蒙古祖地》,青岛出版社2006年版。

成自我述说或自我阐释权的争夺,完成现代性语境下族群身份重塑愿景,并在这种重述中为族群的当下际遇树立一种值得参考的意义原点与价值坐标。另外,少数民族大多属于有语言而无文字民族,他们的语言词汇是与他们的稻作、游牧、狩(渔)猎、农耕、宗教等传统日常生产生活相关并在其中创造和丰富的,与其生活生产方式相协调的,而生计方式作为"自然环境与人类文化交换互动的核心中介,是少数族群至关重要的基础性核心"①。当前,少数民族地区的整体社会文化结构都在发生剧烈而急遽的转型,他们的语言不能不流失或成"黄昏中的语言",少数民族群体已无法充分表述自身在现代性发展逻辑中的生命体验及现实焦虑,也无法完成他们对现代性自我规划方案的设计或建构,他们的身份确证感、文化获得感与家园归属感等变得日趋严峻而急迫,"散居族裔批评理论"由此成为本土少数民族文学批评场域的关键词。

三

"散居族裔批评理论"与文化研究有着内在逻辑上的相洽性。因为文化研究的兴起,文化才与种族、伦理、阶级、性别和身份等问题相关,散居群体的"文化身份"问题也就成了"散居族裔批评理论"的理论根基。安德鲁·埃德加和彼得·赛奇威克在《文化理论:关键概念》中认为,"就文化研究要考察个体与群体在其中建构、解决和捍卫自己的身份或自我理解的各种语境而言,身份问题对于文化研究来说至关重要"②。按照"散居族裔批评理论"的经典表述,"文化身份"(cultural identity)亦称为"文化认同","主要诉诸文学和文化研究中的民族本质特征和带有民族印记的文化本质特征"③。自我与他者问题也由此构成"文化身份"问题的肇端。也就是说,文化身份问题是在不同文化相互发生作用且在少数群体主体意识渐趋觉醒情况下生成的,只有多元文化间的碰撞、竞争或交融状态才能激起少数群体的主体意识,进而才有文化身份的孕育与张扬,没有多元文化就没有文化身份。如乔治·拉伦所言,"只要不同文化的碰撞中存在着冲突和不对称,文化身份的问题就会出现"④。这就不难理解为什么在 20 世纪五六十年代的

---

① 陈庆德、潘春梅、郑宇:《经济人类学》,人民出版社 2012 年版,第 161 页。

② Andrew Edgar and Peter Sedgwick (eds.), *Key Concepts in Cultural Theory*, London and New York: Routledge, 1999, p.183.

③ 王宁:《文化身份与中国文学批评话语的建构》,《甘肃社会科学》2002 年第 1 期。

④ [英]乔治·拉伦:《意识形态与文化身份:现代性和第三世界的在场》,戴从容译,上海教育出版社 2005 年版,第 194 页。

中国少数民族作家总是表述着对国家主流意识形态话语的遵从与守护,表述着对社会主义新中国的欢呼与崇信,即使在他们的作品中也尽量铺陈着本民族的民俗文化、民间文化、地域文化或宗教文化场景等,但这些民族文化叙述所要表述的并非是自我民族的主体性在场,而是以此方式达到歌颂社会主义,歌颂多民族统一的新中国的目的,如"内蒙古文学开拓者"的玛拉沁夫所说:"从它(少数民族文学——笔者注)兴起的那一天起,就是作为我国社会主义文学的一个重要组成部分而显示出它的旺盛的生命力。"①当时出版的少数民族文学作品单从题目本身即可看出是对时代主流话语的再阐释,如《新生活的光辉》(兄弟民族作家短篇小说合集,人民文学出版社1960年版)、《花的草原》(玛拉沁夫著,作家出版社1962年版)、《骑兵之歌》(敖德斯尔、斯琴高娃著,人民文学出版社1979年版)、《草原新史》(乌兰巴干著,作家出版社1961年版)、《草原的早晨》(扎拉嘎胡著,人民文学出版社1977年版)、《欢笑的金沙江》(李乔著,作家出版社1956年版)、《挣断锁链的奴隶》(李乔著,作家出版社1958年版)、《美丽的南方》(陆地著,作家出版社1960年版)等,都是以国家话语规约完成对少数民族的想象性叙述,茅盾在文学艺术工作者第三次代表大会上要求,少数民族文学要"反映少数民族在共产党领导下的革命斗争、解放后的幸福生活、建设社会主义的冲天干劲以及民族间的友爱团结的作品,近几年在数量上和质量上都有很大成就"②。少数民族文学就这样消弭了主流文化与民族文化间的矛盾性叙事,向主流话语靠拢成其为叙事主题,以一致的叙事姿态建构着主流话语对民族地区改造或征用的成功案例,他们的文化身份在其中得以隐藏或被遗忘。

由于总体性或共识性话语在改革开放后的减弱,以及市场经济与消费文化生态渐趋形成且成为主流话语,此前被国家话语规约的同质性或单一性主题已裂变为多义性与多元化主题,原本稳定而单一的历史渐成流动的、易变的、复杂而丰富性的"表述的历史"。传统文明与现代科技的面叙、市场观念与集体意识的杂糅、文化守护与开放包容的冲突、族群身份与多元认同的扭结、历史记忆与当下经验的缠绕,少数民族作家开始以一种流动状态下的机能主义思维去观照本民族地区的当下处境,不再以一种完全认同方式面对主流文化,也不再将民族文化看作是低等或落后的同义词,而是以一种理性与比较视野去勘探不同文化间的优劣短长。在他们看来,汉族文化

---

① 　托娅、彩娜:《内蒙古文学概观》,内蒙古大学出版社1997年版,第153页。

② 　参见茅盾先生于1960年7月在全国第三次文代会上所作的报告。

并非全部都好,少数民族文化亦非全部不好,关键是要找出不同文化间的优劣之处,参差对照,转化吸收。有些少数民族作家认为,过去那种"主流文化—先进/少数民族文化—落后"的二元论思维造成许多后遗症,他们现在要做的就是通过对民族文化的挖掘、整理或再阐释来看看少数民族文化的真实状态究竟什么样。……这种主体意识觉醒使得少数民族作家在20世纪80年代后开始以强烈的文化寻根意识去从事民族文化身份叙事,以神话传说、民间故事、巫术仪式等为素材,以狩猎、农耕、采摘、游牧等传统生活方式为背景,以人神共在文化土壤中的民俗事项、节庆仪式、宗教信仰、人情世故等为手段,以蛮荒、奇异、陌生的地域景观与民族意象为素材,以象征和隐喻为艺术技巧构筑出一个个与他者迥异的"我族世界"。从扎西达娃的《系在皮绳扣上的魂》,赵大年的《公主的女儿》《西三旗》,阿来的《猎鹿人的故事》《蘑菇》,覃智扬的《乌江上的月亮》,田瑛的《独木桥》,伍略的《老人》,凌渡的《乡忆》,甫澜涛的《麻山通婚考》,海涛的《魔林》,李·额勒斯的《圆形神话》,查舜的《穆斯林的儿女们》,霍达的《穆斯林的葬礼》,庞天舒的《落日之战》《蓝旗兵巴图鲁》,土家族作家叶梅的《最后的土司》,彝族作家苏晓星的《末代土司》,佤族作家董秀英的《摄魂之地》《马桑部落的三代女人》,白族作家张长的《太阳树》、杨亮才的《血盟》等,都表述着典型的民族文化身份建构意识并成为其文学叙述的关键词,笔者在中国知网以"文化身份/认同"或"身份/认同"等为关键词搜索显示,自2001年至今共有395篇论文论及该问题且呈逐年走高之势。文化冲击愈演愈烈,社会结构转型持续加剧,少数民族在上述问题面前徘徊,通过身份表述以维系一种相对稳定的、能够把握的生活秩序,成为少数民族文学念兹在兹的叙事主题。所以说,"身份确认对任何个人来说,都是一个内在的、无意识的行为要求。个人努力设法确认身份以获得心理安全感,也努力设法维持、保护和巩固身份以维护和加强这种心理安全感,后者对于个性稳定与心灵健康来说,有着至关重要的作用"[①]。由此,少数民族文学批评与"散居族裔批评理论"契合,共同表述着对"文化身份"问题的持续性言说。

只是,在全球化播撒引发的少数民族群体的空间秩序渐趋混杂、身份意识渐趋模糊、边界构建渐趋消散、族群记忆渐趋退场、文化认同渐趋多元等情况下,为了重建身份和文化的完整性,为了厘清边界和空间的秩序性,为了构造记忆与经验的谱系性,少数民族文学便将传统的原生态文化再现或"回归传统"的叙述伦理作为完成上述叙述旨归的在场性资源,一些批评也

① 乐黛云、张辉主编:《文化传递与文学形象》,北京大学出版社1999年版,第33页。

跌入此窠臼。在这些批评者看来,少数民族文化在现代性语境中已遭遇到整体性、结构性和持续性的变异或转型,少数民族文学要塑造族群认同不能沉溺于当下文化现状表述,只有返回到原初的、源头的民族文化才能完成身份的救治性方案,文化身份诉求与初始性民族文化叙事便在价值论上成为合二为一的问题。针对这种潜隐着民族文化纯粹论的创作倾向,一些批评者非但没能及时清理与检讨,反而以"散居族裔批评理论"中的"民族性还原""文化寻根""族群记忆""重建民族传统"等谱系性话语为之赋魅。一些少数民族文学作品在批评的东方主义话语表述中也日益走向原生态文化叙述逻辑:其一,一些少数民族作家将文化身份书写作为唯一主题,在作品中刻意强化单一的自我文化身份意识,执着于为民族传统文化解体或即将解体的命运哀悼,沉溺于纯粹的、传统的民族文化的想象性建构,并将族群集体记忆寄托于往昔岁月的再次复归,这就出现了如阿来在《道德的还是理想的》中所写到的场景:"我们文字里的故乡,不是经过反思的环境,而是一种胆怯的想象所造就的虚构的图景。我们虚构了故乡,其实也就是拒绝了一种真实的记忆。当我们放弃了对故乡真实存在的理性观照与反思,久而久之,我们也就整体性地失去了对文化与历史、对当下现实的反思的能力。"①这样,一些少数民族文学作品对本民族群体在当前社会发展中面临的生态问题、生计问题、城乡冲突问题等或者避而不谈,或者为之哀婉或悲悼,这是当前一些少数民族文学作品为何弥漫着一种悲剧性风格的根源。其二,一些少数民族作家将民族文化身份从其应有的多重身份中抽象出来,从而将本民族文化身份当作是少数民族唯一值得或能够拥有的身份。从20世纪80年代强调少数民族文学要写"原生态"民族文化,一直到目前一些少数民族作家对文化多元主义或文化多样性的倡导等,始终渗透着一种对单一民族文化身份建构愿景。在文化地理学看来,任何民族的文化都依附于该民族生存的地域,特定的地域孕育着特定民族的文化惯习或文化结构,一旦地域内的地理景观、生态环境遭遇破坏,该地域内的文化消失就将成为或快或慢的问题,他们的传统文化解体风险随着传统生产生活方式的现代转型而日益加剧,人与自然和谐性关系被破坏,传统居住格局与生产方式被改变等。一些少数民族文学作品通过强化族群文化身份书写以维系族群合法性,以消解外来文化对族群文化的持续性压力,似乎具有一定的合理性。但是,在任何族群都要或快或慢、或主动或被动地融入现代性发展逻辑之中的全球化社会,少数民族文学的族群身份书写尽管可以达到民族文化

---

① 阿来:《语自在》,重庆出版社2015年版,第113页。

复振与族群身份叙事展开的目的,但坚守单一或纯粹的族群身份在叙事伦理归属层面却出现法农曾批判的现象,(这种身为作家的知识分子)"想归附于他们的同胞,但却仅仅抓住同胞的外衣……这些文化人没有去寻索这种内质,却被那些已经风化的残片所蒙蔽,且由于它们是静态的,所以实际上象征着否定和过时的发明……"①其三,一些少数民族作家将族群身份看作是静止或非历时存在,对任何危及或可能危及族群身份的他者都持警惕或抵制态度,并认为只有稳定的族群身份才能在全球化社会凸显自身的合法性,才能成为族群成员生存于世的文化资本。由此以来,一些少数民族文学作品一再致力于族群文化的浪漫化或乌托邦化想象,通过建构一系列未曾被他者干预或破坏的传统文化镜像作为族群成员最值得留恋与缅怀的对象,并将危及或干预这种传统文化镜像的外来文化加以拒斥或抵制,并对所有他者都加以"污名化"处理,民族传统文化则成为美好、纯净、文明等的同义反复。作为理应引领少数民族文学走向现代性转型的民族文学批评,在"散居族裔批评理论"操演中反而试图将少数民族历史及文化封存于那个所谓的"传统"或"原生态"之中,这不仅潜隐着解构多民族国家多民族文化交流交融与交汇而形成"复数"文化事实的风险,也忽视了民族、民族性及相关话语都只是历史的范畴,"要给'没有历史的民族'找一个范例,是任何地方都找不到的(除非在乌托邦中寻找),因为所有的民族都是有历史的民族"②。然而,一旦一些少数民族文学批评者再以"求同"或"存异"之名为上述现象赋魅,问题就变得严重而复杂了。

在一些"求同"派批评者看来,文学是人学,是人的生存困境的揭示者,是人的情感困惑的窥视者,是人的生活经验的再现者,是人的生命意志的阐释者,是人的命运理想的描述者,中外皆然,古今皆是。少数民族文学尽管是"少数民族作家"所创作的文学,也不能仅仅关注于自我民族群体前世与今生的再现,不能仅仅致力于自我民族群体思想、情感与人生经验的书写,不能仅仅潜心于自我民族文化身份的塑造与建构,否则,它的艺术境界就狭隘了,文学的价值功能就窄化了,文学的思想格调就下降了。所以说,仅仅以民族性或民族特色等要求少数民族文学就是拉着它从文学高峰跳下来,而非推动它向上飞跃。由此以来,少数民族文学批评往往注重少数民族文学的普适性身份特征或一般意义上的文学价值,强调少数民族文学的"天

---

① [法]弗朗兹·法农:《论民族文化》,载[英]巴特·穆尔-吉尔伯特等编撰:《后殖民批评》,杨乃乔等译,北京大学出版社 2001 年版,第 171 页。

② 《列宁全集》第 20 卷,人民出版社 1958 年版,第 116 页。

下公器"特征,龙长吟曾明确表示,少数民族文学批评是"将民族文学中的种种同类现象集合,让它们在……人类经验的交汇点上汇合起来,抽绎出共同的思想或规律"。因此,民族文学学的目标是"以民族特色的生成和表现为重心,研究民族文学创作与发展中的一般规律和基本原理"①。欧阳可惺也曾指出,民族文学批评者对具体作家作品进行分析时,往往是从文学的普遍性来进行判断和阐释的,"通过对某个民族作家作品的解读,把人类文学的普遍性规律——文学理论,贯穿在自己本民族文学具体性特征的判断过程中"。因此,"不管是哪个民族的文学批评实际上都是有规律可循的,这是人类文学普遍的规律,是我们的少数民族文学批评自觉或不自觉地遵守着的共同的文学精神"②。……基于对少数民族文学普世价值与"普遍性规律"的执着探寻,对少数民族文学"共同文学精神"的念念不忘,一些少数民族文学批评一再强调少数民族文学的"求同"问题,龙长吟就曾将他的《民族文学学论纲》的写作目的概括为,要从"文学理论的普遍规律出发,来探讨民族文学的共同规律"③。即使修订于 2016 年 2 月的《全国少数民族文学创作"骏马奖"评奖条例》的评选标准中也未能凸显少数民族文学应有的民族性问题。④ 民族性问题的缺席无疑表述着一些批评界人士对少数民族文学普适性文化身份选择的坚守与认同。文学评奖作为一种制度性设计与得到体制性授权的话语在一定程度上规约着少数民族文学创作,引导着社会对少数民族文学的接受尺度,形塑着少数文学创作更倾向于普泛化和主流价值规约的书写,对普适性身份的认同与对主流话语的自觉追随,如刘俐俐教授在 2008 年所说:"建国六十年来我国文艺学界目标始终是不言自明的普适性文学理论及文学规律,因此,从未有意识地将地方性、差异性、多样性、复杂性突出的民族文学理论与方法纳入其视野。"⑤"普适性身份认同"当然是少数民族文学的终极目标,也是少数民族文学走向世界、汇入经典的根本,这是不存在异议的。问题却在于,"求同派"批评却时常剑走偏锋,要求以世界性取代本土性,以普世性取代地方性,以人类性取代民族性,以公共性取代地方性,结果导致很多少数民族文学批评既不能充分表述少数民

①　龙长吟:《民族文学学论纲》,湖南文艺出版社 1997 年版,第 22 页。

②　欧阳可惺:《当代少数民族文学批评理论的整合与边缘性批评姿态》,《当代文坛》2008 年第 5 期。

③　龙长吟:《民族文学学论纲》,湖南文艺出版社 1997 年版,第 3 页。

④　参见《全国少数民族文学创作"骏马奖"评奖条例》,见 http://www.chinawriter.com.cn,2016年 3 月 1 日。

⑤　刘俐俐:《建设当代意义的民族文学理论》,《社会科学报》2008 年 8 月 6 日。

族文学的地方性知识特征,也不能真正拓展对少数民族文学价值空间的认知,在对少数民族文学的理解上存在着典型的"非民族化"现象。"非民族化"批评是指:批评者时常将少数民族文学等同于一般意义上文学或普适性文学,无视少数民族文学的民族性或民族特质,无视不同民族文学间的差异;或将少数民族文学的民族性予以本质化或抽象化,抹杀民族性与世界性的通约性特征。在这种批评逻辑下,作为地方性知识生产的少数民族文学长期遮蔽在主流话语规约之内而难以进行有效的主体性生产,许多批评者以主流话语的想象性编码方式将少数民族文学内部的多样性和多源性构成、文本的复杂性意蕴等遮蔽在主流话语言说逻辑之外,真正的少数民族文学主体性正是在这种散居族裔批评话语的命名中被扭曲或遮蔽①,并顺应了全球化时代文化及文学的"去民族化"态势。他者话语的长驱直入,本土文学实践不断纳入他者话语的表述逻辑,把本土作品当作理论的"注脚"而非寻求作品的地方性价值,文学意义成为外来理论的赋予而非自身所有,少数民族文学就这样在普适性价值规约中失去了自我。

　　一些"存异"派批评者则认为,少数民族文学之所以被命名为"少数民族文学",就应该凸显出其与主流文学之异,凸显出独属于少数民族文学自身与他者异质性的民族特色,否则,少数民族文学概念及其相关学科话语就面临着合法性危机。所以,批评者较多关注少数民族文学的民族性特征,关注少数民族文学的民族文化身份问题等。如有学者认为,回族作家"凭借着民族文化充足的底气,构建着回族文学的辉煌殿堂,使得回族文学丰富多彩、异彩纷呈"②。藏族作家则"以自己独特的生活方式,风俗习惯,伦理道德和语言文化沉淀在多种形式的文学表现中,成为不同于其他民族的、独具特色的审美价值和审美旨趣"③。在哈尼族文学批评中也是此批评范式,"他们往往把自己民族的文化方式和个人的体验不露痕迹地融入极其质朴的语言之中,使那一行行明白如话的长短句之下,流溢出一种如天籁一般的情韵","哈尼族作家(诗人)群是云南少数民族作家群的佼佼者"和"哈尼族作家(诗人)个性独特,思维方式新奇,很有激情,不从概念出发,他们的作品是自己的血肉与爱的结晶"之类。④ 在阿来的《尘埃落定》作品研讨会

---

① 转引自张英进:《中国电影中的民族性与国家话语》,香港《二十一世纪》1997年第44期;参见张英进:《审视中国——从学科史的角度观察中国电影与文学研究》,南京大学出版社2006年版。

② 杨文笔:《"文化自觉"下的回族作家回族化创作》,《昌吉学院学报》2009年第1期。

③ 德吉草:《文化多样性视野下的藏族母语写作及解读》,《民族文学研究》2008年第3期。

④ 参见赵德文:《论哈尼族当代诗人的诗歌创作》,《民族文学研究》2007年第1期。

上,批评者一致认为阿来是藏族文化的优秀书写者和表达者,是"藏族人写的藏族人的故事","真正体现了藏族美学和心理学特色",《当代》杂志在"编者按"中也是将《尘埃落定》称为"中国长篇小说中迄今为止写少数民族题材的最佳作"①;茅盾文学奖评委会在授予《尘埃落定》"茅盾文学奖"的颁奖词中依然强调该作"有丰厚的藏族文化意蕴。轻淡的一层魔幻色彩增强了艺术表现开合的力度"②。然而,批评者的溢美之词并没有得到作者阿来的充分认可,阿来等认为,"我并不认为我写的《尘埃落定》只体现了我们藏民族的爱与恨、生与死的观念,爱与恨、生与死的观念,是全世界各民族所共有的,并不是哪个民族的专利,而是有相当的共同性,这便是我们地球上生活的主体——人类"③。上述这些批评者对阿来创作经验的无视恰恰反映了对少数民族文学之异的推崇与独断;尽管仫佬族作家鬼子一再强调自己的创作与其民族无关,也没有明确的族群意识贯穿在自己的作品中,但一些批评者仍然千方百计地要从鬼子作品中寻找到所谓的"文化身份认同"④。更有甚者,一些批评者对新生代壮族作家民族身份意识淡化趋势表示严重焦虑,"许多壮族作家对本民族的认同感和向心力有弱化的趋向,民族观念缺失,患上了民族精神'阳痿症'"⑤。在批评者看来,谁若是××族作家,其创作的文学就是××族文学,就是塑造××族文化身份……有批评者甚至要求少数民族文学应以地方性文化书写作为根本伦理。在他们看来,少数民族文学只要承担起少数民族文化保存和传承功能,承担起非物质文化遗产保护功能,彰显中华文化的多样性与丰富性特征就足够了。如,乌热尔图"自我阐释权"⑥的诉求却受到"求异派"批评赞许,(乌热尔图)"只是依凭自己对本民族文化的深刻体认和炽热情感,如实地用文学手段表现了鄂温克族雅库特猎人们的独特的生活、劳动和异彩浓烈的感情世界,便取得了在中国文坛上的'轰动效应'"⑦。

---

① 参见《尘埃落定》"编者按",《小说选刊》1998 年第 7 期。

② 此为严家炎教授代表第五届茅盾文学奖评委会给予《尘埃落定》的评语。

③ 冉云飞、阿来:《通往可能之路——与藏族作家阿来谈话录》,《西南民族学院学报(哲学社会科学版)》1999 年第 5 期。

④ 黄晓娟:《民族身份与作家身份的建构与交融——以作家鬼子为例》,《民族文学研究》2006 年第 3 期。

⑤ 黄佩华:《壮族作家现状的一种描述》,见第二届中国多民族文学论坛《会议手册》,广西民族学院打印稿,2005 年 12 月。

⑥ 乌热尔图:《不可剥夺的自我阐释权》,《读书》1997 年第 2 期。

⑦ 关纪新、朝戈金:《多重选择的世界——当代少数民族作家文学的理论描述》,中央民族大学出版社 1995 年版,第 61 页。

　　无论"求同"抑或"存异"派批评,无不潜隐着值得警觉的问题:对前者来说,"认同具有世界性和人类性的现代文化身份属性,往往又是以淡化、消解少数民族固有的传统文化身份属性为代价的"①。对后者而言,"从消极的方面来说,以此为目标的民族文学研究,极易滋长一种狭隘的少数民族自我中心主义情结,因而难以衷心认同诸多极富价值的他者文化身份"②。在这里,批评之所以在"求同"或"存异"问题上一直呈现拉锯式的胶着状态,好像谁说谁都有理似的。根本原因就在于一些批评者对少数民族文学哪些方面应该"存异",哪些方面应该"求同"等问题没能清晰划界,存在着"关公战秦琼"或"牛头不对马嘴"的批评现象。例如,有批评者认为,"发现这个民族独一无二的文学价值,并不是为了满足这个民族的文学虚荣心,而是为了发现文学的多样性,发现文化的多样性,为了使当今的文学更加丰富,为了使当今的文化更加丰富。即使在今天这样一个全球化的时代,文学文化的多样性与丰富性仍然是人类本质的心理需要,少数民族文学研究满足的恰恰是人类这种本质的心理需要"③。这种观点有问题吗? 很显然没有问题。同时,若有批评者指出,"文学是天下的公器,自己的创作不应该为自己狭隘的民族感情所局限,而要把自己的创作归结到为整个艺术! 体现人类的关怀的高度……片面地强调少数民族作家的族籍、族群特征往往抹杀了他们身上可能更普遍、更深刻的东西"④。这种批评观点有错吗? 很显然也没有错误。但二者在话语论证逻辑层面却针锋相对。即使一些貌似公允的论述在逻辑层面依然呈混沌状态。如学者认为,"'同',是我们必须要看到和承认的,'异',也一样是我们必须要看到和承认的。假如盲目地否认其'同',就会导致对某一少数民族的作家文学到今天仍旧可以在单一传统守护下自足发展的偏颇结论。而如果一味地否认其'异',则又有可能导致对某一民族的文学已不复存在的误识误断——我们对当代少数民族文学规律的许多思考和探讨,都是由这种既承认'同'又承认'异'的科学判断的基本点上引燃的"⑤。吊诡的是,在上述各自颇为周严或圆融的论证逻辑中却难以形成对话性或合作性批评共识,根源在于一些批评者对于少数民

①　朱斌、刘梦晨:《民族文学研究的目标与文化身份认同》,《贵州师范大学学报(社会科学版)》2012年第5期。

②　朱斌、刘梦晨:《民族文学研究的目标与文化身份认同》,《贵州师范大学学报(社会科学版)》2012年第5期。

③　黄伟林:《潜入民族文化深水区,探究文学多样性——从关纪新〈老舍与满族文化〉谈少数民族文学研究问题》,《中国现代文学研究丛刊》2009年第3期。

④　刘大先:《当代少数民族文学批评:反思与重建》,《文艺理论研究》2005年第2期。

⑤　关纪新:《20世纪中华各民族文学关系谫论》,《民族文学研究》2006年第1期。

族文学在什么层面上可以以其"异"获得文学史意义,又在何种意义上能够以其"同"取得公共性文学场域在场资本等,并没有清晰而明确的认知。或者说,他们并非是在同一问题上的争论,论题的混乱、争执的错位以及话语选择的不对称等,使得上述论争颇有种跌入"无物之阵"的尴尬。少数民族文学的"异/同"划界问题凸显出来。

四

任何意义上的文学批评都需要多元理论话语介入,并以之作为勘探文学文本内涵与特质的基本依据。同时,任何意义上的文学批评也都需要特定的价值尺度与批评原则,并以之衡量文学文本所表述内容与思想倾向的正确与否。即使在所谓"解构一切"的后现代文化语境下文学批评也脱离不了特定的价值判断。在"散居族裔批评理论"看来,身份建构过程是一个在异质身份中进行同质化归类、概括和想象共同体的建构过程,只有想象、鉴别、制造或建构出"他者"或"他性","我们是谁"的问题才能得以明晰或确立。或者说,在自我与他者间保持并制造他者,是族群身份重建的基本要旨。在这种状况下,如果少数民族文学批评一再强调少数民族文化的自我阐释权与自我表述权等,并以之作为抗衡或消解他者文化压力的根本资源,倒果为因地张扬族群文化的优越性或唯一性,很可能导致少数民族文学出现一种"相对主义"价值观的叙事症候。"相对主义"价值观书写逻辑为:"从一种特定文化或认识论的观点"分析问题,在运用缺乏共同参照系的比较式言说来牵强附会,因而,在理论上就呈现出逻辑的前后不一致性,并在实践中又必然走向"相对主义"道路,的确陷入了在否认"超然价值"的同时不得不也否认自己的理论主张的悖论中。[①] 尽管我们一再说全球化并不是民族文化的掘墓人,而是民族文化复兴和振兴的推动者或启蒙者,强调全球化与民族文化的共存性和互动性。问题却是,少数民族文化能否与全球化互动,互动的基础是什么,目的是什么,又拿什么与全球化竞争并确保其在竞争中完成自我刷新,才是关键。所以说,对少数民族群体而言,"拿什么对话的问题"就成了亟待解决的难题。没有双方的势均力敌,没有双方的你情我愿,没有双方的彼此需要,何来"互动"或"对话"? 如何划定民族文化的"异/同"边界并使之形成互动和对话,才是少数民族文学批评值得注意的问题。

当代世界因剧烈变动与急遽转型而使得所有的文化形态都充满异质性

---

① 参见[英]C.W.沃特森:《多元文化主义》,叶兴艺译,吉林人民出版社 2005 年版,第 16 页。

及多元性,"流动"成为其最为经典的表征症候。鲍曼将"现代性"看作是"液化"(liquefaction)的进程。① 在这个"流动"的世界里,从来不是独立于整体性社会进程之外的少数民族群体的身份认同无疑也处于流动状态,并以一种"和而不同""不同而和"的结构性因素内嵌入全球化的运行逻辑且与之共处于复杂、暧昧与矛盾纠缠的意义之网。笔者将少数民族"文化/身份"的这种特征命名为"流动的文化/身份"。"流动"是强调"文化/身份"生产在"流动"的后现代性社会里的不确定性、流动性与变异性等,更是强调其在"多元一体"框架内的"变化的根基性"或"流动的边界性"。从根本上说,任何民族的"文化/身份"无论如何"流动",都应该维系着自身的根基或核心,一旦成为丧失了根基或核心的"流动","流动"就会异化为一种无中心、无方向、无主体的延宕,"文化/身份"也将异化为一种被他者把控的无主体的附属物。由此而论,"流动的文化/身份"是一种维持承继性与发展性、民族性与现代性、地域性与世界性相统一的"文化/身份"。如霍尔所说,文化身份既是"存在的"又是"变化的",文化身份是有源头的、有历史的,是屈从于历史、文化和权力的不断"嬉戏"中的。霍尔一再强调文化认同的共性与文化身份的差异性和变化性才是我们建构族群身份时必须注意的面向。② 吉洛伊则提出"欢乐文化"作为全球化背景下族群身份建构的基本策略。在他看来,"欢乐文化"是以世界主义的胸怀来容纳各种文化样态,既是本土的、独特的(甚至是独一无二的),又是多元的、平等共存的,既反对片面地强调文化差异与种族差异的倾向,又排斥那种无视差异的同质化倾向。欢乐文化"既不意味着古典意义上的人本主义,也不是自由主义至上的冷战时期意识形态反复无常的变体。这是一种关于不可分割的人类存在的悲剧、脆弱和短暂本质的全球意识"③。他甚至将散居族裔的身份认同看作是"交叉路口"④。在这样一个任何民族都无可能完全规避全球化及多元文化影响或干预的情况下,少数民族群体囿于诸多因素如文化根基与其传承链条较为脆弱、文化承载人口数量较少、生产生活基础较为薄弱、谋生方式和生活技能较为单一等,他们的文化身份更容易在多元文化持续性冲击之下缺席或解体,先前单一而纯粹的历史和身份认同难以维系,文化身

① 参见[英]齐格蒙特·鲍曼:《流动的现代性·前言》,欧阳景根译,上海三联书店2002年版,第3—4页。

② 参见[英]斯图亚特·霍尔:《文化身份与族裔散居》,载罗钢、刘象愚主编:《文化研究读本》,中国社会科学出版社2000年版,第209—223页。

③ Paul Gilroy, *After Empire: Melancholia or Convivial Culture?*, Routledge, 2004, p.84.

④ Paul Gilroy, *The Black Atlantic*, Harvard University Press, 1993, p.198.

份的历史性、多元性与建构性成为当前少数民族文化身份的根本特征。在小叙事复兴、个体意识凸显的全球化社会,如何在少数民族群体的个体身份、族群身份与公民身份间维系必要的张力,如何维系少数民族身份的流动或多元化特征才是少数民族身份的道德伦理空间,才符合自由主义伦理规范中的"善"。根据荷兰学者吉尔特·霍夫斯塔德有关文化身份的论述,"一个人始终同时属于以下不同层面或身份标志:如国家层面、地域/种族/信仰/语言层面、性别层面、代际的层面、阶级或身世层面、组织或职业层面等等"①。在这个意义上说,少数民族文学批评强调少数民族身份的多元性与建构性并不是一种纯粹学院意义的逻辑推演或学术性想象,也不是为了理论层面论证的周严而对现实的裁剪,而是依据少数民族群体在当前政治构架、文化生态与社会结构中的实际处境而言的,这种开放的、现代性意义的文化身份才能够使少数民族文学走出单一的民族性身份叙事,或民族主义意义上的文化中心主义意识形态叙述框架,进而在进入与主流文化对话和融合的同时积极参与全球化及多元文化的交往对话逻辑。这不止于可以促进少数民族文化的现代性转型,提高少数民族群体的文化自觉与文化自信,推动少数民族事业的全面发展,更有助于社会主流价值观念的形塑与国家话语的增殖,也有助于彰显全球文化丰富的地方性知识特征。所以,少数民族文学在建构本民族文化身份时不能以文化民族主义将之凌驾于其他身份之上,从而对自我民族身份表现出一种强烈的优越感,也不能以文化虚无主义刻意淡化或消解本民族身份的在场,或者将本民族文化身份遮蔽在其他身份之下,同时,也不能以非历史主义将本民族文化身份封闭或固守于传统之中。在马克思恩格斯看来,"过去那种地方的和民族的自给自足和闭关自守状态,被各民族的各方面的互相往来和各方面的互相依赖所代替了。物质的生产是如此,精神的生产也是如此。各民族的精神产品成了公共的财产。民族的片面性和局限性日益成为不可能"②。在这种情况下,少数民族文学应以历史的、比较的与现代性视野去建构文化身份的多幅面孔,以参与的、开放的、包容的姿态探求民族文化身份的合理定位,才能避免"文化身份"叙事最终跌入文化中心主义或保守主义境地,"应该把身份视做一种'生产',它永不完结,永远处于过程之中,而且总是在内部而非在外

---

① 转引自[英]乔治·拉伦:《意识形态与文化身份:现代性和第三世界的在场》,戴从容译,上海教育出版社2005年版,第126页。

② [德]马克思、恩格斯:《共产党宣言》,人民出版社2014年版,第31页。

部构成的再现"①。巴巴的"文化杂交"、萨义德的"对位法阅读"等,都是强调文化身份的建构性与流动性特征。萨义德甚至将之看作是"想象与比喻的价值",是通过"差异"才能"强化对自身的感觉"②。

这种开放或流动的身份观念对少数民族文学批评而言,批评者要引导少数民族作家在致力于族群身份建构时,要充分意识到少数民族文学是一种审美中国形象生产及公共性话语建构行为,是以介入中国整体社会生活系统和社会文化体系而取得自身历史定位为目的,要"积极介入和贯穿每一个民族语境",充作"不同的民族环境或民族文化之间接触和交流的媒介与场所"③,同时,少数民族这一身份先在性决定了少数民族文学要坚守民族传统,保持民族传统差异性特征——差异性也是主体性的另类表现。所以说,以"流动的文化/身份"作为普遍的叙事伦理与族际交往原则,理性审视少数民族文学在处理自我与他者间相互缠绕、撕扯和混杂中的新面向与其各自偏至,超越二元对立维度的仲裁,才能避免"自我"与"他者"被双重他者化的风险。在笔者看来,作为当前学科史意义上的少数民族文学在其性质归属层面是"少数民族"的文学,是不同于其他文学或主流文学的一种具有少数民族特质的文学形态,套用王德威的观点来说,少数民族文学在某种程度上可以说比民族学或政治学更能够真实而准确地认识少数民族,在这个意义上说,少数民族文学尽管是一种虚构性质的语言行为,却是在这种虚构中与真实的少数民族生活息息相关。④ 由此而论,少数民族文学自然具有"异"的特质,正是因为这种"异"的特征才能凸显少数民族文学之所以为"少数民族文学"的根本资格。这种"异"既表现为少数民族文学的叙事资源、叙事传统、言说方式、审美格调等的文学表述,也表现为地方性知识特征的诸如地域风情、民族风尚、宗教习俗、生活方式、居住格局等的审美转化。总而论之,少数民族文学的"异"是其表现出的"民族文化"之"异",是地方性知识之"异",这种"异"的存在更加凸显出中国多民族文化的丰富性与多样性特征,成为建构着中华多民族共有精神家园的文化资本。问题的另一面是,少数民族文学只是文学的民族性表述,在根本性质上仍属于文

---

① [英]斯图亚特·霍尔:《文化身份与族裔散居》,载罗钢、刘象愚主编:《文化研究读本》,中国社会科学出版社 2000 年版,第 208 页。

② [英]斯图亚特·霍尔:《文化身份与族裔散居》,载罗钢、刘象愚主编:《文化研究读本》,中国社会科学出版社 2000 年版,第 218 页。

③ [美]詹姆信著,张旭东编:《晚期资本主义的文化逻辑》,陈清侨、严锋等译,生活·读书·新知三联书店 1997 年版,第 47—48 页。

④ 参见王德威:《想象中国的方法:历史·小说·叙事》,生活·读书·新知三联书店 1998年版。

学,只要是文学就不能止于单一民族的文化书写或"去他者叙事",不能止于单一民族文化身份建构,而是应该致力于全球化进程中人类共同命运的思考,关注于现代性进程中"人类命运共同体"的现实与未来。换句话说,少数民族文学的思想境界、道德伦理、哲学观念等要与人类社会相趋"同"而非以所谓的"民族文学"而逃离对普适性诗性正义的追问。唯其如此,少数民族文学才能成为中国文化、文学走出去的重要资本,在参与世界文学和文明对话中成为中国文化软实力的重要象征,这样的少数民族文学才能称得上"越是民族的,越是世界的"。对少数民族文学的"异"与"同"问题,对少数民族文学应该塑造什么样的族群文化身份问题作如此区分与甄别,少数民族文学批评才能有更为清醒与理性的思考、更为科学与审慎的判断。

第三节　后殖民批评理论:如何构拟"第三空间"

如果不是面临全球化的压力和挑战,后殖民主义批评理论很可能不会在 20 世纪 90 年代深刻影响国内学界,并迅速成为新的学术增长点。所以,后殖民批评理论与全球化/本土化、民族/文化身份以及流散写作/批评等问题的讨论密切相关。① 在某种程度上说,"后殖民批评理论"其实与"散居族裔批评理论""有着相当程度的重合与交叉"②。姚新勇甚至认为,"族裔散居批评理论是后殖民批评理论的一个重要的组成部分。……的确给中国少数民族文学基本性质的定位以及相关问题的思考等,带来了结构性或曰范式性的改变"③。随着全球化播撒对多民族国家内部多族群文化或显见或隐匿的冲击与解构,空间和文化同质化趋势凸显。后殖民批评理论以对结构主义框架内权力、等级、秩序等问题的洞见而成为人们观照少数民族文化的理论样本。在后殖民批评理论看来,全球化一方面"通过市场使世界同质化,从而消除民族国家和民族文化","全球化就意味着非民族国家化"④;另一方面则是民族文化的自我意识在强化,文化民族化与本土化等问题日益前景化,反过来激起少数民族文化传统的复兴和"发明",自我差异与寻求民族本真性冲动不断加剧、文化同质化与文化异质化张力不断强化。全球/本土、现代/民族、西方/东方、自我/他者等系列性矛盾在少数民族文学批评现场得以全面而真实地呈现。如何看待少数民族群体面临的这

---

① 参见王宁:《全球化时代的后殖民理论批评》,《文艺研究》2003 年第 3 期。
② 罗钢、刘象愚主编:《文化研究读本》,中国社会科学出版社 2000 年版,第 29 页。
③ 姚新勇:《少数民族文学:身份话语与主体性生产》,《暨南学报》2014 年第 2 期。
④ ［德］乌·贝克等:《全球化与政治》,王学东等译,中央编译出版社 2000 年版,第 56、25 页。

些矛盾以及这些矛盾的性质,能否协调或解决这些矛盾,以什么价值伦理加以协调或解决,如何建构和实现多元化的全球文化或"全球本土化"?后殖民批评理论由此构拟成本土学界言说中国问题的关键词,其影响是其他西方话语难以比肩的,只不过它是以诸如民族性、他者、文化身份、民族认同、话语权力等变相话语以隐而不彰方式作用其中,并作为结构性因素介入、规约着少数民族文学批评的言说范式、价值取向、话语指涉及批评思维等。后殖民批评理论在本土语境急遽播撒的根源是什么,敞亮或遮蔽了哪些问题,与本土批评生态存在何种关联,在何种程度上能介入本土民族文学批评,以何种方式介入,介入的合法性何在,本土文学实践向"后殖民批评理论"提出哪些挑战等,成为学界亟待回答的问题。

一

就多民族国家而论,多民族一体的中国并非是"想象的共同体",亦非西方学者所谓的话语建构物,而是各民族在彼此长期交往、交流与交融中形成的虽有波动却相对稳定的共同体。"波动"维系着共同体的生机与活力;"稳定"建构着共同体文化的生生不息。单以语言为例,据语言学家统计,现已发现我国各民族间至今仍存约130多种不同语言,其中大部分仍在以口耳相传的方式承继着本民族悠久独特的口头传统,延续着中华民族文化共同体内各民族自己的历史文化记忆,多民族文化间的碰撞、摩擦、竞争及融合始终是中华文化的动力机制。在这一总体性特征之下,各民族生产生活方式的差异、地理空间景观的多元、审美观念的多样以及文化传统的复杂等决定了少数民族文学的文学形态、叙事倾向、语言特点、艺术手法及价值诉求等迥异于汉族文学。但是,它们的地方性知识特征及殊异性审美特质却遮蔽在主流文学批评的阐释规约之内而被等同于主流文学或作为主流文学的点缀与补充功能而存在,其能够对其他民族文学产生积极借鉴意义或补充功能的差异性特征难以彰显而游离于主流文学史叙述之外,二者间所潜隐着的差异问题很容易与后殖民批评理论契合而使之顺势进入少数民族文学批评现场。其一,对于经济相对落后、空间相对偏僻、话语资本相对匮乏、传播资源相对不足等少数民族群体而言,他们的文学长期以来难以与汉族文学形成良性有效的交往与交流机制,少数民族文学创作的复杂性和地方性特征无法纳入主流文学批评审美范式之内,少数民族文学批评多是按照主流文学批评规约对之予以裁剪或选择性记忆,甚至将之纳入一种消费性功能隐性叙述并与作为他者的读者合谋,以形成对少数民族文学的奇观化窥视互动机制。其二,也许是因为对少数民族文学的陌生或隔膜(当然背后尚有其他重要原因），一些批评者时常以某种固有或先在的审美规范及评价标准硬性套用少数民族文学，并使之成为批评者对少数民族文学（文化）的"想象性"能指，或按照预设的理论框架对之展开文学式的想象与夸张，不顾及少数民族文学真实状况而将之抽象化或过滤化；或以某种固有而单一批评标准面对所有少数民族文学文本，以不变应万变，将中华多民族文学看作是一种同质而纯粹的书写现象，或将中国文学予以"汉族文学/少数民族文学"的对立性划界却无视二者间不同究竟源于何处，因何而形成，对他族文学潜在价值是什么等问题，批评变为刻意寻求或搜罗能够证明少数民族文学之"异"的辩解和考据，外来理论的盲目介入又加剧了后殖民话语在批评中的滥用。只见他者理论的深刻却不见其盲点，只见他者理论的新奇却不见其限度，只见他者理论的搬运却不思其语境化，结果跌入了后殖民批评理论所批判的内部殖民话语逻辑之中。在知识学范围内，理论的意义并不在于体系的建立，而在于对那些局部知识关联处的揭示，在于用什么方式揭示了问题以及对这些问题如何述说等。因为，特定的问题只能在特定语境和特定言说方式下才能得以凸显，后殖民批评理论亦应如此。

　　近年来，许多以后殖民话语作为批判武器的批评文章，多不是以理论来深入问题，以激发我们对本土少数民族文学发现的洞见，不是以本土问题回应外来理论的挑战，而是以少数民族文学来验证或阐释他者理论，囫囵吞枣、混淆凌乱等，如阿赫默德所说，批评者在运用"后殖民批评理论"过程中因缺乏对现实世界的洞察而时常忽左忽右，"整日纠缠于殖民地和帝国问题的文学理论分支，先是倒向第三世界主义者的民族主义紧接着又倒向解构——实际上就是倒向后结构主义，这样就遮盖了（而不是解释了）文学、文学理论与这二者应当归属的这个世界之间的关系"①。最终使得少数民族文学批评存在着表面化或模式化的话语重复现象。理论本身是无国界的，若能够借助于后殖民批评理论的人文主义价值立场和批判性理论品质等介入少数民族文学批评，翻转出少数民族文学中存在的诸种权力症候，更新既有批评范式、拓展既有批评领域，建构"美人之美"为宗旨的多民族文学批评格局，不啻为一种学术话语增殖知识建构行为，只不过一些批评者在以后殖民话语考察少数民族文学和文化问题时看到的却是汉族对少数民族结构性权力话语抑制问题，关注的是少数民族文化/文学如何解构"汉族/少数民族"的结构性规约而实现自我中心化问题，在批评方法层面以类

---

① ［印］阿赫默德：《理论思考：阶级、民族与文学》，载［英］巴特·穆尔-吉尔伯特编撰：《后殖民批评》，杨乃乔等译，北京大学出版社 2001 年版，第 349 页。

似于"殖民话语"的本质主义方式在汉族文学/少数民族文化/文学间标示出"我"/"他"的对立性叙事范式,以汉族文化/文学的评价系统和价值论体系遮蔽少数民族文学自我叙述的权力,在少数民族文学/主流文学、汉族文学/民族文学、作家文学/民间文学间采取"区分/排斥"机制,以将汉族文学与少数民族文学重新纳入知识权力等级的差序结构,重新跌入"主流文学—先进/民族文学—落后"的权力话语的想象性建构格局,作为地方性知识生产的少数民族文学、文化的复杂性特征在被误读的后殖民批评理论中逃匿了;作为少数民族身份批评者则试图通过张扬少数民族文学的异质性作为打破他者权力抑制的叙事手段,或以少数性作为与主流话语争夺命名权的方法,以打破汉族文学和少数民族文学间的权力叙述结构,以颠覆汉族文学与少数民族文学间的秩序结构等自我再中心化,成为本土场域中后殖民理论批评的基本叙述伦理。

少数民族文学是否可以以一种"真实的呈现"方式为作为他者的后殖民批评理论增添某种建设性或知识生产性纬度? 能否以之为视角重新审视中华多民族文学现场存在的权力非对称问题,能否为正确处理本土多民族文学关系提供某种健康的叙事范式? 或者说,后殖民话语适用于本土文学实践的可能与限度何在? 答案或许孕育在上述问题的再语境化考察中。

二

在一些批评者看来,既然少数民族文学一直被作为主流话语的他者被表述,那些极具陌生化特征的地方性知识及叙事话语当然是主流话语某种想象性能指,少数民族文学在失去自我表述权力的同时也就失去了自我主体构建的契机,自我表述问题由此对少数民族文学而言"不仅仅提供了一种交流的工具,而且包含了看待知识和进行阐释的全新视角"①。因为,对于表述者而言,只有将表述植入族群历史,还原族群生活真相,才能通过表述建构和确立族群身份,以化解他者强加于族群的刻板印象和固有套话——"刻板印象"属于典型的文化范畴类刻板印象,是一种以民族文化和民族差异为基础的刻板印象。② 作为对全球化及多元文化纵深处播撒的反弹,少数民族文学批评的民族身份认同感、在场感与获得感更为自觉而迫切,"民族性""民族意识""民族精神"等被看作是少数民族文学自我表述

---

① Bill Ashcroft,Gareth Griffiths and Helen Tiffin,*The Empire Writes Back*(*2nd Edition*),London and New York:Routledge,2002,p.81.

② 参见 J.C.Brigham,"Racial Stereotypes,Atitudes,and Evaluations of and Behavioral Intentions,Toward Negroes and Whites",*Soiometry*,1970,34(3)。

的标志性语码。在一些批评者看来,正是作为一种超叙述力量的现代性话语及其表述着的普适性知识和理性道德体系在少数民族地区的强行推进,才破坏了其传统框架内原有的知识谱系和伦理规约,导致他们无力或者难以理解传统何以或如何现代,现代何以或如何与其相关等问题,并由此在思想和心理层面引发强烈的挫败感、无根感或流散感。传统文化保护与现代文明秩序、传统生存技能与现代谋生方式、传统居住格局与现代生活空间、传统伦理观念与现代价值体系间的冲撞、对抗或兼容的艰难,更使得他们偏激地认为,只有将现代性及其衍生话语彻底逐出少数民族地区他们才能获得身份的确证与族群存续的根本,才能重建生活意义之源并有相对明确的象征性语码加以凝聚。在这种情况下,一些少数民族文学创作一再以民族传统价值观或伦理指向对现代性和现代化予以妖魔化处理,刻意忽视现代性和现代化带给少数民族群体的物质水平提高、生活条件改善、文明程度进步等各方面实实在在的发展成果,也不顾本民族群体内部成员对现代性和现代化发展的渴望或诉求,而是积极鼓吹并为少数民族群体原生态的生产生活方式、传统价值观念、固有的习俗礼仪等赋魅。在罗斯玛丽·马朗格丽·乔治看来,上述问题为民族主义话语生成提供了足够活跃的土壤。她说,民族主义话语在强调自我文化身份叙事时,还有可能"抹煞了民族内部存在的差异性与特殊性,并人为地设置了规范和限制"①。然而,少数民族文学批评反而为之大唱赞歌;尽管有些批评者表面上持一种理性客观的批评路径,强调少数民族作家应秉持对民族文化的自信和热爱,自觉弘扬本民族的优秀传统,但上述话语表述背后其实同样潜隐着一种要求少数民族文学着重表现少数民族文化的民族之味以对立于汉族文学的叙事伦理。一位少数民族作家曾说,因为要表现民族性,作为少数民族作家,她的文字里就自然派生出她的族人、她的精神故地、她的血脉信仰。其他的她却很少关注和思考。……当前,多族群空间彼此混杂,多族群身份相互融入,多族群文化你我交汇,任何族群的故地、血脉、身份或传统等不可避免地有多元他者的介入且与之融合。在这种情况下,若只关注自己的故地、血脉等,以标示其异,而对"其他的很少关注和思考",其中蕴藏的问题相信读者会作出明确的判断。这样的文学既不能真实再现本族群的人与其生活,更阻碍了文学意境的升华与思想容量的拓展。

　　文学当然可以写"小",如小的地域、小的故事、小的人物、小的事件等,

---

① Rosemary Marangoly George, *The Politics of Home: Postcolonial Relocations and Twentieth-Century Fiction*, Cambridge University Press, 1996, p.14.

但是,文学之"小"却要与境界之阔大、立意之高远、思考之渺远、主题之深厚等相关,很难想象那种"很少关注和思考其他"的文学能行之多远。然而,很多时候,民族传统文化在少数民族文学叙事中成了一座"迷人花园",成为精神慰藉与灵魂归属的"避难之所"。一些少数民族文学作品之所以时常穿插"老人"叙事或叙事"老人"且其无不知识丰富、见多识广、充满哲学思考、睿智与友善,因为,"老人"是历史的传承者或传统的见证者,甚至"老人"就是族群文化根基的隐喻。据心理学研究,尽管"老人"不如年轻人对新鲜事物接受速度快,更不会去主动积极地接受新鲜事物,在年轻人心目中,"老人"于是成为封闭保守者的代名词,一再被命名为"落伍者"等。但是,"老人"滞后于年轻人的根源却是,他们是将传统留存在记忆中,是将传统作为面对当下的背靠,对传统的点滴熟知于心。所以,"老人"叙事或叙述"老人"的目的是激活传统文化到场并以此强化族群认同。另外,后殖民批评理论表述常以固化的二元论结构将少数族群叙述为无辜者或受害者,主流文化则被化约为"入侵者"或"干预者"形象,其实误读了后殖民话语也误判了少数民族群体的沉默或表述问题。在现代性纵深性播撒到各少数民族区域之时,少数民族群体并非如斯皮瓦克所说的"属下无法表述",而是以其独特方式建构着自我形象,表述着自我心声。在彝族学者李列看来,对少数民族区域性社会来说,如何应对来自外力的介入,从来都不是一个单向性的简单递进,外力的"文化权力渗透的过程也不是自由的突进和无羁绊的扩展,本土文化并不是僵化的存在,不是由过去的文化传统、价值观念、社会结构等一劳永逸地塑造的,它本身就是一个不断毁坏和创造的过程,不断变化的现实。因此,面对渗透必然会有反渗透,强推进、顺势接纳和挑剔选择同时存在,每一次渗透的结果都是一次民族性的展示"[1]。例如,一些少数民族在从事旅游业时会以地方性民族性的风俗展演或景观宣传来将之商品化,表面上看这是一种商品展演行为,是以其异作为获取利润的工具。谢恩却认为,少数民族的自我商品化与其说等同于将自己客体化,还不如说是在建立她们自己的主体性。通过在商品化过程中掌握主动权与自我表述权,她们的行动已远远超越了对支配的抵抗。[2] 如何借助后殖民批评理论重塑文化多元中的身份认同,而非再造某种翻转的对立性叙事范式,是少数民族批评的当务之急。

---

[1]　李列:《民族想像与学术选择:彝族研究现代学术的建立》,人民出版社2006年版,第435页。

[2]　Louisa Schein, *Minority Rules: The Miao and the Feminine in China's Cultural Politics*, Durham & London: Duke University Press, 2000, pp.271-313.

　　如果深入地观察,少数民族和汉族间仍然存在经济、文化及教育等方面事实上的差距。以教育为例,对少数民族群体而言,教育作为一种后致性因素能够有助于推动少数民族群体更好地融入汉族的共时性发展逻辑,弱化或根本解决少数民族群体在现代社会竞争中的先赋性匮乏,最终实现其"向上流动"或社会地位的再生产目的。① 然而,作为国家话语属性的现代性教育在向少数民族地区纵深播撒之时,却由于诸多问题制约而很可能难以照顾到少数民族自身文化传统与现代教育理念间的某种抵牾之处,现代教育与传统文化难以充分调适,现代文明与传统习俗难以充分对接,双语教育与母语意识难以充分兼容,科技理性与诗性观念难以充分交流,导致少数民族群体对现代教育的不适以及对现代教育的疏离或消极性抵制问题。② 囿于现代性教育在少数民族地区普及程度还有待进一步提高,少数民族群体在现代社会运作机制中因掌握的金融资本、技术资本及文化象征资本等还不充足,其获得感、身份感与幸福感还有待进一步增强。同时,少数民族地区在现代性发展过程中出现的生态环境破坏、生产生活方式转型、传统道德伦理解体等,又强化了他们的民族意识。当前,现代性话语借助于国家话语力量在少数民族地区纵深播撒如大规模资源开采、工业化建设、旅游业发展、城镇化建设、新农村改造、移民异地安置等,少数民族不得不放弃此前的生存空间及与他们的文化传统血脉相通的生产生活方式而转向同质性或统一化的现代性生产,这种转型对他们而言不只是谋生技能或生产生活手段的改变,而是一种生命之源的退场、一种文化传统的断裂、一种民族精神象征物和符号体系的瓦解。这是少数民族文学对抗式叙述模式生成的深层目的论动因。所以,少数民族文学事关民族传统的叙事具有了"教导性"与"操演性"两种凸显特征。在霍米·巴巴看来,"教导性"叙事是一种连续性的时间化叙述以将族群成员纳入共同体的共有历史谱系,以强化族群内部成员对自我族群的历史归属感与共有起源感;"操演性"叙事目的则是强调民族传统必须被不断地重述或表演,只有通过民族传统的重复性叙述或表演才能使之转化为构拟该民族身份标记、召唤该民族家园意识、皈依族群认同的精神资源,或者说,也就是"日常生活的片段必须被不断转化为统一民

---

① E.Deng and D.J.Treiman,"The Impact of the Cultural Revolution on Trends in Educational Attainment in the People's Republic of China",*American Journal of Sociology*,Vol.103,1997,pp. 390-409.

② 参见李春玲:《高等教育扩张与教育机会不平等——高校扩招的平等化效应的考查》,《社会学研究》2010 年第 3 期。

族文化标记的一部分"①。

　　无论"教导性"抑或"操演性"叙事,都意味着少数民族文学是力图通过对族群共享祖先记忆、根骨血缘观念、族群文化象征符号等再叙述以达至召唤民族传统到场之叙述目的。当现代性以及现代性象征物如城市化、工业化(后工业化)已不可避免地改变或正在改变少数民族的传统或历史——无论被动接纳,还是主动参与。由于少数民族地区生态环境较为脆弱以及与生态环境相适应的文化根基及文化传承链条的相对脆弱等,而使得他们在猝然与现代性相遇之时往往不知所措、徘徊犹疑、茫然困惑。作为以科学、技术、现代理性知识为主导的现代性话语在带给少数民族地区生活的改善、收入的增加、交通的便利等的同时,也往往导致少数民族群体在传统文化生态中形塑的价值观念、谋生技能、劳作方式等不足以应付现代性话语对他们提出的挑战,他们在族群内部先前作为无所不能无所畏惧的主人公的身份体验却异化为被抛出生活轨迹的束手无策之人。在这种情况下,少数民族文学时常出现不惜以排斥性或对抗性姿态将所有现代性叙事都予以他者化处理的叙事现象就不难理解了,现代性与民族传统叙事在一些少数民族文学作品中就成了彼此的反面。达斡尔族作家萨娜笔下的城中人精神萎靡、生命委顿,充满绝望、不幸与哀怨,只有回到广袤的北方草原才能恢复活力,重燃生命之火;鄂温克族作家乌热尔图笔下的人物与整个鄂温克传统融为一体,任何试图改变或破坏这种关系的行为都将使他们危机四伏、痛苦不堪,生存和生命难以为继;裕固族作家铁穆尔笔下的草原美不胜收,天地人神和睦共处,只有这片草原才是裕固人梦想的家园、灵魂的归宿,一旦草原遭到破坏,他们的幸福就会戛然而止,厄运便会不请自来;哈萨克族作家木哈太笔下的城市生活是一种"荒芜",对之充满"恐惧",在城市里生活是一种"向人伸手乞怜"②;与之相反,佤族诗人聂勒想象中的家乡则是"阳光明媚的地方/百鸟齐鸣,万物生长/……一切事物都充满了神奇/即便是一粒小小的尘埃,一棵棵草木,也充满了灵魂的光泽"。由此以来,一旦部落消失之后,在"陌生"的城市中央,他们却"常常走失",生活在"漫长的黑夜里"迎接"死亡"。③……上述悖反性叙事冲动使得一些少数民族文学作品表现

---

① Homi K.Bhabha, "Dissemination:Time, Narrative and the Margins of the Modern Nation", in Homi K.Bhabha(ed.), *The Location of Culture*, Routledge, 1994, pp.143-145.

② 木哈太:《夏牧场》,载叶梅主编:《中国少数民族文学年度选 2011》诗歌卷,作家出版社2012 年版,第 89 页。

③ 聂勒:《大地情歌》,载叶梅主编:《中国少数民族文学年度选 2011》诗歌卷,作家出版社2012 年版,第 99—102 页。

为两种最基本叙事模式:其一,"悲歌性叙事模式"。出于对现代性的控诉或批判,这些少数民族文学作品总是将自我塑造为"受害者"形象并将其"受害"根源归结为现代性这一"施害者"。一草一木的死亡、一虫一鸟的远离、一人一物的逝去、一山一水的败落、一言一语的改变等,都成为他们遭受现代性创伤的证据并转化为文化创伤成为他们的叙事性母题。所以,卡普兰把创伤记忆看作是现代性的后果之一。[1]　在心理学上说,文学具有某种治疗作用。为了修复或纾缓创伤记忆所引发的焦虑,一些少数民族文学作品便通过纯粹原生态空间景观营造以建构"文化亲近性"。由此以来,没有现代性的干预或介入,没有他者的作用或影响,少数民族群体会一直生活在和谐、宁静而安逸的状态,是现代性这一"罪魁祸首"使得他们的生活变得艰难了,人际关系破坏了,人伦情怀恶化了,生态环境污染了,生存空间难以维系了,族群身份成为问题了等。这些问题就成了少数民族文学事关现代性叙事的价值论并使之异变为普遍性的悲歌性叙事范式,一位部族老人的死亡、一个传统仪式的失传、一种图腾象征物的远去、一项生产生活技能的无以为继、一首族群神话或传奇的遗忘、一处空间景观(自然景观与人文景观)的解体等,无不标示出少数民族群体在被纳入现代性发展逻辑过程中的悲剧性命运。原有文化结构和秩序的日趋碎片化,新的文化结构和秩序的尚未完成性或不确定性,弥漫着一种传统与现代相遇时的强烈"阵痛",表述着现代性裹挟下的文化乡愁。其二,"出逃性叙事模式"。一旦意识到先前充满着温情、温馨与温暖的传统空间在现代性进展之下不再是承载梦想的沃土、安放灵魂的家园、生产生命意义的地方,他们往往会产生一种"出逃"的叙事冲动:一是逃向现代性未曾浸染的原生态森林或野外,独自生活在一个他者难以涉足之处,试图以此方式完成对自我身份的再次确证以及表达对现代性的抗拒或恐惧,然而,"出逃"的最终失败则隐喻着现代性进程已不可避免。乌热尔图的《萨满,我们的萨满》中的老萨满试图摆脱他者影响而独自躲进森林深处,最终还是被外来游人发现而成为他们取笑或戏谑的对象;《老人和鹿》中的"老爷爷"躲进森林里渴望最后一次听见鹿鸣的声音,至死这一希望也没有实现;《灰色驯鹿皮的夜晚》中的芭莎老奶奶在全村人都迁居到山下的时候,却为了与鹿相处而独自躲进森林深处,不幸在大雪的夜晚追寻鹿的脚印而冻死;《你让我顺水漂流》中那个"脑袋里装的东西,比你一辈子啃过的骨头还多的"卡道布老爹,因担心死后找不到

---

[1]　参见 E.Ann Kaplan, *Trauma Culture: The Politics of Terror and Loss in Media and Literature*, London: Rutgers University Press, 2005。

可以风葬的四棵大树而甘愿死在叙述者"我"的枪口之下。萨娜的《达勒玛的神树》中的达勒玛老人在整个森林都已被开采得体无完肤、他们先前生产生活方式被彻底破坏的时候,渴望到森林里寻找死后能够风葬自己的大树,曾经随处可见的大树现如今竟然再也没有出现,达勒玛老人就在这样的绝望中靠着一个树墩死去了……二是"出逃"至原本陌生的城市空间。本来,以市场化、工业化及商品化逻辑而维系的城市空间对少数民族群体而言无疑是一种陌生的他者,作为在与生态环境血脉相通的地域文化、以集体主义或共享价值观为根基的民族文化中成长的少数民族群体,通常情况下是不愿也不敢介入城市空间的。"个体生活的历史中,首要的就是对他所属的那个社群传统上手把手传下来的那些模式和准则的适应。落地伊始,社群的习俗便开始塑造他的经验和行为。到咿呀学语时,他已是所属文化的造物,而到他长大成人并能参加该文化的活动时,社群的习惯便已是他的习惯,社群的信仰便已是他的信仰,社群的戒律亦已是他的戒律。"①但是,在"经济发展和提高生活水平"这一合法性叙事日益成为整个社会话语规约之时,"由于历史、自然和地理等原因,少数民族和民族地区发展仍面临一些突出难题和特殊困难。经济社会发展总体滞后,供给侧结构性改革任务艰巨,产业发展层次水平偏低,新旧动能转换难度较大。城乡区域发展不平衡,基本公共服务供给不足,基础设施建设欠账多,资源环境约束大,创新发展能力弱……贫困问题依然严峻……缩小与全国发展差距仍然任重道远",他们更是"面临脱贫攻坚和实现全面小康双重任务、发展经济和保护环境双重责任、加快发展和维护团结稳定双重压力"②。于是,为了更好更快地获取经济收益或生活水平的改善,少数民族群体不得不远赴城市谋生。

学界为此提出所谓"社会互构论"③"城乡互动发展论"④"跨城乡空间论"⑤等理论操演模式,为城乡良性互动规划美好蓝图。在上述理论倡导者看来,如此便可以弥合目前城乡二元结构,实现跨族际整合、协调与和谐共处等,"农村和城市边界变得混沌,农村和城市的概念趋于模糊","为他们

---

①　[美]露丝·本尼迪克特:《文化模式》,王炜等译,上海三联书店1988年版,第5页。

②　《国务院关于印发"十三五"促进民族地区和人口较少民族发展规划的通知》(国发〔2016〕79号),见 http://baike.baidu.com/item/国务院关于印发"十三五"促进民族地区和人口较少民族发展规划的通知/20399215? fr=aladdin。

③　杨敏、郑杭生:《社会互构论:全貌概要和精义探微》,《社会科学研究》2010年第4期。

④　段娟、文余源、鲁奇:《近十五年国内外城乡互动发展研究评述》,《地理科学发展》2006年第4期。

⑤　丁月牙:《跨城乡空间建构:甲左村水族村民"走出去"研究》,《民族研究》2016年第4期。

带来关系重构的机会"①。理论表述的自信并不能取代实践的困惑,因为,上述理论话语从根本上忽视了少数民族群体融入城市有着更为复杂与不利因素及其风险问题——他们在传统空间形塑的文化观念、价值尺度、伦理原则、道德理想等,与城市空间内的商品消费文化难以取得深度兼容或共享原则,城市给予他们的远非温文尔雅、礼貌有加。在文化地理学看来,"一个地点就是一种秩序(不管是怎样的秩序),根据这一秩序,各个组成部分却很难被安排到共存的关系之中"②。携带着异质性文化基因的少数民族群体,即使走进城市空间也很难通过城乡流动消解城乡差异所引发的文化冲突或认同张力,也难以通过跨城乡流动摆脱异质化城市空间对乡村空间的宰制性影响,以扭转乡村空间反介入能力的不利状态。作为异质文化空间的城市唤起的却是少数民族群体更为自觉而强烈的族群认同感及家园归属感,他们对族群身份与边界想象的认知在城市空间的作用下反而更为清晰和具体,先前那种试图以"出逃"方式逃避现代性的叙事范式于是彰显出某种欺骗性特征,再一次从城市"出逃"就成了他们无可奈何之举。鄂温克族作家敖蓉在《古娜杰》中把族群成员进入城市看作是"一种一只驯鹿误闯老虎洞的感觉";裕固族作家玛尔简将城市化进程中的少数民族群体称为"迷路的孩子"。"在城市熙熙攘攘的历程中,我也越来越疏远了故乡草原,成了迷路的孩子"③。作为对这一生活境遇的抵制,"我"产生一种"逃跑"的冲动,"在高楼与大厦纵横交错,叫卖声与汽车声此起彼伏的城市生活中,我总有一种想逃跑的感觉"④⑤,"逃跑"成为一些少数民族文学作品的经典性意象。裕固族作家阿勒坦托娅《风中的叹息》中叙述者最终成了"一个真正迷失的女儿";撒玛尔罕在"山那边的世界"成了一只"迷途的羔羊"而渴望"只等你出现!带我走向回家的路"⑥。……对城市空间"逃出"在根本上是对传统空间诗意向往与归属情结的隐喻化诠释,城市空间"出逃"与那些"出逃"进未曾被现代性干预的传统空间者类似,共同表述着对现代性的恐慌或拒绝……面对上述充满对他者污名化想象的内部殖民话语的叙事现

① 丁月牙:《跨城乡空间建构:甲左村水族村民"走出去"研究》,《民族研究》2016年第4期。

② [法]米歇尔·德·塞托:《日常生活实践》,方琳琳、黄春柳译,南京大学出版社2015年版,第199—200页。

③ 玛尔简:《故乡谣》,《民族文学》2012年第2期。

④ 摘自"雪蓉阳光"的新浪博客,《深情的家园》,见http://blog.sina.com.cn/xuerongyang-guang。

⑤ 撒玛尔罕:《山那边的世界》,《西部》2012年第3期。

⑥ [英]特里·伊格尔顿:《历史中的政治、哲学与爱欲》,马海良译,中国社会科学出版社1999年版,第90页。

象,一些批评者却一再将拆解族际文学叙事中的权力话语作为批评价值规约,将作为地方性知识的宗教仪式、民间习俗、风物景观、禁忌规约等叙事看作少数民族文学建构族群身份的意义基点,是少数民族文学在场的唯一资本。萨义德指出,少数族群在建构身份认同时并非一定要对他者予以反抗,任何身份建构都需要一个广泛接受的多元化基础,这种基础才能保障身份建构的合法性,才能使身份建构融入流动性的全球化社会。霍米·巴巴也认为,尽管少数民族群体在致力于文化传统的发明、生存边界的重构与日常生活的再现时,确实能够给予他们获得感和归属感,成为他们建构身份话语时必须借助的资本。但是,如果在从事上述工作时过于张扬文化民族主义意识,或者以文化保守主义意识对上述工作予以美化或浪漫化,在建构族群认同时就有可能形成某种限制性建构,或者说,会放纵一种本土或土著“归属”的限制性感觉。伊格尔顿对少数民族文学亦曾进行过认真思考。在他看来,少数族群如果在遭遇他者时不是以协商的、商谈的、留有余地的友好姿态,而是以拒绝的、反抗的或是势不两立姿态面对,很可能会跌入民族主义陷阱,会“助长对不同少数民族群体所处的共同物质生存状况的遮蔽”。

如何以一种积极健康批评姿态处理多民族文学关系、处理少数民族文学与汉族文学关系、处理整体民族文学与西方文学关系等,在多种文化交织形构的整体文学格局中给予少数民族文学以较为恰当的价值定位,审视“后殖民批评理论”适用于少数民族文学批评的可能或途径,作为对全球化及多元文化景观的一种应对策略? 这一问题的重要性日益彰显。

三

解构或化解文化中心主义权力话语,关注少数民族群体的生存与发展,在中心与边缘关系间拆解其中的权力抑制并推动双方进行有效调适、互动与对话,为后殖民批评理论的经典表述。萨义德指出,后殖民话语不是要用一种霸权去取代或抗衡另一种话语霸权,不是消除中心以使边缘回归中心,而是要从非此即彼的二元论对立误区中“超前性”地走出来,真正进入多元共存的后现代世界格局并在文本阐释时以边缘的“边缘”立场、以人文主义精神去批判本质主义或中心主义心态,在中心与边缘、自我与他者、主体与对象间消弭二元论思维以建构平等协商、交流对话的良性互动场域,最终达至人类互相理解和形成文化共识。所以,后殖民批评理论的目的是建立开放而包容性的“第三空间”。“第三空间”消弭了主体与客体、真实与想象、同质与差异、中心与边缘、空间与边界等的界限而呈现出永远的开放性、面向新的未来的可能性,而非重新跌入一种边缘中心化的新二元论话语模式。萨义德在《旅行中的理论》中的观点不无启示意义。他说,"某一观念或者理论,由于从此时此地向彼时彼地的运动,它的说服力是有所增强呢,还是有所减弱,以及某一历史时期和民族文化中的一种理论,在另一历史时期或者境遇中是否会变得截然不同。观念和理论从一种文化向另一种文化移动的情形是很有趣的"①。任何民族主体都处在多主体位置,任何民族主体的文化定位都不能也不应该坚守纯粹固化的主体身份本质论,而是强调某民族主体只有在不同文明、文化接触的边缘处或疆界处协商,一种富有新意的、"居间"的主体身份才得以成形,"最真的眼睛现在也许属于移民的双重视界","正是在'居间'的现身之处——差异之领地的交叠和异位——民族性、社群利益或文化价值的主体间性和集体经验得以被协商"②。不将他者妖魔化或污名化,不将自我本质化或非历史化,不将自我与他者彼此隔离;主体身份在与他者差异中得以建构,在与异质性空间对话中得以凸显,自我应该为他者预留位置,他者应该为更多他者设置场所,所有参与者都作为主体参与不同文化间交流交往交融,各种文化才能共同发展,"每一文化的发展和维护都需要一种与其相异质并且与其相竞争的另一个自我的存在。自我身份的建构……牵涉到与自己相反的'他者'身份的建构"③。在上述意义上说,作为一种包含多种文化政治理论和批评方法论的集合性话语,作为一种认知论而非元理论的后殖民话语在某种程度上当然可以作为观察多民族国家社会转型的必要视角,为多民族国家多民族文学、文化的生存与发展提供源自审视与省思,其意义不仅可以借鉴其话语权力问题以观照和阐释多民族国家多民族文学间事实上存在的某些泛权力现象,更重要的是,后殖民话语所倡导的反本质主义的立场和以居于文化之间为思考起点的视角可以更好理解和重构多民族国家多民族文学事实上存在的互动、融合与对话问题。

当前,少数民族文学复杂的创作形态、独特的创作承接谱系、多元的价值取向、差异性的创作资源以及主流话语询唤的与时俱进,批评者很显然不能预设或以既有概念和观念或某种固定批评范式硬性套用于少数民族文学现象,而是以后殖民批评理论的边缘性批评姿态及"同情之理解"与批评对

---

① [美]爱德华·W.萨义德:《世界·文本·批评家》,李自修译,生活·读书·新知三联书店 2009年版,第400页。

② Homi K.Bhabba, *The Location of Culture*, Routledge, 1994, pp.2-3.

③ [美]爱德华·W.萨义德:《东方学》,王宇根译,生活·读书·新知三联书店2007年版,第 54页。

象处于对话协商之中,如此才能以一种散点或多点透视观敞开少数民族文学内在运作机理或审美生成机制,在批评与文本的双向互动中实现真正的知识产生。同时,后殖民话语在适用于少数民族文学批评时有必要以一种"居间"的视角去观照和思考少数民族群体在当前语境中的生存际遇、发展走向、情感诉求及其文学书写中的叙事伦理等重要问题,避免以文化差异主义意识形态话语将文化差异性误判为少数民族文化发展终极目的论,也避免以空洞的文化对话论将少数民族文化裹挟入"空洞的文化杂交性"圈套。文化差异主义是把某民族文化看成为自给自足、自我调适、自我指涉、非关他者,"把自我再现凌驾于其他一切再现形式以上,并视自我再现为绝对真实的时刻"①。"空洞的文化杂交性"指批评者忽视多元文化对话问题关涉到诸多权力问题如话语资源、文化背景、经济能力、资本占有等,想当然地将一种目的论理想模式即多元文化杂交误以为是认识论层面的事实,假设了所有的文化都是平等的,所有的文化都有对话意愿,所有的对话都能够自由进行等问题,对于"到底要把自己杂交进谁的文化? 按谁的条件进行"②等关键性问题却藏匿了。所以说,后殖民批评理论需要充分还原到少数民族群体真实的历史现场并依据话语背后的相关隐喻而对之有效改写、过滤和重新在地化,需要回置到多民族国家新的社会、历史、政治及文化结构中,以考辨其适用本土的有限性并有必要考虑批评实践在何种层面、何种程度上可与之适用或协调问题,此为本土后殖民批评话语必须持有的姿态。

本土批评现场始终存在着对他者话语的极端化和偏激性想象,或不加鉴别、辨析与批判,以完全认同的拿来主义随意套用于本土实践,或者在本土与西方、自我与他者间持一种对抗性、对立性意识形态而将所有他者都以所谓的"垃圾""废物""无用"等予以排斥或拒绝。后殖民批评理论与其他他者话语介入本土批评实践时出现的某种异化现象类似,一再出现张扬少数民族文学的"民族性""地方性""文化认同"等并以此构拟出压制/抵抗等对抗性叙事模式及其知识再生产想象,以所谓的民族文化优越论以质疑或抵制其他文化在场,以自我民族文化身份建构以拒斥其他身份塑造意义的叙事现象。在力图颠覆传统话语结构中的"中心/边缘"模式的同时使之再次跌入边缘中心化的叙事逻辑,忽视了多民族国家多民族文化长期持续性交往的文化杂糅事实,忽视了多元文化背景下多民族身份的包容性、多元

① [印]阿赫默德:《文学后殖民性的政治》,载朱立元、李钧主编:《二十世纪西方文论选》下卷,高等教育出版社 2002 年版,第 537 页。
② [印]阿赫默德:《文学后殖民性的政治》,载朱立元、李钧主编:《二十世纪西方文论选》下卷,高等教育出版社 2002 年版,第 538 页。

性或建构性事实。巴巴一再告诫,"知识资源的目标难道仅仅是将压制者和被压制者、中心和边缘、否定形象和肯定形象简单颠倒过来吗?"①也就是说,族群或个体身份既有源于血缘与祖先谱系等的本质性一面,更有依据文化生态与生存语境等而不断建构的成分,这种建构性就要求少数民族文学不能止于自我民族身份的塑造与张扬,而应该关注自我民族在全球化及多元文化背景下参与其他族群身份对话的意义与功能,不能简单地将少数民族文学格式化理解为"权力的抗争"或"自我阐释权"的在场,否则,就会出现如查特吉、西蒙·吉迪肯等担心的问题。在他们看来,出于对新殖民话语的抵制而兴起的民族主义话语有可能变异为一种潜在原教旨主义者。因为,后殖民在试图推翻殖民话语中的二元结构时可能重新树立起一种新的二元模式。如何通过批评重建一种协商式民主,重建一种各民族文学彼此杂交互动的公共性场域,才是后殖民批评理论之于少数民族文学批评的意义。

晚近以来,对于以结构性和整体性方式被纳入现代性发展逻辑的少数民族而言,囿于诸多问题掣肘,对现代性或现代化的困惑、质疑或逃避,对民族传统和历史的温情、留恋或皈依,对原生态空间景观的缅怀、回眸或想象等,就成了他们最为切己性的现代性体验和想象,并随着全球化及现代性的深度播撒而使得他们观照现代性发展的视角日益后撤,传统/现代、城市/乡村、本土/全球间的博弈或角力使得他们在本土与全球、自我与他者间重新建构出一种翻转的二元论话语范式,对民族传统和历史的重释、对民族深层心理的探寻、对民族衍生历程的缅怀、对民族祖先或英雄人物的重述等,日益成为他们质疑或反抗现代性的方法论和叙事资源,他们的文学叙事也时常以一种缺乏辩驳性、对话性及共享价值观的叙事模式不断将表述自我前景化,全球化背景下文化传统的解体、民族身份的混杂、心理调适的艰难、现实生存的焦虑、未来走向的不确定等,更强化了少数民族文学对他者的拒斥与对自我表述独语化生产的叙事愿景,甚至少数作品使其以偏至化的"族群正义论"方式将地方性民族文化传统日益转化为一种神圣化的文化偶像再生产,却因放逐了普遍的"诗学正义"或价值共享原则而最终抽空了少数民族文学主体性问题。传统/历史与现实世界的矛盾、冲突与紧张难以得到适度、适时的调适、节制与纾缓,最终使得一些少数民族作家以一种"民族的就是正确"的伦理和德性价值替代了对"现实"与"传统/历史"的理性认

① [印]霍米·巴巴:《献身理论》,载朱立元、李钧主编:《二十世纪西方文论选》下卷,高等教育出版社2002年版,第541页。

知或冷静判断。对现实的困惑、质疑或逃避,对传统/历史的温情、留恋或皈依就这样成为很多少数民族文学作品的叙事景观,在审美视角随之后撤中而试图以传统文化的在场拒斥现代性的挤压,并以本民族的文化属性和固有的文化尺度去评估和抵御他者干扰,"民族性还原""文化寻根""重述历史""再造族群记忆""重建民族传统"等谱系性话语成为一些少数民族作家和批评者的经典表述,民间立场复兴又使得上述主张具有先验性的在场合法性。中心话语与边缘力量冲突与融合的加剧,主流文化与非主流话语竞争与和解的频仍,外来观念与传统伦理碰撞与调适的深入,加剧了少数民族群体与其作家的身份生产焦虑。一旦文化层面的身份生产成为少数民族作家文学叙事主题,他们在他者表述与自我表述彼此混杂、缠绕与纠葛间的真实生活及生活体验,便会被遮蔽在纯粹的"身份生产"的叙事逻辑中。尽管这种身份生产的叙述行为也会关涉到"现实",经过"身份生产"过滤的现实,却是以本土与全球、传统与现在、自我与他者等二元论思维重新再造后的"现实"。或者说,是被格式化或化约式为生态破坏、伦理坍塌、传统解体等修辞性"现实"。对传统或本土的拥抱性认同代替了对正在发生结构性变动的现实世界的审视,并对变化和发展的现实持一种本能的质疑或拒斥,甚至将丰富多元的现实世界简化抽绎为某些与传统相反的文化符号,并以原生态在场以拒斥外部世界日益剧烈的挑战,最终异化为对现代性世界的背叛或逃离,对他者生活的主动疏离或拒绝,对自我变革的悬置或遗忘,成为少数民族叙事常态。所以说,少数民族文学批评必须重建一种真正意义上的现实性维度,只有深度体认隐藏在纷扰日常生活和社会人事背后的社会结构性现实,而不是某一个体或群体独语命名或定义的现实,才能使批评介入现实。作为多民族国家的公共性话语生产,少数民族文学批评面临的最大现实就是多民族一体问题。这就要求批评"不仅是创造判断和理解艺术的价值标准,而且他们在写作中还体现现时现在的那些过程和实际情况"①。由此以来,如何借鉴后殖民批评理论以应对本土文学实践,以立足于本土现实基础上协调自我与他者并使之彼此互动,以为本土问题规划"中国方案",而非以平面化视角追随上述民族文学叙事现象并为其背书。

四

从根本上说,批评要关涉文学的"内在性"问题如叙事形式的政治美学

---

① [美]爱德华·W.赛义德:《赛义德自选集》,谢少波、韩刚等译,中国社会科学出版社1999年版,第82页。

化、语言艺术的意识形态化、文本结构的价值伦理化等,要关涉文学的"外在性"问题如文学的社会思潮、公共伦理、共享价值、历史深度与人文价值等,更要关涉少数民族文学背后的"人"的问题,关涉少数民族群体在多重矛盾交织中的生存、生活与生命,在多元话语交流中的感受、感悟与感想,在多种力量交锋中的焦灼、期盼与愿景,这恰是后殖民批评理论一再倡导并付诸实践的,如萨义德所论,后殖民批评理论以张扬人的生存与发展,坚守人文主义价值立场,建构人类共同精神家园为旨归。目前来看,少数民族文学批评在借助后殖民批评理论翻转汉族文学/少数民族文学间的权力话语并努力拆解由此形塑的诸多二元论话语时,却存在一种值得警惕的批评倾向,即以"越是民族的,越是世界的"为名无限度认同少数民族文学的民族性或民族身份书写,却对其中潜隐着的现代性人文精神和包容性价值立场缺席,以及对普适性价值观的建构和引导问题缺乏应有重视,有意无意间为文化保守主义或文化民族主义书写倾向张目。萨义德在《人文主义与民主批评》中强调"人文主义学术批评与政治介入相结合"的批评路径,号召人文学者承担起社会批评职责。他把人文主义理解为"民主的,对所有阶级和背景的人开放的,并且是一个永无止境的揭露、发现、自我批评和解放的进程"。在人文视野之下,"没有什么误解绝不可能得到修正、改进或颠覆,没有什么历史绝不可能在一定程度上复原,并且对其承受和成就予以同情的理解"①。少数民族文学批评应以现代人文精神审视与阐释少数民族文学价值观的活态化因素,积极引导少数民族文学的价值观与现代性价值观的有效整合、协调与共享,实现"民族意识"到"多民族国家意识"和"公民社会意识"转型并使之糅合成多元化动态性整体,最大可能促动少数民族文化遗产进入当下而成为人类共同的精神家园。全球化进程的不断深化、多元文化冲突的加剧和保守主义或民族主义情绪的滋长,促使少数民族文学批评更需要超越狭隘单一的民族视界和封闭孤立的民族意识,通过对话协商重塑一种真正具有现代性意识的价值立场,追寻现代性与民族性、全球化与本土化的有机融合,以现代性意识面对族群共同体和人类命运共同体的趋势。或者说,少数民族文学批评要对主流话语的本质主义或二元论思维进行批判,要对少数民族文学中诸多非现代性因素予以揭示;要清醒意识到全球化话语对少数民族文化的影响与反制力量,要借助全球化话语审视民族传统固有的消极性面向问题;要尊重和保护少数民族文学、文化的地方性或

---

① ［美］爱德华·W.萨义德:《人文主义与民主批评》,朱生坚译,新星出版社2006年版,第26页。

差异性特征,也要积极促使少数民族文学、文化介入全球化多元文化的交往交流交融;要看到少数民族群体对现代性叙事被动接受的一面,也要看到其中亦有主动选择的意愿,否则仍是一种二元思维。所以说,批评者"必须深入到你要了解的'他人'的生活中去观察、研究;深入到'异文化'中去做调查,努力了解'他人'的语言、传统,做到设身处地地用当地人的眼光来看待周围的事物……这本身就是对'异文化'的尊重和对'异文化'开放的心态"①。

当我们以"后殖民批评理论"去批判或关注少数民族文学的他者化境遇时,更为值得警惕的问题是,不能以单维度的文化问题遮蔽对少数民族群体历史传承、现实发展与未来走向等问题的思考,更不应该将少数民族群体当下的所有问题都归结为"文化"问题而在某种极端化想象中,将那些"元问题"都以"一切坚固的东西都烟消云散了"为托辞而躲闪和回避。这些所谓的"元问题"包括诸如少数民族地区的贫富差距问题、城乡冲突问题、共享伦理价值问题等重大关切,上述问题影响到他们对全球化及现代性发展的价值判断,以及对国家话语、对多民族国家及中华多民族共有精神家园等问题的态度。在萨义德看来,批评是一种"未完成的"和"准备性"的过程。前者是:批评作为一种介入现实性与社会性的文化实践,不能在文本"内在性"因素如审美品质、文体风格、形态结构、语言艺术等层面的发现和阐释后就停下了脚步,或者说,这仅仅是批评的开始,重要而紧迫的工作是深入到文本生成的语境、场域与文化生态,探讨文本与经济、社会、历史、政治和人类的互文或互动关系,对批评而言这是一项无法彻底完成即"未完成的"工作,却又是批评必须展开且是评定批评是否有效的工作;"准备性"批评是指:批评不仅要为文学艺术创新或其形式、文体、语言等创造性变革做好充分的理论、观念、思想与问题域等准备,要以开放而包容的姿态接纳、对待与以往文学思潮、现象、特质等相抵牾之作,更重要的是,批评者要做社会行动的先驱者、思想前见的预测者与文学走向的前瞻者,以能够从文学的日常社会叙事中发现隐而不彰的本质主义或二元论话语,并为上述问题的解决准备好相应资源②,以拒绝和化解后殖民话语潜隐着的那种与社会现实表面上怒目而视实际上却暗送秋波的暧昧不明或骑墙姿态。当前,少数民族群体生存空间已处于与多元文化、与他者边界彼此交错缠绕状态,他们的身

①　费孝通:《"美美与共"和人类文明》(下),《群言》2005年第2期。
②　关于萨义德指出的批评是一种"未完成的"和"准备性"的过程的具体介绍,参见爱德华·W.萨义德:《世界·文本·批评家》,李自修译,生活·读书·新知三联书店2009年版。

份叙事也呈现出必须与多民族国家身份、与人类公民身份的混杂互动状态。在这种情况下，少数民族文学表述的问题域、情感结构与价值取向等已超出"文化"所能涵括的情况下，少数民族文学批评不能"忽略了文化的最终实现必须以一定的物质生产为基础，以社会的变革为条件"①，不能执着于文化问题表述而舍弃对诸多社会、族群、历史与经济等问题的关注，而是"需在很大程度上依赖我们如何理解历史现实，在这样的历史现实中，这些问题才能获得其根基"②。如此说来，后殖民理论话语在本土批评中应以其鲜明的人文价值立场切实思考如下问题：批评在以后殖民话语为视角观照少数民族文学中的身份或文化权力问题时，最应该关注的问题是，批评如何与少数民族文学、文化价值观问题，与少数民族文学、文化现代转型问题，与少数民族文学、文化全球化对话问题结合起来；如何与少数民族教育问题、生存问题及其他公共性问题结合起来，是"后殖民批评理论"对少数民族文学批评的意义。

---

① ［英］特里·伊格尔顿：《二十世纪西方文学理论》，伍晓明译，北京大学出版社2007年版，第241页。

② ［印］阿赫默德：《理论思考：阶级、民族与文学》，载［英］巴特·穆尔-吉尔伯特编撰：《后殖民批评》，杨乃乔等译，北京大学出版社2001年版，第348—349页。

第三章　当代少数民族文学批评的本土
经验生产与其话语症候

批评无疑要回应批评现状的关切与挑战。

少数民族文学批评是少数民族的文学批评。少数民族这一前缀已为少数民族文学批评设置了相对稳定的话语边界与阐释规约,在其叙事话语的内在规定性层面彰显出与主流文学批评的相对"区隔"。这种"区隔"作为一种话语言说的逻辑框架潜在要求少数民族文学批评要以其相对独特而独立的言说范式、话语系统、价值取向及批评伦理等表征出少数民族特性。而所谓的少数民族特性主要表现为:其一,少数民族文学批评要敞开或诠释少数民族文学之所以成为少数民族文学的民族性特征,探讨其在叙事方式、文体特征、文本形态、语言技巧等方面所呈现出的民族特色及地方性知识建构方式,以及由此形成的与主流文学的差异性或非规约性问题。其二,少数民族文学批评要自觉摆脱对作为普适性他者话语(无论是主流文学话语,抑或西方话语)的依附,以自觉主体意识建构"属己"的与他者异质性的话语系统——并非隔绝于其他文学批评话语——而是强调其在批评伦理、话语资源、价值倾向、范式思维等方面的民族性特征,如此,才能真正触摸作为在创作资源、叙事传统、伦理观念、审美风尚等方面相异于汉族文学的少数民族文学生产密码或审美意蕴。也就是说,少数民族文学表征出的少数民族文学审美经验与少数民族问题,是少数民族作家对少数民族群体独特生活体验及其生活回应方式的地方性叙事模式,少数民族文学批评有必要逃匿出他者话语所设定的话语规约或阐释框架。同时,他者话语的剩余也是中国话语生长的起点,"我们所需要做的,是将理论放到实践中去检验,在检验中发展理论,而不是离开已有的理论走向单纯的对艺术作品的体验"①。令人遗憾的是,由于本土化、原创性批评理论相对匮乏而不得不在批评实践中套用汉族文学批评范式(亦包括西方话语成分),对少数民族文学时常以"非民族化"方式将其等同于汉族文学或普适性文学,无视不同民族文学间的差异;或者将少数民族文学的民族特性予以本质化或抽象化,抹杀其民族

---

① 高建平:《全球与地方:比较视野下的美学与艺术》,北京大学出版社2009年版,第10、11、12页。

性与公共性、世界性的通约性特征,抑制了少数民族文学及其批评的主体性生产,少数民族文学批评也因缺乏一种内源性话语生成意识而只能是他者话语的接受者而非发展主体。

当学界向他者学习或模仿并以之为本土问题敞开的学术资源时,适时返回本土话语言说场域并探究本土批评现场是否形成了某些极具本土问题意识的本土经验及其生成范式,审视本土经验在何种程度上介入了本土问题言说以及言说中的经验或教训,并为本土经验的持续性生产提供某些策略或方法论启示,以实现本土理论的自给自足——却非杜绝他者,自我封闭——而是强调以拥有属己的话语根基或话语体系作为与他者对话的基础,最终达至与他者共享全球话语规则且参与全球话语规则制定的主体性生成。由此而言,当代少数民族文学批评的本土经验及其话语症候的科学、客观评述与阐释,对批评抑或学术史而言皆有重要意义。

尽管我们一再强调少数民族文学批评中存在的诸多问题或病象,在近几十年的批评实践中也确有诸多本土经验需要总结或提炼。因为,任何他者话语在作用于本土批评实践时都要经过本土语境的过滤、批评者的改造、文化场域的扬弃以及学术共同体的选择,在此过程中自然有经验的生成。就此意义而论,本书所谓的"本土经验"应该是少数民族文学批评场域中极具节点意味且对少数民族文学批评产生结构性影响的原创性理论成果。基于此,笔者将如"中华文化板块结构""重绘中国文学地图""中华多民族文学史观"以及关纪新、朝戈金两位先生的《多重选择的世界——当代少数民族作家文学的理论描述》等概括为"本土经验",并将之置入历时与共时的时间维度,以及西方话语与本土批评实践的空间维度内,予以周严而反思性学理分析与理论表述,以审视本土经验生成的逻辑规约、文化生态及表述范式等。需要注意的是,本土经验的总结或提炼却非重复性的知识生产,而是在掌握本土经验生产外部语境与内部规律的同时,能够对少数民族文学批评本土化的症结、问题及教训等予以及时清理,这是本土经验持续性生产与中国特色理论创新的保障,也是批评研究的应有之义。

第一节　基点与拓展:由《多重选择的世界——当代
少数民族作家文学的理论描述》"接着说"

少数民族文学批评理论建构的艰难,在某种程度上是主流话语与西方话语交汇的结果。

少数民族文学、文化尽管一直参与着中国多民族文学、文化的交往对话进程并以其活力展示着中国文学、文化的丰富与深度,但在特定表述和叙事逻辑询唤下,少数民族文学作为一种地方性知识生产成为人们对异域及少数族群生活的迂远想象,这种表述和叙事逻辑的经典症候经久作用于少数民族文学、文化的考量与价值判断,反过来又强化了这一深层结构的再塑造和再生产,少数民族文学、文化因此得不到充分有效的敞开与诠释,它们事实上所能够给予中国文学、文化的滋养及叙事校正机制缺乏主流学界的充分承认。尽管在某个剧烈变动或文化大碰撞时期如"五四"或 20 世纪 80 年代文化寻根时期等,少数民族文学、文化作为一种能够召唤民族主义意识的话语资源曾得到学界的高度认可,甚至一度呈现出极为活跃的研究态势,如胡适、闻一多、钟敬文等先生都曾给予少数民族文学、文化以极大关注,民间文学理论亦得到重视。一旦语境变迁或文学、文化生态发生迁移,少数民族文学及其批评便又回到二元的结构性言说逻辑,如新中国成立后国家权力话语亦曾重视少数民族文学、文化研究工作,如"三套集成"的收集、整理与编纂(即民间故事、民间传说、民间谚语等),少数民族文学的政策性扶持或其刊物发行的保障机制建构等,对繁荣与发展少数民族文学、文化无疑具有筚路蓝缕之功。即便是在此过程中,少数民族民间文学、文化研究亦非是基于自觉的学科意识及科学理性的研究态度,而是以国家话语为规约并使之成为论证国家话语在场合法性的依据。改革开放以来,特别是 20 世纪 90 年代以来,全球化及现代性渐趋在少数民族地区播撒,少数民族文学、文化以其"想象的异域""精神的净土""人类最后的乌托邦"等作为一种颠覆或解构全球化文化同质化的话语力量,似乎有了身份合法性。只不过二元论思维却使得少数民族文学、文化并没有真正取得与主流话语平等的权力,主流话语依然按照自己的阐释规约对作为他者的少数民族文学展开想象性和能指化运作。少数民族文学时常被主流话语以主流经典作品加以类比化处理,如藏族作家梅卓的《太阳石》被批评者认为是"当代的《红楼梦》",进而以主流话语对《红楼梦》的阐释规约解析之;蒙古族作家郭雪波的"沙漠文学"(如《沙狐》《沙狼》《沙葬》《沙鹰》《沙獾》《沙祭》《沙月》《苦沙》《沙溪》《沙地牛仔》)系列及《大漠狼孩》等被认为是"中国的《寂静的春天》"并获得"全国首届生态环境文学奖",一些批评者也一直以生态文学的阐释向度评价郭雪波的上述著作;扎西达娃的"魔幻三部曲"(《风马之耀》《世纪之邀》《悬崖之光》)时常被批评者看作是"中国的《百年孤独》"或者将之与卡夫卡的"孤独三部曲"相类比;"魔幻现实主义"至今仍是主流批评者对藏族文学解读的关键词;马金莲的《长河》甫一出版便被看作是"当代的《呼兰河传》"……主流话语对少数民族文学、文化的这种想象性或他者化重构,在将少数民族文学、文化作为他者加以规约化处理的同时,反过来又作为一种创作规约规范着少数民族文学创作的题材选取、艺术建构、价值阐释与伦理表述等。

作为多民族国家,主流话语对少数民族文学、文化的"内部他者化"问题又潜隐着西方话语"影响的焦虑"。这种"影响的焦虑"不止于宏观层面的中国多民族文学史编写、多民族文学现象分析等受西方话语影响日益深刻渐趋严峻,即使是微观层面的多民族文学批评也离不开西方话语,从西方学界引入大量的民族学、人类学、社会学、文艺学等学科话语套用于本土文学实践,批评场域中的关键词如文化认同问题、民族性问题、流散问题、民族主义问题等无不是对西方话语的"借贷"式搬用,一些学术论文论著在体例结构、言说逻辑、论证模式等方面几乎都是对西方话语的再阐释,成为当前最具症候性意义的批评现象。西方话语就这样被固化为一种封闭性认知结构而造成了本土批评伦理意蕴流失与批评话语再生的艰难。也就是说,由于没有与他者对话的根基与相对稳定而清晰的批评目标,他者话语在带给我们短暂的新鲜感和刺激性与陷入单纯的工具论运用层面的同时,也因对他者话语急就章式的吞咽以及与本土实践的错位而出现腹胀效应及自我空洞化的风险,同时也陷入批评方向暧昧不明的尴尬境地,批评目标随时偏移、难以维系相对稳定且可持续性知识生产的方向与着力点。对上述批评现象我们却将本土批评场域内的所有问题归罪于西方,西方话语是"垃圾""理论过剩"等成为批评口头禅。其实,西方话语未必是"垃圾"(也不否认西方话语有垃圾成分),只是我们在运行西方话语时囿于解读的偏差、语境的错位、阐释对象的缺席等而没能使之在本土生根发芽而已,结果却使我们情绪化地将之命名为"垃圾",对西方话语的反抗或解构便成为本土言说的基本症候。虽然我们一再将上述病象归咎于西方话语的"水土不服"或"语境错位"问题,却也显示出我们对西方话语的"爱恨交织"心态,反证出本土少数民族文学批评对西方话语已很难说"再见"。如何突破既有的批评范式,重塑一种地方性且面向少数民族文学事实并参与他者对话的批评话语体系,在地方性文化日益复兴的全球化时期成为批评焦虑。

从根本上说,作为后发外源性学术共同体,少数民族文学批评在自身相对薄弱之时适时适地的向他者"借贷",以积累和激发自身的发展或创造潜能,不失为一条本土话语良性建构之路,只是由于自身学术根基的相对薄弱、学术积淀的相对匮乏、学术共同体的相对狭小、学术资源的相对单一、学术思维的相对保守等而使得本土批评实践缺乏较为强壮的"造血"功能,缺乏一种浑厚内生性能力,也使得我们在大量"借贷"且试图以外来资源激发本土内部话语创造的目的,却因自身言说能力的相对羸弱而愈加屈从于他者话语。按照经济学理论来说,"借贷"越多,由"借贷"所背负的利息就越多,对资本本金的依附性、依赖性越严重,反过来更为制约自身"造血"功能的培育或生长,影响到本土话语创生的可能。事实一再证明,批评不仅是一种专业化、理论化及学科化的纯粹学术活动,而是一种与文学生活世界、与人类生存活动密切相关的且是批评者经验蕴积与展开的价值表述方式。如果对本土少数民族文学批评症结没有这种透视性理解,看不到本土批评与西方话语、与主流话语、与民间话语、与精英话语间的内在张力,看不到各种话语的彼此缺失及其相互对话的可能路径与方法策略,少数民族文学批评则会一直游走在对他者话语的依附之路上。在这种情况下,关纪新、朝戈金两位先生所著《多重选择的世界——当代少数民族作家文学的理论描述》(中央民族大学出版社 1995 年版,以下简称"《多》著")①因其在批评理论建构中能够将西方话语作为一种观照本土问题的外在维度并使之与本土问题内化为交错互动的框架结构,在某种程度上解构了学界长期以来对少数民族文学的僵化或固化叙述,在他者与本土彼此对照中生发一种内部提问能力,无疑潜隐着本土批评方法论突围的可能,同时彰显出自觉的批评理论建构的主体性意识,如作者所说,"迄今为止的民族文学理论,由于其基本上是建立在人们的日常经验意识上,由于其长久的踟蹰不前,正在遭受着越来越尖锐的挑战、'理论清算'作为客观的要求,已经到了不容躲避的地步"②。两位作者在该著"后记"中再三强调,"这部书应是一部理论色彩稍重的著作,应有别于既往的就一位作家、一部作品、一个民族的文学总和或者一个历史阶段的文学概况所展开的具体的描述和批评,换句话说,希望能够始终站在理论的基点上环顾四周而不要使自己有意无意地到诸多作家作品组成的迷宫中去做微观而繁复的踏勘"③,基于自觉的本土问题意识与理论建构意识,凸显出该著的不可替代性、原创性与其学科史、学术史价值。

一

与较早进入相对成熟文明形态(若以现代文明体系为标准)的汉族不

---

① 本节内容所引用之文凡不加特别标明之处者,皆出自该著,不一一标出。
② 关纪新、朝戈金:《多重选择的世界——当代少数民族作家文学的理论描述》,中央民族大学出版社 1995 年版,第 30 页。
③ 关纪新、朝戈金:《多重选择的世界——当代少数民族作家文学的理论描述》,中央民族大学出版社 1995 年版,"后记"。

同,少数民族普遍存在多种文明形态并存,多种生活生产方式并用,多种思维方式并举等状态,作为少数民族文化审美反映的少数民族文学无疑潜隐着少数民族极为丰富的美学精神与文化生产模式,如何在大文化视野内完成少数民族文化的发现或阐释于是构成了少数民族文学批评前提,一些少数民族文学批评之所以时常漂浮于文本表面而很难触摸其内核,批评的乏力或话语空洞之所以成为批评的基本症结,在很大程度上源于一些批评者缺失这种大文化视野,或者没能将少数民族文学置入其源头活水的"文化"装置之中。其一,《多》著的根本特色就是在民族与现代、本土与全球、自我与他者相互分化与整合、碰撞与熔铸、冲突与重构的角力或博弈的大文化装置内探讨少数民族文学及其相关问题,处处以交错混杂的大文化视野作为分析问题的基本出发点。如作者所说,"在当今的社会生活中,文化学视野内一个基本的也是常见的现象,就是各民族之间的文化,呈现出空前广泛异常鲜明的对峙、碰撞和互动状态。作为诸民族文化的派生物语载体的当代少数民族作家文学,在现时的发展中,尤其充分感受到这一点"①。重要的是,作者总是站在流动的民族文化或动态族群记忆的立场去思考与审视少数民族文学,"面对着中国多民族的文学现实,我们时常获得的一个深刻感受,即文学乃是文化的栖息地,文化又是民族的栖息地。民族的文学与文化,实为该民族之命脉所系"②。其二,《多》著在具体问题展开时坚守一种开放的、对话的、富有张力的批评姿态,在问题的探讨、现象的解读、文本的阐释、观点的剖析等层面既以跨学科视野给予全方位观照的同时又留有话语的剩余,彰显出作者对少数民族文学现象的熟知与问题把控能力的充裕。如少数民族文学概念问题的分析就彰显出作者的开放性姿态。众所周知,自少数民族文学学科建立以来,关于"什么是少数民族文学"问题就一直是学界共有焦虑,围绕此争论先后出现"题材决定论"③"作家身份决定论"④,以及在此基础上的"综合决定"⑤等,上述论点尽管多有洞见,但也潜隐着学术内部难以协调的盲点,直至目前,关于少数民族文学概念问题仍存颇多争议。《多》著提出"判定民族文学,要从深度

---

①　关纪新、朝戈金:《多重选择的世界——当代少数民族作家文学的理论描述》,中央民族大学出版社 1995 年版,第 146 页。

②　关纪新:《"妹娃"如何过得河——读土家族作家叶梅的小说》,《草原》2010 年第 10 期。

③　单超:《略论民族文学及其归属问题》,《中央民族学院学报》1983 年第 2 期。

④　玛拉沁夫、吉狄马加主编:《中国少数民族文学经典文库·理论批评卷》,云南人民出版社 1999 年版,第 30 页。

⑤　王炜烨:《拓深与扩展:少数民族文学批评对策》,《内蒙古社会科学(文史哲版)》1997 年第 2 期。

上把握其本质特征,从广度上概括其各种外在现象"①的开放性学术立场显得弥足珍贵。其三,《多》著表现出自觉的自省或反思性研究立场,如在少数民族文学现象观察及相关问题理论探讨层面,不盲目说好,不无根据地说坏,科学而公允,理性而达观。在作者看来,自省意识是对作家而言,也是对批评者而言,"否则,我们也就很难产生真正洞彻民族文学精神真谛的批评家"②。

基于两位作者上述开放的、包容的与对话性的学术研究意识,以及开阔的学术视野、广博的知识结构、扎实的问题剖析能力与对少数民族作家和其文学及相关学科深度掌控能力等的综合作用,《多》著主要探讨了七个方面的问题,每个问题各成篇章却又彼此交织、互为照应,共同展开了对当代少数民族作家文学多维度全方位理论化考察,突破了当时较为流行的作家作品个案研究或简单的社会历史批评范式。第一个问题,是关于"当代少数民族文学的历史定位",即如何判断少数民族文学价值问题。在这里,作者提出了影响颇大并得到少数民族作家集体认同的观点,即"民族特质、时代观念、艺术追求"问题。关于"民族特质",作者认为,"少数民族文学是以含纳和表现着不同的民族特质为区别于汉族文化的显著标志的","民族特质,既是少数民族文学赖以生存的条件,又是少数民族文学赖以识别的胎记。民族特质,赋予少数民族文学以质的规定性","当代少数民族作家们,以状写各民族社会现实的合历史的生活内容,作为作品民族化的首选手段。"③所以,"民族特质、时代观念、艺术追求,这三者,是少数民族作家文学藉以存在和发展的三个基本支撑点"④。在作者看来,"投射在民族文学中的民族文化心理内涵是判定民族文学的深层的稳定的标记"⑤。关于"时代观念",作者认为,"时代观念的确立与渗透,已经成为其为当代少数民族作家文学的重要品格之一"。关于"艺术标准",作者认为,"少数民族作家文学也是文学。凡是文学,就必须遵守其本体发展规律。作家都要用美的法则去完成创作,欣赏者和批评家又都要用美的法则去接

①　关纪新、朝戈金:《多重选择的世界——当代少数民族作家文学的理论描述》,中央民族大学出版社1995年版,第41页。

②　关纪新:《〈边地梦寻〉序》,《三峡大学学报(人文社会科学版)》2006年第4期。

③　关纪新、朝戈金:《多重选择的世界——当代少数民族作家文学的理论描述》,中央民族大学出版社1995年版,第17页。

④　关纪新、朝戈金:《多重选择的世界——当代少数民族作家文学的理论描述》,中央民族大学出版社1995年版,第19页。

⑤　关纪新、朝戈金:《多重选择的世界——当代少数民族作家文学的理论描述》,中央民族大学出版社1995年版,第44页。

受作品和鉴别作品"①。作者在论述第二个问题"民族作家与民族文学"时,分别剖析了关于"题材论""语言论""族属论"等概念的偏颇并强调判定民族文学应该沿着如下的思路走向:"一是文学作品的存在方式('固定下来'的作品的综合面貌)的民族特性;二是体现在全部文学活动中(如创作过程和欣赏活动等)的民族特性;三是投射在文学创作中的全部社会意识中(特别是美学意识)的民族特性。所以体现在民族作品上,大多都会表现和描写本民族人民的生活,而在其深层内涵上则会体现出富有特征的本民族文化心理素质。"②在第三个关于"少数民族作家与民族文化传统"问题的探讨中,作者提出了颇有争议的少数民族作家三种类型的划分问题。作者认为,少数民族作家对民族文化传统的态度是划分少数民族作家的标尺并分析了其优劣,即"本源派生—文化自律型""借腹怀胎—认祖归宗型""游离本源—文化他附型"等③。其他如"少数民族文学创作的双语问题""民族文学的审美意识""少数民族文学的历史文化批判意识""各民族文学互动状态下的多元发展"等问题论述,作者均提出了颇为新颖且创造性的观点或立场。分析问题不是泛泛之论,不是蜻蜓点水,而是深入少数民族文学生活深处,精准把握少数民族文学创作内在机理,触摸少数民族文学背后潜隐着的少数民族作家的精神诉求,宏观论述而不失于微观层面的文本精致分析,微观剖析而又颇具宏观层面的理论建构意识,研究格局阔达却不流于论述之空泛,文学品鉴周严却不失于理论建构之努力。若将该著与迟至1999年出版的《中国少数民族文学经典文库·理论批评卷》作一比较,更可看出《多》著在研究范式及研究方法论等层面具有的开创性意义。《文库》除去序言及老舍的一篇遗作外共计32篇(包括一篇社论)论文,其中,有10篇论文属于个案研究,14篇论文属于宏观论述,无论是个案研究抑或宏观论述,多是些"浅议""论评""初探""描述""前景""漫议"等概述性泛泛之宏论,批评方法论依然多为传统的社会历史学批评,即使有8篇论文涉及对少数民族文学的民族意识、审美意识或世界性等深层次问题的探讨,也多局限于"一点思考""辨析""新变"等尝试性的或浮光掠影的表面化探讨,尚

---

① 关纪新、朝戈金:《多重选择的世界——当代少数民族作家文学的理论描述》,中央民族大学出版社1995年版,第18页。

② 关纪新、朝戈金:《多重选择的世界——当代少数民族作家文学的理论描述》,中央民族大学出版社1995年版,第43—44页。

③ 关纪新、朝戈金:《多重选择的世界——当代少数民族作家文学的理论描述》,中央民族大学出版社1995年版,第66—67页。

不是成熟而体系完备的理论收获。① 由此而论,《多》著在少数民族文学批评时间节点中极具范式转换及方法论革新或创造之意。著名学者刘魁立、张炯两位先生在"专家推荐意见"中对此给予高度认可,"这部书稿在理论层次和系统化方面都较我以前所接触的文章与书籍有很大的提高,对于今后少数民族作家文学的理论研究无疑具有开路的作用";"综观全书,作者的见解对于深化文学的研究和推进我国少数民族文学创作的健康发展,是有益的"②等,可谓切中肯綮。故此,该著甫一出版便受到各界极大推崇,成为观照少数民族文学研究"本土经验"的一个样本,一个"本土经验"建设的节点性著作。即使隔着20多年的时光回头看,该著仍被认为处于"学科前沿位置"③。而且,作为一部开创性甚至奠基性之作的少数民族文学批评理论研究著作,该著承载着少数民族文学批评者重构本土方案的现代性想象,参与着对少数民族文学批评学科主体身份建构的话语实践,《多》著在学科实践与理论建构的内在逻辑层面呈现诸多充满张力的面向:一方面,《多》著生成于20世纪90年代,契合了当时跨学科文化研究热的时代主题,表现出某种学术研究的前瞻性意识,并以其对本土民族文学经验的多维透析及若干独创性话语生产而赢得尊重;另一方面,作为一种学术话语的现代性焦虑与本土原创性话语匮乏焦虑叠加后的话语实践,以后设性视角观之,《多》著中一些问题阐释尚显薄弱,一些观点尚需商榷,一些结论尚需深化。同时,《多》著所敞开的洞见或真知,遗留的问题或盲点,皆构成了观照少数民族文学批评"本土经验"的一种不可或缺的内部视角。

二

任何批评话语都不要指望可以一劳永逸地解决所有问题。或者说,理论话语是"效果的历史",无效性是其最基本属性。理论与其说是为了解决问题,倒不如说是为敞开问题或为问题解决提供多种选择的可能。因为,任何批评话语都是理论生产主体在特定语境,面向特定对象所建构的"历史中间物"或是"效果的历史",不可能具有超越具体时空或无条件的普遍性。以理论探讨为基本表述形态的文学批评依然如此。作为改革开放以来首部

---

① 参见玛拉沁夫、吉狄马加主编:《中国少数民族文学经典文库·理论批评卷》,云南人民出版社1999年版。

② 关纪新、朝戈金:《多重选择的世界——当代少数民族作家文学的理论描述》,中央民族大学出版社1995年版,"专家推荐意见"。

③ 艾光辉:《当代少数民族文学理论的系统性探讨——重评关纪新、朝戈金〈多重选择的世界〉》,《新疆师范大学学报(哲学社会科学版)》2010年第4期。

开创性、系统性且具有与他者对话资格的少数民族文学研究的理论性著作，《多》著在以大文化视野观照少数民族文学问题来凸显其独特的文化意蕴时，其实并未能彻底超脱于当时批评界所形成的"从作家的身份归属与作品的风俗习惯及民族文化特征相互论证以凸显作品的民族性"这一固化的批评模式，在具体问题研究中也依附于固有的批评思路：少数民族作家→少数民族文学→少数民族文化→少数民族文学价值。其批评的具体路径为：只要是少数民族作家创作的文学都归属于少数民族文学，少数民族文学就要反映出少数民族文化，只要反映出少数民族独特的民族文化，少数民族文学就可以彰显出多民族国家文化多样性特征而赢得在场价值。在作者的表述逻辑中，一个民族的作家文学创作必定与其他民族作家存在不同之处，这种不同正是本民族文化传统或文化图景孕育浸染的结果，这样，作家的民族身份归属问题顺势成为《多》著展开少数民族文学研究的前提。基于上述考虑，作者依据"作家与本民族传统文化、与本民族民间文学的关系"将少数民族作家划分为三种类型，即"本源派生—文化自律型""借腹怀胎—认祖归宗型""游离本源—文化他附型"等，进而将这三类作家对民族文化传统的态度分别概括为"文化自恋者""辩证对待者""传统疏远者"等（后三种划分为笔者根据《多》著的论述逻辑概括而成）①。上述问题其实涉及事关少数民族文学研究的根本性问题：即如何看待少数民族作家的民族身份与其文学创作关系问题。从根本上说，任何意义上的文学最终都归属于民族的文学，更是个体的文学，或者说，即使是文学的民族特性也是以作者独创性审美转化为文学的个体特性，"文如其人"即为其证。作家个体创作的价值取向、美学导向及叙述意向等是难以根据其身份属性、成长地域、求学或工作之地等外在条件加以化约性规约的。即使身为少数民族的作家，他们身处本民族文化传统之中也可以心向世界，身处异质性的他者空间也可以对民族传统心向往之，甚至从未体验过民族文化传统仅在血缘和遗传学意义上归属于"少数民族"的作家，也并非不能对其民族传统鼓与呼，这样的例子在当代少数民族作家中其实是不胜枚举的，如满族作家朱春雨、仫佬族作家鬼子、哈尼族作家存文学、佤族诗人聂勒等。就此意义而论，《多》著对少数民族作家的类型划分并以此作为观照少数民族文学的基本视角，无疑是独语的或主词判断的，至少是不严谨的——尽管在某些方面亦能触及少数民族作家与其创作的真实状况。

---

① 参见关纪新、朝戈金：《多重选择的世界——当代少数民族作家文学的理论描述》，中央民族大学出版社 1995 年版，第 66—67 页。

以少数民族“80后”作家为例,在现代性教育渐趋普及以及城市化迅猛发展的背景下,少数民族“80后”作家多接受过现代教育或高等教育,他们的汉语及英语能力、文化知识结构、文学艺术观念、审美意识和倾向等已渐与汉族作家接近或趋同,即使在对民族身份的认知层面也呈现出混杂性或开放性特征,他们的创作也越来越注重对生命本身及其个体对生活经验或情感体验的书写,即使在他们的文学叙事中也会有本民族文化传统、民间宗教文化、民间民俗习性等所谓的民族性基因存在,不过这些民族性基因是融入在生活之中的,融入他们独特的个体认知、生活经历、生存境遇或生命感悟之中的。这是我们观照少数民族“80后”文学的意义原点。如回族“80后”作家马金莲曾经说,她的作品就是“为了生活”而创作,在生活中历练,在历练中深化对生活的认知。对于西海固深山里的人们来说,他们除去生活之外没有其他想法,至真至纯,至简至朴,她的写作也是如此,就是写生活,写西海固人的生活,“我一开始就书写他们,现在是,将来也还是”①。对生活的观照与思考深化了马金莲对生活、对生命、对人类命运的感知与感受、感想与感悟,同时也深化了她对文学的“更深的认识”。在马金莲看来,曾经以为文学很神秘、很神圣、很艰难、很不食人间烟火,但经过长期对生活本身的专注,才猛然发现,原来文学就是生活,就是你每天经过的生活,生活是文学的根基与灵魂,“文学是什么?我觉得自己作为一个渺小的个体……在这片土地上把自己的脚步站稳,始终贴着生活的地皮,去聆听去感受去思索去疼痛去叩问,然后把这些感受化作文字流注笔端”②。也许有学者认为,这些仅关注日常生活以及生活中的人性的作品可能因无法完整呈现民族文化传统而难以彰显其民族特质,也就难以归入所谓的少数民族文学了,也不能在少数民族文学框架内加以研究了。其实,也许就是因为他们的创作失去了所谓的“民族特质”,遮蔽了所谓的民族文化传统,我们才能更清楚地研究少数民族文学发展嬗变及其规律问题,才能更加理性地看待少数民族文学的多元化发展的可能及路径。还是以马金莲为例,她一直生活于西海固地区,自身历经坎坷与其生存环境艰难的双重视域形塑了她的苦难体验与自觉的底层书写意识。她的《父亲的雪》《夜空》《柳叶哨》《老人与窑》《赛麦的院子》《尕师兄》等作品都是以直抵心灵的力量重复着苦难的主题,在对“忙不完的农事”以及这一氛围中形成的人物性格与精神心态的揭示中表现社会问题。马金莲正是因为深入到了其生存地区人物生活的

---

① 马金莲:《文学的行走与坚守》,《银川日报“贺兰山”副刊》2016年9月21日。
② 马金莲:《文学的行走与坚守》,《银川日报“贺兰山”副刊》2016年9月21日。

根部,才能如此真实地呈现出西海固民众的生产生活状态,她的叙事也因能够专注于人物在生活中体现出的普遍人性而具有普遍性意义,描写困难却不渲染困难,一切都是围绕着人与其生活去写,她的中篇小说《长河》在获得"2013《民族文学》年度奖"时颁奖词即为,"就当代女性叙事价值而言,这篇小说可以说是一部当代的《呼兰河传》,马金莲和萧红一样写出了家乡父老乡亲的苦难中的人性美,写出了死亡的洁净和生命的尊严"①。随后,该作品又荣登中国小说学会2013年度中国小说排行榜首并获得第五届《小说选刊》中篇小说奖并被《新华文摘》全文转载。很显然,学界对马金莲小说的接受是以作品中的"生活"而非"民族特质"为尺度的,这也是马金莲的小说能够迅速赢得主流话语认可的根源。在叙述层面,为了凸显自己作品的"生活"特征而使读者忘记她的民族身份,马金莲还刻意在作品中时常以"儿童"作为叙述者或叙述视角,"儿童"善于观察,"儿童"没有因袭传统传承的压力,"儿童"不需背负民族文化再造的重担,"儿童"只是出于一种本能的、自在的、真实而不加粉饰地观察人的生活与其存在形态。在马金莲笔下,"儿童"是一种"方法",是作者用来观察生活的方法,如柄谷行人所说,"儿童"是一个历史建构的概念,"所谓孩子不是实体性的存在,而是一个方法论上的概念"②。其他如土家族作家陈克海的《拼居》《都是因为我们穷》等作品也几乎不涉及民族或族群问题,只是表述自己对生活的深入省思与其现代性焦虑。他们关注的主要是生活,取材范围可以是城市、是乡村、是海外,也可以写青春,写职场,写就业、失业,写迷惘,写苦闷,但无一例外地都是对生活本身的描述。特别是在全球化多元文化语境下,少数民族"80后"作家已渐趋表现出认同的多重性与审美的现代性,他们的创作也越来越表现出融入全球化的审美特征或艺术形态。他们的成就无不源于个体对生活的体验、观察和思考,即使他们也能敏锐触及并真实再现年青一代的负面行为,却能够以年轻人特有的朝气与勇气积极超越各种负面现象而抵达正能量的高度、人性的深度与生命的厚度。壮族作家甘应鑫的《想飞》《抵达》《彼岸》等,蒙古族作家赵吉雅的《伊尔法的日记》,满族作家张牧笛的《印象里所有的夏天》、康琬欣的《又见初夏》《青春的边界》《变色的梦幻》等都是以成长为主题,探讨"80后"独特的人生经历和"我要的是前途"式的成长历程。尽管他们也在不断书写民族文化传统问题,更多的却是呈现

---

① 《小说〈长河〉等23篇作品获"2013〈民族文学〉年度奖"》,http://culture.people.com.cn/n/2013/1230/c87423-23979405.html。

② [日]柄谷行人:《日本现代文学的起源》,赵京华译,生活·读书·新知三联书店2006年版,第124页。

一种民族文化传统与现实"断裂"的现代性症候。蒙古族"80 后"作家陈萨日娜的《哈达图山》无疑是这一问题的隐喻化书写。老人萨姆嘎临死前固执地让儿子把"家谱"修好,把家里的佛像"找到可以依靠的人"。被她视为神圣的"祖先的家谱"在孙子眼里却"根本就不值一提,写什么呀? 丢死人"①。只有"老人"才保持着对民族历史和传统的信奉,掌握着民族古老的伦理信仰与宗教习俗,"奶奶"与"孙子"之间对民族历史的不同态度或选择路径不就是与传统断裂的隐喻吗? 这一点若与乌热尔图写于 30 多年前的《老人和鹿》加以比较,《哈达图山》所揭示的"传统—现代"的冲突更令人忧心忡忡。在《老人和鹿》中的"老人"始终以"记住"作为每句话的起点以强化"孩子"的认同意识,显示着当时的"老人"还有能力对下一代进行"启蒙教育":"记住:这是鹿崽的声音。记住:这是狍崽的声音。记住:这是犴崽的声音。"②经过 30 多年的现代性发展历程,《哈达图山》里的"老人"与其代表的民族历史和传统却被当下的"孙子"嘲弄地扫进垃圾堆……由此而言,少数民族作家对民族文化、民族身份认知的多元性和复杂性远远溢出了《多》著的阐释限度,再次彰显出试图从某种固有观念或理论出发论述少数民族文学都是一种想象的虚妄或主观的臆造。随着少数民族作家的创作观念、文化心态、身份意识等渐趋多元而复杂,他们事关民族文化、民族身份叙事的复杂性却非某些概念或理论预设所能涵括。

其次,改革开放以来,如何在概念及文学特质等层面阐释作为学科史意义上的少数民族文学,是展开少数民族文学研究的基础,也是建构本土少数民族文学批评话语的根本前提,学界也为此展开着持续而激烈的论争。在这种情况下,民族特质问题渐趋成为少数民族文学批评的核心命题。吊诡的是,由于民族特质或民族性及相关话语出场在当时语境下具有某种应急性或急就章成分,导致学界无法对之作出科学及系统化的论述,或将之等同于民族文化传统、原生态民族文化、民族审美意识等,或将之等同于民族特色、民族风情、宗教仪式等,一些学者甚至要求少数民族文学只有写出原生态文化才被认为具有民族特质③。《多》著作者显然看到了问题症结存在,所以,该著在将民族特质作为少数民族文学"质"的规定性同时又强调"时

---

① 陈萨日娜:《哈达图山》,《民族文学》2012 年第 7 期。
② 乌热尔图:《老人和鹿》,《上海文学》1981 年第 8 期。
③ 《关于少数民族文学的问答——少数民族作家答本刊题卷问》,《南方文坛》1999 年第 1 期。尽管这种以"原生态文化"阐释为价值规约的批批评调,一直遭到学界及少数民族文学创作者的不满或抗议,但在批评界所形成的批评惯性却已尾大不掉,在时间的推移中借助于不同的力量以不同的方式出现。

代观念和艺术追求"问题,"民族特质,既是少数民族文学赖以生存的条件,又是少数民族文学赖以识别的胎记,其赋于少数民族文学以质的规定性;时代观念是少数民族作家存在和发展的第二个支撑点;艺术追求是少数民族作家存在和发展的第三个支撑点"①。表面上看,《多》著是在努力以一种较为全面而公允的立场来看待民族特质问题,只是由于"三个支撑点"的论述是作者力求论述全面而作出的一种妥协性书写姿态,对于如何理解这"三个支撑点",三者间内在的逻辑顺序及交叉融合的基点何在等问题,却缺乏一种深入且富有学理性及逻辑性的严谨论述——或者说,《多》著对"三个支撑点"的论述还仅限于一种学术构想或理论构架的自我妥协,即使在对"民族特质"内涵理解与阐释层面仍是对前人成果的重复性叙述,并没有得以真正的拓展或创造,亦没能对因"民族特质"倡导所引发的若干创作病象予以深度反省。晚近以来,"地方性知识""少数者话语"等的再次赋魅,民族特质问题在受到学界重视的同时对少数民族文学创作的某些消极性影响也日趋凸显,并在"去他者化叙事"与"传统赋魅"中得以凸显。"去他者化叙事"是少数民族作家以对他者加以拒绝或排斥为叙述机制而对本族群生活进行提纯或过滤,以维系单维度的少数民族文化的民族特质神话。随着现代性话语在整个国家场域内的快速推进,少数民族地区也开始被迫或主动纳入后发外源性现代性发展逻辑。作为对现代性接纳能力与准备基础尚不充足的少数民族群体而言,在现代性进程中渐趋失去相对独立且稳定的文化场域及文化生态环境,原本明晰且具体的族群边界日趋模糊和淡忘,传统的价值伦理、行为规范和文化形态等渐趋弱化或解体。边界的模糊、认同的淡化、家园的消失、根基的瓦解、历史的陨落、传统的遗弃等,使得他们在日常生活中面临着诸多层面的"断裂",作为本民族文化代言人的少数民族作家不得不返回到寄寓着传统经验与叙事伦理的日常生活并通过日常生活的再叙述以达至对原有社会结构的重构和重组,进而完成现代性语境下民族身份的建构与确证。或者说,出于一种召唤族群记忆、重构身份认同的现实焦虑,少数民族作家自然会主动选择那些能够最大程度呈现其民族性的族群原生态景观作为其书写对象。族群生活叙事就这样成为少数民族作家经历诸多社会变故与文化变迁后的身份认同再生产,其书写意义是少数民族作家在共时态涌入的主流文化深刻影响少数民族文化压力面前对族群文化宣示权的一种自觉而主动的追索。在"属于我的空间"寻访灵魂

① 关纪新、朝戈金:《多重选择的世界——当代少数民族作家文学的理论描述》,中央民族大学出版社 1995 年版,第 17 页。

栖居之地，并以"去他者化叙事"方式来强化"属于我的空间"，二者构成互文关系并潜隐着一种为"传统赋魅"的叙事伦理。"传统赋魅"是指一些少数民族作家出于对民族特质认同愿景而将民族传统及在传统中构成的特定信念及族群伦理作为合法的、未经拷问的叙事修辞。族群空间与现代文明的面叙、民族传统与多元文化的混杂、传统意义世界与现代社会符号的分裂、传统谋生技能与现代科层化管理的冲突，导致少数民族群体无力或者难以理解传统何以、如何现代，现代何以、如何与其相关，他者以何、如何融入本土，本土以何、如何面对他者等问题，他们无法获取稳稳的传统，也很难把握渐趋猛烈的现代化，他们的心理和思想层面容易生成无根感或流散感并在族群内部弥漫开来，返回一个没有他者、未经现代性干预的"传统"就成了少数民族群体化解全球化压力与抵御主流文化影响的精神和思想手段，彰显出少数民族群体对族群文化传统的美学眷恋，"传统"成为他们对现实世界认知的"防卫性的修辞策略"①，也成了他们文化和身份记忆生产的助推剂与书写原乡历史谱系的价值规约。对"传统"的赋魅与对"现实"的抵制，就这样作为一种对立性叙事范式成为一些少数民族文学作品最为基本的叙事图景，对传统的迷恋式认同代替了对正在发生结构性变动的现实世界的审视，甚至将丰富多元的现实世界简化抽绎为某些与"传统"相反的文化符号，对"传统"的驻留和深耕表述着他们对现代性社会的悲剧性认知。在剧烈变动的社会现实面前不知如何调适，"传统"于是成为他们在兹念兹的精神背靠，却遗忘了是否应对当代社会负责，是否应对族群共同体未来发展负责，是否应对多民族国家共同体建构负责等问题的思考。很显然，上述问题才是少数民族文学批评应着力克服的盲点。《多》著对上述问题的忽视，当然有历史的掣肘，却抑制了其学术生命力的增殖。

三

　　如果将问题探讨维度拓展开来，对《多》著的问题可能看得更为清晰而透彻。尽管全球化不断遭遇各种非议或质疑，学界也提出诸多反制措施如"少数者复活""地方振兴""民族复兴"等试图为全球化烙上"明日黄花"末日之感。不过，以创新和同质化为基本内核的现代性作为一种"未完成的方案"（哈贝马斯语），以现代性的扩张为动力机制的全球化却仍不断在各个区域推进，吉登斯将这一过程命名为"时空间离化"（distantiation）。在他

---

① 参见［法］阿尔弗雷德·格罗塞：《身份认同的困境》，王鲲译，社会科学文献出版社 2010年版。

看来,先前那种无论时间抑或空间都具有典型地方化标志的情况,在全球化背景下因不断遭遇时空的抽离化机制而使之"从互动的地方环境中"分离出来,"并越过不定的时空范围重新结构"①。在这种情况下,任何地域或族群的文化传统、经济发展模式、社会结构等都不得不进入到一种全球化推动的变动不居状态或者进入"去地方化""去差异化""去民族化"等不可逆转过程,根骨观念、血缘意识、习俗仪式、语言共同体等渐趋让渡于全球化背景下的资本市场、消费逻辑及媒介再生产等,再也没有所谓恒久的"文化传统",没有长存的"民族特质",没有不变的"民族身份",没有固定的"文明形态"。所谓的"民族身份"及"民族特质"在变动不居的现代性语境下已难以维系一种超稳定结构,而是一种需要不断解码再重新编码的生成者,不再是一种仅仅依靠血缘、习俗、宗教及地方知识代代相传的本真性存在,而是一种在族群边界与越界之间,在族群文化与多元文化之间,在民族认同与多元认同之间,在地方性与公共性之间不断迁移转换的动态过程。吊诡的是,从某种意义上说,全球化又是一种对少数民族群体的启蒙话语,他们的族群记忆和文化身份意识恰是借助于全球化启蒙而得以觉醒与深化,也以其独特的活力纠正或救治着全球化的狂热或不足并以此培植自身的合法性。在这种情况下,全球化叙事并不能完全清除或遮蔽人们全部归属于他们的地方性的生活和叙事经验,给予他们以生命和情感归属的族群意识与身份认同等仍然是其感知当代世界最为基本的结构模式——尽管全球化叙事已多少改变了其原有的认同模式或叙事经验,在一些全球化叙事话语尚未完全取代民族叙事经验的区域,情况尤为如此,甚至他们对族群共同体的语言、生活方式、宗教文化、传统历史等的维系和传承同时又是确保多民族国家稳定必不可少的基础。在全球化与地方文化间极富张力的情况下,少数族群才有意识地构建和维系自我身份的认识论经验并据此获得生存意义。史蒂文森认为,"全球化"论题"有可能低估了民族文化的相对持久性及其回应如许变化的能力",当前社会里无论哪种文化表达方式或社会治理模式,"民族都继续是首要的表达形式",民族文化身份都是被鼓励性的拔擢起来的。② 在整体社会结构的全球化规约中,少数民族文化以其独特的传承、维系机制等而消解着全球化的压力。对少数民族群体而言,要杜绝一种文化民族主义意义上对民族特质的非历史化诉求,也要避免对民族特质的随意

---

① 　[英]尼克·史蒂文森:《全球化、民族文化与文化公民身份》,载翟学伟等编译:《全球化与民族认同》,南京大学出版社 2009 年版,第 38 页。

② 　参见[英]尼克·史蒂文森:《全球化、民族文化与文化公民身份》,载翟学伟等编译:《全球化与民族认同》,南京大学出版社 2009 年版,第 42—43 页。

抛弃,只有坚守形塑着他们性格特征的民族文化、地域文化与宗教文化等,扎根在本民族的历史传统的根源里,才能有一种文化自信和充沛的主体定力面对他者;即使他者也要通过这些根基性传统文化的创造性转换才能成为有益和有效的他者,才能使民族的或地方的资本升华为公共性的流通资本,才能在全球化背景下获取更大的在场意义。同时,"为了避免过度强调地方认同而全然不顾及更广泛的社会参照框架的危险,至少还需要两种策略:一方面,它们必须创设能与其他认同沟通的符号;另一方面,它们必须将文化认同的确定及其象征性实践与经济政策和政治实践连结起来。或能因此克服部落主义(tribalism)和原教旨主义的危险"①。也就是说,少数民族群体的所谓民族特质问题需要在全球化/地方性、本土化/开放性、血缘性/流动性间维系必要的平衡或张力。此张力在时间维度层面,应表现为变动性、发展性与对话性特征;在空间维度层面,应表现为交叉性、多元性与互动性特征,这是批评必须持有的价值立场。

具体到多民族国家而言,多民族国家内部多民族及其文化一直或主动或被动地内嵌入相互交错、互动互通互融的过程。中华文明历千年而不衰,中国始终为统一多民族国家,其根源在于中华多民族及其文化间这种多元与一体的流动性特征。当现代性话语作为合法性的叙事方式和宰制性话语充当着重塑少数族群空间及文化边界的根本性力量,并将少数民族地区的全部资源如族群文化、经济模式、社会结构、宗教信仰等纳入全球网络化的流动性的运行逻辑,加速着少数民族文化与多元文化持续频繁而深度的互通过程,愈加彰显出流动性特征,且以其充沛的活力为现代性话语中的传统文化现代性转型提供着"中国方案"。"流动不仅是社会组织里的一个要素,流动还是支配了我们的经济、政治和象征生活之过程的表现。"②"流动"弱化了作为族群合法性基础的地方意义感、边界稳定感、身份确证感与文化认同感,空间的混杂、边界的模糊、距离的消弭、地域的交融,更加剧了上述症候的生成。与此同时,"流动"的现代性展开也不断实现不同族群资本话语如文化资本、经济资本或象征资本等的共享,也实现了不同族群关系再生产。从上述意义上说,少数民族文学批评在对民族身份或民族特质的理解上要持一种"流动性"观念,这种观念是强调民族身份或民族特质生产在全球化背景下的不确定性或变异性等,更是强调其在多

①　[美]曼纽尔·卡斯特:《流动空间中社会意义的重建》,王志弘译,《国外城市规划》2006年第5期。

②　[美]曼纽尔·卡斯特:《网络社会的崛起》,夏铸九等译,社会科学文献出版社2001年版,第505页。

民族国家叙事框架内"变化的同一性"或"多元的一体性"。任何意义上
的民族身份或民族特质都需要稳定的核心和流动的边界加以维系。"稳
定的核心"是保持其主体性与继承性的根本,"流动的边界"则凸显其在
现代性语境下的多元性与发展性特征。撒拉族诗人翼人在《荒魂:在时间
的河流中穿梭》中把那种重建对话性与多元性身份意志以一种惨烈的方
式呈现出来,"他们苦苦奔行只为/追赶那条入川的船/如千吨熊熊铁浆从
喉管进出/那种悲伤/纵然成灰/而他们不停叫痛的悲伤/缠肠绕肚/
……/我当依然是我岂能画地为牢/或许时间的结局/令人难以想象/一夜
间/飞翔的翅膀鲜血淋漓"①。在诗人看来,从传统走向现代,从封闭走向
开放,从自我走向多元,尽管需要"苦苦奔行"的"追赶"并面临着"不停叫
痛的悲伤",少数民族群体"岂能画地为牢",纵然"鲜血淋漓""纵然成
灰",也要不停"飞翔"。这无疑是少数族群现代身份重塑的宣言书。所
以说,"流动的"民族身份或民族特质其实是以差异为原则,以多元为基
质,以"多元一体"为根本。"差异"不是一种本体论意义上的求新立异、
孤芳自赏,也非"想象出来的自我:我们想到自己是什么人以及我们希望
成为什么人"②的颠预,"多元"不是一种无中心、无主体的平面化或碎片
化景观,而是"一体"规约下的多元,只有在"稳定的核心"与"流动的边
界"维系着必要的张力与平衡状态下方能实现由"防卫性认同"到"规划
性认同"的过渡。卡斯特曾担心,任何族群都必须生活在他者中间,由此
可能导致他们的族群认同异化为一种"防卫性认同"(resistance identity)
而非"规划性认同"(project identity)。"防卫性认同"是"那些其地位和环
境被支配性逻辑所贬低或污蔑的行动者所拥有"的认同,他们以不同于或
相反于主流社会体制和原则的状况存在着。"规划性认同"是社会行动
者"构建的一种新的、重新界定其社会地位并因此寻求全面社会转型的认
同"③。在卡斯特看来,少数族群长期在相对封闭而独特的地域空间生
长,边界的稳定性、空间的圆融性、地域的封闭性等,加之地理位置的相对
偏远而难以与其他空间交往互动,从而导致族际文化间和族际间的隔阂。
所以,少数民族群体在现代性语境下要放弃稳定的身份意识、清晰的空间
意识与本质的民族意识等,以打破族群间的文化藩篱,重塑"规划性认

① 阿尔丁夫·翼人:《荒魂:在时间的河流中穿梭》,《民族文学》2012年第2期。
② [美]塞缪尔·亨廷顿:《我们是谁?——美国国家特性面临的挑战》,程克雄译,新华出版
　社2005年版,第10页。
③ [美]曼纽尔·卡斯特:《认同的力量》(第二版),曹荣湘译,社会科学文献出版社2006年
　版,第6—7页。

同"而获得社会合法性。所谓的民族特质不再是永恒不变的本质主义在场,而是处于一种流动的、混杂的和多元化的"未完成性"状态。其对少数民族文学批评的意义在于:

其一,批评者要充分意识到,少数民族文学批评并非是个人的"私业",而是一种审美中国形象生产及公共性话语建构行为,是以介入整体社会生活系统和社会文化体系而取得自身历史定位为目的,要"积极介入和贯穿每一个民族语境",充作"不同的民族环境或民族文化之间接触和交流的媒介与场所"①,要积极促动族群身份、国族身份及公民身份的深度融合以及探索其融合的路径及方式;其二,少数民族身份的先在性,决定了少数民族文学批评还是要坚守民族性意识,彰显出民族差异性特征。在全球化深度播撒的当下,这其实寄托着"全面小康一个也不能少,一个民族都不能少"的希望。只是,在流动的现代性语境下,"民族身份"要表征出混杂性、多元性和开放性特征,以"流动的"民族身份和民族特质作为普遍的叙事伦理规则与交往原则,探究少数民族身份表述与当代社会结构间的勾连或互动机制,少数民族文学批评才不至于以"非历史化"方式逃避于少数民族文化身份、民族生存发展、民族传统与现代文明相洽等问题的思考;不至于以"非民族化"方式逃避于现代性背景下少数民族文化、文学民族性及民族特色的敞开与诠释;不至于以"非流动化"方式逃避于少数民族文化身份杂糅性及建构性问题的探索与追问;以治疗全球化时代少数民族文学因过于符号化民族身份或民族特质而导致单一民族认同问题。

作为一部原创性、前沿性及系统性的理论著作,《多》著在诸多方面取得突破性的学术成就并得到各界高度认同的同时,若将该著置放在晚于其出版20多年后的当下便彰显出某种程度的局限性,一些问题的探讨囿于当时的文学实践、文化生态、学术基础、研究视野等而有一定局限,另有一些问题的探讨仅点到为止,未及充分展开,导致《多》著亦存在着诸多遗珠之憾。如果说理论之树是长青的,理论长青的土壤却源于它生长的文学实践。如此说来,《多》著的局限性不能全由其作者买单,而是源于当时的少数民族文学实践远没有当下如此复杂而丰富罢了。

---

① 　[美]詹明信著,张旭东编:《晚期资本主义的文化逻辑》,陈清侨、严锋等译,生活·读书·新知三联书店1997年版,第49页。

第二节　"中华文化板块结构"与当代
少数民族文学批评

一

　　任何知识话语都面临着合法性问题的考验,"知识的核心问题是合法性……知识的合法性是知识的基础问题。"①"知识合法性"其实是一种后设性判断,即在某种知识话语出现之后才能检验其出场与后设性条件的相洽性问题。自茅盾在1949年为《人民文学》创刊所写《发刊词》(创刊号出版于1949年10月25日)首次提出少数民族文学概念以来,少数民族文学"终于获得了自己的正式名称",少数民族文学学科在此基础上也因被纳入了体制性保障而具有了建构的合法性。但是,少数民族文学概念及其学科合法性危机自建构以来却一直是研究者的深层焦虑,诸如少数民族文学相较于中国文学学科而言,其独立性及独特性何在? 少数民族作家创作的文学是否就是少数民族文学,其学科建构的依据是什么? 少数民族文学如何阐释,阐释的话语范型及理论资源是什么? ……如果说,1949—1976年的少数民族文学研究因被纳入社会主义文学范畴而使得这种焦虑没能得以充分凸显——在这种情况下,少数民族作家或主动归附或被主流话语询唤而自觉从事于社会主义文学创作,如蒙古族诗人纳·赛音朝克图在诗中所唱,"他们虽然用不同的语言歌词/但他们的歌声/却融合得多么动听! /他们虽然属于不同的民族/但是他们的心,却都这样地热爱着/我们的领袖毛泽东! /……"②少数民族文学阐释语码及话语资源也多是来源于主流文学批评的常用话语。③ 20世纪80年代之后,尽管西方诸多文学文化思潮、文学审美观念、叙事艺术手法等开始全方位影响到少数民族文学创作,如藏族作家扎西达娃、土家族作家叶梅、白族作家景宜、佤族作家董秀英、维吾尔族作家穆罕默德·巴格拉西、苗族作家李传锋、壮族作家韦一凡等,在处理文学

---

① 　姚大志:《现代之后——20世纪晚期西方哲学》,东方出版社2000年版,第243页。
② 　老舍:《关于少数民族文学工作的报告——在中国作家协会第三次理事会(扩大)会议上的发言》,见玛拉沁夫、吉狄马加主编:《中国少数民族文学经典文库·理论批评卷》,云南人民出版社1999年版,第23页。
③ 　参见老舍:《关于少数民族文学工作的报告——在中国作家协会第三次理事会(扩大)会议上的发言》,见玛拉沁夫、吉狄马加主编:《中国少数民族文学经典文库·理论批评卷》,云南人民出版社1999年版,第4页。

的民族性与现代性、地域性与世界性、民族身份与多元身份关系时越来越呈现出开放性与包容性姿态;在处理文学的文化属性与文学意蕴、生活再现与艺术品质、内容表述与审美风格等关系时也不断强化辩证的张力意识。不过,由于现代性话语在改革开放后的中国现场是一种被纳入主流话语叙事且得到主流话语认同的合法性话语,少数民族文学批评及其学科合法性危机没能得以张扬或凸显:其一,少数民族文学批评能够自觉追随主流话语规约并使之内化为一种自觉的批评意识,主流批评话语进而能够作为一种合法性叙事成为少数民族文学批评的范式准则;其二,少数民族作家自觉从事以"新中国文学"为主题的丰富文学实践能够为上述批评范式提供足够充分的文本依据。20世纪90年代,特别是21世纪以来,文化生态日益复杂,价值观念日益多元,城乡互动日益加剧,文化碰撞与交融日益频繁,少数民族文学创作面临着文化的本土性与全球化、身份的民族性与现代性、文学的审美价值与人类学价值等冲突或矛盾,以及民间口头文学与作家文学相互杂陈,前现代、现代与后现代文学观念与技巧相互交织,个体意识、族群意识与人类意识相互作用,文学价值、文化意义与人类学价值的彼此互动等,少数民族文学的主题类型、艺术特征、审美倾向、伦理取向等随之呈现出多元化且异质于此前时期的叙事症候。如何发现或阐释少数民族文学新的叙事症候、如何探索或概述其意义及嬗变规律等问题,对批评提出了挑战。同时,主流批评话语在后现代语境下面对复杂而多元现实的言说能力减弱,批评范式的相对稳定性与持续转型的社会生活及日益复杂而丰富的文学实践间的错位,一些批评者面对批评对象时的无能为力或态度模糊问题彰显出来,各种"危机"如"文艺学危机""批评危机""文学危机"等或为之摇旗呐喊或为之据理力争,"反本质主义""文学死亡""文艺学退场"等碎片化思维使得主流话语的表述压力增大。少数民族文学批评的合法性也随之遭遇危机。

　　面对上述两难困境,批评者不得不重新拾起那种相对稳妥且运用自如的传统批评范式——文化研究——只不过,此处的"文化研究"在其知识谱系、研究范式、批评策略等方面并非学界通常意义上的"文化研究"。通常意义上的"文化研究"是以英国伯明翰大学"当代文化研究中心"的成立为标志的那个文化研究,以便区别于一般说的"对于文化的研究","在研究对象上,文化研究比较关注大众文化"①。少数民族文学批评话语的"文化研

---

　　①　陶东风:《文化研究在中国——一个非常个人化的思考》,《湖北大学学报(哲学社会科学版)》2008年第4期。

究"却只是以民族文化作为观照少数民族文学的一种认识论或方法论,其表述逻辑为:"少数民族文学作为少数民族作家创作的文学,自然就要写少数民族的文化,任何意义上的批评话语都要以完整阐释少数民族文学中的民族文化为己任"。由此以来,"民族文化"及相关话题便成为一些批评者观照少数民族文学价值最基本问题域及阐释框架。然而,既然中国是统一的多民族国家,多民族文化间的互动关系如何,多民族文化与多民族文学间的互动关系如何,汉族文化、文学与少数民族文化、文学间的互动关系如何等问题,在相当多的研究成果中依然属于某种程度上的先验性或前设性研究,其主体表征为:中国是由 56 个民族组成的统一国家则必然存在多民族文化也必然孕育出多民族文学。对于多民族文化与多民族文学间如何互通,各民族文学又如何相互影响等问题,却往往缺乏资料充分且逻辑严谨的学理化论证,某些研究成果远未上升到理论知识增殖层面,也未完成具有相对普遍意义的概念谱系意义上的知识生产,直至费孝通提出"中华民族多元一体格局"①理论才为多民族国家的社会、历史及文化变迁、互动等问题研究提供了原创性、本土化的理论构想。只是这种原创性民族学理论如何应用于多民族文学研究,以拓展多民族文学研究视域,依然还是问题,如梁庭望先生所言,"费孝通先生提出的'中华民族多元一体格局'理论是民族学、文化学研究上的一次突破。怎样将'中华民族多元一体格局'理论应用于民族文学研究领域,准确地反映出中华文化的结构,是一个迫切需要解决的学术问题⋯⋯"②此后经年,为了解决少数民族文学批评的上述难题,梁庭望在持续的教学与科研实践中不断融合综合文艺学、民族学、地理学、历史学、考古学、语言学、民俗学等学科知识,深入探讨民族文学发展的历史文化背景,最终提出了"中华文化板块结构"学说,以正确处理汉族文学与少数民族文学的关系。③ 很显然,"中华文化板块结构"理论是"中华民族多元一体格局"理论在少数民族文学研究中的再阐释、再深化。在梁庭望先生看来,尽管中国文学是多民族共同创作的文学,是多民族文学,但只有在"中华文化板块结构"理论视野内才能呈现多民族文化、文学特性,能够说清楚多民族文化、文学"个性—共性—个性"特征,才能充分展示中华多民族文明图谱,在这个意义上说,梁庭望的"中华文化板块结构"理论因初步

---

① 参见费孝通等:《中华民族多元一体格局》,中央民族学院出版社 1989 年版。

② 梁庭望、牛锐:《中国文学史需要重新书写——中央民族大学教授梁庭望谈中华文化板块结构与多民族史观》,《中国民族报》2009 年 5 月 15 日。

③ 梁庭望、牛锐:《中国文学史需要重新书写——中央民族大学教授梁庭望谈中华文化板块结构与多民族史观》,《中国民族报》2009 年 5 月 15 日。

完成了上述问题解答而具有了本土话语示范性意义。所以,"中华文化板块学说以文化区域时空概念为立论基础,展示了一幅中华文明的图谱,为建构中华多民族文学史观提供了可能。它强调中华民族形成的背景和各民族文学特性,可与多元文化身份观点相印证"①。"中华文化板块结构"理论由此被新华社记者牛锐综述为 2002 年度国内社科界三种较有代表性的创新性理论之一。

二

"中华文化板块结构"理论于梁庭望先生而言是一个不断升华与完善的过程。早在 1994 年题为《试论中华文化的板块结构》(收入作者的《民族文化比较论》论文集)的文章中,梁庭望已初步提出了这一学术构想。2000年 5 月,在广西民族学院举行的"民族文学比较与文化共生"学术研讨会上,梁庭望宣读了《从区域共生到中华趋同——少数民族文学演化规律刍议》的论文,标志着"中华文化板块结构"理论的初步完成。后来又经过作者持续补充新材料,设置新问题,更新新思路等而不断完善。为了使该理论具备知识拓展的可能与实践性操演,作者还尝试在其主编的《中国少数民族文学概论》《中国少数民族文学比较研究》等教材中,以此理论作为建构中国多民族文学史的基本框架。如梁庭望所说,之所以要提出"中华文化板块结构"理论,源于他长期从事少数民族文学研究的理论焦虑,更源于他所具备的深厚的学术积累和广博的知识积淀。他说,作为多民族国家多民族多元共生的文学,却没有一种全新的知识话语或理论形态能够表述这种多民族文学的多元共生特性,这就很难编写一部与时俱进的且符合中华多民族文学特性的中华民族文学史。在梁庭望看来,实践的创新要源于理论的先导。所以,多民族文学史的编写首先要解决文学史理论创新,没有这种创新,文学史编写无论持什么史观,用什么体例,取哪些材料,由哪些人编写等,结果都很难避免跌入"新瓶装旧酒"的老路,既往的文学史之所以源源不断地在编写却鲜见少数民族文学忝列,更无法将多民族文学融为一个整体,只有少量族别文学史,却无跨族别文学、更无多民族文学研究成果,根源即在于此。所以,要实现理论上的突破,就需要有一个框架,需要一个能够通观中华多民族文学特性的框架,正如梁庭望先生所说:"……中华文学研究的现实,需要一种能以直观清晰的视角俯瞰中华文化整体结构、俯瞰中华

---

① 朱华:《以多元文化身份 解析中华文化板块结构学说》,《中国民族报》2010 年 5 月28 日。

文学整体面貌的理论为指导,正确处理汉族文学与少数民族文学的关系。将55个少数民族的文学作为一个整体来研究,必须设定一个理论框架。"①另一方面,"中华文化板块结构"理论的提出又是作者对西方话语本土化移植的努力。如作者所言,他的文化板块理论是综合了文艺学、民族学、文化学等多个学科理论,尤其是地球物理学和地理空间概念,文化圈概念引进的是经过改造的欧洲德奥学派的观点和美国学者的文化区概念……基于上述理论资源且糅合中国民族分布实际情况,作者将中华文化划分为"四大板块结构",其理论根据是,一定的地理生态环境决定相应的经济生活,一定的经济生活孕育出相应的民族,相应的民族就有相应的文化丛。② 经过这种深入而全面审视以及对中国多民族文学状况的持续关注与认知,梁庭望对"中华文化板块结构"理论及相关问题的思考日渐成熟,最终定型为"四大文化圈和十二个文化区",这是"中华文化板块结构"理论形成的基础③。以作者之见,"各文化圈、文化区之间的文化互相辐射,并由经济纽带、政治纽带、文化纽带和血缘纽带连在一起,从而使中华文化呈现出多元一体格局,特别是在'多元一体'格局下,各民族在漫长的历史进程中,始终被经济纽带、政治纽带、文化纽带、血缘纽带紧密地连结在一起。四个纽带在中国各文化圈、文化区之间产生了文化的相互流动、相互吸收、相互交融三个层次的效应"④。"中华文化板块结构"理论由此将少数民族文学与文化关系,多民族文学间关系,少数民族文学与其经济、政治、种族或地域间关系等融筑一体,和合而成,又初步完成了西方话语的本土化转化,成为少数民族文学批评场域颇具标本意义的原创性学术成果,影响颇为深远。

按照作者的学术构想,"中华文化板块结构"理论之于少数民族文学研究的意义在于:其一,在该理论所开创的学术视野内,各文化板块内部的文化、文学特点得以较为清晰呈现;其二,"中华文化板块结构"理论作为一种方法论,为观照和论证"多民族文化、文学关系"问题提供了充分的学理支撑,构成了研究中国多民族文学的理论背景。如作者所说,该理论以扎实的材料和严谨的理论话语论证了汉族文学和少数民族文学之间存在你中有我、我中有你、互相补充、互相影响、互相借鉴、互相吸收、互相融合等特征,"由汉文学和少数民族文学构成的中华文学史不是单独的汉文学史,而是

---

① 梁庭望、牛锐:《中国文学史需要重新书写——中央民族大学教授梁庭望谈中华文化板块结构与多民族文学史观》,《中国民族报》2009年5月15日。
② 参见梁庭望:《民族文学刍议》,《贺州学院学报》2010年第4期。
③ 参见梁庭望:《中华文化板块结构和多民族文学史观》,《民族文学研究》2008年第3期。
④ 梁庭望:《论中华文化板块结构及其相互关系》,《创新》2014年第5期。

以汉文学为主体的多民族文学史。这种多民族文学史应当是浑然一体、水乳交融的,反映中国各民族之间的血肉关系"①,并最终呈现出一条极具规律性的"共性—个性—共性"的演变特征。在作者看来,"在同一文化区内,各民族文学个性得到充分发展的同时,也必然加强了彼此的交流,因而区域内的文学特征得以产生,文学从个性又走到共性。这个是更高层次和更大范围的共性,它奠定了区域性共生共荣的基础。在文化区内属共性的文学特质,在往外辐射与交流中对另一个文化区而言,便是个性。中国文学就是在这种'共性—个性'、'个性—共性'的循环往复中,走向中华文学的趋同"②。如此说来,中国多民族文学在历时与共时交错互动中的关系特征、发展规律、文体风格、艺术风貌等在该框架内均能得以较为清晰准确的认知和把握,为少数民族文学研究拓展出一种宏阔却不失具象、理论阐释却有人文情怀介入,观点论述却有充足材料、空间观照却有历史的纵深,文化视野却辅以美学自觉等特色的研究范式,彰显出"中华文化板块结构"理论所具有学术高度或理论涵量。同时,该理论又颇具操作性而非抽象的学术概念或理论体系,有助于敞开中国多民族文学交往交流交融的清晰的历史风貌,有助于推进多民族文学有机融合的多民族文学史叙述,如作者所说,该理论话语"即使在中国文学史编写层面,如果按照此理论来编写也不会犯把三个文化圈的文学排除在外的常识性弊端"。而且,在作者看来,"中华文化板块结构"理论还是一种为思考和解决中国民族问题提供理论参照的公共性话语,一种"用来研究中国历史、经济类型、宗教分布等情况"③的理论话语。

就上述意义而论,"中华文化板块结构"理论作为一种极具本土问题意识及原创性特征,且因其可以观照中国文学内部复杂构成的理论话语,受到学界广泛瞩目,并在具体的文学史叙述及批评中得以践行,有论者指出,"该理论首先符合中国多民族文化/文学实情,打破了中国文学过去以汉文学为主的单一结构,表现出了少数民族文学与汉文学共生的面貌。其次,该理论强调汉文学与各个少数民族文学,以及各个少数民族文学之间的互动关系。最后,该理论符合地理学的观点。一该理论能够以直观清晰的视角俯瞰中华文化整体结构、俯瞰中国文学整体面貌。二该理论对四个文化圈

---

① 梁庭望、牛锐:《中国文学史需要重新书写——中央民族大学教授梁庭望谈中华文化板块结构与多民族文学史观》,《中国民族报》2009 年 5 月 15 日。

② 梁庭望:《从区域共生到中华趋同——少数民族文学演化规律刍议》,《东方丛刊》2003 年第 2 辑。

③ 梁庭望:《中华文化板块结构与中国文学关系研究》,民族出版社 2011 年版,第 17 页。

的阐释,为区域文学研究提供了坚实的基础。三该理论揭示的是中国文学是在少数民族文学与汉文学互动之下的文学。四是解决了中华多民族文学发展趋向问题。五是解决了我国少数民族文学与周边国家文学之间的互动问题"①。由此说来,"中华文化板块结构"理论在本土批评现场标志着一个节点性意义的事件生成,一个极具标志性意义的理论收获,对重新思考和编写中国多民族文学关系史,重新认识中国多民族文学、文化及其关系,重新认识中国多民族多元共生问题,提供了源自本土的理论话语。

三

　　在马克思主义经典作家看来,"理论一经掌握群众,也会变成物质力量"②。而这种理论指导力如何实现呢?按照马克思经典的说法,"理论只要说服人[ad hominem],就能掌握群众;而理论只要彻底,就能说服人[ad hominem]。所谓彻底,就是抓住事物的根本"③。也就是说,任何意义上的理论话语建构都需要创新的问题意识与前沿性的研究范式,需要严谨的科学论证与周严的学理解析,更需要真正抓住研究对象的特质和本质并能使之彻底呈现,才能使理论作用于实践并能在实践中得以更新和创新。持平而论,尽管梁庭望先生一再强调"中华文化板块结构"理论创构的目的"是为了研究中华文学的结构而提出来的,它主要要解决的是中原文化圈汉文学和周边呈'匚'形三个文化圈民族文学之间的关系,确立少数民族文学在中华文学中的重要地位,这是文化板块结构所要解决的主要问题"④。但是,从该理论所彰显出的内部论证逻辑来看,"中华文化板块结构"理论其实是以前设性的文化圈作为观照和探讨多民族文学圈为基本论证方法的,而对于文化圈与文学圈间关系的错综复杂以及多民族文学在彼此互动中形塑的复杂性文学现象等问题,作者却囿于诸多因素而缺乏充分阐释,偶有涉及也多缺乏较为清晰、严谨且有说服力的例证透析,具体案例分析也多是以固有的单向性或单维度即"文化→文学"而非"文化↔文学"的论证模式,即以文化看文学,以文化圈套文学圈,而非重在对文化与文学间互动关系问题的探讨,这样,关于中国多民族文学及其特征等问题无论在深度阐释或结论论证层面都存在简单化及独断论之嫌。以作者长达万余字且较能完整阐释其"中华文化板块结构"理论的论文《中华文化板块结构和多民族文学史

①　吴刚:《中华文化板块结构下的文学研究》,中央民族大学博士学位论文,2009 年。
②　《马克思恩格斯选集》第 1 卷,人民出版社 2012 年版,第 9 页。
③　《马克思恩格斯文集》第 1 卷,人民出版社 2012 年版,第 9—10 页。
④　梁庭望:《中华文化板块结构中少数民族的贡献》,《社会科学家》2012 年第 9 期。

观》为例,若按照该论文题目所指,作者应该着力探讨的问题是如何以文化板块结构理论观照中国多民族文学及其内部关系以证实中国多民族文学史观的合法性问题,并能为多民族文学史观提供足够有说服力与阐释力案例。但是,该论文主体部分着重阐释的是中华文化几大板块及其特点问题,最后论文结尾处的结论为:"上述背景(指论者所论的四大文化板块结构——笔者注)对中华文学的关系形成了规定性,中华各民族文学是由四个板块的文学构成的,汉族文学和少数民族文学实际是一个有机的整体。"①作者的论述逻辑为:中华文化是一个整体→中国文学自然是一个整体→少数民族文学与汉族文学自然存在"互相补充、互相传播、互相吸收、互相借鉴、互相融合"的五个层次。该文"文化决定文学、文化特征决定文学特征"的单向度论证或比附方式反映出结论有值得存疑之处——所谓"存疑"并非对此结论的合法性或合理性生"疑",而只是对这种结论得出方式之"疑",也彰显出该研究成果"文化论证有余,文学论证不足"之憾。如果不能以扎实有效的分析来论证中国多民族文化与文学间的互动机制,不能对"多民族文化与文学"间错综复杂的内在交往逻辑及其生产规律予以充分的材料及数据分析与学理性透析,单以某些常设性结论作为探讨文学与文化互动的立论前提,给人的感觉作者并非在论述中国多民族文学而仅仅关注中华文化板块结构问题。

　　一方面,仅就中国多民族文学关系而论,中华多民族文学间的竞争、碰撞、互动及融合实践及其规律,是一个极为繁冗复杂的理论命题,需要科学的态度、宏观的视野与扎实的个案分析相结合的综合性研究,更需要民族学、社会学、经济学、政治学、文艺学、语言学、文献学等跨学科与跨文化研究。在宏观现象研究层面,需要以自觉的"史"的视野和意识对汉族文学与少数民族文学间的交流或影响问题作出富有说服力或公信力的解答,需要对多民族文学间,特别是相邻或跨境民族文学间的交流或影响问题作出严谨及科学回应,需要对少数民族书面文学与其民间口头文学间的交流或影响问题予以阐释,更需要以民族学和地理学视角在共时性层面探讨多民族文学与其社会变迁、文化转型、政治鼎革、经济演化等之间的关系;在微观现象研究层面,需要对多民族文学创作中出现的极具地域特点与民族特色的作家群现象或代表性作家作品展开扎实而具体研究,因为这些作家群或代表性作家往往可以代表着一个族群,乃至整个少数民族文学创作标高,如"西海固作家群"之于回族文学、"小凉山彝族诗人群"之于彝族文学、"达翰

---

① 梁庭望:《中华文化板块结构和多民族文学史观》,《民族文学研究》2008年第3期。

尔女作家群"之于达斡尔族文学等;其他如阿来、吉狄马加、张承志等之于当代中国少数民族文学等。探讨上述具体文学现象与多元文化,与民间口头文学,与其他民族文学,与当代社会、经济及文化等的关系,透析其叙事伦理、艺术特征、审美倾向、道义愿景及内在规律等,是建构中国文学及多民族文学认知图景的基础,这无疑是一项极为复杂、艰深且具挑战性的工作,也是"中华文化板块结构"理论倡导者所应该深入面对的。尽管我们一再反对以西方他者理论话语非语境化移植于本土文学及批评实践,其言下之意也绝非在刻意为以"我们的"概念硬性套用于本土文学实践提供足够宽容的理由——无论我们多么为本土话语创新而欢呼。由此而言,"中华文化板块结构"理论还有待进一步完善。另一方面,任何文学现象的生成都是作家在个体身份、族群身份与人类身份综合作用且在特定文化生态中的审美创造并在表现出典型的民族性、地域性特征的同时,又具有独特而独立的个体原创性,作为普适性的理论话语与具体文学间的错位而非相洽、理论剩余或话语失效问题其实是批评之常态,在几乎所有批评现场都会发现如此悖谬之处:或者理论挤兑或瓦解文学的真实意图以迁就于理论的自圆其说,或者文学逃匿或潜隐于理论背后以验证理论自身的失效或无效。对文学研究而言,任何结论都不能先入为主地以某一固有阐释框架去套用于研究对象——哪怕对于研究问题的结论心知肚明。对中华多民族文学关系的探源性考察尤其需要杜绝此类研究方法论。

更亟待解决的问题是,在少数民族文学渐趋融入世界文学的结构性转型背景下,"中华文化板块结构"理论彰显出某种程度的滞后性问题。这种"滞后性"表现在:一方面,"中华文化板块结构"理论的倡导者即使偶有论述少数民族文学问题,其所依据的文学材料也多局限于各民族的神话传说、英雄史诗或其他民间口头文学等,所征用的书面文学仅限于以古代少数民族文学为基本阐释对象,改革开放以来丰富的少数民族文学实践却很少进入其论述视野(这也许与作者的少数民族文学价值评价标准设定有关),当代少数民族文学在与世界文学对话交融中渐趋走向普适性文学性特质而使得一些理论研究者很难从中发现其理论建构所需要的"民族文化"资源,民族民间文学却满足了这些理论研究者对少数民族文学文化价值的"期待视域",所以,他们的理论构想便跌入"记文化账"的研究桎梏,出现"许多从事文学研究,尤其是比较文学研究的著名学者其实并非是真正对文学感兴趣,而是关注公众舆论史、旅行报告以及有关民族特征的诸种观念等。简言之,他们的兴奋点在于一般文化史。他们从根本上扩大了文学研究范围,使其几乎与整个人类史无异。但是,文学研究如果不决心把文学作为不同于人类其他活动与产物的一个学科来予以探究,那么,就方法论的角度而言,将不会取得任何进展"①现象。如果说,在传统或前现代性社会,由于地理位置的相对偏远、文化传承链条的相对封闭、文化交流及人员跨族流动现象的相对匮乏、外来文学思潮及创作观念的影响相对薄弱等原因,少数民族作家的文学创作与民族文化传统之间更多是一种"源"与"流"的关系,他们的文学多是从民间口头文学,从族群日常生活、族群祖先神话、族群宗教信仰、族群风俗礼仪等方面汲取创作资源,少数民族文学也便更多彰显的是民族性特征或民族文化特征。在全球化话语作为一种宏大叙事日益播撒,空间而非时间焦虑成为人们最为切己性体验的当下,少数民族作家的创作观念、叙事资源、书写伦理、知识结构等越来越呈现出跨文化、跨民族或跨区域特征,少数民族作家的文化身份的多元性、文化书写的混杂性、民族特色的隐匿性、价值取向的公共性等愈加凸显,即使单就少数民族文学的题材选取、文体自觉、语言艺术或叙述手法等也多呈现出与世界文学合唱的旋律,甚至有越来越多的少数民族作家以"作家"而非"××族作家"自居。在这种情况下,许许多多的少数民族文学作品已很难被纳入"民族文化→民族文学"单向度话语规约之内,遑论"多民族文化与文学关系"这一更为艰深复杂问题的论述了。换句话说,在当前许多少数民族文学作品不再以血缘、习俗、宗教、民族等作为想象族群共同体的基本资源,也不再以此作为建构少数民族文学民族性的基本手段时,或者说,少数民族作家对社会共有问题的关注越发超越了对民族性或民族共同体的关注而成为他们叙事的价值基点。全球化的根本标志其实是以经济全球化实现文化全球化,在经济全球化的深刻影响之下,消费/市场文化逻辑成为各个族群成员不得不面对的最为基本的问题,"消费/市场文化"也已日渐取代所谓的政治、经济、文化、血缘等纽带而使得中国少数民族文学呈现出典型的叙事与审美共性,由此以来,对消费文化的或接纳或拒斥,或消极逃避或积极介入,在消费文化中的或挫败体验或成功经验,或审美救赎或身份流散等越来越成为少数民族作家在现代性进程中的基本美学经验,对上述问题的审美书写也越来越成为少数民族文学叙事的基本主题。特别是年青一代的少数民族作家,他们对汉语和外语的热望与对母语的疏离,对外来先进文化的接受与对民族传统文化的陌生,对诸多象征资本占有的焦虑与对民族身份的漠然,对文学公共性问题的关注与对文学民族性的质疑等,都使得他们的文学创作开始致力于世界性、人类性与公共性等问题的美学重构,而普遍表征出一种审美共通性特征,他们

---

① René Wellek, *Concepts of Criticism*, New Haven and London: Yale University Press, 1963, p.293.

的文本形态、叙事方式、价值取向等也以其包容性与对话性特征而成为世界文学的有机成分。当上述叙事现象渐成常态却被遗忘于"中华文化板块结构"理论阐释框架之内时,凸显出该理论的相对滞后性。

另一方面,该理论的相对滞后性还体现在:在少数民族地区渐被纳入全球化叙事逻辑、多元文化杂糅互动、族群成员跨族流动频繁加速、任何民族都已与其他民族共时态生活于全球化意义网络的情况下,少数民族作家审美价值观念不断迁移,少数民族文化不断推陈出新,少数民族群体的民族观念、历史观念、多民族国家观念等不断开放包容,少数民族文学创作也较此前阶段发生着剧烈的结构性转型。但是,"中华文化板块结构"理论倡导者却没有随着上述问题和语境变迁而不断刷新或完善理论自身的问题框架及其论证范式,仍在重复叙述着该理论已有的理论视野和观照视角,导致该理论话语因相对滞后于时代变化而渐成过去时态的言说,成为与语境错位的演绎。按照作者的说法,"中华文化板块结构"理论早在2000年的全国民族文学比较与文化共生学术研讨会上的论文《从区域共生到中华趋同——少数民族文学演化规律刍议》中就已初具成型。然而,在多民族文化、文学在全球化语境下已经或正在发生结构性转型且渐趋呈现出极为复杂面向的情况下,作者以此理论作为分析中国少数民族文学状况及编写中国少数民族文学史的基本框架就相对滞后了。在少数民族文学和文化已在长达10余年的时间里发生剧烈转型的情况下,该理论应该与时俱进地创造更多的话语增殖及生长空间,该理论倡导者也应突破按照先前的四大文化圈及其内在结构作为观照其文学文化特性的问题框架。在全球化播撒渐趋深入,各民族文化同质化而非差异化特性日益凸显,各民族作家的文学观念、民族意识、创作手法、价值取向等逐步世界性的情况下,理论研究者应突破以传统的空间地理特点去套文化圈,以固定的文化圈去套文学圈的局限。当前,随着少数民族文学在全球化语境下与其他民族文学文化的日益趋同,也暴露出此种论证范式的相对滞后。"中华文化板块结构"理论的上述相对滞后也渐趋制约着该理论的阐释向度及其知识再生能力。当然,该理论的滞后性也是新的话语生长的起点。

第三节　"重绘中国文学地图"与当代少数民族文学批评

在概念与知识的生产谱系内,文学史是叙述者出于某种文学观念或"期待视域"而对文学意义予以阐释与评价的修正性重写(re-writing),很难存在某种普适性的共享的价值原则或文学史观念。也就是说,文学史的侧重点并不在"史",而在于如何论或观"史"。所以,在当前几乎所有知识生产中也许文学史话语自20世纪"重写文学史""重排作家座次""重读经典"等极富后现代解构意味口号盛装出场以来遭遇到的批评最为突出,几乎每部所谓代表性的、创新性的、填补空白性的文学史面世总会引起或大或小的批评或指责,一些学者总是对他人编写的文学史感到"缺少点什么"并在此基础上描述出自己理想的文学史应该是什么,反过来再编出新的文学史。尽管文学史内容越发全面、具体,材料日益丰满、新颖,块头由简练精悍变为皇皇巨著,由单卷本发展到多卷本,字数由几十万字发展到上百万字,乃至数百万字,却还是难以得到学界的普遍认同或尊重,各种批评之声并没有随着文学史数量的剧增而减弱,文学史重写呼声不时成为学界热点,文学史相关问题研究成果也不时登堂入室。"文学史问题"成了治文学史者挥之不去的焦虑。问题的症结在于:一些批评者树立了错误的靶子,即将文学史容量多寡或内容选择不当或评价标准错误等作了批评理由,却对编写者文学史观念及其赋予文学史功能定位等缺乏必要认知。例如,我们一再批评胡适的《白话文学史》(在此基础上形成了《国语文学史》)"扬白话抑文言"的叙史观。若从《白话文学史》将来自民间的、白话的文学看作是"说话的"和有"自然神气"的文学,将"文言的""硬凑的"看作是失败的、"全无文学的价值"的文学①来看,无疑是片面且偏颇的——我们也往往据此对《白话文学史》予以指责或批判,却忽视了胡适书写"扬白话抑文言"的文学史是试图以"活的文学"阐释为"瞒和骗的文学"祛魅,最终达至启蒙现代性的叙史目的。在胡适看来,只有"白话的文学"才是"活的文学",是写实主义的文学。那么什么是活的文学呢? 那就是"不摹仿古人,语语须有个我在"的文学。② 他特地指出,"这书名为'白话文学史',其实就是中国文学史",又说"我们现在讲白话文学史,正是要讲明……中国文学史上这一大段最热闹,最富于创造性,最可以代表时代的文学史"③。胡适在"自序"和"引子"中反复说明,撰写白话文学史就是"要大家知道白话文学在中国历史上占一个什么地位,要大家知道白话文学史就是中国文学史的中心部分,中国文学若去掉了白话文学的进化史,就不成中国文学史了,只可叫'古文传统史'罢了。"④

---

① 参见胡适:《白话文学史》,东方出版社1996年版,"自序",第7—8页。
② 参见姜义华主编:《胡适学术文集·新文学运动》,中华书局1993年版,第17页。
③ 胡适:《白话文学史》,东方出版社1996年版,"引子",第2页。
④ 胡适:《白话文学史》,东方出版社1996年版,"自序",第7页。

也就是说,任何意义上的文学史都是叙史者以特定文学史观念对既有文学图谱的重选与重组,是叙史者以特定的文学价值论与叙史目的论对既有文学实践的再经典化,都有相对稳定而连续性地对既有文学的拒斥与接纳的方法论。所以,文学史对文学的阐释有效性从来不是大而全、无所不包的"万花筒",不是力图将所有文学资料都纳入其中的"巨无霸",这也是几乎所有文学史都遭遇不同程度批判或难以得到所有他者认同的根源。尽管韦勒克等雄心勃勃地呼吁,"一部综合的文学史,一部超越民族界限的文学史,必须重新书写"①。但是,韦勒克所期盼的文学史目前来看还没有真正生成。所以说,任何文学史都要面临着文学史与文学实践不对称现象,文学史不可能也无必要将所有文学实践和资料囊括于同部文学史之中,也不可能将所有文学现象都给予同等程度的重视或占据相同体例的文学史位置。韦勒克等认为,"人们写出来的文学史看起来是一种客观的描述,但事实上离不开价值判断。文学史不是一堆事实材料的集合与罗列,它是从众多材料中取舍而来,这就意味着价值判断和选择,意味着需要鉴别和批评"②。同时,文学史更是特定人群在特定时空内的生活史,没有对特定时空背景下作家所处的文化生态、文学发生语境、文学接受人群或文学传播等问题深入而精准的揭示,没有对文学背后潜隐着的群体精神动态、文学观念、审美取向、艺术传统等问题细致而周严的学理透析,没有对文学史自身可能对社会精神价值及接受群体价值伦理引导或建构功能的充分认知等,文学史无疑将会异化为失去灵魂或根基的"非文学史"。当前,文学史总体上呈现出如下几种最为凸显的叙史症候:其一,"资料在场,文学生活缺席"现象。无论是各族别文学史、区域文学史抑或中国文学史,只注重资料的收集整理,注重文献的尽可能完善周全,把文学史与其背后的文学生活及文学生活中的"人"相隔离,抽空了文学史应有的介入社会人生或文化传承功能,亦被称为是"资料的百科全书",这种文学史却被一些批评者以所谓"研究问题,少谈主义"等为之叫好。其二,"材料说话,编写者失语"现象。叙史者仅以旁观者或与己无关者姿态建构文学史,让材料代替诠释,以材料充当评价,以材料取代褒贬,"只见材料,不见人",笔者将之命名为"非人化文学史"。其三,"内容全面,资料扎实,编写体例、评价标准及观点结论等或陈旧或西化"现象。新材料、新文献不断出土和被发现;新观念、新思潮不断被发明

---

① [美]勒内·韦勒克、奥斯汀·沃伦:《文学理论》,刘象愚等译,江苏教育出版社2005年版,第45—46页。

② [美]勒内·韦勒克、奥斯汀·沃伦:《文学理论》,刘象愚等译,江苏教育出版社2005年版,第33页。

和创造,学界不断尝试诸多颇具创新意识的叙史方法论,材料的丰富及深度愈发突出,内容的复杂及新颖得以彰显,观念思潮的前沿及现代愈加突出。有学者甚至认为,现在已进入到了编写文学史的最好时期,传世的或经典的文学史将不断出现。吊诡的是,新材料、新文献的发现却愈加彰显出一些叙史者观念的相对陈旧和滞后,或者套用传统叙史观念,或者以"创新"为名套用西方话语,例如,以现代性时间观作为本土文学史分期标准,以普适性价值观或伦理观作为本土文学叙史价值尺度;以女性主义理论将中国文学硬性割裂为"中国文学—女性文学";以后殖民理论将多民族国家文学比附为"汉族文学—少数民族文学"的二元论结构……当前,存在着后现代意义上的"翻案"性叙史范式,以前不被重视的作品现在却偏要重新排座次;曾经评价较低的作品却偏要给予解构性重读;曾经被文学史遮蔽或排斥的作品却偏要给予再赋魅等,一些学者一再书写着或创新或代表性的文学史,以其大代其新,以其全代其异,以其多代其殊,好像只要罗列的作家多、作品全、资料足、横跨的年代多、涉猎的内容全,就是创新、就是独创,全貌的、全景式、涵括性的、通史性的"囊括古今的"等成为标榜某文学史的关键词。

一

如果说,上述作为学术话语生产的文学史叙述顽疾,尚可能随着时间推移而得以克服的话,多民族国家文学史陷入以汉族文学为话语规约的同质化叙述状态,却远非新材料、新文献、新方法的发现所能解决。如人们常说,观念问题不解决,观念问题不能得以真正的践行,上述症候是很难解决的,也将导致"我们的'中国文学'观念,是'汉民族文学'的观念。……正是在这种观念的支配下,我们的研究视野就局限在汉民族文学的范围之内"。所以,如何从中华空间维度呈现出多民族文学的丰富及多元面貌,"建立起中国文学是中国各民族文学——'中华文学'的观念,从而建构起'中华文学'的研究大格局"[①]问题,也便成了问题。从根本上说,作为多民族国家文学,中国文学的多空间性、多地域性、多文化性、多民族性特征等形塑着中华多民族文化与文学间互动交融的复杂面向,多民族文学的共同发展与繁荣也是任何单一民族国家难以比拟的。作为独特存在的少数民族文学以其独特的文化资源和美学传统,独特的文化地理生态与文明多样性,独特的多民族融合与多元文化交错,独特的运思方式和文本形式等展示出中华民族文

① 朱万曙:《空间维度与中华文学史的研究》,《民族文学研究》2016 年第 4 期。

学和文化"和而不同"的根本内涵,并以其对"中国经验"或"中国故事"的民族性和地方性讲述彰显出中国文学和文化的多民族要素。同时,对于繁荣多民族国家文化、提高各少数民族文化自信和文化自觉,推动各民族文化间的理解、包容与"重叠共识",构建新形势下统一国家的历史文化记忆等,极具文化软实力的象征性意义。然而,中国文学史却长期陷入"国家代表民族,汉族代表国家"的叙史范式。以汉族文学史代替多民族文学史,以汉族文学史作为中国文学史的全称或独语判断,成为一些学者对中国文学史的认识论与叙史方法论,并以一种稳定结构制约着主流话语对少数民族文学意义的再发现,少数民族文学生产与传播机制的非规约性特征及其对其他民族文学的补充矫正之意在主流话语表述中没有得到充分重视。据考证,在1949年之前,"是看不到文学史叙述的民族视野的"①。虽然鲁迅先生的《汉文学史纲要》被郑振铎先生认为是"第一个在文学史上关怀到国内少数民族文学的发展的"文学史,如其在1958年发表的《中国文学史的分期问题》中说:"鲁迅编的《汉文学史》虽然只写了古代到西汉的一部分,却是杰出的。首先,他是第一个在文学史上关怀到国内少数民族文学的发展的。他没有像所有以前写中国文学史的人那样,把汉语文学的发展史称为'中国文学史'。在'汉文学史'这个名称上,就知道这是一个'划时代'的著作。"②即便如此,该部文学史能否称得上是"第一个在文学史上关怀到国内少数民族文学的发展的"文学史,尚需进一步考证。③ 众所周知,中华人民共和国成立以后,随着主流话语对学术研究与研究取向引导能力的强化,中国多民族文学史一直以"汉民族文学为主体,少数民族文学为点缀"的面目示人。尽管有学者如何其芳等在此期间也意识到,多民族文学共同体的现实理应将少数民族文学资源纳入中华文学史叙述领域,"直到现在为止,所有的文学史实际不过是汉族文学再加上一部分少数民族作家用汉语写出来的文学的历史,都是名实不完全相符的,都是不能比较全面地反映我国多民族的文学成就和文学发展的情况的。发展和研究少数民族文学作品,编写出数个少数民族的文学史或文学概况,在这样的基础上再来编写中国文

---

①　席扬:《"民族文学"的价值叙述与可能》,见陈国恩、王德威、方长安主编:《武大·哈佛"现当代中国文学史书写的反思与重构"国际高端学术论坛论文集》,中国社会科学出版社2014年版,第314页。

②　胡旭:《〈汉文学史纲要〉之成因及其文学史意义》,《福州大学学报(哲学社会科学版)》2010年第2期。

③　鲁迅先生的《汉文学史纲要》目前在学界尚存有争论,尚不能断定是一部自觉关注少数民族文学的文学史。具体参见胡旭:《〈汉文学史纲要〉之成因及其文学史意义》,《福州大学学报(哲学社会科学版)》2010年第2期。

学史,中国文学史的面貌将为之一变"①。这样,中国文学史也难以充分照顾到多民族文学共生的文学实践,"从上世纪初到80年代,我国先后出版了1600多部文学史,基本上书写的都是中原文化圈的汉族文学,而忽略了中国边疆3个文化圈中少数民族文学的存在"②。加诸"史"所具有的单一时间性逻辑而使得空间维度内的多民族文学不得不归附于时间维度的宰制性作用。由于汉族人口最多、文学最为发达,以汉族时间顺序作为构建中国文学史依据,进而成为中国文学史编写或观察中国文学生发或流变的方法论视角,空间维度内多民族、多文化、多区域文学发生、生产和传播机制的复杂性,多民族文学文本形态的多元性,文体或风格类型的丰富性等,被纳入汉族文学话语的独语性叙事逻辑,而不断被提纯、过滤与筛选,中国文学史话语表述也就呈现出典型的单一主体性。尽管学界一再认为这样的文学史是不完整的,不能反映中国文学的全貌,但问题依然存在。上述症结提醒我们:建构中华多民族文学史问题其实已经逸出了纯粹的学术框架,非有文学史观念革新,非有多民族文学关系透视,非有叙史方法论创新等,难有突破性进展。

当前,后现代学术思潮的接踵而至以及文化多样性、非遗话语等的日渐活跃,能否书写多民族文学多元共生的中国文学史,渐趋被看作是否承认和尊重少数民族的话语表征,是检验能否消解二元论思维的试金石。近年来,中国多民族文学和文化关系研究如藏彝走廊多民族文化和文学研究、西南边疆多民族区域文学和文化关系研究、中华多民族文学共同发展研究、中华各民族文学关系研究等日益活跃,深化了学界对多民族国家多民族文学特性的理解或认知,少数民族独特的生存智慧、生命体验与审美表达,独特的精神意蕴、价值诉求与文学想象等问题不断得以敞开。套用康德的论述逻辑:一部多民族文学融合互动的、彰显中国文学气象的中华多民族文学史何以可能形成? 或者说,一种涵括多民族文学交流互动、彼此影响的"大文学观"渐趋形成,重绘一种与中国大国地位相称、与中华多民族文学实践相符的"中国文学地图"成为一种可能、一种必需,也是本土学界的共有梦想,更是杨义先生为中国学术界创造出的一个非常宏大的前沿性学术命题,"……画出一幅比较完整的中华民族的文化或文学的地图。这个文化地图是对汉族文学、少数民族文学以及它们的相互关系,进行系统的、深入的研

---

① 何其芳:《少数民族文学史编写中的问题——一九六一年四月十七日在中国科学院文学研究所召开的少数民族文学史讨论会上的发言》,《文学批评》1961年第5期。

② 梁庭望、牛锐:《中国文学史需要重新书写——中央民族大学教授梁庭望谈中华文化板块结构与多民族文学史观》,《中国民族报》2009年5月15日。

究的基础上精心绘制的。这样的地图可以相当直观地、赏心悦目地展示中华民族文学的整体性、多样性和博大精深的形态,展示中华民族文学的性格、要素、源流和它的生命过程"①。之所以要"重绘",杨义认为,具体有三个原因:"第一,以往的'绘'是不完整的,基本上是一个汉语的书面文学史,忽略了我们多民族、多区域、多形态的,互动共谋的历史实际。第二,以往的绘制不同程度地存在着唯一的、简单的模式化。相当数量的文学史基本上沿袭了时代背景、作家生平、思想性、艺术性和他们的影响这么'五段式'写作,忽略了文学发展和存在的网络形态以及对其多层意义的具有现代深度的阐释。第三,以往的文学史过多套用了一些外来的概念,不同程度地忽视了中国文学原创智慧的专利权。"②因"重绘中国文学地图"更关涉中华多民族共同体建构问题,于是被认为是学界的重要收获。

二

在杨义先生看来,少数民族文化与其独特的气候、地理、生活、人文等保持着血肉关联,他们的文学就是在这种状态下繁衍生长,虽处于边疆、边地却有充沛之气,虽是少数却具特异之美,虽是原始却含反哺之力。故此,他开始重新认识和评价少数民族文学的学术价值③,并在此基础上提出了"重绘中国文学地图"问题。在杨义先生看来,中国文学史长期以来是各少数民族文学缺席的历史,所以,既往的中国文学史是不够充分的、不够完整的,不能充分体现作为中华多民族文学的事实性在场。同时,既往的文学史主要都是汉语言书面文学史,民间文学、民间口头文学没有得到充分重视,或者说,是雅文学的历史,是从文学的汪洋大海中抽绎出的文学史;更为重要的是,既往文学史只是专注于"文学"自身的历史,缺乏大文化研究视野,没能将文学的历史与作家的人生轨迹、与作家的生存地域、与作家的信仰、与作家家族等问题相勾连,导致文学史成为相对封闭的、孤立的、失去生活温度的文学史。也就是说,既往的文学史"不够完整、有待深入,或者对民族共同体的精神过程的关注不甚自觉"④。当然,学术的价值不能止于问题的发现,更重要的是透视问题发生的根源以及探索问题解决的途径。基于对

① 杨义:《中国文学的文化地图及其动力原理》,《湖北民族学院学报(哲学社会科学版)》2001年第3期。

② 安文军:《中国文学研究的创新与开拓:就"重绘中国文学地图"——访文学研究所所长杨义》,《中国社会科学院报》2004年4月29日。

③ 参见杨义:《中国古典文学图志》,《中国社会科学院报》2006年5月25日。

④ 杨义:《重绘中国文学地图的方法论问题》,《社会科学战线》2007年第1期。

既往中国文学史缺陷的清晰认知与精准把握,杨义将中国文学史上述缺陷归结为大文学观的缺席。大文学观是指:文学史编写要将文学置入中华多民族关系、多民族文学与文化关系、书面文学与民间文学关系、雅文学与俗文学关系、文学与民族与地域及地理空间关系、作家与文学关系等多重视域中,以解决少数民族文化或文学存在形态、多民族文学或文化互动状况、中华多民族文学发生演进规律、文学史编写的跨学科等问题,以"从总体的文化深度上,从时间和空间的互动上,从多元的组合形成整体生命上来通解中国文化,通解中国人的精神过程"①问题,又探索了"中华民族共同体的整个精神谱系是如何发生、如何形成以及如何变异的,它留给我们什么,它昭示着什么?"②等问题。理论的探讨与观念的明晰使得"重绘中国文学地图"变得"准的可依"。而且,杨义先生还在《重绘中国文学地图的纲目》中以六篇长文的系统性论述,精心构筑了"重绘"命题的逻辑体系和方法论,将"重绘"问题分解为"一纲三目四境"三个层面,"这个纲就是大文学观,就是既与文学的本质本原,又与中华民族文化共同体的发生发展有着深刻联系的大文学观","'三目'即时空结构、发展动力体系、精神文化深度;'四境'乃是以一纲三目加以贯穿的四个学科分支或学科交叉领域"③。其具体编写策略为:在大文学观的统摄下,充分关注中国文学的时空结构、发展动力体系和文化精神深度三个学理问题,拓展与之相关的民族学、地理学、文化学和图志学四大领域。"文学地图"的绘制却非纯粹的学术话语或内部的知识生产,而是一种国家话语生产行为。在杨义看来,地图是一个国家主权的象征,必须"相当直观地、赏心悦目地展现出中华民族文学的整体性、多样性和博大精深的形态,展现中华民族文学的性格、要素、源流和它的生命过程"④。作为主体身份的自觉表述,以"地图"方式重绘中国文学史就具有了国家意义上的身份重塑愿景,亦体现出杨义极为开阔和开创性的学术视野与知识分子学术担当,"地图概念的引入使我们有必要对文学和文学史的领土进行重新丈量、发现、定位和描绘,从而极大丰富可开发的文学文化知识资源的总储量"。"重绘"之成为要务,在于"不仅涉及文化态度和学术

① 张立敏:《大文化视野下的中国文学地图重绘——杨义访谈录》,《中华文化画报》2010年第2期。
② 杨义、李思清:《展开人文学之返本创造论——杨义教授治学答问》,《云梦学刊》2010年第5期。
③ 杨义:《重绘中国文学地图的纲目》,《北京联合大学学报(人文社会科学版)》2007年第2期。
④ 杨义:《重绘中国文学地图的纲目》,《北京联合大学学报(人文社会科学版)》2007年第2期。

方法的改革,而且涉及对地图的基本幅员和基本风貌的认知,涉及到我们对整个中华民族的文明发展与文学发展的整体性的看法"①。所以说,"重绘中国文学地图"是一个系统性工程。

近年来,编写一部结构性的而非拼贴式的、有机的而非"照顾性的"、多民族文学共处的"杂语的文学史"而非同质化的中国多民族文学史问题,成为学界知识话语生产谱系内颇有增殖空间的"理论内爆点",更是与本土学界如影随形的一种集体性焦虑。尽管学界一直强调中华多民族文学的交往交流交汇问题并将这一结论作为批判多民族文学在中国文学史中缺席的根据,如"中华文化板块结构"理论等,一些学者也不断力图突破既有文学史叙事范式而将各少数民族文学纳入中国文学史叙事空间,结果总不尽人意。问题在于,我们对中华多民族文学间的汇通问题并没有在学术意义层面真正地予以探讨或认知,各民族文学间是怎样的交往交流交汇,汉族文学、文化如何以其强大的凝聚力、辐射力影响到各少数民族文学、文化,各少数民族文学、文化又如何以独特的活力反作用于汉族文学、文化? 诸多此类的难题囿于叙史者诸多层面的缺失而难以作出具有公信力的探究,导致结构性涵括各民族文学的中国文学史叙述至今仍面临诸多盲点。即使有些论者偶有论述到中国多民族文学关系问题也多为泛泛之论,所举现象也多为学界共识性的耳熟能详的常设性结论,多是从"中国是统一的多民族国家"这一既有事实倒果为因地反推过来的事实性认知,即"中国是多民族统一的国家"→"中国文学是多民族文学的共同体"→"中国文学史是多民族文学统一的文学史"。问题的难点不在于我们对"事实"的认知,而在于对"事实"何以形成的了解。譬如,我们不能先把一个人界定为"好人"然后去建构该"好人"的事例,而是要从一个人所做的"好事"中去命名其为"好人"。任何理论话语的创造都是源于具体实践的探究并能够以实践反哺理论,建立在缺乏根基的现象表述基础上的理论是很难行之久远的。在韦勒克看来,"文学的理论、原则、标准不可能在真空里取得,历史上每一位批评家都是在与具体艺术作品的联系中发展了他的理论,而他对这些作品则必须选择、解释、分析,终究还要加以评价。一位批评家对文学的看法、分析和评价,都是由他的理论来支持、加强和发展的;而理论则由艺术作品来形成、支持和说明,由艺术作品来使之具体化并显得言之成理"②。杨义基于宏阔的学术

---

① 杨义:《重绘中国文学地图与中国文学的民族学、地理学问题》,《文学批评》2005 年第 3 期。

② René Wellek,*A History of Modern Criticism 1750—1950;vol.3 English Criticism*,Yale University Press,p.5.

视野、扎实的学术功力与自觉的理论建构意识,以绘制文化地图的方法论"展示中华民族文化的整体性、多样性和博大精深的形态,展示中华民族文学的性格、要素、源流和它的生命过程"①,以深厚而广博的学术素养积极从事于"重绘中国文学地图"的实践工作,以其敏锐的学术眼光与周严的文本解读编写了《中国古典文学图志——宋、辽、西夏、金、回鹘、吐蕃、大理国、元代卷》(生活·读书·新知三联书店 2006 年版),该著以图文互释方式开创了文学史的范式转型,对 10—14 世纪我国跨地域、跨民族文学、文化间交往交流交融问题进行了创新性探讨,透析了中原文学与各少数民族文学间的合力与动力机制问题,明确提出中国文学是中华多民族文学共同发展的一种结构性的总体文学观。这是一种全新的文学史叙事理念,更是本土学者的学术责任与大国情怀的话语表征。

三

按照杨义先生的学术构想,"重绘中国文学地图"之所以要"重绘",就是打破既有文学史叙述多民族空间维度缺失问题,重新书写一部多民族融合、多空间交织、多维度对话且符合中国文学实际的文学史,并为此设想了一系列"重绘中国文学地图"的方法论、策略及理论基石如大文学观及"一纲六目"等。但是,如何将多民族文学纳入中国文学史叙述框架且使之成为一部整体的而非分散的、系统的而非各自为政的文学史,却远非杨义先生学术构想的那么简单,中国文学史在含纳多民族文学时仍然存在"由于整体编写思想没有更新,那些新增的内容充其量起到了点缀和锦上添花的作用"②现象。问题的根源是,对于什么样的少数民族文学能够入史、如何处理汉族文学与少数民族文学关系、少数民族文学与汉族文学共享价值评价尺度是什么、如何阐释少数民族文学"民族性"价值,又以何种结构将多民族文学共同纳入文学史范畴? 也就是说,多民族文学间价值比较的尺度在哪里,多民族文学能否共享某种价值评价标准? 再如,在编写体例层面,多民族文学史书写如何分期,少数民族文学能否与汉族文学分期一致,若以文体类型作为书写体例,汉族文学的几大文体类型如小说、诗歌、散文等能否用来套用于少数民族文学,若能,又如何解决神话故事、迁徙或英雄史诗、民间叙事长诗等杂文体类型,又如何处理少数民族书面文学与民间口头文学混杂所存在的"过渡性文本"现象等? 上述问题才是制约多民族文学史或

①　汤晓青:《展示多元文化的生命空间》,《读书》2006 年第 9 期。
②　刘大先:《当代少数民族文学批评:反思与重建》,《文艺理论研究》2005 年第 2 期。

中国文学史叙述真正成熟的关键。也就是说,中国文学史书写难点在于:其一,如何在比较意义上判别少数民族文学与汉族文学的异同? 其二,如何建构多民族文学共享价值评价体系?

就前一问题而言,当前,学界的共识是"中国是多元一体"的多民族国家,中国文学是多民族文学彼此正在进行时意义上交往交流交汇的文学共同体,所以,中国文学史应该是一部容纳各区域、各空间、各民族文学的整体文学史。然而,事实的共识并不能代替具体问题的解决。既然作为常识性的中国多民族文学史是一种彼此对话协商、交融互动的文学史,那么,如何通过具体的文学现象探析以验证不同民族文学间的多元共生现象,如何比较不同民族文学间的差异或共性特质,才是中华多民族文学史书写或"重绘中国文学地图"的难题。即便如杨义先生倡导重绘一种与国家形象相称的文学史时也要面临如此难以克服的问题。在杨义先生看来,只要对中国文学加以民族学、地理学及图志学等综合研究,就可以还原中国文学现场,就可以把握不同民族、不同区域文化特征,就可以发现不同民族文学间的影响与互动问题了。问题其实却远非作者想象的如此简单,以民族学、地理学等学科自觉介入并不意味着一定能够真正还原中国多民族文学现场。因为探究多民族文学间的对话、互动及交流问题是一项极为复杂且需要多学科综合介入的难题,绝非一人之功所成。单以语言问题为例,众所周知,由于各少数民族在漫长的族群迁徙及生活中创造出大量的民间口头文学,因其大多有语言而无文字且多生存生活于地理位置较为偏僻之处,族别间的人员流动及文化交流相对匮乏等,他们的民间口语文学基本上没有书面文字加以记载或传抄,随着岁月流逝、语境迁移、文化更替、族群迁徙、民族融合等,他们的母语以及依附于母语的文学必定要慢慢丢失,即便有些少数民族有自己的文字且有其书面文学传统。当前,尽管少数民族作家多从事汉语书面文学创作或双语写作,本民族文化传统中丰富发达的民间口头文学却对他们的书面文学创作产生结构性影响,在这一过程中,以母语形式存在的民间口头文学在书面文学创作中发生变迁的内外部规律是什么、民间口头文学与其书面文学间的互动关系如何呈现,母语在其书面文学中有发生什么样的变异或变形,蕴含着什么样的文化翻译问题等,如何把握汉语在他们汉语文学文本中的移位变形和再创造,如何理解母语在他们的汉语文学中的改头换面问题等,诸如此类问题是亟待研究却在目前情况下难以解决的;再者,传统社会人们对少数民族语言及其文献保存意识较为淡漠——即使某些文献中留存有某民族的母语记载,只是由于多语或双语翻译人才的匮乏,当时状态下某一民族母语文学如何与其他民族文学互动问题,现在来看其实也是一个几成死结的难题。"语言"间的多民族互动问题不解决就很难说能够透析多民族文学互动问题,因为族际文学间的交流绝非单纯的故事母题、题材类型或文体规范等的交流,更是语言的交流、表达方式的交流。不了解族际文学间的语言交流情况就说可以解决族际文学交流问题,无疑是舍本逐末之举。例如,一些学者一再将在汉族地区广为流传的作为汉语的《敕勒歌》作为多民族文学互动的生动事例,笔者并不否定学界的这种共识。笔者担忧的问题却是,语言是民族认同的根基,是民族的百科全书。语言间的转换必然是族际间文化的交流互动,那么,《敕勒歌》在从鲜卑语转换为汉语的过程中发生了哪些现象,族际间的交流互动呈现出哪些特点和规律? 当前,由于鲜卑语(《敕勒歌》原是鲜卑族诗歌)的失传,如何真正从语言的变异、文化的互渗、形式的混杂等方面把握《敕勒歌》的原初风貌及其与多民族文学彼此互动之实际情况,其实是无法完成的任务,因为语言的翻译难题就目前条件来看其实是无法彻底还原或再现历史现场的,这可能是当前中华多民族文学史编写面临的最大考验,如曹顺庆先生所言:"汉民族语言与少数民族语言的差异需要不同语言间的互译,两种文化的碰撞首先应该是两种不同语言所带来的不同话语言说方式和思维方式的碰撞、对话与在此基础上生成的新的话语。由于语言的这种隔阂……使得大量的少数民族文学的研究都无法进行下去。"①即使就当代少数民族文学来说,一些经典性少数民族母语作品因其翻译难度而很难在汉族读者中发生影响,却在与之相关民族或地区影响颇为深远。例如,蒙古族作家满都麦的母语作品在蒙古国产生非常广泛的影响,国内其他民族读者却少有人问津;朝鲜族诗人南永前的图腾诗在韩国、朝鲜等国有着广泛影响且研究成果颇多,在国内却未能获得普遍性认可;被称为当代维吾尔族文学"五大家"的祖农·哈迪尔、铁依甫江、阿不都热依木·吾提库尔、祖尔东·沙比尔、买买提明·吾守尔等人的诸多作品至今没有汉译本;其他如以母语创作为主的藏族文学、朝鲜族文学、景颇族文学、乌孜别克族文学、塔塔尔族文学等,更因其翻译的匮乏而在中原地区却"养在深闺人未识"……上述现象不能不制约着少数民族文学的经典化进程,制约着多民族文学史编写问题。随着现代性进程中人员的跨族流动、现代性的快速发展等,少数民族母语流失现象愈发严重,少数民族文学的非母语写作——即汉语写作现象渐成主潮,"非母语写作"却非少数民族作家在放弃自我族群文化基础上对汉语与其文化的彻底接纳,而是以其母语文化经验对汉语加以地方性与民族化改造。任何母

---

① 曹顺庆:《三重话语霸权下的少数民族文学研究》,《民族文学研究》2005 年第 3 期。

语都是特定民族文化心理、精神气质、历史传统等的承载者,是其他民族群体所难以完全了解并透析其内涵的,少数民族非母语写作因涉及如何将积淀在母语环境中的本土经验以汉语转化问题而烙上母语文化特质,"用汉语,这非母语却能娴熟运用的文字表达出来。这种创作过程中就已产生的异质感与疏离感,运用得当,会非常有效地扩大作品的意义与情感空间"①。作为一种较为普遍的文学现象,少数民族作家的母语经验如何以汉语转述,汉语如何承载少数民族母语文化精神,如何把握少数民族汉语文学的"异质感或疏离感"? 上述问题若无较为圆满的解决,就很难确切地论述多民族文学间的相互影响问题。这是笔者一再对编写一部结构性多民族文学史持怀疑态度的根源。

就后一问题来说,"如何编写多民族文学史"的提问方式其实是"多民族文学以何入史"或者是"什么样的少数民族文学可以入史"问题的另类呈现。或者说,是"如何建构多民族文学价值共享评价体系"问题。当前几乎所有多民族文学史都被学界以所谓的"松散的而非结构的""拼贴的而非有机的""缺乏内在逻辑而非整体统一的"等而批评之,根子里就在于既有文学史"入史"标准的混乱或"多民族文学价值共享评价体系"缺席问题所致:少数民族文学入史是以其文学价值还是文化价值、文学史叙史比重是以民族人口为基数还是其文学贡献,如何判断其贡献,是以汉族文学与作为集合体的少数民族文学关系为主线,还是以多民族文学彼此互动为主线,不同民族文学之间如何共处于同部文学史,有无共享的批评标准或价值评价体系,共享的批评标准或价值评价体系何在? 上述问题的模糊不明才使得中国多民族文学史叙述存在诸多病象。例如,一些文学史叙述者在处理汉族文学与少数民族文学关系时常持两套不同的阐释语码,两种不同的价值评价标准,阐释语码与评价标准的差异导致同一部文学史呈现出内在的裂痕或区隔。在处理少数民族文学时以所谓的文化价值如人类学价值、非物质文化遗产价值等作为其入史准则。在叙史者看来,少数民族文学是少数民族文化的典型表征,少数民族文化在全球化背景下可以凸显文化多样性,彰显典型的地方性知识特征,具有非物质文化遗产传承意义,是维系民族文化记忆或民族身份的根本资源,是少数民族文学民族性的根本所在,也是中华文化丰富多彩的有力佐证。所以,那些能够最大化体现出少数民族文化特征的少数民族文学都应该入史;对汉族文学而言,叙史者则认为,汉族文学有灿烂辉煌的文学传统且能够在不断汲取外来文学观念、叙事手法、创作思潮或

①　吴怀尧:《阿来:文学即宗教》,《延安文学》2009 年第 3 期。

艺术规则等滋养情况下,推陈出新及自我变革力量强,有自觉的创新意识,有相对较高的文学价值或审美价值,在中国文学经典化进程中形成了文化中国的基本风貌,所以,对汉族文学无疑要以文学性特质或文学价值而衡量之,结果导致同一部文学史因叙史标准的差异或混乱而出现内在结构的冲突或编写体例的不协调问题,一部文学史成了各说各话、各自为政、互不答话的松散性、拼凑的内部"打架"的文学史,或者以学界惯常的说法是"非有机性文学史"。也就是说,文学史如果不能在入史标准问题上取得相对统一性或内在逻辑的相洽性,各不同民族文学事实间就无法形成比较意义上的价值判断,也就会因难以形成彼此交错共鸣或多元共生关系而使其文学史叙事出现碎片化、零散化或非规则化现象。换句话说,少数民族文学不能因其"少数"且"民族的"就可以入史,就可以纳入经典化进程。在韦勒克等看来,民族文学研究的核心尽管是"文学的民族性"以及各个民族对总的文学进程所具有的价值问题,但是,如果民族文学研究不能与总体文学和比较文学作出切合实际的比较和联系是没有意义的,他认为,"民族文学"和"总体文学"是一致的,"比较文学是把文学看作一个整体,并且不考虑各民族语言上的差别,去探索文学的发生和发展"①。文学给人以世俗的抚慰,以苦难的纾解,以未来的暗喻,以心灵的归属且必须纳入公共性叙事逻辑。文学是文化的,更是审美的;是意识形态的,更是艺术的;是民族的,更是人类的。文学史既然是对既有文学发展演变规律的总结与分析,是对既有文学创作成败得失的概括与判断,是对既有作家作品文学史地位的赋予与命名,就不能忽视以文学价值或文学美学价值作为入史必不可少的标准。当前,一些文学史叙事的"泛文化化"即将文学的文化价值作为文学入史标准,无疑是文化研究在文学史叙事层面过于泛滥的经典表征。后现代思潮播撒,诸多的"文学死亡""作者之死""读者之死""文学的终结""文学研究已经过时""日常生活审美化"等时有所闻,甚至有学者根据大卫·辛普森的观点而主张我们也已进入"后文学时代"。在辛普森看来,当今世界尽管已进入"后现代文学性统治"时期,文学本体精神已经逃逸或泛化到社会科学中,而社会科学的法则又使得文学、文学批评转变成非文学与非文学批评,随着"后文学"与"后文学批评"时代的来临,文学性将呈现出颓败与飘散等发展态势。② 文学研究的理论话语也从文学理论话语如语言学、形式主义、

①　[美]雷·韦勒克、奥·沃伦:《文学理论》,刘象愚等译,生活·读书·新知三联书店1984年版,第44页。

②　参见[美]J.希利斯·米勒:《全球化时代文学研究还会继续存在吗?》,国荣译,《文学批评》2001年第1期。

叙事学等过渡到后殖民理论、女性主义理论、生态批评理论、新历史主义理论等文化理论，文化价值发现渐趋遮蔽或消解文学审美价值，"近年来的文学批评——不仅是美国的文学批评——总是向着别处看，想成为社会学、政治学、哲学、神学，甚至神秘的启示"①。在韦勒克看来，尽管文学研究有必要借助于其他相邻学科如心理学、社会学、哲学及神学的观念等，"然而，我对那种反对无限扩展批评的涉及领域、反对放弃批评的研究文学的艺术的中心任务的态度，也是感同身受的"②。在诸多泛文化思潮影响下，文学史叙述渐趋舍弃对文学的研究而转向对文化的偏爱，对文学的兴趣转换到对文化的青睐。

晚近以来，在解构主义、后殖民理论、地方性知识、传统的发明以及"民间复兴"等理论和思潮的影响下，以少数民族文学的文化价值为入史标准成为多民族文学史叙事最为彰显的价值尺度并以之为文学民族性的经典表征。一些叙史者甚至认为，有些少数民族现代意义上的作家本来就很少，作品很难被他者认知，只要他们能够写出自己民族的文化，就必须将其纳入文学史叙述，这是事关少数民族尊严的问题，事关多民族国家团结统一的问题。将尊重少数民族文学与其能否入史看作合二而一的问题，是值得商榷的。其实，就文学史叙述而言，少数民族文学要靠自身的品质而非他者的帮助入史，要以"文学"而非"文化"价值完成自我救赎——并不否定其文化价值，这并非是对少数民族文学的强行要求，也不是他们高不可及的梦想，少数民族文学的最终成熟才是中国文学真正融入世界文学的中国时刻。藏族作家阿来认为，"特别的题材、特别的视角、特别的手法，都不是为了特别而特别。我会在写作过程中努力追求一种普遍的意义，追求一点寓言般的效果"③。其他如彝族诗人吉狄马加、阿库乌雾，回族作家张承志，满族作家叶广芩、朱春雨、赵政、傅查新昌，朝鲜族作家金仁顺，仫佬族作家鬼子等几乎都能够在地方性民族文化基础上探究一种普遍性或普适性叙事的可能，少数民族双语作家的日趋活跃，两种或多种语言和文化间的调适、协商、对话与交融实践，他们能够以更为包容而开放性姿态面对他者，以更为灵活而宽容姿态面对自我民族的前世与今生，以更为多元而前沿性理论成果以指导自己的创作，少数民族文学已经或正在以"文学"的力量凸显出中国文学的丰富与深度，发出了世界文学合唱中的少数民族声音。如何发现并较为准

---

① 赵炳鑫、许峰、牛学智：《如何看待"读不懂"的文学批评》，《光明日报》2014 年 8 月 18 日。

② René Wellek, *Concepts of Criticism*, New Haven and London: Yale University Press, 1963, p. 343.

③ 阿来：《就这样日益丰盈》，解放军文艺出版社 2002 年版，第 343 页。

确阐释或敞开少数民族文学的"文学"属性建构特征,如何以"文学"作为比较多民族文学书写经验的基点,如何在"文学"知识共同体内部评估多民族文学价值,是中国文学史叙述亟待解决的问题。由此而论,与其说"重绘中国文学地图"解决了中国文学史叙述难题,倒不如说提供了一种可供选择的余数或敞开了新的叙史可能。

第四节　"中华多民族文学史观"与当代少数民族文学批评

　　一般而言,少数民族文学概念的发明与确立,是中华人民共和国成立后主流话语对少数民族文学重新社会主义化的外在显现,"'少数民族文学'这一概念是我们党以及各族文学工作者运用马克思主义的民族观、历史观、文学观来对待少数民族文学,并在实践中不断认识而逐渐形成的,是马克思主义民族理论和党的民族政策在我国文学事业上的具体应用"①。在主流话语的询唤和少数民族作家的主动规训之内,少数民族文学批评只有依附于主流话语范式而成为主流话语在少数民族文学场域的再阐释或再验证。20 世纪 90 年代以降,随着学界对主流话语给予少数民族文学批评的影响及对西方话语有效性反思的不断深化,少数民族文学批评开始积极寻求适应少数民族文学特性的相对独立而独特的话语表述范式,有效介入、强化了少数民族文学学科的建构和生长。少数民族文学作为一种陌生化的、地方性的、差异性的文学形态受到重视,应该被充分自觉地纳入中国文学史叙述逻辑已为学界共识。其中,作为极具本土原创性特征的批评话语,"中华多民族文学史观"自出场以来便得到学界积极回应并不断予以深化,成为真正推动与拓展少数民族批评深广度的本土话语之一,为人们直观中华民族多空间、多地域与多民族而形构的层垒错置的文化、文学生成机制的复杂性提供了更具操演性的话语规约,为人们重新认识与估量在历史纵深处与共时性语法结构内诸多概念如多民族、中华文学、文学史观等获得一种新的认知空间,中华文学内部要素的开放性、主体多元性与多元共生的融筑性等问题随之敞开,少数民族文学研究也渐趋向多民族文学研究发生价值论迁移,"多民族文学的提出及应用,是'多民族国家'内生性的国家知识概念,完成了'少数民族文学'构造过程的镜像或控制耦合,二者都以多民族国家为基点,共同描绘多民族国家的文学结构,形态及组成关系……意味着多民族国

---

① 白崇人:《"少数民族文学"的提出及其意义》,《中央民族学院学报》1984 年第 3 期。

家全体民族文学同时在场且地位身份平等"①。而且,中华文学是多民族文学共同建构的文学共同体问题亦被学界普遍性认同,"中华文学"概念也作为一种常识性话语在学界通行。主流学界近年来持续关注与此相关问题,2015 年 3 月 16 日,由《文学批评》编辑部、《文学遗产》编辑部、《民族文学研究》编辑部联合主办的"中华文学的发展、融合及其相关学科建设"学术研讨会召开;2015 年 11 月 28 日,由中国人民大学文学院与《文学遗产》编辑部联合举办的"空间维度的中华文学史研究"学术研讨会举行。"中华多民族史观"成为少数民族文学研究由论域性或专题性研究转向学科范式研究的标志性成果。当然,如果从知识社会学生产逻辑来看,"中华多民族文学史观"生产有着更为复杂的文化生态与认识论动因。

一

一方面,费孝通先生"中华民族多元一体格局"话语生产为"中华多民族文学史观"准备了充足而扎实的理论基础。20 世纪 80 年代,伴随着思想解放,"中国向何处去""中华文化去或留""西方化抑或本土化"等问题成为人们当时不得不思考的宏大叙事。面对着不同立场和观点对知识共同体与民族共同体的缠绕,如何建构中华民族凝聚力,或者说,中华民族凝聚力何在,在面对西方文化影响情况下中华民族立足于世的共同体基础是什么等,成为人们思考所有问题的立足点。在这种情况下,"中华民族多元一体格局"理论为人们重新认识中华民族的历史与现实问题提供了学理依据,该理论的主要内容表现在:首先,强调中华民族是一个统一体;其次,承认中华民族的多元性,各个民族都有自己的民族特征;第三,各个民族内部都存在着各自的特殊部分,费孝通先生称其为"各个民族内部的各种'人'"②。"中华民族多元一体格局"理论极大地推动了人们对中华多民族特性的认知,成为考古学、历史学、民族学、社会学、文化学、民俗学等学者观照与思考中华民族问题的学理支撑。如佟柱臣从考古学的角度,刘先照从中华各民族的个性与共性特征及其演变的角度,陈连开从中华民族起源学说的由来与发展角度,以及从历史上有为数众多的汉族人融合于少数民族的角度等等,从宏观上为"中华民族多元一体格局"理论提供旁证;王辅仁、李绍明、宋蜀华、史金波等分别从藏族、百越族、彝族、瑶族等具体的族体发展来阐述

---

① 李晓峰:《"少数民族文学"构造史》,《当代作家批评》2017 年第 5 期。
② 费孝通:《学术自述与反思:费孝通学术文集》,生活·读书·新知三联书店 1996 年版,第 25 页。

"中华民族多元一体格局"的理论;周星、索文清及日本学者横山广子等分别以黄河上游多民族格局的历史形成、青海历史上的民族关系、大理盆地的民族集团等相对具体的地域中的民族集团或各民族的发展为线索探讨多元一体形成问题;①马戎、周星、孔庆榕等根据费孝通先生的创见先后研究了中华民族凝聚力的形成、结构、特征、发展前景及其相关问题;②郝时远则据此认为:在5000多年的发展过程中,中国经历了多次领土盈缩、朝代更迭,但生息繁衍在中华大地上的各民族在互动交融中构建了"文化多样、国家一体"的多元一体格局。③"中华民族多元一体格局"论给执着于确证少数民族文学批评合法性,并探索中华多民族文学特征的少数民族文学批评提供了权威性的理论依据与"批判的武器"。在当事者看来,既然中华文学是多民族共同创造的文学集合体,为什么长期以来少数民族文学却缺席于中国文学史叙事框架? 如果说,"中华民族是由多民族构成的,中华文化是多元一体的文化",那么,"我们要特别重视对少数民族文学的研究和理解,从艺术机理、艺术发展和创作现状等各个角度科学地考察梳理我国各民族文学的关系,以新的姿态实现中国各民族文学的互动整合,开创中国文学的新气象"④。"中国多民族国家的历史和现实属性,形成了中国文化的多样性、语种的多样性、文学形态的多样性以及不同民族文学既相互独立、又相互交融并整体推进的特征。但在中国文学史书写中少数民族文学文本总是'以一代多'的空白式缺席与'以一总多'的在场性缺席。"⑤所以,"'中华民族多元一体格局'学说,多少让人感到遗憾的是,在我们身处的中国文学研究领域,呼应的声音相当迟缓和相当微弱。在某种程度上也反映了中国文学研究学科长期以来疏于接受民族学理论的实际"⑥。于是,以"中华民族多元一体格局"学说为理论基石构建"中华多民族文学史观",成了一些批评者极力张扬的话语选择,如郎樱所说,"长期以来,少数民族文学从未进入

① 参见费孝通主编:《中华民族研究新探索》,中国社会科学出版社1991年版。

② 参见马戎、周星主编:《中华民族凝聚力形成与发展》,北京大学出版社1999年版;张磊、孔庆榕主编:《中华民族凝聚力学》,中国社会科学出版社1999年版;卢勋等:《中华民族凝聚力的形成与发展》,民族出版社2000年版。

③ 参见邸永君:《关于"中华民族多元一体"理论的创立过程、内涵及其影响》,载王俊义主编:《炎黄文化研究》第二辑,大象出版社2005年版,第46页。

④ 包明德:《审美想象在交流互动中创新升华——关于建构多民族文学史的断想》,《民族文学研究》2007年第3期。

⑤ 李晓峰:《中华多民族文学史观下中国文学史之结构》,《西北第二民族学院学报(哲学社会科学版)》2008年第3期。

⑥ 关纪新:《创建并确立中华多民族文学史观》,《民族文学研究》2007年第2期。

过文学史。这有诸多原因,其中,文学史的主创们尚未树立多民族文学史观是主要原因"①。

　　另一方面,"寻根文化、文学"思潮兴起是"中华多民族文学史观"逻辑展开的思想前提。出于对西方"影响的焦虑"的化解策略与本土现代性的想象性建构,"寻根文化、文学"思潮试图借助于对传统文化之"根"的挖掘,以形成对西方文化及普遍性"现代性"话语解构的文化资本,从而达到以民族性和本土性为根基的传统文化资源置换中国话语身份之目的,"'寻根文学'尽管在当时并不是公开的、理直气壮的,但却暗含着提出了文化的特殊性和传统的问题,与这种外来的现代化和普遍主义潜在的对抗"②。中华文化、文学的"根"在何处、如何寻求文化的根等问题成为学界的集体性焦虑,"文学有根,文学之根应深植于民族传统文化的土壤中,根不深,则叶难茂","我们的责任是释放现代观念的热能,来重铸和镀亮这种自我"③。当时学界较为普遍的看法是,文化寻根之文化是未经传统规约且极具生命活力的边远边疆边境地域文化及民间文化,如李杭育认为,"规范的传统的'根',大都枯死了",规范之外的文化,才是我们所需要的"根",尤其强调"规范之外的少数民族文化",是"一种真实的文化,质朴的文化,生气勃勃的文化"④。郑万隆甚至把现代观念与民族文化比作当代文学的"两条腿",认为唯这两个支点才能使之扎扎实实地走下去,并实现"中国文学走向世界的希望"。⑤ 唯有向未曾被主流文化深度波及、亦未曾被中心文化规范的边疆边地处探寻才有可能借助"边缘的活力"完成中华文化涅槃式新生,完成主流话语所期许的现代化目标。在这里,极具本土生命活力的少数民族文化作为"文化之根"在得到主流学界认同的同时,反过来刺激少数民族作家的文化自信与族群身份认同意识,"进入80年代中期后,表现少数民族文学中的'民族意识'的苏醒,就高涨为自觉的'民族主体精神'的张扬"⑥。由此以来,少数民族作家不再以主流或他者话语为规约以拒绝或涂抹族群文化的在场,而是以回到族群生活、建构族群意识、皈依族群认同、想象族群共同体作为文学创作主潮,"凉山彝族诗人群"通过对彝族民间文化

①　郎樱:《多元一体中华民族文学史的体认与编纂》,《民族文学研究》2007年第4期。

②　旷新年:《写在当代文学边上》,上海教育出版社2005年版,第45页。

③　韩少功:《文学的"根"》,《作家》1985年第4期。

④　李杭育:《理一理我们的"根"》,《作家》1985年第9期。

⑤　郑万隆:《我的根》,《上海文学》1985年第5期。

⑥　姚新勇:《寻找共同的宿命与碰撞——转型期中国文学多族群及边缘区域文化关系研究》,中国社会科学出版社2010年版,第24页。

重构和历史远古记忆书写为遭遇多元文化冲击的彝族群体建构出值得依恋的精神家园;藏族文学以其对藏族传统文化资源的审美化书写塑造了典型的藏民族特性并由此开启了"魔幻现实主义"在中国文学现场的增殖性表述空间;朱春雨的《血菩提》、关仁山的《天高地厚》、叶广芩的《采桑子》等因对满族文化再叙述而为中国文学提供着满族经验;张承志的《心灵史》、霍达的《穆斯林的葬礼》、马金莲的《长河》、石舒清的《清水里的刀子》等因对回族文化再阐释而具备经典化可能……加诸 20 世纪 80 年代"重写文学史"及文学经典"再解读"等,也为"中华多民族文学史观"问题讨论准备了文化语境,如《上海文论》"重写文学史"专栏主持人陈思和、王晓明说,开设"重写文学史"专栏的目的"是为了冲击那些似乎已成定论的文学史结论,目的在于探讨文学史研究多元化的可能性"①。在这种情况下,中国文学多空间性与多民族性特征得到学界重视及重新认知,多民族文学入史问题成了合法性在场。

　　再者,"中华多民族文学史观"提出及其相关问题探讨,在深层结构层面又与解构主义及后结构主义"事件化"哲学思维有着某种程度的契合。在后形而上学看来,历史本来应该是事件构成的,是事件构成历史,但形而上学却以单一的理性运思方式,以所谓的"历史普遍性""历史必然性"等宏大叙事规则将历史建构成符合话语建构者自身需要的历史,而忽视了所有的历史都是事件的构成史问题,即使在历史书写中提及事件也仅仅是将事件的意义归属于历史的总体性叙述,事件也就失去了本来的意义与形态,福柯在《方法问题》中将上述历史定义为"脱事件化"的历史,是不能还原历史真相或现场的历史。出于对"结构"的解构,对"事件历史"的尊重,福柯倡导一种"事件化"历史,即强调历史要关注那些"事件",是"事件"构成的历史,是杂乱的、复数的与小写的历史。"……作为事件的哲学向现实性提问,作为事件,哲学应该论述它的意义、价值与哲学的特殊性,并且它要在这种现实性中同时找到自身的存在理性和它所说的东西的基础。"②福柯认为:"历史解释学力图追寻话语背后潜藏的真理,或者恢复文本作者真正的主观意图。这种由表及里的现代解释方法论以系统性、连贯性和因果性为准绳——组装的规则,随着历史的变迁而变化。这些规则只是知识、知觉和真理的历史的先验条件,它们构成了文化的基本信码——知识型构。"③福

---

①　陈思和、王晓明:《主持人的话》,《上海文论》1988 年第 4 期。

②　[法]M.福柯:《什么是启蒙运动》,于奇智译,《世界哲学》2005 年第 1 期。

③　[法]米歇尔·福柯:《词与物——人文科学考古学》,莫伟民译,上海三联书店 2001 年版,第 221 页。

柯对历史隐喻性或复线性的论述得到解构主义者德里达的认可。德里达认为,解构历史的目的并非否定历史,虚无历史,而是还原历史复杂现场,敞开历史偶然性,拆解历史整体性,"从一开始,解构就不仅仅要求关注历史,而且从历史出发一部分一部分地对待一个事物。这样的解构,就是历史。……解构全然不是非历史的,而是别样地思考历史。解构是一种认为历史不可能没有事件的方式,就是我所说的'事件到来'的思考方式"①。在解构主义者看来,传统的历史只是那种以所谓的"普遍性""本质性""规律性"等来遮蔽或歪曲其他不符合其规范事物的历史,"没有事件就没有历史和未来"②。作为"事件化历史"在本土语境的一种回应,对事件化而非本质化文学史的反制,对众声喧哗而非独语判断的倡导,对"块茎化"而非"树干化"历史的重视,"中华多民族文学史观"成为本土学者出于实践需要而创造出的契合中国文学现场且有充分阐释力的批评话语。以"中华多民族文学史观"话语症候观照多民族文学史观念与其批评的问题与症结,可能更能清醒把握中华多民族文学批评应该"向何处去"的问题——当然,这是以认同"中华多民族文学史观"意义及其对多民族文学批评的价值为前提。

二

所谓史观其实应该是一种反思观。"反思什么"与"以什么反思",是这史观问题的根本。由此,"多民族文学史观"应包括两种话语诉求:(A)强调以多民族文学史观去看待少数民族文学;(B)强调少数民族文学理应进入中国文学史书写。上述问题又逻辑地引申出如下问题:(a)少数民族文学能否进入文学史;(b)少数民族文学如何进入文学史。只有对上述相关问题加以综合性及整体性探讨并取得某种共识,才能真正明确多民族文学之于中国文学的意义,多民族文学史观之于中国文学史观的意义。但是,学界在关于该命题的持续性追问与探讨中,少数民族文学被中国文学史遮蔽或抑制却成了一个所有问题展开的潜在逻辑预设或"装置",却遗忘了"如何入史"这一关涉该论题的缘起性问题。在一些批评者看来,传统中国文学史只是一种"脱事件化"的历史,是按照主流话语规范打造的独语的历史,或者是少数民族群体无法充分表述自我的历史,主流话语没有以多民族文学史观来看待处于少数的民族文学的事实性存在,这样的文学史由此被

①　杜小真等编译:《德里达中国讲演录》,中央编译出版社 2003 年版,第 68 页。
②　杜小真等编译:《德里达中国讲演录》,中央编译出版社 2003 年版,第 69 页。

认为只是主流话语按照自身标准叙述或制造出来的单族群文学史。多民族文学事实性存在的复线的历史、杂语的历史、非规范性的历史就这样被主流话语的单一性文学史叙述过滤了。杜赞奇在《从民族国家拯救历史：民族主义话语与中国现代史研究》一书中强调，历史在被书写之际，已经具有了多重解释理解的可能，所以单线历史观是有遮蔽性的，应提倡一种内涵较为宽泛的"复线历史观"。"复线的历史视历史为交易的（transactional），在此种历史中，现在通过利用过去、压制及重构过去已经散失的意义而重新创造过去"①。对"复线文学史"的强调或对中国文学史缺乏对"事件"历史关注的批评，成为言说"多民族文学史观"的逻辑推衍，如中国文学史"虽然冠以了'中国之名'，但它们不能承担起中国——国别文学史的重任。因为，这些文学史的描述对象大都只囿于占中国人口绝大多数的汉族文学，而忽略了汉族以外的其他民族的文学"②。基于作为"事件性"存在的多民族文学事实的重新认知，关纪新一再呼吁，"要获取在中国文学史册上客观的、平等的阐发宣示权利，让少数民族文学的学术研究获得广泛承认，只能从根本上解决问题——这个根本，就是究竟让一元化还是多元化的民族文学史观来主宰我们中国文学的研究，来引导我们面对中国文学的学术思维"③。对"脱历史"文学史叙述的集体焦虑，对中国文学史复线历史的自觉体认，对多民族文学平等地位的热切期盼，对编写多民族文学对话性文学史的一致认同，学界一再从哲学基础、多民族国家文化生态、多民族文学历史演进、多民族文学现状等方面探讨少数民族文学能否入史问题。然而，在这一作为国家美学风格意义上的叙事话语背后，一些学者却忽视了对少数民族文学如何入史这一"最后一公里"问题的纵深性思考。偶有触及也多以少数民族文学的民族性、民族特色或民族风格等作为其入史资本与建构中华多民族文学史观的根基。加诸文化多样性思潮的影响、民族政策的调整等，多民族文学史观渐趋演化为一种潜隐着表白式的身份申辩意识。多民族文学史观在敞亮某些问题的同时也遮蔽着更深层次问题。

一方面，尽管少数民族文学实际上参与了中国文学史的建构过程，但其在中国文学史话语表述中却很少以独立姿态进入公共话语空间和公共领域

---

①　[美]杜赞奇：《从民族国家拯救历史：民族主义话语与中国现代史研究》，王宪明译，社会科学文献出版社 2003 年版，第 39、226 页。

②　马绍玺：《怎样才能建构真正意义上的多民族的国别文学史》，《民族文学研究》2007 年第 2 期。

③　关纪新：《关于中华多民族文学史观的理论建设》，《西北第二民族学院学报（哲学社会科学版）》2008 年第 3 期。

构建,反过来更加阻碍了中国文学史对少数民族文学的再发现。在这种情况下,多民族文学能否入史问题也就成了多民族文学能否得到他者承认并获得自我主体身份的一种话语表征,这就使多民族文学史观问题讨论渐趋变异为少数民族文学因为是少数民族的文学就应该入史问题。因此,多民族文学史观忽视了文学史叙述的本体性问题:即少数民族文学入史资本是因其民族身份,还是因其文学价值? 上述问题探讨的相对滞后或匮乏导致该命题研讨偏离了史学和人文科学应具有的学科品格,既没有从理论上澄清什么样的少数民族文学能够入史这一根本性问题,也没有深入审视少数民族文学如何入史问题。同时,在一些批评实践中还不顾当前少数民族文学创作越来越呈现出跨族别、跨文化、超越民族性书写这一现实状况,张扬甚至夸大少数民族文学的民族性特征并以此作为其入史标准或资本,如有论者认为,少数民族文学是以其"民族地理景观""多姿多态的民族文化气象"等"构成了民族文学刚直而整齐的风景线,组成了少数民族文学弥足珍贵的民族品格"①。关纪新先生指出,创建"中华多民族文学史观"是出于对现行《中国文学史》的某些缺陷而提出的。这为多民族文学史观出场的价值诉求、目标设定、任务分解、方案规划等带来了局限。众所周知,谁也不能否认如下事实:谁不知《楚辞》《红楼梦》,谁又能否定元好问、耶律楚材、纳兰性德、老舍、沈从文、张承志等在中国文学史上的重要地位,又有哪些中国文学史不曾将上述作家作品纳入其表述逻辑? 尽管我们可以说,以前对上述作家作品的理解没有突出他们的少数民族属性,没有从民族的维度去研究,问题若反过来看,上述缺失恰好说明:只要是好的或优秀的文学,文学史和读者其实是不会拒绝的。尽管从根本上说文学史是人写的,具有特定的叙史者个体的价值判断与叙史伦理,但正如艾略特所说,文学史有其相对稳定的运行轨迹,有其相对通用的评价准则,个体只是文学史海洋中的微不足道的水滴而已。也就是说,文学史还是相对客观而尊重事实的,所以,少数民族文学难以入史的根本不能完全从多民族文学史观的缺失中去寻找——当然,相较于少数民族文学的丰富灿烂,少数民族文学经典化问题还有待强化,入史的力度有待提高——只是,个中原因绝非仅以多民族文学史观问题就可以解决。例如,少数民族母语文学的传播和流通问题、少数民族汉语文学的表述及价值问题、消费者或读者接受的审美趣味问题等,都制约着少数民族文学入史问题。再加上其他民族读者——如汉族读者对异族文化的隔膜与疏离等,都构成了对书写一部多民族融合的、结构性的、有机的

---

① 彭学明:《民族文学的民族品格》,《小说批评》2010 年第 6 期。

中国多民族文学史的消解因素。故此,仅以多民族文学史观缺失来解释少数民族文学在中国文学史中的缺席问题是难以触及问题根源的。这就如打枪打错了靶子,至少是打偏了靶子。中国多民族文学创作,作为内陆型农耕文明国家,广袤空间的差异性以及多民族文学间有效的交流互通机制尚待完善,某一民族文学经典很难进入其他民族的接受过程,作为世界史诗典范的"中国三大史诗"(《格萨尔王》《玛纳斯》《江格尔》)以及苗族的《亚鲁王》等,尽管受到学界重视且研究成果不断创新,它们至今却只限于该民族为数不多的人的传唱中,甚至成为某种博物馆意义上保存式研究中,很难在其他民族读者中接受、流传,制约着其经典化进程及入史可能。所以,多民族文学史践行是一个涉及多学科、多领域与多重关系叠加的复合型问题,单以多民族文学史观即可建构一部能体现各民族文学事实且能共融的多民族文学史,是脱离多民族文学实践的主观想象。而且,将会弱化该命题介入多民族文学研究的力度及深度。

另一方面,少数民族文学应该"入史"是"多民族文学史观"立论的根本前提,若将该问题前推则会发现如下等式:少数民族文学=少数民族的文学=入史。这一潜在的论述逻辑使得一些论者不是从"文学"的意义世界探析少数民族文学何以"入史"问题,反而从少数民族特性和本质层面去寻找少数民族文学"入史"的证据,如独特的民族性书写、鲜明的民族特色或地方性的风土人情等,"文学"被迫退居到了问题的边缘,"人文学者的实践,最关键的是语文学。所谓语文学,就是对言词,对修辞的一种耐心的详细的审查,一种终其一生的关注。这是人文学的根基所在"①。文学史其实是一种审美的生成史,是对美的感悟史,是对文学性价值的感悟史,是文学代际更迭与其艺术转型的发展史,少数民族文学在语言与形式等层面是否有普遍性的美学特征,在文体与结构等层面是否有普适性的文学性特征,在价值表述与伦理诉求等层面是否有介入社会公共空间资本,在民族文化与多元文化间是否维系必要张力以克服狭隘的民族身份书写,在多元文化与文学个体化创作间是否维系互动张力以实现文学价值的整体性生成,才是其能否入史的关键之所在。或者说,少数民族文学在最终的意义上只能以其艺术的独创性、价值的普适性、思想的超越性等才能进入历史逻辑或成为公共性流通物。所以说,"多民族文学史观"不必然是对少数民族文学民族性或民族意识的眷恋或赋魅,而是少数民族文学在文学性表述方面是否达到或超越文学的内在要求,是否能够走出理论预设的民族性藩篱而拥有与他者

---

① 陈平原:《假如没有"文学史"……》,《读书》2009年第1期。

对话的根基。当我们一再强调少数民族文学理应进入文学史的时候是否能够思考:少数民族文学进入文学史的前提是什么,有了多民族文学史观就一定可以使少数民族文学入史吗? 或者更进一步说,"我们拿出了足够的多民族文学的作品和研究成果,以及正确并具有可操作性的理论来供文学史家参考与运用了吗?"①如果这些问题不解决,多民族文学史观其实就变异为了一些学者的一种理想化的话语预设。然而,"多民族文学史观"倡导者在未及对上述问题展开必要清理和审视下,便出于对少数民族文学民族性或民族意识的强调或张扬,而往往关注文化认同、身份认同、文化身份、民族主义或文化民族主义思潮等价值阐释,并演化为民族性、民族精神、民族意识等泛文化研究热潮,也是"多民族文学史观"空泛化的一大表征,加诸中国文学研究文化转向及后学思潮影响,使得该命题探讨日益走向泛文化批评。批评的话语资源更多地源于后殖民理论、认同理论、散居族裔理论、民族学、社会学、人类学等理论,对那些蕴藏丰富的形式实验、叙事探索、文体创新等一些极具理论生发潜能和审美拓展空间的异质性民族文学现象却因找不到新的阐释语码而视之无睹,巴赫金曾批评当时人们对陀思妥耶夫斯基复调小说阐释的情况时指出,"大多数至今仍然忽视他的艺术形式的独特性,却到他的内容里去寻找这种特点,不理解新的观察形式也就无法正确理解借助这一形式在生活中所初次看到和发现的东西。如能正确地理解艺术形式,那它不该是为已经找到的现成内容做包装,而是应能帮助人们首先发现和看到特定的内容"②。

其实,任何意义上的文学首先是美学价值论意义上的文学,其根本属性应该是文学审美属性与强烈的人文精神,很难想象那种缺少文学性与价值论维度的纯文化学意义上的文学能够忝列文学史,这一入史标准是不因文学的民族身份不同而被区别对待的。马克思主义经典作家始终强调文学书写的美学价值论命题。在《1844年经济学哲学手稿》中,马克思在反异化和肯定人的自由自觉的类特性前提下,就提出了"人是按照美的规律来建造"思想,把培养"具有全部感官之丰富的人"作为其思想的最高命题。所谓"按照美的规律来建造"是强调人能够按照人的尺度能动而合规律合目的性地进行改造,文学艺术正是以主体的自由自觉的创造,不断突破外在客体与对象世界的束缚,突破人的感觉的单一性,通过丰富的精神世界,建立与

① 李光荣:《文学史观:〈中华多民族文学史〉建构的困境和出路——兼及当前的学术工作》,《民族文学研究》2008年第2期。
② [俄]巴赫金:《陀思妥耶夫斯基诗学问题》,载《诗学与访谈》,白春仁、顾亚铃等译,河北教育出版社1998年版,第59—60页。

世界的诗意关系,实现审美创造意义。① 一些批评者对少数民族文学的文学性或审美属性与人文精神的避而不谈,热衷宏大命题,追逐热点话题,沉溺无关痛痒问题,不再面向批评对象深入探潜,而是一味追随着流行话语踪迹。而那些需要具备扎实功力、广阔理论储备、踏踏实实从基础做起但短期内难出成果的批评话题,则少有人问津,如民族文学的文学性生成问题、民族作家文学与民间口头文学的关系问题、双语写作问题,尤其是民族文学对中国文学经典建构问题研究等,以其任务的艰巨和冷僻而被有意无意地忽略了。这样的批评越多,离文学的距离将会越远,空泛化问题将会愈加严重,"非文学的讨论太多了:是关于综合性的问题争辩太多了,而这些问题与文学几乎没有任何关系"②。在卡勒看来,文学"死亡"或"终结"不是说文学不会存在,而是它不能再以文学自身的方式生成其意义。文学作品的价值不再仅仅是由其内在的艺术价值所决定的了,对它的评价要由某种交换价值所赋值。"多民族文学史观"亦应该在中华民族开放的民族文化视野中探究少数民族文学在身份塑造、文化展演与美学生产之间形成了哪些独特的艺术形式或审美表述,构造了什么样的语言特色和美学形态,创造了哪些文体类型和叙事技艺,在什么程度上拓展中国文学研究方法论,才是问题探讨的着力点,即使探讨"民族性"问题也要强调其对民族性的美学回应方式,而非因少数民族文学是少数民族的文学而先验性具有入史资格。

三

当前,无论是少数民族文学创作者或其批评者,都对少数民族文学批评现状表述着隐忧,前者触及少数民族文学批评的"不及物"或与少数民族文学的抵牾或错位问题,后者则是学界对自身批评症结的检讨及为后续批评的理论准备,以当代少数民族文学批评话语中最具症候意义的"中华多民族文学史观"为例予以理性剖析,无疑可以为我们走进少数民族文学批评历史现场提供切入点,也为透视其症结及走向提供真实的历史语境。

从"多民族文学史观"问题的诸多研究成果中可清晰地发现,过于强烈的现实关怀意识、急于化解少数民族文学在中国文学史的缺席焦虑,以及强烈的重构中国文学史意识世俗化伦理等,使得一些论者在以"多民族文学史观"论证少数民族文学入史及其合理性问题时,却没能对什么样的少数民族文学才能入史或其入史标准等问题予以现代性意义上的探讨或论争,

---

① 参见《马克思恩格斯全集》第42卷,人民出版社1979年版。
② [美]乔纳森·卡勒:《文学理论》,李平译,辽宁教育出版社1998年版,第1页。

"少数民族文学何以入史"问题在该命题探讨中异化为"少数民族文学应该入史"问题,从而使得该命题讨论偏离了少数民族文学入史标准或尺度的再思考。也就是说,"多民族文学史观"首先应该关注的问题是如何为少数民族文学划界,明确少数民族文学不同于汉族文学或其他民族文学的非规约性知识特征,以此作为建构少数民族文学批评话语体系的基本尺度。因为,当我们在学科意义与学术层面上谈论少数民族文学时其实已经为少数民族文学研究设置了一个潜在的话语症候,即对中华多民族多元一体国家而言,少数民族文学不同于汉族文学,不同于我们时常而言的文学。在事实层面上,少数民族文学的叙事资源、知识系统、书写机制、言说规则等方面确实有别于汉族文学,由此形塑而成的少数民族文学理应具有不同于汉族文学的审美品质、话语特征、文本症候、美学形态等。由此而论,少数民族文学研究也就不能未经审视地硬性套用汉族文学的批评话语或所谓的普适性理论命题,不能简单地将少数民族文学研究等同于中国文学研究。在这个意义上说,"多民族文学史观"的首要任务应该是踏踏实实地探讨少数民族文学在文体特征、审美精神、艺术价值、语言特点等的地方性知识特征及其生成机制问题,以此为基础进而探索适合于少数民族文学批评的话语建构问题。由于在后续问题讨论中,一些论者往往浮于问题的表面,专注于一些概念、命题的反复考证或论证,使本来应该产生更为深刻和更多话语子系统的这一原创性批评理论,失去了再创新的持续性动力。在一些论者看来,传统的文学史写作并不是对中国文学事实的客观描述,而是为了突出中国文学的历史价值特性。所谓历史的价值特性,是指"客体的作用同主体需要之间的关系,是客体对主体的某种意义。'价值'表征的是在人的实践活动基础上,主客体之间发生的一种特定的(即客体对主体生存、发展与完善的作用)关系范畴。历史的价值,是历史作为客体对于主体人的作用与意义"①。这样,能否进入文学史对少数民族文学而言已不再是简单的文学入史问题,更多的是涉及少数民族在当下中国社会结构中的权利或权力问题,所以,批判少数民族文学在中国文学史中的结构性缺席并试图从诸多层面探讨"少数民族文学何以入史"的合法性问题,就成了"多民族文学史观"探讨的根基性问题,结果却使少数民族文学入史标准或中国多民族文学共享价值评价体系建构等根本性问题在上述话语得以充分讨论的背后被忽视了。从根本上说,能否编写一部各个民族文学意义都能够真正得以呈现的中华多民族文学史,是值得商榷的,这不仅是一个哪个民族文学应该入史的问题,而

---

① 万斌、王学川:《历史哲学》,社会科学文献出版社2008年版,第304页。

是涉及庞大的系统性工程,如由谁来作为编写者,有什么样的共享价值体系能够保障多民族文学史编写真正体现出各民族文学的文学史价值,持什么样的文学史观念,以什么结构框架容纳各个民族文学且避免杂拌式的材料堆积,一部多民族文学融合的、有机的、系统的文学史如何可能等问题,远没有得到"多民族文学史观"倡导者的注意,也远不是学界在短时期能够解决的。如俗话说,"没学会走路,就想着跑,跌倒了怨不得别人"。

再者,"多民族文学史观"探讨在尚未来得及充分论证少数民族文学生成内在规律前提下,一些该命题论者却集体转向更为宏大且难操作的"多民族文学教育""多民族文学课程设置和开发""多民族文学教材编写"等问题研究——当然并非无益,例如,对于培养和建构当代大学生的多民族国家共同体观念,大有裨益。在一些论者看来,既然高等院校承担着"振奋民族精神和提高民族凝聚力的需要"①,在高等院校开设多民族文学课程不至于是一种学科层面的意义,更是多民族观、多民族文学史观如何在大学生中普及的问题。例如,在早几年"中国少数民族文学年会"或"中国多民族文学论坛"中,均有不少学者强调开设多民族文学课程意义,并在方法论层面为此设计出诸多策略或路径。毋庸置疑,如何在高等院校开设及开设什么少数民族文学课程,可以且应该成为多民族文学史观探讨问题。但是,如果在未及深入阐释多民族文学特征且对其入史问题尚无清晰认知情况下,就匆忙转向需要多学科、多部门、多机构通力协作且需要作出顶层设计,而非单一学科、单纯学术讨论所能身体力行的文学教育问题,并不是明智且沉稳的学术选择。近几年,少数民族文学年会及研究成果已很少看到"多民族文学史观"及相关问题讨论了,热度的退减至少说明,过于追逐热点却对根基性问题缺乏持续性探究,"一阵风"式的批评不止,任何话题都难有话语增殖潜力——笔者并非否定上述讨论的文学史价值。

从总体上来看,"多民族文学史观"倡导者所期待的那种似乎完美无缺的文学史并未能真正在实践层面得以践行,少数民族文学目前来看仍没能真正作为结构性因素内植入中国文学史叙述谱系,反而随着时间的推移,"多民族文学史观"却有渐趋匿迹的趋势。上述问题在很大程度上与"多民族文学史观"倡导者对少数民族文学的本体论认知、价值论挖掘和方法论阐释相对匮乏有关,也与其在处理少数民族文学的少数民族文化属性与少数民族文学属性关系上诸多偏差有关,这涉及少数民族文学批评中一个至关重要的问题,即如何看待文学的民族性与文学的世界性关系问题。上述

---

① 《教育部　财政部关于继续实施"985工程"建设项目的意见》。

问题不解决,"多民族文学史观"就很难说是一种成熟的学术话语。作为文化审美反映的文学,当然具有特定的民族性、地域性与空间性。或者说,民族性是文学的基础,越是伟大的、经典的作品对民族性的描述或塑造越是深刻而独特,《红楼梦》《骆驼祥子》《边城》《北方的河》《尘埃落定》等都是因其具有了极为典型的民族性特征且以超越性的艺术描述而得到经典化验证。由此而言,如何阐释与挖掘出少数民族文学的民族性无疑是少数民族文学批评必须注意的问题。不过,少数民族文学的民族性并非是非历时的、静止的存在物,却是在历史的延展与动态更迭中不断汲取世界新质而发生与世界的交往交流交汇的,没有与世界性的交往交流交汇也就没有民族性存在的根基。或者说,民族性是少数民族文学表述世界性价值观的基础和条件而非根基与核心。"中华多民族文学史观"对作家民族身份的强调、对文学民族性的张扬、对地方性知识的偏爱,却误使一些少数民族作家专注于自我民族群体传统生活场景的描述、独具民族传统文化或文明特性的生活呈现,却对传统与现代、本土与全球、自我与他者、城市与乡村多重矛盾交织、多重视域缠绕中少数民族群体灵魂的彷徨与犹疑以及凤凰涅槃后的再造与重生等问题缺乏真实而富有深度的揭示,自动规避了对文学的现代性书写及文学公共性介入的可能。直至目前,少数民族文学对少数民族的城市化进程、对传统生产生活方式转型而引发的文化调适与理想前途的艺术描述等问题,都还相对落后于生活本身对文学的要求。而在文学的价值立场与伦理标准书写方面也难以在民族文学与普适性文学间建立一个共享的参照系和共通的沟通方式。随着商品消费逻辑与市场经济契合,一些少数民族作家更是刻意按照批评话语的价值规范去构建所谓的民族特色,甚至故意浪漫化自我民族文化的神奇或神秘,导致其创作不再对生活本身进行认真而翔实的调查、观察和思考,不再对生活本身的丰富性和整体性加以窥探和感知,而是刻意按照已有的批评话语去构建自我民族特色来书写自我民族文学,这种批评范式既可能导致少数民族作家失去触摸生活真谛的机缘,文学创作失去感知多元文化碰撞语境中少数民族心理及心态复杂性的能力,也就制约了少数民族文学公共性命题的表达。在这个意义上说,少数民族文学的民族性表述不能成为少数民族文学叙事的最终目的,在民族性基础上开拓出世界性品质才是民族性表述的真正目的。仅就当代少数民族文学而论,阿来的《尘埃落定》《空山》《瞻对》等都是通过特定藏区人事风物的更替以打捞隐藏在民间的历史,以使之作用于当下,完成了历史对现实的启示,现实对历史的诉说;王华的《雪豆》《傩赐》《家园》等通过仡佬族生存空间环境恶化以揭示现代性发展带来的隐忧;萨娜的《流失的家园》《白雪的故乡》《金色牧场》等重复性叙说着城市化进程中边地民族的选择或梦想……在笔者看来,鲁迅先生的"越是民族的,越是世界的"这句话,其实是一种递进性关系,"民族的"是文学的基础,是文学表述"世界的"的基础,"世界的"是"民族的"最终飞跃目标,是伟大或经典文学应该达到的目标,二者的综合对话才是少数民族文学努力方向所在,这是倡导和践行"中华多民族文学史观"时必须把握的尺度。

第四章　当代少数民族文学批评本土经验建设的主体身份与其形态

作为地方性知识生产与建构方式,少数民族文学批评渐趋引起包括如民俗学、古代文学、比较文学、人类学、现当代文学、文艺学等学科的不断渗透和影响。批评界所提出的若干理论命题如"中华多民族文学史观""中华文化板块结构""重绘中国文学地图"等以及契合少数民族文学特质的批评话语如文学人类学、民族志诗学等的实践化操演,很可能在中国文学研究场域渐趋彰显出愈加重要的作用。晚近以来,少数民族文学批评在已有知识层累基础上不断吸收外来跨学科、跨文化研究成果,少数民族文学与民间文学关系问题、少数民族文学的文化翻译问题、少数民族文学批评的学科建构问题、少数民族文学的非母语写作问题、少数民族文学比较研究问题、少数民族文学"重写文学史"问题等研究不断推向新高度,一些长期纠缠不清且没能得以学术史及时清理的关键问题、命题或概念等也不断深化并取得某种共识,如少数民族文学双语写作问题、多民族文学主体性问题、少数民族文学经典化问题、少数民族文学的源流问题等,甚至有些问题研究已走向真正富有学理性与现代性学术品质之路,其学术价值对中国文学研究必将产生积极推动与互补作用。批评的自我刷新与方法论现代转型,批评领域的拓展与批评成果不断推陈出新,开启了少数民族文学批评的新时代、新话题、新气象,跨学科、跨文化批评意识日渐强化,接续了全球化语境下族裔文学研究的前沿话题,具备了与世界族裔文学研究对话的资格及其语境空间。基于上述问题,少数民族文学批评的深度得以拓展,批评的阐释力与公信力得以强化。

只是,囿于学科意识的相对淡薄及其学术史自觉建构意识相对不足,少数民族文学批评并没能在中国文学批评整体格局中凸显其应有的学术分量与学科影响力。一些关涉学科独立性与学术自主性的问题至今未能取得基本共识,如"什么是少数民族文学"问题、"多民族文学价值批评体系"问题、"多民族文学史何以可能"问题、"少数民族文学批评理论建构"问题等,制约了少数民族文学批评与其学科的深层次拓展,少数民族文学批评理论建构长期与民间文学理论呈胶着状态,独立的少数民族文学批评理论一再缺席于批评现场,少数民族文学批评学科话语相对匮乏与批评范式的陈陈相因,成为少数民族文学批评理论深度拓展的根本掣肘。问题或许更在于,一些批评者常将少数民族文学批评看作是自己的"私人领地",存在着"我的问题我可以批评,你却不能说三道四"等问题,缺乏与场域外的沟通与交流,缺乏对中国文学研究及国外文学研究成果"以我为主"的借鉴与吸收。一些批评者与他者话语间的"隔",他者话语与本土实践间的"隔",造成少数民族文学批评自我边缘化以及面临着表述合法性危机,其根本表征在于,作为表述主体的少数民族文学批评很难进入批评对象的精神世界与其背后的现实生活,很难以"裸呈"方式再现批评对象,一些创新性话题言说多是昙花一现。批评的套路化或模式化尾大不掉:其一,一些批评者对少数民族文学说好不说坏或者说些永远正确的套话或应景之语较为普遍,"只要是少数民族作家,就想当然地认为他的作品写了民族性,并以这种身份归属为基点,对他(她)的著作展开批评,进而建构出一整套批评话语以及评判文学优劣的标准诸如民族性、身份认同、地方性知识等。批评界关心的不再是作品的整体价值,而是其能否提供与本民族不同的'他者信息'"①。甚至以什么开创性的、史无前例的、无与伦比的、不可多得的等作为评判少数民族文学的常设性话语,或者将少数民族文学予以奇观化或陌生化等本质主义方式处理而凸显其地方性知识等。阿来的《尘埃落定》等通过对"嘉绒藏区"这一独特空间内土司家族变迁的深刻描述,揭示出在宏大历史进程中任何族群都难以独善其身这一普遍性命题,一些批评者却侧重于作品中的异域风情、奇幻场景或陌生化生活世界的民族志写作而评述,他的《空山》以社会剧烈转型中"机村人"的人性展示与心灵世界的真实呈现表述着对社会人生的哲学化思考,一些批评者却致力于作品中的奇风异俗与宗教的神秘而予以价值重估;张承志的《心灵史》通过对宗教文化中的生命个体及灵魂信仰等的艺术再现以反思在商品化社会如何重建信仰、再造崇高等问题,但在一些批评者的选择性批评中或只为宗教的神圣与献身精神而叫好……一些族别文学史或地域性文学史时常将那些能够凸显民族性特征与张扬民族意识的作品作为能否入史的标准,对于那些彰显跨族别叙事特征的作品则以没有所谓的民族意识、民族精神或民族特色等而将之拒之门外。随着国际范围内诸多"新"知"后"学思潮的纷至沓来,少数民族文学批评日益陷入照顾性批评的话语逻辑,只要是少数民族文学,一些批评者总是千方百计挖掘出能够证明其价值所在的依据,缺乏文学价值或审美价值转而为

---

① 李长中:《批评的"接地性"与多民族文学史观的践行路径》,《中央民族大学学报(哲学社会科学版)》2013年第1期。

其文化价值或文献价值赋魅,缺乏创新意识或独创性特征转而为其皈依于传统叫好。其二,一些少数民族文学批评或者以某种先验性价值论对少数民族文学创作若干问题如沉溺于原生态叙事问题,致力于单一族群身份书写问题,过于俯就民间叙事模式问题,以题材或内容陌生化而非以艺术或文体创新作为"入场券"的创作惯性问题等却往往轻描淡写或避而不论,或者以诸如"反映了××族文化""具有非遗保存价值""呈现文化多样性特征"等对少数民族文学价值作选择性重估;或者浮着于批评对象表面,作浮光掠影式的表面文章,逃避对真实问题的发现与言说,对那些"积极而广泛吸收各种新潮文学观念和文学理论,大胆实验各种外来叙事技巧和艺术手段,敏感于形式的新奇与审美的创造,各种形式的突破和新的艺术境界的追求"①的文本,因缺乏对少数民族文学深厚的艺术感知能力、审美判断能力、理论把控能力以及对少数民族生活的透视能力等而"顾左右而言他",只能谈些给读者精神亢奋、感官刺激、既不可证实亦难以证伪之语如"本土少数民族文学批评如何面对西方话语""好的少数民族文学批评何以可能""如何建构中国特色的少数民族文学批评"等。尽管一些学者为此提出诸多"重建""反思""突围""新视角""策略或对策"等,皆因限于浮在问题表面作泛泛之论而不能从根本上解决既有批评病象。在少数民族文化、文学大繁荣大发展背景下,很可能因失去介入社会现实能力而再次沦为"沉默的他者"。

少数民族文学生成的多元与多源特性以及所处文化语境的复杂性,又向少数民族文学批评提出了如韦勒克所说的"整体性批评"要求,也验证着当前"判断性批评"的无效。在韦勒克等看来,"判断性批评"是一种过滤式批评,即将作品肢解为各种零散的部件后抽取出自己感兴趣的部分加以评述,而且这种评述也多是以既有权威性理论或批评者先在的期待视域作为批评的立足点,批评演变为或历史的、或政治的、或社会的、或文献的、或传记的注释性或校注式的文章。故此,韦勒克强调要进行"整体性批评",即在"判断性批评"基础上融入"内部研究",注重一种审美价值的判断。② 从当前的批评现状来看,本土学界过于关注少数民族作家的民族身份、少数民族文学的民族文化表述、题材选取、叙事主题或伦理思想等"外部研究"成为批评主潮,文学的民族性、作家的文化身份、少数民族文学与民族主义思潮等受到学界重视,连篇累牍地论证少数民族文学与民族主义、与民族性、

---

① 张直心:《探寻民族审美的可能性——当代少数民族小说形式研究断想》,《文艺争鸣》2010年第10期。

② 参见[美]雷·韦勒克、奥·沃伦:《文学理论》,刘象愚等译,生活·读书·新知三联书店1984年版,第300—301页。

与民族文化关系等问题,甚至几成脱离少数民族文学审美属性的社会史、文化史、民族志或人类学等批评。少数民族文学在"真"与"善"之外的地方性"美"或"审美"价值问题却难以敞开。在马克思主义经典作家看来,"美"的问题其实是与"人"的问题合二为一的问题。对"美"的问题、"有意味的形式"问题的避而不谈,批评遗忘了文学的诗意与远方、美感与情怀、感悟与启迪,遗忘了少数族群的生活与梦想、心性与选择、期盼与愿景,遗忘了少数族群与人类世界的心灵相应、情感相通、生命相依、生活共融问题,凸显批评的艰难与乏力。少数民族文学批评的艰难与乏力在于其审美判断力的迷失,在于相对于少数民族文学实践的滞后而不能根据本土文学实践提出本土问题,在于本土原创性话语相对匮乏而不能在全球话语合唱中发出本土声音。诸多"反思""重构""突围""走向"等文章的层出不穷,加剧着上述症候生产。

批评就其本质而论,是一种肌体的"体检"、病症的诊断与病根的探源,只有望闻问切,了解病情,明确病症、病源所在,号准病症、病源的命脉,才能对症下药,药到病除或为病除提供某种药方。否则,开的处方越多,拿的药就越多,可能对肌体的损害越严重。当代少数民族文学批评的上述症候归根结底是一种批评的"不及物"或"不接地"问题。"不及物"或"不接地"就是指批评话语与文本的错位,批评者与批评对象的隔膜,批评理论与批评实践的脱节。批评的立足点不是源于文学文本,批评的结论亦不是以文学文本为基点。这一问题的根源就在于:一些学者对批评问题的描述或阐释忽视了少数民族文学批评"元问题/元叙事"和"次生问题"的区别,抓住的是批评现场中的"次生问题",对批评的"元问题/元叙事"却缺乏必要的警醒与关注,结果导致一些学者对少数民族文学批评之批评因没能牵着问题的"牛鼻子"而使批评只能游走在"次生问题"的表面,就事论事,本质性的"元问题"却躲在现象的背后。少数民族文学批评上述病象生成及蔓延在某种程度上其实与"少数民族文学批评主体性"定位模糊与混乱相关,定位决定批评者的站位,站位决定批评者的言说姿态、方法选取、话语范式、主体身份的隐而不彰,批评是"谁"的问题,以"谁"来解决问题,"谁"如何解决问题等的模糊混乱,导致批评或游走于他者理论模仿和搬用的窠臼,或沉溺于自我重复性、套路化的操演,批评者所给出的"药方"也多是想当然的或似是而非,或难以证实亦难以证伪的套话,或是经过改头换面的西方话语的中国翻版,批评的诸多纷扰与混乱不仅不利于批评共识的达成,更不利于少数民族文学批评社会公共功能的发挥与深化,甚至还会给少数民族文学批评带来困扰或负面影响。在这个意义上说,对少数民族文学批评的反思或批判必须触及问题的根源,触及"元问题"与"次生问题"的区别,即触及批评的主体性问题,才能探究问题解决的路径与方法(尽管短期内可能无法发现、发明解决问题的路径与方法,但可为问题的最终解决提供基础性、前提性的理论准备)。

从根本上说,作为中华多民族政治构架内且是国家话语生产行为的少数民族批评,是对少数民族文学的阐释与评价,同时也要符合批评的一般规则和原理,是中国少数民族文化命意的阐释者,是中国少数民族文学地方性美学风貌的发现者,同时也是中国现代性经验与中国故事的讲述者,是中国文化软实力和中国形象塑造的重要文化资本,这是少数民族文学批评主体性的根本表征,自然构成少数民族文学批评的"元问题"。换句话说,批评的"元问题/元叙事"其实是批评的"主体身份问题",对批评"主体身份问题"认知当然要进入批评的"历史语义场"。就当前情况而论,作为全球化和中国特色两大叙事框架内的少数民族文学批评,在其主体性定位上应具有内外两个不同层面的特征,即对其他多民族国家或西方话语而言,少数民族文学批评作为多民族国家话语知识生产行为,理应具有强烈的现实关怀意识与人文情怀,要以社会主义核心价值观念引导少数民族文学创作在价值多元背景下重塑中华民族的道德信念与理想情怀,要以中华民族共有精神家园建构作为少数民族文学创作在文化多元化时期的基本目标与责任担当,要以中国梦与中国精神引领少数民族文学创作在全球化语境下弘扬中华民族文化传统,强化中华民族认同,即是要凸显出中国少数民族文学批评的中华性身份特征;对多民族国家内部构造的多民族特性而言,要彰显少数民族文学批评的"民族性"身份特征;同时,作为一种审美的意识形态话语,作为一种公共空间生成者、介入者,少数民族文学批评要彰显出其公共性身份特征。由此,少数民族文学批评才称得上是中国的文学批评,同时也是少数民族的与公共性的文学批评。这样的批评主体所从事的批评才称得上是民族的却是参与世界的,是中华的却是参与多元对话的批评,才能避免跌入或"小楼一统"的狭小格局或"依附他者"的主体消散的批评窘境。

当前一些少数民族文学批评的价值冲突,根源是在"少数民族文学应当成为什么"的问题上认识不充分所致。一方面,少数民族文学的价值观念和价值立场日益丰富而多元,全球化背景下各种价值取向彼此间的调适、妥协与融合,又使得少数民族文学价值内涵发生即时更新与迁移;另一方面,批评主体的身份多元性与其所持价值观念的复杂性等,也加大了少数民族文学价值选择或判断的难度与争议性。简单地转述西方话语已很难对本土多民族文学价值生成和阐释语境作出充分考察;相对僵化的、静态的、抽象的评价标准也难以触及纷繁复杂的多民族文学活动现场;而许多批评者,往往持偏颇的价值取向,对自我民族文学价值有强烈认同感,并对之进行积极辩护的价值评价行为,更忽略了各民族文学的互补共生特性。构筑一种融民族性、中华性与世界性于一体的多民族文学批评的价值表述边界,重视网状关系结构中多民族文学各类价值生成的复杂机制,以及多民族文学活动中多重价值关系建立的时代性和社会性特征,最终建立起一种本土化的、具有建设性意义的"认同性批评价值共同体",使之成多民族国家共同体建构的文化象征资本,是破解少数民族文学批评与其文学实践、与社会文化生态脱节问题,丰富中国文学批评理论建构中的多民族要素的必要之举。

从本书各章节内容研究中可看出,任何一种批评范式的流衍或嬗变,批评话语的更新或转换,在问题意识与深层逻辑层面都与先前批评范式存在相应的连续性与递进性。新的批评范式不能从根本上脱离与扭转旧的批评范式所具有的批评惯性,新的批评话语也不能完全取代与清除旧的批评话语所潜隐的阐释向度,批评者对旧有批评思维的依附,对旧有批评范式的信赖,对旧有批评话语的仰仗,无不蕴藏着新的批评范式、批评话语生成的契机与潜能,同时也是新的批评范式、批评话语生成的内在动力与演进逻辑。对少数民族文学批评主体身份归属问题予以深度描述,对少数民族文学批评本土经验建设的主体意识与其形态问题予以深入探讨,对少数民族文学批评如何立足本土、如何强化批评自觉、如何更好地表述中国经验等问题予以深层触及等,有助于对少数民族文学批评"本土经验"的科学评估和提炼,亦可有效规避其中尚存的诸多难题。因此,本书事关本土经验建设问题探讨不仅限于对已有少数民族文学批评经验的总结、归纳或概括,更重要的是在已有经验和教训基础上探究本土经验持续性生成的价值论原则或伦理指向,从实际情况来看,这不仅仅是纯粹的理论命题。

第一节　中华性:当代少数民族文学批评
本土经验建设的中国身份

按照费孝通先生的观点,中华民族历来是作为"多民族一体格局"而存在,"中华民族作为一个自觉的民族实体,是近百年来中国和西方列强对抗中出现的,但作为一个自在的民族实体则是几千年的历史过程所形成的"①。我国各民族在多元一体整体性框架内互通有无,交流融合,形成你

---

① 费孝通:《中华民族的多元一体格局》,《北京大学学报(哲学社会科学版)》1989 年第 4 期。

中有我、我中有你的多民族同生共融的事实面向。各民族文学、文化也正是在这样的叙述秩序内形成互补互动互融的发展与创新机制,共同维系着中华民族共有精神家园与中华民族认同,共同建构着中华民族文学、文化的生生不息。所以,费孝通先生在说明"中华民族多元一体格局"的级序性时提到,作为国家认同的中华民族相对于社会成员的民族认同而言,是高一个层次的民族认同意识。① 近年来,学界关于中华文学概念讨论的日趋升温在某种程度上应和着"中国是多民族国家,中国文学是多民族文学,多民族文学融合是中华文学特征"的理性审视与深刻洞察,也是极具中国问题意识的一种自觉的学术升华。② 在这个意义上说,作为多民族一体格局内的少数民族文学也理应归属于"中华文学",少数民族文学与汉族文学同是中国文化走出去的重要资本(当然,在中华多民族文学史观视野内,少数民族文学其实是中国文学的应有之义,或称为多民族文学,只不过在当前学界的研究意识与表述逻辑中仍潜隐着一种少数民族文学与中国文学的二元划分的方法论。因此,为论述方便本书仍作此划分。下文所论及的少数民族文学批评、中国文学批评等也需在上述框架内理解),是以民族化与地方性叙事表述国家意志的文学,是中国经验与中国意志在多民族地区的多民族书写,即使在现代性意义上的少数民族文学概念未曾出现之前,各民族文学、文化间的交流互动也是一种客观事实性存在,并一直充当着多民族国家的维系者和拥护者,中华民族共同精神家园的建构者和参与者角色。全球化话语纵深播撒,多民族国家叙述框架内的各民族文学、文化更是彼此互动、你我共生、多元混杂且与世界其他国家或民族文学、文化交织共融,并以强烈而自觉的文化自信在文明互鉴、文化共享、文学共融的文学场域"讲述中国故事""传播中国声音",为世界文学发展繁荣与创新提供着"中国方案";乌热尔图的《七岔犄角的公鹿》、阿来的《尘埃落定》、张承志的《心灵史》、叶广芩的《采桑子》、吉狄马加的《一个彝人的梦想》、阿库乌雾的《虎迹》、南永前的《圆融》等在国内外的广泛接受与好评,一些跨境民族作家作品更是在相关民族产生极大反响⋯⋯这就需要以先进文化生产意识作为批评的基本原则,以引导少数民族参与现代性转型,参与中华民族共有精神家园建设,重塑中国文化形象和增强中国文化软实力。

20世纪90年代以来,多民族多元一体观念渐趋强化,五个认同意识

---

① 参见费孝通:《论人类学与文化自觉》,华夏出版社2004年版,第163页。

② 参见马昕:《"中华文学的发展、融合及其相关学科建设"学术研讨会综述》,《文学评论》2015年第3期。

（指对伟大祖国的认同、对中华民族的认同、对中华文化的认同、对中国共产党的认同、对中国特色社会主义的认同）深化与多元文化思潮影响加剧并存，加之许多民族与境外民族有着共同或相近的文化与宗教背景，甚至是跨境民族，少数民族作家的民族意识或文化认同问题面临着错综复杂的文化生态，如何强化少数民族作家的五个认同问题成为当前少数民族文学批评亟须回答的问题，如何引导少数民族作家在民族文化与多元文化间形成对话关系而克服极端化的自我民族中心主义意识；如何引导少数民族作家在民族认同与五个认同间维系必要的张力而克服狭隘、片面的民族认同倾向，以强化少数民族文学对中华多民族国家共同体的书写意识，是少数民族文学批评坚守中华性主体身份的具体表述。理论可以是借用西方的，批评文本的结构模式可以是他者的，甚至运思方式也可以是西化的，但其要发出的是中国声音，要表述的是中国经验，要解决的是中国问题，要彰显的也是学术研究的国家属性，这是少数民族文学批评中华性身份的基本要义。所以，少数民族文学批评在价值取向层面要凸显后社会主义时期国家价值观念的引领作用；在理论资源层面要凸显一种跨学科、跨文化视野下理论话语交叉融合的批评意识，要继承和创新中国批评话语中的体验式、感悟式及对话式批评传统，参考中国传统文论及各民族文论中的基本精神与审美意蕴，特别是经过历史与实践经验证明了的、极具理论阐释能力与理论生长性的马克思主义批评理论等（传统批评资源无论是马克思主义经典理论，抑或中国古代文论等仍要经过本土的再语境化转换）并在此基础上糅合当代社会学、民族学、政治学、民俗学、文化人类学等多学科知识形态，最终形塑一种彰显中国少数民族文学批评气派和风骨且与中国话语构拟出彼此共享的价值论及跨民族文学、文化比较意识的批评形态；在批评文风层面，彰显出与西方不同且能够与西方持续性对话的中国文学批评的审美韵味与艺术精神，展示出汉语文学批评的话语表述特质和精神文化意蕴，以表述多民族国家话语生产行为的少数民族文学批评中国品质，由此构成少数民族文学批评中华性身份质的规定性。

一

任何民族的文学都是在特定时代与特定语境下的产物，都烙上特定民族的生活气息、民族精神、民族意识与民族心理特质等，都需要特定的话语体系以窥视其文本空间蕴含的价值归属。改革开放后，全球化、经济建设等话语最终凝聚为向西方学习的结构性因素内置于国人的价值认同。在这种情况下，批评界一直存在着一种隐而不彰的"以西释中"倾向。在一些批评者看来,我国少数民族文学创作越来越被纳入现代性及全球化进程,在创作的价值设定、题材选择、艺术手法、叙事技巧等方面其实都已呈现出与西方话语相契合的面向,少数民族文学的现代性在某种程度上是对西方现代性话语借鉴的结果(以藏族文学为例,改革开放以来藏族文学所呈现出的宗教神秘与其生活的魔幻等特质而一再被批评者予以魔幻现实主义理论阐释,这就消弭了西方话语与本土少数民族文学创作间的语境差异),"取消族群差异""面向人类命运""直逼文学性书写"等呼声不断高涨。在一些批评者看来,文学批评是针对文学文本、文学现象或文学思潮的批评,少数民族文学创作已缩小或抹平了与其他民族文学的差异,少数民族文学批评也理当运用西方理论话语加以应对。不管承认与否,少数民族文学批评从思维方式、批评范式、言说规则,到命题、概念、术语等深层结构层面都脱离不了西方话语的影子,"欧美的种种理论都是先进的,它们的过去时应是我们的现在时,它们的现在时应是我们的将来时","只有追赶到与它们同步的水平,才有资格与之交流对话"①。既然将西方理论看作是普适性与普世性的天下公器,一些少数民族文学批评便醉心于追"新"逐"后"、跟"风"赶"潮",将源于他者语境且适用于特定对象的他者理论奉为圭臬,却忽视西方话语"理论旅行"到本土语境不仅不可避免地发生理论耗损,而且在本土语境中尚存在"水土不服"问题,批评与文学实践的错位在所难免,笔者将这种批评现象命名为"非中华性"现象,在各族别文学史或多民族文学史叙述层面表现得较为典型。例如,《满族文学史》《苗族文学史》《藏族文学史》《白族文学史》《纳西族文学史》《中国少数民族文学史》《中国当代少数民族文学史稿》等无论在编写体例、评价标准、结构模式等方面都是以西方话语范式而对各民族文学再次整合,其阐释尺度多以社会历史批评、内容概述式批评、作家传记式批评、文献综述式批评等话语为规约,其编写体例及分期标准多是以现代性话语为依据,很难看到论者自身的知识建构或史观创新,也很难感受到叙史者对本土问题的真正触及与解决。尽管学界也不时以多种方式从不同层面对此予以纠偏或检讨,如年度的"中国多民族文学论坛""中国少数民族文学年会"及各族别文学研讨会等,都不同程度地涉及对本土民族文学批评与西方话语的检讨与反思,甚至对西方话语的批判现已成为当前批评的主导话语症候,问题非但没有得以有效遏制或弱化,却日趋"成为外来理论的操练场,无论在批评策略、批评方式、批评文风等方面,都缺乏自身的学术原创性,对象源自中国,但提问问题的动因、解答问

---

① 董学文、盖生:《文学理论研究的文化战略》,《文艺报》2003 年 7 月 15 日。

题的方式、研究问题的角度、得出问题的结论,却几乎都是外来的,导致当前的文学批评缺乏深度和力度"①。主体性身份意识的迷失,导致真正的本土问题躲在了他者话语嘉年华背后,或者在对西方话语的盲目崇信与轮番征用中隐匿了。

　　批评主体身份的隐而不彰导致"非中华性"批评的另一形态是:一些批评者以"文学是天下之公器"为依据而张扬少数民族文学的普适性价值,否认少数民族文学的民族性和中华性身份。晚近以来,现代与传统的交织互构,本土与全球的交融互动,自我与他者的交汇互补等已使得少数民族地区很难清楚地区分出何为现代、何为传统了,传统的价值伦理、行为规范和文化存在形态等在现代性全面介入情况下渐趋弱化或解体,少数民族作家不再执着通过对传统生活的当代重构以达至对原有社会结构的还原或重组,而是以一种面向人类命运的公共性写作姿态积极建构着人类共有精神家园。以阿来为例,阿来一再强调,"文学从来就是讲的一个人的命运,但往往映射的是一大群人的命运,讲的是一个民族的遭遇,但放眼整个世界,不同的民族在不同的发展阶段有类似的遭遇,也就是说反映一种普世的价值观","即体现普世的价值观,在特殊性当中包含一些普遍的意义,而且这个意义是人类普遍价值观上的意义"②。作为一位"用汉语写作的藏族作家",阿来的文学题材也许是独特的,甚至是神秘的,以至于有人将阿来的成功归功于他的身份、他的陌生化的题材,对此,阿来反驳说:"这个时代的作家应该在处理特别的题材时,也有一种普遍的眼光。普遍的历史感,普遍的人性指向。特别的题材,特别的视角,特别的手法,都不是为了特别而特别。我会在写作过程中努力追求一种普遍的意义,追求一点寓言般的效果。"③所以,他一再呼吁读者和研究者要注意他的作品中这种"生命的普遍性"的表达:"在我们国家,在这个象形表意的方块文字统治的国度里,人们在阅读这种异族题材的作品时,会更多地对里面一些奇特的风习感到一种特别的兴趣。……我并不反对大家这样做,但同时也希望大家注意到我在前面提到过的那种普遍性。因为这种普遍性才是我在作品中着力追寻的东西。"④针对鲁迅先生曾提出的"越是民族的,越是世界的"问题,阿来有着自己的解读,"虽然命定要从一种在这个世界上显得相当特殊的文化与族群的生活出发,但我一直努力想做到的就是,超越这种特殊性,通过这种特

---

①　李长中:《文学文本基本问题研究》,中央民族大学出版社 2012 年版,第 5 页。

②　易文翔、阿来:《写作:忠实于内心的表达——阿来访谈录》,《小说批评》2004 年第 5 期。

③　阿来:《就这样日益丰盈》,解放军文艺出版社 2002 年版,第 343 页。

④　阿来:《就这样日益丰盈》,解放军文艺出版社 2002 年版,第 347 页。

殊而达到人性的普遍,在普世价值的层面与整个世界对话"①。阿来在《人是出发点,更是目的地》中为此解释说:"对一个小说家来说,人是出发点,人也是目的地。在我的理解中,小说家是这样一种人,他要在不同的国度与不同的种族间传递信息,这些信息林林总总,但归根结底,都是关于沟通与了解。文学所要做的,是寻求人所以为人的共同之特性,是跨越这些界限,消除不同人群之间的误解、歧视与仇恨。"②在其专著《看见》中,阿来甚至为此进行了系统性论述:"文学的教育使我懂得,家世、阶层、文化、种族、国家这些种种分别,只是方便人与人互相辨识,而不应当是竖立在人际之间不可逾越的界限。当这些界限不只标注于地图,更是横亘在人心之中时,文学所要做的,是寻求人所以为人的共同特性,是跨越这些界限,消除不同人群之间的误解、歧视与仇恨。文学所使用的武器是关怀、理解、尊重与同情。"③在阿来看来,"一个小说家却应该致力于寻找人类最大限度的共同之点。历史的必然与偶然决定了不同国度的不同命运与不同的发展水平,文化基因的差异造成了不同民族的不同面貌,但人类和人,最根本的目的,难道不是一样吗?"④一个鲜明的对比是:阿来的早期作品如《尘埃落定》或《空山》等是以一种极端惨烈的对抗性书写姿态表述着对现代性的恐慌或不安:《尘埃落定》中漫山遍野绚烂的罂粟花、边境官寨人们狂放的情欲与熊熊燃烧的大火;《空山》中色嫫错神湖悲壮地消失、不可抑制的"天火"等,无不隐喻着在外来现代性冲击面前藏地旧有秩序被打破,新的秩序尚未建立、旧的信仰及旧文化的坍塌与崩溃,新的信仰及新的文化却未充分嫁接于本土时的焦虑与惶恐、困惑与迷茫,欲望的燃烧、秩序的解体、传统的消逝、人性的蜕变、生态的恶化等的现实主义再现在某种程度上彰显出作者面对外来世界的担忧。但阿来的新近作品如"山珍三部曲"的《蘑菇圈》《河上柏影》《三只虫草》等却不见了曾经的忧虑或恐惧,而是执着于"人性的温暖"的探究,"比起人类的共同性来讲,文化的差异、生活的差异其实是很小的,在生存命题面前,人类的共同性也远远大于差异性"⑤,表述着"文学更重要之点在人生况味,在人性的晦暗或明亮,在多变的尘世带给我们的强烈命运

①　阿来:《文学应如何寻求"大声音"》,载李怡、毛迅主编:《现代中国文化与文学》(第2辑),巴蜀书社2005年版,第34页。

②　阿来:《人是出发点,更是目的地》,《语文月刊(学术综合版)》2010年第5期。

③　阿来:《看见》,湖南文艺出版社2011年版,第165、168—169页。

④　参见阿来的博客:《小说集〈格拉长大〉韩文版序》,http://blog.sina.cn/dpool/blog/s/blog_60ad606eo100dsg3.html。

⑤　阿来:《文学对生活的影响力》,《法制资讯》2012年第5期。

之感"①主题,较好地实现了民族性或世界性与现代性或艺术性等融合或汇通,在伦理取向、美学症候与叙事艺术等层面呈现出走向世界的可能。面对如阿来这样以"走向世界的可能"为书写旨归的少数民族作家作品,一些批评者却日益走向一种否认文学的国别和族别身份的批评偏至。在他们看来,文学就是文学,不存在什么国家的或民族的文学,文学批评在全球化时代不能以所谓的民族精神、民族意识或民族文化等作为阐释文学的语码,"以中华性/民族性身份来界定少数民族文学,其实是将其意义的窄化,也贬低了少数民族文学","少数民族文学是以文学性而存在,没有什么国别或民族之别","文学没有族别、国别之分,只有成为世界文学才能被成为文学"等,人性、人类命运、普遍性等成为这类批评的常设语码。这种批评倾向却因充斥着貌似高大上的说辞,又在明言层面契合着人们对现代性文学观念认知,而往往为人们所接受。

回顾是为了总结,总结是为了创造。当代的中国已被置入全球化与中国特色两大并置逻辑,中国故事及其表述路径的复杂性彰显出表述中国问题的艰难。对内而言,中国是多民族互动对话的多元共生实体,多民族文学在彼此"共享—互惠"关系中形构着"杂糅交错的民族性印痕",一再印证着中国文学"内部的构造"的复杂性和丰富性,如学者所言,"每种文学都应表现属于它自己的东西,换句话说,表现某个特定的地方,叙述它发生、发展的历史,它的过去,它的现在,以及它的人民的渴望和命运,惟有如此才能进行真正的艺术创造,从而给其民族的艺术提供有益的启示"②。对外而论,作为发展中的中国以地方性中国特色方式整体性进入全球化意义生成框架并成为全球化规则的参与者和制定者。作为文明型国家复兴象征资本的少数民族文学批评话语生产只有纳入世界整体性格局,并主动参与他者多元对话才能最终完成自身身份建构、价值表述、知识增殖。作为国家话语生产行为的少数民族文学批评需要建构一种与多民族国家文学表意体系及世界文学秩序保持对话关系的开放性与全景式的多民族文学主体身份,需要建构一种与多民族国家话语及人类命运共同体相融通的包容性与互惠性的多民族主体身份,需要在全球化语境中以中华性身份参与西方话语对话并彰显中国气象或中国风骨。换句话说,少数民族文学批评要建构一种塑造中国形象、讲好中国故事、体现中国精神的主体身份。所以,建构以中华性为主

---

① 阿来:《河上柏影》,人民文学出版社 2016 年版,第 2 页。
② [尼日利亚]希努亚·阿契贝:《殖民主义批评》,载罗钢、刘象愚主编:《后殖民主义文化理论》,刘建男译,中国社会科学出版社 1999 年版,第 300 页。

体身份表征的少数民族文学批评话语,是当下亟待解决的难题。

二

建构以中华性为主体身份表征的少数民族文学批评,在话语资源层面不能完全搬运西方话语,而是要返回到中华优秀传统文化这个"家园",要汲取或传承中华优秀传统文化的精气神,立于这个根基、打好这个基础、用好这个资源,方是少数民族文学批评彰显中华性身份且拥有话语主体性的根本保障。从发生学意义上说,任何意义上的话语建构都不能脱离建构者所处的文化系统,不能脱离于话语建构所要解决的问题域及其所处的生态语境。少数民族文学批评在全球化及多元文化语境下必须"返家",也就是要返回到中华优秀传统文化这个"家园"。这个"家园"的表述是指在整体上保持与中国传统文化的延续,同时选择传统文化中那些根基性的、话语增殖空间大的、阐释能力强的理论"原命题",并立足于当下的现实生存样态与文学创作生态加以创造性转化。这是本土原创性批评经验生产的"家园",没有这个"家园"或者悬置于这个"家园",批评的接地性或理论话语的本土化经验建设无疑是一句空话、一个幻想。"返家"的可能性在于:任何富有生命力的理论话语都是民族文化精神的具体展示并不断追逐着时代、社会与文化嬗变而与时俱进、不断丰富提高的,选择那些极具阐释容量且具生命活力的本土话语作为少数民族文学批评的理论资源是可行的,也是必需的;同时,作为多民族国家优秀传统文化本身就是各不同民族文化间长期频繁碰撞与整合、对抗与融入、差异与重构而成,展示着中华多民族共有精神家园的塑造与建构过程,少数民族文学批评返回到这个"家园",无疑可最大限度彰显批评话语的中华性身份特征。仅中华传统文论而言,作为中华优秀传统文化经典性表征且以创作构思为核心的古典文论是诗化的、诗意的、诗性的,而非逻辑性的、科层化的、规范性的,注重情感和形象又注重直觉和感悟,不但明之以理,而且动之以情,不停留在一般的概念和抽象性命题的阐述上,很少作自上而下的系统演绎推理。这一点是与以重说理而轻感悟、重体系而轻诗话、重逻辑而轻灵感、重结构而轻直觉的西方话语截然不同、判然有别的。传统话语内在精气神在某种程度上又恰好契合着本土少数民族文化的内在特质。因其地理位置的相对偏远、交通通信的相对落后、人员跨族流动及文化交流的相对贫乏等,形塑了我国少数民族群体独特的新科学或神性思维且在其中形成了他们观照世界、思考天地人神关系、窥探生命密码与灵魂深度的独特形式,也决定了他们的族群记忆、价值观念或生命伦理等,他们能够聆听源自大地深处悠长的心跳与脉动,能够触摸民风民俗中每一个细节或环节的密码与要旨,能够谛听母语表达中每一个音符或字词的韵味与微妙,能够静观花开草长、日出月落、鱼跃鸟鸣的秘密与神奇,能够感悟河流、森林、大漠、荒原的宁静与狂欢,形塑着他们对生活意义及生命来源的独特思考,一种对世界的提问方式或解答密码的地方性探索,更形塑着他们独特的交流表达方式与文学艺术创作特征,形塑着他们的文化、文学是听从内心的召唤而非外在的规约,听从于自然的感悟而非世俗的功利,听从于生活的启示而非设定的纲常,听从于情感的体验而非理性的删减,是诗性的、诗意的、诗化的,是生活的、生存的、生命的,导致他们的思维方式、言说惯习、审美倾向、艺术资源等皆呈现出于汉族的差异。由此以来,少数民族文学的艺术特质、民族精神、叙事方式等很难规训于主流文学,尽管不能将汉族文化传统为根基的中国文论话语完全套用于少数民族文学批评,但就少数民族文化、文学的诗性化或诗意化而言却与中国传统文化体系中的文论话语存在着某种程度的契合性。而从当前的批评病象来看,一些少数民族文学批评在按照西方知识话语规范来规约本土批评行为时往往使批评变异为田野调查笔记或人类学的研究文本,或者变异为少数民族文学的文化身份研究、风俗仪式研究、民族志研究、人类学研究等操演,失去批评应具有的美感和诗意,失去对诗意人生的终极关怀,恰是失去了本土"家园"所致。

在上述意义上说,少数民族文学批评要从"传统文论的意义生成方式,话语表达方式等方面入手,发掘、复苏、激活传统文论话语传统",唯其如此,才能"把中国的文化发扬光大"①。此立论的逻辑前提是:长期以来,本土话语对他者话语的过度依赖或他者话语对本土问题的全方位遮蔽,导致本土批评界很难有足以阐释本土问题的批评话语资源,多年来的"化西方"梦想并没有随着时日的推进而真正得以践行。批评力度的软弱无力、批评姿态的漫漶不定、批评资源的嫁接拼贴、批评效果的晦暗不明,彰显出本土批评的"虚胖"或"虚弱"状态,对"失语症"问题的牵肠挂肚,对"强制阐释"问题的耿耿于怀等,皆警醒着本土学界必须在"西方化"语境下另起炉灶重建本土文论话语,推动中华优秀传统文化的创造性转化以使"西方化"转化为"化西方",在文化杂交之中,既趁势弘扬中国文化,又能达到理论创造的新高峰。② 在中西交往交流交汇日渐活跃的全球化语境下,西方话语的弊端与中国资源的潜在意义更加凸显,如何对少数民族优秀传统文化资源加

---

① 陶东风:《关于中国文论"失语"与"重建"问题的再思考》,《云南大学学报(社会科学版)》2004年第5期。

② 参见曹顺庆、罗俊容:《中国文论话语》,《世界文学批评》2007年第1期。

以创造性转化并以之建构少数民族文学批评的中华性主体身份特征，成了学界共同关注的一个问题。当前，随着中国话语在世界渐趋走向中心，世界对中国话语的认识也渐趋从拒斥到客观评述转换，中国话语对西方话语的矫正或补充意义渐显。在郑永年看来，尽管当今世界仍是西方话语体系为主导并借助其政治经济文化等力量播撒至全球范围，但在全球化背景下它也要面临着范式转型问题，即西方话语中的科学理性逻辑、本质主义的二元论思维、东方主义的中心—边缘意识等必须转型，要兼顾到全球化治理问题、人类命运共同体问题、全球合作共赢问题。西方话语不能单独地完全解决这些问题。故此，中国话语中悠久的历史文化，几千年的文明进化，和而不同、不同而和、和合共生、美美与共等文化精髓无疑可以给当前世界提供源源不断的活力，完全可以帮助西方话语实现范式转型——尽管中国话语在西方话语冲击下尚未完成自身的话语重建任务。① 全球化越是推进，中国话语越要在场，中国智慧越是凸显，中国方案越是重要。法国思想家弗朗索瓦·于连（Francois Jullien）也同样强调，中国的传统文化是中国文学创作及批评的根基，没有这个根基是难以在全球化背景下立足于世的。特别是在当前情况下，不能实现中国话语与西方话语的交汇贯通，不能用新的富有中国特色的概念体系将中国传统文化资源予以创造性转化，不能自觉而主动地将中国传统文化资源置入全球化过程中予以重新阐释并生发新质，就很难完成"在中国人被动接受西方思想并向西方传播自己的思想经历了一个世纪，这个历史时期现在应该可以结束了"②这个亟待解决的重任……以上论述也为我们考察本土少数民族文学批评设置了问题框架或问题域。然而，从目前情况来看，少数民族文学批评的诸多症候显示出，在"应该结束"与"如何结束"之间尚有不小的距离，应该与如何之间尚存楚河汉界，需要我们根据本土现实需求与本土问题意识而对传统加以现代性改造或转换并以之用来解决本土问题，需要这种学术自觉与理论探索意识。近年来，渐趋升温的保守主义思想在一定程度上促进了学界对中国传统文论资源的再认识，学界也普遍意识到，在当前世界文论众语喧哗格局中我们仍一直言说着他者话语，就在于我们未能充分重视那种渗透着中华性运思方式、言说规则、精神底蕴的文化资源这个根基。上述思考在近年民族文学批评界渐趋得以积极回应。朝戈金先生在"中国少数民族文学学会第八届代表大会暨2015年学术研讨会"上对少数民族文学批评建构问题强调：少数民族文学

① 参见叶隽：在"后殖民理论经典译丛"座谈纪要上的发言，2015年10月18日。
② 王岳川：《中西文论互动与文化输出》，《中外文化与文论》2006年第1期。

批评需要书面文学理论、民间口头诗学、认知诗学、民族学、社会学等跨学科理论资源，西方理论不是不可以用，却是远远不够的，需要返回我们的传统文论、文化资源库，特别是"在当前少数民族文化身份认同越来越多重的当下……只有在具备深厚的传统文论资源基础上才能谈论少数民族文学批评理论的真正建构问题"①。传统资源的复振及其创造性现代转化，传统资源的对外开放与他者话语的主动对接，是全球化文明汇通整体语境中展开批评活动，建设本土话语的基础与重要步骤，是亟待完成的使命。

在这个意义上说，我们的少数民族文学批评需要借鉴、吸收中国文化、文论传统精华，需要重新评估和挖掘中国文化、文论传统中渗透着的民族精神气质、彰显本民族文化心理和审美意识的潜在特质，以凸现中国少数民族文学批评话语最为深刻的中华性身份特征。而且，只有这种渗透着中华性运思方式、言说规则、精神底蕴的少数民族文学批评话语才能在与西方话语的交往对话中赢得他者的尊重与平等相待。在 2015 年 11 月 10—12 日举行的"中国文学博鳌论坛"上关于"在全球化背景下，在世界文学格局中，中国文学如何保持自己的主体性，增强文化自觉与文化自信"的论题讨论中，与会者一致认为，中华优秀传统文化是中华民族的精神家园，是中华民族在全球化文化剧烈激荡中维系自我的坚实根基。在经济、政治和文化等质素在全球化纵深播撒的今天，我们尤其要返回和重视本民族的文化之根、传统之基，自觉树立文学创作的本土意识，把中国文学的根深深扎进中华文化的丰沃土壤之中。②从根本上说，全球化在目的论层面是以经济、社会等同质化达至文化同质化为目标，在方法论层面是以西方主流文化渐趋引导其他文化为方法。同时，作为一种悖论性现象，各少数民族文化也只有强化本土文化与时俱进的建设才能化解全球化的压力，才能与全球化形成某种彼此需要的张力，才能最终实现自身的壮大或获取更多的资本。或者说，本土文化只有纳入全球化发展逻辑才能获得更大的在场资本。这是我们倡导返回中华文化这个"家园"必须坚守的理念，也自然包含着对少数民族文学创作及其批评的定位与期许。当前，在西方话语作为一种结构性因素内植于本土批评实践情况下，非理性或情绪化的抵制或拒斥绝非一种严肃而负责任行为，而是需要在立足于中国优秀文化传统与本土现实需求基础上对西方话语加以语境化改造。否则，批评很难逃脱在后现代语境中再次失去自身主体性建构契机而

---

① 朝戈金：在"中国少数民族文学学会第八届代表大会暨 2015 年学术研讨会"上的讲话。

② 参见李云雷：《中国文学博鳌论坛聚焦——世界文学视野中的中国文学与中国精神》，见 http://www.chinawriter.com.cn/news/2015/2015-11-13/257932.html，2015 年 11 月 13 日。

沦为依附于他者的命运。值得注意的是,注重少数民族文学批评的中华性身份塑造并非一种拒绝或排斥他者话语的文化民族主义的话语,而是一种旨在返回中国传统文化基础上主动参与他者对话的学术主张,返回"家园"是根基,是本体论,参与他者对话是手段,是方法论,只有双方的综合对话才有本土批评理论创新的可能。随着中国综合国力不断提升与影响力不断扩大,一种民族主义话语渐盛并日趋异化为一种文化中心主义,将中国问题看作只有中国人以自己的方法来解决的问题,甚至把抵制或质疑西方话语作为中国话语权争夺的显在表征,进而将西方话语当作拦路虎或绊脚石而欲与之一刀两断,通过批评张扬民族形象建构和民族认同的呼声渐趋高涨。"自己的文学观""自己的理论问题""自己民族的文学理解"等成为这一思维范式在少数民族文学批评领域的经典表述。在这种话语逻辑影响下,一些少数民族文学批评日益陷入以批评的民族性为借口刻意回避与其他批评话语的交流对话,陷入自我生产、自我消费、自我循环,甚至自我都不消费的怪圈。在布迪厄看来,各种资本只有进入特定的流通场域才能彰显资本在场的意义,不能进入流通场域,资本的价值必然难以敞开或大打折扣,批评亦如此。

也就是说,如果一种批评话语不能进入公共话语交流或流通的场域,不能在公共性场域内实现与他者言谈并彼此提升,批评就很难介入社会生活而成为公共话语,不能以其本土特色在全球化多元话语交融中凸显中国经验。或者说,返回中国文化、文论传统这个"家园",并非否定要借鉴西方话语并充分吸收与融合西方话语。对少数民族文学批评实践而言,中国文化、文论传统与西方话语一样同是他者,都难以应对作为流动状态的少数民族文学创作实践,在对话基础上进行综合创新便成了少数民族文学批评话语建构的必然选择。早在20世纪80年代前期,从事文学研究的一些学者就在"宏观研究"名义下提出综合研究的要求,批评界也在相关的文章中介绍了关于文学综合研究的一些理论主张和具体做法。美国学者明确指出,20世纪以来修辞学式的文学"内部"研究与注重历史背景的文学"外部关系"研究各有其缺陷,所以"下一时期文学批评的任务"将是在这两种研究之间"做做调停工作"①。对少数民族文学批评而言,跨学科的综合研究不只是批评自身的需要,更是少数民族文学创作现象的复杂与丰富的必然要求。近年来,各少数民族地区结构性置入全球化的逻辑规则与发展框架,边界的混杂、空间的交融、文化的多元等隐喻着少数民族地区与他者已共处于共享

---

① ［美］拉尔夫·科恩主编:《文学理论的未来》,程锡麟等译,中国社会科学出版社1993年版,第212页。

的社会交往原则与价值体系之中,以及在城乡冲突、本土或全球汇通、自我
与他者互动、传统与现代交织过程中因少数民族地区文化所依附要素难以
实现有效剥离与转移,加诸与自然相嵌入的生产及生活方式的渐趋转型等,
少数民族地区社会和现实呈现出复杂面向而远非单维度或同质化表述所能
完成,作为少数民族文化和生活审美反映的少数民族文学在介入族群生活的
现实主义再现时,在艺术表述机制、伦理价值诉求、叙事文本形态以及对族群
生活塑造的丰富性等层面渐趋超越化约论或格式化的批评范式,这就需要诸
多学科如社会学、民族学、文艺学、政治学、传播学等理论的共时性在场并以
跨学科、跨文化研究视角才能符合多民族文学创作实践的要求。关纪新先生
倡导要建构一种"全向度"观照少数民族文学的理论体系;朝戈金先生一再为
民族文学理论建设出谋划策并身体力行地实践;刘俐俐教授强调少数民族文
学批评必须以人类学与传播学的双重视域去面对多民族文学;徐新建教授的
少数民族文学批评总是贯穿着多学科交叉的研究意识;王佑夫先生几十年如
一日从事着少数民族传统文论的挖掘与阐释,其目的就是试图为当代少数民
族文学批评寻求更多的批评资源与话语选择;其他学者如李晓峰、刘大先等
也都在各自的学术领域持续为民族文学批评理论添砖加瓦……正是少数民
族文学发展的客观要求以及对西方批评话语的失望与怀疑,跨学科的综合创
新批评或韦勒克意义上的"整体性批评"成了少数民族文学批评理论建设的
拯救之路。朝戈金对少数民族文学的诗学建构观在 2015 年中国少数民族文
学年会上作了深入阐述。在他看来,少数民族文学诗学应该包括口头的、书
面的、精英的、民间的等综合性理论资源,西方理论不能充分解读本土少数民
族文学,在作家文学基础上建构而成的理论话语也不能完成对在民间口头文
学基础上生成的少数民族作家文学的阐释,作为多民族文化融合而成的中国
传统文论话语是与少数民族文学血肉相通的,是重建少数民族文学批评话
语的必由之路,并"要融合传统、现代以及当代嬗变中的新生批评话语,融
合海外华文批评话语及内地各地域批评文论流派,融合中西方文论、东方其
他各国文论,另外还要结合相关学科如思维科学、信息学、心理学、大数据等
学科研究的积极成果并给以创造性的整合和发展"①。返回中华传统文化、
文论这个"家园",为本土批评理论建构明确了方向,标示了路径,规划了目
标。但是,如何将方向具体化,将路径实践化,将目标践行化,才是批评的
难题。

---

① 杨杰宏:《挑战与应对:少数民族文学学科的建构》,见 http://iel.cass.cn/news_show.asp?
newsid=12188&detail=1。

三

　　建构中华性主体身份的少数民族文学批评,并不只是话语"返家"的问题,更是批评者家国情怀与社会伦理的表述。从根本上说,文学批评表述着批评者个体的文学理想、艺术品位与审美倾向,展示着批评者个体的价值认同、精神追求与信仰世界,渗透着批评者个体的政治姿态、文化想象及社会观念等,同时也彰显着特定历史特定族群共有共享的文化、文学观念、身份想象与美学尺度等,具有鲜明的民族性、社会性和意识形态性等。作为多民族一体叙述框架内的少数民族文学批评,在纳入国家话语表述逻辑的同时应该以中华性作为自身的价值论根基,要通过具体的批评实践成为多民族国家话语合法性的论证者、维系者、建构者。单以少数民族文学创作而论也向少数民族文学批评提出了建构中华性主体身份的价值规约。众所周知,多民族文化、文学间的交流交融与交汇事实形塑了各民族文化、文学无论以何形式、用何语言、选何题材、取何文体都与汉族文学一道参与着中国故事讲述与中国形象塑造,印证着它们"从来便处于由文化他者组成的更大范围的历史场域之中,而且很大程度上是在彼此参照的过程中形成的"[①]。从大兴安岭到海崖之角,从青藏高原到塞外草原,从彩云之南到天山之北,从西域边疆到渤海之滨,少数民族故事与汉族故事齐头并唱着中国故事,少数民族声音与汉族声音交相共鸣着中国好声音。中华文明历数千年而不衰,中华民族久经战乱而始终守护多元一体格局,频遭他者文化冲刷而一直维系多民族共同体想象,多民族文学的温润和滋养是其中不可或缺之要素。无论赓续至今仍流传于广袤国土上烟波浩渺般的各民族民间文学如史诗、歌谣、说唱文学、神话、传说、民间故事等共同建构承载着各民族群体对"中国故事"讲述的精神风貌,演绎着中华多民族文学共同发展的逻辑与规律,藏族的《格萨尔王》、维吾尔族的《福乐智慧》、蒙古族的《蒙古秘史》、柯尔克孜族的《玛纳斯》、锡伯族的《阿布凯恩都力与大地》、景颇族的《勒包斋娃》、布朗族的《创世纪》、毛南族的《创世歌》等,即使在独特的文化传统、叙事资源、地方性的空间生态与文明多样性基础上创作的汗牛充栋般的少数民族作家文学如维吾尔族诗人尼米希依提的《无尽的想念》、铁依甫江·艾里耶夫的《东方之歌》《祖国》《祖国,我生命的土壤》、艾里坎木·艾合坦木的《祖国》《北京》,哈萨克族诗人库尔班阿里·乌斯曼诺夫的《从小毡房走

---

　　①　[美]萨林斯:《整体即部分:秩序与变迁的跨文化政治》,刘永华译,载王铭铭主编:《中国人类学批评》第9辑,世界图书出版公司2009年版,第127页。

向全世界》《在公社化的阿吾勒里》《从友谊的心中》,蒙古族诗人纳·赛音朝克图的《我们的国旗》《迎接国庆节的时候》《幸福和友谊——在锡林郭勒盟"那达幕"大会上》《我们雄壮的呼声》、巴·布林贝赫的《十月的颂歌》,藏族诗人擦珠·阿旺洛桑的《玉带金桥》,傣族诗人康朗英的《祖国颂》《唱太阳》《流沙河之歌》《三个傣族歌手唱北京》等,乃至蒙古族作家玛拉沁夫的《茫茫的草原》、李准的《黄河东流去》,回族作家霍达的《穆斯林的葬礼》、张承志的《骑手为什么歌唱母亲》,藏族作家阿来的《尘埃落定》等,千灯互照,交相呼应,在不同维度和层次上丰富和拓展着中国形象的表述内涵,在文学创作主题层面皆是表述着"怎样的中国"而非"怎样的民族",对多元一体国家的自觉建构成为少数民族文学叙事的集体性症候。随着现代性话语在少数民族地区的影响加大,城乡冲突问题、贫富差距问题、生态环境问题、传统存续问题、生产转型问题等开始成为当下中国文学的共有主题,少数民族文学与汉族文学共时态表述着现代性逻辑中的困惑、焦虑或不适,并始终在国家叙事框架内思考着如何以其独特的边地叙事症候阐释国家话语在场的合法性,丰富着中国经验或中国故事的民族性和地方性讲述维度,即使在某历史时期被作为"他者",也只是完整的中国社会内的"他者",是完整的中国社会内化的"他者",是以"他者"身份建构着总体性的"完整中国"。换句话说,多民族文学共同体内部的多样性是中华民族总体性差序格局内的多样性。即使偶有被主流文学或汉族文学他者化现象等,却始终没有脱离中华民族这一根基性阐释框架,表述和呈现的仍是"怎样的中国文学"。所以说,彰显中华性的价值特性才是多民族文学批评价值体系构建的目标。

　　当前,文学的地方性日益他处化,民族的差异性日益复杂化,身份的建构性日益多元化,多民族文学更是以其地方性知识状况及审美经验表述着"完整的中国社会"的价值论命题①,表述着中华多民族在交往交流交融中共同开创、维系了中华民族广袤的国土、壮丽的河山、辉煌的历史与灿烂的文化,表述着中国故事的摇曳生姿、异彩纷呈。在政治层面,呈现出多民族彼此依存、相互依赖,像石榴籽那样紧紧拥抱的共同体命运;在经济层面,呈现出多民族互通有无、携手共进的发展态势;在文化层面,呈现出多民族兼容并包、兼收并蓄的动力机制;在情感层面,呈现出多民族守望相助、手足相亲的结构特征。在这种情况下,少数民族文学批评要通过对少数民族独特

---

① 关于"中间圈"的具体论述,参见王铭铭:《中间圈——"藏彝走廊"与人类学的再构思》,社会科学文献出版社 2008 年版。

遗产的象征、价值神话、记忆和传统等模式复制或重释以凝聚多民族国家共识，为"完整中国表述"提供地方性经验，也为自身的合法性提供说明。

少数民族文学批评表述"完整中国"意义在于，尽管国家身份认同并非是一种安德森意义上纯粹建构或"想象的共同体"，也不是一种如安东尼·D.史密斯意义上"先有民族主义，后有民族"的共同体，但"在信念的变化中被建构，通过书写而变得真实"①确是不争的事实，"只有当人们认为自己同属一国时，国家才会存在"②。在华勒斯坦看来，社会科学总是致力于维系国家秩序，拓展国家视野，叙述国家的故事。"社会学从日耳曼国家的'国家学'分化出来，与文化或'一般人'概念相结合，慢慢成为'认识国情'的手段。"社会科学即使不是国家的造物，至少在某种程度上也是国家一手提携起来的，"社会科学一向都是围绕着国家这个中轴运转的"③。作为国家学术话语生产的少数民族文学批评要通过多民族文学入史方式"把民族问题变成一个文学批评的问题"④，新版《剑桥美国文学史》就是要"重新振作国民身份和国家特性意识，振奋国家的目标感，以及国民共用的文化价值观"⑤。就上述意义而言，少数民族文学批评最终是要让文学实践"经由人的意志或岁月的力量……转化为共同体记忆遗产的象征性元素"⑥，以深化各民族群体对中华民族多元一体格局认知。张承志时隔多年对《心灵史》的改写无疑极具症候性意义，"中国性增强，宗教性弱化"，注意"建构人民共同体"⑦。晚近以来，国际社会日渐活跃的宗教极端主义、极端恐怖主义、民族分裂主义对多元一体观念产生着负面影响。即使单就学术思潮而言，近期海外汉学界兴起的"华语语系文学"（sinophone literature）思潮等，尽管以反离散方式勾勒出华语文学的多重图式化景观，却在套用后殖民理论时

①　Geoff Ward, *The Writing of America*: *Literature and Cultural Identity from the Puritans to the Present*, Malden, MA: Polity Press, 2002, p.11.

②　［意］路易吉·萨尔瓦托雷利：《意大利简史——从史前到当代》，沈珩等译，商务印书馆1998年版，第484页。

③　［美］华勒斯坦：《开放社会科学：重建社会科学报告书》，刘锋译，生活·读书·新知三联书店1997年版，第19—21、87页。

④　Bercovitch & Sacvan, *The Cambridge History of American Literature*, New York: Cambridge University Press, 2005, xv.

⑤　［美］塞缪尔·亨廷顿：《我们是谁？——美国国家特性面临的挑战》，程克雄译，新华出版社2005年版，第90页。

⑥　［法］皮埃尔·诺拉：《如何书写法兰西历史》，载皮埃尔·诺拉主编：《记忆之场：法国国民意识的文化社会史》，黄艳红等译，南京大学出版社2015年版，第76页。

⑦　姚新勇、林琳：《激情的校正与坚守——新旧版〈心灵史〉的对比分析》，《文艺争鸣》2015年第2期。

以一种边缘姿态表述着某种"离心论述"①。当前,少数民族地区相较于过去面临着更多问题,传统安全风险存在的同时,如传统意义上的贫富差距、城乡冲突等;非传统安全风险也在加剧,如国外诸多极端或错误思潮等借助于网络化传播等,影响着多民族国家内部稳定;而全球化叙事框架内主流话语遭遇多元价值观念的冲击,市场经济逻辑则面临传统叙事话语的信任危机等,少数民族文学批评中,民族团结、爱国主义、民族一家亲等核心价值表述有所减弱。

就上述情况而论,引导族群成员主动走向现代性转型与加入中华民族共同发展逻辑,积极参与中华多民族一体与中华民族共有精神家园建构,自觉参与新形势下新型和谐多民族关系建构,是新时代少数民族文学批评中华性这一主体身份的价值论诉求。作为多民族一体国家,是多民族相互扶持、相互配合与相互帮助情况下形成的"你中有我、我中有你"的"共同体",是多民族和谐共处、多元共生的精神家园。这种和谐相处、多元共生的多民族国家构架也同样形塑着中华多民族文学间的相互竞争、发展与融合进程,汉族文学离不开各少数民族文学,各少数民族文学同样离不开汉族文学,双方互为资源,互为动力,如藏族诗人曹有云说,"作为一名藏族青年诗人,向几千年来的优秀汉语诗歌传统学习是再自然不过的事情"②,各族别文学间也是交往交流,频繁接触。近年来,现代性在民族地区快速展开导致民族地区出现诸多值得注意的问题,如贫富差距问题、公共性服务问题、基础设施问题、中西部发展不平衡问题、教育非均衡问题、经济可持续发展问题等,上述问题又往往与民族地区的文化创新性发展乏力问题、海外错误思潮影响问题等层累叠加等,少数民族地区出现一些不稳定或不和谐现象,导致部分少数民族作家在面对现代性发展、中华文化认同、多元一体观念、中华民族共同体意识、中华民族共有精神家园建设等问题上存在若干错误认知。在他们看来,少数民族文学与汉族文学本来是"两条道上跑着的火车",在知识生产方面没有相同的知识谱系,难以形成良性健康的交往对话关系;有些人认为,少数民族文化因承载人口少、语言流失快、创新能力弱、转型意识差等,在剧烈变动的现代性发展面前很容易解体或流逝,少数民族文学只有强化其文化认同才能避免自我族群失语;还有人认为,既然给予少数民族或少数民族文学以合法性存在,少数民族文学就要写自我族群认同,其他的都可以忽略……面对上述现象,少数民族文学批评者应站在国家话语立场,坚守

---

① 陈平原、王德威、藤井省三:《中国现代文学研究的方向》,《学术月刊》2014 年第 8 期。
② 曹有云:《青藏高大陆上的诗歌写作》,《绿风》2015 年第 3 期。

中华性主体身份,自觉担当起重铸中华民族精神,重构中华民族意志,重树中华民族形象,重组中华民族核心价值观之重任,以是否有利于中华民族社会稳定与民族团结,是否有利于中华多元一体格局形成与巩固,是否有利于中华民族共有精神家园建设为批评的价值论归属,通过对少数民族文学价值空间的深入阐释与挖掘,辨其优劣、识其良莠、鉴其是非、品其利弊,对于那些弘扬民族团结与社会主义核心价值观的作品要敢于褒奖,对于那些书写国家认同与中华多民族一体认同的作品要敢于赞许,对于那些或直接或间接强调将自我民族文化保存于传统之中而不愿或不敢使之面向现代化以及对现代化抱有抵制或拒斥态度的作品,对于那些或直接或间接鼓吹或承认民族独立与民族分裂的作品,对于那些或直接或间接张扬自我民族认同与单一民族认同的作品,对于那些或直接或间接表述自我民族文化自卑感而试图抛弃本民族文化以向西方文化邀宠的作品等要大胆"亮剑"。只不过,赞扬或批判,认同或抵制,都要摆事实、讲道理,以理服人,才能使批评在彰显主体性的同时承担起塑造中华民族共同文化的使命,凸显其在当代中国的意义,如伊格尔顿说,"社会主义共同文化观的充分涵义是,应该在全民族的集体实践中不断重新创造和重新定义整个生活方式,而不是把别人的现成意义和价值拿来进行被动的生活体验"①。

少数民族文学批评需要处理民间口头传统与书面文学关系、汉语写作与母语思维关系,需要处理地方性与世界性关系、民族性与现代性关系,需要处理少数民族与汉族关系以及各民族关系,需要处理经济发展与文化传承关系、传统文化现代转型关系等诸多棘手问题,由此形塑着少数民族文学批评是地方性的却是参与对话的,是民族性的却是参与多民族国家故事讲述的,是本土化的却是介入公共审美品质、伦理取向与价值诉求言说的,这是对批评中华性身份提出的严格要求,也在彰显本土话语生成的可能。多年来,一些批评玄虚或飘渺,空无或晦涩,或者囿于对他者理论的搬运,或者囿于对本土实践问题的无视,自说自话、自言自语,与其对象互不指涉、互不论证,无法真正触及批评对象而成为对象缺席的言说,批评的"非接地性"问题最为人诟病;针对少数民族文学的批评也多是围绕维护少数民族文学、文化权力等展开的论述,甚至变异为少数民族文学、文化权利理论等,那些能够证明少数民族文学、文化权利理论话语如后殖民理论、少数者话语、散居族裔理论等渐趋得到一些批评者的青睐、鼓励与赋魅,事关多民族国家问

---

① [英]特里·伊格尔顿:《历史中的政治、哲学、爱欲》,马海良译,中国社会科学出版社1999年版,第140页。

题的批评却没能引起足够重视。一些少数民族文学批评越发过分强化少数民族文化、文学诉求权利,过度张扬族性话语、族性身份等现象日渐突出。在这种情况下,少数民族文学批评要在多民族国家框架内思考少数民族文学创作问题,综合考察,周密论证,强化学术研究的主体意识和国家立场,以建构少数民族文学批评话语的中华性身份,并为切实解决问题或为问题解决出谋划策。或者说,如果不能扎根于少数民族文学创作现场,不能正确面对少数民族文学生成复杂语境,不能超越娱乐化与世俗化潮流以从现实中汲取现代理性精神,不能通过批评引领少数民族群体参与现代性话语重塑,失去的必定是对少数民族文学的言说能力,难以获得应有的现代品格和持久的生命力,最终可能堕入凌空蹈虚的话语游戏与他者理论狂欢中。

当前,少数民族作家如何处理民族性与中华性、本土化与全球化、地方性与现代性等错综复杂关系,必然深刻影响到其文学的价值观、历史观和意识形态表述,也成为事关少数民族文学创作能否进一步发展与繁荣的问题,更是事关少数民族作家能否树立正确的民族观念以强化中华多民族一体意识问题。就上述意义而言,少数民族文学批评的主体性身份建设要以介入中国整体社会生活系统和社会公共记忆而取得自身历史定位为目的,要承担起引导少数民族文学积极参与社会公共事务、构建中华民族公共性文化价值体系,以现代性文化意识引导少数民族文化参与民族国家共同体建构,参与各民族共享的文化共识或话语体系建构等。遥想抗日战争时期,即使其研究被认为与社会无涉、与现实无关的知识分子也纷纷走出书斋和学院,将知识转化为战斗的号角、刺向敌人的匕首、维系民族国家完整独立的利剑。边疆研究的展开、边政学的创设,即是人类学民族学者积极介入中华民族构建的典型表征。人类学在抗日战争时期的中国成了边疆少数民族的研究之学①;在吴文藻先生看来,人类学民族学最核心工作就是通过文化边疆研究,探讨文化边疆发展与内地文化的融合问题,以为中华民族统一提供文化原生根基②;针对当时知识界有人强调"多研究问题,少研究主义"或"做真正的学术、治有用的知识"等脱离多灾多难现实的治学倾向,费孝通先生直接指出,"学术可以做装饰品(亦是功能),亦可以做食粮(亦是功能),若叫我选择,我是从食粮"③。具体到当下而言,尽管中华多民族共同体意识

---

①　参见马长寿:《人类学在我国边政上的应用》,《边政公论》1947年第6卷第3期。

②　参见吴文藻:《边政学发凡》,《边政公论》1942年第1卷第5、6合期。

③　费孝通:《1939年:"再论社会变迁"》,群言出版社1999年版,第508页。

已成共识,多元一体观念得以践行,却依然存在着一些消解中华民族共同体意识的因素,甚至是结构性因素。由此说来,返回中华文化这个"家园",传承和弘扬中华优秀传统美学精神,立足于少数民族文学创作事实,以"文学中国"作为批评价值论原则,以独特的知识生产讲好中国故事,塑造好中国形象,传播好中国声音,是全球化背景下少数民族文学批评"中华性"身份建构的基本问题域和逻辑框架。

第二节　民族性:当代少数民族文学批评本土经验建设的民族身份

如果说强调少数民族文学批评话语的中华性身份特征,是为了使少数民族文学批评在面对西方话语时凸显出中国少数民族文学批评的国家话语属性,彰显中国文学批评特有的思维方式、精神气质、审美倾向及价值取向等,以建构不同于西方话语且能够与西方话语交往对话的独属于中国的批评话语体系。那么,强调少数民族文学批评的民族性身份特征则是为了凸显少数民族批评自身的民族性特质如批评范式、价值取向、美学经验或艺术体验等,以标示与主流文学批评话语的差异性或非规约性特征。尽管民族性问题人言言殊,且不断遭遇信任危机,但作为"一种极具民族文化内涵、展示民族思维方式、标识民族精神风貌、凸显地方性知识特征"的民族性,却是多民族文学在满足文学批评共性的同时,表征其独特性或地方性价值的根本标识,"凭借这种标识,不同民族文学呈现出各自的鲜明特征。一个民族的文学,丧失了这种民族独特性,就意味着沉没和消亡"①。作为处于与大传统相对的小传统内的多民族作家,因其偏远而独特的地理空间、与周遭环境依存度较高的生产和生活方式、代际传承的宗教信仰及传统观念等,他们的文学作为其生存经验、生命体验与情感结构的审美表述,反映的是本民族极具地方性知识特性的民族文化精神与地域文化品质,描摹的是独属于本民族的仪式禁忌、日常生活、谋生技能、生产方式或民族民间礼仪等,指涉的是本民族特有的价值观念、道德理想、风俗人情或仪式性场景等,他们的文学进而具有独特的生产与传播机制以及地方性的审美和艺术意蕴等,并总能产生一种直抵文学本体和人性深处的力量,无论是鄂温克族作家乌热尔图所说,"我力图通过自己的作品让读者能够感觉到我的民族的脉搏的跳动,让他们透视出这脉

---

① 张江、朝戈金、阿来等:《重建文学的民族性》,《人民日报》2014年4月29日。

搏里流动的血珠……我希望我的读者能够听到我的民族的跳动的心音"①,抑或藏族作家阿来所说,"民族文学……只有面向生活,浸入生活,在民间生活的细微处,才能找到纯粹和鲜活的民族性"②等,都表述着对民族性价值再造或重构的认同愿景。全球化及现代性的纵深播撒,在文化守望与经济发展、身份维系与社会转型、根骨观念与全球化话语的冲突或调适情况下,在族群边界与他者空间、历史记忆与现代体验、民族意识与跨族群想象的撕扯或和解背景下,在传统资源与现代观念、民间精神与个体意志、艺术表述与生活再现的纠葛或交织状态下,多民族文学的民族性构造更为自觉而主动、丰富而复杂。所以说:"少数民族文学,有其独特的生存机制,其评价标准也当由该生存机制决定。"③但是,由于汉族固有的二元论知识话语生产范式对多民族国家框架内少数民族话语生产的结构性作用,少数民族文学尚未得到充分重视。随着保障各民族平等的新宪法制定与实施以及民族识别工作、民族区域自治制度等各项方针政策的落实,各民族间政治平等关系得以确立并受到宪法保护,各民族平等观念深入人心并彰显出中华多民族共同体强大的凝聚力和向心力。然而,因其人口较少、社会发育程度相对较低、经济基础相对薄弱以及其他一些因素制约,少数民族文化、文学在某种程度上仍受制于主流文化、文学的言说规约与表述逻辑,少数民族文学批评也多是重复叙说主流话语的惯有语码或批评范式,主流话语的在场导致少数民族文学批评难以以独立自觉的主体性言说姿态面对批评对象,难以呈现出自身的民族性特征。所以,如何看取主流文学批评话语对少数民族文学批评的影响及影响程度,成为少数民族文学批评建构民族性主体身份的前提。

一

主流文学批评对少数民族文学的结构性影响,已为当前学界的基本共识。不过,学界对上述症结的探讨多集中于汉族文学与少数民族文学关系论层面,或集中于二元论的权力话语问题层面等,却很少从少数民族文学的艺术性和审美价值层面探讨此类问题。我们以少数民族文学的文类(或称为文体、体裁等)问题为例。一般而言,主流文学理论话语中的文类是以相对成熟的书面文学或作家文学为基础提炼而成,或者说,学界通常表述中的文类其实是对作家理性创作出的书面文学类型体裁的界定,并没有充分考

---

① 乌热尔图:《写在〈七岔犄角的公鹿〉获奖后》,《民族文学》1983 年第 5 期。
② 张江、朝戈金、阿来等:《重建文学的民族性》,《人民日报》2014 年 4 月 29 日。
③ 曹顺庆:《三重话语霸权下的少数民族文学研究》,《民族文学研究》2005 年第 3 期。

虑到民间口头传统影响下书面文学文类的独特性问题。无论是 20 世纪 60 年代流行甚广的如以群的《文学的基本原理》、蔡仪的《文学概论》等，还是 21 世纪广受学界好评的如陶东风的《文学理论基本问题》、南帆的《文学理论新读本》、王一川的《文学概论》等，尽管每部文学理论著作在编者看来都是对前人的补充或提高，都是突破性或填补空白之作，但其对文类问题的探讨却无例外地没能跳出书面文学文类定义的窠臼，没有将民间口头文学文类以及受民间口头文学影响的那种既有口头文学痕迹且具现代文学文类特征的所谓"过渡性文类"问题予以真正的学术探讨——国外学界依然存在如此现象。在当前较为流行的主流文学批评阐释规约内自然很少看到有对藏族、柯尔克孜族、蒙古族、苗族等的英雄史诗，彝族、纳西族等的创世长诗，西北各民族的"花儿"、侗族大歌、景颇族目瑙纵歌等的理论描述与形态分析。随着后现代知识状况的渐趋深入，一些少数民族文学得以敞亮，在地方性文化语境中孕育、生成的文学文类的复杂性问题远超主流话语所建立的文类规范，一旦以既有文类概念去阐释具体的少数民族文学文类现象，难免会产生以偏概全之嫌。

对于我国少数民族文学而言，与历史悠久、书写资源丰富、书写传统发达的汉族文学不同，少数民族大多是有语言而无文字（即使有本民族的文字，就国内文字使用情况来看，在各种传播媒体及刊物在以汉文化为主体，以汉字为公共性文字的情况下，少数民族文学要进入更大传播空间或公共空间，以获取更多文化资本，也必须以汉字为书写文字或者被翻译为汉字作品，从近年来少数民族汉语文学日益繁荣这一事实即可看出）。根据中国社会科学院民族研究所、国家民委文化司主编的《中国少数民族文字》（中国藏学出版社 1992 年版）以及互联网上的相关资料，我国少数民族语言文字大致归纳为 4 类：（1）一直有语言有文字的民族如：蒙古族、藏族、维吾尔族、锡伯族、俄罗斯族、彝族、朝鲜族、柯尔克孜族、瑶族、哈萨克族、傣族、水族、纳西族等；（2）曾有语言无文字中华人民共和国成立后才有文字的民族如：侗族、布依族、哈尼族、黎族、佤族、拉祜族、苗族、景颇族、傈僳族、壮族、土族、白族、独龙族、土家族、羌族、基诺族等；（3）曾经有语言也有文字，现在则仅有语言而无文字的民族如：回族、满族；（4）曾经有语言无文字，现在既无语言也无文字的民族如：赫哲族。赫哲族没有文字，现在 40 多岁以下的赫哲族人已不会说民族语，通用汉语[1]。没有文字并非说少数民族没有

---

① 转引自刘俐俐：《汉语写作如何造就了少数民族的优秀作品——以鄂温克族作家乌热尔图的作品为例》，《学术研究》2009 年第 4 期。

文学。众所周知,少数民族地区普遍存在着发达而丰富的民间口头文学如史诗、神话、英雄传奇、叙事诗、民间歌谣、谚语、故事等,并作为一种口语文化以深层结构形式作用于少数民族作家的书面文学创作,其最典型表征是少数民族文学文类问题的异质性。即这种文类不是严格按照相对成熟的书面文学文类规范要求并由作家个体创作而成的,而是在民间口头文学基础上糅合传统规范,彰显集体传唱特色的"过渡性文类"。所谓"过渡性文类"是指:这种文类因有作家个体的独创性而异于其传统口语文学,同时也因传承着口头文学的文类基因而又不同于相对成熟的汉族文学,因而呈现出某种过渡性的、差异性的、非规约性的文类特征,即黑格尔意义上的文类"变种"现象。我国柯尔克孜族著名学者阿地力先生一直从事新疆地区少数民族文学特别是柯尔克孜族文学研究。在其长期的《玛纳斯》研究中,他渐趋意识到,新疆地区少数民族文学研究的一个极为重要的理论问题,就是要弄清楚口头文学与书面文学如何交错发展问题,因为新疆地区各民族的民间口头传统异常发达,对他们的书面文学产生全方位影响,这是新疆地区文学方面的一个突出现象,以《玛纳斯》为例,从口头传唱的文本到书面记录本中间等都要经过极为复杂的转换过程。从目前情况来看,很多新疆地区作家都是在民间口头文学深厚基础上创作出大量的非常优秀的作品,这些作品无论在文体、语言、审美构造、艺术观念等方面都呈现出另类的生产机制与文化逻辑,很难在成熟的汉族文学知识谱系中探索其规律。如何理解和掌握从口头到书面、从书面到口头间循环往复的内在构成与生产机制,是新疆地区文学研究务必注意的问题。① 笔者于 2017 年 9 月至 10 月间在新疆地区克孜勒苏柯尔克孜自治州阿合奇县调研柯尔克孜族口头文学化文化与书面文学关系时发现,当地柯尔克孜人有丰富的民间口头文学化文化传统,民间谚语、民间故事、民间歌舞等已内化为他们的日常生活并规约着其看取世界的基本视域。也就是说,口头演述、民间歌舞对他们而言是信仰而非艺术,是生活而非娱乐,是习俗而非点缀,是自然流露而非刻意为之,这种根深叶茂的民间口语文化传统必然影响到他们的书面文学创作,影响到他们对文学文类的理解和实践操演,如柯尔克孜族诗人萨黛特的诗歌创作在规范的现代艺术表达背后潜藏着柯尔克孜族语言的朗诵化、取材的民间故事化、情感表达的民间化特征,她的诗歌也就很难按照主流文学话语的诗歌文类规约予以阐释或理解……正是将创作之根深扎进民间口头文学基础上,少数民族文学在文类表征层面也就很难用相对成熟的书面文学基础上建构出的文

---

① 此为笔者与阿地力先生在"2016 年中国少数民族文学年会"上的讲话。

类概念加以概括或界定。再者,与进入"散文的观念方式"的主流文学不同,民族地区尚保留着"万物有灵"观念、与物我相融的"诗性思维"等并作为一种深层结构对当代少数民族作家文学的创作产生深远影响。"万物有灵"也好,"诗性思维"也罢,上述因素综合性作用使得少数民族文学很难按照主流话语规范的文类进行创作,也很难被纳入主流话语的文类发展谱系,而是在文类层面彰显出独特的民族特质、地域特色与空间景象,出现了一些不完全等同于既有文类的"文类变种"现象,这就逾越了作家文学理论的阐释规约。

一般而言,作家文学理论多是对文学现象的抽象性概括或提炼,是对文学发展演变规律的描述或总结,是在相对稳定的文类规范基础上的探讨或概括。而少数民族作家文学却是在民间口头文学基础上发展演变的,民间口头文学其实是与少数民族群体的日常生活、精神气质、情感态度、民族意识、风俗礼仪、宗教信仰等相融为一的,是鲜活的、具体的、生活化的,如果机械搬用现代性审美意义上的文类概念套用于少数民族书面文学之上,很显然会陷入阐释错位或阐释无效的问题,特别是对于母语不是汉语却使用汉语写作的少数民族文学来说,其特定的文化内涵及其影响下的文类现象很显然不是汉族文学文类所能够取代或充分阐释的。也就是说,少数民族书面文学作品如果沿用小说、戏剧、诗歌、散文这样的传统体裁划分往往是吃力不讨好的。但是,在当前的一些少数民族文学批评或是在一些汉语期刊对多民族文学的文类划分中,却仍然是按照书面文学的文类标准对少数民族文学加以文类划分,即使是国家级文学期刊《民族文学》也是以小说、诗歌、散文、随笔、报告文学等通用文类标准作为刊发少数民族文学依据的,如乌热尔图的作品《一个猎人的恳求》首发在《民族文学》1981 年第 5 期;《七岔犄角的公鹿》首发在《民族文学》1982 年第 5 期;《琥珀色的篝火》首发在《民族文学》1983 年第 10 期[①]……上述作品在发表时却都是被安排在"小说"的名目之下,恰恰忘记了钟敬文先生当年的提醒:只反映和概括专业作家创作的文艺学是无法阐明民间文学创作现象的,"我们大家知道,民间口头创作,从作者身份、思想、感情、艺术特点、社会联系、社会功能到传播方法、艺术传统等,跟古今专业创作的性质、特点、功用、影响等,决不是只运用作家文学的文艺学所能办到的"[②]。刘俐俐在谈到乌热尔图的作品常被归属于小说时发出这样的疑问:"鄂温克族作家乌热尔图的'小说'作品在文体形式上也有自己的特征,它是介于文人创作和民间口头创作之间的过渡

---

① 截至目前,《民族文学》依然在按照主流文学文类标准来设置栏目。
② 钟敬文:《民间文艺学的建设》,《民间文学论坛》1983 年第 3 期。

形态文本","乌热尔图的作品究竟是纯粹现代意义上的小说、还是刊物为了刊发需求而将乌热尔图的这些作品放置在短篇小说栏目?"①上述问题概是刊发者固守着主流话语的文类概念而将复杂形态的少数民族文学置放其中之故,忽视了少数民族文学文类的多重面向或忽视了其文类所存在的诸多"变种"问题,结果形成理论与批评对象间的削足适履现象。

在韦勒克看来,"没有任何的普遍法则可以用来达到文学研究的目的:越是普遍就越抽象,也就越显得大而无当、空空如也;那不为我们所理解的具体艺术作品也就越多"②。少数民族文学的"文类变种"现象,对本土批评的意义或许在于:相对成熟的作家文学与深受口语文化影响的文学文类是有区别的,凸显出少数民族文学批评建构自身理论话语的迫切性。其他如宏观的文学史叙述,抑或作家作品评判等,在批评实践中也多是批评者按照主流文学批评标准而对少数民族文学的再叙述或再建构,以满足中国文学的中心主义想象,或者将少数民族文学打造为与汉族文学相对的他者形象,以满足主流话语的另类想象,遮蔽了少数民族文学批评民族性身份特质的敞开或生产。所以说,民族性身份的少数民族文学批评主体性确立,有必要重述审视既有的文学、文类观念或范畴、文学评价价值体系、理论话语生产范式、批评话语言说规则、文学史叙述模式等,以重建以民间文学与书面文学交融的整体文学观,民族文学史与主流文学史互动的复线历史观,民族文学评价体系与主流文学评价体系重叠共识的多元评价体系。

二

在上述意义上说,作为与主流文学批评不同形态的少数民族文学批评,要凸显出批评自身的民族性特征(因目前学界关于民族概念的理解与使用混乱,民族也时常被理解为中华民族,民族性也用来指代中国性。本书所谓的民族为少数民族,民族性即为少数民族特性之义)。这种民族性特征是少数民族文学批评区别于也是独立于其他文学批评的基本面相,更是彰显少数民族文学批评合法性在场的根本。尽管人们对民族性问题的理解颇为多元而复杂,就多民族国家叙述框架内的学术话语生产而言,少数民族文学批评的民族性身份应具体表述为:批评要有效地把握和阐释少数民族文学自身特性

①　刘俐俐:《汉语写作如何成就了少数民族的优秀作品——以鄂温克族作家乌热尔图的作品为例》,《学术研究》2009年第4期。

②　[美]雷·韦勒克、奥·沃伦:《文学理论》,刘象愚等译,生活·读书·新知三联书店1984年版,第5页。

及其价值空间,在批评的价值立场、言说姿态、话语资源等方面要体现着少数民族特质,并能够以这种民族性身份积极参与他者的交往对话,最终成为中国文学批评有机的结构性部分。少数民族地区因地理位置、生活方式、生存条件、思维方式及文学传统等而具有充沛的诗意与情思、美感与想象,各民族文学作为各民族作家观照天地、参悟生命、理解世界、思考万物的独特方式深入各民族文化根处并探究民族群体在传统与现在、当下与未来、自我与他者交错杂糅过程中心理与精神、思想与意识嬗变及其内在规律等的艺术化表述,由此形塑着少数民族文学的民族性特征——此处的民族性是指一种极具民族文化内涵、标识民族文学风貌、凸显地方性知识特征的文学特质。所以说,"民族性是文学的身份标识。凭借这种标识,不同民族间的文学彼此区别,呈现出各自的鲜明特征。一个民族的文学,丧失了民族独特性,就意味着沉没和消亡"①。马克思、恩格斯曾以民族性格、民族特性、民族独特性等表述民族性,强调不同民族文学间的内在差异性②……这就要求批评者返回少数民族群体的文学、文化生活根部,以"族内人"视界深入少数民族文学、文化生成语境,从发生学意义上探究少数民族文学、文化与主流文学、文化差异性形成根源及其表现形态,以人类学的"贴近感知经验"触及并深描少数民族群体的精神特质、民族心理、民族意识与审美表述及其文学所彰显的民族属性,以"同情之理解"而非居高临下的姿态去探究少数民族文学、文化的叙事转型、演变历程及其内在规律与形态特征,所以说,"民族文学的根基不在西方,它在我们的民间生活,在我们的民族传统中。只有面向生活,浸入生活,在民间生活的细微处,才能找到纯粹和鲜活的民族性"③。也就是说,民间生活对少数民族文学而言是其民族性或主体身份生产的源头,是少数民族文学本质性特性生产的源头,也是少数民族文学批评不能在完全依靠书面文学理论情况下足可以阐释少数民族文学的根源。不过,当代少数民族文学批评只是文学批评的民族化方案表述,要尊重批评的一般规律和内在的逻辑规定性,"片面的深刻"抑或"深刻的片面",都不是文学批评常态。在批评的民族性基础上强化批评的现代性或公共性,在批评的公共性基础上凸显批评的民族性,才能使少数民族文学批评不至于成为"王婆卖瓜"式的自卖自夸。

少数民族文学批评话语的民族性主体身份塑造与生产,需要批评者谱系性考察作为地方性知识的少数民族文学民族性特征的生产方式及知识图

---

① 张江、朝戈金、阿来等:《重建文学的民族性》,《人民日报》2014 年 4 月 29 日。
② 关于马克思、恩格斯对于民族性问题的论述,参见侯发兵:《论马克思恩格斯关于民族性的思想》,《理论月刊》2012 年第 8 期。
③ 张江、朝戈金、阿来等:《重建文学的民族性》,《人民日报》2014 年 4 月 29 日。

景,以及上述知识图景所关涉的特定族群的文化生态及意识形态规约,"地方性不仅指地方、时间、阶级与各种问题而言,并且指情调而言——事情发生经过自有地方特性并与当地人对事物之想像能力相联系"。要理解这种"情调"就"必须依照特定一类人对自己经验的阐释,因为那是他们所承认的描述"①。相较于经历着长期儒家伦理浸染的主流文学批评理论对性、情、自然等观念的忽视或遮蔽,少数民族文学话语却较少受制于这种伦理观念束缚而能够深入性、情、自然等人内心体验的挖掘与阐释;相较于主流文学批评话语较少受宗教因素影响而较少谈论文学或艺术的哲学命题或作形而上之思,少数民族文学话语却长期孕育在宗教文化语境之中而多有对人生、命运、归属等形而上层面的思考与论述;相较于孕育在传统秩序中的汉族文学话语强调人与人、人与自然、人与世界的依附性等级关系,少数民族文学话语却注重生态和谐以及人与周围世界的和平共处,相融为一;相较于以"天行健,君子以自强不息"的儒家伦理规约的汉族文学话语强调积极入世、建功立业的思想,少数民族文学话语却张扬原始集体主义意识;相较于早熟的汉文化影响的汉族文学话语较少想象性的言语表述与美丽构思,少数民族文学话语却弥漫着强烈的浪漫主义的想象力而形成独特的抒情诗学……作为一种与族群生活情景互动,与族群生命意志互融,与族群民间文化传统互动,与族群日常习俗互汇的、变动不居的少数民族作家文学,呈现出典型的民间性及日常生活化特征。在某种意义上说,少数民族文学不是一种纯粹个体化的审美创作或文学性的文学,不是一种"为艺术而艺术"的文学,不是一种与晚期资本主义消费逻辑合谋或与商品市场契合的文学,而是一种生活方式,一种道德规约,一种思想行为规范,一种生存伦理,一种生命体验,一种扎根于日常生活的文学或者称为一种"生活世界的文学"②。在哈贝马斯看来,"'生活世界'(life-world)强调日常生活中天然的意义性和主体交互性(intersubjectivity),这种有意义的文化世界正是社会科学与自

---

① [美]克利福德·吉尔兹:《地方性知识——阐释人类学论文集》,王海龙、张家瑄译,中央编译出版社2000年版,第19页。

② 按照通常的理解,"精英严肃文学"是指纯文学或审美的文学;"消费性大众文学"是指以消费或商品化为创作旨归的文学。与上述文学形态不同,少数民族文学的民间性、口语化、乐生性特征使其不完全等同于上述主体民族文学形态。因为上述命名是在汉族文学、书面文学的历时性框架内提出的,并没有将在民间口语文化基础上孕育生成的少数民族文学充分考虑进去。笔者提出少数民族文学的"生活文学"问题,并非否定少数民族文学不能纳入上述文学类型,而是强调少数民族文学有悠久的民间口语文化传统、独特的运思方式,地方性的审美表述模式等,即使被纳入也会呈现出与之不甚吻合之处。

然科学的根本差别所在"①。故此,笔者将少数民族文学命名为"生活世界的文学",以区别于当前主流文学关于"精英严肃文学"及"消费性大众文学"等类型划分——并非否定少数民族文学亦有"精英严肃文学"及"消费性大众文学"等作品生成——只是强调少数民族文学即使从事上述类型化文学书写也不能遮蔽其自身特有的生活世界特性及日常生活品质。换句话说,少数民族文学是源于生活的、与族群共同体的文化传统、日常习俗、宗教信仰、观念伦理血缘相系,根脉相通的文学,是少数民族作家以民族代言人身份感知生活、表述族群、想象他者、体悟世界的介入性写作,而不是出于或审美化或政治化或娱乐化或市场化需求而创作的文学。生产、生活方式的差异,地域文化、景观的异质,民间风俗、伦理的多元,生命感悟、体验的不同,审美表述、言说方式的多样等,形塑着少数民族文学最为凸显的身份标示"民族性"的丰富复杂,而其批评要以"美人之美"文化自觉意识深入阐释少数民族文学文本形态、艺术风格、文化意蕴与民族精神以及语言、题材或韵味等与他民族文学的差异性特征,以大文类概念解构中心主义话语的文字、文本崇拜观念以消解书面文学与活态文学、民间文学与精英文学、审美文学与人类学写作间的文类界限,以人类学的整体知识论观察民族文学的地方性社会与文化事实,要"不但说明一个民族与另一个民族在文学发展方面的共同点和类似之处,而且指出其差异的方面"②,最大限度触及少数民族文学的民族性特征与其表现形态等,探究少数民族文学与民间文化、与民间口头文学的"源"与"流"关系及其互动机制或生成规律等,不带偏见和盲点地将少数民族文学置于交往对话之中并在其中彰显出批评的差异性特征。

晚近以来,少数民族文学批评渐趋遭遇民族学及社会学场域中的"非民族性"思潮影响,渐趋生成一种质疑、否定或解构文学民族性的批评现象。其一,20世纪八九十年代以来,世界范围内因民族问题而引发的族际冲突、族际矛盾或对抗日渐严峻,人们不得不对民族主义、种族主义与其相关话语保持警惕,全球化的纵深推进,民族性话语更是因其与全球化的抵牾而遭遇信任危机。其二,文化、资本、资源与媒介信息的全球化运作,导致民族国家边界的混杂、世界空间距离的压缩现象日益凸显。由此以来,诸如去差异化、去地方化及去民族国家化等呼声高涨,与之相应,否定民族意识、消

① A.Schütz, *Collected Papers I. The Problem of Social Reality*, Springer Netherlands, 1962, pp. 130-133.

② [美]雷·韦勒克、奥·沃伦:《文学原理》,刘象愚等译,生活·读书·新知三联书店1984年版,第283页。

弭民族特性、取消文化多样性的去民族性或后民族等非民族性思潮等渐趋
兴盛。在这些思潮的支持者看来,民族及相关概念是制造民族分裂与族际
对抗的理论渊薮,是支撑民族主义话语迅猛播撒的理论动力,是肢解民族国
家统一的理论基石,全球化话语的合法性很大程度上是源于其所具有的去
民族功能。有学者认为,民族问题无疑是多民族国家内部离散化的重要因
素,强调民族问题就是与全球化背道而驰……这样,非民族性作为一种能够
民族和解、推动全球化进程、实现多民族国家稳定的思想和理论资源而取得
合法性,"假如我们能说服人们放弃民族性理念,将自身只是视为人类成
员,也许仅仅与某一特定团体有文化隶属,这个世界将更加自由与和平"①。
国内人类学、社会学、民族学、政治学等领域的一些学者出于对坚守民族性
或民族认同所潜隐着的可能危及多民族国家统一风险的警惕,也渐趋倡导
一种高扬族际整合论等非民族性呼声,在某种程度上加剧了民族虚无主义
在本土场域的影响。尽管上述观念保持着对少数民族群体坚守民族性或民
族认同可能引发风险的清醒认知,并为之设计出不同的替代性方案,却忽视
了中国少数民族的民族特征或民族认同感并没有随着全球化趋势加剧而削
弱这一事实。一时之间,民族性被认为是"阻碍少数民族文学走向世界的
罪魁祸首",是"对少数民族文学本体属性的阉割","取消了多元一体文学
史的在场",甚至被斥为是反现代性、反历史的理论思潮,非民族性问题构
成了少数民族文学批评最为棘手的难题。受上述思潮影响,作为被表述者
的少数民族文学的民族性特征便游离于主流话语规约之外,以中国文学置
换汉族文学、以汉族文学置换少数民族文学现象的策略成为一些文学史书
写的基本范式,多民族国家多民族文学比较意义上的民族性或非规约性问
题就是在上述阐释范式中隐匿了、遮蔽了。一些批评者不再致力于对少数
民族文学地方性美学生产与艺术创造的发掘与总结,不再致力于对少数民
族文学整体价值与道德伦理的阐释与剖析,不再致力于对少数民族文学中
多民族群体的现代性经验与情感体验的体认与关怀,不再致力于对少数民
族文学背后少数民族群体的现代化阵痛与身份困惑问题的叩问与思索,而
是专注于本质化的民族性问题诠释,专注于全球化背景下普适性价值伦理
的发现,上述因素或隐或显地推动着少数民族文学批评"非民族性"倾向
蔓延。

　　少数民族文学批评要化解"非民族性"思潮或直接或间接影响,有必要

---

① George Orwell,*The Road to Wigan Pier*,Penguin Books in Association with Secker & Warburg,1962,p.160.

返回少数民族传统文学或文化土壤并特别注重继承、吸收各民族传统历史文献、口头说唱以及其他形式中流传下来的独具民族特色的批评话语,这些话语是建构少数民族文学批评民族性身份的源头,也是凸显少数民族文学批评民族性特质的内在要求。尽管我国少数民族大多没有文字而使其书面文学不甚发达,对书面文学的理论总结与创作规律的归纳与整理较于汉族文学略显不足,但民族民间文学的发达却使得他们对民间口头文学的创作规律、文学功能、叙事艺术、形式结构等多有阐发,在一定程度上弥补着汉族文学批评话语匮乏的一环。如有学者所说,我国少数民族的"神话、传说、诗歌中,有对文艺和审美起源的美丽想象,可以启发我们的灵智与思考,进一步去探索艺术起源的奥秘!"①少数民族不"只有被誉为'天籁'的真挚感人、色彩缤纷的诗歌杰作,也有它自己的诗学,这种诗学,是以口耳传授而存在"②。其实远不止于此,民间文学对文学理论话语的影响不只是文学的形式技巧、创作规律、观念主张等,更是为文学理论话语贡献着汉语文学批评所不具备的那种人神共在诗学思维、不经理性思维而直抵文学真谛的想象力,以及蓬勃的激情、率真的感情与直观的表述等,这才是文学的本质性特征,是少数民族传统理论话语对中国文论的最大贡献。张文勋、周来祥等诸多在古代文学、文论研究方面贡献卓著的学者都曾表述了对少数民族文学批评理论的重视。如张文勋先生就曾着重阐述了这个问题。他认为,作为多民族国家,中华民族传统文论中的一些文艺观念或美学理论是源自少数民族地区的,"是各民族文化相互影响和不断交融的产物",少数民族文论因其生长孕育在独特的地域文化、宗教文化、民族文化等深厚的土壤之中而成为中国文论不可或缺的部分,彰显出中国文论鲜明的地域性、民族性与多空间性,即使在一些常识性汉民族文艺思想或美学理论中也不时发现其融合着少数民族文学思想的因子,多民族性、多民族文论的互文性始终是中国文论的基本特性,这是任何研究者在研究中国文论时都必须把握的基本准绳,"就各个民族而言,他们的民族文化、民族性格、审美观念,又各自具有鲜明的民族特色。……有些直接产生于本民族文艺土壤中的文艺理论,非常鲜明地反映出该民族所特有的审美观念"③。这就提醒着我们,当全球化的纵深播撒对各少数民族文化影响日趋加深时,少数民族文学批评理论必须重视那些蕴含丰富民族性特征的传统理论资源,这种资源是建构少数民

---

① 周来祥:《少数民族古代文论选释·序言》,《民族文学研究》1992年第4期。
② 阿买妮等:《彝族诗文论》,康健、王子尧等翻译整理,贵州人民出版社1988年版,第1页。
③ 张文勋:《〈中国历代少数民族文论选〉序》,《民族文学研究》1987年第6期。

族文学批评民族性身份话语的根基,是确立少数民族文学批评话语在全球化背景下彰显自身独特性价值的基础。周来祥在为《中国历代少数民族文论选》续编——《少数民族古代文论选释》所写的"序言"中也认为,少数民族文论对中华民族文论的独特贡献,突出表现在两个时期,"一是远古时期,他们的神话、传说、诗歌中,有对文艺和审美起源的美丽想象,可以启发我们的灵智与思考,进一步去探索艺术起源的奥秘。二是由古代向近代的转折、嬗变时期,在这一时期有不少重大理论问题,是由少数民族出身的理论家提出的"[①]。后现代知识语境的深化、多元文化思潮的凸显,曾经被主流话语遮蔽的少数民族话语成为显学,一如跃出云层的太阳发出耀眼光辉。如何在尊重并理解民族文学批评话语遗产基础上加以科学性、创造性继承与吸收,并将之融合进当代文化语境及批评常识之中,是建构少数民族文学批评话语民族性主体身份的基本要求。

就上述情况而言,少数民族文学批评话语的民族性身份特征,在批评文风层面要彰显属于少数民族自身的美学品质、精神气质、话语潜质与审美素质等之外,在批评的价值指向层面要深入到多民族国家话语的叙述中去并以其是否有助于多民族国家话语建构、生产作为批评效能的基本表征。因为,我国多民族一体的政治构架与社会格局是在多民族漫长的历时性过程中不断排斥与吸纳、抗争与融入、碰撞与互动并由自发阶段到自觉阶段的必然选择,中华文化、文明生生不息与代代相承的根源也就在于多民族一体文化不同而和、和而不同格局的相对稳定,是多民族群体在共时性空间内彼此试探、冲突、互动与对话却始终维系着"多元"中的"一体"完整框架。所以,少数民族文学批评话语的民族性身份并非强调少数民族文学批评仅仅关注多民族文学自身的发展与繁荣,并非仅仅关切少数民族群体自身的社会发展与文化生存,并非仅仅维护少数民族文化的自我宣示权与自我民族意识,并非仅仅认同少数民族群体身份以及这种群体身份衍生出的其他话语表征,而是要将少数民族文学批评作为建构中华民族共有精神家园的重要手段及组成部分,并使之参与到维护多民族一体的国家稳定与社会发展中去,参与到抵制国外分裂势力与宗教极端主义话语的抗争中去。在当前全球化及多元文化背景下,每个民族的地域性生活与极富民族性特质的生产、生活方式已无可避免地参与到全球性及现代性话语的彼此建构过程,尽管人们对某些民族性惯习与地域性生活场景仍保持着强烈的依恋与认同,与全球化进程相脱钩的、维系着纯粹民族性的地域性空间却已绝无存在的可能。

---

① 周来祥:《〈少数民族古代文论选释〉序言》,《民族文学研究》1992 年第 4 期。

在新地域主义看来,作为流动性的全球化带来的必然是不确定感的加剧,是身在何方、人归何处的焦虑,在这种情况下,人们越来越希望寻求某种稳定的地方感与身份感以在全球化播撒中退缩或逃避,然而,"这些思想行为试图在全球化寻求生存的方式,如果过度强调稳定,则会导致身份与全球化对立"[1]。在这个意义上说,在任何少数民族地域性的社会实践与话语表述都已或隐或显地遭遇到日益增多的来自远方他者的全方位影响,每个民族的民族性与地域性生活其实已烙上众多他者的痕迹时,尽管少数民族群体将会遭遇到一系列的现代性危机以及主流话语影响所带来的焦虑或彷徨,少数民族文化的维系与民族性的坚守会面临越来越严峻的局面,甚至是难以为继的压力。但是,无论民族表述与国家话语诉求之间有过怎样的矛盾,前者如何抵制后者的规范,民族话语都无法从根本处超越现代性话语对少数民族地区的规划方案——即使有微调的可能或必要——因而民族不会"最终站在国家意识形态的对立立场,相反却自觉或不自觉地与之保持了一定张力下的一致"[2]。由此而言,少数民族文学批评不能以张扬所谓的民族性特征而试图对现代性发展退避三舍,在传统中自我封闭,并希望在这种封闭中实现自我族群的发展或强大自身,不能以维系民族文化多元性或差异性为名而将所有他者话语加以污名化或妖魔化处理,自觉或不自觉地拒斥或抵制少数民族地区的现代化进程并将之看作是少数民族地区生态恶化、人际关系沉沦、民族文化解体的幕后推手,不能以维系民族文化身份的合法性为名而将全球化及多元文化看作是威胁或破坏其身份认同的根源,对那些可能危及多民族国家稳定和社会团结统一的作品不能无底线认同与默许,对于一些跨境民族文学因张扬单一族群认同而或隐或显地否定国族认同的书写现象不能不闻不问,任其发展,甚至为之赋魅。换言之,建构民族性身份的少数民族文学批评并非要将其置于本质化的、固定的或永恒化的民族性叙事逻辑之中,而是要将其置于少数民族群体的历时性发展与共时性生存的交往对话的叙事规约、置于多民族国家多民族共享价值体系的塑造与建构之中,置于全球化背景下民族身份的混杂性与动态性构拟的叙事框架之中。是民族的却能够在参与他者对话中维持流动性,是美学的却是蕴含人文精神与意识形态诉求的,如此的民族性主体身份表述,才是少数民族文学批评民族性的完整意蕴。

---

① P.Geschiere and B.Meyer,"Globalization and Identity:Dialectics of Flow and Closure:Introduction",*Development and Change*,1998,29:614.

② 吕微:《中国少数民族文学史研究:国家学术与现代民族国家方案》,《民族文学研究》2000年第4期。

三

一般而言,任何学科的建构都需要该学科共同体强大而独立的主体意识与其敏锐的问题意识,没有独立的主体意识就无法为该学科话语贡献出独特的建构策略、话语范式与理论生产的保障,没有敏锐的问题意识就无法及时而适宜地发现本土问题,发出本土声音,破解本土难题。如何以差异于主流批评的批评范式面对少数民族文学并阐释其质的规定性及其生成的内在规律,如何构拟少数民族文学批评自身的话语系统以凸显少数民族文学批评与主流文学批评的差异性特质? 上述问题的解决才是强化少数民族文学批评学科合法性的根本。全球化的渐趋显影,学界也普遍意识到,没有主语的、独立的、独特的主体意识,就无法发现或命名少数民族文学特征,无法建构与论证少数民族文学学科与其研究的合法性,这是一个根本性的问题。伴随着这种反思,学界开始对西方话语加以清理或批判,这无疑是主体觉醒的表征,而主体意识觉醒也使得曾经被他者话语遮蔽的民族性问题重新跃出地表,"在汇入世界文学版图的过程中,中国文学拿什么来走向世界? 唯一可以秉持的是民族性的文学和文学的民族性。丧失了民族性,迎合想象中的他者趣味,不仅会在文学中丧失了自我,也不可能真正地走进世界。民族性才是中国文学登上国际舞台的独特资本,是中国文学在世界文坛畅行无阻的通行证"[①]。上述问题对少数民族文学批评同样提出了如何深化民族性身份的内在要求,也就是说,没有民族性的少数民族文学批评是没有主体身份、没有根基性的批评,没有主体身份、没有根基性的批评难免在话语层面四处游走,漂泊彷徨,失效失语,不能有效阐释或论证少数民族文学,也无法彰显自身的主体性意识,对他者的依附将成为常态。

如何建构少数民族文学批评的民族性身份问题,确是任重而道远的难题。因为,少数民族文学批评话语在全球化及多元文化中激发出自我身份过度张扬的倾向,加剧了少数民族文学批评实践中的泛权力化、泛极端化意味。加诸少数民族群体对现代性的接纳是在其准备不足与主动性意愿不强烈情况下的一种略显被动性行为,导致少数民族群体在现代性进程中出现一些不适与困惑,如:文化调适问题、身份混杂问题、传统存续问题、生产生活方式转型问题等;同时,少数民族地区在现代性发展中出现的与东(中)部地区收入差距不断拉大,以及城市化进程中少数民族群体因掌握的文化资本、经济资本及社会资本等,都使得少数民族群体对现代性有着极为复杂

[①]　张江、朝戈金、阿来等:《重建文学的民族性》,《人民日报》2014 年 4 月 29 日。

而矛盾的情感体验或生命感受,这种情绪深刻影响到少数民族文学批评的民族性主体身份建构,也使得少数民族文学批评在强化民族性身份的同时也潜隐着走向民族主义话语的可能。一些批评者却在民族主义或文化保守主义思潮影响下时常向少数民族的民族身份及其文化倾斜,对少数民族的民族身份及其文化有着偏激性的认同感和归属感,他们的批评实践也往往成为张扬少数民族的民族文化身份与其文学优越性的主要方式,成为少数民族的民族文化身份与文学认同的吹鼓手、抬轿者。或者说,为少数民族的民族文化身份及其文学背书成为这些少数民族文学批评者先行预设的批评目标,其结果是,这些批评皆因这种狭隘的民族文化认同情结所致而忽视了多民族文学的多元共生问题,忽视了多民族国家在场问题。在韦勒克看来,民族文学研究的核心尽管是文学的民族性以及各个民族对总的文学进程所具有的价值问题,但是,如果民族文学研究不能与总体文学和比较文学作出切合实际的比较和联系是没有意义的,故此,他认为,民族文学和总体文学是一致的,"比较文学是把文学看作一个整体,并且不考虑各民族语言上的差别,去探索文学的发生和发展"①。当前,囿于诸多社会文化思潮或晚期资本主义消费逻辑影响,一些批评者往往把少数民族文学书写少数民族及其文化认同当作顺理成章、天经地义的事情,片面强调对该民族身份的认同或对文学民族性予以过度阐释,将少数民族文学能否书写自我民族及其文化认同,能否彰显原生态民族特征等作为判断作品优劣的标准,却忽视了其在中华多民族一体格局内的五个认同问题,忽视了少数民族文学如何处理民族性与世界性与现代性相洽问题,甚至对其中存在的诸如偏颇的宗教认同、片面的种族认同、狭隘的身份认同等问题亦缺乏必要审视。所以,如何强化多元文化语境下批评主体性建构的对话性即跨文化研究,也就成为建构少数民族文学批评民族性身份的基本视域。厄尔·迈纳在《比较诗学——文学理论的跨文化研究札记》②中探求了多元文化语境中民族文学理论研究的文化间性问题。在他看来,批评话语建构之所以强调跨文化的文化间性问题,就在于文化间性能够明确多元文化语境下少数民族批评话语与其他批评话语间的交往对话方式及原则,能够理解批评话语各自存在的问题与不足以及如何通过对话以改进的路径,跨文化研究中能够在不同文化间不停变换视点,互为主客,以避免或以他者为中心,或以自我为独语的

---

① [美]雷·韦勒克、奥·沃伦:《文学理论》,刘象愚等译,生活·读书·新知三联书店1984年版,第44页。

② 参见[美]厄尔·迈纳:《比较诗学——文学理论的跨文化研究札记》,王宇根、宋伟杰等译,中央编译出版社2004年版。

极端化倾向。同时,跨文化研究还能够拓展话语建构者的视野,丰富话语建构的理论资源,以将少数民族文学批评置于多元、包容与对话的立体性网络之内,在互辨互识、互释互摄、互动互补基础上辨其主体身份,并扎根于民族特质且具普遍性意义的内在规定性层面。这种规定性要求批评者"不是站在狭隘的民族主义或区域性立场,简单地褒贬弃取,应当站在一个民族国家现代化发展的立场,站在建设当代人的合乎人性的物质和精神生活方式,以及现代性生活观念的立场,来作出价值判断"①。这样的民族性身份才符合少数民族文学批评的当下要求,才应和那句口头禅,"是民族的,然后才是世界的"。

第三节　公共性:当代少数民族文学批评本土经验建设的世界身份

囿于国内外诸多社会文化思潮影响,少数民族文学批评越来越呈现出两种值得注意的批评态势。其一,以文学批评的本质特征是自由的或自主的为借口,强调批评话语应注重个体性、私人化或文学性等问题的探讨,轻视或逃避文学批评对社会道德、伦理责任、秩序建构或其他人类公共问题的关切。在一些批评者看来,既然文学是作家个体的知识生产方式或个人的"私业",是创作个体情感或人生经验的审美表述,作为对文学予以评价的文学批评就不应该被赋予过于沉重的社会功能或伦理责任。少数民族文学批评如果强调批评的伦理责任或社会担当功能,就有可能将其置身于失去其本质性或自主性境地。其二,强调少数民族文学对单一族群问题或自我民族认同问题的关注,并借文化多元主义之名将自我民族文化看作是全球化背景下最美好、最优越的文化(甚至没有之一),在不同民族文化间人为制造出难以形成公约数的差异或区分并使之"定型化"。所谓"定型化"是指制造者通过制造纯粹的差异或区分来划分彼此的界限或边界,边界的固定也是对差异或区分的本质化或固定化,舍弃其中彼此的互文性或关联性。这种在自我民族文化与其他文化之间建构出的典型的二元论批评范式彰显出一些少数民族文学批评者的权力/知识特征②。在这里,这些批评者是"喜欢参照自己民族的特定文化、历史、宗教,而不是把它们联系于一种可

① 赖大仁:《中国文论的"异质性"与"同构性"问题》,见《文学前沿》第6辑,首都师范大学出版社2002年版,第176页。
② 参见[英]斯图尔特·霍尔编:《表征——文化表象与意指实践》,徐亮、陆兴华译,商务印书馆2003年版,第261页。

以适合于其他民族的广泛性理论,来证明自己诉求的正当性"①。上述两种批评倾向都忽视了一个根本性问题,即任何意义上的批评在其本质层面及最终归属意义上都应纳入"天下公器"公共性知识谱系,应以其不可化约的差异性叙述进入公共领域或公共话语表述为最终目的。或者说,批评并非是一种纯粹的、抽象的知识生产,并非以生成某种纯粹理论或仅以纯粹理论加以言说为目标,而是有特定的历史和道义特性,必须将之与特定族群的社会历史、现实生活、未来发展等问题相勾连,必须在知识话语与族群生活间建构一种命运共同体,必须借助一种开放性认识论及伦理原则为上述问题提供某种引导和规范并使之合理化。批评只有在进入社会公共问题言说或人类命运共同体的公共领域建构之中,才能彰显出在场意义。在阿伦特看来,公共性的重要特点是共在性(togetherness)和差异性(distinctness)的统一,"共在性"是指所有的个体都处于同一个世界,彼此共享着公共领域的话语规约与价值伦理;"差异性"是指共处同一世界的个体却是绝不雷同的,而是以其差异性参与同一世界,这种差异不只是个体间种族、血缘、语言、宗教或祖先历史等的差异,更是个体间观照世界的视角、理解事物的立场、把握生命的方式等的差异。所以,她认为,"差异性"只有处于"共在性"之中才能维持公共领域的完整与个体表述权力的获取,"共在性"只有凸显"差异性"才能维持活力,充满张力。"公共世界需要参与世界的人操持其观察视角和立场的多元性、复数性,同时在场又保持行动者个体的多元性和差异性是公共领域的重要特点。公共领域的实在性要取决于共同世界借以呈现自身的无数视点和方面的同时在场。"②世界本来是多元丰富的却又是统一的,统一而有共同道德伦理标尺的世界才能使不同族群、不同人种的群体生活在和谐共处的世界,才能表述不同族群、不同人种的群体对世界看法的多元而丰富,才能彰显统一而共同道德伦理存在的必要。在文学(公共领域),复数性和差异性的消失标志着文学的公共性的死亡③。

---

① [以色列]耶尔·塔米尔:《自由主义的民族主义》,陶东风译,上海译文出版社2005年版,第75页。

② [德]阿伦特:《人的境遇》,见汪晖等主编:《文化与公共性》,生活·读书·新知三联书店1998年版,第88页。受存在主义的影响,阿伦特持有"呈现(表象)就是实在"的存在论立场,因此,在公共领域呈现和彰显的一切都具有实在性和客观性,人也只有通过在公共领域的言行演示才能获得自己的实在性和客观性。

③ 公共性概念的另一个重要含义就是可见性(visibility),与隐秘性相对,凡是在公共场合公开展示的东西都具有这个意义上的公共性。理查德·桑内特指出:"'公共'意味着向任何人的审视开放,而私人则意味着一个由家人和朋友构成的、受到遮蔽的生活区域。"参见[美]理查德·桑内特:《公共人的衰落》,李继宏译,上海译文出版社2008年版,第18页。

就上述意义而论,少数民族文学批评无疑不能以少数民族或少数民族文学问题表述作为批评的最终目的,不能将少数民族或少数民族文学问题表述凌驾于其他社会公共问题与人类共同体命运关切之上,而是应该在以独具民族特色的批评范式、表述机制、思维惯习及审美倾向等将少数民族文学的地方性知识特征发掘并阐释出来的同时,更要以其独特的批评话语及理论体系将少数群体的现代性体验及生活经验敞开出来,以民族认同与五个认同交融互动的价值论原则引导少数民族文学克服狭隘的民族文化中心主义倾向,推动少数民族作家树立开放、共享、多元的文学观念和文化立场,避免片面的、本质化的或极端性的认同书写,为少数民族作家对少数民族文化及多元文化的开发、传承、融合与审美转化,为凝聚社会共识,重塑现代公民意识等提供有效方案,为全球化背景下"现代性的多幅面孔"提供源自民族地区的直接证据,在批评的价值归属层面要抵达人类共同命题或公共性问题的思考。在这个意义上说,少数民族文学批评的公共性身份应具有两个最基本的表述面向:其一,少数民族文学不是"象牙塔"里的语言游戏,不是少数民族作家凭借空想创造出的与世无涉的风景符号,而是"现世性的,从某种程度上说是事件,而且即便是在文本似乎否认这一点时,仍然是它们在其中被发现并得到释义的社会世态、人类生活和历史各阶段的一部分"①。由此而论,少数民族文学批评要以一种强烈的批评责任拒绝"宁可求助于文本图式化的权威也不愿与现实进行直接接触"的"技术批评"或"宗教批评"②,以一种反对"'大规模的封闭体系的生产'的,在解读文本时要保持对政治、社会和生活价值的敏锐意识,并且善于做出政治的、道德的和社会的判断。这样的批评注定不是遁世和不干预的,而是入世和有所为的,或者说,这样的批评注定是'现世性的,并且是在世的'"③。也就是说,少数民族文学批评要以一种强烈的"现世性"情怀去观照与审视少数民族群体在全球化现代性语境下情感的困惑、灵魂的悸动与心灵的挣扎,描述与命名少数民族群体在传统或现代、继承或创新、自守或开放等社会文化剧烈转型背景下独特的生活经验与情感体验,并能为少数民族群体的现实焦虑与未来走向提供某种源自实践的警醒或思考,要"描述和命名新的经验",

---

① 参见[美]理查德·桑内特:《公共人的衰落》,李继宏译,上海译文出版社2008年版,第9页。
② [美]爱德华·W.萨义德:《世界·文本·批评家》,李自修译,生活·读书·新知三联书店2009年版,第7页。
③ [美]爱德华·W.萨义德:《东方学》,王宇根译,生活·读书·新知三联书店2007年版,第121页。

"只有在完成了这类创造性工作之后,大多数人才能认识到、进而清楚地表明他们的困境及其根源。……否则,他们的'观点'仅仅是陈词滥调而已,所反映的都是早已过时的东西"①。其二,对于多民族国家学术话语生产而言,少数民族文学批评是中国的少数民族文学批评,其话语价值论指向最终归属于中国文学批评的话语规约。一方面,少数民族文学批评要思考少数民族文学价值建设与社会主义核心价值观的关系,以期对少数民族文学价值体系形成独特的、具有建设性意义的理解,将核心价值观落实在少数民族文学活动的整个过程,并对少数民族文学发展繁荣所面临的形势与任务有科学研判,需要对少数民族文学活动中多重价值关系建立及建立机制有充分认知,以建设令人信服的、具有本土特质和理论生产张力的"认同性价值共同体",以为民族文学学科研究领域的拓展及批评价值论的擘划建设,这不仅事关少数民族文学创作和批评能否持续发展繁荣的问题,更是事关少数民族作家和批评者能否树立正确的民族观、价值观,强化多元一体观念的问题;另一方面,少数民族文学批评要承担起引导少数民族文学积极参与中华民族社会公共事务与公共空间构建,承担起引导中华民族公共文化体系与中华民族共有文化记忆重塑,要以现代性文化意识引导其参与多民族国家共享、共有、共识的价值系统与诗性正义建设,最终树立一种族群民族主义与国家民族主义相协调的多元文化观,并面向世界公共性问题②开放。也就是说,若然失去对少数民族问题表述能力,失去对多民族国家问题表述能力,失去对公共性问题介入或言说能力,失去对人类命运共同体关注的热情或勇气,少数民族文学批评很可能会成为"沉默的他者"。在这个意义上说,我们强调少数民族文学批评的公共性身份特征是源于对少数民族文学批评自身公共性特质的认知,更源于对少数民族文学批评对象——少数民族文学公共性特征的深刻省察与理性审视。

一

如何形成极具民族特色且能有效面对少数民族文学的批评话语,如何通过作为知识生产行为的少数民族文学批评参与多民族国家形象设计或塑造,一直是少数民族文学批评的深层焦虑。首先,这就要求少数民族文学批评在将少数民族文学纳入文学史叙述且使之经典化的同时,更要强化多民

---

① [美]利奥·洛文塔尔:《文学、通俗文化和社会》,甘峰译,中国人民大学出版社2012年版,第7页。

② 关于少数民族文学批评的公共性问题,参见李长中:《当代少数民族文学批评的公共性检讨:文化多元论为视角》,《民族文学研究》2017年第2期。

族国家多民族文学间"你中有我、我中有你"的交往对话意识,以凝聚和建构中华多民族国家想象;在具体文学现象及思潮研究方面,要引领少数民族文学创作积极吸收全球化背景下多元文化资源,积极创新与升华自身的艺术修养或审美境界,积极向前人文学经典或当代世界优秀文学作品致敬,对一些少数民族文学创作中出现的瓶颈或掣肘因素如狭隘的艺术境界、局促的叙事格局、陈旧的审美思维、重复的叙事模式、生硬的故事主题、僵化的伦理观念、固化的创作成规、滞后的文学发现等要大胆剖析,勇于揭示,实事求是,敢于触及问题的根源,不要藏着掖着、捂着躲着,不要虚张声势,夸夸其谈,不要道听途说,无病呻吟。同时,对少数民族文学创作中出现的一些诸如鼓吹民族文化优越论而刻意贬斥他者文化,张扬单一自我民族认同而拒斥对中华文化认同、对中华民族认同、对社会主义道路认同等错误倾向,要以中华多民族一体国家观为准绳予以及时有力且富有理论深度的回应,不虚与委蛇,不首鼠两端。其次,少数民族文学批评是少数民族文化的重要组成部分,是少数民族文化与中华民族文化软实力的重要象征资本。也就是说,少数民族文学批评不能仅仅关注少数民族文学、文化自身的发展与繁荣问题,更要承担起推动少数民族文化创造性传承与创新性发展的重任,承担起引领少数民族文化进行现代性重铸与转型升级重任。就目前来看,尽管少数民族文化是少数民族的"百科全书",是确证和维系少数民族身份的基本资源,蕴含着极为丰富的民族特色、地域特点与地方性知识特征并在全球化语境下日益凸显出其在场意义。同时,又因地理位置相对偏远、交通通信相对落后、文化承载人口相对较少、文化寄寓生态环境较为脆弱等,加诸全球化的快速播撒及新农村建设、新型城镇化、西部大开发等政策快速推进等原因,少数民族文化与外来文化碰撞或竞争过程中遭遇着文化调适的艰难。尽管学界一再乐观地认为:少数民族文化在传统与现代博弈中只要坚守自我民族文化,同时又不断吸收其他多元文化精髓,就能够维系民族文化多样性,也能够与其他文化展开对话以创新民族文化。"交往对话""传统转化""身份多元"等皆是许多学者为此开出的经典"药方",似乎按照此方问题便可迎刃而解。然而,在具体实践操作中却不似一些学者想象的那么轻松随意、轻而易举。面对不同文化之间实力的非均衡化或非对称性现象,少数民族群体如何实现民族文化的现代转型,如何在民族文化与现代多元文化间实现有效有机融合,如何在少数民族文化与多民族文化间重叠共识,如何在二者间实现有效地兼顾或协调,民族文化融入或对话他者文化的资本是什么? 他者文化又以何融入或对话民族文化,判断的标准或价值论基点是什么? 上述问题都使得少数民族文学的价值论表述呈现出复杂而矛盾的两难。在这种情况下,少数民族文学批评者和创作者不能仅仅是自我民族文化代言人,不能仅仅是自我民族文化的保护者、传承者与创造者(在当前的少数民族文学批评实践中却时常存在这样的看法),而是要以开放的心胸、广阔的视野、包容的心态与理性的认知等在自我民族文化与他者文化间起到交往对话的桥梁或纽带作用,要在将自我民族文化介绍、传播以及有效融入他者文化以促进自我创新的同时,更要以一种科学理性姿态将他者文化精华嫁接到自我民族文化中去,以实现对话双方的资源互补。再次,少数民族群体在现代性进程中面临着诸多难题如贫富分化问题,城乡冲突问题,教育资源非均衡问题,生产、生活方式转型问题,谋生手段、技能问题以及市场资本相对匮乏问题等,影响到他们融入现代生活的积极性与主动性以及对共建中华民族新型和谐多民族关系建设的心态或情绪,甚至影响到少数民族地区的稳定与发展。特别是少数民族多生活于边境边疆边地,国际上兴起的各种思潮潜在影响着他们的民族观、国家观与世界观,少数民族文学批评不能以所谓"术业有专攻"或"审美自律性"等逃避对多民族国家建构的思考,不能逃避对少数民族群体现代性焦虑的认知并寻求解决问题途径的努力,而是应该将少数民族文学纳入一种开放的"地方全球化"或"全球地方化"伦理观的批评立场,不断深化对少数民族文学、文化认知并以此为基础探究其走向新生的路径与方法。

相较于主流文学批评而言,少数民族文学批评面临着更多问题的考验与挑战。一些少数民族批评者对当前全球化及多元文化发展很难持一种较为全面、理性或客观姿态处理自我与他者、传统与现代、本土与全球问题,在猝然而至的他者冲击、渐趋严重的文化混杂、日益模糊的身份认同面前,少数民族文学批评出于对民族文化身份维系的需要而日渐侧重于对少数民族文学的民族性问题发掘与阐释,并将之作为判断少数民族文学价值的不二准绳。在上述批评者看来,如果强调批评的公共性,就会消弱对少数民族文学民族性的发现,最终受损的依然是少数民族群体的主体性塑造与主动参与他者的意愿。由此,少数民族文学批评的公共性问题便在上述批评逻辑中逃逸了。所以,作为多民族国家内部构造的多民族文学批评要以介入社会生活系统和社会文化体系而取得自身的历史定位为目的:一方面,要通过批评实践表述特定的文化立场、意识形态与价值观念等,这些文化立场、意识形态与价值观念等对参与社会公共事务、构建社会公共话语体系具有价值引导功能;另一方面,是对文学"真""善""美"等的再发现、再阐释——不同民族话语对"真""善""美"等的表述亦呈现不同内涵。就少数民族文学批评而言,所谓的"真""善""美"可具体表述为:是对多民族国家合乎历史发展规律的历史理性的建构与重塑,是对多民族国家核心价值观与共同道德理想的建构与重塑,是对多民族国家美好人格与美好人性的建构与重塑。上述表述逻辑,即是少数民族文学批评公共性身份特征的质的规定性。当前,少数民族文学创作渐趋呈现出的公共性书写特征,又在文学实践层面呼唤着少数民族文学批评公共性身份在场必要性。

二

作为多民族国家叙事框架内的多民族文学,一直承担着多民族国家维系与和谐族群关系建构功能,承担着共建多民族共享价值体系的功能,呈现出典型的公共性特征,少数民族文学曾经在主流话语规范下进行着单一化的公共性写作行为。改革开放以来,少数民族作家主体意识在整个社会现代性思潮影响以及国家民族政策、文化政策和文学政策的调整作用下渐趋觉醒与深化,少数民族文学的民族性叙事开始得以彰显并不断解构着先前单一化的公共性书写行为,只不过是以民族性书写介入公共性叙事逻辑为合法性规约,无论是对族群祖先历史的深情缅怀,对族群日常生活、生产的艺术再现,对族群生命历程和情感体验的审美反映,对族群现代性焦虑及未来走向疑惑的文学表达等,都潜隐着少数民族作家对文学公共性命题的执着探索。或者说,少数民族文学的公共性叙事不再等同于先前单一的国家话语叙事,而是更多表述着对社会公共事务探索的热情如"经济发展与文化保存的矛盾""传统守护与多元文化的碰撞"等主题,表述着对多民族国家多民族和解以及人类命运共同体建构的努力。鄂温克族作家乌热尔图对此解释说:"强有力的文学是以对人自身缺陷不留情的揭示(对一种文化的缺陷、对一个民族的伤疤、对历史的谬误、对某一家族的丑闻、对人的某一劣迹)与人的永不泯灭的最能代表人类积极形象的情感(友爱、同情心、善良、自尊等等)完善的结合。"①蒙古族作家邓一光从《父亲是个兵》《我是太阳》到《我是我的神》等作品都是围绕人类在面对考验时如何生存的问题,超越了民族性书写而进入现代审美品格的营造;回族作家了一容的《挂在月光中的铜汤瓶》是对人类顽强与坚韧的讴歌;仡佬族作家王华的《家园》深刻揭示了人类在对自然环境的开发和索取中制造着现代文明的同时,又在颠覆和摧毁这个文明赖以存在的根基这一困境;藏族作家次仁罗布的《神授》以藏族文化的神性色彩为底蕴展示着现代文明对传统文化的侵染或消解。有学者曾严肃指出,一些少数民族作家一旦以其独特的民族文化书写而获

①　乌热尔图:《沉默的播种者》,内蒙古文化出版社1994年版,第180页。

得创作成功后,却不再探究自我民族文化如何在创作中进一步强化问题了,导致他们的作品最终失去了民族特色。哈萨克族女作家叶尔克西·胡尔曼别克曾说:"我身后有两层背景,一是我的本民族的,一是我的中华民族的。两者对我都有认同。它们认同我,我认同它们。"①她的作品在执着于对现代性进程中民族传统文化解体叙述的同时,更体现出对民族文化走向现代性认同的自觉。其他如满族作家赵玫与关仁山、仫佬族作家鬼子、藏族作家阿来、侗族作家潘年英等人的创作都表现出典型的公共性意识。阿来坚定地认为,他的成功离不开民族民间文化资源的开掘,更重要的是把自己的故乡放在世界文化这个大格局,放在整个人类历史规律中进行考量与思想。②尽管蒙古族作家包丽英的"蒙古历史叙事"系列是为了重现曾经纵马驰骋、辉煌灿烂的蒙古先祖,完成的是想象共同体的建构与"复归族裔文化"的目的论动因,那种感觉"在我血液中流动了多少年的感觉"③,但她的"蒙古历史重述"系列却不是"以后裔者的立场和蒙古族的单一性民族观念来叙述,而是站在中华民族整体民族理念的高度来观照,这样的历史观是先进的"④。如藏族诗人曹有云所说:"如今在全球化语境下的文学写作,不可能再是封闭孤立的行为,而必须是跨国界跨种族跨语言文化的包容性写作。"⑤

　　晚近以来,随着少数民族"新生代"⑥作家群体性崛起,他们的创作几乎都是在试图寻求现代性与民族性之间深层的文化关联系统和价值共享结构,并以极富艺术探索精神的文本结构寻求两者对话的可能与契机,无论是对人类命运执着叩问的审美建构,对现代性语境中人性嬗变的艺术描述,对传统文明在当下处境中艰难生存的文学呈现,对全球化社会体制内个体命运无助感的逼真再现,甚至一些表面上最为私人化的叙事文本,也在表述的问题意识与价值功能等方面呈现出一种诗性正义与公共性命意。诗性正义"是以一种顾全大局的方式去思考,而不是像某些特殊群体或派系拥趸那样去思考;她在'畅想'中了解每一个公民的内心世界的丰富性和复杂性;

---

① 阿来:《文学表达的民间资源》,《民族文学研究》2001 年第 3 期。

② 参见阿来:《文学表达的民间资源》,《民族文学研究》2001 年第 3 期。

③ 包丽英:《长生天的颜色》,载《蒙古帝国壹　成吉思汗》,云南人民出版社 2010 年版,第 1—2 页。

④ 吴功正:《第二届长篇历史小说奖综述》,《草原》2008 年第 6 期。

⑤ 曹有云:《青藏高大陆上的诗歌书写》,《绿风》2015 年第 2 期。

⑥ 少数民族"新生代"作家特指出生于 20 世纪 80—90 年代的少数民族作家。相较于其他代际的少数民族作家而言,少数民族"新生代"作家的视野更为开阔,叙事更为成熟,他们对社会公共性问题的关注也更为自觉。

这个文学裁判就像惠特曼的诗人,在草叶中看到了所有公民的平等尊严……在一种要求我们关注自身的同时也要关注那些过着完全不同生活的人们的善的伦理立场"①。蒙古族作家苏笑嫣的《外省娃娃》,土家族作家朱雀的《暗红的酒馆》,满族作家煳雨的《同事朋友》以及杨鋈莹的《凝暮颜》等都体现出一种试图建构跨族裔身份的公共性意识,民族文化的再现更具多元杂交性,民族身份的表述多表现为与国族身份或人类共有身份的交融互动性,呈现出某种"跨族裔"或"去族裔化"叙事倾向,表征着民族身份多元化及对话性特点。达斡尔族作家晶达曾说:"虽然我写的可能会有暗黑的感觉,但希望读者可以感受到其中蕴含的'正能量'。"②徐源在《一转身,我们便会拥有这世界》组诗中把他的文学主题看作是"永不会退缩"③。"永不退缩"既是少数民族"新生代"作家共同的生命呼唤和灵魂诉说,也是少数民族"新生代"作家渴望以自身特有方式参与社会对话的隐性书写。蒙古族作家木琼尔在《雏凤清声》中的主人公强调:"精神的独立必须先从自己过开始"④!"需要自己的生活""成为独立的自我"成为少数民族"新生代"作家事关成长故事的经典表达。维吾尔族作家阿依木尼莎·苏莱曼等在《心灵的闪光》中的叙述者"我"认为,"向别人乞讨的生活不应该属于你。你若想靠近人生的神圣,生活的路你应该自己走"⑤。壮族作家甘应鑫的《彼岸》⑥题目本身即是渴望成长独立的隐喻化书写……在社会公共性问题审美言说中杂糅着民族性文化基因,在民族性建构中积极思考社会公共性命题,成为少数民族"新生代"作家在全球化及多元化语境下寻求建构性身份认同的目的论动因。尽管他们的作品对极具民族特点和地域风情的民族文化的描写不如前辈作家那么丰富而真实,但他们却能够将民族性基因糅合进公共性问题的言说逻辑,他们的身份表述渐趋呈现出一种开放性、包容性与互文性的张力系统,这种张力系统既非否认身份认同的现实意义也非后现代意义上身份的碎片化或虚无性,而是强调身份的建构性、多元性和对话性。也就是说,他们的身份表述能够在立足于本土内部的文化传承与新变的同时又能够将之纳入全球化多元文化对话的意义框架,并使

---

① 〔美〕玛莎·努斯鲍姆:《诗性正义——文学想象与公共生活》,丁晓东译,北京大学出版社2010年版,第170—171页。
② 晶达:《我希望自己是散发"正能量"的人》,《中国民族》2013年第2期。
③ 卢山、赵卫峰:《出自灵魂孤独的声音——新世纪以来80后少数民族诗人诗歌流域图》,《中国诗人》2013年第4卷。
④ 木琼尔:《雏凤清声》,《民族文学》2010年第4期。
⑤ 阿依木尼莎·苏莱曼、麦迪娜、伊丽欣娜:《心灵的闪光》,《民族文学》2010年第6期。
⑥ 甘应鑫:《彼岸》,《民族文学》2005年第1期。

之在表述中得以拓展或增殖,也有效消解了可能堕入一种地域主义或民族主义意义上表述逻辑的风险。在这种情况下,他们的作品在面对传统文化时可以碰触其问题而非抱残守缺,剖析族群文化缺失而非陈陈相因,谱系性建构起地方性与开放性,普遍性与特殊性交融的特殊普遍主义和有限确定性的叙事范式,以达成"在一个社会中,每个人无论他/她的性别、种族、经济地位、性偏好如何,都出现在平等而共同参与的情景中,不再有产生歧视的基础,自我管理将出现在所有的领域内"①。由此以来,他们的作品很少弥漫着悲戚、愤怒或歇斯底里的底色,不矫揉造作,不故弄玄虚,不顾影自怜,不愤世嫉俗。他们的这种叙事姿态源于对族群文化的自信,源于族群特有多元文化濡染的支撑,源于对最终和解的信仰,对一种普遍性的价值观和认识论认同,"去风情化""去地域化""去题材化"使得少数民族新生代文学具有持续性的意义生产张力。

　　当前,少数民族作家的民族意识及主体意识不断觉醒和深化,并能够自觉将民族意识与主体意识与世界普适性意识、人类命运共同体意识互为镜像,彼此互补,他们能够以包容而开放性姿态接受诸多外来文学观、价值观、创作观及民族观等并比较其优劣,文学观念越来越呈现出传统、现代、后现代杂然并置态势,各种形式、技巧、叙述策略、意象营造等不断在文本中加以探索、实验。在题材选取和价值取向方面,越来越注重民族性与现代性的互动互融;在艺术风格与美学形态方面,也渐次显现出本土化与他者化的交流对话趋向,现代意识的不断注入又强化了他们对阻碍本民族群体前进的落后、消极的民族文化因素的勇敢剖析,对生态危机与救赎的文学思考,对全球化多元文化背景下民族文化存续的诗意忧思、对城乡冲突中身份迷失后的执着探寻、对现代性语境中民族历史和传统的一再凭吊,对社会生活公共空间的积极营构凸显出少数民族文学的公共性品质。从 20 世纪 80 年代乌热尔图强调"不可剥夺的自我阐释权",到张承志时隔多年以"中国性增强,宗教性弱化"为叙事伦理,将《心灵史》修改为"建构人民共同体"的文本,以及康巴文学的"和解"主题等,无不表征着少数民族文学渐趋走出狭隘的民族主义叙事而生成一种公共性品质。在主流话语对文学整合功能退却、小叙事盛行的当下,"和解"美学的生成及审美共识的达成无疑是再造宏大叙事的努力,介入各族群共有价值塑造,倡导各族群人性和解,是少数民族文学积极建构多元文化语境下命运共同体努力的表征。在这里,少数民族作

---

①　[英]恩斯特·拉克劳、查特尔·墨菲:《领导权与社会主义的策略——走向激进民主政治》,尹树广等译,黑龙江人民出版社 2003 年版,第 74 页。

家较好处理了少数民族文学的民族性与公共性关系问题,他们对文学的民族性表述只看作是表述公共性问题的基础,是公共性表述依托的条件而非根基或核心。他们越来越发现,少数民族文学的民族性表述在多元文化语境中并不是少数民族文学叙事的唯一目的,如何在民族性基础上开拓出公共性品质,在自我民族叙事中融入人类命运共同体的思考,从而形成一种跨越民族性且能将民族性、多元性与现代性交汇交流交融的叙事形态,成为人类理想社会和公共经验的审美表述,才是少数民族文学民族性叙事的真正目的以及衡量其创作是否成功的基本标尺。也正是扎根于丰厚的民族性文化土壤且有全球视野与理性创作姿态之故,少数民族作家对多民族国家公共性命题表述也越来越自觉而稳健,主动而宽容。如何及时回应及引导上述创作现象,是少数民族文学批评亟待面对的问题。

三

　　当下,少数民族文学批评如何"走出去"问题也成为少数民族文学批评界的集体性焦虑。这种焦虑源于少数民族文学批评难以真正面向少数民族文学创作实践发言,或者难以挖掘与阐释少数民族文学地方性知识特征及其民族性叙事技艺;更源于少数民族文学批评在中国文学批评场域中的非主流状态。上述状况又加剧了对他者的质疑、抵制或对抗性言说姿态,进而将少数民族文学批评与他者批评间的权力话语问题予以夸张性想象。由此以来,一些少数民族文学批评在面对他者话语时不是思考如何以我为主,主动借鉴他者话语优长以建构自身话语体系及言说规则问题,而是以一种抱怨、哀怨或埋怨心态夸大他者风险并刻意强化自身的非主流形象,甚至主张要退回到没有他者在场的自我民族话语叙述之中,上述少数民族文学批评的公共性身份就在这种批评逻辑中得以隐退或缺席。只不过由于缺乏本土话语资源与自觉的问题反思能力,这种返回到单一民族话语叙述的努力非但无法建构出富有持续性生产张力且具本土特色的话语范式或知识体系,反而日益陷入某种重复性和模式化的批评套路,民族性、民族特色、民族精神、民族意识等谱系话语成为少数民族文学批评的关键语码,原本蕴含着多重价值空间的少数民族文学文本经过上述批评话语筛选、过滤只剩下与"民族的"及其相关话语的价值指向。藏族作家梅卓的《太阳部落》在获得全国少数民族文学创作"骏马奖"后被许多批评者看作是在向藏族文化传统致敬,是作者以"文化寻根"姿态面对藏族文化根性的擦亮或挖掘,甚至认为该著是藏族文化的百科全书,这就把该著的文学意义给忽略了、掩盖了;仫佬族作家鬼子一再以不同方式强调他的作品与他的民族没有多大关系,甚至很讨厌别人称自己为少数民族作家,在鬼子看来,一旦将作家画地为牢为少数民族作家就将使作家的创作意义窄化了、缩小了;哈尼族作家存文学对一些批评者将少数民族作家创作的文学命名为少数民族文学而表达出不满。他以自己为例指出,现在别人介绍自己时总是以哈尼族作家作为标签套用在自己身上,一些批评者也总是以"哈尼族文学"作为阐释自己作品的关键词,好像自己这个作家身份如果离开"哈尼族"三个字就不是作家似的。特别是一些少数民族"新生代"作家,更是唯恐批评者将自己看作是少数民族作家。在他们看来,全球化时期的社会发展一日千里,任何少数民族地区都不得不纳入全球化叙述逻辑而成为全球化构成要素,在世界某个地方发生的事情很快会成为全球性共享及共同面对的事情。少数民族作家不可能只是写民族性的东西,他关注的视野必须是全球性的,是人类性的,是公共性的,一旦将创作视界固定在本民族的问题上,将创作的价值伦理置入二元论框架内,对作家来说无疑是一种饮鸩止渴或自我放逐行为,少数民族文学历经多年努力而获得的身份感很可能再次遭遇虚无或悬置,如壮族作家黄佩华所言,"实际上,作家就是作家,'民族'只是人为强加在作家身上的标签,文学有自己的规律,历史上有无数少数民族作家留下许多经典的作品,后人并不会以其民族属性而'另眼相看'"①。一些批评者对少数民族作家真实声音的忽视,对少数民族文学新生特质未能充分重视,无疑加剧着批评与创作实践之间的脱节以及批评自身的滞后,并凸显出批评话语的相对单调与话语资源的相对匮乏,更彰显出一些少数民族文学批评者自身批评思维僵化与批评套路陈旧的症候。当然,也表征着一些少数民族文学批评试图退回到单一民族自身话语系统建构独特性话语的努力,在一定程度上的失效。

　　少数民族文学批评公共性特征缺席,在某种意义上说,也就失去了对少数民族文学叙事倾向的规约或引导能力,制约着对少数民族文学价值的多维度阐释或敞开。21 世纪以来,一些少数民族文学在题材选取何价值取向方面越发呈现出另一种叙述景观:即致力于本民族的风俗传统、人文景观与地域性生活场景等的叙述,甚至以前现代社会价值体认作为创作的价值论归宿,并以之为民族身份维系与认同的根本资源,对全球化背景下本民族群体如何处理传统与现代、本土与全球、城市与乡村、经济发展与文化保存等问题缺少足够的关注与思考,对本民族群体在现代性快速发展面前的情感

---

①　黄佩华:《乡土写作与文化突围——少数民族作家畅谈民族文学创作》,《南方文坛》2015年第 5 期。

体验与生活经验缺乏真正触及。在价值取向方面,固守着本民族传统的道德观念与伦理规约,以民族文化传统中的一些观念来抵制现代性资源开发与社会开放,以民族宗教信仰传统质疑现代教育与现代文明,以自我民族认同代替多元文化背景下身份认同的混杂性与丰富性,以非历史化的民族性作为文学创作的根本目的而反对文学的现代性品质;在审美风格方面,或者刻意向民族传统靠拢,强化少数民族文学创作对民间思维与民间口头传统的俯就;在语言方面越发口语化;在文本结构方面,渐趋套用民间文学的结构模式;在故事编织方面,一味借鉴民间文学的故事母题并以之为对民族文化的尊重与对文学民族性的张扬;或者因强化本民族文化在现代性面前的解体危机,忧虑本民族群体在他者冲击面前的遭遇而致力于悲剧性、哀悼性的审美风格营构。由此造成的问题其实远不止于此,柯尔克孜族作家赛娜·伊尔斯拜克深有感触地指出,"柯尔克孜族的作家群体……缺少超越民族界限、超越时代的气色,缺少民族精神的深度挖掘,尤其缺少对民族文化和精神实体进行文学开启的觉悟,在观念解放和艺术创新方面还有待突破"[①]。所以,她一再强调少数民族作家要借着全球化话题以拓展自己的认知空间,更新自己的知识视野,转换自己的价值立场,改造自己的文学观念,树立面向世界的包容、自由与开放的姿态。

其实,在"世界扑面而来"(阿来语)的当下,任何民族的作家都绝无可能待在封闭的族群圈子里想象纯粹的自我,建构与己无关的他者,描摹原生态的传统,为人类写作、向世界看齐、介入公共性话题、建构总体性图景等必须成为少数民族作家的普遍性诉求,即使他们对极富民族意识与民族精神的民间宗教、民间神话或民族历史等的艺术再现,也不应是对民族文化传统的盲目膜拜敬仰,而是应该以此为基础审视族群成员的前途与新生问题;即使他们对极富民族特点与地域特色的日常生活或生产、风俗礼仪、空间景观等予以审美反映,也不应是对民族身份叙述的神驰向往,而是应该从中探究少数民族现代性转型、发展的自我更新之路;即使他们不时叙述着族群成员在城乡冲突、环境污染、家园解体、传统弥散、身份迷失、贫富加剧等情况下的焦虑犹疑、徘徊无助或挣扎彷徨的两难,也不应是试图为逃避现代性发展或皈依传统而提供某种"诗学正义",而是应该为族群成员在流动的现代社会如何处理自我与他者关系提供某些省思……作为对文学实践的公共性解读并使之作用于整体性社会生活的少数民族文学批评,应通过自身特有的

---

① 赛娜·伊尔斯拜克:《少数民族文学与全球视野——以柯尔克孜族文学为例》,见 ht-tp://www.chinawriter.com.cn/2013/2013-11-28/183102.html。

文化建构功能、审美发现功能、思想引领功能、道德净化功能等介入多民族国家形象塑造与多民族国家社会公共性事务言说,应通过批评凝聚全社会共识与国家认同,强化多民族群体的多民族一体观念,应通过批评张扬社会主义核心价值观与中华民族共有精神家园以抵制各种有害于中华多民族统一的观点、思潮与行为,以使中国话语成为全球公共性话语,在人类公共性声音中有效融入日渐强大的中国声音。否则,少数民族文学批评仍将会在边缘处挣扎——这种挣扎,却不能将责任完全归咎于他者或主流话语干预的结果——而是自身种下的"果"。

　　在全球化及多元文化叙事逻辑中,"交往普遍化"或"普遍交往"正推动"地域性的存在"转向"世界历史性的存在","过去那种地方的和民族的自给自足和闭关自守状态,被各民族的各方面的互相往来和各方面的互相依赖所代替了。物质的生产是如此,精神的生产也是如此。各民族的精神产品成了公共的财产。民族的片面性和局限性日益成为不可能,于是由许多种民族的和地方的文学形成了一种世界的文学"①。无论是主动选择,积极融入;抑或被动接受,消极应对,中国多民族文学和文化已经和正内嵌于全球化逻辑且与之共处于复杂的网状关系结构,民族性与世界性、地方性与现代性、本土化与全球化、文化价值与审美价值等交织互融成为多民族文学创作主导面向。对人类命运共同体的自觉关注,对与整个世界对话的积极追求,已经和正在成为多民族作家的"集体无意识",他们在传统与现代、本土与全球、自我与他者间的碰撞、调适、竞争与融合中,不断突破写作痼疾,更新知识结构,明辨价值立场,坚守多元身份意识,他们的文学以鲜明的民族性、典型的中国性、浓郁的世界性等成为中国文化软实力建构的基本要素,彰显出人类公共性的价值论命题,塑造了全球化背景下崭新的中国文学形象和中国形象。少数民族文学批评无疑要回应这种价值关切,以在身份混杂化、文化杂糅化和社会松散化的语境下,重塑一种基于族群认同、国家认同基础上的公共性价值立场,为日渐繁荣的全球化叙事提供源自后发现代性国家的地方性美学资源,并使其携带的活性基因成为各民族文化接触和文明交流的"通行证"。或许,这才是当下"中国时刻"少数民族文学批评公共性主体身份建设的完整表述。

---

① 《马克思恩格斯选集》第1卷,人民出版社2012年版,第404页。

第五章　当代少数民族文学批评本土经验建设的知识谱系与其路径

　　一般而言,任何学科的建构都需要与该学科相契合的理论话语。没有独立的理论话语就无法为该学科话语的建构作出合法性的保障,对少数民族文学批评学科而言依然如此。如何以差异于主流文学批评的批评理论话语面对少数民族文学并阐释其质的规定性及其生成的内在规律,以凸显少数民族文学与主流文学的差异性特质并以此强化少数民族文学批评学科合法性。全球化进程的日益加速,如何在学术史层面建构不同于他者的少数民族文学批评话语问题再次得以彰显。学界意识到,没有独立、独特的少数民族文学批评话语就无法面对少数民族文学的民族性特征,如果不能真正探究少数民族文学与他者的差异性特征,也就无法圆满而合理地论证少数民族文学学科的合法性,这才是一个根本性的问题。学界在上述问题的反思中渐趋意识到对西方话语加以清理或批判的必要性,甚至以对西方话语加以拒绝的对抗性批判作为看取西方话语的价值论。但是,时至今日,一种具有质的规定性且相对成熟的少数民族文学批评话语并没有在批判西方话语的同时得以真正生成。在这个意义上说,对少数民族文学批评"西方话语"与"本土经验"问题的探讨,从根本上说是为本土经验的持续性生产或创建本土批评话语或为创建本土批评话语提供某些省思。尽管我们曾对某些颇具节点意义且推动少数民族文学批评现代性转型的本土经验展开了某种程度上的描述和阐释,如"中华多民族文学史观""中华文化板块结构""重绘中国文学地图"等,标示出了本土少数民族文学批评的重要收获。不过,本土经验的描述和阐释却远非本书研究的最终目的。换句话说,上述研究敞开少数民族文学批评症结或者批评的"盲点"或"空白",并不是止于对已有问题的呈现和展示,也不是止于对经验或教训的概括和总结,而是要在本土问题敞开背后代入一种本土性与现代性相互嵌入的对本土话语持续生产或创新的纵深性思考。因为,任何批评范式的生成与流布,批评活动的展开与操演,都是以批评理论的生产或创新为前提,或者说,批评就是批评理论话语的实施或实践化操演,没有本土原创性理论话语体系支撑的批评,只能陷入他者化或碎片化窠臼而难以形成批评的合力与实力,也难以规避亦步亦趋地追随着他者话语而东摇西摆,从而失去对本土问题的关注与思考。

由此而论,当代少数民族文学批评中华性、民族性、公共性主体身份的最终完成或实现,当然也要以具有中华性、民族性、公共性的本土化批评理论生成为支撑。如韦勒克强调,"批评最后必须以得到有关文学的系统知识和建立文学理论为目的"①。也就是说,批评的目的是要在批评基础上生成新的理论话语。20世纪被称为"批评的世纪",其意即为20世纪西方文学理论话语几乎都是在具体的文学批评基础上生成的如叙事学理论、新批评、"复调"、接受美学理论等莫不如此,后现代主义理论话语的纵深播撒,关注个体、注重个案的批评范式渐成批评及批评理论生成常态,一些本土少数民族文学批评相对滞后与乏力的根本也就在于我们缺乏一种创新本土理论的自觉意识与建构本土理论的主体意愿,还存在一味套用或模仿"他者"理论并以之为话语创新与方法的升华的现象。或者说,如果没有能够充分彰显民族身份或民族特色的理论或体系,尚缺乏能够立足本土实践且参与对话的话语模式,少数民族文学批评就很难摆脱依附他者的情况,难以赢得他者的充分承认与尊重。故此,笔者一直对学界将本土与他者对话、互动、交谈等作为本土话语建构不二之选问题持怀疑态度。因为,若没有自身的创新性话语,没有立足于少数民族文学及其文化语境基础上的理论体系,如何参与他者对话? 对话是对话者之间的平等交流,平等是建立在对话双方的势均力敌或旗鼓相当的基础上,才能对他者话语比较鉴别,取长补短或扬长避短。若是一方处于劣势或无语之地,对话就成了倾听,交流就成了挪用。就此意义而言,少数民族文学批评应以"理论生成"作为最终价值论基点,作为实现批评中华性、民族性、公共性主体身份的表征,在伊格尔顿看来,"如果没有某种理论——我们首先就不会知道什么是文学作品,也不会知道应该怎样读它"②。"理论之后"的少数民族文学批评不能固守既往的批评话语,也不能预设先验的方法论原则,而是要从文学现象出发探讨其需要什么方法或理论方能揭示其价值,一旦既有方法、理论无法完整敞开文学现象或发生方法、理论失效问题,本土化的新的理论、方法等便显现出生产契机,"任何文学都应该是广义上的生活的表现,而文学批评则是对矗立在生活大厦之上的文学所展开的美学优点的程度的评判,作品是文学批评的立足点"③。如何创造出独立独特且适用于少数民族文学的批评话语,完成对少

①　[美]R.韦勒克:《批评的诸种概念》,丁泓、余徽译,四川文艺出版社1988年版,第4页。

②　[英]特雷·伊格尔顿:《二十世纪西方文学理论》,伍晓明译,陕西师范大学出版社1987年版,第2页。

③　[俄]别林斯基著、别列金娜选辑:《别林斯基论文学》,梁真译,新文艺出版社1958年版,第163页。

数民族文学价值空间的敞开,已成学界共有的期盼,如朝戈金先生所说,"必须从理论上高度重视(少数民族文学)学科建设及批评问题,深入探索少数民族文学的深层规律,以应对上述尖锐的问题"①。

笔者一再强调,相较于作家文学历史悠久、书面文学资源丰富以及文学现代转型较为成熟的汉族文学,少数民族文学普遍面临着更多复杂因素的扭结如"母语思维与汉语写作"问题、"民间口头文学与书面文学"问题、"文化传承与审美建构"问题、"作家身份与民族代言人"问题等,再加上少数民族较之汉族在思维方式、生产或生活方式、宗教信仰、价值道德、审美观念以及文化传统等方面的差异性特征,由此形塑出少数民族文学在其文本形态、审美表述、性质功能及叙事特征等层面皆不同于汉族文学。这就要求少数民族文学批评必须摆脱已有的批评思维、更新已有的批评姿态、转换已有的批评范式,以"同情之理解"在立足于少数民族文学文本现象基础之上,借助于既有理论话语以从其文本现象的复杂性与异质性深处窥视既有理论话语的失效或无效,并在现象与既有理论间所形成的罅隙或悖谬处发现契合少数民族文学文本现象的理论生成路径,进而创新本土批评理论话语,笔者之前曾将此批评话语生成范式概括为"现象研究"②,这种研究理念的核心表述为"一个根基,双轮驱动":"一个根基"是指以"回到马克思"为根基;"双轮驱动"是指以"回到文本"与"回到经验"为建构动力。笔者对上述问题的思考绝非脱离语境的臆想或独撰,而是源于对少数民族文学创作实践的清醒认知,源于对多民族国家少数民族文学批评性质及功能的理性审视,更是源于对"理论之后"批评理论生成策略及规律的深度把握。所以说,这种研究范式是契合少数民族文学实践的,是后理论时代理论生成方式在本土场域的对话性回应。当前,尽管诸多后学思潮或解构话语深度播撒,探索少数民族文学深层规律、本土理论创新、批评理论建构、本土话语生产等宏大命题越来越潜隐于批评话语言说框架,或者以所谓的"抛弃理论,转向叙述"(罗蒂语)等逃避对理论话语的本土言说。在这种情况下,各种潜隐着宏大叙事冲动的建构、重建、创新等呼声遭遇越来越多的质疑,晚期资本主义消费逻辑纵深播撒又使得理论商品化渐为理论常态,"今天的前卫文学理论中的许多成分,都在学术上和政治上源出于这种维系,具有明显的消费

---

① 此为朝戈金在 2015 年中国少数民族文学年会上的发言。参见杨杰宏:《挑战与应对:少数民族文学学科的建构》,见 http://iel.cass.cn/news_show.asp? newsid=12188&detail=1。

② 笔者早在 2011 年就曾提出少数民族文学批评的"现象研究"问题,并在拙著《当代少数民族文学批评:理论与实践》中对这一问题重新予以系统性论述。在此重提"现象研究",是笔者学术构想逻辑推演结果,也是进一步完善和充实的需要。

主义倾向"①。但是,"如果没有某种理论——无论是如何粗略或隐而不显——我们首先就不会知道什么是文学作品,也不会知道应该怎样读它"②。更重要的是,"我们永远不能在'理论之后',也就是说没有理论,就没有反省的人生。……它不可能只是简单地不断重复叙述老生常谈的阶级、种族和性别,尽管这些话题不可或缺。它需要冒冒险,从使人感到窒息的正统观念中脱身,探索新的话题,特别是那些它一直不愿碰触的话题"③。其实,理论并非是可有可无的生活的点缀或花哨的装饰,而是深入观照文学的反思性视角,是反思和反省文学背后生活、历史、政治、阶层、利益、社会与人生等重大现实关切的依据,是设计人生方向、引导社会走向、规划生活航向的坐标。对于仍在话语创新之路上苦苦挣扎,艰难前行的本土批评者而言,若想要在批评中拥有充沛的底气、强大的主体与海纳百川的姿态完成本土文学实践的批评重任,就不能停留在对他者话语亦步亦趋、阿谀逢迎的宰制性影响下。主体表述能力的自觉及表述话语的独立自主,才是化解失语焦虑与取得他者尊重的前提。这才是问题的关键之关键。当然,就目前情况来看,本土批评理论的生成与创建作为尚未完成的现代性规划方案,依然任重而道远。

如果说,本书第四章内容是为本土经验持续性生产构建价值论动因,本章则是为其目的完成探究方法论依据,即马克思主义的"由抽象到具体"问题。通过少数民族文学与其他文学的相异性、相关性与同质性研究,并置身于鲜活少数民族文学发生现场,探讨其文本审美经验的表达机制与地方性审美经验生产范式,引导其走向想象共同体与审美共同体建构的努力,将少数民族文学批评话语重建落到实处,实现批评的"接地性",而不是空谈和玄幻。

第一节　回到文本:当代少数民族文学批评本土经验建设的逻辑起点

任何意义上的文学批评(包括文学史研究)都要"接地",深具"地气",方能彰显批评的效能与社会秩序构拟之意。也就是说,批评归根结底是一

---

① [印]阿赫默德:《理论思考:阶级、民族与文学》,[英]巴特·穆尔-吉尔伯特等编撰:《后殖民批评》,杨乃乔等译,北京大学出版社2001年版,第359—360页。
② [英]特雷·伊格尔顿:《二十世纪西方文学理论》,伍晓明译,陕西师范大学出版社1987年版,第2页。
③ [英]特里·伊格尔顿:《理论之后》,商正译,商务印书馆2009年版,第213—214页。

种面向批评对象的批评,批评的阐释能力与审美感知能力要通过对批评对象较为完整而恰当的言说加以验证,是批评主体调动一切手段或方法尽可能接近文学本体并对之加以发现、分析与判断过程。或者说,批评要从具体的文学现象出发,实现理论与现象的双向互动,深化对作品理解的同时使之成为民族灵魂重铸的方式,成为介入社会公共性生活的方式。唯其如此,在批评基础上形成的话语系统才不至于流于空泛或口号化的操演,才能使之成为本土原创性理论的生长点,即便唯心主义理论话语如柏拉图的"理式论"或黑格尔的"理念论"等,其背后也都渗透着强烈的人文主义情怀与社会介入意识。萨义德曾以"历史与阶级意识"理论在卢卡奇、戈德曼和雷蒙·威廉斯之间的旅行为例,具体演绎了批评的"接地性"问题。他说,"某一观念或者理论,由于从此时此地向彼时彼地的运动,它的说服力是有所增强,还是有所减弱,以及某一历史时期和民族文化中的一种理论,在另一历史时期或者境遇中是否会变得截然不同",并认为"理论是对具体政治和社会情景的回应"①。但是,当笔者提出批评的"接地性"问题时其实已蕴含着一个潜在的话语症候,即当前一些少数民族文学批评的空泛化问题已到了必须反省与矫正之时。多年来仍在或隐或显地套用他者的话语模式和言说范式,很难有自己原创性的话语系统,许多批评都浮于少数民族文学文本表面,无关痛痒的应景之作较多,在文学认知和理论建构方面有待改善,一些批评在追随外来经验的同时日益陷入不知如何前行的困惑之中。这里的问题是,一些批评者忽视了回到文本的重要性,或者是极端地搬用源自他者语境的他者话语以运用于本土实践,演化为批评对象缺席的概念游戏;或者在尚无对文学文本真知灼见情况下就匆忙以先前的批评理念、惯性硬性对之说些"放之四海而皆准"的批评套话,这种批评可以应用于任何文本,却不能深入任何文本。"少数民族文学就那样,看与不看,都一样","少数民族文学不需要看,看开头就知道结尾,看目录与书名,即知一二","少数民族文学与汉族文学不同不就在于民族特色嘛"……即使是一些知名批评者在批评实践中也存在着对少数民族文学文本的轻视问题,结果导致"不接地"或"不及物"批评现象依然存在。

---

① 国内学界往往把萨义德的"理论旅行"理解为理论的变异性、动态性问题,没有注意到这一概念强调的是"理论与实践"的互动性、相洽性问题。如盛宁先生曾指出,萨义德撰写《理论旅行》的"本意是以卢卡契为例来说明任何一种理论在其传播的过程中必然要发生变异这样一个道理"。参见盛宁:《"卢卡契思想"的与时俱进和衍变》(《当代外国文学》2005年第4期),其他如王宁先生等,亦持类似看法。

一

尽管随着"多元一体"话语播撒和"中华多民族文学史观"的践行,中国少数民族文学的地位及意义渐趋得到学界普遍认同,少数民族文学也渐趋跻身于中国文学史书写之列,甚至有了经典化的可能和国际性影响,藏族作家扎西达娃、阿来,彝族诗人吉狄马加,回族作家张承志,朝鲜族诗人南永前等少数民族作家及其作品走出国门且受到国外读者好评,以及少数民族文学海外传播与接受的逐年走高,即为明证。与之不相协调的现象是:少数民族文学批评及其话语范式却时常滞后于其批评对象,在具体批评实践中或局限于少数民族文学价值的内容摘要式批评,或沉溺于所谓的(少数民族作家或文学)"应该"如何、"必须"怎样、"注意"什么等空泛化的批评套话,所谓的"应该""必须""注意"等又往往是一些很难操作且好像怎么说都有道理的泛泛之语。批评姿态的不恰当和言说范式的训导性,又潜隐着一些批评者对少数民族文学未能给予充分的重视和我们或他们式的差异化表述。有批评者偏激地认为,少数民族作家因受制于非母语写作、媒介传播、知识结构、文学素养等问题而导致其创作很难企及全球通行的伟大或经典作品高度,所以,少数民族文学不能靠所谓的少数民族文学特质而进入全球流通逻辑而只要能够写出民族文化特色,呈现出少数民族的风土人情、民俗礼仪、人物肖像等就足够了,只要凸显少数民族的文学就足够了,不要谈什么审美价值,不必谈所谓的少数民族文学;或者将民间文学看作少数民族唯一有价值的文学形态,全球化及多元文化背景下文化同质化趋势日益加速,又使得少数民族文学人类学价值或民族志价值渐趋成为必须彰显的价值,其中所蕴含的民俗记忆、仪式禁忌、伦理规约、日常景观等更成为少数民族文学批评展开的基点,结果形成如下批评局面,"现在我们却仍陷于学科建设失衡的状态。……对于疾速嬗变着的、具有同样重大文化价值的各民族作家文学创作,其理论批评则屡屡处于'失语'的无奈之下"[1]。上述批评范式又逻辑地演绎成如张江意义上的"强制阐释"。这样的理论构建和批评不是从实践出发,不是从文本的具体分析出发,而是从现成理论出发,从主观结论出发,认识路径出现了颠倒与混乱。[2] 在本土批评现场广为流布的诸如散居族裔理论、后殖民主义理论、文化民族主义理论等无不存在上述

---

① 欧阳可惺、王敏:《"走出"的批评——当代少数民族文学批评的阐释与实践》,新疆大学出版社 2011 年版,"序言"。

② 参见张江:《当代文论重建路径:由"强制阐释"到"本体阐释"》,《中国社会科学报》2014 年6 月 16 日。

批评症结或症候,忘记了埃德加·莫兰的忠告,"一个理论不是认识,它只是使认识可能进行的手段;一个理论不是目的地,它只是一个可能的出发点;一个理论不是一个解决方法,它只是提供了处理问题的可能性。换句话说,一个理论只是随着主体的思想活动的充分展开而完成它的认识作用,而获得它的生命"①。

　　从根本上说,理论并非是文化资本或供理论者赢得声名的工具,而是观照对象的视角或方法,是言说问题的路径选择与思维路径。他者理论在本土的垄断性在场制约了对他者话语的再认识或再语境化考察,顺势遮蔽了少数民族文学地方性知识特征的发现或敞开,批评一再遭遇合法性危机,"批评已死""批评缺位""非法的批评""批评何为"等质疑之声与后现代思潮契合,反证出"多数学者在遇到要对文学作品作实际分析和评价时,便会陷入一种令人吃惊的,一筹莫展的境地"②。问题的根源何在? 无论是西方话语在本土的"强制阐释",抑或本土批评的空泛悬置,或对少数民族文学价值解读的顾此失彼,皆是源于对少数民族文学文本的陌生,重内容阐释轻文本分析,重思想评述轻艺术赏鉴,重作家研究轻作品透视,重理论规训轻经验感悟,重文献材料轻作品现场,重文化发现轻审美体验,重社会历史描述轻文学性要素挖掘,成为当前一些批评的主导症候,文本研究顺势成为一些少数民族文学批评的"软肋"。

　　就少数民族文学创作实践而言,其一,与汉族作家普遍缺乏诗性思维或宗教信仰不同,少数民族作家普遍生存、生活于维科意义上的诗性思维或神话思维及宗教文化浓厚的少数民族地区,他们在日常生活中体验并触摸到的神性思维及宗教信仰与其相关文化生态形塑着他们的文学创作自然有别于汉族文学。例如,作为成长在浓厚宗教氛围中的回族作家,他们的文学表述无论在意象选择、价值表达、主题诉求、语言技巧等方面都带有宗教色彩,而且,回族作家一再强调回族文学要以这种独特的宗教意味书写作为彰显民族性的根本;同样,在当代藏族作家的创作实践中,如何表现对藏传佛教的虔诚与尊奉,如何再现藏传佛教的精髓与价值观,是他们构思主题、结构文本、场景选择、人物塑造时的中心话题。或者说,他们的文学创作就是围绕着这一中心话题组织而成的。这是少数民族文学的基础性或根基性的东西,对少数民族文学的叙事结构、语言表述、价值取向、审美倾向、文本形态

---

① [法]埃德加·莫兰:《复杂思想:自觉的科学》,陈一壮译,北京大学出版社 2001 年版,第270 页。

② [美]勒内·韦勒克、奥斯汀·沃伦:《文学理论》,刘象愚等译,江苏教育出版社 2005 年版,第155—156 页。

等产生深刻影响并使之呈现出地域性与民族性双重地方性特征。其二,全球化背景下,少数民族群体在现代性发展逻辑及城市化进程中因技术资本、金融资本及文化资本相对匮乏而发展机会相对滞后,由此导致他们较易体验到某种不确定性,并在与他者碰撞和竞争中日渐感受到身份的迷失或流散体验,他们的获得感尚需进一步提升,"谁"的现代化、发展为"谁"等成为他们当下急于思考和表述的问题。伯恩施坦在对生产与再生产之间社会关系的考察基础上提出,在生产过程中"谁"来主导生产,制定生产规约,分配生产成果等问题,是重大而且是生产主体必须处理的问题。因为,在生产过程中不是所有的生产者都能拥有平等的认同感,一旦某一方生产者不能获得应有的认同感或主体感,他们会失去对生产积极参与的兴趣,甚至会产生某种抵制或排斥行为,这"涉及到四个关键问题:(1)谁拥有什么,即生产和再生产资料如何分配问题;(2)谁从事什么,即社会分工问题;(3)谁得到什么,即劳动成果或收入的社会分配问题;(4)他们用获得物做了什么,涉及到消费、再生产和积累的社会关系"①。在伯恩施坦看来,生产过程其实也是主体建构过程,"谁"的问题是决定生产与再生产主体身份的根本问题。就"跨体系构造"的多民族国家内部的少数民族群体而言,尽管少数民族也纳入了全球化及现代性发展逻辑,理应享受现代性生产与再生产成果并成为现代性规划主体,只是由于他们受制于诸多传统因素而使其难以在现代性生产过程中获得充分的主体身份生产能力,并因这种主体身份的相对匮乏而难以在现代性进程中获得认同感。在这种情况下,作为少数民族文化代言人的少数民族作家在传统与现代的冲突与调适、本土与全球的碰撞与交织、自我与他者的竞争与妥协中开始致力于各种矛盾或焦虑的表述,致力于诸多传统和历史的描摹,以激活族群意识,召唤族群记忆。这样,他们的文学叙事或者通过多线条交叉、多空间并置的文本结构以打破传统观念中的"结构完整"观,或者通过多文体混杂以颠覆传统观念中的"文体纯净"观,或者通过母语与汉语交叉运用,母语思维与汉语表达相互交织等方式以推翻传统观念中的"语言典雅"观等。所以说,"意义与其说是被简单地'发现'的,还不如说是被生产(建构)出来的。……在形成各种社会问题和历史事件方面,其重要性不亚于经济和物质'基础',它已不再单纯是事件发生以后对世界的反映"②。少数民族文学上述书写表征使其文本蕴藏着丰

---

① [美]爱德华·伯恩施坦:《什么是社会主义?》,史集译,生活·读书·新知三联书店1963年版,第201页。

② [英]斯图尔特·霍尔编:《表征——文化表象与意指实践》,徐亮、陆兴华译,商务印书馆2003年版,第5—6页。

富的独具民族性特征的价值阐释空间,多元与地方性的审美建构方略,独特而生命洋溢的少数民族群体美学精神。其三,当前的一些少数民族文学批评存在着或是鹦鹉学舌,或是"借他人之酒杯、浇胸中之块垒",或是不着边际、挂一漏万的现象,难以敞开和充分说明少数民族文学文本的地方性知识与审美建构特征,最终却造成批评与文本间的错位,批评者对少数民族文学文本艺术感知能力与美学判断能力的退化或弱化,上述批评则成为对象缺席的批评,要么沦为话语炫技或炫富性批评,要么成为批评者自恋的话语表征,造成批评对象选择的相对模糊和批评方法的相对单一,难以充分发挥对少数民族文学健康发展的引导或规范功能,难以充分表述少数民族文本内在艺术机理与美学生产机制的运作特征及其规律,也难以通过切中肯綮的批评活动以对少数民族文学创作起到"磨刀石的作用","磨刀石的作用,能使钢刀锋利,虽然它自己切不动什么。……但是我愿意指示(别人):诗人的职责和功能何在,从何处可以汲取丰富的材料,从何处汲取养料,诗人是怎样形成的,什么适合于他,什么不适合于他,正途会引导他到什么去处,歧途又会引导他到什么去处"①。文本的丰富与感知的苍白,文本的地方性与理论的普适性,文本的整体性与阐释的偏狭性,文本的人文性与评述的工具性……批评与文本"两张皮"问题日渐凸显,作为少数民族文化审美反映和少数民族作家复杂精神活动的艺术再现,作为少数民族群体特定空间内民族心理与民族精神和极具地域特点及民族特色生产生活方式的审美表述,作为以地方性审美规律建构的少数民族文学潜隐着的审美意蕴、艺术风格、叙事技巧、伦理取向等逐渐成为被遮蔽的消音者,而审美价值在批评中的缺席更影响到对少数民族作家现代性语境下复杂情感体验、生活经验、生命意志和艺术探索的理解和宽容,"因为文学作品的整体价值是以它的审美价值为前提的……失去了最基本的美的标准,显然难以对文学作品做出准确切实的价值评判"②。

随着"文化转向"影响,少数民族文学批评渐趋走向文学外的广阔天地,尽管此举拓展了批评视域,深化了批评视野,却不期然导致"非文学"批评成为其基本症候——"非文学"批评是指:批评集中于文本的文化层面或外部层面如作家身份、文本生产的文化生态、文本内部的文化再现等,而不是文本的叙事形式、语言艺术、结构形态等。据李菲考察,中华人民共和国成立后"少数民族文学批评约为三种模式:A:类比为'储存体';B:类比为

---

① [古罗马]贺拉斯:《诗艺》,杨周翰译,人民文学出版社1962年版,第153页。
② 赖大仁:《当代文学批评的价值观的嬗变与建构》,《中州学刊》2013年第3期。

绘画艺术；C：类比为历史文献价值"①。以 2015 年四川大学主办的学术刊物《阿来研究》第 1 期刊发论文为例：

（1）（才旦的小说）"体现了安多藏区的地域风貌、山川地理、物产经济等地域文化的历史变迁。故事的主题体现了安多藏区的文化、民族信仰、民族融合、文化浸染、经济交流、民俗民风流变、生态环境恶化、对现代文明的排斥与接纳等等。"②

（2）"阿来将传统藏族民间文学、历史文化加入描述传统的小说内，显现出了浓厚的藏族氛围。……也见出了他对藏族文化的认同趋向。"③

（3）"阿来的长篇小说《尘埃落定》通过一个白痴的所见所闻，展现了浓郁的藏地民族风情和土司制度的神秘与衰落历程。"④

在该刊刊发的 33 篇论文中，除去阿来本人的 3 篇发言与访谈之外，其他 30 篇论文明确以"文化"为视角研究藏族文学或阿来作品的论文占据 18 篇之多，占比约为 60%。上述批评很大程度上已被"文化"障目，专注于文化价值、文献价值、人类学价值或民俗学价值且尽力为这些价值发现与评判寻找佐证，其逻辑为：只要是少数民族作家写的文学就是少数民族文学，只要是少数民族文学就要注重少数民族文化的发现或阐释，结果导致少数民族文学批评异化为以陌生化文化景观展示作为过滤少数民族文学文本价值的"筛子"……当前，上述批评现象已成为少数民族文学批评主潮并渐趋演化为一种范式意义上的批评规约。例如，一些批评者在批评藏族文学时时常以如下批评套路：作为藏族作家，他（她）写出了藏族文化的神秘性与神圣性，写出了藏地独特的地域文化与民族特色，写出了现代性进程中藏族群体的生存困境与情感焦虑，更写出了藏族群体现实生活中的尊严与面向未来的信心，具有独特的人类学价值；在批评回族文学时也是如此：作为回族作家，他（她）在自己的作品中呈现出回族文学独特的宗教精神，具有浓郁的回族地域文化特色，同时也写出了回族对洁净精神的坚守，以及他们坚韧的生存态度……上述批评无不潜隐着对少数民族文学文本透视能力的相对匮乏，对少数民族文学美学精神与人文情怀的遮蔽或忽视。与之相反，作为

---

① 李菲：《民族文学与民族志——文学人类学批评视域下的少数民族文学》，《民族文学研究》2009 年第 3 期。
② 孔占芳：《跨文化视野中青海藏族当代作家汉语创作谈——以才旦小说创作为例》，《阿来研究》2015 年第 1 期。
③ 洪吉惠：《藏人使用汉语？——当代藏族作家阿来在汉语文学中的"藏化"趋向（下）》，《阿来研究》2015 年第 1 期。
④ 樊星：《〈尘埃落定〉的主题与反智思潮——一则文学笔记》，《阿来研究》2015 年第 2 辑。

少数民族作家对现代性语境中少数民族群体生存与梦想、情感与期待、焦虑与体验的审美书写,少数民族文学蕴含着少数民族群体对本民族前世与今生的回眸与凝视,描述着对民族传统文化传承与未来走向的思考与展望,表征着对与民族命运相关问题及整个社会前景的判断与剖析,以及对生态环境问题、文化存续问题、现代性问题、多族群文化关系问题的艺术营构等,现已成为中国文学的重要收获,其文本以其地方性审美表述展示着中国多民族文学深度。一些少数民族文学批评对上述问题的莫衷一是或模棱两可,凸显出这些批评对本土文本的陌生与文本研究的缺席,如有学者说,“如果说,这几年的研究还有什么不足,我们可能会对问题阐释过度,或者在充分释放和扩大作品‘社会周边’容量的过程中,作品文本内涵因为受到明显挤压而趋向减缩”①。

　　在这里,笔者提出批评应“回到文本”问题,其意是指少数民族文学批评不能以本土文学实践作为验证他者话语合法与否的材料,也不能按照批评者个体的“期待视域”而对少数民族文学文本进行盲人摸象式评判,要明确“文学研究究竟是以什么为基础的? 或者说以什么样的基础为起点的研究才是有效的和可靠的? ……只有语言文字所构成的作品才成为了我们研究的最可靠的‘实在’”②。以文本触摸文学生活现场,以文学生活现场体验文本,以文本作为跨学科批评展开的基点,以跨学科视野观照文本,实现文本与跨学科多元理论的对话,文本与文学生活现场的互证对话,以有效揭示文本与跨学科理论的相洽性或悖谬性,揭示文学文本与其社会文化思潮、经济发展水平、族群身份政治、多民族国家、公共性命题等深度关涉,以规避不愿或不屑从事于扎扎实实文本细读的批评之风,超越既有观念性论述的批评病象。在中国经验渐成全球通用性话语之时,探究多元一体背景下少数民族文学批评经验生成与其参与中国经验形构的路径或方法,以彰显中国经验多民族文学批评的丰富与深度等问题。由此而论,如何回到文本、回到文本的什么位置、以什么策略面对文本、以什么话语解读文本等问题,上述问题构成了本节内容写作或隐或显的背景。

二

　　尽管以工业文明、现代物质文明、科学技术文明等为主体症候的现代性

---

① 程光炜、杨庆祥:《文学、历史与方法》,《当代作家批评》2010 年第 3 期。
② 李怡:《何谓史料? 何谓作为学术“行规”的史料? ——中国新文学史料问题的一点反思》,载《“中国现代文学文献学的理论与实践国际学术研讨会”论文集》,2017 年,第 189 页。

话语以不同方式,在不同程度及不同层次上作用于少数民族地区,少数民族群体传统生产和生活方式、文化心理结构、价值伦理指向及整体性文化体系等都要在此过程中发生结构性转型,他们在传统生存空间内形塑的神话思维或万物有灵观念等也不可避免地出现解体或消失,如马克思主义经典作家所说,"大家知道,希腊神话不只是希腊艺术的武库,而且是它的土壤。成为希腊人的幻想的基础、从而成为希腊[艺术]的基础的那种对自然的观点和对社会关系的观点,能够同走锭精纺机、铁道、机车和电报并存吗? ……任何神话都是用想象和借助想象以征服自然力,支配自然力,把自然力加以形象化;因而,随着这些自然力实际上被支配,神话也就消失了。在印刷所广场旁边,法玛还成什么?"①然而,由于少数民族群体长期处于相对滞后区域,人神共在的神性文化、沟通人鬼神的巫术文化、诡秘神奇的宗教文化等至今仍以各种方式存留并形塑着他们日常生活,氤氲着浓厚神话思维或"原始诗的观念方式"亦即维科意义上的"诗性智慧"或"隐喻思维"对少数民族作家的审美意识、艺术感知、情感(思想)表达等产生深远影响,有学人指出,"这些地域……尚存自然和神性的原始气息。这样的地域,也许比内陆蕴藏着更多的文化和文学的丰富性……在广大的空间中,所有的边地都可能蓄满想象,处处存在应有的奇迹。不啻是信仰之所托和神启之所在"②。孕育在充满诗性思维或原始文化气息土壤基础上的少数民族文化也总是充满着神性与诗性气息,成为本民族原始思维记载的"活化石",成为少数民族作家的精神休憩地与丰富而神奇想象力的策源地,使得少数民族作家的美学思想和艺术表现方法等在许多方面留下了诗性思维的深刻历史痕迹,甚至可以说他们的创作构思是诗性思维的自然延伸和发展,深刻影响到少数民族文学的文类形态、审美风格、艺术手法与叙事技能以及独特的意象营构能力。瑶族作家冯昱曾说,山林中的瑶族自古相信万物有灵论,相信人鬼神同在的魔幻的现实就是现实,相信生活中的一切都有神灵的支配、鬼怪的作祟,所以,他的写作也就"自然而然地带上了魔幻现实主义色彩"③;普米族诗人鲁若迪基曾强调,普米族的神话就是普米族的现实,斯布炯山神就是普米人的祖先,嫦娥飞奔月亮不是神话而是观念,夸父追日不是梦想而是信仰,在外人看来多么奇幻的故事或场景在普米人眼里都是

①　《马克思恩格斯选集》第2卷,人民出版社1995年版,第28—29页。
②　参见施战军编:《21世纪中国当代文学书库·民族文学卷》(英文版),外文出版社2009年版,"总论"。
③　纪尘、林虹、冯昱:《贺州瑶族三作家创作谈》,见 http://www.chinawriter.com.cn/wxpl/2015/2015-07-01/246965.html。

不值得大惊小怪的日常点滴，自己的创作就是在上述思维中孕育成熟的①……在壮族、藏族、蒙古族、土族、彝族、佤族等少数民族文学中经常可以看到那种人神共通、天人合一、物我交融等神性场景或故事的描述，彰显出少数民族文学特有的那种奇幻、神秘与神圣的美学风格。再加上我国少数民族地区大多都有着浓厚的宗教文化传统（在许多少数民族地区，神话与宗教往往处于合二为一的混沌状态），宗教文化传统所倡导的万物有灵、众生平等、图腾崇拜等观念又强化着少数民族群体神话思维或原始思维在场（或者在某种程度上阻滞着神话思维退场），当代少数民族文学所表述出的价值立场、道德观念、叙事方式及写作手法等都具有丰富的不同于汉族文学的地方性知识特征。阿来小说的文本结构、人物塑造、场景设置、情节安排、修辞手法等都彰显出嘉绒藏区特有的那种人神共在、万物有灵的传统思维原型。乌热尔图小说中叙述者（人物）与动植物间的亲密互动、自由交流，叙述者（人物）语言的纯净自然，民间谚语、歌谣、神话传说等的杂然相陈，无不是源于鄂温克族文化源头的萨满教信仰，有学者甚至认为，"乌热尔图小说文本，是介于文人创作和民间故事、传说之间，蕴含丰富神话母题素及民歌为一体的'变种'"②。其他如裕固族文学、仫佬族文学、鄂温克族文学、达斡尔族文学、门巴族文学、藏族文学等在叙事手法、语言表述、文类特征、抒情技巧、书写方式等方面无不弥漫着浓厚的神性气息与诗性智慧，带给少数民族文学作家以本源性冲动与生命言说的焦灼。吉狄马加曾指出，"在中国我可以预言，最杰出的诗人将产生在更接近于自然和具有独特文化的地域上，将产生在文化冲突反差大的地方。因为在今天，我们的诗人除了具备应该具备的条件外，现在更需要的却是那种来自本源的冲动。在十分广大的'泛文化'地区，诗人缺少的正是这种要命的冲动"③。由此而言，少数民族文学批评应在发生学或起源论层面敞开少数民族文学价值生成的整体性逻辑，"我认为唯一正确的看法是一种必然属于'整体论'的看法，它把艺术作品看作是一个多样统一的整体，一个符号结构，但却又是一个蕴涵并需要意义和价值的结构"④。这种整体论避免了两个陷阱，"机体

---

①　参见山梅：《一颗独一无二的心灵——谈鲁若迪基的诗歌》，《文艺报》2013 年 2 月 25 日。

②　刘俐俐：《汉语写作如何造就了少数民族的优秀作品——以鄂温克族作家乌热尔图的作品为例》，《学术研究》2009 年第 4 期。

③　转引自关纪新、朝戈金：《多重选择的世界——当代少数民族作家文学的理论描述》，中央民族大学出版社 1995 年版，第 38 页。

④　[美]雷·韦勒克、奥·沃伦：《文学理论》，刘象愚等译，生活·读书·新知三联书店 1984 年版，第 78 页。

主义走到极端所带来的一种无法做出辨析的笨重整体性以及相反的原子主义所造成的支离破碎的危险"①。所以说,"回到文本"并非是回到与社会生活、与人的自由、与政治话语隔离的"语言的乌托邦",不是回到"作者死亡"后的"零度写作",不是回到"符号的狂欢"或"能指的游戏",而是强调文本在批评中的中心和基础地位。作为面向"一种社会象征行为,一种潜藏着丰富的历史、政治和意识形态的象征性内涵的寓言"②发言的文学批评,必须以文本研究为抓手。在詹姆逊看来,"我历来主张从政治社会、历史的角度阅读艺术作品,但我决不认为这是着手点。相反,应从审美开始,关注纯粹美学的,形式的问题,然后在这些分析的终点与政治相遇……我更愿意穿越种种形式的,美学的问题而最后达致某种政治的判断"③。所以,如何完整准确敞开或阐释少数民族文学的意义生产空间,即"如何完整阐释文本"问题向批评提出了范式转型的要求。

　　其次,文化全球化与文化多元化的博弈与碰撞目前已成为全球范围内最具症候性的文化景观,由于作为主流话语的全球化对少数民族地区的影响,全球化趋势越是加剧,少数民族群体的身份意识、家园意识、根骨观念等越是强烈,文化调适问题、身份混杂问题、传统存续问题、生产生活方式转型问题等越成为他们当前最难以释怀的焦虑,他们也切实感受到文化同质化或一体化所带来的压力与困惑。一些少数民族等在经济发展与精神世界重构、文明进化与传统文化维系间也出现了暂时还难以克服的两难。面临着传统文化维系与民族性坚守的冲突与矛盾,如何讲述自身的故事,如何界定自我身份,如何面向未来,如何纾缓文化全球化的压力,如何维系民族身份在文化全球化语境中的内在完整性与外在边界的明晰性,如何激活民族文化的现代性基因以使之与他者对话且能够健康地走向未来等问题,如何以地方性的文学性生产潜隐少数民族群体对民族现实生存问题、民族文化存续问题、民族群体心理焦虑问题等,成为他们最为牵系的难题,并作为一种深层结构形塑着少数民族文学的叙述形式与伦理指向,"人类所遇到的麻烦在于我们没有一个好的文化叙事来支撑我们的存在。我们处于两个故事之间,旧的故事,那个说明我们是谁、去往何处的故事几乎失去了效用,而我

---

① [美]雷·韦勒克、奥·沃伦:《文学理论》,刘象愚等译,生活·读书·新知三联书店1984年版,第78页。

② Fredric Jameson, *The Political Unconscious*, *Narrative as Socially Symbolic Act*, Ithaca Cornell University Press, 1981, p.70.

③ [美]詹明信著,张旭东编:《晚期资本主义的文化逻辑》,陈清侨、严锋等译,生活·读书·新知三联书店1997年版,第57页。

们却还不知道新故事的模样"①。基于此,他们的文学文本结构不再遵循传统的线性叙事,而是以多线条交叉、多场景并置方式建构出空间化的结构特征,特别是当代少数民族文学时常集中于民间生活场景或民间仪式如婚丧嫁娶、信仰仪式、民俗事项等的图画式书写行为,若以主流文学评价标准来看,无疑是一种较显幼稚或不成熟的叙事范式且经常被误读是相对落后、文学性较差的文学形态。但是,这一叙事行为对少数民族文学而言却是蕴含着特定价值诉求的文化演示行为,通过文化演示,少数民族作家才能"在空间化结构中使历史与现实,本土与他者,回顾与希冀,发展与坚守等矛盾在不同时空对话中相互阐释,相互诘问,共同反思少数民族群体在经济全球化冲击日益严重,人口和风俗杂交日益凸显语境下的身份认同意识以及深深的寻根情结"②,以召唤他族读者对少数民族文化的充分认知。藏族作家阿来《尘埃落定》的"傻子视角"、《空山》的"花瓣式结构"、《瞻对》的"非虚构写作"等几乎每次艺术创新都能在中国文学现场引起轰动,给汉族文学带来极大的美学冲击;他的《河上柏影》为了还原"真实的西藏",为了将作为漂浮的能指或供他者任意阐释的形容词的西藏还原为"名词的西藏",而在叙事中以"行走性叙事"、"成长性叙事"和"声音叙事"等记录了传统边地生活景观及其变迁演进历史,为现代性与边地传统文化间的冲突及和解留下证据,为边地民族的"多元现代性"问题提供可资参考的证据,为边地民族文学的叙事转型与美学探索留下证据。回族作家群以其地域性、民族性与宗教性文学书写所彰显出的语言的洁净与温暖、叙述声音的平和与委婉,不啻是以少数民族叙事经验校正着日益陷入消费主义与市场经济逻辑而变得浮躁不安的汉族文学的不足;鄂温克族文学、达斡尔族文学对民俗事项的精细刻画、对仪式场景的真实再现、对人与自然万物灵魂互动的现场描摹等,蒙古族文学对生态问题的关注、对草原故事的讲述、对城乡冲突背景下蒙古族群体灵魂的挣扎与痛苦的民族志意义上的现实主义描写或"文化展演"行为等,皆是巴克森德尔意义上图画性的"民族寓言"文本。按照巴克森德尔的说法,对于以非母语写作为主的少数民族文学而言,汉语言其实不能充分而准确表述少数民族作家那种细微而密集的体验,用图画去表述也许更具建构意味。他认为,描述本身乃是一种概念化的构想③。作为一种消解文化同质化的修辞性叙述,少数民族文化展示完成了文化多元的表述

---

① Peter H. Raven and Tania Williams, *Nature and Human Society: The Quest for a Sustainable World*, National Academies Press, 1997, pp.12–13.

② 李长中:《当代少数民族文学批评如何面对民间话语》,《学术论坛》2011 年第 2 期。

③ [英]巴克森德尔:《意图的模式》,曹意强等译,中国美术学院出版社 1997 年版,第 11 页。

愿景,完成了难以用文字表述的现代性复杂体验和经历而使之成为民族的寓言。传统叙事资源与现代文学观念、民间美学精神与作家个体创作愿景等交织互融使其文学呈现出过渡性文本形态如语言的口语性、文体的混杂性、故事的传奇性、结构的空间性等,彰显出地方性的叙事艺术、美学风格、文学性特征与人文情怀等。而且,少数民族往往是在被动情况下被纳入现代性同质化表述逻辑的,自身意愿的被动性与其文化根基相对脆弱、经济基础相对薄弱与社会发育程度相对薄弱等问题叠加,他们对现代性有着更为复杂的生活经验、情感体验与价值诉求等,少数民族文学有着更为复杂而丰富的内容表述机制与艺术构拟方式——这是少数民族文学之所以被称为"反学科"或"跨学科"的根源。

在上述意义上说,我们倡导"回到文本",就是回到极具民族性与地域性特征的少数民族文学文本现象这一主体,强化对其"基本内容意义及民族的精神"与"适合的表现形式"综合研究的批评意识,强调批评要重视对批评对象的研究,要凸显批评对象的本体性与主体性,并在此基础上将批评对象看作与批评者主体平等对话的合作方,双方相互向对方提问,向对方诘难,而非主奴间"说—听"式的应答模式。如布鲁默在《论符号互动论的方法论》中所说,"客体的意义不在于客体自身,人们会对周围的客体进行解释和定义,这本身建构了周围的客体,或说,客体是人类的建构,而不是自我存在的具有内在本质的实体。它们的性质取决于人们面对它们的倾向和态度"①。批评者要以对话者姿态深入把握与细致研读少数民族文学文本,对于那些带来差异性审美体验的文本要学会尊重,要调动批评者自身原有知识储备与理论修养去面向文本发言,要在与文本对话中检讨批评者知识或经验的不足,不能将文本看作是批评者"召之即来,挥之即去"的附属物或奴仆,不要使之跌入批评者固有期待视域。同时,文本在批评活动中也不是非历史的、静止不动的,消极被动地等待批评者批评的客体,而是要以一种主动而自觉的主体意识去挑战批评者先前的文学观念、批评标准与批评惯性,以差异性叙事、多元性技巧、丰富性文体、地方性知识等触动或颠覆批评者固有的批评思维与言说逻辑。批评主体并非单一主体而是与批评对象共同成长,批评客体并非纯粹客体而是与批评主体共建对话共同体。怀特海从思维角度谈到主体对于对象重要性的发现与把握以建构对象主体的意义。他认为,对于对象性事实的认知之所以重要,是因为对象不只是主体认

---

① Herbert Blumer, "Sociological Implications of the Thought of George Herbert Mead", *American Journal of Sociology*, Vol.71, No.5, Mar., 1966, pp.535-544.

识的客体,而且是对象着的生产性主体,即客体的主体化。在怀特海看来,任何基于经验的对象性研究都不能充分描述对象,同样也不能在某种质的分析基础上得出一般性结论,因为经验缺乏对对象的整体性描述,而质的分析则以一般性原理作为分析目的,结果都背离了对象的本质性特征,"说用质的概念对个体的经验作特征性描述是从对这种质的某种细节的分析开始,那是不对的。我们先于质的原始意识是基于一种范围广泛的一般性"①。也就是说,批评对象在批评活动中不是纯粹客体化的对象而是与批评合作的主体,是通过批评重建的新的主体、生成着的主体。只有回到对象主体,回到文本主体,才是"及物"批评的完整表述。其次,我们倡导批评要"回到文本",是要求批评者必须回到文本生活现场,回到少数民族作家复杂而丰富的叙事心态与价值论愿景,回到文本背后少数民族群体在经济发展与传统解体、文明进步与文化失落、生活改善与精神困惑等多重矛盾交织中的感受、感悟与感想。因为,文学不是语言的科学主义组装,不是形式的结构主义拼合,不是技艺的形式主义展示,而是特定族群日常生活的审美反映,是特定族群情感结构的艺术再现,是特定族群文化模式的美学塑造,只有将文学放置在其身处的社会文化力量的冲突性关系中考察,批评才能避免解释的独断或认知的偏至,也就是"从社会结构中思考知识根源"②。如果没有对族群命运共同体生命体验的深入透视,没有对族群日常生活现场的整体性触摸,没有对少数民族作家叙事伦理与价值论表述的"同情之理解",批评很难触及文本背后边地族群生活以及他们在现代性面前的矛盾与挣扎、期盼与焦虑,也很难理解少数民族文学文本艺术形式、审美风格及价值诉求等及其背后潜隐的少数民族群体心理与人性的复杂面向。或者说,少数民族文学批评只有深入丰富而鲜活的族群生活现场,触及全球化背景下少数民族群体的生活经验与生命体验,才能彰显批评的温度与厚度、精神与灵魂、指涉与神启。对于批评视野中的文本而言,文本并非静止的非历史的存在物,而是充满着生活的气息、现实的深度、人间的温度与思想的厚度,寄托着作者对真的感悟、美的理想与善的愿景。由此而言,我们强调批评要"回到文本",其意也是要求少数民族文学批评"回到少数民族文学生活现场"。

当前,学界总是要求作家"深入生活,扎根人民",这无疑是文学创作的"源头活水",但却少有人对批评者提出如此要求。或者说,对批评者需要

---

① [美]怀特海:《思维方式》,刘放桐译,商务印书馆2004年版,第6页。
② [德]卡尔·曼海姆:《意识形态与乌托邦》,九州出版社2007年版,第67页。

还原历史现场、深入文学生活底部问题缺乏应有重视。不深入生活,批评者就无法深入认知、理解和把握生活对文学创作的特别赋形;不扎根人民,批评者就无法体验、感悟和领会文学所描绘的"人"在多重矛盾挣扎中心灵的悸动与灵魂的苦楚。结果导致一些批评或者沦为学院式纯粹技术性的文本解剖,或者沦为理论话语的自我演绎,缺少生活的烟火和人性的体温,缺少生命的体验和灵魂的触动。上述景象在少数民族文学批评现场尤为严峻。目前,一种较为流行且须引起注意的批评现象是,受诸多社会文化思潮及主流话语的影响,一些批评者在没能真实触摸文本所表述的生活现场及背后少数民族作家复杂而丰富叙事心态与价值愿景情况下,便时常以文化多元主义和文化相对主义为价值原点将少数民族文学价值格式化为少数民族文化书写,演绎出"少数民族文学=少数民族文化=少数民族特色=少数民族文学优越论"的批评范式。只要提到少数民族文学,这些批评者首先想到的批评概念就是民族特色、民族性、民族文化画卷等。对于什么是少数民族文学的民族特色,如何凸显其民族特色,又如何、为何建构民族特色等问题,因缺乏对上述问题及其他深度关联问题的纵深性分析,上述批评者便语焉不详地马上重新回到民族文化这些"永远正确"的套话或习惯性用语的循环论证层面,所谓的民族特色被等同于特定的地域景观、宗教文化、民俗风情、仪式禁忌等。藏族文学以藏地神山圣水、宗教仪式等的书写而被批评者认为其具有典型的藏族文化特色,哈尼族文学因其特有的梯田文化书写而被认为具有强烈的民族特性,等等。也许仅从批评话语自身表述而言上述批评范式并不能看出有什么问题,然而,若将此类批评话语放置在比较文学意义上加以深度剖析,则会因其难以触及批评对象的本质特征而彰显出此类批评话语的抽象、玄虚、悬空或似是而非问题。因为,上述批评范式很难在比较文学意义上呈现出不同民族文学间的本体论意义上的差异性特征。再以本土经验中的"中华多民族文学史观"为例,"多民族文学史观"对少数民族文学批评的理论推进与实践深化,对国人认知少数民族文学的价值与功能的推动,其意义自不待言。但在如何理解与阐释少数民族文学的民族特性,少数民族文学何以能够进入中国文学史等问题上,一些批评者又往往将"球"踢到少数民族文化这一既难以证实又难以证伪层面,当以少数民族文化作为各民族文学民族特色的共用语码而对各不同民族文学加以比较时,批评的空泛与含混就显得尤为突出。例如,如果以"仫佬族文学写出了仫佬族文化,具有仫佬族特色","景颇族文学写出了景颇族文化,具有景颇族特色","德昂族文学写出了德昂族文化,具有德昂族特色"等作为批评话语看取其各自的文学价值时,各民族文学又如何比较其不同的民族特征,或者说,各不同民族文学的民族特质如何彰显出差异性,如何在文学史层面比较其价值高低? ……与其说上述批评话语敞开了少数民族文学的某些本质性特征,拓展了读者对少数民族文学特征的认知,倒不如说是愈加遮蔽了问题的实质,增添了读者的迷惘或困惑。

更为严重的问题是,上述批评范式缺少了对民族文化问题在现代性逻辑框架内的辩证性再审视,导致上述少数民族文学批评不期然间走向了强化或张扬少数民族文化优越性的言说逻辑,现代性文化或他者文化则被上述批评者看作是民族传统文化解体的推手,是民间德性文化失落的源头,是民族传统道德伦理散落的滥觞。受上述批评伦理的影响,少数民族文学渐趋以回到原处那个不曾被现代性影响的"传统世界"作为叙事的基本旨归,将所有的温情、希望、辉煌与梦想也都寄托于这个神性的"传统世界":"北方女王的世界"成为裕固族文学的先验性主题;"只有回到北方草原"才能"拥有生活的希望",成为达斡尔族作家念兹在兹的叙事伦理;"神山""圣水"等成为藏族作家"救赎"世界的唯一资源……相反,作为现代性话语言说者或阐释者的"城"则被一些少数民族作家格式化为各种恶的隐喻。上述批评或书写现象却在有意无意之间忽视了全球化背景下任何区域间的介入与反介入都非单维度或单向性的,而是彼此介入、互动协商的,即使在主流话语对非主流话语的表述遮蔽着非主流话语的自我表述时,非主流话语也并非完全僵化静止的被动接受者,也会以其特有方式参与着对他者的表述。而实际情况却是,一些少数民族文学批评仍是囿于全球化与本土化的对立性言说范式,仍将少数民族地区实际上存在的社会发展多元性纳入单一叙述的现代性逻辑,并以拒绝他者的批评姿态沉溺于少数民族文化的想象性建构,这就很难有助于少数民族文化现代性转型与新生,更遗忘了全球化语境下少数民族文学叙事的道义责任与诗性正义。如萨义德所说,作为批评者的知识分子要切记,作为知识生产的批评不应局限于某一狭小的圈子,也不应服务于某一集团,而是要有全局性的视野,要引导小圈子或小集团最大限度地融入公共性道义伦理,成为公共性命题的参与者、鼓吹者和构拟者。① 真正及物的批评不是对文本的想象性指认,而是要以对话者身份深入文本的内部机理和历史脉络,以主体性身份深刻体验文本反映的少数族群的心理焦虑与情感困惑,以便将民族文学问题表述为多民族国家问题。

"回到文本",意在强调批评者能够掌握面向文本言说的多元批评理论

---

① 参见[美]爱德华·W.萨义德:《人文主义与民主批评》,朱生坚译,新星出版社2006年版,第109页。

话语。任何理论都是生成于特定语境且作用于特定对象的,也就是不具备理论言说的普适性与普世性,理论只有面向批评对象时才能发现理论自身的有限性或无效性。对于面向极具民族性与地域性特质的少数民族文学批评来说,如果没有多元批评理论话语介入就很难发现少数民族文本的地方性知识特性,难以发现少数民族文学文本现象与批评理论话语间的悖谬处,更难以在既有理论与复杂文本现象悖谬处发现新生理论的可能。韦勒克认为,因为他热衷于个人经验在批评中的自由发挥,而被称为最不泥守信条的批评家,同时他又坚持理论的批评意义,并在这样的一般性关系上展开批评。所以他说,一方面,"对艺术的感受会成为批评的组成部分,许多批评的形式要求结构和风格的艺术技巧";另一方面,他又肯定地说:"一个批评家对文学的看法、分析和评价,都是由他的理论来支持,加强和发展的。"①任何一个学科都有其存在的必要的术语和概念,文学文本是文学批评理论的基础,能够面向本土少数民族文学实践且能够给予少数民族文学创作以积极影响的本土理论一直付之阙如,即说明了这一问题。少数民族文学批评往往关注少数民族文学的思想内容和意识形态倾向,即使注意到其文本自身的审美生成机制和艺术建构规律也只能以民族风情、现实主义、神话思维、真实论、身份论等而概括之,很难或者说我们几乎不知道怎样从文本学的角度对少数民族文学文本进行细致、精到与整体性的分析和阐释,结果总是望文兴叹,操作些不着边际的批评话语,言说些不知所云的应景之语。为什么对少数民族文学独特的叙事现象、文本特征、语言技巧、形式创新等问题缺少必要的审视与深入的理论阐释,为什么对少数民族作家文学与民间文学关系、与母语思维关系等的研究至今鲜有突破,为什么少数民族文学入史及经典化问题至今仍主要限于学界自身的反省而难有真正的践行? 上述问题的存在在某种程度上就在于我们没有本土文本话语的知识储备而难以通过有效的批评完整阐释或敞开少数民族文学价值空间。在韦勒克、沃伦看来,对文学进行传记学、社会学、心理学及其他学科的"外部研究"是失当且难以触及文学内核的,"文学研究的合情合理的出发点是解释和分析作品本身。无论怎么说,毕竟只有作品能够判断我们对作家的生平、社会环境及其文学创作的全过程所产生的兴趣是否正确"②。也就是说,文学研究不能将文学作为作家生平的注释。文学不能成为文献材料的校勘,不能成为

---

① [美]雷登·韦莱克:《文学理论·文学批评与文学史》,载赵毅衡编选:《"新批评"文集》,百花文艺出版社2001年版,第549、551页。

② [美]雷·韦勒克、奥·沃伦:《文学理论》,刘象愚等译,生活·读书·新知三联书店1984年版,第108页。

心理学的证据,不能成为地理学的凭证,不能成为生态学的说明,如利发泰尔在《自足的文本》中所说:"任何将文本归结为环境的做法都是一种谬误,一种传记性的、遗传学的、心理学的或者类推学的谬误。"①文本当然不是封闭的自足的静止物,不是纯粹的单维的语言游戏,不是创作者卖弄技巧或手法的展厅。文本有其内在运作机制与外在的规约语境,是内外诸多因素综合作用的源于生活却高于生活的审美共同体,应该有其独特的面向文本的阐释话语是必然的,也是必须的。随着少数民族文学文本现象的越发丰富、创作观念的不断更新、创作形态的日益复杂,缺少文本理论支撑的少数民族文学批评愈加凸显出批评的乏力或无力感,对少数民族文学文本解读也时常出现盲人摸象的尴尬。尽管20世纪八九十年代倡导形式主义、新批评、叙述学等"回到文学性"的理论话语,但其多是在实用主义的工具论层面进行的,对本土文本及其理论建构的重视并未提上日程。"叙事圈套"的行之不远,"语言实验"的昙花一现,"先锋文学"的过眼云烟,即是明证。有学者多年前即敏锐意识到建构本土文本学的意义,"站在全球化语境的立场上来思考当下文论的建构和创新,可以发现一个带有规律性的现象——许多国家都经历了自身的文本学建设与发展阶段,它们创建和规范的范畴、概念和术语等,像潮汐裹挟的沙石一样遗留在海滩上,成为文论界交流的常规话语"②。孙绍振先生一直呼吁并身体力行地致力于"文本解读学"建构③,时至今日,著名学者陈晓明又重提关于文本批评方法及理论问题,要求我们"迫切需要补上这一课"④。尽管我们一再批判西方话语的逻辑性、科学性或体系性等影响到对文学审美意蕴或人文情怀的阐释或发现,但是,西方话语对文学文本解析的精确与详尽、具体而生动,确是我们必须研学的。刘俐俐教授曾感叹,"以往苦于叙事性文本的批评问题,传统的形式分析和社会历史批评总是无法互相兼容,也难以完成对文学文本的批评言说,怎样从作品的形式入手进而合乎逻辑地转换到作品的社会历史的审美批评和判断,这是一个难题"⑤。当前,传统意义上的"隔离式"边界渐趋向"滤网式"边界转型或过渡,"滤网式"边界即强调各种文化间是彼此渗透、互动与弹性

---

① [美]萨义德:《世界·文本·批评家(节选)》,载朱立元、李钧主编:《二十世纪西方文论选》,高等教育出版社2002年版,第507页。

② 傅修延:《文本学——文本主义文论系统研究》,北京大学出版社2004年版,"序言"。

③ 参见孙绍振:《西方文学理论的危机和文学文本解读学的建构》,《厦大中文学报》2015年第1期。

④ 陈晓明:《重建文本细读的批评方法》,《创作与批评》2014年第6期。

⑤ 刘俐俐:《论西方新叙事学理论文本批评方法论意义》,《陕西师范大学学报(哲学社会科学版)》2005年第4期。

的,而非"隔离"。在这种情况下,本土学界要做的就是在本土文本实践基础上,将原本抽象化、悬置性与标本式的西方文本理论与本土传统文论中的人文性、情感性与想象性等交融混杂,以创新质。也就是说,如何在本土与他者持续性对话与彼此互动中强化本土批评的文本研究能力,在批评中实现文本内与外的衔接和转换,达到文本的形式与内容、审美与意识形态、自律与他律的相互融合和沟通,以增强批评面对本土文本的阐释能力以及与西方对话的资本,是我们倡导"回到文本"的根源。

三

　　少数文学文本生成的多源与多元特性,当然需要跨学科批评。然而,谈及跨学科问题,笔者却甚为惶恐。当前的学界并非没有注意到跨学科的重要性,后现代知识状况的深度播散,跨学科更成为本土学界解决本土问题的不二之选。多年的跨学科理论与实践却未能真正解决本土批评难题,相当多的跨学科批评尚未完全摆脱为"跨"而"跨"的偏至,以临时抱佛脚的方式让大量新潮理论轮番登场,少数民族文学批评在跨学科批评时并没有形成真正的合力,仍是各说各话,各看各家,一旦挤掉这些跨学科里面诸多理论中虚无和虚构水分,跨学科批评并没有多少真金白银。从根源上说,"跨"的核心是自我与他者彼此间的交流交换与交融,是"and",是"inter"或"cross",更是"beyond"(即为超越、跨越界线等意)。也就是说,跨学科批评就其本质而言是对话性批评,是不同理论话语在"跨"中得以对话,更是不同理论话语与文本现象间的对话。就前者而言,跨学科批评的基本要义在于批评者与他者双方的平等协商、多元共生、互补增殖,批评者不能在自身一穷二白基础上自由地实现不同理论间的对话或转换,若没有立足于本土文学实践及其文化语境基础上生成的原创性理论作为跨学科根基,批评者拿什么与他者对话,用什么去判断他者话语的优劣或真伪,如何界定他者话语的无效性或有效性问题,他者在本土旅行后新生的载体是什么,以什么价值论系统鉴别与评估他者在本土场域的批评效果,又如何判断批评效果的当代意义?跨学科批评最终可能蜕变为对他者话语的挪用,对话成为对他者话语的倾听,很难避免随他者理论更迭而实际上却不断发生与本土实践断裂的风险,无论早前的"失语症"问题,抑或当下的"强制阐释论"问题等,皆是对本土原创性理论缺位而导致跨学科批评失效的修辞性叙述。或者说,对话是对话者之间的平等交流,平等是对话双方的势均力敌或旗鼓相当,才能对他者话语比较鉴别,取长补短或扬长避短。在这个意义上说,少数民族文学批评也应该有其相对独立的学术话语,有必要的术语和概念,若没有彰显民族身份与民族特色的话语理论和体系,没有本土原创性理论话语体系作为支撑,少数民族文学批评很难实现真正的跨学科。韦勒克强调,"批评的目的是理智的认识,是概念的知识,或者说它以得到这类知识为目的。批评最后必须以得到有关文学的系统知识和建立文学理论为目的"①。批评当然可以有批评者的感悟和体验、想象和情感、信仰和惯习,所有这一切却都要以最终的批评理论生产为目的,一方面,批评需要理论来深化对作品的分析、认识和评述;另一方面,作品又要对理论生产提供充分的依据、扎实的实践和深厚的基础。或者说,批评的目的当然是要在批评基础上生成新的理论话语。即使是后学思潮也并非完全是解构或摧毁,更在于解构后的建构,破坏后的重塑,颠覆后的反思,"后现代主义在反思些什么呢?回答是,既反思着现代主义的基本景观——这是它的生成动力,更反思着由此而来的后现代主义景观本身——这则是它的自我更新之道。由此,在看似随波逐流、庸碌无奇的困局中,后现代主义随时蕴藏着突围的活力"②。"突围的活力"在于它打破了对既有权力话语的迷思、固有规则的坚守、宏大叙事的迷恋,从而给予边缘的、散乱的小叙事以充分的尊重与理解。在传统与现代、本土与全球、自我与他者碰撞与融合的情况下,在文化维系与经济发展、文明守望与生活改善、身份建构与社会转型冲突与调适的条件下,在族群边界与他者空间、民族意识与现代性想象、根骨观念与全球化话语撕扯与和解的语境下,在传统叙事资源与现代文学观念、民间美学精神与作家个体创作愿景等交织互融的状态下,少数民族作家思考问题的向度、体认世界的广度、感悟生活的角度、介入问题的高度、把握生命的尺度、呈现矛盾的力度等彰显出极为经典且独特的地方性和民族性特征,为本土理论生产提供鲜活而丰富的实践文本,少数民族文学批评不能在"理论逃逸"中走向"后学"的反面。所以,少数民族文学批评基础性工作是返回少数民族文学文本且创造出新的阐释空间,使之成为一种生机勃勃的人的世界的再现者或敞开者,以探讨或检视全球化背景下的"少数民族问题"与"中国的少数民族问题"。

我们强调"回到文本"需要跨学科、多元理论间的协同与对话,其一,尽管西方文本理论可以从形式层面阐释文本,总结文本的内部规律,通过对具体文本的分析进而建构普适性理论,但其结果必然使原本极具人文属性的叙事学走向纯粹的科学;同时,由于西方文本理论时常将文本看成

---

① [美]R.韦勒克:《批评的诸种概念》,丁泓、余徽译,四川文艺出版社1988年版,第4页。
② 朱立元:《从文论看后现代主义的双重面相》,《光明日报》2015年7月16日。

自足封闭的符号系统,重在一整套的概念、范畴和操作程序而忽视了文本话语的审美价值判断或人文精神,社会文化现象在他们的文本理论表述中成为被抽空了实际纳入的植物标本,或者将社会文化现象纳入纯粹的语言表述范畴,成为不指涉外部真实生活的符号,结果将文本与其生活系统割裂开来,文本成为研究者实验室里的待验证者,上述问题即使在后经典叙述理论中也没有得到很好解决,"……因为如果要研究符号,那就必须考察使意义得以产生的关系系统,反之,我们也只有在把研究对象当作符号看待时,才能确定这些研究对象之间哪些是相关的关系"[①]。也就是说,怎样在批评中适时适度融入本土话语的美学精神、人文精神与情感要素,以化解西方文本理论中的偏颇与片面因素,是文本批评对跨学科的必然诉求。其二,少数民族文学因与民间口头文学、传统诗性思维、民族宗教文化、地方性知识等关系而形塑出极为复杂及多元的文本现象,是其他文学难以比拟的,批评在"回到文本"时更要以中西理论话语中的相关概念、命题、范畴及术语为基础,在有效接纳和创造性转化西方理论话语的同时更要糅合进本土批评话语中那些极富人文情怀且能够与时俱进的概念、术语或命题等,双方原有的缺陷在对话中消解,原有的优势在交流中生发新质而形成理论话语的"第三空间",由此才能最终超越各自的缺陷,优势互补,才能实现更为深入、更为迫近少数民族文学文本内与外、形式与意识形态、审美与道德伦理内涵有机融合的目标,增强批评在不同语境下的言说能力并使之在言说中创生出新的理论萌芽,避免依附于他者而不断发生游移。就后者而论,尽管改革开放以来跨学科批评已成本土学界共识,但在具体的批评操演中一些批评者却过于关注不同理论话语间的"跨",却未能注意到跨学科之"跨"更是理论话语与批评对象间的对话性问题,结果导致一些跨学科批评成为文本缺席的各种理论话语的"大杂烩",当前,批评界概述的"理论自身演绎的批评""没有文学的文学批评""理论作为独角戏的批评"等,皆潜隐着对文本缺席的跨学科批评的警醒与反思。从根本上说,批评在文学研究序列中是位于文本与理论间的"中间物",批评要以理论话语与文本间对话为展开前提,要以理论话语作为拓展或探索文本意蕴新的认识论或方法论,要以文本作为验证或审视理论话语有效性或失效性的试金石,不能以墨守成规或抱残守缺赢得尊重,不能以舍弃本源或追新逐异换来尊严。也就是说,"回到文本"的批评不能盲从于他者理论的询唤或俯就于理论对批评的引导,不能将

---

①　[美]乔纳森·卡勒:《结构主义诗学》,盛宁译,中国社会科学出版社1991年版,第25页。

批评主体对批评对象的生命感悟、生活体验与艺术发现淹没于理论的逻辑规约之内,而是要充分发挥批评主体对批评对象的审美想象力、艺术感知力与意义阐释力,充分发挥批评主体在"转向少数民族文学文本"基础上对批评对象艺术生成机制与叙述动力机制等的穿透能力,并能在"转向少数民族文学生活"基础上将批评行为和实践自觉置放到广阔的族群社会生活、文化生态以及公共性事务组成的复杂网络之中,使文本成为判断西方话语是否适用本土的依据,成为批评者批评行为是否合法的检验者。如此才能彰显批评的民族性、及物性与建构性特征,在文本基础上展开的批评,才是传统的又是具有现代意识的,是本土的又是具有全球视野的,是少数民族的同时又是具有中国气派与中国风格的。笔者以"回到文本"作为建构本土批评话语的路径选择,其意是强调批评活动与文学文本的相互辩难、对话砥砺关系。立足于文本,批评才能言之有物,有的放矢;没有批评,文本无以呈现其美丑,标示其殊异。文本是架设在批评主体与理论生成间的桥梁,可以激活批评主体认知与理论生成间的对话意识。理论与文本理应在批评实践中进行双向互动的协作,文本不能依从于批评主体的理论选取,理论不能非再语境化地言说文本。目前的情况却是,批评主体时常以其固有的理论先见或期待视域力图驯服文本,驱动文本听从于自身的理论预设,在这里,文本犹如木偶戏中的玩偶一样顺从于批评主体的调遣,文本蜕变为验证理论的材料或批评主体言说自我的工具。所以,文本要向批评主体提出挑战,要向批评主体提出自我主体建构要求,这是理论生产的关键。文本是敞开的结构,是召唤他人进入的富有生命的对话者,不能完全被动地听从批评主体的消费与控制,它以其地方性的叙事艺术、差异性的美学遗产、多元性的价值取向、独特性的文化景观等挑战批评主体先前的接受模式与期待视域,批评主体先前持有的理论视野要接受文本的检验与说明,要对文本提出的问题作出回应,理论有限性问题便凸显出来。只有建构起真正面向本土少数民族文学文本且能够解决本土问题并发出本土声音的文本理论,才称得上是本土批评真正成熟的标志。

在后学话语思潮播撒、多元文化主义盛行的当下,没有任何话语能够作为一种霸权形式而存在。或者说,任何理论都是在特定语境、特定时空并以解决特定问题而生产出来的,普适性或"放之四海而皆准"的"巨型理论"是没有的。理论的有限性才是理论的真正本质特征,"任何理论在无限丰富的文本面前,最终都是无效的。当面对丰富复杂的文本现象,已有理论无法进行恰当言说时,新的理论萌芽就产生了。这样的理论不但是局部性的、还是反思性和批判性的"①。在这里，批评主体借助于文本的地方性知识特征以获得对原有理论的重新评估与理解，原有理论话语在地方性文本面前凸显其有限性或无效性，新的理论生成契机就是在这种彼此辩难与诘问中孕育生发。这种理论也是德勒兹所谓的"可陈述"理论。在德勒兹看来，在游牧主义代替静止主义的全球化时代，任何理论话语生产都蕴藏在具体的"待陈述"的文本现象中，只有通过具体的文本阐释或"陈述"，才能最终生产出"可陈述"的理论。由此以来，"理论"便具有了两重意蕴："理论"是在具体文本研究中生产的；只是面向具体文本的，而非面向一切的"巨型理论"。他在谈论"陈述怎样使未被陈述的隐秘转化为陈述的明晰"问题时，提出待陈述的东西唯有提升为可被汲取的条件才成为可陈述的东西，"如果不提升至可被汲取的条件，陈述总是保持隐藏的；相反，一旦达到条件，它就在那里，而且毫无保留"②。在德勒兹看来，新的理论作为"可陈述"蕴藏在具体"待陈述"文本中，它不会自动跳出来声明自身的特性，而是需要批评主体在"回到文本"过程中将"待陈述"提升为一般性的"陈述"，即最终形成一种"游牧式理论"。这种理论"要求我们说明我们如何阅读或看待一个文本，我们如何产生出意义。它要求我们反思我们作为读者和解释者的实践和观点，一旦我们承认理论的可能性——即我们总是从某种观点去接近文本——那么我们也会承认：一切声称没有理论的解释都不过是对它们在解读中必须采取的决定和假设的忽视"③。就少数民族文学批评而言，"回到文本"是期待批评者注重少数民族文学差异性或"待陈述"特征并以此探讨"陈述"或"游牧式理论"生成的可能及路径。与民间口头传统，与族群原始思维，与民族母语意识，与民间叙事传统等的源与流关系，形塑着少数民族文学文体的差异性、语言的创新性、结构的非规约性、修辞的地方性等，这种难以被普适性理论涵括或阐释的地方性知识特质的文本恰是后理论时代理论创生的基础。德里达敏锐地意识到，似乎"这些批评家们面对至今无法命名之物时都选择将目光避开。——这些无名之物正在彰显自身；只有在非物种的物种之下，以无形的、无声的、初生的、恐怖的怪异形式，无名之物才能彰显自身，面临诞生之时必定如此"④。

---

①　李长中：《文本研究的重要性》，《文艺报》2010年3月8日。

②　［法］吉尔·德勒兹：《德勒兹论福柯》，杨凯麟译，江苏教育出版社2006年版，第56页。

③　Claire Colebrook，"Deleuzean Criticism"，in *Introducing Criticism in the 21st Century*，Edited by Julian Wolfreys，Edinburgh：Edinburgh University Press，2002，p.110.

④　Jacques Derrida，"Structure，Sign，and Play in the Discourse of the Human Sciences"，in *Writing and Difference*，Alan Bass trans，Chicago：University of Chicago Press，1978，p.293.

当前,学界对少数民族文学批评存在的病态与症候、诊断与评价大致不差,如何生成本土原创性批评话语也一直受到学界高度重视,长时间的理论争鸣或话语建构若挤去其中的"虚火"或"水分",将剩余多少真正具有本土问题意识、彰显本土创能力的灼见或真知,恐怕学界需要扪心自问。尽管任何问题的解决在后现代语境下都面临若干选择的可能,多年来批评话语建构效果历史的难尽人意,则昭示着本土少数民族文学批评话语建构仍存着"通过把世界纳入既定的意义系统,从而一方面导致意义的影子世界日益膨胀;另一方面却导致真实世界日益贫瘠的阐释行为"①现象,其实问题还不止于此。笔者以"回到文本"作为若干可能性中的一种话语建构的逻辑起点,却非一种主观臆想或脱离现实的虚幻空想,确是对既有少数民族文学批评盲点或短板的理性观察与思考后的策略构想。这种策略构想既强调跨学科、跨文化的多元理论协同,又强调立足于本土文学创作实践和"文学事实";既强调批评者与批评对象的双重主体性,又强调吸取及借鉴一切已有理论成果。这种少数民族文学批评话语建构策略构想是契合当下批评理论生成规律的,也是契合少数民族文学创作及其批评现状的,同时也是具有可操作性与实践可能性的。文学批评从根本上说是"及物"或"中的"的,应该触及文学生产场域及介入社会公共性话题言说。"回到文本"是批评"及物"或"中的"的根本,是批评真正深入其应该面向的生活和经验,回到理论生发逻辑起点的必然要求。

第二节　回到经验:当代少数民族文学批评本土经验建设的路径原点

在现代性知识谱系内,理性主义与科学主义是人们认知世界最具普适性的方法论和认识论,"理性崇拜"或"科学迷信"成为当下最具象征意味的现代性症候。似乎只要谈及经验并给予其充分的价值重估,就可能会被贴上"经验主义者"或"主观主义者"标签,进而会被认为是不尊重客观规律者,不注重全面联系者、不从实际出发者。随着全球化时代"理性至上"观念的渐趋播撒和深化,经验更是被解读为个人主义、主观化、片面化等而遭遇结构性妖魔化或污名化想象,跌入本雅明意义上的"经验匮乏"窠臼。如布勒东所说,"经验本身也有其局限性……人们打着进步的借口,以文明为幌子,最终从那些被轻率地当作迷信或幻觉的东西里将思想清除掉,摒弃所

---

① 　[美]苏珊·桑塔格:《反对阐释》,程巍译,上海译文出版社2003年版,第7页。

有追求真理的方式"①。对文学批评而言,自作为"批评的世纪"的 20 世纪以来,科学主义批评理论如结构或后结构主义、形式主义、叙事学理论、后现代主义理论等日益规模化、体系化,也更为科层化,以理论话语遮蔽或取代批评主体经验的批评现象日益增多,甚或成为批评常态,批评者往往不是从自身的批评经验及文本阅读经验出发而是以"场外征用"方式将自己青睐的理论话语硬性套用于文学实践,文学文本成为验证理论话语的材料而非批评主体,批评的观点结论、批评的言说逻辑、批评的行文结构等几乎都是理论自身的自言自语,批评者个体的经验或体验、创见或感悟等便遗忘在对理论话语的过度盲从中,批评生产与批评理论生产呈现出相同或相近的文化表述逻辑。在这种情况下,批评操演,甚至批评对象中的所有物如价值、历史、主体、生命等皆成理论符号的自身演绎,如尼尔·路西所说,在文学批评中,"历史"已变成了一种文学批评活动中的"先验的符号",是"符号的符号",丧失了其具体指涉的内容。② 如果说,前现代社会人们的生产生活经验在未遭遇剧烈而持续性冲击面前尚能维系相对稳定状态,作为对社会生活加以审美反映的文学也能够保持相对稳定的价值命题、叙事范式与美学精神等,人们凭借固有的阅读经验可以相对有效把握文学的叙事症候,"在旧的社会里,甚或在市场资本的早期阶段,个人的直接和有限经验仍然能够包容支配那个经验的真正的经济和社会形式,并与之相一致,而在下一个时刻,这两个层面进一步分离开来,真正地开始构成了经典辩证法所说的本质与现象,结构与生活经验之间的那种对立"③。随着传统社会生产生活方式向工业化、市场化、商品化、信息化或网络化等晚期资本主义消费逻辑转型,当代社会进入结构性的动态转型过程,人们的生活经验、情感体验、心理活动以及对世界的提问方式与社会问题处理方式日益丰富而复杂。文学的主题意蕴、价值观念、审美风格及文体形态等在这种剧烈转型中渐趋多元而广泛,没有对文学鲜活、生动、具体、融情融理的阅读经验,没有扎实、严谨、切中肯綮且融入批评者个体情感体验与人生经验的批评经验,没有对既往批评优劣短长的科学客观总结与对批评未来走向的精准预判,批评难免会出现套路化、他者化、模式化及修辞失效等问题。在这里,笔者"逆历史潮流

① [法]安德烈·布勒东:《超现实主义宣扬》,袁俊生译,重庆大学出版社 2010 年版,第 16 页。

② 参见[美]尼尔·路西:《历史之死》,见阎嘉主编:《文学理论精粹读本》,中国人民大学出版社 2006 年版,第 263 页。

③ Fredric Jameson and Terry Eagleton and Edward W. Said, *Nationalism*, *Colonialism and Literature*, Minneapolis and London: University of Minnesota Press, 1990, p.64.

而动"提出批评话语建构"回到经验"问题,是出于对少数民族文学批评话语建构短板或盲点的理性审视,是重建批评与本雅明意义上"现实的绝对相关性"的必要方式,是重建批评介入社会人生问题的必要方式,是弥合批评话语与"现实"这一意义生产根源分离的必要方式。由此而论,"回到经验"对少数民族文学批评而言,是回到"阅读经验"与"批评经验"。

一

　　按照威廉斯的定义,经验是与科学主义或理性主义相悖而行的概念,"倚重观察和通行的做法,而对理论解释持怀疑态度"①。对本书而言,"回到经验"是指回到"阅读经验"与回到"批评经验"。所谓回到"阅读经验",就是要求批评者回到对文本的阅读经验,回到对文本内在精魂的把握与触摸,回到对文本审美理路的诠释与评判,回到对文本价值取向与文化精神的敞开与挖掘,回到对文本内在生命与艺术世界的真实触摸与切己感悟。或者说,是要求批评主体回到对文本的艺术感知经验,回到对文本的审美判断经验,回到对文本背后复杂社会文化生态及少数族群生存状况的整体认知经验。在这里,回到"阅读经验"要求批评者要不断转换问题发现角度,文本观照维度与理论介入程度,深入深刻地触及作品深处,真正融情融理、融血融肉、融心融知地进入文本,对文本要有感知、感悟与感触,注重文本细读,强化经验总结,发现与解释差异,鉴别美丑之源,而不是如"井中皮球"浮在文本表面,作纯粹理论的演绎或"我批评的就是我的"式的批评自恋。没有扎根于文本的阅读经验,批评者很难有对批评对象深入细致而周严的分析、判断与评价,就很难辨别其美丑是非、优劣短长。所以说,对文本的分析与判断要建立在对文本的透彻了解或阅读经验基础上,而非使批评成为他者话语演绎或理论先验性论证,亦非使批评成为批评者借批评之名行投机献媚或浪得虚名之实。这种经验即是艾略特所谓的"事实感"。在艾略特看来,事实感是批评的前提,没有对文本的这种事实性阅读经验也就没有真正的批评。在艾略特看来,"批评家必须具有非常高度发达的事实感。这绝不是一个微不足道的或常见的才能。它也不是一种容易赢得大众称赞的才能。事实感是一件需要很长时间才能培养起来的东西。它的完美发展或许意味着文明的最高点。那是因为有这么多的事实领域需要去掌握,而我们已掌握最外面的事实领域、知识领域,以及我们所能控制的最外面的领

---

① Raymond Williams, *Keywords: A Vocabulary of Culture and Society*, New York: Oxford University Press, 1985, p.115.

域,将被更外面的领域用令人陶醉的幻想包围起来"①。由于受特殊的地域空间、社会发育程度及历史积淀影响,少数民族群体有其独特的情感表达方式、艺术再现形式以及面对社会人生的回应方式,在此基础上孕育生成的少数民族文学无疑具有地方性与民族性特质,"地方性"并非是特殊的地点或具体的现实场景,而是指该地点具有的知识观念、价值认同与认知规约,这种"知识观念"必然要求"我们对知识的考察与其关注普遍的准则,不如着眼于如何形成知识的具体的情境条件"②。加诸与民间口头文学的源流问题,以及与诗性思维的关系问题、非母语写作问题等,少数民族文学呈现出与汉族文学不同的审美风貌——这是少数民族文学获取知识合法性与学术史意义的保障——尽管我们不倡导少数民族文学务必要坚守与汉族文学的差异或异质属性,如朝戈金先生所说:"长期研究少数民族文学的学者,就会形成更为宏阔的关于文学的理解。假若看到一段青藏高原上的集体舞蹈,被告知这是关于世界起源的叙事,他们不会感到大惊小怪;看到贵州麻山的东郎给躺在棺材中的逝者吟唱《亚鲁王》,他们也不会因为接受美学的范式被颠覆而不知所措;看到蒙古高原上的某个语言大师在即兴演述时随兴致抻长或压缩故事时,他们也不会因为教科书上关于文学叙事样式的长度界定而困惑;在四川凉山观察一段以仪式为框架的艺术叙事时,他们不会斤斤计较于故事的'完整性',因为知道还有其他尺度在规范着演述;他们更不会找到一个著名口头诗人,记录一次故事演述,就宣称已经掌握了某个文学'作品',因为他们知道,他们手中的材料,不过是'一次'记录,这个记录文本可能就是一个被意兴阑珊的歌手大大压缩了的故事样本,不足以体现那个故事的全貌。总之,少数民族文学领域,以其极为丰富多样的存在方式,构成了文学大花园中那些令人叹为观止的瑰丽景象。"③面对上述复杂的创作现象,一些少数民族文学批评长期以来便焦虑于如何相对完整阐释或敞开少数民族文学自身特质,焦虑于如何充分挖掘或辨析少数民族文学异质于其他文学之处等,"名词"而非"形容词"的少数民族文学却始终遮蔽在对他者话语叙述逻辑中。在本雅明看来,对于作品或社会现实的理解并不是从个人经验出发,而是从既有理论话语构建的"神话偶像"出发并将之作为普适性的"圣经"或"教义"套用于对象,"它对主体性最大的损害就是

---

①　[美]艾略特:《批评的功能》,载伍蠡甫等主编:《现代西方文论选》,上海译文出版社1983年版,第278页。

②　[美]克利福德·吉尔兹:《地方性知识——阐释人类论文集》,王海龙、张家瑄译,中央编译出版社2004年版,第73页。

③　朝戈金:《如何看待少数民族文学的价值》,《光明日报》2017年4月10日。

经验的损失,使得人无法合理、合法地使用自己的经验,经验常常被嘲笑和戏弄。……令人类在现代整体性地损失了真实的、现实的经验"①。阅读经验的匮乏加剧着对他者理论的依附,加剧着对本土文学实践的隔膜,反过来更是激起他者话语对本土经验的遮掩。同时,阅读经验的匮乏也促使一些批评者过度依赖于先前的"接受视域",以先在理论预设或观念结构套用于本土文本实践,本土文本实践在被理论预设或观念结构肢解的同时蜕化为上述批评者主观经验的验证者,"我们经由概念知识所组织的思维之网,捕获的是否已经不再是如其所是的有如鲜花的文学经验本身,而只是有如干花的文学经验的石化形式"②。上述问题是需要少数民族文学批评者深而思之的。

所谓回到"批评经验",是要求批评者回到对文学的批评经验,不断创新批评思维,不断改进批评方法,不断尝试批评实验,不断转换批评视野,不断调整批评姿态,不断总结批评得失,在批评的不断探索、尝试与实践中积累、提升与完善批评经验,这是少数民族文学批评话语建构的前提。也就是说,批评者要多从事具体的批评实践并从中善于总结与提炼批评的经验教训及其内在规律,多汲取多元批评话语资源并能够对之予以鉴别与判断,多尝试批评实验并能够把握其中的成效或不足,多转换不同的批评思维并能够使之形成良性对话关系,多更新批评话语范式并能够在其不断更新中反思本土批评范式建构或创新可能。所以,回到"批评经验"是强调批评者要有广博的知识视野,有扎实的批评实践,有深厚的理论功底,有明确的批评标准,有良好的艺术感知,有正确的价值导向,有合理的话语策略,在上述基础上建构起来的批评经验才能彰显批评者的主体性,而不至于将自己淹没在他者理论的依附中。没有批评经验就很难对文本展开负责任、有创见的批评活动,很难有一种自觉的本土批评话语创新意识。当前,对他者话语在本土场域内的轮番操演日益表征出一种极为繁荣且悖论性存在的"批评经验过剩"与"批评经验匮乏"现象,制约着一种健康的、良性的、系统性的批评经验的生成。"批评经验过剩"并非意味着我们有充足的话语资源、有公信力的批评实践、有独立自觉的批评意识及本土原创性批评话语等以能够应对日益复杂的少数民族文化生态与其文学创作,而是以外来他者话语非语境化移植于本土文学创作的批评模式,由此,理论的闲置与面对文本的失语构成一种批评理论繁荣的"虚胖"之象,唯独缺少一种反思性和批判性追

---

① 〔德〕瓦尔特·本雅明:《经验与贫乏》,王炳均、杨劲译,百花文艺出版社 1999 年版,第253 页。
② 朱国华:《转智成识:论文艺学的逻辑出发点》,《文艺争鸣》2008 年第 5 期。

问:是谁在批评? 以谁的方式在批评? 批评的是谁的问题? 形成了谁的经验? ……在还不具备生成本土理论话语的情况下借用他者话语并以之作为观照本土文学现象的视角,一定程度上有助于拓展和更新少数民族文学批评的深度与既有范式。这里面其实有对西方话语如何运用,在什么前提下运用,运用的限度与程度如何等问题。在很多情况下,对他者话语的非语境化、非历史化、非主体性移植或套用,使得本应具有相对明晰的阐释向度与现实关怀品质的理论问题蜕化为"纯粹性"的非语境化及非价值论的学术研究,也使得一些本土批评者有意或无意间忽视了对西方批评话语的语境化考察和理论旅行有效性的理性审视,无论面对什么样的本土文学文本立马就以西方文化生态中的有关概念、术语或命题等无障碍地套用于其上,好像没有什么文本不能阐释,阐释什么样的文本都不存在困难。在这种"批评经验过剩"的批评操演中,少数民族文学潜隐的独特生活气息、民族精神、族群意识、文化记忆及叙事艺术等出现了集体性的失语或失落。一旦少数民族文学表现出某些传统与现代、本土与他者间冲突或困惑主题或叙述现象,上述批评者便以后殖民批评理论、散居族裔理论等加以阐释并以此将所有文本都纳入"文化身份焦虑""主体性诉求"等批评旨归,乌热尔图、栗原小荻、铁穆尔等人于是被命名为"民族精神的代言人""民族身份的骑手";只要涉及自然和生态环境主题或其叙述现象,上述批评者便不自觉套用生态文学批评理论,南永前、郭雪波、聂勒等人于是被认为是生态文学的开拓者;还存在以新历史主义批评理论套用于少数民族文学的重述历史和传统现象,如一些批评者对锡伯族文学"西迁故事"重述的价值评估,对藏族文学民间神话和传说叙事的艺术解读,对裕固族文学民间传统和历史再现的文化阐释等;以魔幻现实主义批评理论套用于藏族文学,至今依然如此,以女性主义批评理论套用于达斡尔女作家群、回族女性文学、彝族女性诗人群的创作……上述批评现象一定程度上消弭了他者话语与本土文学创作间的距离,也遮蔽了本土民族文学创作的地域性与民族性特质。随着"强制阐释论"①的出场,本土学界对西方话语的批判性反思上升到对其知识生产逻辑和范式的深入审视,并力求在西方话语的挤压或围追堵截中发出中国声音,问题却依然没有得以根本性解决。所以说,若从"批评经验过剩"生产内在逻辑来看,"批评经验过剩"恰是对他者理论与固有批评范式

---

① 张江:《强制阐释论》,《文学批评》2014 年第 6 期;另据曾军考证,"强制阐释论"其实早在 2011 年由张江主持的全国哲学社会科学基金重大委托项目"当代西方文论批判性研究"中就已初露端倪。

依附所致,是一些本土批评者独立的主体意识与批评思维缺席所致,凸显的却是"批评经验匮乏"问题。由此以来,与"批评经验过剩"相伴而生的就是"批评经验匮乏"问题。"批评经验匮乏"是指:在批评中或者硬性套用于他者话语,或者依赖于陈陈相因的批评范式,千人一面,套话连篇,对文本的解读方式是相似的,所得出的结论是相似的,观点论证的方法是相似的,以不变应万变,万变不离其宗。目前来看,尽管批评界呈现较为活跃的批评态势,一些前沿性理论话语不时成为本土话语增长点,一些新生的有影响力的少数民族文学作品也能够得到学界及时回应,诸多少数民族文学作品研讨会、座谈会、新书发布会、批评理论研讨会以及其他名目繁多的会议、论坛等均有新的研究成果出现,然而,若将上述批评成果检视后则会发现,一些研究成果仍存在模式化、重复性及套路化现象。批评经验越是"过剩",其"匮乏"问题越是严重,批评经验越是"匮乏",其"过剩"问题越是彰显,二者就是以如此悖论性逻辑作用于少数民族文学批评实践。

近年来,笔者一直从事少数民族文学批评及其研究工作,深刻感受到少数民族文学批评的艰难与困惑,并时常为这种"艰难与困惑"而焦虑。上述"艰难与困惑"与批评公信力的有待提升,与批评遭遇集体性失语,与批评难以获得读者、作者、社会的充分认同有关,更与批评难以与时俱进生产本土理论或理论体系而不得不追随他者有关。以笔者之见,以"阅读经验"与"批评经验"相互促动、砥砺与融合,相互提问、辩难与诘问,少数民族文学批评才能真正做到有的放矢、言之有物、一语中的。生成于他者文化场域中的他者理论很难搬用于复杂丰富的作为地方性知识生产的本土少数民族文学实践,本土特色的批评理论话语在当前情况下又处于隐而不彰或相对匮乏状态,这就需要我们进行一种马克思意义上的"问题框架的转换"。阿尔都塞在他的"症候阅读"理论中为此解释说,"问题框架的转换"其实是问题观照视角的转换,要从曾经被遮蔽的地方、被掩盖的东西中发现真相,呈现事实,曾经那些看不见的东西或观察失真的东西并不是不存在,而是被曾经的视角误导了,问题的探讨自然是背道而驰,甚至是南辕北辙了,批评越是努力,其效果越是有限。在这种情况下,视角的转换自然就意味着"问题框架的转换"。所以,阿尔都塞一再强调,"我们需要的是一种新的注视,即有根本的注视,它是由'视界的变化'对正在起作用的视野的思考而产生出来的,马克思把它描绘为'问题框架的转换'"①。所以,问题的发现与突破源

---

① ［法］阿尔都塞:《读资本论》,载俞吾金、陈学明:《国外马克思主义哲学流派新编:西方马克思主义卷》(下),复旦大学出版社 2002 年版,第 467 页。

于"视界的变化"或"问题框架的转换"。对少数民族文学批评而言,批评话语的有效性、批评实践的说服力、批评功能的公信力等都要首先满足于批评对象的需要。这是笔者提出"回到经验"问题的根本出发点,也是旨在强化批评者要注重自己双重经验的自觉积累与培养、塑造与建构,从而才能使批评者携带着以自己独特的生命体验、生活历练、审美感悟等与批评对象展开对话。在历时性层面上,随着批评者文本感知能力的不断提高,批评对象价值空间的不断拓展,而在批评对象中可以发现此前未曾敞开的意蕴、伦理和真理性因素;而且,在共时性层面上,通过与批评对象多层次、多角度、立体性的协商或谈判,从而可能发现其与既有批评理论间的悖谬之处,由此而可在其中发现新的理论萌芽。"回到经验"在某种程度上就是笔者此前提出的"现象研究"的提升与完善,"从现象出发,同时顾及各民族文学传统叙事特性,在历时与共时相互参照的思路中……以既有学科交叉和理论融合的思想资源,考察丰富复杂的少数民族文学现象并进行具体分析和批评,发现理论与既有学科无法涵盖和解释的问题,从而在跨学科、跨文化视野中创造性地予以解释,为进一步抽象为理论形态打下基础,将是创新少数民族文学研究的基本路径,从经验出发抽象出的概念、范畴或命题也势必丰富原创性少数民族文学理论与批评方法"①。即是说,"回到经验"是要求批评者强化少数民族文学地方性知识的了解与把握,充分重视与关注少数民族文学独特的艺术构拟、审美追求、文本形态、语言特色或叙事特征等,真正对少数民族文学批评经验多揣摩、多比较、多分析,激活批评理论阐释能力的同时主动探讨本土理论生成的可能及路径。这种批评话语建构策略契合着后现代主义语境下理论生成逻辑,能够彰显本土少数民族文学批评中华性与民族性特征,又表征着中西方批评话语相互通约的空间与交流的可能。德里达将这种理论生产行为概括为"形而上学对符号的简化需要它所简化的对立"并将之看作是理论建构的必然过程②。

当然,少数民族文学批评者在批评实践并非没有注意到经验研究的重要性,并非没有意识到少数民族文学文本现象的复杂性与异质性问题——否则,学界也不可能对少数民族文学批评学科建构与发展一直做着不懈努力,并在此基础上不断强化对少数民族文学文本的感知经验,批评者也依据其对文本的感知经验而不断调适原有的批评姿态与话语表述范式。诸多西

---

① 李长中:《当代少数民族文学研究:反思与重构——以"现象研究"为中心的考察》,《甘肃社会科学》2011 年第 6 期。

② 参见[法]雅克·德里达:《人文科学语言中的结构、符号及游戏》,载[英]戴维·洛奇编:《二十世纪文学批评》下册,葛林等译,上海译文出版社 1993 年版,第 540 页。

方话语如后殖民主义理论、散居族裔理论、身份认同理论及民族主义理论等对本土文学实践的积极介入,在某种程度上拓展和深化了对少数民族文学文本认知,本土话语建构的初步探索或本土经验的尝试性生成,也在某种意义上为少数民族文学批评提供了"中国方案"。问题只是在于,或者囿于一些批评者知识结构的相对欠缺与批评资源的相对匮乏导致一些批评最终流于一种表面化或模式化范式;或者囿于批评意识守成与批评惯性依赖而使其批评始终遮蔽在他者话语规约之下,少数民族文学批评还是难以实现对批评对象价值空间的整体性敞开,还难以完全解读批评对象对批评活动及批评话语提出的诸多地方性难题。倡导回到"阅读经验"与"批评经验"互动交融的"回到经验"问题,无疑是化解上述难题的一种方法论回应。

二

少数民族文学学科建构的合法性源于一个不证自明的参照谱系——汉族文学。少数民族文学批评的合法性自然也就要以敞亮少数民族文学的异质性或非规约性特征为旨归,否则将难逃"不及物"或"不接地"的批评窘相。当前批评的症结却是:一些批评者总是将少数民族文学不同于汉族文学作为一种先验性结论,与"汉族"相对的成为"民族"的,与"主流"相对的成为"非主流"的,却很少在发生学意义上探究少数民族与汉族文学差异性根源,跌入先验性或超验性的批评逻辑,很难切中少数民族文学本体论特征。所以,少数民族文学批评话语建构,必须强化批评者的少数民族文学阅读经验与批评经验,将批评置入少数民族文学文本现象的异质性特征生成机制是什么、因素有哪些、如何阐释其地方性知识等问题的话语逻辑中,才能使批评触及问题的根源,彰显批评的"接地性"与"及物性"。

相较于中原或沿海开放地区,少数民族地区面临着工业化、城市化及现代化发展带来的更为峻急的压力。全球化及多元文化作为合法性话语对少数民族地区的影响日趋凸显,族群历史记忆与多元文化的冲突、现代生产生活方式与原有谋生方式与生存技能的碰撞、族群空间意识与全球化的冲击等问题,对少数民族文学创作产生深远影响。族群边界内任何生灵的死亡、任何景观的消失、任何习俗的解体、任何传统的陨落、任何口语的刷新等,都能引起少数民族作家极为严重的焦虑或困惑,在传统文化存续与否的现代性焦虑面前,少数民族文学自然烙上接续文化传统、重建民族身份的价值底蕴,进而影响到他们的叙事艺术与文学修辞手段并进而建构出独特的文本现象。例如,随着汉语作为多民族国家通用语在多民族地区渐趋普及,以及双语教育在多民族地区实施,当前多民族国家占据主流位置的传播、宣传文化传承机制几乎都是以汉语为主，以及现代性展开而引发的人口流动、跨族迁徙、族际通婚等，母语丧失或其言说功能退化日益加速，彝族诗人罗庆春说，"在多元文化大撞击、大整合、大汇流的时代大潮下，我身体内的母语语感、母语思维、母语智慧日渐削弱乃至萎遁。为此，我时刻承受着内心世界莫名的悸动与恐慌"①。语言是存在之家。一旦语言丧失对多民族群体而言，还能否返回故乡？还能否找到灵魂的归宿之地？所以，当"词语"衰败成"枯黄稻草"时，藏族诗人曹有云不得不承认，"我终究能够返抵故乡吗？"②那·乌力吉德格尔在《蒙古语》中甚至认为，"母语啊！是生我养我的／慈祥的母亲"，诗人强调，这是"我的蒙古语／……这就是我们永远的蒙古语……这就是我们共同的蒙古语"③。在这里，诗人将作为母语的蒙古语强调为"我的蒙古语""我们共同的蒙古语"，彰显出诗人对本民族语言的认同与身份确证意识。母语的解体或流散、母语文化的退场或缺席，对他们而言不只是心理的悸动或恐慌，更意味着家园的解体或崩溃，意味着故乡的远走或物是人非。当下，少数民族作家用汉语进行写作已成为普遍现象，少数民族汉语文学在对汉语进行修辞性改造的同时也潜隐着复杂的语言翻译、文化混血、身份表述及文体创造等现象，罗庆春将之看作是"第二汉语"④。在双语中写作并面对双重体验的少数民族作家，以其最富有民族特质的记忆事项表达解构了汉语的初始意义，也为汉语注入了民族精神内核，非母语写作成为重构文化记忆的行为，彰显出少数民族文学独特的文化意味与审美品格，"他们运用非母语的汉语写作，用博大的汉语承载着他们对民族悠久文化的传唱，对世界和生命轮回式的古老解说，他们依然沿着亘古的心灵之歌寻找通向明天的道路"⑤。少数民族文学以其对民族历史的追忆与缅怀、对族群身份的忧患与关切、对族群现实生存与未来走向的思考与探索等，不断对极富地域特点与民族特色的地域文化、民族文化、民俗文化、宗教文化等加以审美转化；以其对种族起源、族群迁徙、民族传统的执着重述而建构出现代性语境下的"族群认同"，以其对民族民俗风情、民间风俗礼仪、民族群体心理活动的持续书写而彰显出民族精神；以其对工业化进程中生态问题的严重关切、对多元文化混杂语境下族群文化身份的一再叩问，对现

---

① 蒋蓝：《罗庆春：用母语跟世界对话》，《成都日报》2013 年 4 月 15 日。
② 曹有云：《秋天午后的抒情》，《作品》2012 年第 1 期。
③ 那·乌力吉德格尔：《蒙古语》，《花的原野》1998 年第 10 期。
④ 蒋蓝：《罗庆春：用母语跟世界对话》，《成都日报》2013 年 4 月 15 日。
⑤ 马学良、梁庭望、张公谨主编：《中国少数民族文学史》（修订本），中央民族大学出版社 2001 年版，第 7 页。

代化冲击背景下族群共同体生存境况的深忧隐痛、对祖先历史功绩和现代化背景下群体内部生活状态的重复性书写、对独具民族及地域风情的神性意象的民族志写作、对全球化多元文化资源的艺术转化,形成了极具民族性与地域性交织互融特征的文体特征、审美形态与艺术风貌。很显然,少数民族文学的上述特征需要批评者以既有学科交叉和理论融合的思想资源考察其丰富复杂的文本现象,以发现理论与既有学科无法涵盖和解释的问题,进而在广阔的理论视野中创造性地予以解释,"批评要真正'起作用'就必须与其他事物相联系。只有批评被认为是一种行为,是人类科学中针对人与文化关系更为重大问题开放的一种行为时,批评才会起作用。因而对文学、社会与文化惯例、人类关系的阐释性批评是人文学者最为重要的事情"①。据上述意义,少数民族文学批评最基础性的工作就是要求批评者真正强化自身的阅读与批评经验,强化对少数民族文学文本的艺术感知与审美判断经验,深入把握其文本现象生成的内在逻辑与动力机制。当前,一些批评者之所以在面对少数民族文学时感叹"读不懂""没感觉""不知道如何说起""欣赏不了""无从下手""没什么可说的"等,根源就在于对少数民族文学没有形成良好的文本阅读经验,很难有一种透彻的、透明的且酣畅淋漓的批评实践与经验,也就更无从深入地谈起如何生成本土批评话语问题,如米勒所说:"批评家的任务就是使自己与通过文字表达出的主观融为一体,在内心中重新经历这种生活,并在自己的批评中重新组合这种生活。"②笔者之所以一再强调批评者要强化自身的"阅读经验"与"批评经验",就是要求批评者形成自觉的跨学科、跨文化多元理论协同的批评意识,探讨适应于少数民族文学与其批评的认识论或方法论,在此基础上的批评才是用中国话语建构中国形象,用中国形象言说中国立场,用中国立场解决中国问题的批评,是立足当下继承传统且思考未来的批评,是民族意识与现代性观念、本土立场与全球视野融合的批评,是立足传统且面向未来的批评。而且,立足于双重经验基础上的批评,才能避免批评理论的重复性建设或批评话语的过度扩容,避免批评理论与批评实践的错置或误置,一如科恩所论,"任何理论生成都潜隐于具体的文本之中,当文本呈现出'相异的不同传统时,或这些文本未得到主流传统认可之前,这些文本就必然会同现行美学体系中心'发生冲突时,批评者就必须依据自己对文本的感知经验与既往的阅读

---

① Robert Con Davis and Ronald Schleifer, *Contemporary Literary Criticism : Literary and Cultural Studies* (3rd Edition), Longman, 1994, p. VI.

② [美]雷登·韦莱克:《文学理论·文学批评与文学史》,载赵毅衡编选:《"新批评"文集》,百花文艺出版社 2001 年版,第 575 页。

经验对批评话语本身重新加以界说"①。

三

多年来,少数民族文学批评理论的相对匮乏或滞后成为一些批评者难以克服或摆脱的深层焦虑,批评的相对弱势遭际成为上述批评者一再自怨自怜的主题,建构"最大限度迫近与强有力地照射批评对象的理论框架和话语系统——民族文学的批评理论体系"②也一直是批评者的期望或梦想,学界也为此设计了诸多的对策、建议、设想或方法等,结果却总不尽人意,一些批评者或套用或模仿"他者"理论并以之为本土话语创新与方法的升华;或避而不谈理论,只发出随感式、谈天式、漫谈式或即兴式的应时之作,或流于某种功利性或工具性的批评窠臼。没有扎实而深厚的批评经验,没有鲜活而广博的阅读经验,难以对文本形成独到而深入的认知,难以形成独具本土特征的话语体系,难以发出能够参与他者对话的本土声音,成为上述批评的经典症候。"反本质主义""理论死亡""批评之死"等理论思潮播撒又为上述批评提供了冠冕堂皇的借口。恩格斯曾经把"理论感"的有无看作思维正确与否的标准,"对一切理论思维尽可以表示那么多的轻视,可是没有理论思维,的确无法使自然界中的两件事实联系起来,或者洞察二者之间的既有的联系。在这里,问题只在于思维得正确或不正确,而轻视理论显然是自然主义地进行思维、因而是错误地进行思维的最可靠的道路。……错误的思维贯彻到底,必然走向原出发点的反面。所以,经验主义者蔑视辩证法便受到惩罚,连某些最清醒的经验主义者也陷入最荒唐的迷信中,陷入现代唯灵论中去了"③。如何在"阅读经验"与"批评经验"互动基础上建构富有本土问题意识和人文价值的理论生成模式,应是我们亟待认真思考的问题。如此,批评者才能真正触摸文本特质,发现文本内在机理,敞亮文本生成机制,阐释文本非规约性特征并形成独到而深厚的批评经验,生产本土原创性理论话语。也就是说,强调"回到经验"的少数民族文学批评并非沉溺于经验主义意义上的琐碎考据或细节实证与证伪之中,而是以强烈的"理论感"或理论创新意识为批评的最终归宿。晚近以来,理论话语生产越来越表述着一种普遍性或规律性的范式性症候:即任何理论话语生成几乎都是以理

①　[美]拉尔夫·科恩主编:《文学理论的未来》,程锡麟等译,中国社会科学出版社1993年版,"序言"。

②　关纪新:《打造全向度的民族文学理论平台——既往民族文学理论建设的得失探讨》,《西南民族大学学报(人文社科版)》2004年第12期。

③　《马克思恩格斯选集》第4卷,人民出版社1995年版,第300—301页。

论多元对话为基础,以与批评对象及其文化生态交融互动为手段,以生成面向具体文本或具体问题言说的小理论为目标。各种话语你中有我、我中有你、相互融合、彼此互动,话语形态也由过去的"树状结构"转变为"块茎结构",即不再由一家独大或几个人独执理论之牛耳,而是多元共存。"罗格斯中心主义"话语一再遭遇到信任危机。在黑格尔看来,作为经验与先验合题的思辨性概念,"只要概念真理由此成了万能的,并且在自身中扬弃了所有经验,黑格尔哲学就同时否认其在艺术经验中所认可的真理之路……对这一问题的答复必须在精神科学里找到,因为精神科学并不想逾越一切经验"①。

　　笔者倡导"回到经验"的理论建构问题,就是意识到当前理论生成的基本趋向对我们的挑战及我们自己应该持有的应对策略,倡导批评者要以一种开放的包容性的批评姿态面对具体的研究对象,力图在理论与实践互动关系中参与现实,面对本土问题发言,这是一种反思性的理论建构方式,"是一种旨在确立产生意义的条件的诗学,它将新的注意力投向阅读活动,试图说明我们如何读出文本的意义,说明作为一门学科的文学究竟建立在哪些阐释过程的基础之上"②。换句话说,批评理论的生成要围绕着批评者的批评经验而展开,要以批评者有效阅读与积极介入文本并形成独特的文本感知经验为基础。阅读经验的在场,可以使批评者在具体批评实践中能够善于发现和处理那些意蕴丰厚、现象突出、表述复杂、指向不明的文本现象;批评经验的在场,可以使批评者在具体批评实践中能够有效选取和运用各种理论话语,并能够鉴别各种理论话语适应于本土实践的有限性,以拓展和深化对本土文本实践的认知。笔者强调少数民族文学批评话语建构"回到经验"问题,其一,后现代思潮的日益深入,表征着以柏拉图或黑格尔等为代表的从哲学思想或原理出发建构普适性批评话语的行为已失败或无效,批评话语从"包罗一切"的"大理论"过渡到碎片化的"小理论"。"小理论"不要求解释一切,不要求解释永远有效性,而是注重现象,注重具体的现实问题,"回到经验"的批评话语建构符合当下"小理论"生成规律。其二,全球化趋势的日益加剧,为我们观照西方话语的利弊得失提供了共时态的话语资源,也是在与他者的共时态对话中我们才明晰本土话语建构的路径和方法。这是以"回到经验"作为本土批评话语生成的语境。

---

① 尤西林:《以文学批评为枢纽的文学理论建构》,《文艺理论研究》2015 年第 3 期。
② Jonathan Culler, *Structuralist Poetics: Structuralism Linguistics and the Study of Literature*, Ithaca: Cornell University Press, 1975, Ⅷ.

　　在全球化所构拟的开放性知识生产谱系内,批评者的经验生成需要一种对话性的批评意识。批评的对话性主要包括:首先,是文本现象与既有理论间的对话。一般而言,既有理论话语无论是哲学意义上抽象而思辨性的理论,抑或是在文学经验研究基础上的归纳式理论,在对理论的价值诉求层面基本上都强调理论的普适性或效率的永恒性,这是理论的本质属性,却很少照顾到少数民族文学的地方性知识特征。一旦将既有理论运用于少数民族文学现象很可能出现二者间的错位问题。由此以来,二者间持续性的互动对话既能够成为检验并拓展理论的前提,同时也是深化和拓展文本理解的基础。其次,是批评者与批评对象间的对话。毋庸讳言,少数民族文学在当前中国文学现场仍处于相对较弱的位置,针对少数民族文学的批评也往往体现着现代性主体的较高姿态,这不仅不利于少数民族文学价值的全方位阐释或敞亮,也贻误了在少数民族文学批评基础上生成本土原创性话语的时机与契机。所以说,批评需要批评者与批评对象间的对话,需要批评者多转换观照文本的角度、多体验文本深处的生命结构,多层次阐释文本的叙述机理,多维度探究文本与生活世界互动机制,同时,需要批评者以友好、平等与谈判姿态将批评对象作为"你"而不是"他",共同聆听源于文本深处的"召唤"。再次,是批评间的对话。任何意义上的批评及其理论话语最终要以能否参与他者对话为准则,不能以墨守成规或抱残守缺赢得尊重,也不能以舍弃本源和追新逐异作为建构自身话语的根基。作为处于非主流地位的少数民族文学批评要想"赢得生前身后名",更应该以一种现代意识与全球视野积极、主动参与批评话语间的交流与对话,在不同民族文学批评之间,在少数民族文学批评与汉族文学批评之间、全球文学批评之间、与文化批评之间建立一种互助、互补与互动的动态性批评。这样的批评以及由此生成的理论话语才能彰显批评的民族性、开放性与建构性,是传统的同时又是具有现代意识的,是本土的同时又是具有全球视野的,是少数民族的同时又是具有中国气派与中国风格的。所以,以"回到经验"为基础所生成的理论话语在本质属性上无疑是一种"小理论"而非"包打天下"的普适性理论,它只是面对具体现象发言而不寻求涵盖一切,是只面对实际问题或具体现象的地方性、有限性的理论。

　　任何民族的文学都是对特定民族文化的审美表述,蕴含着特定民族的生活经验、生命体验、价值诉求与情感表述,也潜隐着特定民族文学的艺术创造、文体选择、语言实验与形式创新,当然不能在未经理性审视的前提下就以所谓的普适性理论套用其上。当前,图像的观看取代了文本的阅读,声音的喧哗取代了心底的沉思,生活的零散化取代了世界的完整性,审美的日常生活化取代了人与审美对象间的距离感,人们对生活世界、文本世界、精神世界的认知经验往往成为某种"伪经验","伪经验"难以应对如此繁复的文本与其生活,难以触及文本生活背后的历史、现实与未来,"审美距离的断裂意味着人失去了对经验的控制——即退回去与艺术'对话'的能力"①。"回到经验"是要求批评者在文本现象与理论间创造性提炼"阅读经验"与"批评经验",激发批评者的理论思维意识与话语建构潜能。同时,强调批评者要坐得冷板凳、吃得寂寞苦、忍得孤独感。无论是阅读经验的积淀与建构,抑或批评经验的生成与形塑,都需要批评者长期的、持续性的、全身心的研读,没有一种坚韧、持之以恒的学术品格与学术激情是很难创造出极富原创色彩且参与他者对话的本土话语的;而不以创造本土化批评理论为旨归的批评,又很难彻底根除对他者话语依附与本土话语缺席问题。多年来一再倡导重建、创新、建构等本土理论生成问题,并为此规划出如"中西对话""古今对话""古代话语的现代转换"等诸多方案,结果却是原创性话语生产焦虑至今也无法根除,这一现象是值得深思的。

四

"理论在一个国家实现的程度,总是决定于理论满足这个国家的需要的程度。"②当代少数民族文学批评的危机或弱势问题早已存在,这种状态当然是诸多因素综合作用的结果,与主流话语对非主流话语长期的影响有关,与少数民族批评者不能完全跳出他者话语所设定的批评窠臼而造成的主体意识薄弱、批评思维守成有关,与一些批评者对创新本土批评话语的自觉性或主动性匮乏有关,更与批评者对少数民族文学批评的身份归属与理想形态的定位模糊有关。"定位模糊"导致上述批评者很难辨析少数民族文学批评的性质、特征、功能及言说规约,结果导致一些少数民族文学批评话语的杂乱无章,"东一榔头,西一棒槌",跟着他者话语来回跑,文化人类学理论流行时这些批评者就以此理论进行批评操演;民族主义理论流行时这些批评者又套用民族主义写文章;一旦意识到后殖民理论契合少数民族文学批评现实需求,一些批评者则集体搬用后殖民理论去批评本土少数民族文学……批评力量的散、软、懒等现象使少数民族文学批评形成不了合力,形成不了团队和持续性的理论热点,一些批评者总是在一个问题还没得

① [美]丹尼尔·贝尔:《资本主义文化矛盾》,严蓓雯译,江苏人民出版社 2007 年版,第121 页。

② 《马克思恩格斯选集》第 1 卷,人民出版社 1995 年版,第 11 页。

到充分彻底解决或部分解决之前却马上开辟新领域,转换新话题。尽管少数民族文学批评的危机的根源并不能完全归于批评自身,批评生态的恶化、批评心态的浮躁、批评价值的混乱等因素也都难辞其咎,但身处其中的研究者或批评者却不能对此无动于衷,甘于接受或任由批评危机的蔓延,亦不能以我行我素、盲目自大的狭隘民族主义心态为此开出截然对立的策略或方案,更不能沉溺于自我小圈子而自鸣得意、乐不思蜀。什么时候有了独属自身的原创性批评话语,有了立足民族立场且具全球视野的批评意识,才能够称得上批评的真正成熟。批评是批评者的武器,真正的批评者是优秀文化的建构者与传承者。作为少数民族文学批评者,一方面,要准确与全面认识到少数民族文学的自身特点,把握少数民族文学地方性知识特征与独特文本现象生成的根源与文化语境,了解少数民族文学批评要“回到经验”的根本要义以及在此基础上建构本土批评话语的可能性与必要性,坚守人文学者的根本立场,以自由而独立的批评姿态参与本土批评话语的创建与构筑,形塑自身独特的文本感知与审美判断经验,“加上了分析和严正的批评,好在那里,坏在那里,以备对比参考之用,那么,不但读者的见解,可以一天一天的分明起来,就是新的创作家,也得了正确的师范了”①。同时,少数民族文学批评者应以自觉的理论建构意识去从事批评实践,形成自身极具创造力与阐释力的批评经验,最终以生成本土化、中华性的批评理论而理直气壮地参与他者对话。这一批评话语是姓“中”的却是参与世界对话的,是民族的却是建构人类共同精神家园的,是现代的却又关联着中国传统文化命脉的。参与是最好的坚守,对话是最好的继承,发展是最好的保护。任何话语都不能依靠别人的施舍而取得自身的合法性与话语权,而是要靠自身的实力与能力,靠自身的原创或发现。强调少数民族文学批评话语建构“回到经验”不仅仅是一种话语范式的更新问题,更关涉到中华文化的再生产问题。如此,才能使之作为参与重塑中国话语的重要资源。就此意义而言,少数民族文学批评的危机未尝不是一种转机,少数民族文学批评的相对弱势未尝不可转化为一种后发优势。

在上述意义上说,“回到经验”其实是强调批评者不要一味盲从于他者理论的询唤而俯就于先验性理论对批评的引导,不要将批评主体对批评对象的个人感悟、生活体验与个性特征淹没于宏大理论的逻辑规约之内,而是要充分发挥批评主体对批评对象的想象力、艺术感知能力与意义发现能力,充分发挥批评主体对批评对象的把控与透视能力,并能将批评行为和实践

---

① 《鲁迅自选文集·二心集》,译林出版社 2013 年版,第 223 页。

自觉置放到广阔的社会生活、文化生态以及公共性事务组成的复杂网络之中。就此意义而言,笔者倡导以"回到经验"作为本土经验生产的路径原点,也就类似于哈桑的"超批评"①。哈桑清楚地意识到,随着后现代语境的来临,文学意义的多元化打破了传统权威话语对意义或对意义阐释的垄断,意义不再是批评理论自身证实或证伪的结果,而是批评主体心灵介入与"想象力的自由"运作的结果。对于充满异质性或地方性叙事特征的少数民族文学来说,"回到经验"而不是俯就于既有理论、文本的批评应该是少数民族文学批评话语生成基本趋向。近年来,笔者以"回到经验"这一批评范式相继在少数民族文学现象中发现并创造性提出若干深具学术史意义的理论话语如"汉写民现象""重述历史现象""跨文类现象""类自传写作现象"等②,在学界引起不同程度的反响。以"类自传写作现象"为例,所谓"类自传写作"指在少数民族文学叙事中时常出现以"我"作为叙述者或叙述主人公的作品,甚至表面上也如自传文学类似有着对主人公个人成长的介绍,但是,在少数民族文学的上述叙述现象背后却站立着集合性的族群共同体。也就是说,通常意义上的"自传文学"是"对一个人的一生,或者一生中有意义的部分的回顾性叙述",或者说,"自传文学是一个真实的人以他自己的生活为媒体写成的回忆性散文"③。笔者却在一些少数民族文学文本如马金莲的《长河》、叶广芩的"采桑子"系列、铁穆尔的"尧熬尔"系列、萨娜的《你脸上有把刀》等作品中发现,尽管上述作品的故事叙述者或主人公是单人称的"我","我"却是一个为民族代言的主体,是作民族文化代言人的集体性的"我们","我"的话语表述内容其实是"我们"的价值论展现,这就与通常意义上的"自传文学"呈现出判然有别特征,如裕固族作家铁穆尔《北望阿尔泰》在"我"的叙述中却始终贯穿着对"我们的祖先""我们的部落""我们的北方女王"等历史的回顾;《焦斯楞的呼唤》在"我"的叙述中完成的却是"我们那神秘的尧熬尔部落"根源的发现;满族作家傅查新昌的《我们的祖先》的叙述者"我"的叙述目的却是为了"写我们的祖先",以强调本民族历史在场

---

① Ihab Hassan, *Paracriticisms: Seven Speculations of the Times*, Urbana: Uninersity of Illinois Press, 1975, p.XI.

② 参见李长中:《"汉写民"现象论——以迟子建的〈额尔古纳河右岸〉为例》,《中国图书批评》2010年第7期;《"重述历史"现象论——以当代人口较少民族文学书写为例》,《民族文学研究》2011年第4期;《当代少数民族文学批评如何面对民间话语》,《学术论坛》2011年第2期;《"类自传写作"与认同的政治——以人口较少民族文学为中心的考察》,《民族文学研究》2013年第2期;等等。

③ Albert E.Stone, "Autobiography and American Culture", in *Americaan Study*, No.12(1972), p.24.

并以此确证自己的民族归属；锡伯族作家佟加·庆夫的《钟魂》甚至是以族群历史传承者的"我爷爷的爷爷""爷爷的爷爷"等作为叙述者，以召唤祖先降临，吁请传统重塑，实现民族认同；虽然乌热尔图《七岔犄角的公鹿》的叙述者表面上强调是在写"我少年时代经历过的故事"，然而，在这一事关个人成长的文本中却将重点置放于叙述者"我"成长精神动力的鄂温克民族文化表征的"公鹿"……故此，笔者把这一写作现象命名为"类自传写作现象"①。其他如生态写作问题、跨文类问题等都可以发现其与汉族文学差异之处。例如，一般意义上的生态文学是作家出于对现代化发展造成的环境污染、生态恶化等问题的审美再现，以反思作为现代性主体的"人类"面对作为客体的"生态"间的中心—边缘关系问题，其叙述伦理是通过现代性的反思或批判以重建人与自然、与社会、与世界和谐相处愿景；少数民族文学的生态写作则是少数民族作家出于对现代性语境下自我族群传统消散、文化解体、家园流失等问题的现代性焦虑，其叙事伦理是在"现代—传统"的对比性叙述中凸显现代性的消极性影响，以强化对原生态民族传统书写的合法性，最终达到"身份重建"的叙事目的，这就使少数民族文学生态写作在题材、价值取向、文本形态等方面与通常意义上的"生态文学"呈现另类面相②……也就是说，少数民族文学是一种为纾缓现实焦虑或破解生活难题而生产出来的"办法"，"审美或叙事形式的生产将被看作是自身独立的意识形态行为，其功能就是为不可解决的社会矛盾发明想象的或形式的解决'办法'"③。在这个意义上说，笔者以"回到经验"作为少数民族文学批评范式并创造性提出若干批评概念和术语等，在一定程度上充实或补充了本土话语，也为原创性话语再生产提供某种源自本土的路径、方法。尽管上述概念、术语的提出在逻辑论证、观点解析、材料使用等层面还存在若干问题，却可以提醒我们：任何理论的建构都不能脱离本土的语境，不能脱离本土文化传统，不能脱离本土文本实践，不能以他者理论作为本土创造的救命稻草；同时，批评也不能一再沉溺于"炒冷饭、说套话，走老路、开旧车"窠臼却怡然自得，批评要以发现新的问题、提出新的观点、创造新的话语为目的，否则只能导致少数民族文学批评的悲哀，抑或批评者自身的悲哀。

---

① 李长中：《"类自传写作"与认同的政治——以人口较少民族文学为中心的考察》，《民族文学研究》2013 年第 2 期。
② 李长中：《"生态写作"的不同面相——以人口较少民族文学生态书写为例》，《中南民族大学学报（人文社会科学版）》2011 年第 6 期。
③ ［美］弗雷德里克·詹姆逊：《政治无意识》，王逢振、陈永国译，中国社会科学出版社 1999 年版，第 68 页。

第三节　回到马克思：当代少数民族文学批评本土经验建设的理论基点

无论是出于国内外学术研究发展逻辑的需要，抑或本土文学创作实践的需要，走向"交往对话"的跨学科、跨文化研究成为创新本土少数民族文学批评的常设性话语，诸如中西汇通、古今对话、多元共生等并为如何对话设计出诸多的策略、方法与路径，少数民族文学批评也不断尝试跨学科批评问题，多年来的交往对话却并未完成本土化理论建设的原初想象，学界一直期待的本土原创性批评话语仍"千呼万唤不出来或难出来"，"养在深闺人未识"①，新术语、新概念频现，新观点、新思路常闻，本土原创性批评话语却实在难寻，只闻话语喧哗却难听真知灼见与有说服力的批评，甚至存在以己之矛攻己之盾的批评现象。操持着不同话语者间还彼此批评。为什么在他处作为批评话语生成方法论意义上的策略、路径到我们这里却出现了策略、路径失效或无效现象，为什么会出现"种下的是龙种，收获的是跳蚤"式的反讽或无助结局？在笔者看来，其症结在于：我们在倡导对话时却忽视了以什么为基础、为根基与他者进行对话问题。对话者要携带"入场券"才能参与对话，具有对话的资本，"入场券"的获取要依据对话者的知识、名望或贡献而定，对话是双方平等的交流、交往与交汇，没有自身的根基或基础如何准确表述自我，如何与他者形成真正平等的互动对话。譬如，一个饥渴濒死的人不能猛喝凉水，一个饥肠辘辘的人不能猛吃食物。批评者无论在何种意义上与他者对话，从事何种意义上的跨学科、跨文化批评，都应该有自身的立足点或批评根基才能有充沛的信心与定力参与对话，若然没有自身的"家底"作为对话的根本或根基，我们拿什么与他者对话，用什么去判断既有话语的优劣和真伪，如何界定他者话语的无效性或有效性问题，他者在本土新生的载体是什么，以什么价值系统鉴别与评估他者在本土的批评效果，又如何判断批评效果的当代意义？结果很难避免随波逐流，见新思异，随他者新潮理论更迭而实际上却不断发生与本土实践断裂问题。所以，批评者要对自己的"家底"进行真正彻底的认知。这个"家底"才是我们参与他者话语对话的底气和底线，也是保障交流双方对话取得成功与否的基础和

---

① 也许有学人会认为原创性批评话语生成需要沉淀期，是一个漫长过程，"心急吃不了热豆腐"。对此，笔者似乎难以反对。但是，如果从20世纪80年代少数民族文学学科的建立至今，也有小半个世纪的时间跨度了，如果还将原创性批评话语难以生成的根源归结为时间较短，似难服众。

条件。

　　因为，任何批评话语的生成都需要批评主体的在场，立足于丰赡深厚的本土资源及传统创造性转化基础上的批评主体才能完成本土问题的敞开，并能够在传统的创造性转化与创新性发展过程中融合他者而得以成长，在继承中发展，在发展中创造，在对话中互补，在互补中新生，是历久弥新的真知。在托多洛夫看来，尽管批评是对话，即多种声音的汇合与交织，在多种声音汇合中却要有一种真理作为参与对话者遵循的共同目标与标尺。"没有这种'真理'存在就没有调节对话有效进行的原则或机制，导致参与对话者在多种声音汇合中除去得到喧哗而混乱的噪音之外，一无所获……如果我们接受共同探索真理的原则，就已经在实践对话批评了。"①对本土少数民族文学批评而言，对话中的真理即为马克思主义批评话语。曾系统接受过西方理论资源而创造性提出"兴发感动说"的叶嘉莹先生以更形象的说法提出"家底"的重要性。她说，不能先入为主地说谁好，说谁不好，好坏的评价标准不在其自身，而在于其适用于对象的成效。西方话语当然可以用，只是要经过中国本土传统的检验或转化，不能不分青红皂白地完全搬用过来。譬如，一个饥肠辘辘的、毫无生机的人，什么样的营养都不能充分吸收；相反，一个健康的、生机勃勃的人却可以将所有的营养纳入其自身。换句话说，民族的话语是在民族优秀文化传统基础上生成的，不熟悉自己的传统就没有自己的根基，不在自己传统基础上吸收西方的东西，结果就会食而不化、腹胀难受，即使勉强吸收最终也是没有生命的僵化的"结石"，"如果没有自己的深厚的根基，什么都没有，一无所有，那不过是一具僵尸，是死板的，没有生命的，勉强去跟人家这里偷窃一点，那里摘取一点，只能是牵强附会"②。由此而言，"家底"决定了能否参与或参与他者对话的成效，没有根基会丧失与他者对话的主体意识，本意是双方平等的对话结果却异化为单向度的倾听。这也是马克思主义一再强调的问题，我们可以创造自己的历史，却不能随心所欲地创造，不能在先验的或预定的情况下创造，而是在过去继承下的条件下创造，批评话语亦如此。

　　在笔者看来，清理我们的"家底"，理一理我们的根基，其学术史层面的意义在某种程度上可能远胜于空泛化地设计某些策略或构想。具体到当代少数民族文学批评而言，考察其"家底"必须从当代中国政治文化生态、现

---

①　[法]茨维坦·托多洛夫：《批评的批评》，王东亮等译，生活·读书·新知三联书店1988年版，第177页。

②　《百年词学的文化反思——叶嘉莹教授访谈》，《中国社会科学报》2010年3月18日。

实语境以及学术史内部话语生成谱系等方面立体性展开。近百年来,马克思主义中国化理论成果作为我国基本指导思想在成为国家意识形态话语的同时,对我国整体文化、文学话语的知识生产产生着深远的结构性影响,在此基础上形塑而成并契合中国国情的马克思主义文学批评思想或隐或显地作用于中国文学创作及批评现场,形塑着当代中国最为凸显的文学样态及其批评话语形态。从历时性层面看,"中国形态的马克思主义文艺理论的发展是同中国革命和建设的发展同步的"①。也就是说,马克思主义文学批评思想是契合中国语境且在本土实践已经且正在融合为一种中国化马克思主义或马克思主义中国化的批评话语,并已经且正在融入当代中国文化基因之中而难以区分何为马克思主义话语,何为当代中国本土理论话语。由此以来,如果说本土现代性意义上的文学批评理论经过几十年发展转型已初步形成了某些中国经验的话,马克思主义批评话语无疑是中国经验中最为重要、最具生机且最与时俱进的部分,是中国声音中最为嘹亮的主旋律。如萨特所论,"马克思主义非但没有衰竭,而且还十分年轻……它是不可超越的,因为产生它的情势还没有被超越"②。在这个意义上说,本土化、中国化马克思主义文学批评话语就是当代中国批评参与他者对话的根本或根基,是我们能够介入且有效言说少数民族文学批评的"家底",也是我们处理本土与他者、民族与全球、现代与传统等诸多复杂矛盾纠结的价值论尺度。特奥托尼奥·多斯桑托斯等根据中国经验与马克思主义理论构想之间关系的观察和思考后认为,"中国经验给予我们在更深程度上重新思考马克思主义的空间,而且是沿着马克思、恩格斯最初设想的方向,这并非是一个凝固不变的理论原则,而是一个科学的、文化的并且总是大胆开放的政治探索"③。随着以解构为实、以颠覆为质、以拆解为本的各种"后"学"新"知的持续影响,以现代性价值为核心叙述意象的传统知识话语合法性因时过境迁而失语或失效,"宏大叙事"被解构,差异性、非统一性或碎片性被推崇而要向"总体性开战",主流意识形态叙述框架内的马克思主义话语也面临着表述危机与身份合法性风险。一些持马克思主义话语者则固守马克思主义批评话语教条而不与时俱进拓展其适应现实语境的叙述能力,反而竭力

① 童庆炳主编:《20世纪中国马克思主义文艺理论研究》,北京大学出版社2012年版,"总序"。

② [法]让-保罗·萨特:《辩证理性批判》,林骧华等译,安徽文艺出版社1998年版,第28页。

③ [巴西]特奥托尼奥·多斯桑托斯等:《马克思主义理论构想与中国经验》,《教学与研究》2005年第10期。

抵制马克思主义批评话语对其他相关话语的借鉴或吸收,将"原生态"马克思主义批评话语看作是正统或正宗,不是将马克思主义批评话语的立场、观点及方法与当代中国文化或文学创作问题相关联,而是在书本里或理论抽象思维里打转,结果一定程度上弱化了马克思主义批评话语在中国文学及其批评现场的回应与表述能力,延误了马克思主义批评话语中国化进程。任何有活力的批评话语都是在积极应对实践问题的同时又给予实践以有益指导,批评话语不是发号施令的"圣经"或"圣旨",而是需要实践检验且从实践中得以发展创造的动态生产过程。卢卡奇认为,马克思主义文学批评"并不意味着无批判地接受马克思研究的结果。它不是对这个或那个论点的'信仰',也不是对某本'圣'书的注解。恰恰相反,马克思主义问题中的正统仅仅指方法。它是这样一种科学的信念,即辩证的马克思主义是正确的研究方法,这种方法只能按其创始人奠定的方向发展、扩大和深化"①。

　　就当代中国而言,当代中国话语表述与表述中国话语是以马克思主义原理建构而成的,这是中国话语和中国主体建构的"根"和"魂"。"根"是指马克思主义话语是思考中国问题、讲好中国故事、设计中国方案的根基;"魂"是指任何本土话语的表述或创造都要以马克思主义话语为核心和灵魂,"根"是家底,是根本,是一切本土话语探讨的基础;"魂"是发展,是创造,是一种民族精神的显现。只是,相较于主流学界近年来对马克思主义批评话语研究的持续升温,对马克思主义批评中国化的民族维度却似缺少应有的重视。在这种情况下,致力于马克思主义批评与少数民族文学批评关系的研究相对冷清,研究成果亦多缺乏足够的学术深度与思想容量,少数民族文学批评政治维度、现实维度、价值维度等某种程度的缺失,又彰显出"回到马克思"的必要。"回到马克思"其实是回到原典意义上马克思主义批评的基本原理,是将马克思主义批评重新语境化基础上回到马克思主义的认识论与方法论,是以马克思主义批评为判断少数民族文学经验的基本价值论原则,以将少数民族文学问题的特殊性纳入中国或世界性话语表述框架。

一

　　在马克思主义看来,文学作为对特定族群现实生活审美反映的精神产品,在本质意义属于上层建筑中的意识形态话语,是与特定社会历史阶段特

---

① ［匈牙利］卢卡奇:《历史与阶级意识——关于马克思主义辩证法的研究》,杜章智等译,商务印书馆1992年版,第48页。

定族群的经济、政治、道德、宗教、民族文化传统及其所处的地理位置、生态环境、气候条件等"无数个力的平行四边形"交互作用的外在表征。在这个意义上说,文学具有鲜活而具体的民族性、地域性、社会性、时代性与意识形态性。作为典型的多民族国家,少数民族群体在被现代性这只巨手共时态拉入其总体性发展逻辑的同时,因自身生产、生活方式与生态环境依存度较高,对外来冲击的回应或化解手段较为匮乏,传统道德伦理观念与现代文明话语体系的兼容度相对较低等,导致他们面临着远较汉族更多的难题,甚至是短时间内都无法破解的问题,例如,由"谁"来推动和实施民族传统文化的现代性转化,这种转化的方式及途径有哪些,相应的配套措施和扶持手段等如何健全,由"谁"来评估传统文化现代性转化的效果历史,以何评估,评估者的合法性何在? 再如,少数民族地区的经济发展当然是现代性诉求的基本表述形式,他们的经济发展如何与社会文明、精神文明、生态文明等相洽,这种效果如何评定,"谁"来评定,以何评定等等,上述问题直接影响到少数民族群体对现代性话语的接受姿态。当前,在传统与现代、本土与全球、自我与他者碰撞、融合的情况下,在文化维系与经济发展、文明守望与生活改善、身份建构与社会转型冲突与调适的条件下,在族群边界与他者空间、民族意识与现代性想象、根骨观念与全球化话语撕扯与和解的语境下,在传统叙事资源与现代文学观念、民间美学精神与作家个体创作愿景等交织互融的状态下,少数民族群体观照外来文化的视角、评估全球化的立场、理解民族传统的尺度等相较于汉族有极大的地方性特征。作为"替一个民族的精神找到适合的表现形式"的少数民族文学相较于汉民族文学也就有着更为复杂的内容表述机制与价值构拟方式,其文本也就蕴含着更多殊异性叙述景观和思想话语诉求。由此而言,批评要对少数民族文学与族群社会和历史、文化生态及诸多现实利益纠葛进行解读和分析,要对文本背后族群命运共同体生命体验进行深入透视和"深描",要以"文化持有者的内部视界"对族群日常生活现场进行整体性触摸,要对少数民族作家叙事伦理与价值论表述进行理解。或者说,批评要触及文本背后边地族群生活以及族群成员在现代性面前的矛盾与挣扎、期盼与焦虑,要真实体验少数民族群体在经济发展与传统解体、文明进步与文化失落、生活改善与精神困惑等多重矛盾交织中的感受、感悟与感想,要重铸少数民族群体对多民族国家认同和共享价值体系建设,要重建少数民族文学与其历史、社会与时代等书写经验的整体论视域,要将在形式主义、结构或后结构主义及后现代主义叙事中日渐贫瘠而抽象的社会、性别、阶层与利益等重新还原到其应有的修辞性美学范畴,要彰显批评的温度与厚度、精神与灵魂,要探讨或检视全球化背景下少数民族问题与中国的少数民族问题,而使之成为一种社会实践力量以达到对社会总体性图景重构目的。

在马克思主义经典作家看来,批评不是对文学现象孤立的、非历史的、纯形式的内部研究,而是以发现或彰显具体文学现象的历史内容和思想深度为目的——历史内容并非是历史事件真相的再现,而是以历史为核心缠绕其间的社会思潮、文化生态、意识形态诉求、性别阶层问题、多民族国家等;"思想深度"亦非是文学的主题思想或价值要旨,而是文学中的"人"在多种利益纠葛、多元文化冲突、多重矛盾碰撞中所彰显出的灵魂深度、心理厚度与情感温度,以阐释文学现象与特定民族或国家、政治或政党、群体或阶层、社会思潮或意识形态等的互动机制为准则,以重铸或塑造多民族国家形象及讲好先进文化故事为归属,"马克思主义在作为揭示文学作品的潜在的社会和意识形态含义的一种方法时最能显示出它的优点"①。批评不能承受脱离文学生活、文化实践与政治道义后的"如此之轻",不能失去对文明进化、历史发展与物质利益等的关注而成为"温室里的花朵"。当前,少数民族地区面临着诸多矛盾或挑战的并存,如现代化发展的机遇与挑战并存、社会快速发展与民族地区发展不充分并存等,深刻影响到少数民族文学的价值表述与主题塑造。在这个意义上说,少数民族文学批评必须将政治维度作为批评的根本属性,作为批评介入社会公共性生活、作用多民族和谐共处的现实人生,铸牢中华民族共同体的价值论基点。美国学者米尔斯曾将这种价值论表述命名为"社会学的想象力"。在米尔斯看来,批评作为一种寓言性行为,只有将批评对象置入其所处的社会、时代与文化语境,才能理解批评对象所反映的生活、表述的价值、展示的世界、呈现的观念;只有将批评者置入其所处的社会、时代与文化语境,才能明确批评所承继的责任、担当的义务、肩负的使命、恪守的立场。也就是说,"社会学的想象力"可以让我们理解历史与个人的生活历程,以及在社会中二者之间的联系,"它是这样一种能力,涵盖从最不个人化、最间接的社会变迁到人类自我最个人化的方面,并观察二者间的联系。在应用社会想象力的背后,总有这样的冲动:探究个人在社会中,在他存在并具有自身特质的一定时代,他的社会与历史意义何

---

① 唐正序等:《马克思主义文艺批评学》,四川人民出版社 1999 年版,第 20 页。

在"①。中国文学的多民族特性或者多民族文学现象的丰富和深度,少数民族文学的历史意蕴、价值表述与意识形态诉求等,也是任何普适性理论或单一民族国家文学不能充分敞开和解释的。如何通过阐释或解读少数民族文学对历史、社会、时代、现代性或后现代性等的书写经验以重构批评的政治有效性,如何将族群、共同体、性别与阶层等结构性质素置入批评的价值论表述,如何使批评成为一种社会实践力量以完成多民族国家认同塑造目的,是验证批评政治维度有无的尺度。由此而言,少数民族文学批评要对少数民族文学如何以族群地方性知识强化凝聚多民族共识,消解各种错误观念和思潮对多民族国家影响等问题进行解读或诠释,要通过批评促动少数民族群体对多民族国家历史、现实与发展理解,重铸少数民族群体对多民族国家认同和共享价值体系建设,这是少数民族批评话语政治维度最为经典的身份标识,也为其政治维度规划了清晰而具体的建构路径,预设了包容性与最大公约数的言说边界。

晚近以来,出于对庸俗社会学或反映论的警觉或戒备,少数民族文学批评的政治维度在批评场域中较少被论及。在一些批评者看来,少数民族文学批评的现代性经验之一就是将批评从为政治服务或为特定政治目的服务的窠臼中抽身而出,重新回到批评自身。当前,少数民族文学批评的非政治化倾向日益凸显。有人甚至认为,如果强调批评的政治属性,强调批评的国家建构功能,强调批评的民族团结功能,强调批评的价值引领功能等,就会导致批评最后可能沦为主题先行的践行者……在这种情况下,少数民族文学批评在转向对少数民族文学的文化功能、审美功能或人性深度的发现或敞开的同时,也越发面临着后现代语境下政治话语表意的焦虑。在批评的理论资源层面,一些批评者时常青睐于结构或后结构主义、后现代主义、后殖民主义、新审美主义等却对马克思主义理论、西方马克思主义理论、社会历史批评理论等避而不论;在批评的价值取向层面,一些批评者往往集中于批评对象的文献价值、美学价值、文化展示价值等却忽视批评对多民族国家、对中华民族共有精神家园、对中华多民族认同等的建构价值。将全球化背景下原本作为合法性叙事的"文化多元性"异化为"文化多元主义",将文化多元性误读为文化优越、文化唯一论,忘记了 D.史密斯的提醒。在史密斯看来,那种"认为可以把民族主义放回到任何领域,即使是文化领域的想

---

① [美]C.赖特·米尔斯:《社会学的想像力》,陈强、张永强译,生活·读书·新知三联书店2005年版,第4页。

法,都不仅是天真的,而且是根本错误的"①。所以说,民族之间的关系实际
上是一种利益关系,"一切族际交往都是族际利益的交往"②……对上述问
题的混淆不明导致一些批评在少数民族文化与多民族国家文化、与汉族文
化、与其他族群文化间建构起彼此隔膜的叙事范式,这种叙事范式一旦与表
述者的民族主义思想契合,族群文化间的隔膜或对抗很可能有演化为族群
间隔膜或对抗的风险;在批评思维范式层面,批评者"说好不说坏""谈优点
不谈缺点""讲价值不讲弊端"等现象已成批评常态。后学思潮及新自由主
义的持续性影响,又加剧着少数民族文学批评不断将主流话语的规则、标准
及原则等宏大叙事看作是对少数民族文学的规训或对知识的遮蔽。在他们
看来,先前所有赋予少数民族文学、文化的价值标准或规范其实都是主流话
语强加给少数民族文学、文化自身的,都是他者话语的自我表述,少数民族
文学真实的、内在的、融入少数民族作家生命体验的知识话语并没有得到他
者话语充分的认同或尊重。由此以来,遭遇着持续性与结构性压抑焦虑与
身份困惑的少数民族文学批评借助于后学思潮一再强调要打破那些习以为
常的规则或标准,李鸿然先生在《文艺报》发表题目分别为《爱国主义:少数
民族文学的永恒主题》(2016 年 3 月 9 日)和《爱国主义:当代少数民族文学
的主旋律》(2016 年 6 月 3 日)的论文,以对少数民族文学在中国文学史上
的发展历程、演进规律、叙事形态、价值立场等的概述性爬梳,将爱国主义作
为少数民族文学发展中的一条不曾断裂的主线,引起学界较大反响与热议。
然而,在学界的反响与热议中却出现一些杂音或不和谐之声,对作者将爱国
主义作为涵括少数民族文学主题的看法颇不以为然,有学者认为,少数民族
文学概念是中华人民共和国成立后发明的历史给定性概念,不能将爱国主
义作为少数民族文学的永恒主题;另有学者认为,少数民族文学尽管在以前
短时间内从事过爱国主义主题叙事,但在当下全球化背景却越来越走向族
性写作或世界性写作时,用"爱国主义"作为少数民族文学的主题,是对少
数民族文学价值的过滤,对少数民族文学世界性意义的无视;甚至有学者认
为,少数民族作家扎根于本民族的深厚土壤,他们的文学创作往往反映着本
民族的生活、社会与族群共同体的情感与思想,以"爱国主义"概括少数民
族文学主题,是对少数民族文学的无限度拔高……上述批评倾向其实都遗
忘了在多民族国家作为公共性话语的少数民族文学批评的政治维度,也遗

---

① 郝时远:《构建社会主义和谐社会与民族关系》,《民族研究》2005 年第 3 期。
② 陈建樾:《多民族国家和谐社会的构建与民族问题的解决——评民族问题的"去政治化"
与"文化化"》,载谢立中主编:《理解民族关系的新思路:少数族群问题的去政治化》,社会
科学文献出版社 2010 年版,第 76 页。

忘了伊格尔顿曾经对文学批评的告诫。在伊格尔顿看来,文学批评分为分析和评判。"分析"可以不涉及政治维度,不涉及批评者的价值判断。"评判"则需要批评者与他的社会生活条件相联系,与他的社会阶级或阶层状况、政治信仰、利益诉求相联系,任何价值评判都是在社会的"价值范畴的网状系统中运行的","根本就没有'纯'文学价值评定"①。在伊格尔顿看来,文学批评就其本质而言是一种政治性行为,"一切批评在某种意义上都是政治的"②。在这个意义上说,批评不能作晚期资本主义消费文化的合谋者,不能作与历史传统、现实生存、社会发展无涉的旁观者,不能作与各种错误思潮和观念相媾和的"与狼共舞者"。当前,尽管多元一体观念渐成共识,观念的共识却不能代替践行的自觉。全球化在使得少数民族介入交往对话并内嵌入普遍性表述逻辑时,也因涉及与其他族群诸多利益或权力争夺等而面临选择的两难,如何处理发展与保护、继承与创新、自我与他者等对尚未掌握充足金融资本、技术资本及话语资本的他们而言远非单纯的生活水平提高或文化保护等所能解决,也非学界所论的"建议""策略""前瞻"等所能克服。故此,少数民族文学批评应引导少数民族文学民族文化叙事、地方性叙事纳入国家叙事话语规约,重建罗尔斯意义上的"特殊性的普遍化",使之放弃各自特殊形式的文化本质主义或不再固执于对族性文化、地方性知识的过度吁求,使族性文化、地方性知识获得全球化的普遍意义,达至一种"地方全球化"(local-globalize)或"全球地方化"(global-localize)的伦理诉求③,这是批评政治维度的经典表述。

二

在某种意义上说,少数民族文学批评的政治维度缺失也是其现实维度失语的另类表征。

作为后发外源型现代性国家,多民族国家内部少数民族地区现代化方案展其实是对西方话语及主流话语的一种被动反应。当全球化及现代性的深度播撒深刻影响到少数民族群体的整体性生活时,现代性作为一种阐释问题的合法性话语和价值论准则也成为少数民族群体的必然选择,他们在现代性进程中出现的焦虑或困惑问题如家园维系问题、传统存续问题、生

---

① [英]特里·伊格尔顿:《文学原理引论》,刘峰译,文化艺术出版社1987年版,第17页。
② [英]特里·伊格尔顿:《文学原理引论》,刘峰译,文化艺术出版社1987年版,第18—19页。
③ 参见李长中:《当代少数民族文学批评的公共性检讨:以文化多元论为视角》,《民族文学研究》2017年第2期。

态持续性发展问题等远比中原地区更复杂、更剧烈，也更为棘手；他们所遭遇的心理焦虑、情感困顿与精神迷失等也表现得更突出、更深刻、更强烈。因为，通常情况下，少数民族群体大多长期生存和生活于相对偏僻的边地边疆区域，与其他民族群体有效的交流与沟通机制尚需进一步完善。文化交流的相对缺失、跨族流动的相对匮乏、生存地域的相对封闭，生产、生活方式的自足、根骨意识的强烈等，使得他们的传统观念以及对传统的维系意识更为强烈。由此而生成对他者的犹疑、抵制或排斥心理等也更为剧烈，加诸他们在现代性叙事中时常遭遇到诸多困惑与焦虑如生产、生活方式现代转型而引发的"向何处去"问题，由生态环境恶化而引发的家园解体或移民搬迁等问题以及由此引起的"是发展经济，还是要保护传统"问题，由族群文化日益混杂、多元，甚或传统断裂而引发的族群身份焦虑或迷失问题等，导致少数民族群体的现代性体验更为复杂而多元。另外，国家话语出于提高少数民族地区生活水平与现代文明程度的目的，而往往以现代性话语作为普适性话语并以自上而下方式在少数民族地区推动，这些政策实施在推动民族地区现代性发展的同时也由于对某些细节性问题的忽视如各民族群体承受能力的差异性、对现代性接纳心态的多样性等，很可能出现若干现代性的消极后果。例如，一些少数民族群体因退山还林、退耕还林、退牧还草、林/草进人退等政策实施导致其传统生活方式剧烈转型但新的生活方式尚难以建立时，必然出现诸多的不适或困惑、矛盾。再如，少数民族地区的西部大开发、新型城镇化建设、美丽乡村建设、易地搬迁安置等政策尽管改善了少数族群的居住条件，带来了生活便利，更新了传统生活观念，只是由于他们的文化传统、生活经验、生产方式及心理应对能力等是与传统居住格局相适应的，居住格局的改变不可避免地改变了他们的文化传统，他们对现代性的情感体验、生活经验及其伦理观念等也较其他民族群体更为复杂与多元。传统与现代的碰撞、开放与守护的两难、本土与全球的悖反、自我与他者的冲突、现实与未来的缠绕等所引发的诸多矛盾或困惑深刻影响到少数民族作家的价值取向、伦理立场与审美倾向等。在这种情况下，少数民族文学批评不能无视少数民族群体在守护与开放、族性与公共性、话语与实践等交互作用中调适的艰难与愿景期盼，不能无视少数民族群体在冲突与整合、碰撞与和解、解构与重构等彼此互动中的困惑、忧思与表意的焦虑，而是要唤起对少数民族群体社会生活及时而真实的感知，关注少数民族群体的现代性经验及其后果，关注少数民族群体在全球化背景下的现实焦虑及前途命运，关注少数民族群体在多元文化思潮中如何面向传统又如何选择自我发展路径的思考。在卢卡奇看来，艺术是一种唤起生活经验的产物，"使又回到生活中去的整体的人将这里所获得的新的经验用于生活中,作品在他身上所引起的激动主要是改变和加深了他个人在生活中的体验","艺术情感激发的实际强度和深度首先是趋于人的内心,也就是说,首先在人身上唤起一种新的体验。这种体验扩大和深化了他自身的形象以及——更广义地说来——与他相关的世界的形象"①。也就是说,少数民族文学批评不能止于少数民族文学现象浮光掠影式的概括或纯粹学理性描述,不能止于少数民族文学形式主义意义上的点评与考据学派意义上的细节考证,而是要将批评置于少数民族的城乡冲突、文化解体、贫富差距、生态恶化、宗教信仰及民族政策等问题,要还原少数民族文学生活现场且立足于少数民族群体生存境遇,将批评融入少数民族群体的现实愿景、生命体验及情感活动中去,才能真正触及少数民族文学背后的复杂性命意,在马克思主义看来,"一个时代的迫切问题,有着和任何在内容上有根据的因而也是合理的问题共同的命运:主要的困难不是答案,而是问题。因此,真正的批判要分析的不是答案,而是问题。……问题是时代的格言,是表现时代自己内心状态的最实际的呼声"②。由此而言,对少数民族文学与其生活中的问题不回避、不隐匿、不逃避、不犯忌,有一说一,一语中的,是其批评现实维度的基本要义。

吊诡的是,社会转型期存在的文化多元与价值混杂现象在拓展批评视域、更新批评理念、深化批评思维的同时,也在一定程度上混淆了是非,消弭了美丑,抹平了善恶。这也导致少数民族文学批评不能充分表述社会剧烈变动中少数民族群体心灵的悸动与情绪的波动,不能有效体验少数民族群体在传统与现代碰撞中生活的两难、生命的体验与情感的焦灼,不能真实触摸少数民族群体在走向新生活、新时代过程中渐趋丢失传统后的迷茫与无助,不能真正表述少数民族群体在改变传统生产、生活方式而过上所谓现代幸福生活的同时却潜隐着何处为家的焦虑,不能理性审视少数民族群体因其化解全球化及多元文化剧烈冲击焦虑而一再张扬回归传统与历史呼声中蕴含着的"反智主义"倾向问题,不能科学评估少数民族群体因其在现代化发展中造成的贫富差距增大及其他现代性消极后果而生成的地方民族主义或文化保守主义倾向。在这种情况下,少数民族文学也不能公正判断少数民族文学为了强化自身的民族身份认同而刻意以民族身份取代多元认同的书写现象,不能客观解析少数民族文学为了所谓"想象的共同体"建构而刻

---

① [匈牙利]卢卡奇(乔治·卢卡契):《审美特性》第二卷,徐恒醇译,中国社会科学出版社1986年版,第366、124页。
② 《马克思恩格斯全集》第1卷,人民出版社1995年版,第203页。

意在文本中发明传统以抵制外来他者冲击的书写现象，也不能完全阐释为了向传统致敬而刻意在少数民族文学中混杂过多民俗事项或民间生活场景所形成的"粗鄙化"书写现象，甚至不再关注那些潜隐着"消解历史""解构价值""民族的就是正确的"等强烈解构意味的创作观念对少数民族文学消极影响问题……在事关民族文化传承与创新、民族地区经济发展与文化保护、民族认同与现代性多元认同、民间传统维系与现代文明需求等重大问题上多是些套话与应景话，生活的厚重与疼痛、现实的丰富与深度、历史的启悟与神秘、社会的变化与力量、时代的泪水与伤痕、生命的粗糙与凹凸、世界的风景与善意在一定程度上被忽视了；或以他者批评话语生吞活剥、一知半解地套用在少数民族文学批评实践，批评理论与批评实践的错位、批评与其批评对象的错位、批评与文学生成语境的错位等现象常见，理论的盈余却掩盖不了批评现实性维度缺失的焦虑。对潜隐着错误价值观念、思想倾向及立场观点等叙事现象不敢直言相谏、勇于批判，没能"在读了之后提出详细的评价、明确的意见。……为了有一个完全公正、完全'批判的'态度"①；或充斥过多模糊或混淆视听的批评病象，不能给创作以客观、科学且合乎文学规律的分析与评判，更不能对其介入社会公共性事务，强化中华多民族凝聚力，建设中华民族共有精神家园等问题以有效、有益的引导与规划。批评观念的相对陈旧、批评思维的相对守成、批评效果的相对失效、批评话语的相对空泛、批评价值观的相对混淆，成为少数民族文学批评现实维度匮乏的经典表征。

　　我们倡导要"回到马克思"，就是要回到蕴含着强烈批判性意味的马克思主义唯物史观，回到马克思主义一切从实践出发的现实性维度，如马克思主义所说，"不是从观念出发来解释实践，而是从物质实践出发来解释观念的东西"②。也就是说，马克思主义批评话语的最大特点是实践的而非学院的，是现实的而非抽象的，是鲜活的而非僵化的，是与一切非历史的、教条的和形而上学思维或观念博弈且积极参与实践而生成的实践性知识。也正是因为马克思主义者一直将文学看作是"无数个力的平行四边形"塑造的结果，所以，伊格尔顿甚至将人类学批评放在马克思主义文学批评中居首的位置，其意是强调马克思主义批评话语与现实人生、与阶级、种族、社会、生活或政治等之间相关性，强调批评的社会功能实现："'人类学'批评（该术语

---

① 《马克思恩格斯选集》第4卷，人民出版社1995年版，第556页。
② 陆贵山、周忠厚编著：《马克思主义文艺论著选讲》（第三版），中国人民大学出版社2003年版，第85页。

需要引号来指明性质)是四种方法中雄心最大、影响最远的一种,它力图提出一些令人生畏的根本性问题。在社会进化过程中,艺术的功能是什么?'审美'能力的物质和生物基础是什么? 艺术与人类劳动的关系是什么?艺术如何与神话、仪式、宗教和语言联系起来,它的社会功能是什么?"①尽管当代中国的社会生态、阶级或阶层结构、经济形态、现代科技水平等与以往语境相比发生了结构性转变,马克思主义批评话语的现实性维度却在当下语境中呈现出越来越强大的生命力。詹姆逊多次表示要"把马克思主义的批评洞见作为理解文学和文化文本终极语义的先决条件"②;迈克尔·布里甚至认为,"(资本主义的危机)可能导致 21 世纪第三次社会主义浪潮的爆发。而第三次社会主义浪潮下的马克思主义应是全方位文明转型的反映和深化,这次文明转型将与自然、人类和社会息息相关,与个体和精神紧密相连"③。鲜活的实践性、积极的批判性以及与时俱进的现代性,而不是从概念到概念,从文本到文本,远离作品而形成"批评的自我循环"倾向,也不是将批评视为一种纯粹的知识生产,彰显出马克思主义批评话语的现实维度。在马克思主义看来,理论的生命力深植于现实的土壤,批评的阐释力根源于问题的导向,"单是有无产阶级的思想是不够的,还要会像无产阶级一样的去感觉"④。就少数民族文学批评而言,也无疑要"像无产阶级一样的去感觉",坚持面向具体的现实的复杂的少数民族文学和其生活发言,面向多民族国家共同体与人类命运共同体发言。文学现象的发现和解读、文学价值的阐释和表述、文学功能的定位和判断,都要深入少数民族现代性发展中的鲜活的生活经验、真实的情感体验与具体的生存意志等,深入少数民族在全球化叙事逻辑中的感受、感知、感悟与感想等,深入少数民族在多元文化交错中的命运遭际、身份想象、理想愿景与未来期许等,"对象如何对他来说成为他的对象,这取决于对象的性质以及与之相适应的本质力量的性质;因为正是这种关系的规定性形成一种特殊的、现实的肯定方式。……每一种本质力量的独特性,恰好就是这种本质力量的独特的本质,因而也是它的对象化的独特方式,它的对象性的、现实的、活生生的存在的独特方

---

① Terry Eagleton and Drew Milne, "Introduction Part I", in *Marxist Literary Theory*: *A Reader*, Oxford: Blackwell Publishers Ltd., 1996, p.7.

② [美]弗雷德里克·詹姆逊:《政治无意识》,王逢振、陈永国译,中国社会科学出版社 1999 年版,第 63 页。

③ 这是迈克尔·布里在以"马克思主义与人类发展"为主题的首届世界马克思主义大会上的发言,2015 年 10 月 11 日。

④ 《瞿秋白文集》第 1 卷,人民文学出版社 1985 年版,第 481 页。

式"①。由此说来,如何在立足于少数民族文学创作实践与其民族文化基础上坚持批评话语的现实性维度,如何以积极的主体意识寻求批评面对少数民族文学的应对能力、解说能力及提问能力等,在全球化日益深化以及与他者话语彼此争鸣中拥有主语判断或"属己"的表述经验及理论概述能力,一改当下批评实践中存在的现实缺失、经验前置、语境混淆、观念错位或价值迷失等问题,是必须深思的。当前,被笔者命名为少数民族文学批评场域中"本土经验"的几种原创性话语如"中华多民族文学史观""中华文化板块结构""重绘中国文学地图"等,皆非从抽象概念或既有范式中凭空建构的纯粹知识学意义的话语,而是对中国多民族文化、文学现实的理性审视与本土话语建构探索中创造而来的,具有典型的实践品格与知识本土化表征,验证着回到现实维度之于批评的意义。

三

批评话语作为一种面向文学的知识生产方式,应该归属于人文学科,"如果说(自然与社会)科学以客体为对象,则人文学科以主体性的人为对象"②,应该体现出一种强烈的人文理想或人文精神的价值论意义,应该彰显以人的价值生产或实现为目的的主体性。马克思主义经典作家对"真正的社会主义"诗歌的批判、对《卡尔·格律恩〈从人的观点论歌德〉》的剖析,以及他们在《致斐迪南·拉萨尔》《致敏·考茨基》《致玛·哈克奈斯》《致保尔·恩斯特》《致瓦·博尔吉乌斯》等人的信中,都是以一种强烈的人文情怀与热烈的爱憎态度去谈论艺术及其评价问题。恩格斯不赞成敏·考茨基在《旧人和新人》中对阿尔诺德的描写,原因就是这个人物的"个性就更多地消融到原则里去了"③。他在谈到挪威文学在 19 世纪繁荣的原因时切中肯綮地指出,"挪威的农民从来都不是农奴,这使得全部发展(卡斯蒂利亚的情形也类似)具有一种完全不同的背景。……在这个世界里,人们还有自己的性格以及首创精神"④。在马克思主义看来,文学是人学,其根本功能在于塑造人的健全人格与独立精神,在于唤起人对美的生产与感悟能力,"马克思主义这些论述提出了什么是艺术的审美价值问题,这就是审美需要,艺术活动,只是植根于这个从人的历史发展的本质中产生出来的深刻

---

① 《马克思恩格斯全集》第 3 卷,人民出版社 2002 年版,第 304—305 页。
② 尤西林:《人文科学导论》,高等教育出版社 2002 年版,第 51 页。
③ 《马克思恩格斯选集》第 4 卷,人民出版社 1995 年版,第 673 页。
④ 《马克思恩格斯选集》第 4 卷,人民出版社 1995 年版,第 690 页。

过程。"①马克思主义经典作家认为,作为美学话语生产重要手段和形式的文学批评,同样是对美的发现与创造,对人的内在灵魂与情感的挖掘与阐释,对人的价值诉求与审美理想的构拟与重塑,表述着批评者个体的审美趣味、理想愿景与价值理念,渗透着批评者个体的现实情怀、信仰世界与彼岸关怀,张扬着批评者个体的民族性、时代性、价值论及生命冲动等。或者说,批评话语不能以消除批评者个体所有的情感与生命以换得纯粹逻辑和理性的胜利,不能板着一副拒人于千里之外的冷冰冰面孔说教,不能在概念、术语的反复阐释与自我验证中成为脱离对象的言说,不能让科学的系统性、体系性与逻辑性取代批评话语的想象性、人文性与情感性。在鲁迅先生看来,批评者没有情感介入,就不可能用一颗真正爱护批评对象的心态去展开批评。因此,他给批评者的要求是,(批评者)应该"像热烈地主张着所是一样,热烈地攻击着所非,像热烈地拥抱着所爱一样,更热烈地拥抱着所憎"②。"热烈"就是一种情感,一种对批评对象所表述着的批评者的主观态度与情感体验。在这个意义上说,"人"的问题才是少数民族文学批评展开及话语建设的价值论前提。或者说,"回到马克思",就是强调少数民族文学批评话语建构要回到马克思主义批评话语的"人学"立场,回到少数民族群体的生活现场与少数民族文学的创作现场,以此强化对少数民族群体生活与生命的探索意识,积极介入对人类命运共同体问题的执着探究,关注少数族群与社会、与自然、与其他族群成员的和谐自由发展问题,高擎着人类文明的灯火"这才有真的新文艺和新批评的产生的希望"③,而非以逃离政治、割裂生活、拒绝意识形态等为借口而刻意迁就少数民族文学的平面化叙述或为其病象赋魅,放逐对美、对终极价值、对人的生命问题的叩问功能,放弃对一个更加人性、和谐、美好未来发展的引领职责,抛弃对一个更加健康、自由、生机的人的社会建构的矫正意义。马克思主义经典作家认为,任何情况下,"人"都是最重要的,是思考一切问题的出发点、立足点,"人"具有自己的内在尺度,即通过主体自我意识把自身从自在世界中提升出来,只有"人懂得按照任何一个种的尺度来进行生产,并且懂得处处都把内在的尺度运用于对象;因此,人也按照美的规律来构造。因此,正是在改造对象世界中,人才真正地证明自己是类存在物"④。马克思在论述人类社会发展经历的三种社会形态和与之相适应的人的发展的三种状态时,更明确把社

---

①　《列斐伏尔文艺论文选》,作家出版社 1965 年版,第 421 页。

②　《鲁迅全集》第 10 卷,人民文学出版社 2005 年版,第 347 页。

③　《鲁迅全集》第 10 卷,人民文学出版社 2005 年版,第 332 页。

④　《马克思恩格斯全集》第 3 卷,人民出版社 2002 年版,第 274 页。

会主义的人的发展定位为"个人全面发展"。在马克思看来,共产主义"是人向自身、向社会的即合乎人性的人的复归,这种复归是完全的,自觉的和在以往发展的全部财富的范围内生成的"①。马克思主义对人的解放和主体性的张扬在其文艺思想中有着鲜明体现。②"史学的观点和美学的观点相统一""较大的思想深度和意识到的历史内容,同莎士比亚剧作的情节的生动性和丰富性的完美的融合"等观点,皆为其人学命题的深化与具体展示。詹姆逊曾将马克思主义批评话语的美学与人学看作一体两面的问题或概念,是马克思主义的最高命题,不仅是马克思主义哲学基本价值论,也是马克思主义文艺价值论指向确立和形成的思想基石。

批评的美学与人学相统一特性,标举着少数民族批评必须深入少数民族文学背后的"人"的生活,要将批评当作少数民族群体生命意志的表述者、情感诉求的发现者、价值指向的阐释者与美学精神的传承者。与较早进入散文理性思维的汉族不同,少数民族群体由于受制于诸多原因而能够保持着现代理性思维与诗性智慧并存的思维方式。诗性智慧、信仰世界、物我交融观念等的存在使得少数民族群体对现代知识体系、现代文明叙述话语、科学技术资本等的掌握较汉族呈现出某种相对的滞后性或延宕性,这种滞后性尽管使得他们对作为合法性叙事的现代化及其衍生的发展、开发、改革、开放等话语较多持质疑或徘徊难定的姿态或心态,他们在此过程中的价值判断、心理体验、生活经验等也较汉族多有差异,同时,却使得他们能够谛听源自大地深处的回响,能够领悟鸟语花开、虫鸣草长的神秘,能够感受天地人神共处世界的奥妙。他们的文学内部飞翔着复杂的隐喻或象征以及诗性智慧的叙事方式,语言的诗性化、诗意性与情感性使得其总能以一种直抵人性深处的力量彰显出特定的民族性特质;也正是基于上述原因,少数民族群体在对生活的理解、对价值的认定、对发展的态度、对现实的观照、对未来的愿景等方面都有其独到独特的方式和准则。作为少数民族文化、生活审美再现的少数民族文学,对现代性场景中少数民族群体的描述与揭示、解读与呈现也更被烙上强烈的人文精神底蕴。藏族作家阿来的《尘埃落定》《空山》等,回族作家霍达的《穆斯林的葬礼》,满族作家朱春雨的《血菩提》,朝鲜族作家金仁顺的《春香》等皆非以所谓题材的陌生性、故事的传奇性、文化的异质性、风景的地域性、人物的传奇性等以赢得读者或市场,而是以对

① 《马克思恩格斯全集》第3卷,人民出版社2002年版,第297页。
② 参见张一兵:《文本学解读语境的历史在场:当代马克思哲学研究的一种立场》,北京师范大学出版社2004年版,第298页。

边地边疆民族群体复杂人性和心理的展示,独特族群精神的挖掘,丰富灵魂、生命的展现,纷乱生活、场景的再现等获得他者的承认与尊重,并在叙事特征、文体风格、艺术思维等层面以其典型的地方性状况体现出马克思主义所谓的"自然规定性"问题,"自然规定性"其实就是地理和种族的规定性,"同研究任何事物一样,研究艺术也必须(正像海德很久以前就坚持的看法一样)从自然决定一切开始——马克思特别提到部落和种族"①。很显然,以科学的阐释代替生命的感悟、以逻辑的演绎代替人性的温度、以概念的图解代替诗意的抒情,以理论的代入遮蔽人性的叩问等批评倾向,是难以完成批评社会功能叙述与"人"的价值发现的,更可能导致对带着体温与情感、生命与意志、人文与诗性、直觉与体验的少数民族文学价值空间的过滤或艺术质素的肢解。然而,长期以来,一些学者却在启蒙思潮作用下不断将那些深刻烙上西方话语特征且极具科学理性特征的批评话语赋魅化,结果导致一些本土批评不断异变为抽象或形而上学化的概念式操演,以"思"的场外征用失去了富有人文特质的灵韵、美感和诗意,或注重于少数民族文学的叙事冒险、文体创新或语言实验等而失去对其美学精神与人文价值的敞开与阐释,或者将少数民族文学纳入汉族价值论的表述逻辑以强化汉族对少数民族的想象性建构,对少数民族群体在现代性进程中面临的诸多矛盾或问题则不够重视,对少数民族群体在城乡冲突、社会文化转型、谋生方式转变、居住格局迁移等状态下的心理体验、情感诉求及价值表述等也有所忽视,批评的人学精神、美学维度在上述批评范式中隐而不彰。由此而言,"回到马克思",同时也是回到马克思主义批评话语所倡导的人学维度或"人学原则"。

多年来,批评界一直为本土话语建构问题出谋划策、添砖加瓦。尽管本土经验的生成已显示出本土批评的结构性转型,但有多少能够与世界性大国地位相称且足以与世界对话的"真金白银",恐怕还要再费思量。一些批评实践仍未摆脱重复性话语生产逻辑,或者以自己掌握的某种理论当成"程咬金的三把斧头",什么都要以此来研究之,轻视其他理论适用的合理性,批评遂成为脱离对象的过去时态的言说。而且,一些批评者总是不停变换自己的研究路径与研究方向,不停翻新各种他者话语以面对本土实践,今天用后殖民理论,明天换成文化民族主义理论;今天研究文化身份,明天转换为西方马克思主义理论;今天研究彝族文学,后天就转到维吾尔族文学;

---

① 〔英〕希·萨·柏拉威尔:《马克思和世界文学》,梅绍武等译,生活·读书·新知三联书店1980年版,第382页。

今天研究满族文学,后天又开始转向回族文学。批评对象的游移不定、批评话语的不停翻新、批评方式的陈旧老套、批评效果的停滞不前,根源可能在于我们没能真正明晰我们的"家底"或"根基"是什么的问题,更未能对作为本土话语深层结构的马克思主义批评话语以与时俱进的传承与创新所致。晚期资本主义消费逻辑与后现代主义解构为尚的契合,更使马克思主义批评话语遭遇困境。"家园"的缺位导致本土批评难以立足于本土问题,发出本土声音,讲述本土故事,塑造本土形象。但是,批评却不能一味游走在他者话语的搬用传抄中,不能沉溺于乏主流、无共识的碎片化批评展演中,而是要成为本土问题的发现者、本土经验的阐释者与本土话语的创造者、成为多民族中国总体性话语的构拟者,多元一体观念的践行者。由此而论,"回到马克思"作为本土批评话语建构的理论基点,不是标新立异为本土话语生产臆造出的"胆大妄为"之举,而是对少数民族文学批评语境、批评话语建构走向及少数民族文学特质深入综合审视后提出的一种彰显本土批评话语主体意识且具有学术、学科史意义的生产策略或构想,强调批评要关注多元文化语境中少数民族文学生成的政治生态、社会思潮与少数民族的真实心声,关注少数民族文学的政治性、意识形态与现实关怀意识,关注少数民族作家的民族情感与公共性意识等问题对其创作的影响及其艺术回应,探讨少数民族文学文本——社会生活之间复杂紧密的关联,触及少数民族群体的现实境遇或其生存焦虑并在具体批评实践中融入政治经济学、人文地理学、文化人类学等理论资源,将社会历史、政治经济、阶级性别等融于批评实践,"思想只有同他人别的思想发生重要的对话关系之后,才能开始自己的生活,亦即才能形成、发展,寻找和更新自己的语言表现形式,衍生新的思想"①。这是全球化语境下以"回到马克思"作为少数民族文学批评本土经验建设理论基点的完整意蕴。

---

① ［俄］巴赫金:《陀思妥耶夫斯基诗学问题》,载《诗学与访谈》,白春仁、顾亚铃等译,河北教育出版社 1998 年版,第 114 页。

责任编辑:王　淼

封面设计:毛　淳　徐　晖

图书在版编目(CIP)数据

当代少数民族文学批评的"西方话语"与"本土经验"研究/李长中 著. —
　北京:人民出版社,2020.5
(国家社科基金后期资助项目)
ISBN 978－7－01－021920－2

Ⅰ.①当…　Ⅱ.①李…　Ⅲ.①少数民族文学评论-中国-当代
　Ⅳ.①I207.9

中国版本图书馆 CIP 数据核字(2020)第 035849 号

当代少数民族文学批评的"西方话语"与"本土经验"研究
DANGDAI SHAOSHU MINZU WENXUE PIPING DE XIFANG HUAYU YU
BENTU JINGYAN YANJIU

李长中　著

人民出版社 出版发行
(100706　北京市东城区隆福寺街99号)

天津文林印务有限公司印刷　新华书店经销

2020年5月第1版　2020年5月北京第1次印刷
开本:710毫米×1000毫米 1/16　印张:19
字数:327千字

ISBN 978－7－01－021920－2　定价:60.00元

邮购地址 100706　北京市东城区隆福寺街99号
人民东方图书销售中心　电话 (010)65250042　65289539